# Heißer Sand

## UN-Einsatz in der Westsahara

Stefan May

# Heißer Sand

## UN-Einsatz in der Westsahara

DERVERLAG
Dr. SNIZEK

Die Deutsche Nationalbibliothek verzeichnet diese Publikation in der Deutschen Nationalbibliografie; detaillierte bibliografische Daten sind im Internet über http://dnb.d-nb.de abrufbar.

1. Auflage 2016

Tel.+Fax: 0043/1/478 74 54, office@der-verlag.at, www.der-verlag.at

Zeichnung: Tobias Gossow
Titelfoto: Teamsite Mijek
Fotos: © Dr. Stefan May
Gestaltung und Layout: xl graphic-production, Walter Fritz
Lektorat: Rudolf Wildszeisz
Druck: Prime Rate, Budapest
ISBN: 978-3-9502916-7-4

*Ich sitze an meinem bescheidenen Schreibtisch, hinter mir tuckert der Air-Condition-Kasten, ich nippe vom „Mariazeller Jagasaftl" Bruchteile von Promillen und höre von der CD, die der befreundete Fotograf nach unserem gemeinsamen Golaneinsatz für mich gebrannt hat, Freddys „Brennend heißer Wüstensand, fern, so fern dem Heimatland". Wie wahr. Aber nicht einmal so unbequem.*

## Freitag, 22. 1. 2010

Bitterkalt ist dieser Tag. Vermutlich zum letzten Mal für lange Zeit bin ich mit dem Gefühl intensiven Frierens konfrontiert. Die Kaserne liegt im Winterschlaf, als ich ankomme. Alle haben dienstfrei, bis auf den Hauptmann, der meine Abreise nach Marokko organisiert. Sein Hund liegt an die Bürowand geschmiegt auf dem Rücken und streckt alle viere in die Höhe. Gerne würde ich in diesem Moment tauschen, Dienstgrad samt Zukunftsplanung gegen dickes Fell.

Der Flug mit Umsteigen in Mailand verläuft reibungslos. Beim Besteigen der Maschine in Casablanca, die mich nach Laayoune bringen soll, ist es daheim Mitternacht. Als ich meine nunmehr temporäre Heimat erreiche, hat es 13 Grad, gerade recht, um keinen Klimaschock zu erleiden. Palmen stehen zwischen Halle und Flugfeld, wo ein paar schneeweiße Flieger mit dem UN-Zeichen meines neuen Arbeitgebers ausharren, was plötzlich das Herz wärmt.

Dann ist es aber auch schon vorbei mit dem Glück dieses Tages. Die für den Transport zuständigen Ghanaer, die mich abholen sollen, sind weit und breit nicht zu sehen. Das Publikum aus dem Flieger verläuft sich zu den vor dem Haus parkenden Autos. Es fühlt sich an, als ob an einem Freitagabend Pendler und Studenten mit dem Regionalzug fürs Wochenende aus der Stadt in ihr Dorf heimkehren. Ich wende mich an einen Polizisten: Taxi? Ja, kommt. Tut es aber nicht. Typisch für Haltestellen an einer Nebenbahn.

Der Polizist verhandelt soeben mit einem Hotelbusfahrer für mich, als doch ein Taxi um die Ecke biegt. Ich werfe mein Gepäck auf die Rückbank, ein junges Paar wirft das seine auf die Dachgalerie. Nach vielen Reisen habe ich schon zu viel erlebt, um mich zu wundern, außerdem bin ich zu müde dazu. Wir steigen alle ein, ich knurre „Hotel Lakouara", und wir fahren los. Kaum fünf Minuten durch die saubere Neubaustadt bergab, dann sind wir da.

Ich stecke dem Fahrer, so wie es mir mein Wüsten-Kompagnon Rudolf Bac vor wenigen Tagen bei seinem Heimaturlaub eingeschärft hatte, während wir von seiner Kaserne aus auf den eisigen Donauhafen geblickt hatten, einen Dollar zu und steige aus. Auf dem dunklen Glas der Eingangstür ist der noch im Reiseführer genannte dritte Stern bereits abgeschabt. Zu Recht, wie ich alsbald merke. Wenngleich das Foyer eine hübsche Stuckdecke hat wie eine Berliner Altbauwohnung, lediglich dass sie hier in mehreren zarten Bonbonfarben gehalten ist.

Der hagere Nachtportier schält sich bei unserem Eintreten aus einer düsteren Schlummerecke und beginnt das Aufnahme-Prozedere. Das Paar geht leer aus, alles sei voll. Dann sieht er sich suchend nach einem Schlüssel um und fordert mich auf ihm zu folgen. Das verheißt nichts Gutes.

In der Tat. Mit einem Mongolen hätte ich das Zimmer zu teilen. „Aha", mache ich und drücke in den drei Buchstaben meine ganze Begeisterung über die unerwartete Zweisamkeit aus. Im dritten Stock klopft er. Mehrmals. „Rezeption!" Erschreckt brummelt einer drinnen etwas. Das würde ich auch tun um zwei in der Nacht. Kurz darauf öffnet ein mandeläugiger Pykniker in Unterhose schüchtern die Tür. Auch er scheint vom neuen Zimmergenossen nicht allzu begeistert zu sein und verkriecht sich gleich wieder unter seinem Leintuch.

Im Raum riecht es streng. Ich stelle das Gepäck in eine Ecke und lege die übrige Habe neben einen Folienteller mit Pommes-Resten auf einem Tischchen. So zerplatzt auch der bescheidene Traum von ein paar Stunden Privatheit. Das Badezimmer ist Entwicklungslandadäquat: Die Dusche rieselt bestenfalls, die weißen Kacheln sind vergilbt und ungepflegt, der Einhandmischer erscheint in diesem Umfeld wie ein irrtümlicher Besucher aus der Zukunft.

Doch gerade in solchen Momenten sich auflösender gewohnter Zivilisation ist es nötig, eingeübte Rituale zwecks eigener Standortsicherung zu pflegen. Das haben vornehmlich die Briten in jahrhundertelanger Besatzungsgeschichte nie aus den Augen gelassen. Ich schreite zum Zähneputzen, ohne Bedenken die Qualität des Fließwassers oder die Erstbenutzung des Handtuchs betreffend aufkommen zu lassen. Daraufhin entfalte ich den Pyjama und schließlich mich selbst auf der im Grauschleierton gehaltenen Bettwäsche. Endlich Ruhe.

Nur der mongolische Wecker tickt wie ein rabiat gewordenes Metronom. Und während ich konstatiere, dass ich jetzt putzmunter bin, donnert ein Flieger über uns hinweg. Wenn das so weitergeht, kann es heiter werden. In der Überlegung, ob es der Gestank der kalten Pommes oder jener der Socken meines Mitbewohners ist, der sich so schwer auf die Nase legt, ist die Entscheidung für die zweite Möglichkeit der letzte Gedanke, bevor ich mich in alter Gewohnheit im Fall von Schlaflosigkeit autosuggestiv den Bildern vom Palmenstrand und der Atmung im Meereswellenrhythmus anvertraue und dadurch ins Träumeland zwinge.

## Samstag, 23. 1.

Lang währt dieser Besuch nicht, denn im Morgengrauen ruft der Muezzin in unmittelbarer Nähe „Allaaaaaaaaaaah Akhbaaaaaaaaaaar“, pünktlich wie die Feuerwehrsirene samstags mittag in ländlichen Breiten daheim. Kaum ist er verstummt, scheint sich das Haus, wenngleich großteils von Ungläubigen aus aller Welt bewohnt, zu regen. Gegen acht ist an Schlaf nicht mehr zu denken. Ich stecke mich in die dunkelgrüne Uniform und gehe in den ersten Stock frühstücken.

Der Kellner fragt mich, ob ich Jürgen kenne, einen Freund von ihm, der einmal hier gewesen sei. Ebenfalls „Nemsa“. Die Leute haben eine Vorstellung von Österreich! Ein bisschen größer ist es schon als Laayoune, auch wenn bei uns jeder jeden zu kennen scheint, Urgrund aller verhängnisvollen Mauschelei im balkanesischen Frontstaat.

Ich hänge meinen Laptop um und mache mich auf die Suche nach der von Kompagnon Bac empfohlenen Wechselstube. Schlecht, am Samstag ist nur zu Kernzeiten geöffnet, ab neun. Da sollte ich aber schon im Hauptquartier sein. Während ich noch ratlos herumstreune und mich frage, wo ich nun die fünf Dirham – eine hervorragende Währung, man kann wieder in alten Schillingen denken! – für das Taxi herbekomme, sprechen mich ein paar Uniformierte an. „Honduras“ steht auf ihren Uniformen. Sie bieten mir an, mich im Auto in die Zentrale zu fahren. Zuweilen bin ich doch ein Glückspilz.

Spanisch? Un poquito, sage ich vorsichtig. Ein Stämmiger mit Sonnenbrille will wissen, ob ich schon einmal in Lateinamerika war. Wenn der einmal Karriere macht, könnte er vom Äußeren her gut einen Putschgeneral abgeben. Ich erzähle von Kuba, Peru und Kolumbien. Dann solltest du mal nach Honduras kommen, sagt er. Das wird im kommenden Jahr schwer möglich sein, antworte ich zögernd und füge diplomatisch hinzu: Im Augenblick dürfte es ja dort auch etwas unruhig zugehen. Nein, nein, beruhigt er, das ist bereits vorbei. Außerdem sei die Wahrheit, die von den Medien transportiert werde, eine andere als die tatsächliche. Trotz oder gerade wegen meiner Profession kann ich dieser Aussage grundsätzlich beipflichten.

Der einzige Honduraner in Zivil unter ihnen schleust mich am Eingang, wo ich einen provisorischen Ausweis erhalte, durch die verwinkelte Anlage der ebenerdigen Bürobauten. Alte UN-Erinnerungen kommen auf: Das Carlog-System im Auto, die wie politische Korrektheit daherkommende unverbindliche Freundlichkeit zwischen den Nationen, die greifbare Abgehobenheit eines Hauptquartiers, die im Schatten parkende Volvo-Limousine des Force Commanders.

Die Bürowürfel haben helle Arkaden, dazwischen wächst sorgfältig gepflegtes Grün. Es wirkt ein wenig kolonial, auch denke ich an den Urlaub in Südafrika, der die Basis für viele meiner Empfindungen in der Ferne geschaffen hat.

Die Begegnung mit dem Personalchef, einem herzlichen jungen Hauptmann aus Argentinien, wird zum erfreulichsten Erlebnis der bisherigen Expedition. „Um 2 Uhr eingetroffen? Dann mache heute frei," sagt er, „erhole dich im Lakouara." Als wäre das die Wellness-Oase der Sahara. Und meine Aluboxen in Casablanca? „Das Problem hat jeder. Wird in den nächsten Tagen gelöst." Und die Cohabitation, wie der politisierte Franzose sagen würde? „Kommt manchmal vor, wenn das Hotel voll ist, derzeit gibt es 13 Neuzugänge, nichts zu machen."

Ich suche noch immer müde die Cafeteria auf, einen halboffenen, länglichen Bau mit Computerraum ganz hinten, der etwas von einer Lodge hat. Die einheimischen Putzfrauen lassen arabische Sängerinnen in voller Lautstärke aus den Boxen johlen, ihre Form von burgenländischer Schlagerparade, während ich Mails beantworte. Ein Pole kommt herein, der mir eine Woche voraus ist und im personalarmen Smara eingesetzt werden wird. Da ich noch immer ohne Dirham bin, spendiert er mir einen Kaffee.

Gegen 12 schlendere ich Richtung Ausgang. Fahnenmasten umstehen einen Gedenkstein für 15 Minursianer, auch ein Schweizer ist darunter. Mit einem Mal scheint sich der sonnige Himmel über mir zu umziehen, und meine Abenteuerlust ist dahin. Die Defuncti werden ja nicht alle an verschleppter Gastritis verschieden sein, denke ich unbehaglich. In Erwartung des Shuttlebusses, der angeblich zwecks Mittagessen-Einnahme vier Hotels abklappert, trete ich ins Freie.

Fährt heute nicht, sagt der einheimische Portier. Ich soll einfach in einem der weißen PKW mitfahren. Einer macht halt, voll mit Zivilisten, Pakistani, wie sich herausstellt. Einer von ihnen ist der Kraftfahroffizier. Genau der Richtige, denn über die Fahrkünste seiner Landsleute erzählt man sich wenig Gutes. Heinz kennen sie, meinen Vorgänger und meinen Kompagnon, man ist hier offenkundig gut informiert. Sie laden mich beim Hotel Almasira ab. Der soignierte Portier nickt freundlich. „Nemsa, aha". Er war dort, in Ehrwald, in den 80ern. Und Innsbruck, Salzburg! Selig verdreht er die Augen. Aber es war leider Winter und sehr kalt.

Ich trage mich auf einer Liste am Speisesaaleingang ein und setze wie befohlen statt der ID-Karte-Nummer „New" ein. Um halb eins öffnet das Buffet: Rohgemüse und Salate mit allen möglichen Mayonnaisen, Huhn in Reis, Rindsgulasch, Torten und Cremeschnitten. Ein Koch brutzelt ganze Fische, Kellner stehen unbewegt an Säulen im Hintergrund. Ein Tisch ist für den Force Commander reserviert. Die meisten futtern vor sich hin – eine stimmungsfreie Zone.

Seit wenigen Stunden sehe ich mich gezwungen das zu tun, wovor ich in letzter Zeit immer stärker zurückgewichen bin: Kommunikativ sein, spontan auf andere zugehen, sagen: Ich bin neu hier, wie geht das? Trotz Überwindung funktioniert es und spart Zeit und Kummer. Kein Vergleich zu meiner einsiedlerischen Schwalbennest-Kartause im achten Stock über dem brodelnden Berlin.

Da das Städtchen Laayoune klein ist, mache ich mich zu Fuß auf den Rückweg. Eine Gasse weit, dann hält ein weißer Wagen: Ich frage den auffordernd herausblickenden Fahrer in heller Uniform, ob er mich ins Lakouara mitnehmen könne. Klar, das wäre kein großer Umweg. Er ist Oberstleutnant aus Russland, zum zweiten Mal hier, aber er habe viel vergessen. Offenbar auch das Fahren, denke ich, während der Wagen bergab ruckt und sein Motor beim Abbiegen öfters abzusterben droht. Wir sind dazu da, einander zu helfen, belehrt mich mein mobiler Wohltäter. Das nächste Mal helfe eben ich ihm, sagt er. Ich werde hellhörig, wohl aber ohne Grund.

Neuerlich versuche ich es in der Wechselstube: Bis 13 Uhr, steht auf dem Schild. Es ist zehn nach eins, doch die Tür lässt sich öffnen. Drei Verschleierte sehen mir erschreckt über die Schalter entgegen wie Nonnen dem Eindringling in die Klausurräume. Ob noch gewechselt werden könne, frage ich unbestimmt. Éh? Ich wechsle von Englisch auf Französisch. Nein, aber die Bank nebenan. Die besteht lediglich aus herabgelassenen Scherengittern. Ich trabe zum Hotel. Kurs, fragt mich der

Mann. Keine Ahnung, ich bin derzeit Soldat und nicht Banker. Doch nun weiß er, dass ich ahnungslos bin.

Einen Moment, sagt der Rezeptionist und entschwindet mit den 5 Dollar, die kleinste Einheit, die ich zu geben bereit bin. Er kommt mit einem schmuddeligen Fetzen und fünf Münzen zurück. 35 Dirham, und instinktiv fühle ich mich übers Ohr gehauen. Aber: Es trifft im Moment keinen Armen, hätte die Verwandtschaft zu Hause gesagt.

Das Zimmer ist aufgeräumt und stinkt nach Chlor wie ein Hallenbad. Alsbald trifft auch der Mongole ein. Aus Ulan Bator ist er, dort herrscht gerade Winter, minus 40 Grad, sagt er. Da braucht man wohl eine Schicht Lebertran unter der Haut, um zu überleben, denke ich angesichts seiner etwas bärchenhaften Erscheinung. Irkensörn heißt er, und ich weiß, dass ich es mir auch auf Nachfrage nie werde merken können. Aber ich könne ihn Irka nennen.

Ich präge mir eine Eselsbrücke zu einem unmöglichen Möbelhaus ein und bin beruhigter. Ob ich Socker-Fan sei. Überhaupt nicht, wehre ich jedes diesbezügliche Ansinnen eingedenk weiland Churchill ab. Ach Österreich, sagt er, und mir scheint, als brummle er etwas von „Ozean rundum". Zumal er dann noch etwas von seinem Land als Binnenland erzählt. Später kommt mir der Verdacht, dass er der gängigen Australia-Verwechslung aufgesessen ist. Ich hätte doch das T-Shirt mit dem Verkehrszeichen „No Kangaroos in Austria" einpacken sollen.

Wir liegen auf den Betten, schauen zur Decke und freuen uns über das zarte Lüftchen, das beim Fenster hereinweht. Wobei sein Wärmeerlebnis-Ansatz eine Dezimalstelle unter dem meinen liegt. Dann trollt er sich in die Wireless-Arena an der Rezeption zum Surfen. Ich werfe mich ins Zivilgewand, um auf meinem geplanten Spaziergang durch die Stadt nicht an jeder Ecke von einem weißen Auto aufgegabelt zu werden.

Schräg gegenüber vom Hotel erhebt sich eine neumodische große Kirche. Die Nebenstraße dahinter wirkt ausgestorben. Nur ein Wasserwagen rumpelt, ab und zu hupend auf sich aufmerksam machend, die fast ausschließlich in Rotbraun gehaltene Häuserzeile entlang. Drei Straßen unterhalb des Hotels endet die Bebauung. Eine mit Unrat überzogene Geröllhalde fällt sanft zum Bett des Wüstenflusses Seguía al Hamra ab, der zwei Dutzend Kilometer weiter ins Meer rinnt.

Ein Stück weiter sieht es frappant wie in einer Weinviertler Kellergasse aus. Allerdings sind die Keller bewohnt, gemauerte liegende Halbzylinder mit Eingangstür und einem Fenster links und rechts davon. Hierher hat sich wohl schon lange kein Tourist verirrt, auch von meinen Firmenkollegen erblicke ich niemanden. Die UN sind ein fahrendes Volk. Ihre Mitglieder erinnern zudem an manch ostanatolische Familie in Berlin: Man kommt mit seiner Welt im Kopf in eine andere, versteht deren Sprache und Lebensweise nicht, vermeidet den Kontakt zum neuen Umfeld und kommuniziert ängstlich nur unter seinesgleichen. Wobei Distanz seitens der UN sogar gewünscht ist, wegen Unparteilichkeit, Auftragserfüllung und Ähnlichem.

Entlang der Straße blüht das Kleingewerbe: Eine Garageneinfahrt schließt an die nächste, drinnen ist es ölig schwarz, werden Reifen aufgepumpt, Kessel geflickt, liegen aromatische Gewürze aus, wird Tee getrunken, werden Haare geschnitten. Nicht anders als in Ägypten oder Syrien. Auf einem der Flachdächer taucht eine Ziege auf, dahinter ein Zicklein, dazwischen lugt ein Kätzchen über den Rand. Kinder spielen Fußball, eines ruft mir neugierig „Bonjour" zu, niemand bettelt.

Selten widerfuhr mir bisher das Glück im Orient, dass man keine Notiz von mir zu nehmen scheint wie hier. Auch Radfahrer gibt es. Manche Männer tragen Wollumhänge mit Kapuzen. Da und dort zeigt sich ein Älterer, würdig, mit Bart, in Sandalen und Jalabiya, einem knöchellangen Hemd. Die Frauen geben sich entweder europäisch oder verhüllt, wobei sie gerne bunte sariähnliche Gewänder tragen, schon ein wenig afrikanisch, aber zarter in den Farben.

Am Ende der Straße, der Westecke der Stadt, sehen die Wohnhäuser wie Iglus aus und haben schießschartenartige Fenster. Ich kehre durch eine staubige Seitengasse zurück, in der aufkommender starker Wind schwarze Nylontüten dahinwirbelt.

Im Hotelzimmer erinnere ich mich wieder an die gewohnten Rituale und gehe der täglichen Gymnastik nach. Zikaden kreischen in den Büschen auf der anderen Straßenseite, die Sonne geht flink unter. Ich entdecke Licht, das aus den Kirchenfenstern gegenüber fällt. Neugierig mache ich mich auf den Weg. Drei Priester, von denen der älteste mühelos noch in der Kolonialzeit Seelsorge für seine Schäfchen betrieben haben könnte, feiern die Messe auf Spanisch vor fünf Menschen, offenbar alle UN-Angehörige, Einer von ihnen ist der argentinische Hauptmann. Die Gebete surren in atemberaubender Geschwindigkeit dahin.

Kurz nach halb acht mache ich mich auf den Weg zum Hotel. Keine zehn Meter, und es hält ein UN-Auto: Zwei Zivilisten bieten mir eine Fahrt zum Almasira an.

Sie habe noch etwas, das sie meinem Vorgänger mitgeben müsste, sagt die Fahrerin. Ich zermartere mein Hirn, wo ich ihr in den paar Stunden, die ich bisher hier verbracht habe, begegnet sein könnte und komme auf keine Lösung. Zudem bin ich in Zivil, und gar so unarabisch sehe ich auch nicht aus. In diesem alltagsstarren Miniglobus wird offenbar jede neue Bewegung seismografisch registriert.

Die Wiener Schnitzel im Hotel bestehen zu 90 Prozent aus dem, was ich in den nächsten Wochen zur Abwehr von Minen brauchen werde: Aus harter Panier. Das Mineralwasser ist, obwohl der Name „Ain Saiss" lautmalerisch fragwürdige Deutungen zuließe, in Ordnung. Zumal es von Danone kommt, wie ein klitzekleines Logo kundtut.

Die zehn Minuten Heimweg gelingen mir erstmals ohne aufgegabelt zu werden. Irka erzählt, dass er am Montag Nachprüfung im Fahren hat. Drei Fehler habe er beim ersten Mal gemacht, die Verkehrszeichen seien hier anders als daheim. Ich überlege, ob es in ganz Laayoune mehr als drei Verkehrszeichen und eine Ampel gibt. Von zu Hause sei er zudem Automatik-Fahrzeuge gewohnt und tue sich deshalb schwer mit Gangschaltungen. Ich blicke ihn von der Seite an: Automatik-Autos in der Mongolei, der Mann muss aus der besseren Gesellschaft kommen. BMP sei er daheim gefahren, ergänzt er. Nun ist es heraus: Er war Schützenpanzerfahrer in der Mongolei. Dass er keine Verkehrszeichen beachten musste, wenn er mit seinem Kettenfahrzeug durch Ulan Bator rasselte, wird nunmehr klar.

Eigentlich bin ich recht froh, mit ihm das Zimmer zu teilen, er ist ein netter Kerl, rücksichtsvoll und spricht auch leidlich englisch. Ich denke zurück, als ich im Krankenhaus von Pretoria einen Schweißausbruch bekommen hatte, weil ich mich in der Konversation mit den Schwestern so sehr auf die englische Sprache konzentrieren musste. Lange ist es her.

Nach neun beschließe ich mich zur Ruhe zu begeben. Irka geht noch aus, nur frage ich mich, was man in diesem angebotsarmen Nest abends tun kann. Das Telefon läutet, die mongolische Medizinerin ist dran, die mit Irka hierher gekommen ist und demnächst ebenfalls in die Wüste geschickt wird. Ich gebe mich als sein Telefonfräulein zu erkennen, lege auf und mich zur Seite.

## Sonntag, 24. 1.

Wieder sind die Honduraner da und nehmen mich mit zum Hauptquartier (HQ). Beim Argentinier Leonardo bekomme ich einen Stundenplan mit allem, was ich in den nächsten Tagen hier zu tun habe, bis ich entweder Montag in einer Woche in den Norden fliege oder am Dienstag in den Süden. Die Pause verbringe ich in der Cafeteria. Ich mache ein Schwätzchen mit einem der Honduraner. Das funktioniert auf Spanisch prächtig, weil er einsatzerfahren ist und im Umgang mit Vertretern anderer Länder langsam zu artikulieren gelernt hat. Im Irak war er schon und weiß Gott wo. Das Wichtigste sei, die Kultur eines Landes zu verstehen, sagt er, und wir stimmen darin überein, dass es deshalb die USA nie schaffen werden, auch nur ein einziges Land dieser Erde zu befrieden. Für die Verbesserung der eigenen Sprachfähigkeiten sei so ein Einsatz von unschätzbarem Vorteil, sagt er. Und gegen den Nationalismus daheim, füge ich hinzu.

Ich fühle mich pudelwohl, denn das ist es, warum ich hier bin: Die Welt und ihre bunte Vertreterschaft kennenzulernen. Ich mache mich frohgemut auf zur ersten Station, dem malaysischen Ärztezentrum. Alle sonnig, alle fröhlich, nur wehtun sollte einem nichts. Erst einmal fülle ich wieder Formulare aus. Du bist also 31, fragt mich der Sanitäter. Schmeichler, sage ich und überlege, wie es um mich stünde, wenn er auch so zuverlässig das Fieber am Thermometer abliest.

Eine wunderschöne, zerbrechliche, wenngleich sehr bestimmte Frau Doktor prüft meine Befunde aus Wien und weist mich zur Blutabnahme weiter. Drei Werte seien nicht eingetragen. Nicht leicht zu finden, meine Venen, sage ich zum Blutsauger. Der drückt mir eine zerbeulte Tablettendose in die Hand und sagt: Faust machen. Anders als in Malaysia brauchen wir keine Tablettendosen, um die Faust zu ballen.

Ich nehme mir noch einen Prospekt über Penang vom ausliegenden Malaysia-Tourismus-Stapel, das mir noch in schöner Erinnerung ist, und schließe die Eingangstür hinter mir, wie es ein Schild anordnet, unter dem durchgestrichen eine Katze und eine Schlange abgebildet sind, eine im zweiten Fall etwas beunruhigende Variante von „Ich darf nicht hinein".

Einweisung beim malaysischen Personalchef in den Verhaltenscodex: Ein freundliches, liebenswürdiges Völkchen, denke ich während des halbstündigen Vortrags. Dann soll ich schleunigst zum Trainingsoffizier im Gebäude jenseits der Straße kommen. Dort sitzt der Russe von gestern und zuckt die Schultern. Sein pakistanischer Kollege werde irgendwann wieder zurück sein. Nach einer halben Stunde warten ist er da und sagt mir, dass in der kommenden Woche ein Termin verschoben wird. Das hätte er mir auch morgen beim Besuch laut Plan sagen können. Die UN haben mich wieder, unübersehbar.

Doch der Weg hatte etwas Gutes: Wie im Western kommt mir von der anderen Seite des staubigen Platzes eine der meinen entsprechende Uniform samt Träger entgegen, mein Vorgänger Bernhard Bichlhuber, wie ich am Namensschild erkenne. Wir vereinbaren Mittagessen in der Cafeteria und sitzen eine halbe Stunde später auf Campingstühlen bei frittierten Tintenfischringen und Obstsalat auf der halboffenen Terrasse. An der weißen Hausmauer hinter uns wiegt sich knalllila Bougainvillea sanft im Wind, und die Sonne macht durch das Dach aus Tarnnetz Kringel auf den Steinboden.

Der eine oder andere gesellt sich zu uns, ich werde vorgestellt. Alfred, ziviler Sektionsleiter aus Wien, steckt mir verschwörerisch Kärntner Würstel aus dem Kühlschrank in seinem Büro zu – für den Weg in die Wüste und gegen das Heimweh, sagt er. Auch solche berührenden Zeichen der Kameradschaft sind Wesensmerkmale von Missionen wie dieser.

Schon am Vormittag hat mich Sascha, ein weiterer Österreicher, angesprochen. Er ist gebürtiger Serbe. Ein Landsmann von ihm, Techniker, setzt sich zu uns. Er fliegt irgendwann wieder auf Urlaub heim. Über Las Palmas nach Wien, dann mit dem Zug weiter. Ich warne vor Überfällen im Nachtzug nach Belgrad. Er winkt ab, weiß er. Weitgereiste Haudegen stört das nicht. Zwei Iren erzählen uns vom ökonomischen Abschwung in ihrem Land. In der sich anschmiegenden Frühlingssonne haben solche Mittagspausen eines Dienstes im fernen Ausland großen Reiz. Ein wenig postkolonial allerdings, gestehe ich.

Im Cafeteria-Bereich wird Wireless Internet angeboten. Ich krame den dafür vorgesehenen Stick hervor und fühle mich kurzfristig an der Schwelle zum Paradies. Von der ich prompt verstoßen werde, weil das Gerät wie ein störrischer Lastesel seinen gewohnten Gang gehen will und sich hartnäckig ins österreichische oder deutsche Netz einwählen möchte. Mein Würstel-Sponsor, der Serbe und ich drücken abwechselnd an der Maschine herum, aber mir ist schon bald klar: Kurz vor dem Ziel wird nichts draus.

Es wird Abend, ich fahre ins Hotel, ziehe mich um und erklimme die Anhöhe, auf der das Hotel Almasira liegt. Allerdings nehme ich an einer Abzweigung irrtümlich einen Umweg, was mich an einer hell erleuchteten Auslagenzeile vorbeiführt.

Plötzlich stürzt aus dem Nichts ein hagerer Alter auf mich zu und fragt, woher ich sei. Nemsa. „Ah, sprechen Sie deutsch?" Kaum setze ich an, ihn für die fehlerfreie Artikulation zu loben, zerrt er mich auch schon mit seiner knöchernen Hand in Richtung eines der Betonquader und verspricht „Nur anschauen".

Das kenne ich, viel zu viel Zeit habe ich schon im Orient aufgrund solch haltloser Versprechungen vertan. Ich deute auf meine Uhr, sage etwas von einem Termin und entwinde mich der klapprigen Erscheinung. „Nummer 43", ruft mir der dürre Händler unter Verweis auf sein Türschild noch hinterher. Nach dem Essen biege ich glücklicherweise schon rechtzeitig Richtung Bettstatt ab.

## Montag, 25. 1.

Am Montag versuche ich es erstmals mit einem Taxi und halte einen jener zahlreichen leicht verbeulten Kleinwagen in einst Weiß und Rot an, deren vor Schmutz starrende Sicherheitsgurte sich nicht anlegen lassen. Auch nichts Neues. Am Ziel lege ich wortlos fünf Dirham auf die über das Armaturenbrett gelegte Flauschdecke und verschwinde im Hauptquartier – als täte ich seit Jahren nichts anderes.

Erster Termin ist ein neuerlicher Besuch im Malaysischen Gesundheitszentrum. Ich bringe die noch ausständigen Fotos und Impfpässe, doch tut sich Unvorhergesehenes auf. Man kann die eingeklebten Impfstoffnamen nicht deuten. Die Belegschaft steckt die Köpfe zusammen, sagt „De tenga malenga, pata pata" und möchte mich neuerlich gegen Hepatitis A und B impfen, nur, weil ich nicht sagen kann, wogegen man mich in der Heimat immunisiert hat. Ich wehre mich mit Händen und Füßen und schwöre, dass meine Landsleute gemeint hätten, ich sei nun für die nächsten Jahre total immunisiert. Worauf man von mir ablässt.

Sanitäter Lok zieht zwar keine Spritze auf, stattdessen zieht er selbst dauernd auf, schnieft, niest und räuspert, dass ich Angst bekomme, ich könnte die Heilanstalt kränker verlassen, als ich sie betreten habe. Ohnedies bin ich deutlich angeschlagen. Ich huste zunehmend rasselnd wie ein Bergwerk, zudem beginnt die Nase zu laufen. Schöne Bescherung, immer dasselbe. In Kuba und am Golan war es genauso.

Im Hauptquartiersteil auf der anderen Straßenseite erhalte ich meine ID-Karte ausgestellt. Der Security-Mann am Eingang macht in seinem Kabäuschen mit einer Kamera auf Tisch-Stativ ein wie zu erwarten hässliches Porträt von mir und stanzt eine Plastik-Identität am Band für mich. Ab jetzt gehöre ich richtig dazu, bin ein für die Firma zur Nummer gewordener Faktor geworden. Und eine hübsche runde Zahlenreihe verkörpere ich obendrein.

Wieder diesseits der Straße gibt mir Hauptmann Valerio in italienischem Singsang eine Kurzeinweisung ins Telefonsystem, anhand einiger Bilder auf seinem Computer, wobei er an jede Silbe seines holpernden Englisch ein zur nächsten verbindendes „eh" hängt. Viel tut er sich nicht an, Lust scheint er auch nicht zu haben. Aber ich halte mich mit Wiener Schmäh zurück. Selbst auf kleinste ironische Bemerkungen wird mit Irritation reagiert.

Die Stunden vergehen rasch, im Handumdrehen ist es halb eins, Essenszeit. Vor dem Tor suche ich den angekündigten UN-Bus. Ein Kleinbus steht da, der ghanaische Fahrer lehnt sich heraus. Wohin? Hotel, antworte ich. Er winkt mich hinein. Aus der schmalen blauen Eisentür des Hauptquartiers quellen die Bediensteten, Troglodyten mitunter, die sich in ihren Büros vergraben und nur zur Nahrungsaufnahme die Höhlen verlassen.

Ein paar steigen ein, und ich wundere mich, dass es nur Schwarze sind. Herrscht hier Apartheid? Irgendwann ist der Bus voll mit guttural schnatternden Ghanaern und wir fahren ab. Hat man mir auch nicht an der Wiege gesungen, dass ich einmal in einem Bus voll Schwarzafrikanern durch die Stadt eines namenlosen Landes am Rand der Sahara schaukeln werde. Meine Mitreisenden sind stattliche Erscheinungen, mit ebenholzglänzenden Gesichtern und Händen mit grazilen schmalen Fingern. Neugierig fragen sie mich einiges und lachen fröhlich vor sich hin, wenn ihnen die Antwort gefällt. Später erfahre ich, dass die Ghanaer aufgrund ihrer hohen Zahl einen eigenen Bus betreiben.

Am Nachmittag hole ich die nächste Unterschrift beim Briefing über Air Operations. Drei weiße Antonow-Propellermaschinen sind für uns unterwegs und ebenso viele Mi-Hubschrauber, erfahre ich. Die Besatzung dürfte aus russischem und ukrainischem Privatpersonal bestehen.

Dem Österreicher Alfred klage ich in seinem Büro mein Leid, was ich alles ausfüllen müsse, und dass ich mich an vieles aus meiner militärischen Vergangenheit nicht erinnern könne. Er hat in den Jahren als UN-Bediensteter offenbar einen Urwald an Frustration durchmessen und scheint nur mehr auf den Ruhestand mit 60 in ein paar Jahren zu warten. Müde warnt er mich, allzu detailliert auszufüllen. Angeblich leiten einige im Haus alle Daten sofort weiter. So wie auch mitunter das Mailsystem angezapft werde. Allerdings frage ich mich, ob es mir tatsächlich schaden könnte, wenn man in Bangladesh weiß, dass ich 1982 den Leutnantskurs in Saalfelden bestanden habe.

Der Argentinier Leonardo informiert mich, dass meine engere Heimat für das kommende Jahr der Stützpunkt Mijek – Miiischek ausgesprochen – sein werde und gratuliert mir zur alternativlosen Wahl. Hervorragend sei sie ausgestattet, er habe selbst vier Monate dort verbracht. Warum er sich dann aber ins Hauptquartier habe versetzen lassen, grüble ich. Kompagnon Bac teilt mir aus meiner künftigen Nachbarstation Oum Drega auf Anfrage per Mail mit, dass meine Destination im Ruf stehe, ein Erholungsheim zu sein, ich mir viel Bücher mitnehmen und viel über den Sinn des Lebens nachdenken solle.

Minurso teilt sein Einsatzgebiet in Nord und Süd, während der Berm, der Waffenstillstandswall, die Westsahara in Ost und West teilt. Ich werde künftig im Südteil auf der Ostsseite stationiert sein. Das ist die Seite der Polisario. Nur kurze Patrouillen aufgrund eines kleinen Einsatzgebiets, das klingt gut. Während auf marokkanischer Seite Steinwüste vorherrscht, wo Skorpione eher daheim sind, ist es auf der Polisario-Seite extrem sandig. Manche der insgesamt neun Minurso-Stützpunkte, sogenannter Teamsites, haben Flugplätze für die Antonow, manche sind an Ortschaften angelehnt.

Mijek weist nichts von beiden auf, liegt in the middle of nowhere. Allerdings soll es etwas grüner sein als in benachbarten Teamsites. Die marokkanische Seite ist angeblich bereits „durchcontainerisiert", auf Polisarioseite wohnt man noch in länglichen Tunnelzelten. Es verspricht das pure Erlebnis zu werden.

Grundsätzlich dürfte ich es nicht so übel erwischt haben. Einer der Honduraner, der etwas scheue Hauptmann Rodas, wird ebenfalls Mijek zugeteilt. Fein, sage ich zu ihm, ich möchte ohnedies mein Spanisch verbessern. Er druckst herum, sein Englisch sei nicht so gut, er müsse üben. Machen wir, sage ich. Wir klopfen einander auf die Schulter, lachen uns aufmunternd zu und sind in diesem Moment froh, einander schon zu kennen und nicht allein auf der fremden Insel im Wüstenmeer anzukommen.

Das bedeutet auch für nächsten Dienstag: Mit der Antonow zur Teamsite Oum Drega, dort in den Hubschrauber umsteigen. Für jeden Urlaub muss ich alleine schon einen ganzen Tag Anreise nach Laayoune einrechnen, ebenso zurück. Dieses Jahr werde ich eine katastrophale persönliche Klimabilanz aufweisen. Da kann ich mein restliches Leben lang zu Fuß gehen.

Die Krönung des Tages bildet der Englisch-Test beim Trainingsoffizier Jamil, der sich sehr wichtig benimmt. Dieser Pakistani wird nicht mein Freund, beschließe ich spätestens jetzt. Schon am Vormittag gab er mir zu verstehen, dass er mir ein Briefing selbst zuteil lassen werde, das andere aber sein Clerk, weil das nicht so wichtig sei. Und dabei drückte er sich mit dem fleischigen Mittelfinger den Rahmen seiner großen Brille auf der Nase fest, wie es die nervösen Streber in der Schule machen.

Mir gefällt es auch nicht, wenn ich mit Nachnamen angesprochen werde: „May, sit here". Und dann sitze ich da, in seinem Büro, und warte, während er telefonisch für sich und seine Familie Schengen-Visa für den Urlaub in den Niederlanden organisiert. Kein Wort der Entschuldigung oder wie lange es noch dauern wird. Es ist einer der wenigen Vorteile meines Alters, dass ich schon viele Charaktere in Gottes großem Tiergarten kennengelernt habe. Auch den Typ Jamil: Arrogant zu Gleichrangigen, herablassend zu Rangniedrigeren, devot zu Dienstgradhöheren.

Ich sitze also da und lese in der Erste-Hilfe-Broschüre der malaysischen Firmenklinik, bis mir fast übel wird, oder ich starre in die Luft und höre angestrengt den soeben mit Nichtstun verdienten Euromünzen beim Klingeln zu. Und ich begrüße Jamil ab sofort mit den saloppen Worten „Hello Jamil, how are you", mit augenscheinlichem Desinteresse an einer Antwort. Dass ich ihn kopiere, merkt er nicht.

So wie seine Landsleute spricht er gut, wenngleich schlecht verständlich Englisch. Zudem in jener grauenhaft simplifizierten Form, die militärische Diktion mit Satz-Verkürzung verbindet: „Go to Force Commander and bring back forms about XY" – als ob sich nie Artikel in die Sprachevolution eingeschlichen hätten. Damit wird dieses weltweite Deppen-Esperanto, diese bezeichnenderweise von der Wirtschaft so gerne als Fußabstreifer der Kommunikation verwendete, ohnedies schon schönheitsferne Sprache noch weiter auf eine durch Töne unterstützte Interaktion reduziert. Es ist ein Un-Englisch, letztlich UN-Englisch.

Ganz abgesehen davon, dass alle hier, selbst die sprachsicheren Pakistani, „Patrouille" so betonen, dass man sofort an den Benzinkanister denkt, weil es auf der ersten Silbe geschieht, wie bei „Treibstoff". Wer kennt auch schon American Patrol von Glenn Miller? Es erinnert mich an die kolportierte Begebenheit einer Sitzung der UN-Force am Golan, als ein Pole von einem Österreicher wegen seiner schlechten Sprachkenntnisse angeraunzt wurde: „You should polish your English!" Worauf dieser knurrte: „My English is Polish enough."

Jamil führt mich in den Testraum, wo mich zwei Dutzend Computerarbeitsplätze erwarten. Drei Teile hat der Test, und ich frage mich, wie es 90 Prozent der hier Arbeitenden geschafft haben, ihn positiv zu bestehen. Er ist ausgesprochen schwer. Erst einen Report über einen in einem Video gezeigten Überfall auf einen UN-Konvoi schreiben, dann Fragen zu einer Radio-Reportage aus Afghanistan und zu einem Text über den pakistanischen UN-Einsatz beantworten. Ich schwitze und beginne an meinen Fähigkeiten zu zweifeln. Vom Ergebnis höre ich nie wieder etwas.

Vor dem Hotel Lakouara standen gestern einige britische Motorräder. Auch heute scheint Safari angesagt zu sein. Ein paar bunt beklebte Geländewagen aus Ungarn, die an der „Rallye Budapest – Bamako 2010" teilnehmen, parken am Eingang. Beeindruckend, wer sich aller durch den Sand quält ohne dafür bezahlt zu bekommen. Europa bricht noch immer ohne Zögern in fremde Kulturen ein und versucht es sich dort mit seinen Gewohnheiten bequem zu machen, wie im Kolonial-Film „Der Saustall" mit Philippe Noiret und Miou-Miou dargestellt.

Am Abend fragt mich Irka, ob ich zum Essen mitgehen möchte. Er mache seit Tagen den Bodyguard für zwei Ladys. Seine Landsfrau und eine Kollegin von der ghanaischen Luftwaffe bewohnen gemeinsam ein Zimmer im zweiten Stock. Wir treffen uns, nachdem es, wie in diesen Breiten üblich, zwischen 6 und 7 rasch dunkel geworden ist, in der Lobby. Es ist die Zeit, zu der Stare in den Bäumen gegenüber anfangen in höchster Erregung schrill durcheinanderzuzwitschern.

Bedächtig steigen wir die Straße bergauf. Die Ghanaerin ist im Süden eingesetzt und für ein paar Tage in Laayoune. Sie hat ein schönes Gesicht und stämmige Hüften. Ich frage sie, ob das ihr erster Einsatz ist. Der erste und letzte, bemerkt sie trocken. Es gibt Menschen, die mich ab einer bestimmten Äußerung für sich einnehmen. Soeben ist es wieder passiert. Ihre Landsleute würden diese Mission nicht schätzen, lieber in Westafrika eingesetzt sein, sagt sie. Aber nach Jahren des Hinauszögerns musste sie diesmal für einen Auslandseinsatz zusagen, wollte sie nicht ihre Kündigung provozieren.

Es ist angenehm, sich mit ihr zu unterhalten, sie wirkt nicht militärisch, sondern zeigt afrikanische Gelassenheit und jenes tiefe Lachen einer Soulsängerin, dem vielleicht nur mein derzeit bronchiales Husten nahekommt. Endlich hat jemand keine Sprachschwierigkeiten. Englisch ist in Ghana zwar keine Muttersprache wie die vielen Stammessprachen, aber Amtssprache, erzählt sie mir. Es ist gut, dass ich nicht zu ihrem Stützpunkt versetzt werde, sie ist mir zu sympathisch.

Wir steuern ein mir noch unbekanntes Hotel, das Sahara Line, an, einige Straßen hinter dem Almasira. Auch vor diesem parken schon mehrere dicke UN-Geländewagen. Der Speisesaal liegt im 4. Stock, ein nüchterner Raum in grellem Spotlight mit vielen Säulchen und einem plärrenden Fernseher an der Front. Man kann bei den Kellnern Steaks oder Pizze bestellen, obwohl auch hier die Behälter mit Warmem aufgebaut sind, Vor- und Nachspeisen aufs Zugreifen harren.

Das Auslösen von Knochen hat sich in diesen Breiten noch nicht durchgesetzt. Ob Huhn oder Rind, alles wird kleingehackt dem Gulasch beigegeben. Mir wird das Spucken zu dumm, und ich hole mir einen Kelch Erdbeeren, die tatsächlich nach Erdbeeren schmecken. Die EU hat uns viele vertraute Geschmackserlebnisse abgewöhnt.

Gegen halb neun machen wir uns auf den Heimweg. Wohl auch dem Klima geschuldet ist jetzt Hauptausgehzeit. Die Bewohner der Stadt schieben sich die Straßen entlang. Aus den Geschäften, mitunter nur Durchreichen in Betonquadern, glitzert es. In Straßencafés sitzen die Männer. Mädchen und Frauen bummeln gruppenweise dahin. Auffällig sind die filzigen Mäntel der saharauischen Männer, deren Kapuze wie bei Zauberern spitz in die Höhe steht. Mir wird kühl in den beiden T-Shirts und dem dünnen Anorak.

In einer Seitenstraße rufen ein paar junge Männer den vorangehenden Mongolen zu: „China?“ No. „Vietnam?“ No. Bereits verzweifelt suchend: „Thailand?“ No, Mongolia. Ratlosigkeit bleibt zurück. Wenige Meter später ruft einer den beiden fröhlich „Ni-Hau“, chinesisch für Guten Tag, zu. Warum soll es ihnen besser gehen als dem armen Austria mit Australia?

## Dienstag, 26. 1.

Meine Verkühlung verschärft sich erwartungsgemäß. Mit dem Honduras-„Taxi“ erreiche ich das Hauptquartier, wobei ich erfreut feststelle, dass der Fahrer einen Roman von Gabriel Garcia Marquez neben sich liegen hat. Ich huste nach Leibeskräften und schleppe mich müde und schniefend von Termin zu Termin.

Erst lässt mir Jamil hochnäsig Fahrzeugkunde zuteilwerden, dann versucht mir ein einheimischer Jüngling von der Geografieabteilung etwas hölzern das GPS beizubringen. Einiges an dieser Woche des Ausbildungs-Parcours erscheint alibihaft. Anderes könnte durchaus ausführlicher sein, wie etwa die anschließende Einweisung in Flugsicherheit: Wie und wann man sich einem Flieger zu nähern hat, wie man im Hubschrauber sitzen muss.

Mittags entdecke ich hinter der Ecke des Hauptquartiers zwei Midi-Busse der UN. Diesmal möchte ich ins dritte uns für Mahlzeiten zur Verfügung stehende Hotel, das Nagir, und lande doch wieder im Almasira. Statt unter Ghanaern sitze ich heute als einziger Uniformierter unter Zivilbediensteten, Schnauzbartträgern und Frauen mit Kopftuch. Auffallend viele Marokkaner sind in dieser Mission angestellt, selbst in so sensiblen Bereichen wie der Sicherheit. Wo doch das von einem zivilen Jordanier gegebene Sicherheitsbriefing am Nachmittag, dem ich mit den sechs Honduranern und fünf Malaysiern – Newcomer dieser Tage wie ich – beiwohne, uns alles Erdenkliche an Vorsicht einschärft, sodass ich fast keine weiteren Notizen mehr zu machen wage.

Noch einmal treffe ich meinen Vorgänger Bernhard, der sich als auscheckender Teamsite-Chef in einem Report an die Chefetage noch einmal Luft über erlittene Unzukömmlichkeiten macht. Als er mich bittet, für ihn fünf Briefe per Feldpost aufzugeben, erlebe ich die Wiederauferstehung bereits vergessener UN-Prozeduren: Die zwei Postler sind zwar bemühte junge Einheimische, nur können sie mir nicht auf hundert Dollar herausgeben. Der Schein lässt sich auch nicht draußen auf einer Bank in kleinere Noten eintauschen, weil man dort nur Dirham herausgibt. Also gehe ich zum Kassier im Hauptquartier. Umtausch ist verboten, sagt er, selbst von Dollar in Dollar.

Man könnte sich lediglich im PX-Shop, dem Intershop der Vereinten Nationen, einen Vorrat für mehrere Vollräusche zulegen. Doch der Laden ist seit Wochen dicht. Auch am Golan gab es Probleme mit der Öffnung. Da hatten aber die Israelis die Lieferungen eingestellt, nachdem umfangreicher Schmuggel mit Alkohol und Zigaretten durch polnische UN-Militärpolizisten auf dem Flughafen von Tel Aviv aufgeflogen war.

Als ich mich von Bernhard verabschiede, kommt ein ähnliches Gefühl auf wie damals, als mein Vorgänger Siegi nach meiner ersten Woche am Golan zurück in die Heimat flog. Ich winke einem fremden Landsmann, der mir in wenigen Tagen vertraut geworden ist wie ein enger Freund, übers weite Meer nach und bleibe allein auf der exotischen Insel zurück. Jemandem, der an meinem unsicheren Beginn in der Ferne Heimat verkörpert und das Gefühl des Ausgeliefertseins an das Neue durch seine kundige Anwesenheit gemildert hat.

Doch ich muss mich nicht völlig verlassen fühlen, noch hängt Alfred phlegmatisch in seinem Bürosessel und lässt sich von leiser Walzermusik aus iPod-Lautsprechern berieseln. Er klagt darüber, dass hier absolut nichts los und der Zusammenhalt in der UN-Community gering sei. Gemeinsam jammern wir vor uns hin, als säßen wir im Vorzimmer eines Wiener Ministeriums, dann mache ich mich auf den Heimweg.

Irka hat den Fahrtest erwartungsgemäß bestanden, er offeriert mir einen kleinen braunen Klumpen, an dem ich mir fast die Zähne ausbeiße: Mongolisches Milchprodukt, erläutert er stolz. Ich lutsche verzweifelt. Es schmeckt wie zu Stein gewordener Parmesan. Ein Bonbon aus seiner Heimat zaubert er auch noch für mich hervor und einen Geldschein. Dann breitet er weitere Geldscheine aus aller Welt von minimalem Wert auf dem Bett aus, und ich verspreche ihm, fünf Euro von zuhause mitzubringen.

Gemeinsam mit seiner Kollegin traben wir abends neuerlich dem Sahara-Line entgegen. Tatsächlich scheint für die zwei Mongolen das Übersetzen der mäßig befahrenen Straßen ein Abenteuer zu bedeuten, obwohl man hier gesittet mit Tempo 40 unterwegs ist, weil überall Polizisten in hohen Stiefeln und mit langen weißen Stulpenhandschuhen den Verkehr im Auge haben. Ängstlich schauen sie rechts und links, geben sich Zeichen und eilen dann Getriebenen gleich ans rettende Ufer.

Wie sie da vor mir den Hang hinanwackeln, er ein wenig gedrungen, sie mit altmodischen kleinen Ohrringen und beide gut einen halben Kopf kleiner als ich, wirken sie wie ein biederes Bauernehepaar. Viel trage ich heute nicht zur Unterhaltung bei, eher huste ich, und Irka scheint es recht zu sein, weil ihm Englisch doch einiges abverlangt. So höre ich wortkarg dem Klang der unbekannten und wenig charakteristischen Sprache der zwei Tischgenossen zu.

Die beiden wollen nach dem Essen noch Shopping machen, aber da das auf meiner Interessenskala gleich hinter Fußball rangiert, trolle ich mich nach Hause und packe um, wie so oft in den letzten Wochen. Morgen soll ich mein über 15 Kilogramm schweres Gepäck aufgeben, aber so ganz genau hatte man es mich nicht wissen lassen, das musste ich erst recherchieren. „Collection of UNkit/Luggage to MOVCON“, heißt es für morgen kryptisch auf meinem Wochenplan.

## Mittwoch, 27. 1.

Die Ghanaer wollten mich um 8 Uhr 30 am Hotel abholen. Kaum mehr erwartet taucht gegen dreiviertel neun ihr Kleinbus auf. Ein rundlicher Unteroffizier heißt mich samt Koffer einsteigen, ein paar Minuten später sind wir in der UN-Baracke am Flughafen. Da stehen auch schon die beiden silbernen Aluminiumboxen mit meiner Habe aus Österreich. Mittlerweile sind sie mit allerhand Zetteln beklebt, Beglaubigungen mit und ohne Bundesadler, aber intakt. Dann werden sie und mein Koffer abgewogen und wegtransportiert. Wieder reist mir das Gepäck voraus, diesmal nach Mijek, einen Punkt mitten in der Wüste. Ich verfüge nun nur noch über Handgepäck: meinen Laptop und den Rucksack.

Am Flughafen ist ein hübscher Park angelegt, mehrere Palmen sind allerdings aus ihren Töpfen gefallen, lila blüht es an verzierten Mauern. Laut Plakaten wird hier ein Nobelhotel gebaut, daneben Bewuchs gegen die Versandung („lutte contre le ensablement“) gepflanzt. Je tiefer man aber in die Stadt steigt, umso ärmlicher wirkt sie.

Die Ghanaer fahren mich ein paar hundert Meter weit auf der Anhöhe dahin und zweigen dann von der Straße auf eine Rumpelpiste ab. Es ist die Zufahrt zum Logistikzentrum der Mission. Anhalten und ID-Karte an das Lesegerät halten, während der Torwart das Auto mit einer Stange und einem Spiegel an deren Ende umkreist, mit dem er die Wagenunterseite kontrolliert.

Drei Briefings erwarten mich hier: Ein freundlicher Nigerianer erklärt geduldig, was auf diesem weitläufigen staubigen Areal zwischen Zelten, Containern und ausrangierten weißen Vehikeln gemacht wird. Ein Asiate führt alle Feuerlöschgeräte der Mission vor und ein Afrikaner versteht es so gut, den Unwissenden für Generatoren einzunehmen, dass ich beschließe, mich in Mijek um den Posten des Generatoroffiziers zu bewerben. Wie immer: Die Art des Vortrags entscheidet über seinen Erfolg.

Gestern hatten die für die Funkgeräte zuständigen Herren gesagt, ich bekäme hier oben eine Handgurke, was aber meine heutigen Gesprächspartner bestreiten. Es geht auf Mittag zu, und wie vom Himmel geschickt, schaut Alfred aus dem Fenster des ersten Vehikels, das am Schranken hält, als ich nach einer Mitfahrgelegenheit Ausschau halte. In der Stadt erfahre ich, dass ich im Logistikcamp sehr wohl „UN-Kit“ und ein Handfunksprechgerät hätte ausfassen sollen. Morgen neuerlicher Anlauf. Mit dem Busfahrer aus Ghana einige ich mich auf wieder halb neun am Hotel Lakouara.

Vom Hauptquartier aus nehme ich diesmal den Bus, der tatsächlich zum Hotel Nagir fährt, zurück ein Taxi. „Finanzen“ steht auf dem Stundenplan, BIC und IBAN werden abverlangt. Wenig später informiert ein Zivilbediensteter aus Kenia über Minen. Etwas blass kauere ich neben ihm und der Powerpointpräsentation, die über den Bildschirm seines Computers flimmert. Unterschrift auf dem Laufzettel gibt es aber erst nach erfolgreich abgelegtem Minentest, zu finden im Gestrüpp der UN-Internetdokumentationen.

Von einem ruhigen Arbeitsplatz in Alfreds Büro aus, von Walzern und Brahms Deutschen Tänzen eingelullt, mache ich mich, zunehmend bekümmerter, an die Minen-Hausaufgabe, wenngleich es sich den Bildern nach hauptsächlich um Schauplätze in Kambodscha oder Zentralafrika handeln dürfte. Dennoch, auch wenn noch kein Minursianer daran glauben musste, die Minen sind eine latente Gefahr. Jährlich kommen im Einsatzgebiet rund 15 Zivilisten ums Leben.

Die Sprengkörper liegen in unserer Gegend als Schützen- oder Panzerminen oder als Unexploded Ordnances (UXOs). Darunter versteht man nicht Detoniertes, das etwa aus Flugzeugen abgeworfen wurde – wie die besonders grellfarbigen Clusterbomben, die viele kleinere in sich bergen – oder Sprengfallen quer über dem Weg. Es ist ein unerquicklicher Cocktail, der über einen großen Teil der Welt verstreut liegt und zu den schrecklichsten Geißeln der Menschheit zählt.

Im Minurso-Gebiet wird seit Jahrzehnten an der Beseitigung gearbeitet, und noch ist nicht klar, wo genau was liegen könnte. Auf Polisarioseite ist eine britische Privatfirma unterwegs. Sie soll jetzt die Ortung beendet haben und mit der Räumung beginnen, heißt es. Auf der anderen Seite ist die königliche Armee Marokkos zuständig. Immerhin ist die Räumung Teil des Vertrages beider Seiten mit den UN. Gemäß dem ungeschriebenen Ziel: „Unser Land soll schöner werden.“ Auf der Karte sind mir im Mijek-Areal beunruhigend viele grüne Punkte aufgefallen, die Minenfelder kennzeichnen. Und die pflegen mit Dünen und Sandstürmen mitzuwandern.

Erfreulicher ist da schon der Programmpunkt Welfare, einer der wesentlichen, geht es doch um Urlaub und Freizeit. Der zuständige Uruguayer zelebriert allerdings gerade das selbst, weshalb sein Clerk aus Ghana diese Aufgabe für mich wahrnimmt: kurz, uninspiriert und keineswegs erschöpfend. Auf jeder Wange hat er eine kleine Narbe, vermutlich ein Stammesschmuck.

Erstmals mache ich mich zu Fuß auf den Heimweg. Ermüdend ist das Erklimmen der aus Ländern der Zweiten und Dritten Welt bekannten mitunter kniehohen Bürgersteige mit rot-weiß gestrichenen Randsteinen. Gemischtwarenhändler haben ihre Ware fast bis an den Straßenrand ausgebreitet. Unrat drängt sich in Hausecken zusammen. Plötzlich endet die rötliche Pflasterung, man stolpert über unebene Betonfelder, über Löcher für nicht gesetzte Verkehrsschilder, über herausragende Kanaldeckel, gegen Leitungsmasten.

An der Straße parallel zum Fluss reihen sich links und rechts Kasernen aneinander. „2ème bataillon du genie" steht auf einer verbeulten Tafel am Eingang zum 2. Pionierbataillon zu lesen. Hätte ich nicht die blaue Kappe auf, ginge ich im grünen Mao-Anzug des Bundesheeres als einer der ihren durch.

Halb sechs ist es, hinter einem Kasernentor stehen alle stramm, während zu ein paar Trompetenstößen Marokkos rote Fahne mit dem fünfzackigen Stern eingeholt wird. Ein Stück weiter tuckern Soldaten auf Mopeds vorbei, schlendern mit Essensrationen in Plastiktüten dahin oder sitzen auf Korbstühlen vor dem Eckcafé „al Andaloss" und üben sich im Zigarettenkippenweitwurf. Laayoune ist eine Militärstadt. Mitunter dröhnen an Mammuts gemahnende LKW vorbei: uralte Dodge oder Bedford mit Wassertanks hinten drauf, schwächlich gewordene Armee-Berliet, die bei uns ausgemustert wurden, als ich vor 30 Jahren zum Grundwehrdienst einrückte.

Über den eingeebneten Grundmauern eines Eckhauses wurde ein Fahrschul-Parcours eingerichtet. Konservendosen und Stangen sind als Hindernisse aufgestellt, um die konzentriert und im Schneckentempo die Eleven der marokkanischen Verkehrswege in Kleinwagen kurven.

Nach mehr als 20 Minuten bin ich im Hotel. Zum letzten Mal erklimme ich mit meinen zwei Kriegern aus der Mongolei die Höhen der Stadt und lade mir im Sahara Line die Teller voll. Dass sich das auswirkt, spüre ich täglich deutlicher beim Schließen des Gürtels. Irka lässt sich von einem Kollegen überreden, noch rasch ans Meer zu fahren, bevor er morgen in seine Teamsite abfliegt. Irgendwann nach Mitternacht tapst er herein.

## Donnerstag, 28. 1.

Frühmorgens tapst er hinaus. Auch um ihn tut es mir leid, man lernt sich doch schnell kennen und schätzen. Schnaufend zieht er dahin, und ich bin nun Alleinherrscher im Zimmer. Im Frühstücksraum sitzen heute zwei Kollegen aus Äquatorialguinea und unterhalten sich in hartem Französisch.

Um halb neun bieten die Neuankömmlinge aus Malaysia an, mich dank eigenem Fahrer zum Logistikzentrum mitzunehmen, da sie dort heute das zu machen hätten, was ich gestern zu durchlaufen hatte. Ich überlege kurz und sage zu. Immerhin hatten mich die Ghanaer nicht vom Flughafen abgeholt, sollen heute sie auf mich im Hauptquartier warten. Wenn sie überhaupt warten. Vermutlich nicht, denn ich höre nichts mehr von ihnen.

Im Logistikzentrum erhalte ich erst einmal Halstuch, Käppchen, Barett und das himmelblaue Kleinzeug, das ich schon in Österreich bekommen habe, doch dann stockt die Sache. Der Mann fürs Funkgerät ist nicht da. Vielleicht eine halbe Stunde, heißt es. Ich schlurfe zwischen den Baracken dahin und betrachte die ausrangierten Laster mit den Augen des geprüften LKW-Fahrers. Ich verfolge deren Benzinleitungen, definiere den Ansaugkrümmer, suche nach dem Batteriekasten.

Eine Dreiviertelstunde später heißt mich die einheimische Sekretärin Platz nehmen – nur noch zwei, drei Minuten, der Meister sei schon unterwegs. Insgesamt wird es eine Stunde, aber in meiner ausgebeulten Schenkeltasche führe ich nun das versprochene Teil mit mir. Ich finde auch eine Mitfahrgelegenheit nach unten, habe allerdings jetzt zwei Unterrichtseinheiten bei Jamil verpasst. Die Honduraner nehmen mich zum Mittagessen mit. Ich gehöre schon zu ihnen wie ein exotisches Maskottchen, und sie begrüßen mich stets mit großem Hallo.

Am Nachmittag sättigt mich Jamils Clerk mit Wissen über Evakuierung aus medizinischen Gründen (Casevac). Unteroffizier Yahumba gemahnt an die Figur von Schnitzlers tragischem Herrn. Dieser Ghanaer lacht kaum, sondern trägt meist einen traurigen Dackelblick zur Schau, wobei er sentimental an seiner linken Unterlippenecke zu nagen pflegt. Ihm scheint es gleichgültig zu sein, ob der Vortragsraum überquillt oder ihm nur ein skeptischer Österreicher und ein junger Franzose gegenübersitzen: er trägt seinen Stoff mit ewig gleicher stoischer Ruhe vor. Besser: Er liest ihn ab.

Monoton lässt er seinen Zeigefinger auf die Scrolltaste fallen und produziert so Bild um Bild. Eine Textpassage folgt der nächsten, die er brummelnd herunterstottert. „Questions?“ steht quer über das letzte Bild, weshalb ich mir ein Herz nehme und frage: „Wie ist denn das hier im Hauptquartier…?“ „Jaja, am Samstag um 9 Uhr 30 hier, da gebe ich Ihnen das Briefing über Cultural Awareness“, unterbricht er mich. „Nein, ich meine mit Notfällen, die ins Hauptquartier kommen…“ „Samstag 9 Uhr 30, Hauptquartier, in diesem Raum, nächstes Briefing.“ Ich gehe zum Frontalangriff über: „Wenn ein Verletzter mit dem Hubschrauber angeliefert wird, wo landet der hier?“ Yahumba blickt sehnsuchtsvoll in die Weite vor der Tür und entdeckt am oberen Ende der Anlage den Parkplatz. „Dort oben“, sagt er. „Da werden alle Autos weggebracht, und der Hubschrauber kann landen.“

Zweifel sind angebracht, ob auf dem Platz in der Größe eines erweiterten Turnsaals, der noch dazu von einem fünf Meter hohen Maschendrahtzaun umgeben ist, ein Helikopter landen kann. Und wie man vorher die zwei Dutzend Autos wegbringt. Und dann vielleicht auch noch mit der Bahre über die Straße ins Hauptgebäude, durch dessen Eingang, der einer Gartentür ähnelt, durch den Scanner, um zwei enge Ecken, wo man die Bahre senkrecht aufstellen müsste um durchzukommen – unmöglich. Ein paar Tage später erfahre ich auf Anfrage von kompetenterer Seite, dass zwei Ambulanzen bereitstehen, die Verletzte vom Flughafen abholen.

Seufzend verlasse ich meinen zweifelhaften Lehrmeister, sage, wie immer in den letzten Tagen „Thank you very much, bye-bye“ und murmle draußen zu mir: „So, Freunde, und jetzt könnt ihr mich alle gerne haben.“ Womit ich den Heimweg antrete. Als mich an der ersten Straßenecke ein Hustenanfall beutelt, halte ich kurz inne und kehre um. Nun möchte ich es anhand eines Fallbeispiels genau wissen. Ich betrete das Hauptquartier und gleich um die Ecke die malaysische Ambulanz. Dort sitzt gerade ein Neuankömmling aus Kroatien, ein angegrauter schwermütiger Hauptmann. Mühsam, wie schwere Tropfen, lässt er die einzelnen englischen Worte fallen.

Der Sanitäter wendet sich an mich: Nur ein kleines Problem, sage ich vorsorglich und lasse, um mein Anliegen zu unterstreichen, einen Probehuster los. Ob man etwas Schleimlösendes hätte, Hustensaft vielleicht. „You want to see a doctor?“ „Äh … no, not necessary, maybe,…only something“, stammle ich. „Okay, a doctor.” Und da steht sie auch schon wieder vor mir, die zarte Schönheit mit den tiefschwarzen Augen und Haaren. Ich huste ihr etwas und sie fragt, ob ich gegen irgendwelche Medikamente allergisch sei. Als ich verneine, scheinen alle Schleusen für genussvolles Verschreiben geöffnet. Sie greift zum Stethoskop und horcht mich am Rücken ab. Durch T-Shirt und Bluse. Offenbar hat sie das absolute Gehör.

Ich werde einen Raum weiter gebeten, zur Hausapotheke. Bar aller von zu Hause gewohnten ökonomischen Zwänge durch leere Krankenkassen und klamme Arztpraxen greift Frau Doktor ins Volle und häuft ein ansehnliches Gesundungspaket vor mir auf: „Von diesen Pillen nehmen sie dreimal am Tag eine“, sagt sie.

„Und von diesen auch.“ Dann schiebt sie mir zwölf dicke Tabletten in Folie zu. „Das sind die Antibiotika, täglich eine. Das hier sind Vitamin-C-Tabletten, täglich eine, und das ist ein Sirup, jeden Abend einen Löffel voll.“ „Sind die Antibiotika wirklich nötig“, werfe ich zaghaft ein. Doch, sagt sie resolut, denn wenn die Entzündung verschleppt werde, könnte es sehr ernst werden. Und damit packt sie alles zu einem ausgiebigen Lunchpaket in einer Tüte zusammen. Das sollte für die nächste Zeit reichen, meint sie ungerührt.

Mit einem Schlag ist der Anblick ihrer sich über knackige Rundungen spannenden Uniformhose ohne Reiz, stattdessen schiebt sich das Bild von Elfriede Blauensteiner davor, jener Frau, die vor etlichen Jahren in Österreich mehrere ihrer Ehemänner medikamentös um die Ecke gebracht hat. Obwohl ich von Ärzten bisher nie viel gehalten habe, hatte ich doch stets penibel ihren Verschreibungen gehorcht. Heute ist es das erste Mal, dass ich nicht folgen werde. Vitamin C, gut. Die Brause werde ich mir in der Wüste gerne genehmigen, der Hustensaft ist genau das Richtige, und die Pillen werde ich näher in Augenschein nehmen. Aber Antibiotika – sicher nicht!

Ich bedanke mich, schultere mein Medikamentensäckchen und mache mich auf den Heimweg, wo ich, mitten in der Stadt, einer Ziegenfamilie begegne. Ich wäre vermutlich besser bedient gewesen, hätte ich die zwischen Kasernenmauern gezwängte „Pharmacie de la Santé“ aufgesucht und mir für ein paar Dirham Hustensaft zugelegt, überlege ich im Vorbeigehen.

Als ich im Hotelzimmer ankomme, hängt eine schwarze Jacke über der Schranktür. Sollte Irka etwas vergessen haben? Ich öffne den Schrank: Taschen und Schuhe stehen darinnen. Meine gute Laune sinkt auf null. Kaum durchgeatmet, habe ich schon einen neuen Mitbewohner.

Gegen sechs klopft es. Vor mir steht ein um einen Kopf größerer junger ebenholzschwarzer Mann, mein neuer Zimmergenosse. Daniel heißt er, ist Hauptmann aus Ghana, um die 30, spricht exzellent Englisch und hat ausgezeichnete Manieren. Einer, mit dem ich mich auf Anhieb verstehe. Es ist seine fünfte Mission, zweimal war er in Liberia, zweimal in Côte d´ Ivoire. Er ist für zwei Tage auf „Admin Patrol“ in Laayoune. Das ist etwas, das jede Teamsite einmal im Monat macht: Zwei Autos mit vier Personen fahren vom Stützpunkt in die Zentrale, um die Fahrzeuge reparieren zu lassen und für alle einzukaufen.

Zwölf Stunden waren sie von Aguanit, meiner künftigen südlichen Nachbarstation, hierher unterwegs gewesen. Unter Einhaltung der Geschwindigkeitsvorschriften wären es vermutlich 16 oder mehr Stunden, erzählt er. Und dann berichtet er vom Leben in der Wüste. Unterm Strich: Es wird in erster Linie eine gruppendynamische Herausforderung. Aber ich würde es genießen, strahlt er mir mit blendend weißen Zähnen zu.

Wenn ich wollte, könnten wir gemeinsam zum Essen fahren, schlägt er vor. Es klopft, Vitali, sein russischer Teamsite-Chef, tritt ein, eine radebrechende Henker-Erscheinung im blau-weiß gestreiften Seemannsleibchen. Draußen hat es leicht zu regnen begonnen. Im Foyer warten die beiden anderen aus Aguanit: Ein fragiler Professorentyp aus Pakistan und ein vierschrötiger Asiate mit zwei extrem vorstehenden Schneidezähnen, was ihm das Aussehen eines hypertrophen Osterhasen verleiht.

Die Mongolin steht schüchtern in der Ecke und traut sich offenbar nicht hinaus. Ich hatte ganz vergessen, dass sie seit heute keinen Bodyguard mehr hat. Ich frage die anderen, ob wir sie mitnehmen könnten, was sie akzeptieren. Nach dem Essen im Sahara Line möchte Daniel noch auf dem Markt einkaufen. Mit beschränkt freudigem Herzen begleite ich ihn, weil der hier angebotene Ramsch wenig überzeugt. Er aber hat eine kleine Einkaufsliste seiner Kollegen abzuarbeiten.

Und so traben wir los, zwischen den sich dicht drängenden Einheimischen hindurch zu einer Straße, in der sich Laden an Laden reiht, Jeans und Jacken bis zur Straße aushängen, Glitzerschmuck, Batterien und Sandalen locken. Während Daniel drinnen um Computerzubehör feilscht, erzähle ich der mongolischen Ärztin von meinem heutigen Praxisbesuch.

Eine der Pillen enthält Prednisone, das bei meinen Kopfschmerzattacken erfolgreich sein könnte. Doch Frau Doktor rät mir ab. Das rege ein Organ im Körper, das sie nicht auf Englisch übersetzen könne, zur Überproduktion an, ich tippe auf Milz oder ähnliches. Und die Antibiotika solle ich auch weglassen. Immer gut, zwei Ärztemeinungen zu hören und dann den ganzen Plunder beiseitezuschieben. Am Abend nehme ich den dickflüssigen Hustensaft ein, süß-sauer, südostasiatisch eben. Das Ding scheint zu helfen.

## Freitag, 29. 1.

Hinten eingeklemmt im Honduras-Taxi erfahre ich von den Companeros, dass vor ihrer Küste das zweitgrößte Korallenriff liegt, und dass bei ihnen der größte Adler der Welt lebt. Und dass es viele Papageien gibt. Honduras kommt auf die To-do-Liste für die Zeit nach dem Einsatz.

Heute ist Driving Test. Die Leute in der Kraftfahrabteilung überrascht mein Erscheinen, doch umgehend wird einer der einheimischen Bediensteten dazu verdonnert, die Prüfung abzunehmen. Recht begeistert scheint er nicht zu sein, er sagt auch nicht viel, und so erklimmen wir beide den Parkplatz, Yahumbas präsumtive Hubschrauber-Landemöglichkeit. Ich soll auf dem Fahrersitz eines Nissan Patrol Platz nehmen und schrecke mich gleich einmal: Ziemlich dickes Ding. Die Motorschnauze, die ich gerade noch überblicken kann, erinnert mich an alte Linienbusse meiner Kindheit.

Benzin oder Diesel, frage ich. Diesel. Also vorglühen. Und los geht es. Keine Hexerei, ich fahre wie ein Vorzugsschüler, Ziel ist die Logistikbase beim Flughafen. Exakt parke ich zwischen zwei Steinreihen ein. Werkstatt-Briefing gibt es nicht, weil kein Geeigneter da ist, wir fahren zurück, diesmal mit dem Prüfer am Steuer.

Im Büro wird ein wenig schmeichelndes Foto von mir vor einer UN-Fahne produziert, dann tippt ein Local meine Daten ein und lässt einen Führerschein im Scheckkartenformat aus dem Printer fallen. Stimmt nicht, sage ich und zeige auf den Namen „Stefau". Er deutet auf mein schlampig ausgefülltes Formular, grunzt unwillig und druckt ein weiteres Kärtchen. Nun darf ich auch Auto fahren. Ich werde immer erwachsener in dieser Mission.

Um 11 Uhr sollte die Vorstellung bei Stabschef und Force Commander stattfinden, doch es zieht sich. Wir – sechs Honduraner, vier Malaysier und ich – stehen unter den Arkaden und fotografieren uns gegenseitig. Die Stimmung wird lockerer, je besser man sich kennt. Einer der Malaysier scheint ziemlich sexbesessen zu sein und will ständig wissen, wann er das erste Mal auf Urlaub gehen darf. Ein anderer, der aussieht wie jener panamaische Diktator vergangener Tage, den man „Ananas" genannt hatte, überlegt fröhlich zwinkernd, was er tun wird, wenn er in ein paar Jahren als Missionschef zurückkehrt. Mich lädt er zu sich ein, weil er in Ostmalaysia am Rand eines Naturschutzgebiets wohnt, wo nur 100 Touristen am Tag hineindürfen. Wir haben eine Menge Spaß beim Warten. Schließlich wird der Termin auf 16 Uhr verschoben. Also fahren wir essen.

Der Chinese aus der Personalsektion erbarmt sich meiner, und ich muss kein Taxi nehmen, sondern darf im Nissan Prado ziemlich fußfrei mitfahren. Im Almasira löffelt schon der devote Adjutant des Force Commanders, ein filigranes Jungengesicht, dem man kein einziges Barthaar zutraut. Er ist mit unserem Termin ziemlich ins Schwitzen gekommen, hat sich x-mal verbeugend bei mir als dem Unterhändler der Neuen bedankt, dass wir auf 16 Uhr verschieben konnten. Nun packt er verstohlen sein Tupperware-Schälchen aus, in dem er schwarze Würmer als Gewürz für das Hotelessen mitführt.

Wieder im Hauptquartier tönt mir aus einer Raucherecke „Gutän Tog" entgegen. Der Gruß kommt von einem ungarischen Hauptquartiersoffizier. Er ist in Szekesfehervar daheim und war kürzlich in Österreich einkaufen, erzählt er mir zwischen ein paar Lungenzügen. Praktischerweise erkennt man die Nationalität anderer Minurso-Offiziere an einem Abzeichen am linken Oberarm ihrer Uniform.

Um 16 Uhr sind wir erst einmal beim Stabschef verabredet, einem groß gewachsenen Bangladeschi mit schmaler Brille und Glatze. Wenn die Camouflage einer Armee, die Soldaten tarnen soll, auf die Vegetation ihres Landes schließen lassen darf, dann muss Bangladesch sehr farbenfroh sein. Den Tarnanzug des Herrn Oberst dominiert knalliges Giftgrün. Er spricht erhebende Worte, etwa, dass wir Gott, dem Allmächtigen, dankbar sein dürfen, für eine solche Friedensmission ausgewählt worden zu sein.

Derart transzendente Bezüge stellt der chinesische Force Commander nicht her. Ihm begegnen wir kurz darauf in einem der Konferenzsäle. Eifrig diskutieren wir vorher unser Auftreten: Aufstehen oder nicht? Salutieren, und wenn ja – wann? So sehr wir aus aller Welt kommen, im Beruflichen sind wir auf einer klaren Verständigungsebene. Auch Eisenbahner aus aller Welt sind auf Anhieb jenseits der Nationsgrenzen eine Familie. Mitunter verstehen sich gleiche Berufsgruppen untereinander besser als deren Mitglieder mit ihrem Nachbarn daheim, mit dem sie Sprache und kulturellen Hintergrund teilen.

Der Generalmajor weist darauf hin, dass wir Botschafter unserer Nationen sind. Er fragt nach Vorkenntnissen in Auslandseinsätzen und deutet auf mich: Golan, oder?, sagt er. Da hat sich jemand mit den Dossiers beschäftigt. Die anderen sind erstmals in einer Mission. Ich sehe sie mir heimlich an: Alles Hauptmänner und Majore zwischen 30 und höchstens 45. Wieder einmal bin ich zehn Jahre zu spät dran. Vielleicht darf ich deshalb länger leben. Wir stehen stramm und sagen zackig „Nice to meet you", als es ans Händeschütteln geht.

Der Tag ist rasch vergangen, und wenig wurde getan. Militärische Zeitrechnungen verlaufen seit jeher verblüffend anders. Abends fahre ich mit den Honduranern ins Nagir Hotel. Gemeinsam mit einer kugelrunden Ärztin aus El Salvador sitzen wir an einem langen Tisch. Sie bestellen Steaks und Tintenfisch, ich bin schon mit dem am Buffet Angebotenen angefüllt wie Max und Moritz mit ihren Hühnerkeulen. Wir setzen uns anschließend in dicke orientalische Polstermöbel im Foyer, und ich erzähle einem von ihnen, dass ich in diesem Jahr mein Interrailbuch fertig schreiben werde. Es ist die Höchstleistung des Tages, einem Südamerikaner auf Spanisch Interrail zu erklären. Dementsprechend müde falle ich um halb elf ins Bett.

## Samstag, 30. 1.

Um 9 Uhr 30 sitze ich gemeinsam mit Hauptmann Jurica Knezevic aus Zagreb, dem angegrauten Hauptmann, den ich im Sanitätsraum kennengelernt hatte, Jamil gegenüber und warte auf Yahumba und sein Briefing über Cultural Awareness. Wie zu erwarten, ist er nirgends auffindbar. Jamil geht seinen Tätigkeiten nach, als wären auch wir nicht da. Ab und zu wählt er erfolglos Yahumbas Durchwahl. Zehn vor zehn schlurft der Ghanaer schweren Schritts in seinen gazellenfarbenen Wildlederstiefeln bei der Tür herein und kaut an seiner Unterlippenecke.

Im Lehrsaal wirft er den Computer an, murmelt „Problem, Problem" und ist wieder draußen. Ich schaue Knezevic schulterzuckend an und sage: „So sind die UN". Irgendwann ist unser Vortragender wieder da und brummelt seinen Vortrag vor sich hin. Beim Punkt über die Unpünktlichkeit bleibt er unbestimmt.

Beim Operation Briefing um 11 Uhr mit dem Italiener Valerio sind auch die Honduraner und Malaysier dabei. Es geht um Basiswissen, etwa, dass die Minurso-Fläche 260.000 km$^2$ ausmacht, die Hälfte von Frankreich, dass hier 231 Soldaten aus 29 Nationen eingesetzt sind und dass es aufgrund übel wollender Banden in der Wüste für den Stützpunkt Aguanit derzeit keine Nachtpatrouillen gibt, weil die Polisario während der Dunkelheit unsere Sicherheit nicht garantieren kann, durch jenes Gelände aber ein Hauptweg nach Mauretanien führt.

Umgehend wandern die Minen in meinem Ängstlichkeits-Ranking auf Platz zwei, zumal auf der Ostseite alle Teamsites mit Mauern und Zäunen umgeben wurden, wie mir Sascha, unser österreichisch-serbischer Sicherheitschef, erzählt. Zwei entführte Spanier seien sogar von der Hauptstraße weg verschleppt worden und sind offenbar noch nicht aufgetaucht, wie ich heute Früh dem spanischen Fernsehen entnahm. Ministerpräsident Zapatero ist eigens mit Mauretaniern zusammengetroffen.

Nach dem Mittagessen öffne ich das Fenster des Hotelzimmers, setze mich an den Computer und schreibe mir stundenlang die Erlebnisse von der Seele. Es ist wie an einem Frühlingstag daheim. Gegen 19 Uhr leuchtet es wieder aus den Kirchenfenstern gegenüber, diesmal ist ein junger Geistlicher aus Madrid da, außerdem sitzen einige Honduraner, darunter mein künftiger Teamkollege in Mijek, in den Bänken.

Das Abendessen im Almasira ist wochenendlich bescheiden, es sind auch nur wenige da, etwa die russische Hubschrauberbesatzung, die weniger wie Götter in Dunkelblau denn eine Gruppe behäbiger Traktoristen wirkt. Es ist die erste Nacht, in der mir das Zimmer allein gehört. Daniel hatte sich wie ein schleichender Leopard, so man sich einen solchen mit Taschenlampe im Mund vorstellen kann, um halb sechs in der Früh zur weiten Heimfahrt aufgemacht – mit dem Erfolg, dass ich ihn beim Mittagessen nochmals traf, weil das Auto noch nicht fertig war.

## Sonntag 31. 1.

Eigentlich wäre heute frei, ich finde mich aber nach dem Mittagessen in Alfreds Büro ein, um am Computer den Kurs „Field Security, Basic“ fertig zu machen, dessen erfolgreiches Bestehen ich für meine Qualifikation in der Teamsite benötige. Niemand hatte uns allerdings gesagt, dass man ihn schon in Laayoune machen kann und nicht erst am unsicher flackernden Internetkasten in der Wüste. Dazu muss man auf die informellen Kanäle der Österreicher bauen.

Vier Stunden brauche ich, es ist die reinste Gehirnwäsche. Aber ich lerne nebenbei die englischen Begriffe für Ausgangssperre und Autostopper. Und dass es kein Honiglecken für UN-Personal sein dürfte, an den Außenposten in aller Welt Dienst zu tun. Zuletzt formt sich am Bildschirm ein hübsches Zertifikat mit meinem Namen in geschwungenen Buchstaben, das Alfred höchstauflösend ausdruckt. Das beruhigt, denn als einmal am Nachmittag die Versorgung zusammenbrach, was mich an alte Golan-Zeiten erinnerte, sah ich mich an den Anfang zurückgeworfen und musste alles samt Zwischentests wiederholen.

Am Abend treffe ich den wortkargen Knezevic beim Essen. Ich weihe ihn in die Computermöglichkeit in der Cafeteria ein. „Ei chave no prsnell cmptrrr", kommt es stockend. Tags darauf treffe ich ihn hinter einem der vier für uns bereitstehenden Geräte. Er kommt nicht an seine Mails heran. Ich frage die Bedeutung der einzelnen kroatischen Worte ab, auf deren Buchstaben Akzente wie struppige Haare nach allen Seiten wegstehen. Immerhin kann er seine Mailadresse eingeben, das Password kennt er nicht. Einer aus der Vorcomputergeneration.

Beim Mittagessen begegne ich ihm wieder, er strahlt mich an: „Major", sagt er zu mir und deutet auf sich: „Ei chome to Mijek." Eine Woche nach mir, so hat man es ihm gerade mitgeteilt. Ich freue mich darüber, denn ich mag diesen Mann mit dem traurigen Blick. Er, der Honduraner Osman Rodas und vermutlich noch ein paar – vielleicht sollten wir uns mit einem Englischkurs die Mijek-Freizeit vertreiben.

## Montag, 1. 2.

Auch heute hätte ich frei, denn es ist Flugtag nach Norden. Die Hälfte der Honduraner ist schon aufgebrochen. Dennoch nehme ich ein Taxi ins Hauptquartier, das von einem Wald marokkanischer Fahnen umgeben ist. Die stehen da, seit sich ein dänischer Minurso-Kommandant am Ende seiner Mission ein Herz genommen hatte und die National-Fahne, die bis dahin mitten im Hauptquartier neben der UN-Fahne geweht hatte, aus Neutralitätsgründen hatte einholen lassen. Großer Ärger bei den Gastgebern. Umgehend wurden Pfähle und Baumstämme im Meterabstand rund um das Areal eingerammt, und seither weht es rundum rot, und nur schwach himmelblau flattert etwas in der Mitte des Compounds.

Auch fahren wir auf dieser Seite der Einsatzzone nicht, so wie anderswo, mit UN-Kennzeichen, sondern mit marokkanischen. Auf der anderen Seite des Berm müssen die Schilder allerdings durch UN-Tafeln ersetzt werden. Zwei Beispiele dafür, wer hier das Sagen hat. Und wer es sich gefallen lässt.

Pro forma melde ich mich beim Russen in der Personalsektion und sage, dass ich morgen abfliege. Er sieht nach und findet mich nicht auf der Passagierliste. Ab sofort ist er hektisch. Gerade noch rechtzeitig werde ich dazureklamiert. Mir wäre es egal, bleibe ich eben noch eine Woche in der hübschen Staubstadt.

Ich setze mich auf einen Plausch zu Sascha-Slavica, der seit den späten 80ern bei der UN ist und auch schon viel Unerbauliches in der Firma erlebt hat. Schließlich werde ich dem dritten zivilen Österreicher bei Minurso vorgestellt: Roland aus Stadtschlaining, dem IT-Chef der Mission. Er verkündet den beiden anderen begeistert, dass er die Krimiserie Kottan, Folge 1 bis 14, auf DVD aus dem Heimaturlaub mitgebracht hat, und sie vereinbaren einen Österreichabend im ereignislosen Laayoune.

Roland schafft es mit einigen fachkundigen Klicks, meinen Computer wireless zu stellen, und ich mache mich über den Kurs „Security in the fields – advanced". Allerdings bricht nach zwei Stunden die Verbindung zusammen, bevor mir die öden Texte den Verstand rauben können. Gegen 18 Uhr hängen die Flugpläne für morgen aus: Um acht Uhr soll ich nach Oum Dreyga abheben, um 9 Uhr 45 geht es von dort weiter nach Mijek. Erst pilotieren uns Ukrainer, dann eine russische Besatzung.

Ich bleibe bis zum Abend in der Cafeteria, gehe noch einmal essen, noch einmal schlafen – und dann beginnt das große Abenteuer an der Front.

## Dienstag, 2. 2.

Zu noch nachtschlafender Zeit erhebe ich mich, schlurfe über den kalten Steinboden des Hotelzimmers und klaube die spärliche Habe zusammen. Im Frühstücksraum kommen nach und nach die Passagiere dieses Tages zusammen, tragen Name und Identifikationsnummer auf dem Zettel eines Klemmbretts an der Tür ein. Melancholisch noch der Nacht und den von ihr geschenkten Träumen nachhängend greifen sie nach Süßgebäck und Joghurt. Jeder sitzt an einem Tisch für sich, es ist ein schweigsames gemeinsames Mahl.

Kurz nach dreiviertel sieben schiebt sich ein schneeweißer Midi-Bus mit den groß aufgeklebten schwarzen Buchstaben „UN" aus der Dunkelheit um die Ecke des Hotels. Noch im Fahren schlägt die Bus-Tür mit leisem Knall auf. Ein knappes Dutzend Passagiere klettert hinein. Kaum ist der Häuserblock umrundet, fällt auf, dass der aus dem Urlaub zurückkehrende Uruguayer fehlt. Gerade saß er noch ruhig bei Brötchen und Tee. Unzufrieden knurrt der Fahrer, kurbelt am Lenkrad und liest den Säumigen vor dem Hotel auf.

Die kurze Bergfahrt zum Flughafen beginnt von Neuem, entlang eines Parks, über dessen Gitter violette Blüten quellen, farblich mit den zartrosa Bauten harmonierend, die den Pastell-Grundton von Laayoune ausmachen.

Um sieben Uhr reihen wir uns auf dem menschenleeren Flughafen an einem der drei Schalter vor zwei Männern mit UN-Käppchen auf. Jeder nennt Name und Nummer der ID-Karte. Auch ein paar arabische Zivilbedienstete sind zu den uniformierten Fluggästen gestoßen. Belehrung auf dem Gelände hinter der Ausgangstüre: Kein Käppchen aufsetzen, die Maschine im vorgeschriebenen Gänsemarsch ansteuern.

Die steht weiß und still nicht weit entfernt, und die tollkühnen Männer traben auf ihre fliegende Kiste zu. Mann für Mann erklimmen sie die Gangway und besetzen von hinten das Innere der Antonov. Dass der Vogel nicht der jüngste ist, lässt sich am unmodernen Lichtband über der Gepäckablage ablesen. Dort kullern die Sauerstoffmasken für das fliegende Publikum herum. Auf Schwimmwesten wird in der Wüste augenscheinlich verzichtet.

Die Maschine ist ein Mehrzweckgerät: der Boden besteht aus Platten, die vor anderweitiger Beladung herausgenommen werden können, was bisher schon zur Genüge geschehen sein dürfte. Eine Bitte, die Sitze gerade zu stellen, erübrigt sich, denn jeder von ihnen hat sein Eigenleben in einer ausgeleierten Mittelstellung gefunden. So also sieht künftig für mich die ramponierte Nabelschnur zur Zivilisation aus. Das Abenteuer beginnt mir zu gefallen, auch wenn ich mich sonst keineswegs zu den Abenteurern zähle.

Eine extrem dünne Stewardess in weiß und blau baut sich vor der Tür zum Cockpit auf und gibt jene spärlichen Sicherheitshinweise, denen man unter den gegebenen Umständen noch Folge leisten kann. Dann verschwindet die klapprige Ukrainerin wieder hinter der Tür mit vergilbter Tapete und kyrillischer Aufschrift.

Vom Kapitän hört man nur die üblichen knappen Anweisungen, nicht die gewohnten entbehrlichen Touristikauskünfte, dass man gleich hart rechts und später weit links am Sand vorbeifliegen werde. Auch kein „Danke, dass Sie für Ihren Flug die Vereinten Nationen gewählt haben." Allerdings frage ich mich etwas beklommen, ob ich mir wirklich drei Urlaube in diesem Jahr antun soll, wenn sich die Verbindung so anfühlt wie gerade jetzt.

Der Pilot startet die Maschine wie einen Autobus, rechts neben dem Bullauge an meinem Sitz beginnt sich ein Propeller zu drehen, wenig später ein anderer auf der linken Seite, dann rollen wir zur Startbahn. Das Unbegreifliche passiert: Es war kaum spürbar, dass sich die Maschine vom Boden erhoben hat. Eintönig tuckert sie dahin, hinein in einen sich aufhellenden Morgen. Die Sonne blitzt in die Kabine, ich schaue mich vorsichtig um, hoffend, dass mein Sitz durch die Bewegung nicht zusammenbricht.

Die arabischen Zivilisten setzen ihren Nachtschlaf fort, auch die anderen hängen schlaff in ihren durchgesessenen Stoff-Draht-Geflechten. Nichts Bemerkenswertes. Ich hole Lesestoff aus dem Rucksack, denn draußen gibt es nichts zu sehen, nur dunstiges Blau des Atlantiks und später eintöniges Ockerbraun der Wüste.

Laut Plan sollten wir nach einer Stunde schon längst im Landeanflug sein, doch die Antonov brummt weiter gleichmäßig vor sich hin. Schließlich taucht die Stewardess auf, kündigt die Landung an und verweist darauf, dass wir nun die elektronischen Geräte zu verstauen hätten. Was einen Mann mit gegerbter Haut vor mir, der die ganze Zeit unter riesigen Kopfhörern vor sich hin gedöst hatte, plötzlich veranlasst zu telefonieren. Da ich nicht ausschließen kann, dass er zur Crew gehört, bleibe ich ruhig und sage nichts, man ist ja noch Greenhorn.

Eineinhalb Stunden nach Abflug setzt der Flieger weich auf und rumpelt gemächlich zum Stillstand. Der Motorenlärm erstirbt, und damit endet auch die kostenlose Fußreflexzonenmassage. Die Propeller drehen noch ein paar Runden, dann ist es mäuschenstill. Nach der Reihe verlässt die Crew das Cockpit durch den Mittelgang, niemand klatscht. Keine Urlaubsstimmung wie bei TUI, auch wenn es von hinten ferienwarm hereinströmt. In dieser Atmosphäre etwas beunruhigender Notdürftigkeit vermitteln weiße Hemden mit ein paar goldenen Streifen und blaue Hosen unvermittelt Kompetenz.

Wir klettern ebenfalls hinten hinaus, und ich registriere mit Erstaunen eine Naturlandebahn. Nun sehe ich mich tatsächlich dem Abenteuer gegenüber. Und einem Uniformierten in gelber Weste und der Aufschrift „Air Terminal Officer“ hinten drauf. „Willkommen in Oum Dreyga“, ruft er mir auf Deutsch zu. Es handelt sich um Rudolf Bac, den zweiten Österreicher unter den gut 200 Menschen in dieser Mission. Er ist schon seit November da. Mit ein paar anderen schaufelt er das spärliche Gepäck aus dem Flugzeugbauch.

Einige von Bacs Kollegen teilen die Passagiere ihren weiteren Destinationen zu. Osman Rodas und ich werden zu einem der wartenden weißen Wagen dirigiert und zum nächsten Flugsteig, will heißen, auf einer holprigen Fahrspur im harten Sand hinter die nächsten Grasbüschel gebracht. Dort steht der Anschlusszug, der Regionalexpress, eine weiße Mi 8.

Ich kann noch über die Antonov einen Blick auf die Teamsite Oum Dreyga werfen, bevor uns das Flugpersonal in Empfang nimmt. Das erste Mal in einer Mi, sage ich dem russischen Piloten im frisch gebügelten Hemd, während wir auf den Hubschrauber zugehen. Er lacht freundlich und macht dabei eine breite Zahnlücke frei, deutet auf sich und sagt: „Ich 30 Jahre mit dieser Maschine." Das beruhigt nachhaltig. Auch wenn ich drinnen ein Loch im Boden entdecke, durch das zwecks Dichtung eine Plastikflasche gestopft und mit einem rostigen Draht verzurrt wurde.

Ich suche mir einen Platz an der einen Längsseite, Rodas setzt sich auf die andere Seite. An der Tür zum Cockpit baumelt ein Turnbeutel in Tarnfarben. Ein groß gewachsener Steward gibt uns eine Privateinweisung in die Sicherheit und überreicht jedem einen der dicken Kopfhörer, die an einer Leine neben der massiven Einstiegstür baumeln. Dann wuchtet er diese zu, wuchtet sie aber bald wieder auf, weil noch ein schwerer Karton hereingestemmt wird. Er sagt etwas in sein Headset-Mikrofon, was den Mann auf der anderen Seite der Trennwand veranlasst, die Rotoren wummernd in Bewegung zu setzen. Punkt dreiviertel zehn, wie vorgesehen.

Allerdings steigt der Vogel nicht senkrecht auf, wie ich erwartet hatte, sondern nimmt Anlauf wie ein Strauß beim Wettrennen, hebt ab und zieht eine Kurve. Es gefällt mir nie, wenn zur einen Seite der Himmel hereinschaut, zur anderen die blanke Erde wie in Draufsicht. Dennoch riskiere ich alsbald lange Blicke auf die Landschaft, die sich kaum ändert. Gleichbleibendes Braun breitet sich unter mir aus, überzogen von einem Gewirr aus einander schneidenden, sich vereinigenden und auseinanderstrebenden Fahrspuren. In diesem Spinnengewebe da unten werde ich ab sofort täglich meinen Weg durch das ausgelegte Minenarsenal der beiden Kombattanten finden müssen.

Immer wieder wachsen felsige Bergrücken aus dem Boden, geben der eintönigen Landschaft reizvolle Zäsuren, Anhaltspunkte in einer gleichförmigen Ebene. Plötzlich quert der Hubschrauber einen langen dunklen Strich aus zwei aufgeworfenen parallelen Sanderhebungen, den 2400 Kilometer langen Schutzwall, Berm genannt, die Trenn- und Waffenstillstandslinie zwischen Marokkanern und der Polisario.

Auch Rodas beobachtet aufmerksam die geöffnete Landkarte unter uns, die ihm genauso fremd ist wie mir. Doch die ihm vertraute Heimat sieht völlig anders aus als meine. Ich male mir das satte Grün des Regenwaldes aus, die hohe Luftfeuchtigkeit und all die mir unbekannten Verlockungen und Gefahren des honduranischen

Dschungels, mit denen Rodas spätestens nach seiner militärischen Ausbildung umzugehen weiß.

So etwas wie kindliche Neugier meine ich in seinen Augen unter dem gewellten schwarzen Haar zu lesen, Neugier auf die Sahara unter uns, trotzigen Wagemut, wie er einer Generation zu eigen ist, der ich mich nicht mehr zugehörig fühle. Rodas tief liegende Backenknochen erinnern an die Gesichter der Maya. Ich nehme mir vor ihn darauf anzusprechen. Ich nehme mir viele Gesprächsthemen in diesem Moment vor, denn ein langes Jahr der Gelegenheiten liegt vor mir.

Osman – die Honduraner hatten mir in Laayoune erzählt, dass sie meist exotische Vornamen hätten, keine richtig lateinamerikanischen. Ich frage mich, warum das so ist, ob sich da zufällig keine nationale Eigenständigkeit ausgebildet hat, ob es Mode ist, oder ob es dem Land in dieser Frage an Selbstbewusstsein mangelt. Wir beide werden jedenfalls für die nächste Zeit die Küken von Teamsite Mijek sein, und das schweißt zusammen, darin waren wir uns schon vor dem Abflug einig.

Nach einer halben Stunde in der Luft nähert sich die Erde unmerklich, weich setzt der Helikopter im Sand auf und rollt kurz aus. Tatsächlich, stelle ich wenige Minuten später fest, die Mi hat Rollen und keine Kufen. Wir klettern aus dem Flieger und ein paar erwartungsvollen Gesichtern entgegen. Wenige Meter hinter dem Landeplatz entdecke ich die weißen Mauern der Teamsite. Rundherum verliert sich das Braun im flimmernden Dunst der Ferne. Lediglich weit hinter dem Lager zeichnet sich ein staubig-grüner Strich von Bäumen und Büschen ab. Ich bin in Mijek angekommen.

Es herrscht Getümmel, eine erste Orientierung fällt schwer. Kisten werden abgeladen, andere aufgeladen, ein russischer Offizier wird verabschiedet, die anderen falten eine große UN-Flagge auseinander und winken damit rhythmisch, als der Hubschrauber abhebt, eine enge Kurve über das Camp zieht, aus einem Bullauge eine Hand zum Abschied winkt und der „Chopper", wie er hier genannt wird, sich dann ins Himmelblau emporschraubt. In einem Jahr werde ich ebenso drinnen sitzen und herunterwinken. Und wieder einmal werde ich sentimental.

Aber nur kurz. „Ich bin Attila, dein Sponsor", ruft mir einer mit kurzen grauen Haaren zu. Ich habe schon gehört, dass jeder Neue einen aus dem Team zugeteilt bekommt, der für dessen Einleben zuständig ist. Rodas und ich klettern hinter Attila ins Auto, und er braust schlingernd die paar Meter durch den Sand zum Camp-Eingang. Klar, man muss ja zeigen, wie schneidig es hier zugeht.

„Welcome to Mijek, Pearl of the South Sector“, steht neben dem hellblau gestrichenen Eisentor auf einer Metalltafel zu lesen. Auch so etwas kenne ich: Jede militärische Einheit, selbst jedes Dorf, jedes Wiener Grätzel und jeder Berliner Kiez entwickeln einen besonderen Stolz auf sich und ihre Gemeinschaft als etwas Besonderes, Herausgehobenes zwecks Gruppenbewusstseins und Identifikation.

Die Teamsite gehört zu den kleinen von Minurso. Die Fläche des Camps ist kaum größer als ein Fußballfeld. Links neben dem Eingang ist der Parkplatz für die acht Allrad-Toyota-Kombis angelegt, säuberlich mit blau besprühten Steinreihen im Sand markiert. In der Ecke erhebt sich ein weißer Wachturm. Gegenüber dem Eingang beginnt eine Reihe von sogenannten Halbkuppelzelten, ebenfalls in UN-weiß. Sie erinnern mich an eine Biskuit-Form meiner Mutter, in der sie „Blitzkuchen“ für den Sonntag buk, der so hieß, weil entweder seine goldgelbe Farbe an einen Blitz erinnerte oder weil er sich so schnell zubereiten ließ.

Das erste dieser wie in der Mitte auseinandergeschnittenen Röhren ist das kürzeste Zelt, gleich gegenüber dem Eingang und neben einer Fahnenstange und dem einzigen Baum des Camps, der sich unsicher und gewunden, aber mit kräftigen Dornen sehr wehrhaft in die Höhe reckt. Das Zelt ist gleichsam der Empfang von „Hotel Mijek“, das Büro des Journaloffiziers. Daneben reiht sich entlang des Hauptwegs durchs Lager das Bürozelt an, in das nur Zutritt hat, der dort arbeitet. Da aber jeder in der kleinen Gemeinschaft zumindest einen Job versieht, gehen dort alle ein und aus – nur nicht die fünf Polisario-Arbeiter des Camps, denen das verboten ist.

Es folgen zwei Unterkunftzelte. Sie alle haben an der anderen Schmalseite einen Hinterausgang. Von dort gelangt man zu einem Container mit zwei Toiletten, einem mit Duschen und einem für technische Geräte, sowie einem Gymnastikraum und dem Rondell, einem runden, luftig offenen Häuschen mit Dach für Freizeitvergnügungen. Etwas abgesetzt wurde ein Container für die täglichen Konferenzen aufgestellt.

Auf der anderen Seite des Hauptwegs ist die Mess Hall aufgebaut, dem Speisesaal im vorderen Teil des Zelts, die Küche mit einem großen begehbaren Kühlschrank im hinteren Teil. Neben diesem Zelt liegt der Ablution Room, der Waschraum, und daneben stehen zwei dick verpackte Wassertanks, die zusätzlich ein Stoffdach vor Sonne und Hitze schützen soll. Weit hinten, in einer Ecke, röhrt Tag und Nacht einer der drei Dieselgeneratoren, das eigentliche Herz der Teamsite, ohne die das Leben in einer Zivilisationsoase in der Mitte von Nirgendwo schlagartig zu Ende wäre.

Die Truppe des UN-Lagers ist überschaubar: Derzeit sind wir zu zehnt, 15 sollten es laut Plan sein. Die anderen sind auf Urlaub. Das heißt allerdings auch, wie ich schon bald erfahre, dass jeder gleich mehrere Aufgaben wahrnehmen muss, anders als etwa in Oum Dreyga mit mehr als 20 Leuten, die jeweils für höchstens einen Job verantwortlich sind.

Mein Sponsor Attila Seprenyi kommt aus Ungarn. Sponsor hat in diesem Fall nichts mit Geld-, sondern nur mit Wissensspenden zu tun. Attila ist untersetzt, dürfte nur wenig jünger sein als ich und ist unglaublich redselig. Er sprudelt über, mit unverkennbar magyarischem Akzent und vielen zusätzlichen „Ähs" – ein liebenswürdiger Schwadroneur. Doch um eine zweckdienliche Auskunft von ihm zu erhalten, muss man Geduld haben. „Look, look", antwortet er meist auf Fragen und fügt mit verschwörerischer Stimme hinzu, dass der konkrete Fall eigentlich gar nicht so streng zu nehmen sei, blinzelt und nennt dann den kürzesten Weg, um ans Ziel zu kommen. Man erzählt sich über die Ungarn, dass sie die Fähigkeit besitzen, hinter einem durch die Drehtür zu gehen, aber vor einem herauszukommen.

Attilas Job ist der eines G5, und er scheint dafür wie geschaffen. Das Militär unterteilt Aufgabenbereiche in G-Funktionen mit Nummern von 1 bis 6. So ist es auch bei Minurso. G5 bedeutet Welfare-Officer, also PR-Chef und zuständig für Belustigungen und Freizeitaktivitäten des Teamsite-Personals. G1, also Personalchef, ist ein jungenhafter stämmiger Russe namens Maxim, der aus Stalingrad kommt und seine Stadt auch noch so nennt, ja sogar eine heimliche Anerkennung für deren Namensgeber verspüren dürfte. Er ist aber ein freundlicher, wenngleich aufgrund bescheidener Englischkenntnisse etwas wortkarger Zeitgenosse.

Die Funktion des G3 hat der drahtige Kavalleriehauptmann Francesco aus Bari in Süditalien mit dem poesievollen Nachnamen Dolciamore inne. Der G3 ist für das operative Geschäft und somit unsere Tagesplanung zuständig. Francesco wird sein Jahr hier bald beenden und bindet allen auf die Nase, was für ein alter Hase er ist und wie viele von den Kollegen er qualifiziert, also geprüft hat. Nach sechs Wochen nämlich muss jeder Neue seinen Qualifikationstest in Theorie und Praxis absolvieren.

Deshalb hängt bereits für Rodas und mich ein Trainingsplan aus, und täglich werden wir mindestens ein Briefing zu einem anderen Thema erhalten. Zudem ist vorgeschrieben, bis dahin je eine Woche bei den Patrouillen als 1. und 2. Fahrer, als Patrouillenleiter sowie dessen Stellvertreter gearbeitet zu haben. Also in jeder Funktion der üblichen Vier-Personen-Patrouille.

Francesco scheint nichts von seinem Engagement für die Mission eingebüßt zu haben, fast preußisch wacht er über die strikte Einhaltung der Vorschriften und sieht es als persönliches Anliegen an, die Novizen zu vorbildlichen Mönchen der Abtei Mijek zu machen. Im Speisesaal beharrt er, nicht ausschließlich zum Spaß, wie es scheint, auf einem bestimmten Platz, weshalb ich diesen auch schon Santa Sede, Papstthron, getauft habe, was ihm, dem nicht Uneitlen, sehr gefällt.

G4 ist der groß gewachsene Rohaizad aus Malaysia, der diese Arbeit auch daheim in der Luftwaffe ausübt und mit Zigarette im Mundwinkel, Sonnenbrille und Käppchen ein wenig wie ein asiatischer Rapper aussieht. Er ist auch irgendwie cool, obwohl ein G4 das ärmste Schwein einer Teamsite ist, weil er die gesamte Logistik verantwortet und aus seinem Büro kaum herauskommt. Wie in seiner Heimat üblich, isst Rohaizad ohne Besteck, doch geht er mit seinen Fingern dabei ästhetischer um als mancher in unseren Breiten mit Messer und Gabel.

Rohaizad untersteht der Generatoroffizier. Dieses Amt erhalte ich übertragen, als ich noch kaum den heißen Sand unter meinen Profilsohlen gespürt habe. Es ist der Einstiegsjob in der Ämterhierarchie einer Teamsite, und ich fühle mich wohl damit, denn schon in Laayoune hatte mir von all den unzähligen Schulungen jene über die Generatoren den meisten Spaß gemacht, ja ich hatte mir sogar vorgenommen, mich in Mijek für dieses Amt zu bewerben. Hygieneoffizier ist auch so ein Anfängerjob. Folgerichtig wird er Osman Rodas zugeteilt.

Mein Vorgänger im Amt des Generatorenverwalters heißt Mario, ein Marinehauptmann aus El Salvador. Jeden Tag begleite ich ihn von heute an dreimal zum Generatorwechsel – von A auf B umschalten, das nächste Mal zurück, C bleibt in Reserve –, bis ich ab Samstag nach gemeinsamem Ausfüllen des Handover/Takeover-Formulars alleinverantwortlich sein werde für die mitunter widerspenstigen heulenden Maschinen. Mario, der stets fröhliche Sonnengebräunte ist kaum aus der Ruhe zu bringen: „Nnnnnnnno Problem“ lautet seine Lieblingsfloskel, wenn ich ihn nach kritischen Eventualfällen frage. Und dazu zuckt er gelassen die Schultern.

Der dritte Südamerikaner in Mijek heißt Melvin Flores aus Honduras. Ich pflege meine Kameraden grundsätzlich mit dem Vornamen anzusprechen, doch ist es bei Minurso üblich, dass sich jener Name einbürgert, der markanter oder kürzer ist. Ich werde von Beginn an mit meinem Vornamen angesprochen, obwohl der Nachname für alle Welt auszusprechen und zu merken idealer nicht sein könnte.

Melvin heißt hingegen bei allen Flores. Er ist ein bemerkenswert pflichtbewusster G6, also Kraftfahroffizier.

Unser stellvertretender Teamsite Commander, der gemütlich-rundliche Mongole Tumur, sagt es uns in väterlicher Art gleich rund heraus: Er gehe demnächst auf Urlaub und bald darauf nach Hause, er sei geistig gar nicht mehr richtig da. Deshalb mischt er sich auch kaum in den laufenden Betrieb ein und wirkt etwas kauzig, scheint also schon reif für sein heimatliches Hochplateau zu sein. Im Stillen überlege ich, ob auch ich irgendwann einem solchen Spät-Lagerkoller erliegen werde.

Der Name unseres aus Jordanien stammenden Teamsite-Commanders, Talal, lässt akustisch erst an ein schweres Beruhigungsmittel denken. Talal ist der Typ eines Sirs, ernsthaft, mit dunklen, forschenden Augen und schwarzem Schnauzbart, der klassische Offizier mit Haltung, der die Ruhe eines mit Überblick ausgestatteten Menschen ausstrahlt. Er scheint zu allem und jedem eine kaum merkbare, aber umso wichtigere Distanz zu halten, die ihm Autorität verleiht.

Viel später werde ich mich an diese Fähigkeit erinnern, die es ihm ermöglicht, Frei- und Aktionsraum um sich zu wahren. Anfangs fällt mir Talal gar nicht auf, und ich frage mich, warum er uns bei den täglichen 17-Uhr-Konferenzen stets gegenübersitzt, bis ich nach Tagen herausfinde: Er ist der Chef.

Von allen in der Teamsite bin ich der Älteste, die anderen sind zwischen 35 und 45 Jahre alt, keiner ist wie ich schon an die 50. Hingegen spreche ich vermutlich am besten Englisch. Doch können sich die anderen in der täglichen Routine problemlos verständigen. Abseits des in Standardphrasen gehüllten Fachvokabulars dürfte es aber schwierig werden. Die gemeinsamen Mahlzeiten werden aufgrund dieser fremdsprachlichen Kommunikationsschwäche meist schweigend eingenommen. Der Flachbildfernseher in der Mess Hall übertönt diese kollektive Schwäche mit lauthals vor sich hin spielendem Al Jazeera oder CNN. Eine Bild-Ton-Kulisse, die aber nur von Einzelnen wahrgenommen, mit Aufmerksamkeit bestenfalls gestreift wird.

Zweimal am Tag kochen Polisario-Arbeiter warm auf. Fünf von ihnen sind permanent in unserem Camp beschäftigt. Bis zu meiner Qualifikation muss ich ihre Namen auswendig wissen. 50 Meter vor dem Camp hat deren Verbindungsoffizier sein Zelt. Gescheckte Uniform und Badeschlappen – die alten Männer der Polisario wirken wie ein Kameradschaftsbund, eine kampfesmüde Veteranentruppe, die mühsam die eigene Erinnerung an eine glorreiche Vergangenheit wie ihre rostigen Fahrzeuge aus Sowjetzeiten zusammenhält. Mehr als die jahrzehntelange Auseinandersetzung mit dem übermächtigen marokkanischen Gegner scheint sie die zwei Jahrzehnte lange Erfolglosigkeit der UN auf ihrem Boden zermürbt zu haben.

Mit Betreten der Teamsite fällt mir allerdings eine bestimmte Professionalität der Mannschaft aus allen Ecken der Welt auf: Niemand nimmt den Dienst leicht, alles scheint gewissenhaft ausgeführt zu werden, auch wenn es mit Mühen verbunden ist. Wie etwa die Pflicht, nach jedem Händewaschen das Becken im Waschraum mit einem daneben hängenden Tuch trocken zu wischen.

Am Nachmittag werden die zwei Neuen unter die Fittiche von Kraftfahroffizier Flores genommen und haben ihren ersten Praxistest ein paar hundert Meter vor dem Camp, im sandigen Gelände, unter Beweis zu stellen. Vorsichtig will ich es angehen, aber das wird nicht toleriert. „Gas geben", fordert Flores, als sich der Wagen durch die tiefe Spur arbeitet, und: „Wir fahren schnell, wenn wir auf Patrouille sind!" Nach dem Ende der Tiefsandstrecke, deren Querung dem Tiefschneefahren durchaus vergleichbar war, beschleunige ich. 70, 80 – nach meinem Gefühl der Höchstwert, um nicht die Kontrolle über den Wagen zu verlieren. Dann ist Rodas dran und unser Fahrlehrer konstatiert: wir beide sind tauglich fürs Gelände.

Müde falle ich am Abend ins Bett meines etwa 10 Quadratmeter großen Zimmers. Das Plastik-Fenster in der dicken Zeltplane ist sorgsam gegen eindringenden Flugsand verklebt, sodass ich auch untertags das Licht einschalten muss. Aus Zimmer und Schreibtisch sauge ich leicht angewidert den Schmutz der Vorgänger. Viel ist sonst nicht zu tun in der Zelle. Ein Bett steht da mit dicker Matratze, ein Stuhl und ein voluminöses Klimagerät, das im Sommer kühlt und im Winter heizt. An einem Querbalken lässt sich die Uniform aufhängen – alles schön übersichtlich. Trotz des lärmenden Generators schlafe ich gut, auch wenn es kalt wird in dieser ersten Nacht in Mijek.

## Mittwoch, 3. 2.

Gewohnt zurückhaltend beobachte ich das Geschehen. Dennoch scheine ich an den optimalen Platz für die nächsten Monate geleitet worden zu sein: Mijek ist ein kleines Gebiet, die Patrouillen sind kurz, man ist meist schon mittags wieder zurück. Im gesamten Verantwortungsbereich ist die Minengefahr äußerst gering. Die Polisario kocht nicht schlecht, zumindest werde ich nicht verhungern. Das Lager ist ausgesprochen sauber.

Zudem führen die Teamsites diesseits des Berm derzeit keine Nachtlager und Nachtpatrouillen durch. Denn Al Kaida nutzt in Mauretanien, das vom Camp nur 30 Kilometer entfernt ist, das dortige Machtvakuum, um erfolgreich Touristen zu entführen und hat diesen zweifelhaften Zeitvertreib angeblich auch gegenüber der UN angekündigt. Die für unser Wohlergehen zuständige Polisario kann aber nächtens nicht unsere Sicherheit garantieren.

Damit ist zwar das Erlebnis des Sternenhimmels über der Wüste für mich gestorben, allerdings auch die Gefahr, sich beim Holzsammeln fürs Lagerfeuer unversehens in einem Minenfeld wiederzufinden, wie es bei den Nachbarn jenseits des Berm, in Oum Dreyga, kürzlich geschehen ist.

Am zweiten Tag in Mijek bin ich bereits als zweiter Fahrer eingeteilt. Seinen aktuellen Job kann jeder Offizier in Mijek an einer meterbreiten Tafel im Vorraum des Journalzimmers ablesen, wo allwöchentlich der G3 kunstvoll einen Arbeitskalender entwirft. Links stehen die Namen der Beobachter untereinander, oben die Wochentage und darunter die einzelnen Aufgaben. In Blau, Schwarz, Grün und Rot sind die Aufgaben in dem Raster zugeteilt, sodass man auf einen Blick weiß: Morgen bin ich erster Fahrer bei der Patrouille zum OP (Observation Point) xy. Wie lange sie ist und wohin die Reise geht, darüber gibt eine Karte des Einsatzraums Auskunft, die hinter einem blauen Vorhang verborgen ist, der zu jedem Briefing oder bei Interesse aufgezogen wird. Doch bald kennt man die Nummern der Routen auswendig, und das GPS im Auto weiß sie sowieso.

Als zweiter Fahrer hat man das zweite Auto einer Patrouille vorzubereiten, wie es das Österreichische Bundesheer unter dem Akronym „WOLKE AMA“ vorschreibt: Alle sieben Flüssigkeiten prüfen, die Reifen, die Lichter, den Wagenheber, der Jack heißt. Die ersten Male gehe ich mit Langenscheidts Wörterbuch ums Auto. Zwei Sixpacks Wasser und die Starthilfen einladen. Überprüfen, ob die Splitterschutzwesten über den Lehnen hängen, Sandsäcke vor den Sitzen liegen, und beide von Splitterschutzmatten bedeckt sind.

Das sollte einigermaßen vor Schützenminen bewahren, hilft aber wohl nicht gegen Panzerminen. So fahren auch stets zwei Autos mit je zwei Insassen auf Patrouille, ständig miteinander in Funkkontakt, der vor Fahrtantritt überprüft wird. Fahrzeugabstand 100 bis 200 Meter, damit nicht beiden gleichzeitig etwas zustoßen kann. Alles recht vernünftig eingerichtet so weit.

Tatsächlich ist es aber so, wie mir einer schon vorhergesagt hat: Draußen stellt sich alles ein wenig anders dar. Nicht alle zwei Meter leuchtet eine Mine entgegen. Im Großen und Ganzen kennt man die gefährlichen Gebiete, und immerhin fahren die weißen Autos nun schon seit bald 20 Jahren täglich diese Routen, und es ist noch nie etwas Letales passiert. „Stay on the track", das höre ich fast so oft wie die weise Erkenntnis der schon länger hier Weilenden: „Time is running."

Als zweiter Fahrer folge ich mit dem Wagen dem ersten. Das gibt mir am Anfang zusätzlich Sicherheit. Melvin Flores ist ein guter Lehrer, und ich gestehe es nur ungern: Autofahren macht mir hier Spaß. Alsbald brettere ich mit gut 90 km/h über den meist harten Boden, dann wieder leckt eine Sandzunge herein, der Wagen gräbt sich voran, schlingert durch seine Fahrspur, während man unbarmherzig auf dem Gaspedal zu bleiben hat. Die Tachonadel fällt, je länger das Stück ist, rasches Zurückschalten auf den dritten Gang, der Wagen frisst sich kräftiger voran. Dann wiederum kommen Bodenwellen, die eine eigene Technik erfordern: ich bremse vorher ab und gebe im Darüber-Rollen wieder Gas, sodass sich der Wagen sanft darüber schwingt.

Kritisch wird es, wenn mehrere Bodenwellen einander folgen und ich aus dem Rhythmus komme, oder wenn ein sandiges Stück in einer Kurve liegt und das Heck auszubrechen droht. Die Sahara ist ein riesiger Fahrtechnikparcours. Sie besteht keineswegs nur aus Dünen, in denen die Kamele knietief versinken. Vielmehr ragen plötzlich düstere Tafelberge aus der Ebene, krallt sich ein grünes Kraut an der Oberfläche fest, dessen trockene Kürbisfrüchte, Koloquinten, in der Gegend umherrollen. Dann wieder säumen einzelne Bäume, deren Kronen scharf abgeschnitten scheinen, die Fahrspur, sind ausgetrocknete Bachbetten zu übersetzen.

Gleich nach dem Losfahren steuern wir auf eine graue Wolke zu, die uns alsbald umgibt. Nebel, schlechte Sichtweite. Ein paar Kilometer weiter kämpft sich bereits wieder die Sonne durch. Zu Mittag wird es spürbar warm. Wir erreichen unseren OP, ein nicht der Rede wertes Geländestück, pinkeln vorsichtig vor und hinter den Autos in die Fahrspur und machen uns auf die Rückreise.

Als ich mich mit Flores über den Ex-Präsidenten Selaia unterhalte, falle ich wegen mangelnder Aufmerksamkeit im Fahrtempo zurück. Es habe keinerlei Revolutionsstimmung und auch keinen Putsch gegeben, sagt Flores, die Honduraner seien ein friedfertiges Volk. Zu den Demonstrationen beider Seiten seien bestenfalls 20 Prozent der Menschen gegangen. Die meisten habe das alles nicht interessiert, die Medien hätten ein völlig anderes Bild vermittelt. Selaia habe die Verfassung brechen wollen, das sei verhindert worden. Was los sei, fragt Rohaizad über Funk aus dem ersten Auto, warum ich denn so langsam fahre. Tatsächlich ist sein Auto nur mehr ein staubiger Knäuel am Horizont.

Noch vor dem Mittagessen sind wir wieder zurück. Einiges erinnert mich an den Golan: dass man nicht starten kann, wenn man nicht die drivers licence durch das Lesegerät im Auto gezogen hat, und es dann erbärmlich piept, solange auch nur eine Türe offen steht. Dass man nach der Fahrt auftanken muss und sich jede Menge Ölflecken holt, wenn man nicht aufpasst. Und dass man anschließend an der Zapfsäule mehrere Spalten in einem Tankformular ausfüllen muss.

Am Nachmittag versuche ich zwischen den Briefings meine bescheidenen vier Wände ein wenig wohnlicher zu machen. Tags darauf wasche ich die flauschige Kunststoffdecke. Sie war aber offenbar doch etwas zu voluminös für die sich um eine Vertikalachse drehende Westinghouse-Waschmaschine. Das Schleudern des dicken Dings verweigert die an leichtere Kost gewöhnte Trommel. Dreimal muss ich den Trockner bemühen, um die Decke noch rechtzeitig vor dem Schlafengehen halbwegs dehydriert aus der Maschine ziehen zu können. Ohnedies bleibt die meiste Habe in den beiden Aluboxen, die schon vor mir angereist sind. Niemand anderer kommt hier mit so viel Gepäck an wie die Österreicher.

Abends wird das Camp durch allerlei Getier lebendig. Mit Einbruch der Dämmerung springen strohhalmähnliche, fingergroße Heuschrecken in Riesensätzen durch die Gegend. In der Nacht klatschen sie wie Regentropfen auf das Zeltdach. Kleine, Baumwanzen ähnliche Käfer krabbeln durch die Gegend und übersäen mit ihren toten Kadavern im Nu jedes leer stehende Zimmer. Sogar Sperlinge springen herum und ich frage mich, über wie lange Distanzen diese kleinen Dinger wohl unterwegs sind. Die Wüste lebt.

Unsere beiden Wachorgane sind eine schmächtige weiße Hündin und ein Männchen mit dickem braunen Zottelfell und schwarzer Schnauze. Am ersten Tag empfand ich mich unangenehm berührt, zumal die nass-schnäuzigen Berührungen auch mit warnendem Gebell verbunden waren. Inzwischen sind mir die zwei schon irgendwie ans Herz gewachsen. Wie das so in einer Männergesellschaft ist, will niemand sein Herz für Tiere zugeben, und so tragen die zwei auch keine Namen, aber dann spielt ja doch der eine oder andere kurz mit den beiden.

Ich habe in den zweien wenigstens Wesen gefunden, mit denen ich deutsch reden kann, wenngleich dies auf keinen Widerhall stößt. Die Weiße habe ich für mich „Perrita", kleine Hündin, den braunen „Wurschtl" getauft, weil er sich stets etwas täppisch anstellt. Einer von den Eingesessenen hat mir erzählt, dass er mit einem gebrochenen Bein hier ankam, dieses geschient wurde und er nun wider Erwarten herumtollt, wie man es nie angenommen hätte.

So spielt sich bald Wiederkehrendes ab: Ich werfe den zweien im Vorübergehen leichtsinnig ein Wort zu, und schon setzen sie sich in Bewegung. Perrita springt begeistert an mir hoch und möchte mich abschlecken. Das würde Wurschtl auch gerne, kann sich aber aufgrund seines lädierten Beins nicht aufstellen. So bleibt ihm nichts anderes übrig, als Perrita eifersüchtig ab- und sich vorzudrängen, was im für mich günstigsten Fall in einer Keilerei ausartet, aus der ich mich behutsam davonstehle.

Nächtens liegen sie eingerollt, Kopf zum Schwanz, jeder in einer Sandkuhle zwischen den Zelten, mittags dösen sie im Schatten und riskieren höchstens ein müdes Auge auf Bewegungen rundum. Abends jagen sie den Heuschrecken nach, die sie knackend wie Chips verspeisen. Fressen und gefressen werden. Diese Szenen erinnern an Johannes den Täufer in der Wüste, der sich von Heuschrecken und wildem Honig ernährte. Lediglich kommt letzterer bei uns aus der Dose und ist zahm.

## Donnerstag, 4. 2.

Wir sind bereits um halb acht unterwegs, denn wir haben eine „Admin Patrol" vor uns: 230 Kilometer – und ebenso viel zurück – zur Teamsite Awsard auf der anderen Seite des Berm, wo es einen Techniker gibt, zu dem einer der Wagen gebracht werden muss. „Admin" bedeutet eine Fahrt, an deren Ziel etwas zu erledigen ist, das nichts mit den operativen Aufgaben zu tun hat.

Wieder bin ich zweiter Fahrer. Maxim ist heute mein Begleiter, der sich um die Funkgeräte kümmert und um das GPS, wo die Route eingespeichert ist. Stündliche Funkmeldung über unseren Standort beim Journaldienst in Mijek – alles sehr durchdacht.

Solange Greenhorns am Steuer sitzen, informiert das erste Auto das zweite über extreme Straßenverhältnisse. „Bumpy", krächzt es dann über Funk, wenn es holprig wird, „rocky" bei steiniger Fahrbahn oder „sandy". Vorne fahren Mario und Flores. „Arena" meldet das Funkgerät einmal. „Äh", macht Maxim. „Sandy", übersetze ich. „Roger, sandy", gibt Maxim durch und freut sich, dass er wieder ein Wort Spanisch gelernt hat. In den paar Monaten mit den Latinos hat er sich schon ein paar Begriffe angeeignet.

Je näher wir dem Berm kommen, umso weniger wohl fühle ich mich. Er ist zu beiden Seiten mit Minen gespickt. Die parallel laufenden Fahrspuren verringern sich auf eine einzige, das Tempo wird langsamer, dann liegt er vor uns. Mario nimmt mit dem ersten Wagen, wohl auch angesichts des marokkanischen Postens auf dem Scheitel des künstlichen Sandwalls, zu wenig Schwung, bleibt prompt oben hängen und gräbt sich ein. Der Salvadorianer ist eben doch Seemann, selbst wenn hier Wüstenschiffe umherziehen.

Mir gelingt es besser, zumal man aus Fehlern anderer lernt. Jenseits melden wir uns artig beim Posten und fahren die paar Kilometer bis Awsard weiter, eine unerquickliche Strecke, ausgefahren von den Militär-LKW der Besatzer. Die Marokkaner haben die Piste mit Steinmännchen, wie ich sie vom Wandern in den heimatlichen Bergen kenne, abgegrenzt. Dahinter lauert geduldig der Tod.

Awsard liegt am Fuß eines Berges und ähnelt unserer Teamsite frappant. Als ob man in einen anderen als den gewohnten Ikea-Laden geht. Oder in ein anderes ORF-Landesstudios als das vertraute: Die gleichen Türen, die gleichen Räume und doch kilometerweit entfernt.

Auch in Awsard steht im Waschraum ein niedriges Becken zur Reinigung der Füße gegenüber den Waschbecken, hängen in der Mess Hall die Flaggen der hier vertretenen Länder an der Decke, gibt es eine Tafel mit den Namen aller, die einmal hier Dienst taten. Emil Kert, mit dem ich meine Zeit am Golan verbracht habe, entdecke ich unter den Österreichern. In Mijek waren nur drei Landsleute vor mir, davon zwei Polizisten mit den nicht untypischen Namen Berndorfer und Frühberger, sowie ein Major Gerhard Tripold.

Über der Namensliste der jemals in Awsard Tätigen steckt das Bild einer 32jährigen Australierin, die unter einem geschwungenen Uniformhut hervorlächelt. „Im Gedenken" steht darunter. Wieder schiebt sich ein Wölkchen vor die heizende Wintersonne.

Während unsere Autos in der Werkstätte untersucht werden, stellen wir uns in der Küche vor vier Nirosta-Behältern mit Essen an und setzen uns dann in die Mess Hall. Auch hier führt der Fernseher das große, wenngleich unbeachtete Wort. Zwei Tische weiter entdecke ich Naa aus Ghana, die lustlos in ihrem Teller stochert, obwohl sie hier Food Officer ist, wie ich der Fototafel am Eingang entnehme. Na, frage ich sie, noch immer die erste und letzte Auslandsmission? Jaja, lacht sie. Die Familie fehlt ihr, ihre zwei Töchter, zwei und vier Jahre alt sind sie. Aber es gehe ihnen gut, sie leben bei ihrer Mutter. Auch die mongolische Kollegin arbeitet in Awsard.

Um 14 Uhr machen wir uns auf den Heimweg, dreieinhalb Stunden später sind wir da. Ich spüre, wie sehr mich die Konzentration auf den Weg ermüdet hat. Der heutige Patrouillenführer, Flores, macht ein Debriefing, berichtet den Teilnehmern, was sie alles unternommen haben, obwohl das ohnedies jeder von uns weiß, zählt anhand seiner Notizen auf, wie vielen Ziegen und Kamelen, begleitet und unbegleitet, wir an welchen Waypoints begegnet sind. Wieder fühle ich mich an den Golan erinnert, wo auch oft Schafhirten einziger Gegenstand ausgedehnter Besprechungen waren. Wenn solchen Marginalien regelmäßig Bedeutung zugemessen wird, gesteht eine Mission ihre Ereignislosigkeit.

Abends übernehme ich den Duty 1, den Einser-Journaldienst, jenen, der über die Nacht reicht, wobei mich mein Sponsor Attila nur dürftig in die Aufgaben einweist, was mich nervös macht. Ich übersiedle mit meinem Bettzeug ins Journalbüro, mache einen Funktest mit der Zentrale in Laayoune und versperre unter Attilas Anleitung das Haupttor: Zweimal ein Stahlseil durch zwei Löcher winden und mit einem Vorhängeschloss verschließen. Zwei Stahlbalken innen vors rostende Tor legen. Zwei Meter dahinter den Schranken herunterlassen und mit einem Seil kunstvoll festzurren.

Einziger Schönheitsfehler: Neben dem Eingang befindet sich ein unbesetztes Wächterhäuschen mit einer Art Klofenster, durch das sich jederzeit halbwegs gelenkige Gotteskrieger hintereinander hereinwinden können und von Perrita und Wurschtl vermutlich auch noch freudig begrüßt würden. Mitunter harmonieren Bedrohungsbild und Realität nicht recht, aber vielleicht sollte man nicht allzu kleinlich sein.

Um 24 Uhr habe ich als letztem Programmpunkt des Tages mit dem Verbindungsoffizier der Polisario, der in einem kleinen Zelt etwa 100 Meter vor dem Tor das

UN-Camp bewacht, Verbindung aufzunehmen. Ich erklimme die blechern klingenden Stufen des weißen Wachturms und gebe mit der Taschenlampe Blinkzeichen. Irgendetwas funselt zurück. Dann lege ich mich schlafen.

## Freitag, 5. 2.

Morgens um sechs funselt nichts zurück, das wurde mir schon vorhergesagt. Mancher steigt deshalb gar nicht um diese Zeit auf den Turm, weil er weiß, dass der Guerillero drüben noch rüsselt. Am Vormittag habe ich ein paar Stunden Zeit zur Körperpflege, dann sind im Büro die Mails anzusehen. Ich erinnere mich an das öde Lotus-Notes-System der UN, das mir schon am Golan bei jedem Aufblinken am Computer gleich einer Tsetsefliege augenblicklich Schlafanfälle beschert hat: Langweilig die Inhalte, beschwerlich der Aufbau, und nach wenigen Minuten „expired". Vom Digitalgerät über dem Schreibtisch lese ich alle paar Stunden Temperatur, Windrichtung und Sichtweite ab und trage sie in das Logbuch ein.

Nach dem Mittagessen habe ich frei und schlafe ein Stündchen. Dann beantworte ich im Internetzimmer meine Mails und beginne meinen Bericht aus der Wüste zu schreiben.

## Samstag, 6. 2.

Patrouille zum Submarine Mountain steht auf dem Programm, einem etwa 400 Meter hohen Berg, der wie ein U-Boot aussieht. Trotz dieser Form kann ihn Marineoffizier Mario nicht auf Anhieb ansteuern und er dirigiert sein Fahrzeug unbekümmert querfeldein, was mich in höchstem Maß beunruhigt, zumal ihn mein Beifahrer Flores, offiziell „Second in Charge", also stellvertretender Patrouillenkommandant, über Funk mahnt, dass laut GPS-Display hier in der Nähe ein UXO verzeichnet ist.

Ich folge als zweiter Fahrer peinlich genau in Marios Fahrspur. Schließlich finden wir wieder einen ausgefahrenen Weg, der auch der richtige sein dürfte und folgen ihm bis zum Fuß des Berges, wo wir zwischen den sich verzweigenden Rinnsalen eines vom Hang herunterführenden ausgetrockneten Flussbettes halt machen und Steine sammeln, die wir hinten in die Fahrzeugen schlichten. Aus den Schotteradern wachsen ein paar dürre Bäume, die sich in Erinnerung an die letzten hier vorbeigekommenen Wasserströme am Leben erhalten. Wir langen in die Kühlbox, an apple a day keeps the (Malaysian) doctor away. Dann treten wir die Rückfahrt an und bauen an einer nicht eindeutigen Wegverzweigung ein paar hilfreiche Steinmännchen aus den mitgeführten Brocken.

Ob er eine persönliche Frage stellen darf, sagt Flores vorsichtig neben mir. Warum ich nicht verheiratet wäre? Er ist schon der Dritte hier, der das von mir wissen will, worauf ich selbst keine Antwort weiß. Dann frage ich ihn über die Geschichte Honduras aus, und er scheint glücklich zu sein, dass er erzählen darf. Jedenfalls drückt er mir beim Aussteigen die Hand und sagt betont: „Vielen Dank!".

Nachmittags werden Rodas und ich von einem Briefing zum nächsten gereicht: Die einen berieseln uns mit einer Powerpoint-Präsentation, Flores weiht uns in die Geheimnisse des Hygieneoffiziers ein: Wir fassen Rauleder-Arbeitshandschuhe aus, krabbeln auf den Wassertank und schütten Chlorin hinein, streuen Natriumhydroxid in übel riechende Sickergruben. Zehn Stunden später machen wir den Chlorintest mit Spritzen zur Entnahme von Wasserproben, einer Tinktur und sich verfärbendem Papier aus dem Pharma-Hause Merck.

Samstags fällt das 17-Uhr-Briefing im Konferenzcontainer üblicherweise aus, von dem ich ohnedies meist wenig mitbekomme, weil wir beiden Azubis in der zweiten Reihe sitzen und damit akustisch schlecht platziert sind. So ziehe ich erstmals meine Joggingsachen an und trabe gegen 18 Uhr aus dem Camp, am Zelt des Polisario-Verbindungsoffiziers vorbei und die zweieinhalb Kilometer auf das Trash Area zu. Von einer Minikaserne durch Fahrspuren im Sand über eine Schotter-Sand-Piste zu einer Müllverbrennung – ich habe schon reizvollere Laufrouten ausprobiert.

Die Sonne sendet letzte intensive Strahlen aus, und ich erlebe erstmals Stille. Sonst ist mein Wüstenalltag von Lärm begleitet: Im Camp arbeitet tagaus, tagein der Generator wie ein beladener Lastwagen im ersten Gang bergauf, was anfangs beim Einschlafen gewöhnungsbedürftig war. Sind wir draußen, brummt der Automotor. Auch daran muss ich mich noch gewöhnen: Der Motor bleibt selbst während der Pausen an, außerdem beim Tanken und zehn Minuten vor jeder Abfahrt, um sich warm zu laufen. Kein Wunder, dass die Geländefahrzeuge rund 17 Liter auf 100 Kilometer saufen.

Nun aber trabe ich erstmals allein durch die Stille. Denke ich. Da entdecke ich Wurschtl, der ein paar Meter hinter mir dreinhechelt, sein gebrochenes Bein hat er eingezogen. Mir wird ganz warm ums Herz bei so viel Sorge um einen aus der Schar. Die Sorge endet allerdings an der Müllverbrennung, denn die aus dem Viereck aus aufgeschüttetem Sand herausschlagenden Flammen dürften ihm doch nicht geheuer sein. Soeben wurde, so wie gestern von mir, der Mist zur Halde gebracht.

Hinter der Verbrennung biege ich von der bis dahin etwa 50 Meter breiten Fahrspur auf eine Art Feldweg ohne Feld ein, mit spärlichen Grasbüscheln rundum. Das Einsinken im Sand ermüdet, weshalb ich auf Schritttempo reduziere und mir die eintönige Gegend ansehe, die jeden Schall wie ein dicker Teppich schluckt und kein Echo wiedergibt.

Als ich umkehre, ist die Sonne hinter den Mijek-Berg gerutscht, einem schmalen Hügelzug in einiger Entfernung zum Camp. Es wird dämmrig. Ein grüner Jeep holpert zwischen Polisariozelt und zivilen Behausungen in der Nähe. Mir rutscht mit einem Mal das Herz in die kurze Trainingshose. Man weiß nie, wer drinnen sitzt. Bei Erreichen der Autobahn aus unzähligen Reifenspuren an der Müllhalde beschleunige ich wieder.

Vor mir zeichnen sich in zweieinhalb Kilometern Entfernung die schneeweißen Mauern mit der Aufschrift „UN" darauf ab. Innen bereits von Scheinwerfern bestrahlt und mit Stacheldraht obendrauf sieht es aus wie ein Gefangenenlager. Sehr weit hergeholt ist der Vergleich nicht, denke ich an meine Wohnzelle ohne Blick nach außen. Der entscheidende Unterschied ist die Freiwilligkeit.

Bevor es gänzlich dunkel ist, schlüpfe ich durch das Tor und unter die Dusche. Mit dem Lauf versuche ich, an gewohnte Lebensstrukturen anzuknüpfen. Ein Tag Joggen, ein Tag Dehnen, ein Tag Gymnastik mit dem Theraband. Zwar haben wir seit heute einen neuen „Gym"-Container, doch die Geräte da drinnen sind noch die alten und so grindig, dass ich dort kaum aufkreuzen werde.

Um halb acht ist eine Welcome-Party für Osman Rodas und mich angesetzt. Erst gibt es Festessen: Attila hat gestern mit Tumur Hähnchen mariniert, die heute auf den Tisch kommen. Auch Cola wird zur Feier des Tages serviert. Bescheiden wirkt es und stimmt mich ein wenig traurig, denn aufgrund der unterschiedlichen Sprachen läuft die Unterhaltung etwas stockend. Alkohol gibt es offenbar schon seit Monaten nicht mehr, denn es gibt zwar einen Bewerber als Betreiber des PX-Shops in Laayoune, der im ganzen Land auch andere Duty-Free-Läden betreibt, doch die Marokkaner zögern die Approbation hinaus, offenbar um die UN zu demütigen. So, wie sie es seit Jahren mit der Abstimmung über die Westsahara machen.

Nach dem Essen stellen sich noch einmal alle gegenseitig vor, und wir erhalten viele gute Ratschläge, die aufrichtig und warmherzig gemeint erscheinen. Dann müssen Rodas und ich, wie mir schon vorher zugeraunt wurde, einen Witz erzählen und ein Lied singen. Auf Englisch gelingen mir Witze noch schlechter als auf Deutsch, und so erzähle ich von den Wiener Heurigen und stimme ein paar Refrains von Hans-Moser-Liedern an.

Dann wird ein Kuchen hereingebracht, auf dem mit weißer Creme gesprüht steht: „Osman & Stefan, Welcome to Mijek". Wir stellen uns alle dahinter auf, halten gemeinsam das Tortenmesser, einer fotografiert. Über das Folgende wurde ich vorher nur rudimentär informiert. Man setzt mir eine Schutzbrille auf, zieht mir Arbeitshandschuhe an, verpasst mir einen Mundschutz und krönt mich mit einem verbeulten UN-Helm. Dann muss ich im Hof Sand in eine Scheibtruhe schaufeln, den die anderen mir wieder ausleeren. Das alles mit vollem Magen. Der Helm rutscht über die Brille, ich sehe kaum etwas, zudem bin ich auch nicht mehr der Jüngste. Schließlich muss ich unter lautem „Jalla-Jalla"-Rufen der anderen, dem arabischen Wort für „schnell", die Truhe beim Tor hinausfahren und dort ausleeren.

Zurück in den Compound hat mich, in der Schubkarre sitzend, mein Sponsor Attila zu schieben. Schließlich noch ein Foto von mir unter einem Geweih an einem Pfosten des Rondells, dann ist der Initiationsritus an mir vollzogen. Ich mache gute Miene zum harmlosen Späßchen, auch wenn ich sonst kein ausgewiesener Freund solcher Belustigungen bin.

Nach mir ist Rodas dran. Wieder im Speisesaal, ziehe ich meinen schmächtigen Flachmann aus der Tasche, der für etwaige Magenverstimmungen in exponierter Lage gedacht war, und reiche ihn herum. Ohnedies kann sich jeder nur die Zunge davon benetzen. Es tut gut nach den Tagen der Abstinenz. Attila verspricht, aus seinem nahenden Urlaub eine große Flasche Palinka mitzubringen. Musikvideos werden eingelegt, ein Tänzchen wird uns noch abverlangt, dann verkriechen sich alle recht schnell. Morgen fahren vier von uns auf die allmonatliche Admin Patrol nach Laayoune.

## Sonntag, 7. 2.

Samstag und Sonntag sollen künftig für mich trotz „24/7"-Dienst herausgehoben bleiben, um nicht bleierner Eintönigkeit zu verfallen, nehme ich mir vor. So mache ich heute als Erstes Zimmerputz und hole dazu den Staubsauger aus der Abstellkammer hinter dem Waschraum.

Auch dienstlich bin ich an diesem ersten Sonntag in der Wüste zum Putzen verpflichtet: Duty Officer 2 lautet mein Job. Das heißt, am Vormittag die Diensträume zu kehren und feucht aufzuwischen, denn dorthin darf das Polisario-Personal nicht, das sonst für Sauberkeit im Camp zuständig ist. Am Nachmittag sitze ich im winzigen lichtlosen Büro am Schreibtisch neben dem Dienstbett und beiße mich durch den elektronischen Kurs „Advanced Security in the field", absolviere Stunden später dessen Abschlusstest mit immerhin 87 Punkten, drucke mein Zertifikat aus und freue mich, diese Arbeit hinter mir zu haben. Nach dem Abendessen unterziehe ich mich noch der letzten Aufgabe dieses Tages, der erweiterten Überprüfung von Fahr- und Betriebssicherheit eines Autos.

## Montag, 8. 2.

Eine Kurzpatrouille zum Hauptquartier der örtlichen Militärregion ist die heutige Aufgabe. Glücklicherweise ein kurzer Abstecher, denn Francesco, der Kavallerist aus Bari, ist mein Beifahrer. Er ist zwar voll des Lobes über die Österreicher, die er im Kosovo erlebt hat, die auch tatsächlich um 10 Uhr stramm stünden, wenn 10 Uhr ausgemacht ist. Doch ist er als Fahrzeugkommandant zu sehr bemüht, preußisch genau. Ständig feuert er mich mit „Gogogo" zu schnellerer Fahrweise an, um sofort darauf „Stopstopstop" zu rufen. Nie ist ihm das Tempo recht.

Dann aber äußert sich Francesco wieder voll des Lobes, ich sei ein tough guy und würde die Arbeit ernst nehmen. Anfangs hätte ich gesagt, kein professioneller Soldat zu sein, doch ich würde meine Aufgaben gewissenhaft ausführen, und das allein zähle für ihn. Deshalb sei ich in seinen Augen sehr wohl ein professioneller Soldat.

Vor unserem Ziel, einem verlassen wirkenden Haus mit den Ausmaßen eines Einfamilien-Bungalows in den Dünen, sagt er: „Bleib bei diesem Stein stehen." Gute Ansage, vor mir wimmelt es von Steinen. Der uns begleitende Verbindungsoffizier trabt schweren Schritts zum Bungalow und holt den stellvertretenden Kommandanten der Region. Langsam kommen sie angestapft, unser Polisario-Mann und der große Vize-Boss mit Dreitagebart, in Camouflage mit Badschlappen und gelbem Unterhemd.

Francesco löchert ihn im Kreuzverhör: Wer ist der Chef? Wo ist er? In Rabbouni. In diesem Nest in der Nähe der Saharaoui-Flüchtlingslager um das algerische Tindouf muss ziemlich viel los sein, denn immer, wenn wir fragen, wo die Leute sind, dann heißt es: auf Urlaub in Rabbouni. Wie viele Leute gerade hier sind, will Francesco wissen. Nur ein paar. Irgendetwas Neues über Minen oder UXOs? Nein. Über Terroristen? Nein. Danke. Wir gehen.

Nächster Programmpunkt: Besuch einer zivilen Ansiedlung, mitten im Nichts, ein paar hundert Meter zwischen der Polisario-Kommandantur und unserem Lager. Der Verbindungsoffizier spricht mit einer bunt verschleierten Frau, die zwischen zwei Zelten auftaucht. Sie bittet uns in eines davon. Am Eingang sammelt ein kleines Solarpaneel Sonnenstrahlen für Strom in der Wüste. Drinnen liegen Teppiche auf, alles ist blitzsauber, in der Ecke steht ein Arbeitstisch. Die Dame ist Schneiderin. Seit 1994 leben sie und eine zweite Familie hier, einer der Söhne studiert in Rom.

Sie sitzt im Schneider(innen)sitz uns gegenüber, ungewöhnlich vorgebeugt, lacht freundlich durch weiße Zähne und macht einen wachen, selbstbewussten Eindruck. Francesco öffnet die Kühlbox und schaufelt unsere Mitbringsel auf den Teppich: Obst, Milch, Konserven. So, und nun zu den Fragen, sagt er übergangslos und greift zum Block. Im militärischen Vorbereitungskurs wäre er mit dieser Art von Aufwärmrunde glatt durchgefallen. Wie viele Leute leben hier, wie viele Ziegen? Informationen über Terroristen? Geduldig antwortet die Frau. Sie bietet uns Tee an, den Francesco mit dem Hinweis ablehnt, er habe in der Früh seine Medikamente genommen und dürfe deshalb nicht. Die anderen? Talal lehnt ab, deshalb verkneife auch ich es mir, das Angebot anzunehmen.

Später frage ich Talal, ob man keinen Tee annehmen dürfe. Doch, doch, sagt der Jordanier, der mit der Frau arabisch gesprochen hatte. Tee werde hier als Zeichen der Gastfreundschaft angeboten. Aber Francesco wäre Patrouillenleiter, und er habe dessen Ablauf nicht beeinflussen wollen. Ich sage nichts, aber empfinde die heutige Begegnung als vergebene Chance. Mich hätte das Leben der Saharaouis interessiert, man hätte sich einander vertraut machen können. So aber erschien es wie ein kühl abgehandeltes Interview im eigenen Interesse, Nahrungsmittelabwurf inbegriffen. Ich hatte nur eine Frage gestellt und vertröste mich auf spätere Besuche.

Da wir nun vier Tage lang nur zu sechst sind, hat jeder von uns Aufgaben der vier

Verreisten zu übernehmen. Ich bin aus der dritten Linie für den Camp Commander in die erste für diesen Posten aufgerückt. Schon bald bemerke ich, dass sich dahinter lediglich ein besseres Zimmermädchen verbirgt. Wir bekommen Besuch eines Logistikers aus Laayoune, und ich muss das VIP-Zimmer im Nachbarzelt herrichten. Also rücke ich mit dem Staubsauger aus und lasse dutzende toter roter Käfer in seinem runden Leib verschwinden. Als ich mit Wasserflasche und Glas für den Gast zurückkehre, haben mehrere lebende Exemplare den Platz der abgesaugten Verschiedenen eingenommen. Sinnlos.

Außerdem kommen morgen mit dem Hubschrauber zwei malaysische Mediziner und bleiben bis Freitag. Also überziehe ich auch die Ärztebetten neu. Francesco als morgiger Duty 2 nimmt sich ganz selbstverständlich Bettwäsche von dem für die VIPs reservierten gebügelten Stoß im Camp-Commander-Zimmer. So macht man das also, ich bin zu meinem Dutydienst mit der eigenen Bettwäsche angerückt. Man lernt nie aus.

## Dienstag, 9. 2.

Nach ziemlich warmen Tagen wird es etwas kühler. Wir brechen zu viert zur Nachbar-Teamsite Aguanit auf. Nach dem Zehn-kleine-Negerlein-Prinzip bleiben nun nur mehr zwei Leute zurück. Ich bin Fahrer im ersten Fahrzeug, Rohaizad ist Patrouillenleiter. Uns folgen Rodas und Flores, was eigentlich nicht sein dürfte, weil nicht Beobachter einer Nation gemeinsam im Auto unterwegs sein sollen. Doch es gibt so viele Bestimmungen in dieser Mission, die einander behindern oder ausschließen, dass man ohne fortwährende Überschreitung keinen Dienstbetrieb abwickeln könnte.

Nach wenigen hundert Metern türmt sich vor uns eine Wolke auf. Wir fahren in eine Nebelwand mit Sichtweite zwischen 20 und 50 Metern, und ich denke an das Bild von den Israeliten in der Wüste, denen Gott in einer Wolke voranzog. Bald haben wir die Nebelbank durchmessen, der Himmel ist strahlend blau, die Sonne lacht, die Fahrbahn ist ohne Tücken und leicht zu überblicken.

Kurz vor Aguanit kreuzen Kamele unseren Weg. Rhythmisch, als wollten sie rudern, strecken sie beim Vorwärtsschreiten den Hals aus, gleich Hühnern auf der Futtersuche. Besonders liebenswürdig sind die Jungen, die sich ängstlich hinter die buckligen Alten drängen. Rohaizad zählt sie aufmerksam und trägt ihre Zahl auf seinem Block ein. Gegen zehn, nach mehr als zwei Stunden Fahrt, haben wir Aguanit, ganz im Südosten des Einsatzraumes und an der Grenze zu Mauretanien, erreicht.

Der Ghanese Daniel, mein Kurzzeit-Zimmergenosse in Laayoune, hat Journaldienst und kommt mir mit ausgebreiteten Armen entgegen. Ich hätte nicht gedacht, dass wir uns so bald wiedersehen. Ein Briefing für alle Verpflegungsoffiziere, die Food Officers, und die G4 des Südbereichs ist heute angesetzt. Und da ich derzeit auch stellvertretender G4 bin, wurde ich für die Mitfahrt auserkoren. Journalistisch geprägt und als Minurso-Jungspund noch neugierig höre ich mir beide Darbietungen an.

Da sitzen auch schon alte Bekannte neben mir: Die Mongolin und Naa aus Ghana, die sich für die Reise schön gemacht hat und nicht so nachlässig aussieht wie vor ein paar Tagen in ihrer Teamsite Awsard. Auch der Uruguayer ist da, den wir vor einer Woche fast im Hotel vergessen hätten. Wie immer trägt er sein Markenzeichen mit sich: einen kleinen hölzernen Becher mit dem südamerikanischen Nationalgetränk Mate-Tee, aus dem ein silbern glitzernder Trinkhalm ragt. Anfangs hatte ich noch gedacht, er rauche Pfeife. Unter dem Arm trägt er eine Thermoskanne mit heißem Wasser zum Nachgießen.

Vortragender ist ein Paraguayer aus dem Hauptquartier mit schlechter englischer Aussprache. Ich brauche lange, um zu realisieren, dass er nicht von Russen spricht, wenn er die „Rations" meint. Komplizierte Sache, das mit dem Essen. Der Bestellungsvorlauf dauert zwei Monate, Verpflegung ist ein Panzerkreuzer. Bis es da mal in der eigenen Teamsite mehr Nescafé gibt, ist im ungünstigsten Fall die eigene Mission schon wieder um, bevor er eintrifft. Abgesehen davon, dass nicht bestimmte Marken bestellt werden können, sondern nur definierte Produkte, konkret also: Löskaffee, von wem auch immer gemahlen und getrocknet.

Es folgt das G4-Briefing: Außer Rohaizad und mir sind noch ein fleischiger Kroate aus Oum Dreyga und zwei wie ich frisch gefangene Iren aus Awsard da. Der Vortragende, ein ziviler Filipino, spricht erfrischend flüssig und fehlerfrei Englisch. Dafür stimmen die Inhalte traurig: Unsere 6000-Liter-Öltanks sind eigentlich Wassertanks. Oben müssten sie dicht verschlossen sein, was nicht der Fall sei. In manchen Deckeln würden sogar Vögel nisten. Messen ließe sich in diesen Tanks nichts. Rohaizad sagt mir, er schaue einfach mit der Taschenlampe hinein.

Das ist mir zu gefährlich, denn beschwingt durch Dieseldämpfe könnte ich von der

Leiter in den Tank stürzen. So nehme ich in Zukunft einen Besenstiel und tauche ihn in die Tiefe, um ungefähr festzustellen, ob wir bereits bei jenem Drittel angelangt sind, ab dem ein Nachfüllen geboten ist. Gut, dass wir nicht auch noch Flugzeuge betanken müssen wie andere Teamsites. Denn ich erfahre staunend, dass Treibstoff in der Leitung Elektrizität erzeugen kann. Und vieles mehr, von dem mich das Wissen darüber wenig erbaut.

Wir essen in der Teamsite, wie üblich verbunden mit vorherigem Ausfüllen der Gästeliste, damit der Food Officer von Aguanit in seiner Wochenmeldung vier Gäste aus Mijek vermerken kann. Um 14 Uhr treten wir die Heimreise an. In der Zwischenzeit sind in Mijek die zwei Malaysier und der Oberlogistiker, ein französischer Oberstleutnant, eingetroffen. Nur unser kroatischer Neuzugang ist nicht dabei, er hat den Flieger verpasst. Lediglich sein Gepäck ist angekommen. Ich agiere als geschäftsführendes Room Service und bringe es zu seiner künftigen, zuvor von mir gereinigten Unterkunft.

Für den Franzosen wird am Abend eine kleine Party gegeben: Kuchen mit Aufschrift, alle halten sich am Kuchenmesser fest, Foto, Cola, siehe oben. „Und das ist Stefan, der älteste von uns, unser Großvater", stellt mich Talal anschließend in der Sitzgruppe des Speisesaals leutselig vor. Diese gewagte Fremdeinschätzung erschüttert meine Eigendefinition in diesem eigenwilligen Männerbund nicht unwesentlich.

Großvater hält aber zumindest die Unterhaltung in Gang, als sich der Oberstleutnant bei mir nach Haider und seinen Gesinnungserben erkundigt. Erst entschuldige ich mich eifrig für die zahlreichen Nazi-Landsleute, bis ich spüre, der Franzose könnte in Österreich zur Zielgruppe der Strache-Meute passen. Das Schweizer Votum gegen den Moscheebau findet er völlig in Ordnung. Wortreich und mit einem Akzent, der mit zunehmendem Engagement zu einem Englisch in französischer Aussprache verschwimmt, erzählt er uns, wie viele Autos jährlich in Frankreich von Ausländern abgefackelt würden, dass die Schwarzen in Paris zumeist mit Rauschgift handelten, und dass die Schwulen und Lesben so unnotwendig öffentlich auf sich aufmerksam machen würden.

Ich schweige zu diesem Thema, denn als unverheirateter Single unter mehrfachen Familienvätern fühle ich mich im Camp ohnedies unter permanentem Anfangsverdacht. Wenn Saudi-Arabien den Kirchenbau verbiete, störe ihn das nicht, sagt der Logistiker aus der Zentrale. Was ginge es Frankreich an, was Saddam Hussein tut, fragt er. Oder was China in seinem Land tut? Sind doch alles souveräne Staaten.

Oder Marokko, füge ich in Gedanken hinzu. Dann könnten nämlich der Herr Oberstleutnant und ich getrost in unsere Heimatländer zurückkehren und uns dort gegen den Moscheebau aufplustern. Wie immer in Diskussionen, für die ich keine akzeptable Lösung nahen sehe, befällt mich bleierne Müdigkeit. Ist auch schon spät. Und der Ausflug nach Aguanit war nicht gerade um die Ecke.

## Mittwoch, 10. 2.

Meine erste Hubschrauberpatrouille: Helicopter Reconnaissance steht für Aufklärungsflug, kurz Helo Recce. Die Vorbereitungen sind nicht unerheblich. Eine Stunde vor Landung wird das Wetter an die Abflugstation gemeldet. Gleichzeitig wirft sich der Air Terminal Officer, ATO, heute Flores, eine gelbe Signaljacke um, platziert auf dem Dach eines Autos eine gelbe Drehleuchte, schmeißt zwei Feuerlöscher und einen Krampen ins Auto und fährt zur Landebahn vor dem Camp, ein von Sandsäcken und blauen Steinen gesäumtes Stück ebener Erde.

Wir fahren einen großen Kreis und halten Ausschau, ob sich Tiere in der Gegend aufhalten, die verjagt werden müssten. Nicht der Fall. Eine halbe Stunde später stellt Flores das Auto mit aufgeblendeten Scheinwerfern parallel zur Windfahne neben die Landebahn, damit der Pilot weiß, woher in Mijek der Wind weht und ihm entgegengesetzt aufsetzen kann. Die Mi-8 nimmt kurz Funkkontakt auf, und schon tuckert sie heran. Der erste, der entgegen allen Vorschriften beim Flieger ist, ist der wedelnde Wurschtl. Die Crew und die fernöstlichen Medizinmänner krabbeln heraus.

Eine Dreiviertelstunde später Rollenwechsel: Flores ist nun Patrouillenleiter, ich bin Second in Charge, also Paparazzo mit Kamera, Francesco macht den ATO. Da nun niemand für den Journaldienst übrig ist, hat er flugs den Arzt als Telefonfräulein ins Büro gesetzt. Aus Interessensgründen habe ich die eigene Kamera mitgenommen. Sie spielt allerdings plötzlich die Hauptrolle, denn die Bodenpatrouille hat in der Früh irrtümlich die Bürokamera mitgenommen.

Kaum haben wir abgehoben, kaum ist die Kamera eingeschaltet, beginnt die Batteriewarnung zu blinken. Schöne Bescherung, mir wird ganz anders. Sollte sie jetzt den Geist aufgeben, sind wir ab sofort eineinhalb Stunden vergeblich unterwegs.

Mit Gesten mache ich Flores mir gegenüber deutlich, dass meine auf ihren offiziellen Einsatz nicht vorbereitete betagte Spiegelreflexkamera nicht mehr viel Saft hat, und auch er erstarrt. Der Steward hat inzwischen das Bullauge neben mir geöffnet, und ich lasse mir den Wind um die Ohren pfeifen wie auf der Plattform eines Nostalgiezugs im Waldviertel.

Auf Zettel schreibt mein Partner groß die Nummer der zu fotografierenden Punkte und hält sie vor seine Brust, sobald wir uns einem von ihnen nähern. Ich fotografiere erst den Zettel, dann das, worauf Flores deutet. Mitunter ist es braune Fläche, wie es Myriaden ähnlicher ununterscheidbarer Motive in der gesamten Sahara gibt, mitunter ist es ein markanter Bergkegel, den wir im Schrägflug umrunden und den ich von allen Seiten aufnehme. Wir überqueren den Berm, der von oben aussieht wie zwei von Kinderhand in Meeressand geritzte zittrige Linien. Zuletzt ist das Camp an der Reihe, glücklicherweise hält die Kamera durch. Campchef Talal lobt später meine angeblich gelungenen Bilder.

Am Abend kommen unsere vier aus Laayoune zurück und bringen den verspäteten Jurica Knezevic mit. Der durfte unterwegs schon ein paar Kilometer fahren, steigt also voll ins Programm ein. Für Nachmittag ist ein Polisario-Kommandant zum regelmäßig stattfindenden Gespräch angemeldet, ich setze mich aus Interesse dazu. Talal führt das Gespräch auf Arabisch und übersetzt für uns, Francesco wetzt unruhig herum und will dauernd wissen, ob die Grenze nach Mauretanien offen ist oder ob die Polisario allfälliges Einsickern von Terroristen unter Kontrolle habe. Talal wirft ihm vielsagende Blicke zu und übersetzt knapp, der andere antwortet so episch wie nichtssagend. Immer wieder setzt Francesco nach, Talals flehende Blicke helfen da nichts.

Auf dem Tisch stehen Teller mit Äpfeln, Datteln und Dörrpflaumen, und ich versuche mich an die Regel von fünf Handvoll Obst und Gemüse täglich zu halten. Dörrpflaumen sind gut für die Verdauung, raune ich Flores zu, als der Polisario-Krieger a. D. gestenreich ausführt, kürzlich sei ein Läufer der Teamsite nach Einbruch der Dunkelheit gesehen worden, und er appelliere, das nicht zu tun, weil man im Dunkeln nicht mehr unsere Sicherheit garantieren könne. Ertappt ziehe ich den Kopf ein. Tatsächlich hilfreich für die Verdauung, fragt der Honduraner erstaunt und beginnt, als ich nicke, Pflaume um Pflaume in sich hineinzustopfen, dass ich Angst um die nächtliche Stabilität unserer sanitären Infrastruktur bekomme.

## Donnerstag, 11. 2.

Der Verbindungsoffizier begleitet uns auf einer kurzen Patrouille zu zwei Kompanien in der Nähe und übersetzt leise das, womit Patrouillenführer Francesco die Leute jenseits der Steinreihe auf dem Boden, die eine Kasernengrenze darstellt, löchert: Wo ist der Kommandant? In Rabouni. Wo ist das Fahrzeug, das dort unter dem Sonnendach fehlt? Minen und UXOs? Nichts. Terroristen? Nichts.

Bei der nachmittäglichen Konferenz echauffiert sich Francesco in italienischem Wortreichtum, und es kommt zu einer heftigen Diskussion, der die Novizen des Friedensstiftens in der westafrikanischen Wüste nicht recht in ihrer letzten Bank zu folgen vermögen. Erst später lässt es sich zusammenreimen: Der für morgen geplante Freitagsflug des Helikopters wurde von Laayoune aus abgesagt, angeblich wegen „technischer Probleme".

Tatsächlich aber, so hatte es Maxim von seinen russischen Landsleuten in der Besatzung erfahren, sei einfach einer der Hubschrauber für einen Flug mit dem Force Commander nach Dakhla abgezogen und der Teamsite Mijek angeschafft worden, die vorgesehenen 460 Kilogramm Cargo bei den Nachbarn in Aguanit abzuholen. Francesco hatte nicht zu Unrecht protestiert, auch mit dem Argument, dass beispielsweise jemand viel Geld verlieren würde, der morgen seinen Urlaub antreten wolle und wegen des Hubschrauberausfalls den Flieger in Laayoune versäume. Abgesehen davon, dass man uns angelogen hat. Deshalb möge Talal sich gegen solche Aktionen verwahren. Dieser beschwichtigt. Er mag zwar ein Sir sein, Konflikten aber dürfte er lieber aus dem Weg gehen.

Nach dem Briefing ruft Attila zum Fußballspiel. „Ohne mich", sage ich. „Komm schon, mein Freund", sagt er, jene hohle Verbindlichkeit verwendend, die man an allen Ecken in dieser Mission hört, dieses larmoyante „my frieeeend". Das Spiel sei für den Zusammenhalt wichtig, argumentiert Attila. Ein Freundschaftsspiel, an dem auch die hauseigene Polisario-Truppe teilnimmt. Seufzend werfe ich mich ins Sportgewand.

Ein Häuschen soll künftig das Zelt des Polisario-Verbindungsmannes vor dem Camptor ersetzen. Hinter dem windschiefen Rohbau, vor dem brüchige Lehmziegel in der Sonne trocknen, ist ein Fußballfeld mit Steinen ausgelegt, ganz so wie das gegenüberliegende Flugfeld. Damit es der Pilot nicht verwechselt, sind an den beiden Schmalseiten zwei blaue Torbögen aus Metall und Holz in den Boden gerammt.

„Geh ins Tor", bestimmt Attila. Das habe ich bei meinem letzten Match vor mehr als 30 Jahren in der Schulzeit auch gemacht. Eine Stunde herumstehen und wenn der Ball mit einem Läufer dahinter herankommt, sich wie ein Rammbock in den Weg stellen – das hat oft gewirkt, aber selten gegolten. Attila zieht einen Kreis ums Tor und erklärt mir, dass ich innerhalb auch mit den Händen zugreifen könne. Einwerfen über den Kopf, erfahre ich, als ich die Kugel wie beim Kegeln in die Menge kullern lasse. Ich weiß nicht viel vom Fußballspielen, trotz WM in Deutschland. Genau genommen habe ich vor 35 Jahren, auf der verdreckten Wiese im Gemeindebau hinter dem Gymnasium, genauso wenig Bescheid gewusst. Und habe trotzdem die Jahrtausendwende überlebt.

Sidi, der Koch, spielt mit, ein dicklicher Junge um die 20, offenbar selbst sein bester Kunde in der Küche. Deshalb ist es erstaunlich, wie wendig er sich im Spiel gibt. Wahrscheinlich hat er von Kindesbeinen an Fußball gespielt und ist erst in UN-Diensten in die Breite gegangen. Sidi hat erst bei uns so spielen gelernt, belehrt mich allerdings Attila im Vorüberlaufen. Als beste Spieler erweisen sich unsere drei Latinos.

Erst habe ich nicht viel zu tun, dann kassiere ich ein Tor nach dem anderen. Sidi stellt sich ins Tor und fordert mich auf, dem Sturm beizutreten. Ein blamabler Akt. Fünf Polisario-Kämpfer treten schüchtern ans Spielfeld. „Podemos jugar, können wir mitspielen", rufen sie herüber. Aufbruchzeichen für mich, zumal mir eingefallen ist, dass ich morgen Duty-1-Dienst habe, der ja schon an diesem Abend losgeht.

Ich ziehe wieder die Uniform an, übersiedle mein Bettzeug in den Journalraum und spüre schon nach einer Woche ein wenig vom Gift der Routine in meinen Knochen. Um 24 Uhr knipse ich meine Taschenlampe in Richtung Polisario, was erwidert wird. Überraschenderweise auch tags darauf um sechs in der Früh.

## Freitag, 12. 2.

Die Patrouillen wurden gestern noch rasch geändert, fünf Leute sind mit drei Autos nach Awsard unterwegs, um dort das Hubschraubergepäck abzuholen. Vier andere machen eine übliche Patrouille. Den ganzen Vormittag ist nichts los, dann melden sich plötzlich beide gleichzeitig. Zudem ist Francesco einer von ihnen, der zwar routiniert, aber undeutlich spricht. Ich schieße im plötzlichen Stress in meinem Dienstkämmerchen ziellos hin und her, in jeder Hand das Mikrofon eines Funkgeräts und stammle Unsinn hinein.

Natürlich bekomme ich nachher einen sanften Anschiss von unserem Italiener. Warum ich denn die Regeln ändern wolle und nicht einfach das wiederhole, was er am Funk durchgibt. Aber sofort reicht er wieder Zuckerbrot nach: Ganz klar, wir seien ja noch im Training, das werde schon, ich wäre ja ein aufgewecktes Kerlchen.

Aufgrund der kurzen Nachtruhe macht das aufgeweckte Kerlchen nach dem Mittagessen erst einmal ein Nickerchen, bevor es sich tatsächlich als aufgeweckt bezeichnen kann. Nachdem ich mir heute früh schon ganz manierlich Rührei, also Eierspeise, zubereitet habe, gibt es am Nachmittag, der Freizeit nach dem Journaldienst, kein Halten mehr. Während sich die große Patrouille noch auf der Rückfahrt und der Rest der Belegschaft im Dämmerzustand befinden, mache ich mich heimlich an die Arbeit.

Erstmals erbitte auch ich im Journalraum den Schlüssel für die Kühlkammer. „Du kochst", werde ich unter hochgezogenen Augenbrauen anerkennend gefragt. Vorerst nur für mich, wehre ich ab. Vormittags habe ich bereits im Internet einige Rezepte für Palatschinken herausgesucht, man soll ja immer mehrere Ärztemeinungen einholen. „Zubereitungsgrad: Simpel", stand jeweils darüber. Gerade richtig für mich.

In Erwartung meiner Kreation sperre ich in der Küche hinter der Mess Hall die mehr als armdicke Tür des Kühlraums auf, bei der ich auch später stets Angst habe, dass ich sie einmal von innen nicht mehr aufbekomme und der erste Mensch sein könnte, der in der Wüste erfroren ist. Dann mache ich mich anhand des ausgedruckten und die Zutaten mengenmäßig auf eine Portion heruntergebrochenen Rezepts ans Werk.

Was nicht so einfach ist, denn die Lebensmittel kommen aus aller Welt. Karotten und Avocados sind ja noch erkennbar, aber das Kokosmehl aus Indonesien bedarf erst einer Kostprobe. Da liegen keine bunt bedruckten Tütchen wie im heimischen Supermarkt, sondern lieblos zusammengewürfelte Packungen der Nahrungsmittelindustrie aus aller Welt: Backpulver aus den Niederlanden, Reissäcke aus Fernost, Fruchtsäfte im Tetrapack von Wesergold. Ein Päckchen mit weißem Puder fühlt sich so griffig an wie ebensolches Mehl. Das nehme ich. Könnte theoretisch auch Rattengift sein, ein Ei, Milch. Den Zucker finde ich draußen auf der Stellage mit den Putzmitteln. Kein Gesundheitsamt dürfte das hier sehen. Auf der Suche nach einem Pfannenwender – eigentlich einem Wender deren Inhalts – stoße ich in einer Lade auf eine altgediente Schneerute, ein Fach darunter auf einen Schraubenschlüssel. Im Leben liegt so manches nahe beisammen.

Säuberlich breite ich auf der großen Nirosta-Arbeitsplatte meine Zutaten neben dem Rezept aus und beginne zu mischen. Von schaumig keine Rede, das Mehl verdünnt sich, in der Schale bleibt eine zähe gelbbraune Flüssigkeit. Vielleicht war es doch kein Mehl. Ich lasse die schlabbrige Lösung wie vorgeschrieben 15 Minuten ruhen, hoffe auf ein Wunder und bringe den Schlüssel zurück.

Amtsnachfolger Talal hat sich auf dem Duty-Bett ausgestreckt, in der Koje daneben trägt Francesco eine Salbe auf seinem Nacken auf. Er ruft mich und deutet darauf. „Der Arzt hat gesagt, ich solle das nehmen", sagt er. „Der malaysische" stelle ich mehr fest als es zu erfragen. So ist es. „Da kannst du nichts ändern", sage ich, „das hat man von Geburt, bei uns heißt es Feuermal. Habe ich auch. Es gibt Leute, die haben diese roten Stellen im Gesicht, wir beide haben Glück und tragen sie hinten am Kopf." Er scheint teilweise überzeugt, schmiert aber sicherheitshalber weiter. In diesen Breiten schmiert offenbar die Pharmaindustrie den Gesundheitssektor ebenso wie überall anderswo. Auskommen kann ihr selbst der Gesündeste nirgends.

Ich kehre zurück und lasse die reizlose Flüssigkeit ohne Illusion in eine der breiten, zuvor mit Olivenöl benetzten Pfannen laufen, die Sidi täglich offensichtlich bar jeder Inbrunst so oberflächlich reinigt, dass einen bei weiterer Verwendung noch immer viele Fettaugen anglotzen. Aus den wie Gugelhupfformen aussehenden sechs Brennern auf dem kohlrabenschwarzen US-Herd aus Zeiten der Gründerväter züngeln blaue Flämmchen, die bei unmerklichem Drehen an den fettigen Stellrädern zu Flammenwerfern auflodern.

Erst einmal tut sich nichts, dann wirft der Brei Blasen. Neugierig hebe ich ihn mit dem Wender an. Zu früh, meine Ungeduld macht der Ebenmäßigkeit in der Pfanne ein Ende, und beim Wenden zerbröckelt schließlich alles. Nach einiger Zeit versuche ich damit einen Teller zu belegen, in Ermangelung von Marmelade Schokocreme daraufzustreichen und das, was hätte eine Palatschinke werden sollen, einzurollen.

Rohaizad kommt herein und macht sich Kaffee. Linkisch biete ich ihm einen Bissen meines Gesellenstücks an, nachdem ich unter seinen Blicken gekostet habe und nicht grün angelaufen bin. Doch es hilft nichts, das Auge isst mit. Rohaizad lehnt bescheiden ab und konzentriert sich lieber auf ein paar trockene Toastbrotscheiben. Ich verschlinge die Palatschinke zum Kaffee und empfinde sie als zumindest geschmacklich ganz gelungen. Nun brauche ich nur noch die Praxis eines

Pizzakochs, um die Dinger schwungvoll durch Emporwerfen wenden zu können. Ich erinnere mich dunkel an Köchinnengespräche: Bei Palatschinken bestehe immer die Gefahr, dass sie reißen. Von wegen simpel.

Unmittelbar nach der erkenntnisreichen Jause werde ich hinausgerufen. Die Patrouille ist zurück und hat bergeweise Cargo in Form von Kartons in den Autos, die wir als Eimerkette der Kühlkammer zuführen. Hoffentlich ist Mehl dabei. Die Kollegen bringen zudem meine erste Post aus Österreich mit. Es mutet eigenartig an, wie schlagartig die Zivilisation in meinem Verlies zu Gast ist, als ich Umschlag um Umschlag öffne.

Um halb sechs hat der alte Ali, unser Polisario-Reinigungsprofi, den Müll des Tages beisammen. Die letzte Aufgabe als Duty 1 ist es, mit Ali hinaus zur Halde zu fahren und den Abfall zu verbrennen. Wir kuppeln den Hänger ans Auto und rumpeln hinaus zum Trash Area. Dort schmiegt er die drei Plastiksäcke zwischen verkohlten Dosen aneinander, leert Öl aus einer Trinkflasche darüber und entzündet unseren Abfall der letzten 24 Stunden mit den geübten Handgriffen der alltäglichen Verrichtung. Vorsichtig fahre ich zurück, um den Hänger nicht zu ungewohnten Bocksprüngen anzuregen.

Er reagiert ohnedies beim Einparken bockig. Ich kann ebenso wenig kochen und Fußball spielen wie mit einem Anhänger rückwärts einparken. Mitten auf der Sandfläche vor dem Abstellplatz an der Campmauer gebe ich ein klägliches Bild ab. Hilflos drehe ich am Lenkrad, während der Hänger stets in die andere als die eingeschlagene Richtung ausschert. Geduldig sitzt Ali neben mir und versucht mein mangelndes Geschick nobel zu übersehen.

Schließlich hocke ich nur mehr da und trete leicht aufs Gas, während der alte Beduine mit gefurchtem Gesicht, im speckigen roten T-Shirt und schmieriger Trainingshose, vom Nebensitz aus das Lenkrad führt und mir Anweisungen zubrummelt: „Sige, para, un poco a delante, a detras…“ Schließlich hängen zwei Kollegen das weiße Ungemach auf zwei Rädern ab und schieben es in seine Ecke.

## Samstag, 13. 2.

Ich kürze mit dem Rasierapparat meine Haare, sauge mein Zimmer, Wochenendarbeit also. Beim Frühstück weist mich Zimmernachbar Maxim, von dem mich nur eine dünne Sperrholzwand trennt, statt einer Erwiderung des Morgengrußes mit würdevoller Miene darauf hin, künftig vor halb acht keine „electrical devices“ mehr einzuschalten. Dann machen wir gemeinsam Kurz-Patrouille. Da sie in den Süden, Richtung mauretanischer Grenze, verläuft, fährt der Polisario-Verbindungsoffizier mit. Kurvig, wellig, sandig, ein nicht anspruchsloser Parcours mit Kamelen am Horizont.

Als ich beim Mittagessen die appetitlichen Wiener Schnitzelchen zerschneide, dünkt mich, dass ich einer akustischen Fata Morgana beiwohne, einer wie jene Luftspiegelungen, die mir schon mehrmals auf den Patrouillen aufgefallen sind: Berge, die aus Seen zu ragen scheinen, Gewässer am Ende des Sichtkreises, die sich auflösen, wenn man sich ihnen nähert.

Hier, im Speisesaal, ist es aber nicht wegzudiskutieren: Es miaut irgendwo. Da ist auch schon Sidi aus der Küche geeilt, der seit unserem Fußballspiel schwer hinkt, sobald er sich von einem der unsrigen beobachtet fühlt. Gemeinsam mit einem anderen stellt er die Sitzbank auf, und schon wühlen mehrere Hände in einem Loch des Überzugs auf der Unterseite.

Sogleich wird eine Handvoll flauschiges Schwarz-Weiß herausgezogen, ein winziges Kätzchen, das kaum aus den Augen sehen kann, aber erbärmlich schreit. Maxim hat es gestern zusammen mit unserer Versorgung aus Awsard mitgebracht. Die Hunde werden es töten, bemerke ich. Sie muss eben herinnen bleiben, sagt Maxim, der Katzenvater, ernst. Im Speisesaal, in der Küche, in jenen Innenräumen, die bisher noch nicht mit tierischen Exkrementen versehen sind? Noch dazu eine nicht stubenreine Katze zwischen den Nahrungsmitteln? Wer sagt, dass sie überhaupt herinnen bleibt? Die gräbt sich nach draußen, wenn es ihr gefällt, falls nicht schon vorher jemand auf sie getreten ist. Und dann hätte unser Hundepärchen sein ein-, weil letztmaliges Katzenerlebnis. Na gut, geht mich nichts an, ich bin ja noch „under construction“.

Abends verlasse ich die Arche Noah zum Abendjogging. Ein kontemplativer Akt, dieses gleichförmige Dahintraben in den Fahrspuren. Die an Plattfüße erinnernden Tritte der Kamele wechseln sich mit zierlichen Trippelstanzen von Ziegen und Schafen ab, die hier nicht in Wolle gehüllt sind und dadurch nur schwer von den Ziegen zu unterscheiden sind. Über dem Trash Area kreisen Krähen. Auch sie sind rund um die Welt anzutreffen.

Um 20 Uhr wird Juricas Einstand gefeiert. Der stellt unter großem Hallo eine Sechserpackung marokkanisches Bier auf den Tisch und eine Flasche polnischen Whisky. Während alle noch herumwieseln, hat Mario, der gemütliche Salvadorianer, ohne viel Aufhebens eine Bierdose geöffnet und feiert schon einmal still für sich. Vor dem Barbecue-Rondell haben einige gegrillt, Maxim platziert Bauchfleisch vom Schwein in dünnen Scheiben auf Brot, offenbar eine russische Spezialität, dazu gibt es Hühnersuppe mit Gemüse, und Eis zum Abschluss.

Wieder stellen sich alle vor, Jurica muss einen Witz erzählen und ein Lied singen, Sand schaufeln und ausleeren. Dann Kuchen, Fotos und laute Musik vom Videorecorder. Tumur übersetzt die Kanji-Schriftzeichen auf meinem T-Shirt mit „Verteidigung". Das Shirt habe ich vor fünf Jahren am Golan vom japanischen Kontingent erhalten und trage es wegen seiner Auffälligkeit sonst nie. Tumurs erste Fremdsprache ist Japanisch, er hat sie drei Jahre in Japan gelernt. Die Grammatik sei dem Mongolischen gleich, sagt er. In der Schule hatte er außerdem Russisch, und in Amerika lernte er Englisch, was ihm von der Sprachlogik am schwersten gefallen sei.

Gemeinsam mit ihm und Rodas stehe ich vor einer an der Küchentür angeklebten Weltkarte, und wir zeigen einander unsere Heimatländer, suchen Kroatien und Ungarn. Das war alles einmal Österreich, sage ich stolz. Doch Tumur fährt mit der flachen Hand über China, Südostasien, Indien und Russland und sagt ungerührt: Alles Mongolei vor 800 Jahren. Heute leben drei Millionen Menschen in seinem Land.

Überraschenderweise betrinkt sich an diesem Abend niemand, obwohl man hier seit Monaten auf dem Trockenen sitzt. Es bleibt sogar eine halbe Flasche Wodka übrig. Ich habe wieder einmal zu viel gegessen und wache deshalb mehrmals in der Nacht auf.

## Sonntag, 14. 2.

Dementsprechend müde bin ich in der Früh. Zudem ist Mario, der Seemann, Patrouillenchef, und ich bin erster Fahrer. Es geht befürchtungsgemäß nicht gut: Großzügig hat er die Abfahrt für 9 Uhr angesetzt und die Rückkunft für 12 Uhr. Wir sind aber erst um 13 Uhr 20 wieder da, weil wir uns so oft verfahren, und zwar schon bald hinter unserer Teamsite. Das ist nicht der richtige Weg, sagt er und schaut angestrengt auf das GPS-Gerät, wo der uns darstellende Pfeil deutlich neben der schwarzen Linie liegt. Mehrmals müssen wir umkehren und zur schwer erkennbaren Abzweigung zurückfahren.

Es ist schon Mittag und nur wenige Kilometer vor dem Ziel, als es uns noch einmal passiert. Langsam, sagt Mario. Sobald etwas nach links abzweigt, soll ich der Spur folgen. Tatsächlich passieren wir eine Stelle, wo einmal ein einzelnes Fahrzeug abgezweigt ist. Zunehmend ängstlich folge ich in genau dieser Spur. Attila, der alte Hase, und Jurica, unser Jüngster, sind uns bisher widerspruchslos gefolgt. Mit einem Mal verliert sich die Spur. Vor mir liegt der Wüstensand und glitzert kristallen weiß wie ein großer Salzsee.

Ich halte an, Attila springt aus dem zweiten Auto. Da, fahrt geradeaus weiter, ruft er uns, über die Motorhaube in die Ferne gestikulierend, zu. Aber ich sehe keine Fahrspur, werfe ich ein. Egal, gibt er zurück, es sind nur mehr zwei, drei Kilometer bis zum Ziel. Und hier liegen keine Minen. Ich fahre da nicht, sage ich bestimmt. Du kannst das nicht bestimmen, sondern der Patrouillenkommandant bestimmt, erregt sich Attila. Glücklicherweise ist Mario auch meiner Ansicht und sagt: Wir fahren zurück. So geschieht es.

Attila hatte vermutlich recht – dennoch. Auch knapp vor dem Ziel kann gerade das eine UXO liegen, und ich bin tot fürs ganze weitere Leben. Ich bedanke mich bei Mario, der, kaum sind wir auf den richtigen Track eingeschwenkt, das Interesse am GPS wieder verliert und lieber laut und falsch zur Musik singt, die er bei der Abfahrt einprogrammiert hat. Ich bin auf dem Orientierungsgerät noch nicht geschult. Trotzdem schiele ich auf jeder Geraden kurz auf den kleinen Bildschirm. Aber als Fahrer fällt mir nicht die Rolle des Fährtenlesers zu.

Am Ziel greifen wir uns Äpfel und Fruchtjoghurt, und Attila mault, dass wir zu spät zum Mittagessen kommen, das er doch so mag, nicht aber, wenn es schon kalt ist. Lieber kalt als gar nicht mehr, murmle ich. Mario klopft auf Attilas Bauch und sagt, du wirst dick. Ich lege meinen Finger über das „A“ von „Hungary“ auf Attilas Uniformbluse und meine: Er ist immer hungrig.

Die Heimfahrt verläuft überraschend planmäßig und zügig, ich habe auch schon mehr als genug vom Herumirren in der Wüste. Der am Morgen noch ruppige Sand ist in der Sonne weich geworden, man fährt wie auf einer Schiabfahrt in der Ebene, wo die Spuren nebeneinanderliegen, sich kreuzen und schneiden. Eine von ihnen versuche ich zu halten.

Es erwischt uns ein paar Kilometer vor der Teamsite. Mario und ich geraten in „Tiefschnee“. Ich schalte den Kriechgang dazu, und im Schneckentempo pflügt sich unser weißer Kraftprotz durch die Sandwehen zwischen hohen Grasbüscheln. Immerhin bleiben wir nicht stecken, und ich fühle mich wie im Geschicklichkeitstraining.

Zu Mittag gibt es noch ein paar kalte Fischstäbchen. Da ich kommende Woche auch noch Fire Officer bin, mache ich mit einer Inventarliste in der Hand die Runde durchs Camp und suche die einzelnen $CO^2$- und Pulverlöscher auf. Nach dem Fire-Briefing ist Waterparty angesetzt. Was nicht alles „Party" genannt wird! In einer Eimerkette räumen wir aus einem der Container vor dem Tor Wasserflaschen auf einen Hänger, im Camp geben wir sie weiter an die Küche und die Unterkünfte.

Sonntag ist Maintenance-Tag der Fahrzeuge. Ich habe UN 633 zugewiesen bekommen und sehe, wie sich Maxim nebenan am Reifendruck zu schaffen macht. Er macht es natürlich auf russisch, es geht aber auch gar nicht anders: Die altersschwachen Kabeln an die Batterie des Autos geklemmt, die anderen Enden an zwei blanke Kabelenden eines wie ein Bügeleisen aussehenden Geräts, von dem ausgehend ein Schlauch an den Reifen gesteckt wird. Auf Knopfdruck wird Luft gepumpt. Aus einem Stahlröhrchen, das wie ein Fieberthermometer aussieht, springt dann ein Messstift, an dessen Länge sich der Druck ablesen lässt.

Mich beeindruckt immer wieder, mit welcher Unbekümmertheit der Russe, aber auch unsere Latinos, mit all diesen blanken Kabeln und rostigen Klemmen umgehen, während ich mir erst einmal Arbeitshandschuhe überstreife. Als vor einigen Tagen einer der beiden alten Generatoren, die angeblich aus einem Einsatz in Liberia vor zehn Jahren stammen, dahinschied, hielt Seemann Mario lediglich zwei Enden der Batteriekabel aneinander und forderte mich auf das Gerät einzuschalten. Aber nichts geschah.

Es kommt, wie es kommen musste. Nach dem Abendessen begegne ich Flores in der Tür, der nur mit dem Kopf auf die zwei Hunde draußen auf dem Betonplatz deutet und sagt: „Sie haben die Katze gefressen". Tatsächlich würgt Perrita gerade an etwas, das ich auf den ersten Blick als Stoffspielzeug eingeschätzt hätte: Es ist ein schwarz-weißes Köpfchen, aus dem die Knopfaugen unnatürlich starr hervorgetreten sind. Als ich nach Kurzem nochmals hinsehe, ist auch der Kopf verschwunden, die weiße Hündin kaut andächtig. Die zwei Tiere haben ganze Arbeit geleistet: Keine Blutspur ist zu sehen, nur etwas, das aussieht wie ein Regenwurm, liegt noch auf dem Beton, über das sich ein großer schwarzer Käfer hermacht.

Ich klopfe Maxim mitfühlend auf die Schulter, als er später unverwandt auf die weiße Hündin starrt. Die zwei Hunde ahnen nichts vom lodernden Zorn des Russen, sondern haben sich nach dem abwechslungsreichen Mahl zufrieden in ihren Gruben zwischen zwei Zelten zusammengerollt und erwarten die Nachtruhe. Beim Generatortausch, also meiner täglichen Arbeit, von einer auf die andere Maschine umzuschalten, kann ich eine menschliche Regung nicht unterdrücken und blitze der weißen Hündin zornig mit der Taschenlampe ins Gesicht.

Rohaizad aus Malaysia sieht, was die Hunde anlangt, in mir einen Verbündeten. Er möchte sie am Liebsten hinauswerfen. Als Moslem darf er sie zudem nicht berühren. Ich gebe zu bedenken, dass die Tiere nicht erzogen sind, überall im Camp ihre Exkremente loswerden und die abgenagten Knochen liegen lassen. In das alles treten wir und schleppen es ins Zimmer. Wo ich auf dem Boden meine Kraftübungen abzuhalten pflege.

Rohaizad hat aufgrund dieser Übereinstimmung schon etwas von neuem Teamsite Commander anklingen lassen. Ab nun muss ich auf der Hut sein, um nicht einen Job zu erhalten, vor dem mich meine Landsleute eindringlich gewarnt haben. Aus heutiger Sicht würde ich ihn aber sogar annehmen, da er mir eine Übersiedlung auf die andere Seite des Berm in einigen Monaten ersparen würde.

Auch die Fremdsprachenkenntnisse scheinen mich zu qualifizieren. Es kommt immer auf die Umgebung an: Auf internationalem Parkett wäre ich ein Stammler, hier bin ich Sprachgigant. Rohaizad hat mich kürzlich gefragt, weil er einen Report nach Laayoune schicken musste, da eine der WC-Anlagen undicht ist, wie der Schwimmer auf Englisch heiße. Ich rate ihm zu einer Umschreibung des Spülkastenutensils, doch er will den Fachausdruck. Sein Vertrauen ehrt mich, aber so weit bin ich noch lange nicht, dass ich Worte kenne, die nicht einmal im Wörterbuch zu finden sind.

## Montag, 15. 2.

Der Tag beginnt mit einem Lauf in die morgendliche Wüste. Es ist noch kühl und der Wind weht. Wurschtl begleitet mich, schweigend traben wir nebeneinander her, Mann und Hund. Doch scheint er zu ahnen, dass es zwischen uns nicht mehr so ist wie bisher.

Ab neun Uhr steht Maintenance, gemeinsam mit Attila, auf meinem Dienstplan. Das bedeutet üblicherweise irgendeine Instandhaltungsarbeit im Camp. Attila nimmt sich der Reinigung des neuen Gym an, ich streife mir Arbeitshandschuhe und einen Mundschutz über und fege das Rondell des Barbecue-Areals vom teils knöcheltiefen Sand - eine staubige Sache. Wie bei Sisyphos weht es nach einiger Zeit wieder Sand durch die offenen Eingänge ins Rondell. Heute bin ich bestimmt die bestbezahlte Putzfrau zwischen Rabat und Timbuktu.

Wurschtl nähert sich, schaut mir interessiert bei der Arbeit zu. Als ich mit der Innenreinigung fertig bin, legt er sich zu meinen Füßen nieder. Wieder einigermaßen versöhnt streiche ich mit der Reinigungsbürste über sein Fell und überlege, ob man ihn auf diese Weise halbwegs sauber halten könnte.

Da erhebt er sich wortlos, tappt geduckt ins Rondell und erbricht sich dort. Ich registriere es versteinert. Dann rufe ich ihn heraus. Er scheint nicht zu hören, geht zwei Schritte, würgt und übergibt sich neuerlich. Zutiefst empört und brülle ich auf den heraustrottenden Hund ein. Mein mühsam vollendetes Werk auf solche Art geschändet! Attila lacht, schon zuvor hat der Hund seinen Mageninhalt vor dem Eingang zum Gym entleert. Das trocknet, und der Wind verbläst es, sagt er. Ich will lieber gar nicht daran denken. Wiederum können die Hunde nichts dafür: Bei genauerer Beobachtung der Konsistenz zeigt sich, dass sie Abfall erwischt haben: Orangenschalen, Metallverpackung und Ähnliches.

Rohaizad kommt vorbei und berichtet verärgert von einem ähnlichen Malheur vor dem Journalraum. Dann kommt die weiße Hündin um die Ecke und lässt, zumindest am Rand des Geschehens, diskret ihr Fressen aus dem Maul fallen. Im Moment dauern mich die Hunde keineswegs. Klar, dass es ihnen nicht gut geht. Aber am Vorabend fein Katze essen gehen, was?

Ich bringe das Thema beim abendlichen Briefing zur Sprache, warne von einer sich verschärfenden Situation in naher Zukunft, denn, wie wir alle übereinstimmend feststellen, ist Perrita schwanger, Hängebauch und ausgeprägte Zitzen. Als Vater kann hier in der Wüste nur Wurschtl in Frage kommen. Die zwei haben ja auch sonst keine Abwechslung. Wenn sie sich nicht gerade irrtümlich über Abfall hermachen.

Rohaizad will vor dem Camp eine Hütte für die zwei bauen und sie von der Polisario versorgen lassen. Eine vernünftige Idee, doch Talal winkt ab. Die anderen schweigen desinteressiert oder hundefreundlich. Der Food Officer habe sich künftig um das geregelte Wohlergehen der zwei und bald noch mehr zu kümmern, entscheidet Talal. Da besteht beim Laissez-faire-Mario aus Zentralamerika wenig Hoffnung auf Verbesserung der Lage.

Am späten Vormittag brauen sich gelbe Wolken zusammen, der Wind weht schärfer, reißt uns die Türen aus der Hand und bläst den Sand in die Korridore. Natürlich auch ins frisch geputzte Barbecue Area, das ohnedies schon entweiht ist. Die Stunden an Arbeit hätte ich mir sparen können.

Kaum ist der Sturm vorbei, packt Flores die drei Novizen in ein Auto. Wir fahren ein Stück in die Natur und machen erste nähere Bekanntschaft mit dem GPS. Ziemlich gute Sache, wenn man sie beherrscht, und ich nehme mir ernsthafte Beschäftigung damit vor, denn es könnte so etwas wie eine Lebensversicherung sein.

## Dienstag 16. 2.

Draußen hat es nachmittags bereits 38 Grad, und das ist erst der zaghafte Frühling in diesen Breiten. Die Klimaanlage läuft auf niedriger Stufe, nächtens schlafe ich immer noch mit der kuscheligen Kunstflauschdecke, aber ich fürchte, dass meine diesbezüglichen Reserven ausgespielt sein könnten, bevor die zu erwartende 50-Grad-Marke erreicht ist. Dann gibt es nichts mehr abzulegen, und bekanntlich kann niemand aus seiner Haut heraus.

Tatsächlich schleicht sich so etwas wie Alltag ein, und das merke ich, wenn ich heimlich zu nörgeln beginne: Die bellenden Hunde, das tägliche Huhn zu Lunch und Dinner, die nach 22 Uhr über den Flur trampelnden Kollegen, die zermürbend dummen Fernseh-Thriller während der Mahlzeiten. Aber noch kann ich mich mit dem Hinweis auf meine fette Gage beruhigen. Ich sollte besser für die Qualifikation am 16. 3. lernen, seit gestern mache ich das gezielt, denn es bleiben nur mehr gut zwei Wochen. In einer Woche bin ich bereits einen Monat in der Mission, ein Zwölftel ist fast absolviert. Ausgegeben habe ich in dieser Zeit etwa 10 Euro.

Wir fahren als Admin Patrol zu den Nachbarn im Süden, nach Aguanit. Tumur und Francesco nehmen Urlaub und besteigen dort die Antonow nach Laayoune. Francesco ist ob des umgestellten Flugplans heute noch unempfänglicher für Scherzchen als sonst, während Tumur sich in gewohnter Gleichmut auf den letzten Urlaub vor seiner Heimreise freut, eine Augenklappe überstülpt, auf der Rückbank unseres Fahrzeuges ausstreckt und augenblicklich einschläft. Ein hoher Vertrauensbeweis in meine Fahrkünste.

In den Pausen unterwegs frage ich Jurica jedes Mal, ob ich als erster Fahrer nicht zu schnell für ihn bin, und jedes Mal antwortet er: Na, vielleicht fünf km/h langsamer wäre gut. Mir ist diese Route recht sympathisch, weil man sie sich als Autobahn ohne Straßenbelag und Mittelstreifen vorstellen kann: Etwa 30 bis 50 Meter weit nach rechts und links nur Fahrspuren, auf denen sich gefahrlos dahindonnern ließe. Aber ich bezähme mich bei Tempo 70. Dennoch ist Juricas Wagen immer wieder nur ein weißes Pünktchen im Einheitsbraun, das mir der Rückspiegel verwackelt signalisiert.

In Aguanit treffe ich meinen inzwischen alten Freund Daniel aus Ghana – man wird zu einer Art Familie. Der Uruguayer mit der Thermoskanne für den Mate hat sich einen Backenbart stehen lassen – auf diesem Niveau stellen sich die beachtlichsten Neuerungen dar, wenn man erst eine Weile in der ewig gleichen Wüste zubringt. Grund des Besuchs ist heute nicht so sehr, wie es am Beginn jedes Patrouillen-Briefings vor der Abfahrt heißt: „Präsenz entlang der Route zu zeigen und Major Stefan als Fahrer zu trainieren". Vielmehr haben wir neben der Ablieferung unserer beiden Kameraden zwei Techniker der Zentrale abzuholen, die bei uns Reparaturarbeiten durchführen sollen. Doch der eine wird gleich einmal zum Einrichten der Aguanit-Satellitenanlage abgezogen, sodass an eine Abfahrt unmittelbar nach dem Mittagessen nicht zu denken ist und uns die Kollegen vom Nachbarstützpunkt je ein Gästezimmer zur Rast anbieten.

Ich spüre die Wohltat des Ausstreckens in der Einzelzelle für Besucher, auch wenn sich kein Mittagsschlaf einstellen will. Die Musik nervte erheblich, die der nicht aus der Ruhe zu bringende Seemann Mario während der Fahrt eingelegt hatte. „Eingelegt" ist nicht der richtige Ausdruck, denn er hat eine Art Armbanduhr ohne Armband unterhalb der Armaturen angesteckt und auf diese Weise die mehr als zwei Stunden der Anreise mit Musik gesättigt. Vorher hatte er noch artig gefragt, und ich hatte es als Hintergrundgeräusch gestattet. Aber was in El Salvador unter akustischem Hintergrund verstanden wird, würde bei uns das Arbeitsinspektorat wegen gesundheitsschädigender Phonzahl untersagen.

Auf der Rückfahrt ist zumindest etwas von Abba und Boney M. dabei, da bin ich durchaus kompromissbereit. Ja, ja, sagt Mario, ich mag diese alten Sachen auch. Alte Sachen! Alte Sachen sind bei mir Dean Martin und Wanda Jackson. Erneut stelle ich fest, dass wir uns in Lebensräumen bewegen, die im Verhältnis zueinander verschoben sind. Im Fond döst der russische Techniker vor sich hin. Als er von mehr als 200 Kilometern und drei Stunden Fahrt hörte, zeigte sich der Minurso-Vielflieger einigermaßen überrascht.

Bei unserem Eintreffen nach fünf in Mijek herrscht dort Hochbetrieb: Mit dem Hubschrauber sind aus Laayoune fünf Medizinmalaysier gekommen. Ein Riesen-LKW mit einem langhaarigen zentnerschweren Zivilisten am Steuer ist mit zwei nagelneuen Generatoren in stundenlanger Fahrt über die Wüstenpiste geholpert. Und so drängen sich beim Abendessen elf Gäste, zwischen denen die neun gastgebenden Beobachter fast verschwinden. Mijek Plaza, mit All-inclusive, Aircondition im Zimmer, Familienanschluss und Möglichkeit zur Wüstensafari, ist ausgebucht.

Das Ergebnis der Visite durch das Unterstützungselement der Zentrale ist kaum greifbar, nachdem die einzelnen Leute im Lauf der nächsten Tage wieder abgezogen sind: Es gab niemanden zu verarzten, andererseits hat der Besuch der malaysischen Mediziner niemanden in Lebensgefahr gebracht. Der LKW-Fahrer mit der blonden Mähne hat sich in sein Cockpit geschwungen, auf den mobilen Thron des Königs der Landstraße, und pilotiert inzwischen wieder einsam tagelang zwischen Kamelherden und Dünen zur Metropole Laayoune zurück. Hier gelassen hat er zwei hübsch verpackte Generatoren, die in der nächsten Woche von anderen Technikern angeschlossen werden sollen. Inschallah.

Der von leichter Arroganz nicht freie schwarzafrikanische Obertechniker, ein Mister Smart mit Sonnenbrille und sehr lässig, hat wenigstens die beiden alten Generatoren so weit in Schwung gebracht, dass ich nun wieder planmäßig an ihnen schalten kann. Und der biedere Russe hat dem Stützpunkt nach Wochen wieder Satellitenfernsehen beschert. Nun laufen nicht mehr nur die immer gleichen Musikvideos der Kollegen, deren billige Choreografie man bald auswendig kannte. Abgelöst werden sie von Thrillern ausschließlich US-amerikanischer Provenienz, was alles über den intellektuellen Anspruch der Machwerke aussagt. Marke: „Horror in der Pathologie“, „Todesfahrt der Rollstühle“ oder „Tsunami-Panik in Arizona“. Ich schone meine Augen und konzentriere mich auf den Teller vor mir, wo das tägliche Huhn der Einnahme harrt.

Doch auch ohne Bild ist die Tafelmusik schwer erträglich: Ängstlich fiept und schrillt etwas wie zeitgenössische Musik. Dazu kracht und splittert es, unterbrochen von gurgelnden menschlichen Schreien und Befehlen. Befohlen wird häufig in amerikanischen Streifen. Muss wohl so sein, denn das wackere US-Volk taumelt gemäß Filmangebot von einer Katastrophe in die andere: Einmal machen ihm die Außerirdischen das Leben zur Hölle, dann überziehen Brände ganze Stadtviertel, dann fällt die Elektrizität in mindestens 36 Bundesstaaten aus, während böse Mafiosi die Schaltzentrale in Schach halten und die Kamera ungerührt über verzerrte Gesichter der Betroffenen streicht. Dichtes Programm, das jedes Mal auf den Magen schlägt. Kein Wunder, wenn die Amerikaner die meiste Zeit beim Therapeuten verbringen und fürchten permanent verfolgt zu werden, individuell oder als ganze Nation.

Mario ist einer, der gebannt zusehen kann, aber ich vermute, er macht das in erster Linie, um sein Englisch zu verbessern. Allerdings werden ihm die unartikulierten Laute von Menschen in heftigster Bedrängnis, die öden Sequenzen der Einsatzkommandos mit unentwegt blinkendem Blau- und Rotlicht und die kurzen, herausgekeuchten Befehle sprachlich nicht auf die Beine helfen. Besonders verwunderlich ist, dass diese gehaltlose Dutzendware sogar auf Arabisch untertitelt im englischsprachigen Programm von Al Jazira ausgestrahlt wird.

Letztlich frage ich mich, ob meine Kollegen an mangelnder Herausforderung in dieser Mission leiden, weil sie sich regelmäßig den Kick über jene stets gleich gestrickten künstlichen Aufregungsfilmchen holen. Aber es steht acht zu eins, das sticht, und da ist nichts zu machen.

## Mittwoch, 17. 2.

Erstmals bin ich als Second in Charge eingeteilt, das heißt, ich sitze als Beifahrer im zweiten Auto und komme vor Ziegenzählen, Funken und Eintippen von GPS-Daten gar nicht zur Ruhe. Flores, der Fahrer, lässt mich kaum Atem holen. Schau nach rechts auf den Berg, sagt er und tippt am GPS-Gerät herum. So, sagt er nach einer Weile, wie der Familienvater vor der Bescherung, jetzt zeigst du mir den Waypoint XY. Der ist natürlich nicht mehr zu finden, und ich werke am Gerät, verfolge heiße und kalte Spuren, lasse es dabei piepen wie in der Intensivstation, habe aber bald irgendwie den Dreh heraus.

Flores ist zufrieden: „Ich sehe, das kannst du“, sagt er, und ich denke wehmütig, dass ich doch hätte Geografie studieren sollen. Gleichzeitig übergehe ich, was ich alles in dieser Mission nicht beherrsche. Etwa das Merken der Namen. Die Namen unserer fünf Polisario-Arbeiter im Camp soll ich zur Prüfung nennen können. Kaum habe ich sie mühsam beisammen, all die Alis, Sidis, Sidi-Alis, Sidi-Ibrahims und Ibrahims, gehen sie auch schon auf Urlaub, natürlich nach Rabbouni, und ich kann mit ihren Ersatzmännern wieder von vorne anfangen. Das geht mit 48 Jahren nicht mehr so einfach wie früher.

Im vorderen Fahrzeug sitzen Jurica und Attila. Gleich nach den ersten hundert Metern haben wir den richtigen Track verloren. Das kann heiter werden. Wir kurven Sanddünen hinauf und hinunter, über die zahlreiche Fahrspuren führen, wie auf einem Motocross-Parcours. Was ist denn das, rufe ich plötzlich entsetzt und deute auf etwas, das rechts neben der Fahrspur aus dem Sand ragt. Flores hat nichts gesehen. Vorne hält Attila ohnedies an, und wir gehen ein Stück zurück.

Da steckt im braunen Rieselsand ein kreisrundes Metallstück, aus dessen Mitte ein weiteres ragt, für mich Teil einer klassischen Panzermine. Das ist nur Metall, sagen die beiden anderen gelangweilt und kehren um. Angreifen wollen sie es aber doch nicht.

Jurica ist heute deutlich schneller unterwegs als gestern. Vermutlich treibt ihn Attila an. Am Endpunkt, einem verlassenen Polisario-Beobachtungspunkt auf der Spitze eines Berges, bestätigt der arme, stets gepeinigt wirkende kroatische Kamerad diese Vermutung knapp. Da hat er soeben die Bergwertung hinter sich gebracht, geröllhaltig, steil und absturzgefährlich. Sie erinnert mich an die letzten Meter zum Stützpunkt des Mount Hermon am Golan, nur in klein. Die Aussicht neben dem ärmlichen Unterschlupf aus Steinen ist faszinierend: Über die Weite der Wüste hin zum Berm der Marokkaner, daneben auf andere Bergleins und unendliches Flachland. Während der Rückfahrt führe ich folgsam die GPS-Rätselaufgaben meines Lehrherrn aus und notiere säuberlich, wenn wir an Kamelherden vorbeikommen. Flores findet besonderen Gefallen an meiner Bemerkung, ich würde bei der Zählung der alten Hirtenweisheit folgen, die Beine der Tiere zu addieren und durch vier zu dividieren. Allerdings verursacht mir das ständige Ablesen und Aufschreiben im Fahrzeug auf holpernder Strecke mit der Zeit Magenprobleme, sodass ich dazwischen die Augen über die an Grau- und Brauntönen reichhaltige Landschaft streifen lasse.

## Donnerstag, 18. 2.

Wieder sitzen Flores und ich im zweiten Auto. Mir fällt auf, dass er als für die Personaleinteilung Zuständiger uns häufig zusammenspannt. Heute hat er schon angekündigt, dass wir viel besprechen müssten. Doch dazu kommt es vorerst nicht. Jeder Tag birgt ein neues Erlebnis. Diesmal kommt während unserer Fahrt zu einem Behelfsflugplatz in der Einöde starker Wind auf.

Vor uns fährt wieder Jurica, diesmal mit dem gegenüber Attila wohl nachsichtigeren Russen Maxim als Patrouillenkommandanten. Der Himmel ist trübe umzogen, die Sicht wird immer schlechter. Windfahnen wehen den Sand auf der glatten Oberfläche wie züngelnde Flämmchen dahin. Für den Neueinsteiger ergeben sich Muster, die Fahrspuren ähneln, es aber nicht sind. Gleichzeitig wird die quer dazu verlaufende Route zugeweht. Maxim ortet sich durch das nicht Verortbare, eine Gleichförmigkeit ohne Anhaltspunkte, was uns viel Zeit kostet. Vorsichtig tastet er sich mithilfe des GPS an den sich immer wieder auflösenden Weg heran, hält inne, entdeckt den Hauch einer Reifenspur und folgt ihr, wir beide dahinter im Schlepptau.

Auf der Rückfahrt bricht die Sonne durch, es bleibt aber windig. Flores und ich unterhalten uns über den in seiner Heimat gestürzten Präsidenten Selaia und die in Arm und Reich zerfallende Gesellschaft von Honduras und ganz Mittelamerika. Zum Schluss sagt er mir, dass er mit niemandem hier solche Gespräche führen könne. Die Freude an unserer Unterhaltung ist erkennbar. Mir geht es nicht viel anders. Die meisten scheinen an tieferen Gesprächen nicht sonderlich interessiert. Meist läuft oberflächlicher „Schmäh", man verständigt sich dienstlich, und das wenige Private ist letztlich auch dienstlich, wenn es ums gemeinsame Essen oder das Reinhalten des Camps geht. Denn in diesem engen Wüstenschloss ist wenig wirklich privat. Und von daheim, vom eigenen Land, der Familie, der Arbeitsstätte in der Armee erzählt man nie. Vielleicht fehlen die Vokabel dafür.

Letzte Aufgabe dieser Patrouille: Besuch der Zentrale der örtlichen Polisario-Militärregion, die dem Einsatzraum des UN-Bezirks Mijek entspricht. Der Bau befindet sich ein paar hundert Meter hinter unserem Camp. Dazwischen liegt etwas, das man unter Wüstengegebenheiten als schütteres Wäldchen bezeichnen würde. Darin halten sich mit Vorliebe Ziegenherden auf, deren besonders begierige Vertreter sich auf die Hinterbeine stellen und das spärliche Grün von den Ästen knabbern.

Es ist Mittag, das Hauptquartier, noch kleiner als unsere Teamsite, liegt wie immer verlassen in den Dünen. Wir kehren um und freuen uns auf das Mittagessen in wenigen Minuten. Zuvor ist noch eine tiefe Sandstelle zu furten, die vielleicht besser als jede andere Eigensicherung das Hauptquartier vor ungebetenen Gästen schützt. Jurica geht die Querung zu ängstlich an und schafft es nicht. Er bleibt mittendrin stecken. Flores, der seitlich zu überholen versucht, ist offenbar, zu lange aufs andere Auto schauend, vom Gas weggegangen. Nun stecken auch wir fest.

Unter Fluchen der beiden Alteingesessenen, denn nur sie wissen, was auf uns zukommt, verlassen wir die Wagen, nachdem hilflose Versuche mit dem Geländegang aus dem Schlamassel zu kommen, die Sache nur verschlimmert und zum Eingraben der Autos geführt haben. Da man als Neuling alles kennenlernen muss, sind diesmal jene bisher funktionslosen Geräte dran, die man als Fahrer anhand einer Checkliste vor jedem Reiseantritt auf ihr Vorhandensein zu kontrollieren hat: Eine Schaufel und zwei Gitterroste zum Unterlegen.

Wir wechseln uns beim Schaufeln ab, liegen alsbald auf dem Bauch und kehren unter jedem der Autos den Sand hervor, damit zumindest die Achsen freikommen. Der Schweiß rinnt mir übers Gesicht, und erstmals mache ich in dieser Wüste Bekanntschaft mit dem Gefühl, nichts mehr am Körper und in seinen Öffnungen ohne Sand zu haben: In den Hosentaschen, in den Schuhen, im Mund, in der Nase, in den Ohren. Er mischt sich klebrig mit Schweiß, rinnt in die Augen. Ein Vorgeschmack auf das, was mich in den nächsten Monaten noch erwartet. Auf Geheiß von Maxim funke ich zur Teamsite, dass wir „ernsthaft" feststecken und bitten um Hilfe.

Wenig später trifft das Entsatzheer in Form eines weißen Autos am anderen Rand des Sandkraters ein. Alle vier haben sich Tücher um den Kopf gewunden und Schutzbrillen aufgesetzt. Navy-Lieutenant Mario gleicht einem U-Boot-Kapitän, Attila einem Perlentaucher von der Honved. Wieder wird abwechselnd geschaufelt, wie auf einer österreichischen Baustelle: Einer arbeitet, fünf schauen zu. Und dann haben wir die zwei Autos relativ flott wieder flott.

Attila feixt beim Essen, er habe darauf gewettet, Jurica werde heute irgendwo stecken bleiben, und genauso sei es eingetroffen. Der bedauernswerte Kroate, als Felsküstenbewohner mit Sand nicht so vertraut, wirkt seit diesem Erlebnis noch mehr in sich gekehrt als zuvor.

Abends ist Party für unsere zahlreiche Gästeschar, was das Übliche bedeutet: Cola und Chips, deren Ausnahmewert dadurch unterstrichen wird, dass sie nicht im Vorratsraum lagern, sondern vom S5, dem Welfare Officer, in seinem mit einem Vorhängeschloss gesicherten Kämmerchen verwahrt werden. Es ist wie in Kindertagen: Belohnung mit Ungesundem für Wohlverhalten. Den Schluss machen eine von der Polisario gebackene Torte mit darauf gespritztem Schriftzug „Welcome to Mijek" sowie ein Foto von allen beim Anschneiden. Abendlicher Wüstenparty-Alltag.

## Freitag, 19. 2.

Flugtag. Kaum hat sich der weiße Vogel in die Lüfte geschraubt, macht sich eine Vierergruppe aus Maxim und Attila im ersten und unserem Kommandanten Talal und mir im zweiten Wagen auf den Weg zum Nachbarn in Oum Dreyga hinter dem großen Berm. Talal ist ein guter Fahrer, wenngleich nicht sonderlich gefühlvoll. Kuppen werden nicht angebremst, sondern überrumpelt. Da ich dies nicht auch sein will, versuche ich alle Bodenerhebungen vorherzusehen.

Ich bleibe auch deshalb beschwerdefrei, weil ich bei längeren Fahrten meine grüne Feldjacke zwischen Rücken und Sitz stopfe. Talal hat Arabisches eingelegt, vielleicht, weil Freitag ist, so etwas wie ein Radiogottesdienst: A-Capella-Gesänge, die zwischen Kopf- und Bruststimme wechseln und übertragen auf die ursprüngliche Ausdrucksweise meiner Heimat dem Jodeln gleichgestellt werden könnten. Es nervt mich aber weniger als der sonst das Wageninnere beherrschende englischsprachige Einheitspop, weil das Auf und Ab der Tonleitern besser mit der eintönigen Landschaft der westlichen Sahara harmoniert.

Wir nähern uns dem Berm. In Sichtweite davor halten wir an, schrauben die offiziellen UN-Nummernschilder mit Buchstabenfolge „Minurso" und Nummer ab, drehen sie um und schrauben sie mit der offiziellen staatlich-marokkanischen Nummerierung, wieder auf.

Ein verbeulter Schlagbaum wird am Erdwall ein paar hundert Meter weiter von einem königlichen Staatsdiener in Uniform hochgezogen. Dahinter räumt er die Straßensperre aus ein paar Gliederteilen altgedienter Panzerketten mit reifenunfreundlichen Stahlstacheln zur Seite, sodass Talal geschickt dazwischen durchmanövrieren muss. Wieder denke ich an den Golan, wo man am syrisch-israelischen Übergang ebenfalls Slalom fahren musste. Es gibt keine geraden Wege zwischen Feinden. Maxim weist unsere Dokumente vor, die jungen Kommandanten, vielleicht noch nicht einmal 20 Jahre alt, salutieren höflich, und wir setzen unsere Fahrt, den zweiten Erdwall passierend, fort.

Das nächste Stück über eine dunkelbraune Geröllandschaft gehört zu den besonders unsympathischen der bisher im Einsatzraum erlebten Verkehrswege. Auf dem Display des GPS erscheinen zu beiden Seiten unserer Strecke zahlreiche Totenköpfe, teilweise unmittelbar neben der Route. Die ist unübersichtlich, weil viele Spuren einander kreuzen und sich vereinen und es oft schwierig ist, den richtigen Weg zu unserem Bestimmungsort statt in eine der hier perlenartig nebeneinander aufgefädelten Kasernen oder Stützpunkte der marokkanischen Streitkräfte zu finden.

Wir erreichen Oum Dreyga nach kurzer Fahrt vor Mittag. Zwei der Honduraner der gemeinsamen ersten Tage sind hier stationiert. Die zweite Wiedersehensfreude gilt den anderen 50 Prozent des österreichischen Kontingents: In Shorts, die Arme in die Hüften gestemmt, mit grauem Knebelbart, stehen sie mir gegenüber – Rudolf Bac, der alte Auslandshaudegen.

Der Force Commander habe ihn erneut zum Teamsitechef machen wollen, erzählt er, doch er habe abgelehnt: Das ist ein Job, bei dem du in Oum Dreyga nur verlieren kannst, sagt er, da wäre man nur der Kasperl und müsse den Kopf für alles hinhalten. Er zuckt die Schultern: Weiterhin verweigern werde er, dann werde ein Befehl kommen, den werde er wieder verweigern. „Ich kenne doch diese UN-Spiele."

Rudolf, hierorts Transportoffizier, scheint nichts aus der Ruhe zu bringen. Er steht vor seiner Baracke und gibt freundlich kurze Anweisungen nach allen Seiten. Dann springt er auf die Ladefläche eines Pick-up und fährt mit ein paar anderen hinaus aufs Flugfeld zum Entladen. Ich könnte ihn mir gut breitbeinig an der Reling eines Handelsschiffes mit vielen Masten stehend vorstellen, während die Eingeborenen auf ihren gekrümmten Rücken Kaffeesack um Kaffeesack an ihm vorbei von Bord an Land schleppen und keuchend bekennen: „Massa, dir vertrauen wir."

Das Mittagessen ist etwas dürftig in Oum Dreyga. Ich finde mich am Lateinamerika-Tischchen wieder, wo ich schweigsam meinen Passivwortschatz aufbessere. Plötzlich wird es vor den Toren turbulent. Gleich zwei Hubschrauber landen aus verschiedenen Richtungen, was mich an die einstigen Vierfachausfahrten von Zügen im sonst verschlafenen Ried im Innkreis erinnert. Solch üppiger Betrieb macht die Situation leicht unübersichtlich, und so ist Rudolfs Pick-up auch zuerst auf den falschen der beiden Vögel zugefahren.

Ein beeindruckendes Bild: Zwei UN-Hubschrauber vor der Kulisse einer Bergkette, deren Gipfel wie mit dem Messer abgeschnitten scheinen, die Tafelberge von Oum Dreyga. Leicht lässt sich die Ebene davor als einstiger Meeresboden vorstellen.

Da ist auch schon der Grund unseres Ausflugs aus einem der Flieger gesprungen: Amara, ein Kollege aus Guinea, kommt vom Urlaub zurück. Nun ist auch Afrika in unserer Kartause vertreten. Für ihn bedeutet die Anreise so etwas wie einen Nachmittagsausflug. Amara wird ins zweite Auto verfrachtet, und wir treten die

Heimfahrt an. Überall ist Wasser in der Wüste, sagt Talal und zeigt auf die vereinzelt sich aus dem Sand windenden Bäumchen. Einige Meter unter der Erde. Sonst gäbe es dieses Grün nicht.

Dann erzählt er von seinem Rangerkurs in Jordanien, als seine Einheit, das gesamte militärische Hab und Gut auf dem Rücken, einen Marsch über 60 Kilometer in acht Stunden zu absolvieren hatte. Mit der Zeit ahne ich, dass weltweit alle Rangerkurse so verrückt ablaufen. Und mit einer nicht unbeträchtlichen Anzahl ihrer Absolventen bin ich jetzt beisammen; ich, dessen Berufsleben von Buffetempfängen und Pressereisen ausgeflaggt ist. Kein Wunder, dass es mit der Kommunikation bisweilen hapert.

Wieder flimmert der Äther am Horizont, scheinen Berge wie Inseln in Seen zu liegen, lösen sich vermeintliche Wasserläufe beim Annähern buchstäblich in Luft auf. Sarab hieße das im Arabischen, sagt Talal. Das Wort Fata Morgana sagt ihm nichts.

Er berichtet von seinen Erfahrungen mit Schlangen und Skorpionen. Wenn es wärmer wird, sei wieder mit ihnen zu rechnen. Ihn habe einmal im Zuge des Hausbaus daheim ein kleiner Skorpion in den Finger gestochen und er habe danach das Gift im Arm entlang wandern gespürt. Wie im Spital vorausgesagt habe er dann einige Tage lang höllische Schmerzen im Finger gehabt.

Wir nähern uns dem Berm, holpern über den Geröllpfad, und die Schädel und gekreuzten Knochen auf dem GPS-Display hüpfen einen munteren Totentanz dazu. Maxim verfehlt einen Weg, wir müssen unter kurzem Reversieren scharf abbiegen, um wieder zurückzufinden, und ich reihe unterdessen meine persönliche, wöchentlich wechselnde Angst-Hitliste um: Minen rangieren wieder ganz oben, auch Skorpione werden neu gesetzt. Ganz unten notiert derzeit Al Kaida.

Nur nicht versetzt werden in diesem Jahr, hoffe ich insgeheim. 219 verifizierte Minenstellen haben wir in unserem Gebiet, fast ausschließlich die harmlose Variante nicht explodierter Kriegsmunition. Oum Dreyga hat mehr als 2000 solcher Orte. Zudem sind da 180 Stützpunkte der Armee zu visitieren. Mitunter müsse man dort schon um sieben Uhr aufbrechen, um vor Sonnenuntergang zurück zu sein und könne gar nicht alles besuchen, was anstünde. Auch würden Geschütze, Waffen und Stellungen inspiziert, erzählte mir Rudolf.

Selbst wenn man auf der anderen Seite des Berm von den Militärs stets auf einen Tee ins Kommandantenzimmer gebeten werde, bleibt Mijek das Paradies: Jede

Patrouille ist noch am Vormittag zu Ende, so man nicht eine Nachbar-Teamsite besucht. Die paar Kompanien der Polisario befinden sich alle im Umkreis von einigen Kilometern, wären also sogar fußläufig schneller abzugrasen als die Kasernen der königlich Marokkanischen mit dem flotten Allradauto von Oum Dreyga aus. Zudem gibt es auf unserer Seite nichts zu inspizieren. Irgendwelche Aktivisten in nachlässig geknöpften Uniformen kriechen auf Verlangen aus ihren Kabäuschen, beantworten unsere immer wieder gleichen vier Fragen jedes Mal gleich unbefriedigend, und das wars. Mijek forever!

## Samstag, 20. 2.

Bei einer Patrouille zu einem Polisario-OP (Observation Point 17) bin ich Second in Charge, Amara ist der Fahrer. Vor der Abfahrt sitzt er auf einer Bank neben dem Zelteingang und lässt sich vom Autoradio auf Französisch beschallen. Marokkanisches Radio, frage ich ihn. Nein, Radio France International.

Amara ist ein tiefschwarzer stämmiger Luftwaffenhauptmann, der mit so schwerem Schritt die Gänge durchmisst, dass ich morgens nicht nur zu früh wach werde, sondern gleichzeitig fürchte, dass sich am Kopfende meines Bettes die Trennwand zum Flur umlegt. Mit Amara unterhalte ich mich bisweilen auf Französisch, obwohl er einwandfrei Englisch spricht. Er lacht das hohe raue Lachen der Männer seines Kontinents. In seiner Freizeit trägt er weite afrikanische Gewänder in kräftigen Farben. Amara scheint kompetent zu sein, wenngleich ich seinem Fahrstil wenig abgewinnen kann. 200 Meter Abstand hatte es geheißen, doch er braust mit Tempo 80 seitlich versetzt etwa 10 Meter hinter dem vorderen Fahrzeug her, sodass mir ziemlich unwohl wird. Wenn ich erst die höheren Weihen der Qualifikation habe, werde ich mich höflich zur Wehr zu setzen versuchen.

Auch überlege ich, ob ich Amara darauf ansprechen soll, dass er denselben Rang wie sein derzeitiger Staatschef hat, der in Deutschland einen Militärlehrgang besucht hatte. Er soll ein eitler Totalitarist sein, dem der Rausch der Macht den Überblick auf Recht und Unrecht genommen hat.

Der OP 17 liegt auf einer Kuppe in der Wüste. Wir halten an ihrem Fuß und packen aus, was ich morgens in die Kühlbox getan habe: Äpfel, Kekse, Fruchtjoghurt, Saft. Gemeinsam mit Maxim steige ich die paar Meter zum felsigen Gipfel, und wir knipsen rundum in die ruhig daliegende Landschaft, die sich über Jahrtausende nicht verändert hat.

Für den Nachmittag hat Rohaizad die Neuen zur Behebung eines Senkgrubenproblems vergattert. Schon seit Tagen wehte an bestimmten Stellen ein unangenehm fauliger Geruch durch das Camp. Wir streifen Einweghandschuhe und Mundschutz über und gehen vors Tor, wie im Mittelalter vor die Stadtmauern. Gleich daneben hat sich ein stinkender See gebildet, von Schlieren und Blasen überzogen. Irgendwo ist der Abfluss verstopft. Aber nicht jener der Toiletten und Duschen. Die hätten einen anderen Abfluss, beruhigt unser malaysischer Logistiker.

„Urinal sí", bestätigt emotionslos Hamed, der grauhaarige Polisario-Techniker, der überall muskelstark anpackt, auch hier. Kloaken verachtend macht er sich an die Arbeit, indem er die Abdeckung von einem nahen Schacht hebt, in dem es grauenerregend vor sich hin schwappt. Hauptsächlich kommt Abwasser aus der Küche. Eimer um Eimer lässt er hinab, den abwechselnd Rodas und ich ein paar Meter weiter in den Sand kippen. Bald ist die übel riechende Brühe aus Speiseöl, Waschmittel und Schlimmerem abgeschöpft, Hamed hebt mit einem Spaten Klärschlamm aus dem Schacht, bis die Rohre von Zu- und Abfluss sichtbar werden.

Rohaizad bringt ein dickes Kabel, mit dem wir im Zufluss stochern, und plötzlich plätschert es dort wieder heraus, der Schacht füllt sich. Im Camp werden die Abflüsse gesperrt, dann machen wir uns an die nächste Verstopfung: Zehn Meter weiter befindet sich die mit Wellblech abgedeckte Sickergrube, wo derzeit nichts ankommt.

Hamed steckt das Drahtkabel in den Abfluss des Schachtes, wir stoßen nach, wie beim Putzen eines überdimensionalen Gewehrlaufs. Irgendwann ist Schluss, wir ziehen das Kabel aus dem Rohr, markieren darauf, bis wohin wir vorgestoßen sind und verlegen es an der Oberfläche. Wo es endet, beginnt Hamed im Sand zu graben. Rohaizad kommt mit einem Mini-Caterpillar angetuckert, und alsbald ist in der Grube das Rohr freigelegt. Hamed klettert hinein, und ich schöpfe geduldig aus dem alten Schacht Eimer um Eimer und häufe  Klärschlamm an Land an.

Für optische und akustische Eindrücke hält die Sprache zahllose Begriffe bereit, für olefaktische Wahrnehmungen nur spärlich. Es stinkt jedenfalls erbärmlich, so als hätte man Rosenblätter mit Quargel oder Harzer Roller verknetet. Ich bin zweifellos mit der dreckigsten Arbeit meines bisherigen Lebens beschäftigt und denke verzweifelt an die Einkünfte, die ich dafür kassiere. Eigentlich nicht dafür, denn das wäre die Arbeit eines zivilen Technikers aus Laayoune, wie Rohaizad hinter seinem Mundschutz knurrt.

Am Zwischenangriff zehn Meter weiter hat sich inzwischen die Manschette vom silikon-klebrigen Rohr gelöst. Alsbald wird dieses undicht, und auch hier sprudelt Kloake heraus. Hamed schlägt ungerührt ein Loch ins Plastikrohr, wieder wird das Kabel wie bei einer Walross-Rektoskopie eingeführt und zum Herzstück vorgestoßen, wo Rodas bereits das Wellblech weggeschoben hat und kopfüber in die Senkgrube gebeugt und sein Hinterteil in die Höhe streckend das Seil erwartet.

Die zwei Hunde hat das ungewöhnliche Treiben angelockt, und sie schicken sich neugierig an, von der in der Sonne vor sich hin stinkenden Brühe zu kosten. Eingedenk des Erlebnisses im Barbecue Area jage ich sie brüllend davon. Auch die anderen Kollegen sind einer nach dem anderen eingetroffen und machen sich erst zögernd, dann immer beherzter an die Behebung des Abwasserschadens.

Kurz vor Sonnenuntergang ist es geschafft. Sauberes Wasser wird in die Gruben gegossen und mit Freudenrufen begrüßt, wenn es aus dem Rohr in die nächste Grube sprudelt. Dann decken wir das Geschehen in der Ungewissheit ab, wann es von Neuem zu öffnen sein wird. Dreckig, stinkend, zufrieden rücken wir ein. Nach einer Phase von Radikalverachtung zivilisierter Lebensführung gewinnt der gewohnte Reinlichkeitssinn die Oberhand. Ich möchte mir alles vom Leib reißen, verbrennen und nur mehr stundenlang duschen. Der Gestank haftet trotz der Einweghandschuhe noch am nächsten Tag an den Fingern.

Am Abend beginnt mein Journaldienst. In der Nacht werde ich immer wieder munter, weil die beiden Hunde vor der Tür des Bürohäuschens kräftiges Gebell anstimmen. So geht das nicht weiter, beschließe ich.

## Sonntag, 21. 2.

In der Früh kommt Talal vorbei, zeigt lässig auf die UN-Flagge am Fahnenmast neben dem Büro und sagt kurz „Bottom up." Tatsächlich war es mir peinlicherweise unterlaufen, um 7 Uhr die Fahne verkehrt aufzuziehen. Also hole ich sie ein, klinke sie andersherum wieder an die Schnur und ziehe sie ohne weitere Feierlichkeit wieder hoch, diesmal mit dem Ährenkranz unter und nicht über der Weltkugel. Das Flaggehissen ist gar nicht so einfach, weil der Mast den denkbar ungünstigsten Standort im Lager hat. Stets verheddert sich das blassblaue Tuch im ramponierten Maschendrahtzaun oder dahinter, im einzigen Baum des Camps, der obendrein auch noch Dornen hat. Dementsprechend zerfleddert sieht unser Hoheitszeichen schon aus. Müde sitze ich die Vormittagsstunden im Büro ab. Nach dem Mittagessen schlafe ich eine Stunde. Ist ja auch Sonntag.

## Montag, 22. 2.

In fast schon gewohnter Besetzung fahren wir zum Waypoint 78 weit draußen. Vorne Rohaizad und Jurica, im zweiten Wagen Flores und ich. Die meisten Waypoints sind im Firmendesign blau gekennzeichnet: Steinhaufen, Tonnen, Baumstämme, Autoreifen, so vorhanden. Unser Wendepunkt ist schon etwas ausgebleicht und nicht mehr leicht zu finden. Wir packen Sprühdosen aus und geben einer ausgebeulten Tonne, in der ein verdorrtes Bäumchen steckt, frisches Aussehen. Damit sie nicht davongetragen wird, gießen wir oben Sand nach, der durch ein Loch an der Seite wieder herausrinnt. Wieder fühle ich mich an Max und Moritz erinnert. Loch verstopft, heimgefahren.

Am Abend versucht mich Attila in Casevac zu schulen, der medizinischen Notfallrettung. Wir sitzen auf der Heurigenbank am nächtlich-lauschigen „Hauptplatz“, der betonierten Fläche gegenüber der Einfahrt, die auch als Antreteplatz Verwendung findet. Attila redet auf mich ein, interpunktiert von der verbalen Absatzmarkierung: „Oll no probläm“. Nun kenne ich ihn schon, den großen Schilderer aus Transleithanien: Viele Worte, doch fehlt ihm die klare Linie, das Konzept. Etwas, das mich schrecklich nervös macht.

Vor einer Viertelstunde war Amara da, weil er mich einschulen wollte, und Attila hatte versprochen: „Fäve minites, mä fränd!“ Nun steht Amara wieder da und ist ungehalten. Gut, dass Attila morgen auf Urlaub fährt, inzwischen ist er mit seinen Erklärungen beim Windsack auf der Hubschrauberlandebahn angekommen, was gar nicht hierher gehört.

## Dienstag, 23. 2.

Flores und Amara fahren zu einer zweitägigen Schulung nach Aguanit, und schon wieder bin ich bei den Jobs in die erste Linie vorgerückt, diesmal Fire Officer geworden. Zudem auch noch Food Officer, ein Geschäft, in das mich gestern Abend nach Attilas Ausführungen Amara eingeweiht hat. Wieder ein Schlüsselbund mehr. Mit ihm stapfe ich nun vor dem Mittag- und Abendessen in den Küchenteil unserer Mess Hall und öffne für Koch Ibrahim den begehbaren Kühlraum. Ibrahim ist die Unfreundlichkeit in Person, ein dürrer Faltenwurf auf zwei Beinen, entweder magen- oder lungenkrank oder beides, aber mit reichlich verächtlicher Gestik gesegnet.

Anfangs noch zuvorkommend sperre ich die schwere Stahltür auf, hinter der er Zutaten und Getränke für die jeweilige Mahlzeit herausholt. Nach dem Essen habe ich mich wieder einzufinden, da wirft er dann für die Zubereitung des nächsten Menüs das notwendige Gemüse und Obst achtlos in Eimer und Steigen und gibt mir mit einer huldvollen Armbewegung im Vorbeigehen zu verstehen, ich könne nun den begehbaren Kühlschrank schließen und die Vorhängeschlösser jener Gefriertruhen davor öffnen, auf die er dann mit knöchernem Finger trommelt. Dort finden sich steinharte Rinder- und Lammteile, Pommes frites, Fischstäbchen und Karfiol(Blumenkohl-)rosen. Selbstverständlich gehört eine ganze Truhe unserem Lieblingstier, dem Geflügel. Pollo para siempre – der inoffizielle Leib- und vor allem Magen-Spruch von Minurso.

Ibrahim knurrt meist Spanisches. Ich habe mir angewöhnt, auf Deutsch zurückzubrummen, es versteht unter dem lauten Surren der Kühlanlage ohnedies einer den anderen nicht. Zum Schluss verständigen wir uns über Attilas Lieblingswort, das zum Saharaoui-Arabisch gehörende „Saffi“, was so viel heißt wie: „Genug“. Dann sperre ich die Truhen nämlich zu und lasse Ibrahim zurück, während er beginnt, die Zutaten für Mittag- oder Abendessen in einer Mischung aus lässig und nachlässig über die Arbeitsplatte zu pfeffern.

Vielleicht macht ihm das Ganze auch keinen Spaß. Wer weiß, welche Parforce-Überfälle er vor 30 und mehr Jahren als jugendlicher Guerillero gegen die königlich Marokkanischen unter dem nächtlichen Sternenhimmel der Sahara erfolgreich durchgeführt hat. Und nun steht er in der Kantinenküche einer internationalen Besatzungsmacht und muss Gurken schälen und Eier aufklopfen. Aus vielfach marokkanischen Beständen obendrein. Das mag einen pensionierten Partisan schon verdrießlich stimmen.

Da wir wieder einmal wenig Mannschaft sind, habe ich von Flores vor seiner Abreise im fliegenden Wechsel dessen Einserdienst übernommen, an den ich meinen vorgesehenen Zweierdienst gleich dranhängen muss. Doch wir erhalten Verstärkung: Mit demselben Hubschrauber, der ihn und Attila abholt, kommt nicht nur der Chinese Zhang aus dem Urlaub zurück, dem kein guter Ruf vorauseilt und dem ich deshalb vorsichtig aus dem Weg zu gehen versuche, wenngleich ihn Tumur als seinen Nachfolger im Amt des stellvertretenden Kommandanten inthronisieren will.

Auch Nasir kehrt heim in unsere Robinsonade, ein freundlicher drahtiger Air Lieutenant aus Bangladesch. Er ist also so etwas wie ein Hauptmann, denn Marine und Luftwaffe haben in aller Welt ihre eigenen Rangfolgen. Und auch ein Schiffchen dürfen sich nur die Luftstreitkräfte keck auf den Kopf setzen, kein Mensch weiß, warum. Ungleichheit ist die internationale Demütigung aller Infanterie.

Nasir setzt sich zu mir aufs Dienstbett im Büro. Aus Wien käme ich, da müsste ich ja sehr reich sein, sagt er ehrfurchtsvoll. Er sei dort gewesen, erzählt er, und erwähnt etwas von einer technischen Universität. Aufgrund der wiederkehrenden Überschwemmungen hätte man nämlich in seinem Land nach einem amphibischen Feuerwehrfahrzeug gesucht, sei auf die österreichische Firma Rosenbauer gestoßen und habe mit ihr in Wien einen Prototyp für Bangladesch entwickelt.

Da sitzt man mitten im Sandmeer Afrikas und ein Bangladeschi erinnert einen dort an Rosenbauer. Mit der Firma habe man erfolgreich einen Vertrag geschlossen, erzählt Nasir, die Fahrzeuge würden allerdings nicht amphibisch geliefert. Die Aufrüstung macht man an Ort und Stelle. Bangladesch verleiht Flügel. Schwimmflügel.

Abends bin ich zwar noch recht munter, werde aber von den anderen ob des langen Dienstes dieses Tages gebührend bedauert.

## Mittwoch, 24. 2.

Beim Frühstück treffe ich Rohaizad, der in einem Schälchen mittels eines anderen Schälchens Teig walkt. Als er sich zu mir setzt, bietet er mir vom soeben Produzierten an: Gebackene Bananen. Für uns beide steht heute Maintenance auf dem Programm. Diesmal ist der Konferenzraum dran, den wir fegen und moppen. Schnell erledigt, doch am Abend muss ich schon wieder den nächsten Einserdienst antreten.

Müde strecke ich mich auf dem Bett im Duty-Raum zwischen den aus meinem Zimmer antransportierten Laken aus und freue mich auf eine geruhsame Nacht. Doch alle 20 Minuten, gerade wenn ich ins Träumeland zu rutschen beginne, kippt die Wippe und schleudert mich in den Wachzustand zurück, weil die zwei Hunde vor der Tür beschließen Laut zu geben.

Um halb drei in der Früh hat meine Geduld ihr Ende gefunden. Ich springe aus dem Bett und in die Uniform. Dann schlurfe ich Richtung Eingangstor. Die weiße Hündin hat sich bereits verdrückt. Um die Tiere auszusperren, müsste ich die beiden schweren Eisenrohre vor dem Tor wegstemmen, was Lärm macht und wozu mir die Lust fehlt.

Ich inspiziere das Wächterhäuschen daneben: Allerhand Gerümpel befindet sich darin, ein Eimer mit Wasser ist etwas erhöht aufgestellt, das Arbeitsgewand des Polisario-Technikers hängt an einem Fensterhaken, aber nichts, womit ein Hund mittlerer Größe Unheil anrichten könnte.

Jetzt ist es für mich aus mit „Wurschtel", jetzt ist er nur noch der braune Köter, der mir meine Nachtruhe raubt. Ich stapfe zum Waschraum und greife nach einem Besen. Damit kehre ich zum friedlich auf dem Betonplatz vor dem Duty-Raum ausgestreckten Unruheherd zurück. „So", sage ich bestimmt, als Auftakt meiner Vergeltungsaktion, „es reicht." Das Tier schaut mich fröhlich aus seinem Wuschelpelz heraus an und wedelt unsicher.

Dann stemme ich den Besen gegen ihn, als wollte ich ihn wegkehren. Der Braune räkelt sich unwillig. Ich setze nochmals, etwas stärker, an. Der dünne Blechstil knickt, erster Kollateralschaden. Ich versuche es mit Hebelwirkung weiter unten, der Hund lässt sich widerwillig einen Meter weit verschieben. Da liegt er und schaut mich stirnrunzelnd an.

Langsam komme ich in Fahrt, ich habe die Technik erkannt und setze, wie beim Staubkehren, zu kleinen intensiven Schüben an. Damit schaufle ich den erst völlig unbeteiligten Hund vom Beton und dann über die Sandpiste Richtung Ausgang. Er lässt es geduldig, aber zunehmend unwillig, mit sich geschehen, überschlägt sich und ist bald nur mehr eine Wolke aus Sand und Beinen, dirigiert von den grünen Kunststoffborsten des Besens. Vor dem Wächterhäuschen wird ihm die Sache zu bunt und er erhebt sich. Beide stehen wir nun breitbeinig voreinander, starren uns unverwandt an und atmen schwer.

Nun, so knapp am Ziel, will ich mein Werk nicht mehr scheitern sehen. Ich versuche den Hund Richtung Tür zu bugsieren, doch das mag er absolut nicht. Er zwängt sich an mir vorbei und streckt sich an der Hinterseite des Häuschens aus. Ich setze ihm nach und schaufle ihm eine Ladung Sand ins Gesicht. Irritiert glotzt er mich an und sieht nun ähnlich aus wie Rohaizads gebackene Bananen von heute Morgen. Diesen Moment kurzzeitiger Schwäche nutze ich zur Offensive und dränge ihn zurück bis vor die Tür. „So, und da hinein“, befehle ich, aber als echter Saharaoui hat er offenbar noch nie ein festes Gebäude betreten. Irgendwann ist immer das erste Mal, und ich ziehe die Türe hinter ihm zu.

Dummerweise ist die Klinke so marode wie das ganze Häuschen samt Inhalt. Sie rastet nämlich nicht ein. Zuvor hatte ich nicht versucht die Türe zu schließen. Schon sehe ich mich um den Erfolg meines nächtlichen Aufwands geprellt, weshalb ich zum Waschraum zurück jage. Fieberhaft krame ich in einer Plastikwanne des S4 nach einer der dort verstauten Nylonschnüre, finde etwas und hetze zurück. Keine Sekunde zu früh, denn schon sehe ich eine braune Tatze den Türflügel nach innen bewegen. Mit einem Ruck habe ich ihn wieder zugezogen und die Klinke in Sekundenschnelle mittels Schnur mit dem Schranken am Eingang verknüpft.

Und jetzt noch drei Stunden besonders schnell geschlafen, schärfe ich mir ein. Denkste. Hellwach wälze ich mich im Bett herum. Der Einsatz hat mich mehr als den Hund aufgeregt, dessen Tatzen ich bittend an der Blechtüre schaben höre. Als mit tierischem Seelenleben Unvertrauter kommen zahlreiche Fragen hoch: Ob Hunde Selbstmord begehen können? Ob er psychischen Schaden von diesem Gefängnisaufenthalt nehmen kann? Ob er zur reißenden Bestie geworden ist, wenn ich ihn in der Früh aus seinem Verlies erlöse? Ob ihm bis dahin auch nichts passieren, er nicht ersticken kann? Schließlich: Ob mich die UN heimschicken, wenn er etwas anstellt?

Blödsinn, sage ich mir, da war einfach ein Hund zu laut, und ich habe ihn weggesperrt. Das passiert vermutlich in jeder Sekunde mindestens einmal auf dieser Welt. Klirrend höre ich die blechernen Minentafeln umfallen, der Braune macht sich offenbar an die Arbeit. Ich hoffe, dass Hameds Arbeitsgewand auch hoch genug hängt. Da fällt mir ein, dass Talal erst kürzlich im Briefing gebeten hatte, wer über Arbeitskleidung verfüge, möge sie doch Hamed abgeben, da dieser nur eine habe. Nicht auszudenken, wenn sie der Hund zerreißt, ich könnte höchstens meine Winteruniform oder meinen Trainingsanzug als Ersatz spenden. Der freundliche Hamed würde nie wieder mit mir reden, Spanisch schon gar nicht.

Ich finde keine Ruhe, Gewissensbisse mischen sich dazu, zumal der Hund keinen Mucks mehr von sich gibt. Schließlich falle ich in Dämmerschlaf. Irgendwann registriere ich unterbewusst ein dumpfes Poltern und weiß, dass nun der Eimer dran ist.

## Donnerstag, 25. 2.

Um sechs Uhr früh schleppe ich mich müde auf den weißen UN-Turm und mache vorschriftsgemäß Leuchtzeichen zum Polisario-Zelt. Das Wächterhäuschen unter mir steht noch, die Tür ist ungeöffnet. Ich steige vorsichtig vom Turm und will mich heranpirschen, als ich erstarre: Auf dem Beton vor dem Duty-Raum liegt, als wäre nichts geschehen, der braune Hund und schläft.

Auf vieles gefasst schiele ich durchs Fenster: Alles, was schwächer war als der Hund, liegt verknäuelt auf dem Boden. Die Polsterung eines Klappsessels aufgerissen, ein Sandsack zerbissen, dem Eimer fehlt ein Stück Boden. Glücklicherweise hängt Hameds Gewand noch am Haken. Das Fenster gegenüber steht offen. Tatsächlich hat es der Hund geschafft, auf den Kompressor davor zu klettern, das Fenster aufzustoßen und hinauszuspringen.

Nun liegt er da und würdigt mich keines Blickes. Im Lauf des Tages schiele ich immer wieder im Vorbeigehen zu ihm hinüber und taste ihn optisch auf innere Verletzungen ab. Ich bilde mir ein, er atmet schneller als sonst. Er dürfte aber fit sein, wenngleich stiller als sonst. Ich versuche mit ihm zu reden. Aber er sieht mich lediglich, ohne den Kopf zu heben, von unten her mit einem Hundeblick an, wie es nur ein Hund kann. Viel Verachtung liegt darin. Mir scheint, die Mundwinkel sind heruntergezogen. Der erste handfeste Streit meiner Mission.

Beim Nachmittagsbriefing bringe ich das Thema Hunde erneut aufs Tapet. Talal schlägt vor, sie über Nacht auszusperren und lässt abstimmen: Nur Rohaizad und ich sind dafür. Attila hatte mir früher zugeraunt, Talal sei schwach. Diesen Eindruck habe ich inzwischen auch. Zumal mir Rohaizad gesagt hat, ihm gegenüber habe Talal geäußert, er wolle nicht gegen die Hunde vorgehen. Seine Begründung: Die Christen würden sonst sagen, die Moslems wären gegen die Hunde, da gemäß ihrer Religion diese Tiere als unrein gelten. Abseits jeder religiösen Wertung trifft das auf unsere zwei ohnedies zu. Diesmal entscheidet Talal, der ja nicht weit von der Wirkungsstätte des biblischen Salomon daheim ist, dass jeder, der nächtlichen Journaldienst hat, die Hunde aussperren kann, wenn sie ihn stören.

Schläfrig spule ich im Anschluss an das Briefing meinen Vortrag über Minen und UXOs ab, also nicht explodierte Munition, die in der Gegend herumliegt. Von diesen Spezialvorträgen wird wöchentlich mindestens einer angesetzt. Regelmäßig kommt jeder für eine solche Aufgabe an die Reihe, deren Version im Powerpointformat man sich vorher lustlos aus dem Minurso-Netz lädt und dann herunterbetet, während die anderen an den nächsten Urlaub denken und nicht auf den Vortrag achten, den sie vielleicht Wochen zuvor schon einmal selbst gehalten haben. Im Anschluss applaudieren alle artig, vor allem, wenn es nicht länger als eine Viertelstunde gedauert hat. „Um halb zehn wie tot weggeschlafen“, notiere ich abschließend für diesen Tag.

## Freitag, 26. 2.

Von einer Kurzpatrouille zu zwei Kompanien in der Nähe sind wir rasch zurück. Da ich derzeit vertretungsweise Food Officer bin, nutze ich die Zeit bis zum Mittagessen, um der Unordnung in der Kühlkammer zu Leibe zu rücken. Ich sortiere die Konservendosen nach süß zur einen und nach sauer zur anderen Seite, rücke die Milchpackungen zurecht und mache Familienzusammenführung gleichartiger, aber verstreut ausliegender Lebensmittel. Wie einst meinem Vater ist auch mir Ordnen ein Anliegen.

Die gesalzene Butter in runden Konservenbüchsen kommt aus Neuseeland, das Müsli aus Tschechien, die Milch, wie vieles andere auch, vom industriellen Nahrungsmittelförderband Niederlande, der Kaffee aus Polencia in Spanien. Der krümelige Weichkäse stammt aus Großbritannien und der Halbhartkäse der Marke „Happy Cow“ mit einem fröhlich lachenden roten Kuh-Kopf auf der Verpackung von Woerle im Salzburgischen. Die Happy Cow werde auch in seiner Armee verdrückt, lässt mich Talal anlässlich eines Frühstücks wissen. Woerle, an dessen Milesa-Käse aus meiner Kindheit ich mich noch gut erinnere, produziert heute hauptsächlich für den Export. Was mich hier sonst noch alles an No-Name-Produkten umgibt, dürfte von den Woerles dieser Welt stammen.

Als mir kühler wird, verziehe ich mich ins hintere Gemach der Vorratskammer, wo in wohliger Wärme Mehl, Reis und Gewürze ungeordnet vor sich hindämmern. Der nachlässige Ibrahim trägt das Seine dazu bei, dass es in unserem Fridge aussieht wie nach einem Kindergeburtstag. Ich hoffe, dass er der von mir geschaffenen militärischen Ausrichtung der Obststeigen nun mit dem notwendigen Respekt begegnen wird.

Draußen ist inzwischen der Hubschrauber gelandet, die anderen machen „Cargo-Party“, was dem Namen zum Trotz keineswegs Vergnügen, sondern Entladen der Maschine und Einsortieren im Camp bedeutet. Alsbald stehen die Kameraden an der Schwelle zum Kühlraum und schieben einen Karton nach dem anderen herein. Ich mache mich mit einem Messer ans Aufschneiden und schlichte den Neuzugang hinter schon Vorhandenes älteren Datums.

Karton um Karton fliegt aus dem Fridge, Amara soll sehen, dass ich in seiner Abwesenheit aktiv war. Als dieser sich schnaufend in das neue Vorzeigelager zwängt und ich ihm die Schlüssel der Macht über unsere Sättigung in die Hand drücke, sucht er aber verzweifelt nach einem Formular. Eines habe ich in einer Schachtel gefunden und aus Bequemlichkeit nicht weggeworfen. Das andere ist vermutlich in einem der anderen Kartons geblieben, die ich der Polisario zur Entsorgung übergeben habe.

Erst beim Food Officers Briefing für die Neuen ein paar Tage später erfahre ich von Amara nebenbei, dass bei jedem Versorgungspaket der Lieferschein in zweifacher Ausfertigung dabei ist. Mit diesem in der Hand ist das Eingetroffene auf Vollzähligkeit zu überprüfen und in einfacher Ausfertigung unterschrieben nach Laayoune zurückzusenden. Was diesmal schwer möglich ist, nachdem ich bereits alles mit dem Vorhandenen vermischt und meiner neuen Ordnung im Eiskeller untergeordnet habe.

Am Abend setze ich mich in eines der noch sonnenheißen Autos, immerhin kletterte die Temperatur heute auf 38 Grad, und hantiere am GPS. Die Sache ist unbefriedigend, weil ich nachlesen möchte, was vor mir auf dem Bildschirmchen flimmert. Sitze ich aber über der Gebrauchsanleitung am Computer, fehlt mir die praktische Übung. Ich müsste dauernd hin- und hersausen. Fällt mir nicht im Traum ein.

Mitunter horche ich zur Selbstvergewisserung tief in mich, ob noch alles in Ordnung ist mit mir, während sich der Alltag unmerklich in meinem Wüstenleben festsetzt. Ich denke an das Kurzbriefing in der Geografieabteilung in Laayoune, wo ich mir auf dem Satellitenbild unseres Einsatzraumes die Gegend von Mijek genau angesehen hatte. Nahe der Teamsite schimmerte etwas hell. Ein See, fragte ich den jungen Lehrherren an meiner Seite. „Vielleicht eine Depression", meinte dieser, und ich überlegte, ob die schon vor mir angekommen sein sollte. Nein, depressiv bin ich bis jetzt nicht geworden. Dafür ist mein Interesse am Geschehen rund um mich zu wach.

Dennoch stelle ich fest, dass mir meine Kameraden mitunter auf die Nerven gehen. Etwa der kleinliche Russe Maxim, der sich bei einem der täglichen Briefings darüber aufhielt, dass ihm nun schon zum zweiten Mal jemand den Kugelschreiber nicht zurückgegeben habe, als er Duty-Dienst hatte. Es ist ein Kreuz mit dem regen Schriftverkehr, den Minurso in seinem Verwaltungsaufwand pflegt. Für jeden Kram doppelte Unterschriften, da wechseln Kugelschreiber naturgegeben häufig die Besitzer.

## Samstag, 27. 2.

Nach einer Kurzpatrouille mit Talal mache ich mich ans Säubern meiner Zelle, es ist ja Wochenende. Das Aufkehren mit dem Besen, besonders aber das folgende nass Moppen gefällt mir, weil man sich dabei die Hände nicht schmutzig macht. Man klatscht den Mopp mit seinen nassen Fransen auf den Boden, fährt damit hin und her, bis der Boden wie ein Eislaufplatz glitzert und die Verbindungsnägel darin dem Mopp einige Fransen ausgerissen haben und wringt ihn in einem auf dem Eimer befestigten Sieb aus. Ich komme mir vor wie eine bosnische Putzfrau im Büro eines Möbelhauses.

Gestern sind zwei weitere Mitbrüder unserer internationalen Mönchsgemeinde eingetroffen: Wael und Osama, beide aus Ägypten. Letzterer war auf Urlaub, ersterer war zwei Wochen lang Verbindungsoffizier zu den königlich Marokkanischen in Dakhla, dem früheren Villa Cisneros, im Südwesten des Einsatzraums am Meer. Dieser Ausflug würde mich reizen. Jede Teamsite im Süden hat dafür einmal im Vierteljahr einen Arabisch- oder Französisch-Kundigen abzustellen. Für Juli wäre das vielleicht ganz hübsch.

Osama ist der bäuerliche von den beiden, Ende 20, kommt von einer anderen Teamsite, spricht hartes Englisch, trägt zur Uniformhose gerne Badelatschen und Unterhemd und wirkt muffig. Während ich mich im Waschraum für eine in fünf Minuten beginnende Patrouille bereit mache, schlurft er mürrisch im Pyjama herein. Wenige Augenblicke später steht er allerdings, mit einem Käsebaguette unter dem Arm, in Uniform neben dem Auto.

Wael hingegen ist ein Sir und mir schon deshalb sympathisch, weil endlich jemand beim Laufen langsamer ist als ich. Er hat angegrautes Haar, ist liebenswürdig und unkompliziert, und könnte durchaus als Frauenschwarm durchgehen. Daheim ist er Oberstleutnant wie ich, also vermutlich auch vom Alter nicht allzu ferne von mir.

Am Abend ist Abschiedsparty für Tumur und Nasir angesetzt, die am Dienstag nach Laayoune und von dort nach Hause fliegen. Jeder wird um einen Beitrag zur Party gebeten. So hat Zhang chinesisches Essen zugesagt, einige brutzeln Barbecue, während Jurica und ich uns auf Palatschinken – „Austrian-Croatian Pancake" – verständigt haben. Es gibt durchaus einiges aus Monarchiezeiten, was uns bis heute verbindet.

Jurica ist ein Phänomen: Wichtig wedle ich mit einem Palatschinkenrezept, das ich dem Internet entnommen habe, doch als ich vom abendlichen Lauf zurückkehre, steht Jurica schon am Herd und verrührt Eier mit Mehl. Wenn es daheim Feiern gebe, mache er das auch öfter, sagt er nebenbei. Er, der in Laayoune noch gewirkt hatte, als sähe er zum ersten Mal einen Computer, wies kürzlich einem der Alteingesessenen den Weg durchs Excel-Dickicht.

Zugegeben, die ersten Palatschinken geraten uns nicht recht und sehen so unappetitlich aus, dass ich sie umgehend in meinen Hamsterbacken verschwinden lasse. Aber bald haben wir den Rhythmus gefunden: Jurica lässt den Teig hauchdünn in die Pfanne rinnen, schwenkt diese ein paar Mal, wendet den Teig gekonnt und lässt die Fladen schwungvoll auf einen von mir bereitgehaltenen Teller gleiten. Die alte Hausfrauenweisheit bewahrheitet sich, dass die Pfanne erst richtig heiß sein muss, oder das Öl, oder was weiß ich sonst noch.

Meine Aufgabe ist es, die Dinger abwechselnd mit Schokolade oder Marmelade zu bestreichen. „Not so much, Stefan", ruft Jurica mir unaufhörlich zu, dabei meine ich es eben nur gut mit unseren Gästen. „Die Araber mögen es deftiger", gebe ich zurück. Hauptnutznießer dieser Partys ist die Polisario. An solchen Abenden brauchen sich die fünf nämlich kaum aktiv ums Essen zu kümmern. Sie dürfen sich sogar selbst an ihrem Tisch neben dem Kühlraum mit den exotischen Kulinaria versorgen, die ihnen einen Hauch der weiten Welt auf die Teller wehen.

Leider geraten unsere Palatschinken nicht fleischlos: Unzufrieden deutet Jurica auf den Teig, in dem schwarze Punkte schwimmen. Zu spät entdecken wir ein Sieb, das aussieht wie ein Tamburin ohne Schellen, und zur Trennung von Mehl und dem sich darin pudelwohl fühlenden Kriechtier dient. Ab sofort fische ich mit der Gabel die schwarzen Punkte aus dem Teig, wenn ich gerade wieder mit dem fingerdicken Bestreichen eines goldgelben Diskus fertig bin.

Es geht auf acht zu, den Partybeginn, doch Jurica ist im Rausch des Platschinkenbackens gefangen. Immer wieder mahne ich aufzuhören, denn die anderen langen nebenan schon ungeduldig bei Chips und Cola zu. Außerdem häufen sich auf meinem Tablett bereits 20 gefüllte Röhren. Crepes seien das, antworte ich auf neugierige Fragen. Das ist weltweit verständlich. Crepa gibt es auch bei uns, ist aber teuer, sagt Flores. Trotz meiner eindeutigen Auskunft laden sich einige das süße k.u.k.-Erbe neben das Fleisch auf den Teller. Auch Talal, der uns aber wissen lässt, dass es ausgezeichnet schmecke.

Dann sind die Dankesreden für die beiden Scheidenden angesetzt, und ich frage mich, wieso sie alle so warmherzige und durchaus gescheite Worte finden können, während sie im Alltag hölzern und maulfaul sind und in der Freizeit dümmliche US-Filme einer Konversation vorziehen.

## Sonntag, 28. 2.

Eine längere Patrouille führt hinein in die Pufferzone, was mir schon deshalb nicht gefällt, weil dort ein vergleichsweise reges Minenaufkommen herrscht. Und dann verfährt sich Kommandant Wael auch noch. Aber er macht seine Sache gut, orientiert, konzentriert, wir kehren um, setzen erneut an, und haben schließlich den richtigen Weg gefunden.

Sonntag ist Tag der Auto-Maintenance. Jeder bekommt einen Wagen zugewiesen und überprüft ihn anhand einer Checkliste. Vorigen Sonntag bin ich auf den Geschmack gekommen und verwende auch diesmal das abenteuerliche Druckluftgerät zum Aufpumpen der Reifen.

Am Abend trete ich meinen Einserdienst an. Diesmal warte ich nicht zu. Denn sind erst einmal die Tore verrammelt, kann ich den Hund schwerlich aussperren. Ich greife mir also nach dem Abendessen wieder ein Nylonseil im Waschraum und nähere mich dem braunen Hund möglichst locker, der ausgestreckt auf dem Beton liegt und sich, meiner ansichtig, fröhlich auf den Rücken dreht und die Beine in die Höhe streckt. Zielsicher ziehe ich die Nylonschnur unter seinen Rücken, was ihn erst einmal misstrauisch stimmt. Unbehaglich dreht er sich auf den Bauch, während ich die Schnur auf seinem Rücken verknote. Um ihn nicht zu erwürgen, habe ich nicht die Halsbandvariante gewählt, sondern ihm die Schnur hinter den Vorderbeinen um den Leib geschlungen. Mit einem Ruck hebe ich ihn an und ziehe ihn Richtung Ausgang.

Das mag der Braune nun aber schon gar nicht. Wieder setzt er den mir bereits bekannten schweigend-hinhaltenden Widerstand ein. Die Vorderbeine in der Luft bremst er mit den Hinterbeinen, dass Wolken von Sand aufwirbeln. Unbarmherzig schleife ich das Tier vorwärts. Je näher es auf das Tor zugeht, umso energischer wehrt es sich, versucht das Band hinter seinem Kopf abzubeißen, gelangt aber nicht bis dorthin.

Schließlich habe ich ihn an der Seitenpforte hinausgeschubst. Da steht er nun, die traurige Karikatur eines Wesens, das nicht weiß, wie ihm geschieht, noch dazu mit einer sinnlosen grünen Schnur um den Leib. Die Sekunden konzentrierter Selbstfindung nutze ich, um das Tor zu schließen. Nun scheint ihm gedämmert zu sein, dass er ausgeschlossen ist. Umgehend beginnt er bittend mit seinen Pfoten am Metall zu schaben, aber ich bleibe hart.

Eilig schleppe ich quadratische Betondeckel mit Griff heran, die ich nebeneinander an die Eingangstore lehne, damit er nicht darunter hereinschlüpfen kann. Der Sandsack war keine gute Idee, weil er ihn innerhalb kürzester Zeit von außen aufgerissen hat, was mich neuerlich an Max und Moritz denken lässt. Zuletzt verbarrikadiere ich noch den Scharnierbereich der Flügeltore, damit ihm nicht ein Einbruch so wie kürzlich sein Ausbruch gelingt. Die grüne Leine hat er bereits abgestreift, sehe ich durch den Türspalt.

Dann gehe ich in mein Büro. Einige Kollegen, die der Abend noch vorbeitreibt, hören das Schaben und sehen das wie ein Fort vor dem Indianerangriff verrammelte Tor, wagen aber nicht einzuschreiten. Ehrlicherweise dauert mich der Hund, wie er da verzagt auf Einlass hofft, aber ich würde mich selbst noch mehr bedauern, wäre er im Camp und würde sich in meine Tiefschlafphase einmischen.

Um halb zehn erklimme ich erstmals den weißen Turm und sende protokollgetreu Taschenlampenstrahlen zum Polisario-Zelt. Von dort wird mir nicht nur mit Lichtzeichen, sondern auch mit Rufen geantwortet, in der Art: Ihr habt euren Hund draußen vergessen. Ich winke freundlich zurück, als hätte ich nicht verstanden und steige vom Turm. Ebenso um Mitternacht. Der Hund hat sich inzwischen verdrückt. Keinen Mucks höre ich von ihm.

Stattdessen machen sich die Mücken über mich her. Auch heute ist es nichts mit dem Einschlafen. Wiederholt schalte ich Licht an und mache mich auf die Jagd, die von enormem Waidmannsheil geprägt ist, weil die Störenfriede offenbar noch frühjahrsmüde und deshalb leicht zu erlegen sind. Dennoch weisen meine Beine am nächsten Morgen mehr als ein Dutzend Stiche auf. Alle paar Tage wartet die Wüste mit einer anderen Auswahl ihrer Fauna auf.

## Montag, 1. 3.

Ich beginne den Tag hundemüde. Einer, der das ganz und gar nicht zu sein scheint, wartet freudig wedelnd am Tor, damit ich ihn einlasse. Dann untersucht er leicht verächtlich, was denn das für Platten sind, die ich innen ans Tor gelegt hatte, um ihm das Durchschlüpfen unmöglich zu machen. Als er alles geprüft hat, rollt er sich wieder auf dem Beton ein und döst wie gewohnt.

Seine Gespielin sieht mich meist aus verkniffenen Schlitzaugen an, denn seit ich sie nach einem spätabendlichen Bellanfall ihrerseits mit einem Besen in der Hand durchs halbe Camp gejagt und sie sich schlau unter einem Zelt verkrochen hatte, weiß sie nicht mehr so recht, was sie von mir zu erwarten hat. Ihr Bauch wird merklich größer, mitunter hat die weiße Hündin Schwierigkeiten aufzustehen. Dann schaut sie drein wie auf einem Plakat von „Schwangere in Notsituation". Nun kann es nur mehr einige Tage dauern und die Kopfzahl im Camp erhöht sich schlagartig.

Ich klicke mich derweilen durch die meist öden UN-Meldungen. Eine von einer nördlichen Teamsite informiert darüber, dass der Vater meines mongolischen Zimmerkollegen Irka gestorben ist. Ich schreibe Irka ein paar mitfühlende Zeilen, denn der Arme wird vermutlich nicht nach Hause fliegen können, halte Funkverkehr mit unseren zwei Patrouillen unterwegs und nach dem Essen Mittagsschlaf. Die Zeit eilt, ich komme kaum zum Lernen.

Zudem leitet mir Kollege Rudolf mit Hubschrauberpost Medienelaborate aus der Heimat weiter, die er offenkundig für ebenso verzichtbar hält wie ich. Die Beobachter des Österreichischen Bundesheeres werden überflüssigerweise mit heimischen Zeitschriften versorgt, und so segeln mir alle ein, zwei Wochen verschweißte Magazine in den Schoß, die ich bald nicht mehr durchblättere, weil mich ihr Inhalt entweder langweilen oder erzürnen würde. Themen, Machart und Zielrichtung sind zu durchschaubar, um sie als Nachrichten ernst oder gar wichtig zu nehmen. Die Weite der Wüste vermag den Blick für die Enge daheim zu schärfen.

## Dienstag, 2. 3.

Am Dienstag habe ich die Ehre, an unserer ersten Waterpatrol teilzunehmen. Grund dafür ist der Polisario-Generator an jenem Brunnen, aus dem wir mehrmals in der Woche mittels klapprigem Tank-LKW versorgt werden. Dieser Generator ist kaputtgegangen, und seither wird das Pumpen händisch von den Soldaten erledigt. Talal hatte der Polisario zugesagt, dass wir uns bis zur erfolgten Reparatur um die Gewinnung des für uns bestimmten Wassers selbst kümmern werden. Deshalb transportiert an den Liefertagen eine Vierermannschaft den hauseigenen UN-Generator die paar hundert Meter zum Brunnen vor dem Polisario-Hauptquartier und lädt ihn dort ab, wo er den ganzen Tag vor sich hin tuckert. Vor Sonnenuntergang liest ihn dieselbe Viererbande dort wieder auf.

Es wäre keine große Sache, wäre das unscheinbare schneeweiße Ding in der Größenordnung einer Wäschekiste nicht sauschwer. Jedes Mal befürchte ich einen Unfall, wenn wir den etwa zwei Zentner schweren Kasten aus dem Kofferraum in den Sand wuchten oder am Abend über die schräge Ebene einer umgelegten Tonne hineinschieben.

Nach getaner Arbeit steht an diesem Morgen die Verabschiedung von Nasir und Tumur mit militärischen Ehren auf dem Programm: Eine bescheidene Angelegenheit. Schon am Golan waren mir die internationalen Paraden mit ein paar dutzend Leuten ein wenig liliputhaft vorgekommen. Hier steht eine Fünfermannschaft angetreten, Zhang kommandiert uns, Maxim verliest einen Schimmeltext, Talal schüttelt Hände, Mario fotografiert. Da bleibt wenig gemeines Volk übrig.

Nasir kommt mir mit seinen geballten Fäusten und dem Nahezu-Stechschritt ein wenig hampelig vor. „Wie bei den Briten", raunt Jurica neben mir. Tatsächlich, ich habe das schon irgendwo gesehen. Dann schreiten die beiden Heimkehrer die Ehrenformation ab, man umarmt sich. Von Nasir bleibe ich ungeherzt. Er drückt meine Hand und sagt: „Auf Wiedersehen, Major. Beten sie, dass ich gut heimkehre."

Damit komme ich in dieser militärischen Welt schwer zurecht: Man spricht sich zwar mit Vornamen an, aber letztlich bleibt man rangbewusst. Dieses künstliche Klassendenken empfinde ich hier, unter wenigen Leuten auf engstem Raum, als unangebracht. Außerdem: Wen ich mit Vornamen anspreche, zu dem sage ich auch „du" und erwarte das umgekehrt. Bei den anderen dürfte das nicht so sein, Berufssoldaten ist die Hierarchie in Fleisch und Blut übergegangen.

Mancher redet den Chef mit „Sir“ an. Während bei den Partyansprachen sich andere zuerst an Talal als „Teamsite Commander“ und erst dann an die versammelte Gemeinde wenden, sage ich zu Beginn schlicht zu allen „Gentlemen“. Auch Amara ist per „Sie“ mit mir, wenn wir miteinander französisch reden. Das Englische übertüncht diese Unterschiede. Selbst die beiden Honduraner sind offenbar per Sie, nur weil Flores kürzlich daheim Major geworden ist. Das gibt es bei Österreichern im Ausland nicht.

Heute bin ich auch erstmals Air Terminal Officer, ein Job, der mir Spaß macht: Eine Stunde vor Landung fahre ich hinaus aufs Flugfeld, um nachzusehen, ob auch keine Tiere in der Nähe grasen, sich keine Ameisenhügel oder Lizardlöcher, Behausungen des Wüstenwarans, auf der Rollbahn befinden.

Eine halbe Stunde später ruft die Nachbarteamsite Oum Dreyga an und meldet den Start. Ich mache mich neuerlich auf den Weg vors Tor, aber gerade jetzt spaziert eine Ziegenherde über den Beginn der Landebahn. Ich springe mit ausgebreiteten Armen aus dem Auto, fuchtle mit dem Sprechfunkgerät in der Hand und schreie den Tieren „Weg, weg, weg“ zu. Was sie beherzigen, denn sie legen unter Äußerung von einigen unzufriedenen „Bähs“ und schwärzlichen Bohnen einen Zahn zu.

Als der weiße Vogel pünktlich 30 Minuten nach dem Start zu Boden knattert, sind sie bereits im Gebüsch verschwunden. Zuvor hat sich der Pilot über Funk bei mir gemeldet und die Wetterdaten abgefragt. Im Gegenzug erfahre ich von ihm Anzahl der Personen an Bord und Cargo-Gewicht. Sobald die Mi aufgesetzt hat, gebe ich über Funk die Daten und die Landung an den Journaldienst im Camp durch, der diese Information telefonisch an Oum Dreyga und den sogenannten Air Ops Officer in Laayoune weiterleitet. Bei Minurso bleibt kein Rotorschlag unreflektiert.

Die malaysische Air Ambulance kommt auf Kurzbesuch. Mit dem schwarzen Kopftuch zum Tarnanzug sieht die junge rundgesichtige Ärztin aus wie eine Klosterschwester mit Kampfauftrag. Ich frage sie, wie ich das in einer Woche von mir zu haltende Erste-Hilfe-Briefing anlegen soll. „Sä bäst sing in föast äd is pläktis“, belehrt sie mich wohlwollend wie eine Vorzugsschülerin und empfiehlt realitätsnahe Übungen statt Powerpoint.

Nach dem 17-Uhr-Briefing werfe ich mich ins Jogginggewand. Neben mir läuft treuherzig Wurschtl einher, als wäre nie etwas zwischen uns gewesen. Er ist vielleicht nicht der Hellste, aber wohl eine der gutmütigsten Hundeseelen, die ich kenne. Und als wolle er mir seine Zuneigung beweisen, begleitet er mich, was er sonst nie tut, bis über die Stätte der Müllverbrennung hinaus. Brav trabt er neben mir her, Schritt haltend, völlig unzudringlich. Langsam wächst er mir wieder ans Herz. In schweigender Übereinstimmung kehren wir eine Stunde später ins Camp zurück. Wurschtls Gesichtsausdruck erscheint mir sehr zufrieden.

## Mittwoch, 3. 3.

Am Mittwoch bin ich erstmals Patrouillenkommandant. Zwei Wochen lang, bis zur Qualifikation, werde ich nun in dieser Funktion geschult. Ich darf mich vor der Abfahrt im Vorraum des Duty-Häuschens vor meinen drei Mitfahrern aufbauen, den Vorhang, der die große Landkarte unseres Verantwortungsbereiches verdeckt, beiseiteschieben, stets den daneben angehefteten standardisierten Briefing-Ablauf im Auge, um nichts unerwähnt zu lassen und während der Unterweisung den weißen Zeigestab auf der Karte über die Fahrtroute streichen lassen.

Irgendwelche Ergänzungen, frage ich vorschriftsgemäß zum Schluss. Natürlich, Maxim. Er kritisiert die Einteilung, dass kein Spanisch- oder Arabischsprachiger dabei sei, da unser Liaison Officer außer Arabisch nur Spanisch versteht. Immer hat dieser Maxim etwas zu nörgeln, denke ich verärgert. Die Personaleinteilung treffe glücklicherweise nicht ich. Außerdem hat sie sich nicht an den Sprachkenntnissen des Liaison Officers zu orientieren, vielmehr müsste Ibrahim Englisch können. Im Grunde hätte das Talal schon längst offiziell rügen müssen. Zudem bin ich etwas beleidigt, dass man so wenig Vertrauen in meine Spanischkenntnisse hat.

Im Auto informiere ich Ibrahim wohin die Reise geht, fünf Minuten später sind wir am Ziel. Ich stelle die üblichen Fragen und übersetze meinen Begleitern auf Englisch. Der stoppelbärtige Herr in Camouflage und Sandalen lässt sich sogar etwas von einem mysteriösen Überflug entlocken. Ähnliches beschäftigt uns schon seit einigen Tagen: Erst hatte mir der Liaison-Offizier davon erzählt, dann hatte Talal selbst einen weißen Kondensstreifen nahe unserem Camp entdeckt und nach mir gerufen, damit ich mit meiner allseits geachteten Kamera einen auf Paparazzo mache. Doch war nicht einmal mehr der Punkt eines Flugzeugs am Himmel auszumachen gewesen, nur eine weiße Kondenslinie.

So bringe ich die Aussage der Polisario-Soldaten heim, sie hätten kürzlich ein unbekanntes Flugzeug über Mijek Mountain Oum Dreyga ansteuern gesehen. Es könnte sich um mauretanische Flieger handeln, die in Abstimmung mit Marokko die Grenze nach Menschen mit unlauteren Absichten in Augenschein nehmen. Die

Minurso-Zentrale hat nun erst einmal eine kleine Beschäftigung und kann eifrig ihre Papierproduktion in Gang setzen.

Ich ruhe mich auf den Lorbeeren aus, indem ich am Nachmittag ein Nickerchen mache, in der Hoffnung, dass der Mittagsschlaf nicht zur Gewohnheit wird. Wir wollen das leichte Leben doch nicht auf die Spitze treiben.

## Donnerstag, 4.3.

Heute ist ein weiterer Besuch im „Coy Area", dem Kompaniebereich der Polisario, angesetzt, diesmal aber bei zwei anderen Coys, und heute habe ich zudem Talal zum Übersetzen auf Arabisch mit dabei. Der Ablauf ist immer gleich: Wir parken dort, wo ein paar Steine zwei Us darstellen, die komfortablen Abstellflächen für die Vehikel der inspizierenden Offiziere. Unser kleiner glatzköpfiger Ibrahim macht sich dann auf den Weg nach Gesprächspartnern für uns. Ibrahim trifft man nachmittags mitunter auf der Joggingpiste an und danach in der Damenbrause des Camps, wobei er ein Handtuch wie einen Turban ums Haupt geschlungen trägt.

Jetzt verschwindet er in der einen und anderen Unterkunft, aus Lehm zusammengeformten Häuschen mit einem Bullauge als Fenster und angeblich aus spanischer Tradition stammenden Kuppeln statt Flach- oder Steildächern, die eine Ablagerung des unaufhörlich durch die Gegend gewehten Sandes verhindern. Schließlich kehrt Ibrahim mit dem einen oder anderen zurück. Wir vier gehen, wie im Western, langsam den beiden entgegen. Dann werden wir an der die Kasernengrenze markierenden Steinreihe einander vorgestellt, man salutiert und schüttelt übers Kreuz die Hände. Meist ist der Gesprächspartner ein Section Chief oder ein Duty Officer, nie der Chef persönlich. Polisario-Kompaniekommandanten meiden ihre Arbeitsplätze, sind entweder im Kompaniebereich unterwegs oder auf Urlaub in Rabbouni. Unsere Besuche erscheinen mir von Mal zu Mal sinnloser, lediglich als rituelle Übung wie das Auswischen unserer Waschbecken nach jeder Händereinigung mit einem imprägnierten Fetzen.

Zweite Aufgabe des Tages: Besichtigen der Brunnen, wo wir ein- bis zweimal in der Woche unseren Generator abstellen. Prompt bleibt Amara mit seinem Wagen vor einem von ihnen im Sand stecken. Wir packen ein Stahlseil aus und schleppen das Auto mit Hilfe des zweiten aus seinem Dilemma. Ich inspiziere die Schächte mit einem Blick in die Tiefe. Es sind geräumige Röhren wie in einer mittelalterlichen

Burg, und ich erinnere mich an Talals Worte, wonach sich ein paar Meter unter dem Wüstenboden Wasser befindet.

## Freitag, 5. 3.

Wieder bin ich mit Amara unterwegs, wir fahren nach Awsard, wo die Instandhaltung für den Südteil in Person eines hünenhaften Ziviltechnikers aus Schwarzafrika namens Francis angesiedelt ist. Dort sollen wir heute eines unserer Fahrzeuge abholen. Außerdem dient die Reise dem Naturalaustausch: Wir sind knapp an Juice, in Awsard kann man Milch gut brauchen. Vor einigen Tagen haben wir Teile unserer Zuckervorräte bei der Polisario gegen Reis eingetauscht. Food Officer Amara stopft das zweite Auto mit Milchpaketen voll, und los geht es.

Nach etwa einer Stunde verlangt er über Funk anzuhalten. Amara springt mit einem afrikanischen Fluch auf den Lippen aus dem Auto, und da sehen wir auch schon die Bescherung: Das Gerumpel hat den Milchpackungen nicht gutgetan, unter der hinteren Tür tröpfelt ein bläulich-weißer Film zu Boden. Ab sofort ist die Route nach Awsard nur mehr der Milky Way. Amara und Jurica packen den Fond des Fahrzeugs neu, trocknen die nassen Stellen, und wir setzen unsere Fahrt auf der Milchstraße fort. Doch das Missgeschick haftet hartnäckig am Wagen: Obwohl wir ihn mehrere Tage mit geöffneten Türen im Camp stehen lassen, muffelt es noch Wochen später darinnen wie in Woerles Henndorfer Käserei.

Beim Queren des Berm überreiche ich dem königlich-marokkanischen Posten unsere Formulare, erläutere die aus den Autos starrenden Milchgesichter, sage „Merci bien", und weiter geht es. Camp Awsard, malerisch im Schatten eines Bergleins und weniger malerisch hinter einem Minenfeld angesiedelt, erreichen wir ohne Zwischenfälle gegen Mittag. Journaldienst hat die liebenswürdige Mongolin, die mich bereits über Funk erkannt hat, wie sie mir erzählt, und auch die gemütliche Ghanaerin Naa stapft schweren Schrittes über den Platz. „Du wirst nach Awsard versetzt werden", sagt sie im bestimmten Ton einer afrikanischen Zukunftsdeuterin zu mir. Hoffentlich nicht, denke ich bestürzt, trotz der Aussicht auf mehrere gemeinsame, wenngleich dienstliche, Wochen mit ihr.

Awsard hat wenigstens keine Hunde. Und da sich auch hier nichts Geistreicheres an Unterhaltung anbietet als amerikanisches Heimkino, spiele ich mit zwei winzigen Katzen zwischen den Zelten. Die sich allerdings nächtens den Weg in die

Küche zu bahnen verstehen und keine hygienische Variante von Tierhaltung sind, wie mir versichert wird. Also besser auch keine Katzen in Mijek.

Gegen Mittag erfahren wir, dass das abzuholende Auto zwar fertig ist, bei einem der beiden, mit denen wir angerückt sind, aber die Stoßdämpfer gebrochen sind. Es kann also dauern. Da wir vor Einbruch der Dunkelheit zu Hause sein müssen, sollten wir Awsard allerdings spätestens um 16 Uhr verlassen. Andernfalls müssten wir hier übernachten. Ausgerechnet heute bin ich ohne Notfallkoffer – Zahnbürste, Waschsachen, zweite Unterwäsche – unterwegs. Und an Naa wage ich diesbezüglich nicht zu denken.

Zumindest hat Awsard einen Clubraum, in den wir uns zurückziehen. Meine Kollegen programmieren umgehend den Fernseher auf amerikanische Unkultur, während ich im Hintergrund im Patrouillenbuch für die Prüfung lerne.

Schließlich ist unser motorisiertes Wüstenschiff doch noch rechtzeitig fertig, und wir stellen uns vor dem Tor an der großen Tonne zum Auftanken an. Er müsse noch einmal ins Camp, sagt Maxim zu mir, denn der Techniker habe nach der Unterschrift seinen Kugelschreiber behalten. Du bist offenbar ein Medium für so etwas, sage ich leichthin. Aber Maxim versteht leider wenig Spaß, jedenfalls nicht jenen, den ich dafür halte.

Auf der Heimfahrt kreuzen zweimal armlange Reptilien unseren Weg. Lizards, sagt Maxim, große Eidechsen der Wüste. Einer ist rasant in einem Erdloch verschwunden, bevor wir über sein Heim hinwegdonnern. Am Ziel angelangt, mache ich trotz später Stunde noch eine Joggingrunde, um mein tägliches Sportpensum zumindest ansatzweise zu erfüllen.

## Samstag, 6. 3.

Nach einer kurzen Ausfahrt kann ich mich meiner neuen Hauptbeschäftigung widmen, ich bin nämlich zum Camp Commander aufgestiegen. Das Room Service von Mijek Plaza sieht aber nicht so aus, dass ich mir ein weißes Schürzchen umbinde und von Suite zu Suite tänzle, um die Herrschaften zu fragen, ob sie nicht noch einen Whisky mit oder ohne Eis wünschen, sondern ich schnappe mir den lausigen Staubsauger, krieche damit unter den Betten unserer vom Sande verwehten Gästezimmer herum, schlürfe mit seinem Verlängerungsrohr allerlei totes und halbtotes Getier in den Staubsack und ziehe von den Betten unserer Gäste die durchschwitzten Laken ab, um sie in die Waschmaschine zu stopfen. Allerdings dürfte ich sie diesmal überladen haben, denn der Zentrifugalvorgang ist ausgeblieben, und der Trockner schafft die triefende Wäsche auch im dritten 90-minütigen Anlauf nicht. So hänge ich die Gästelaken über die Leine zwischen den Zelten, doch mangels Befestigungsmöglichkeit hat sie der Wind nach einer halben Stunde in den von den Hunden durchsäuerten Sand geworfen. Meine Socken baumeln hingegen sicher auf einem alten Computerkabel kreuz und quer im Zimmer, was dem Raum ein angenehm humides Klima verleiht. Das lässt mich ausgezeichnet schlafen und rollt alles Papier in meiner Zelle wie Dauerwellen ein.

Der Nachmittag hält einen Adrenalinausstoß für mich bereit: Dem Kommandanten der nächsten Admin Patrol nach Laayoune müssen Ermächtigungen der Daheimgebliebenen mitgegeben werden, damit er an der Hauptquartierskasse das UN-Taschengeld für sie in Empfang nehmen kann. Dafür muss man nicht nur ein Formular ausfüllen, sondern auch Kopien der eigenen ID-Karte, jener des Ermächtigten und des Teamsite Commanders anfügen. Also erst einmal sich in Besitz dieser Karten setzen, dann beidseitig kopieren.

Gemeinsam mit Rodas gehe ich das Unterfangen an. Als wir vor dem Kopiergerät stehen und versuchen, ihm andere als rabenschwarze Blätter zu entlocken, ruft mich Talal ins Büro. Ich erwarte eine kurze Frage, lasse alles liegen und eile zum Chef. Der bietet mir einen Stuhl an. Längeres Gespräch? Nein, ich solle ihm beim Verfassen eines Briefs helfen. Das Hauptquartier verlangt eine Rechtfertigung. Vor ein paar Tagen ist eine 60-jährige Einheimische von Verwandten in die hiesige Polisario-Zentrale, einen Steinwurf weit von unserem Camp, gebracht worden. Sie hatte über starke Bauchschmerzen nach Fischgenuss geklagt und sich beharrlich die durch einen anwesenden Sanitäter verabreichten Infusionen vom Arm gerissen. Tags darauf war entschieden worden, sie ins Spital ins ferne Rabbouni zu transportieren, das sie allerdings nicht mehr lebend erreichte.

Nun will Minurso wissen, warum wir für die Bedauernswerte nicht ein Casevac-Verfahren in Gang gesetzt hätten. Ganz einfach: Weil wir davon nichts wussten. Die Polisario-Typen sind auch sonderbar: Da waren wir am Vormittag bei ihnen, doch kein Sterbenswörtchen verlautete. Ich übersetze und übe mich im neuen Job der Chefsekretärin. Vormittags Room Service, nachmittags Tippmamsell, so hatte man mir meinen Einsatz daheim nicht skizziert.

Talal ist zufrieden, da hätte er mit seinem arabischen Übersetzungsprogramm viel länger gebraucht, gibt er zu. Nur zweimal hatte er es in meiner Anwesenheit verwendet, aber jeweils nur Bestätigungen meiner englischen Wortvorschläge gefunden. Nicht ohne Stolz, aber mit düsteren Vorahnungen verlasse ich sein Kabäuschen. Wie erwartet: Der Kopierer ist verwaist, Rodas überreicht mir zwei Zelte weiter das fertige Formular, was mich wenig interessiert, denn wie befürchtet ist meine ID-Karte verschwunden.

Sofort läuten bei mir Alarmglocken, erinnere ich mich an die Verwarnung beim Beobachterkurs in der Heimat, nachdem ich dort zweimal meine Übungs-ID-Karte verloren hatte. Ab sofort stehen für mich alle unter Generalverdacht: Hatte mich Talal zur Ablenkung für sein Übersetzungsmanöver geholt? Will man mich prüfen? Haben sich alle gegen mich verbündet? Warum sind die anderen nicht so besorgt wie ich?

Allgemeines Schulterzucken. Wenn du sie verlierst, macht dir Minurso eine neue, sagt mir einer. So? Plötzlich soll alles leicht und unkompliziert sein? Kann ich nicht glauben. Ich flitze zwischen den möglichen Verlustorten hin und her, bis Rodas, dessen Latino-Leichtfertigkeit ich in den letzten Minuten insgeheim verwünscht habe, die zwischen andere Dokumente gerutschte Karte findet.

Bei der Party am Abend ist alles wieder vergessen. Zu feiern ist diesmal der Einstand von Choe, einem Südkoreaner, der von Oum Dreyga zu uns versetzt wurde. Rudolf Bac hat mir schon von ihm berichtet und mir versichert: „Der ist in Ordnung." Bald weiß ich auch, warum. Choe erzählt mir, dass der bedauernswerte Rudolf nun allein in seinem Camp vor sich hin trinken müsse, nachdem seine beiden Zechkumpane „rotiert" wurden.

Wieder werfen wir uns alle ins Zeug beim Kochen, Jurica und ich wagen uns erneut an „Croatian Cake", lediglich stört Zhang, der in einer großen Pfanne klassisch-würzig Gemüseallerlei brutzelt, was mich an die Glutomat-Chinesen im Berliner oder Wiener Ecklokal erinnert. Er steht uns im Weg, wenn Jurica mir den neuesten Palatschinkenfladen auf den Teller schieben will. Den besseren Pfannenwender hat Zhang obendrein erwischt.

Diesmal sind die Crepes wenigstens fleischlos. Sie sehen auch besser aus als letztes Mal. Wie bei jeder Feier tröpfelt der Alkohol, wir bedienen uns an einer Flasche Whisky, die wiederum nicht geleert wird. Ich lange guten Gewissens zu, denn am Sonntag habe ich Journaldienst, sitze im Büro, kann lernen und mich in den Pausen dem Zusammenfalten von Dutzenden Gästeleintüchern widmen. Kriegseinsatz eines Wiener Salonoffiziers.

## Sonntag, 7. 3.

Nun bin ich einen Monat auf diesem Außenposten, und ein wenngleich nicht alltäglicher Alltag hat mich eingefangen: Dutydienst 2, Wischarbeiten, eigene Wäsche, Versuch nebenbei etwas zu lernen.

## Montag, 8. 3.

Als wir zu zwei Kompanien und einem zivilen Camp in der Nähe ausfahren, ist es kühl. Zu Füßen des nur von uns so genannten Mijek Mountain liegt das Camp. Es besteht aus ein paar Zelten in der Ebene, vor denen es ein wenig unordentlich aussieht. Unser Polisario-Verbindungsoffizier krabbelt in einen Zelteingang, um unser Kommen anzukündigen. Eine Frau mittleren Alters bittet uns hinein.

Außer einer Oma hält sich drinnen noch ein an einem Zeltpfahl angebundenes Zicklein auf. Da ich Patrouillenkommandant bin, nehme ich die Gelegenheit wahr und stimme der Einladung zum Tee zu. Wir hocken bequem auf dicken Teppichen, lediglich Jurica dürfte sein beschädigtes Knie wehtun. Osama ist bei den Autos geblieben, er ginge nie mit hinein, hatte er mir gesagt, warum, das wissen die ägyptischen Götter.

Sein Landsmann Wael neben mir raunt mir die landläufigen Umgangsformen zu. Dass etwa das Teetrinken mit Fremden gegenseitiges Vertrauen bedeutet, und dass man dreimal zulangen soll. Schon der erste Durchgang gerät zur Zeremonie. Die Frau hat Wasser aufgebrüht, in einer weiteren Kanne die Teekräuter und mischt nun beides. Vor sich hat sie die Teegläser aufgereiht, wie in unseren Schihütten die Schnapsgläser, und gießt in hohem Bogen plätschernd von einem Glas ins andere. Es dampft aus den kleinen Gefäßen, das Zicklein raschelt, die laufenden Motoren unserer Wagen sind nicht zu hören: Himmlische Ruhe, erstmals empfinde ich etwas von der zeitlichen und räumlichen Weite der Wüste.

Aber ich soll das Formblatt auf meinem Schoß unauffällig ausfüllen. Wie viele Tiere sie außer dem reizenden Zicklein hätte? 40 Ziegen, und das Zicklein könne ich mitnehmen, wenn es mir gefiele. Ich erschrecke, denn mit den Hunden haben wir genug zu tun. Wo denn die Kinder seien? Studieren in Rabbouni. Familienname? Hm. Wael winkt ab. Das seien doch alles Familien der bei uns beschäftigten Polisario-Leute, das interessiere im Detail niemanden im Hauptquartier. Aber Osama habe doch als G2, gleichsam der Außenminister unserer Mini-Republik, diese Details urgiert? Jaja, aber Osama komme von einer anderen Teamsite, wo das nicht so gehandhabt worden sei. Er werde mit ihm reden, verspricht Wael. Das wäre gut, denn ich möchte nicht zwischen zwei ägyptischen Denkschulen zerrieben werden. Überraschenderweise drängt sich schon nach dem zweiten Tee der Abschied auf.

Anschließend ans Nachmittagsbriefing spule ich den mir aufgetragenen Erste-Hilfe-Vortrag ab. Dem malaysischen Rettungsengel folgend konzentriere ich mich auf die Praxis, nutze Rodas als freiwilliges honduranisches Unfallopfer, kann damit aber das durch dutzende ähnliche Vorträge in der Vergangenheit gelangweilte Publikum trotzdem nicht zu übermäßiger Aufmerksamkeit verführen. Am frühen Abend laufe ich eine Langstrecke, 1 Stunde 20 Minuten, Wurschtl bleibt an meiner Seite. Es ist doch ein nettes Gefühl, mit einem treuen Haustier durch den Sand zu stapfen.

## Dienstag, 9. 3.

Im Journaldienst bin ich so müde, dass ich mich beim Putzen der Diensträume am Besen anhalten muss, um nicht einschlafend umzukippen. Nachmittags erreicht uns ein Sandsturm, ich bin also doch wetterfühlig.

Ein neues Mitglied hat uns der Hubschrauber herangeknattert: Fabio Dominguez, ein kleiner brasilianischer Luftwaffenmajor mit Glatze, dunklen Augen und dem weichen Akzent seiner Sprache. Aus São Paulo stammt er. Mitunter habe er in den Weiten des Amazonas zu tun, erzählt er mir, als ich den aus Österreich stammenden Bischof Kräutler erwähne, der im Urwald arbeitet. Die Eingeborenen würden sagen, „der Dschungel ist wie ein Supermarkt", man bekäme dort alles, was der Mensch brauche, von der Nahrung bis zur Arznei, sagt Fabio. Ein paar Beispiele führt er im Gespräch im Internetraum an, und wieder genieße ich den Moment, wenn sich in der Eintönigkeit der Wüste die Buntheit der Welt versammelt.

„Meine Vorfahren kommen übrigens aus Österreich", erwähnt Fabio. Seine Mutter sei mit ihren Eltern aus Wien geflohen, sein zweiter Name, der auch auf seiner Uniform aufgenäht ist, lautet „Grineberg", brasilianisiert vermutlich. Nicht nur die bunte Welt umgibt mich hier, auch die Schatten der Vergangenheit meiner Heimat reichen bis in diese UN-Mission. Aber Fabio scheint sich über historisches Unrecht wenig den Kopf zu zerbrechen, erzählt vom Gugelhupfrezept seiner Großmutter und anderen Speisen, deren Zubereitung ihren Ursprung offenbar in Österreich hat.

## Mittwoch, 10. 3.

Mit Osama fahre ich zum Waypoint 31, meine kürzeste Patrouille: 20 Minuten, und wir sind wieder zurück. Da es in den Süden geht, begleitet uns der Verbindungsoffizier. Und wieder erzählt er, dass die mauretanische Grenze hinter den sieben Bergen vor uns verlaufe. Laut Karte im Kopf kann es sich aber nur um wenige Kilometer handeln.

## Donnerstag, 11. 3.

Da es in der Früh mit nur etwa 15 Grad frisch geworden ist, lohnt es sich zu joggen. Mit Zhang und Fabio reinige ich anschließend den Konferenzraum vom Sand des letzten Sturms. Da ich mich zum zweiten Mal dieser Aufgabe widme, fällt mir die Routine auf, die wie der Sand durch die Ritzen der Zelte und Container in mein Einsatzleben dringt.

Das Außergewöhnliche trägt die Hündin bei. Seit Tagen schon streicht sie abends ruhelos durchs Camp, offenbar auf der Suche nach einem geeigneten Platz, um ihren Nachwuchs in die Welt zu setzen. Plötzlich ist sie verschwunden. Die mit Guerillataktik vertrauten Polisario-Männer im Lager dürften das Rückzugsnest als Erste entdeckt haben, weil sich unweit ein Futternapf befindet: Zwischen den beiden Wassertanks fürs Bad hat sie eine Grube gebuddelt, die für Menschen nicht erreichbar ist.

Dort unten, im Souterrain, hat sie sechs Junge zur Welt gebracht, drei weiße und drei braune, gemäß den Mendelschen Regeln. Streng nebeneinander ausgerichtet liegen sie in der Geborgenheit ihrer ersten Tage und sind von außen nur schwer auszumachen, kleine Würmer mit zugekniffenen Augen, die offenbar nur eines im Sinn haben: Nuckeln und schlafen. Trotz des freudigen Ereignisses schwant mir Ungemach. Kein Auge werde ich zumachen, wenn diese Großfamilie nächtens den Mond anjault. Dann hilft auch der Gedanke an die stattliche Entlohnung meines Einsatzes nicht mehr.

## Freitag, 12. 3.

Flugtag, wieder einmal bin ich Air Terminal Officer, wie die gelbe Weste groß vermeldet. Wael fliegt zu seinem letzten Urlaub in die ägyptische Heimat, Zhang lässt sich von den Malaysier(inne)n in Laayoune seinen lädierten Rücken massieren. Vermutlich.

Am Abend inszeniert Flores für den Beobachternachwuchs eine Casevac-Übung, Notfallsrettung, Casualty evacuation. Wir füllen Formulare aus und funken sie elendslange in eine fiktive Minurso-Zentrale, wobei mir fast die Augen zuklappen, da es Flores erst gegen 23 Uhr gut sein lässt.

## Samstag, 13. 3.

Choe ist mein Fahrer bei einer entspannenden Patrouille. Währenddessen plaudern wir über die Bedenklichkeit des Qualifikationsverfahrens in Bezug auf den Zusammenhalt eines Teams, denn dieses besteht doch von vorneherein aus qualifizierten Offizieren. Die Prüfung schafft aber zwei Klassen, jene der Wissenden und jene der Unwissenden, scharf getrennt.

Um 16 Uhr treten die drei „Jungen" mit Mundschutz, Schutzbrille und Kappe vor Flores an, der uns zwei Eimer mit einem körnigen Inhalt, der aussieht wie Kies, in die Hand drückt. Ist aber Snake repellent, Schlangenabwehr. Die Warnhinweise auf dem Behälter verkünden mir, dass ich die ungesündeste Tätigkeit meines bald ein halbes Jahrhundert währenden Erdendaseins vor mir haben dürfte. Am besten kein Kontakt des Pulvers mit irgendetwas, außer mit Schlangen.

Flores streut rund ums Camp, wir anderen legen die weiße Spur um die Wohnzelte. Erschreckt stelle ich fest, dass ich eine kurze Hose angezogen habe. Das Zeug stinkt dermaßen erbärmlich, dass wir uns alsbald fragen, ob wir die Schlangensaison überhaupt erleben werden. Zumal das Ausstreuen des Gifts nach zwei Monaten wiederholt werden soll.

Für die zu Ehren des Neuankömmlings Fabio auszurichtende Willkommensparty haben Jurica und ich lange überlegt, wie wir uns vom Palatschinkenklischee befreien könnten. Dabei sind wir auf französischen Salat geraten, haben uns aber von der riskanten Zubereitung der Mayonnaise abschrecken lassen, da es sie als Fertigprodukt bei uns nicht gibt. Schließlich fällt uns simpler Kartoffelsalat ein. Jurica verspricht für genaue Details seine Frau in Zagreb anrufen zu wollen, während ich meinen Abendlauf absolviere.

Als ich zurückkomme, hat Jurica die Kartoffeln bereits gekocht und ist am Schälen. In einer Schüssel richten wir ihn schichtweise an. Eine Lage Kartoffelscheiben, eine Lage von mir unter Tränen geschnittener Zwiebel, Öl, Salz und Zitronensaft. Ich bin anschließend fürs grobe Durchmischen, doch Jurica hebt nur vorsichtig unter, wie es Küchenprofis formulieren.

Dann steht das Ganze für eine Viertelstunde im Kühlraum, was ich als falsch empfinde. Der Salat sollte längere Zeit aromatisch durchziehen können, was ihm so verwehrt ist. Dennoch wird er von allen als willkommene Beilage zum traditionell verkohlten, schuhsohlenharten Barbecue-Fleisch der Kollegen angenommen.

## Sonntag, 14. 3.

Während des Journaldienstes werde ich fleißig, mobilisiere meine Lernkräfte. Nun wird es tatsächlich knapp. Am Nachmittag bietet Flores den Novizen eine Abwandlung des von mir noch lebhaft erinnerten Spiels „Einschauen“: Man zählt bis 100 und geht dann auf die Suche nach dem anderen. In unserem Fall bedeutet das: Das zweite Auto ist plötzlich abhanden gekommen, Patrouillenfahrzeug 1 muss es auffinden.

Man drückt also im eigenen Fahrzeug die „GPS-Suche“ des High-Frequency-Funks und gibt die Nummernkennung des anderen Autos ein, und schon spuckt das Gerät die Koordinaten aus. Die überträgt man als „neuen Wegpunkt“ ins GPS-Gerät und kann auf dem Display ablesen, wo sich der andere versteckt hat. Hinzu kommt, dass man nicht querfeldein drauflos fahren, sondern schön in einer Fahrspur bleiben sollte. Keine üble Sache, gefällt mir, diese digitalisierte Schnitzeljagd.

## Montag, 15. 3.

Erstmals ist mir ein Standby-Dienst gegönnt. Aber nicht wirklich, denn um 10 Uhr haben Rodas und ich im Konferenzcontainer zum schriftlichen Test anzutreten. Hinten sitzt Flores als Aufpasser und spielt ein Video auf seinem Computer ab, während unsere Kugelschreiber übers blanke Papier flitzen. Der Name der Mission auf Englisch und Französisch. Die drei Militärabkommen von Minurso mit den

Kontrahenten und deren Inhalt. Zahl und Namen der Patrouillenwege. Bewaffnung und Gliederung der Polisario im eigenen Wirkungsbereich – alles vertraut, weil sich die Fragen des schriftlichen Tests in unserem Netzwerk nachlesen und die unter der Hand kursierenden Antworten gegebenenfalls auswendig lernen lassen.

Ich schreibe und schreibe bis weit in die Mittagszeit hinein. Danach steigt die Befriedigung hoch, einen Teil dieser seit Wochen dräuenden Prüfung, die weniger bestanden als absolviert werden muss, erledigt zu haben.

Nach dem Briefing ruft Choe die drei Neuen zu sich, Rodas, Jurica und mich. Im April wird es eng mit den Urlauben, sagt der aufgrund Maxims ferienbedingter Abwesenheit amtierende Personalchef. Fünf dürfen nicht gleichzeitig Ferien machen, das habe der Chef so angeordnet. Aber wieso denn, frage ich stirnrunzelnd. Es hat sich doch in der Planung nichts geändert, und Maxim hat uns just wegen dieser Planung dreimal zu sich geholt, um sich zu vergewissern, dass alles so bleibt. Maxim sei doch ein ungeheuer genauer Mensch, sage ich, da ich die englische Übersetzung für „Korinthenkacker" nicht kenne.

Der Südkoreaner, der im Profil den beiden von Loriot gezeichneten Herren in der Hotelwanne, die mit dem Badeentchen spielen, verblüffend ähnelt, druckst herum. Dann entfährt es ihm doch, dass unser Guineer Amara noch gestern Abend schnell dem Teamsite Commander seinen Urlaubsantrag zur Unterschrift untergejubelt und bereits nach Laayoune abgeschickt hat. Und damit stehen fünf auf der Urlaubsliste, und Talal habe jetzt gesagt, die Jungen sollten sich zwecks Lösung zusammentun.

Nur langsam erschließt sich mir die Ungeheuerlichkeit der Aktion. Da geht Amara Abend für Abend Schuhe abstreifend zum Gebet in Talals Büro, und im Moment des Interregnums an der Spitze der Personalführung legt er ihm seinen Urlaubswisch vor und sagt „Unterschreib mir schnell, bevor die Neuen das blockieren können." Die Muslimseilschaft. „Und warum sitzt Amara nicht mit uns da", frage ich Choe. „Er ist doch die Ursache für das Problem." Doch Choe sagt nur ein ums andere Mal „Yes that's right", steuert aber sonst wenig Hilfreiches bei.

Ich beginne zu grollen. Nicht umsonst hat Maxim hinter unsere Anträge „Erster CTO" geschrieben, denn der jeweils erste CTO gilt bei Minurso als heilig und unantastbar. Höchste Priorität. CTO ist Wochenendersatzzeit, compensatory time off. Die hat sich aber nun Amara, der schon länger hier ist, ohne jede Notwendigkeit unter den Nagel gerissen. Meine beiden Kollegen scheinen die Gemeinheit noch nicht völlig erkannt zu haben. Er habe einen Honduraner in der Personalabteilung in Laayoune, den werde er anrufen, kündigt Rodas zuversichtlich an.

Und Jurica meint, im April bekämen wir sicher wieder neue Leute, da wären die Karten ohnedies neu gemischt. Das Problem ist aufgeschoben, Choe entfernt sich schulterzuckend mit dem Hinweis, die letzte Entscheidung müsse Talal treffen. Das solle er aber auch tun, denn die Zeit läuft, rufe ich Choe nach. Das Perfide ist, dass die Neuen nämlich erst nach ihrer Qualifikation offiziell ihren ersten Urlaubsantrag stellen dürfen. Amara ist also formal im Recht, wäre damit aber bei Maxim nie durchgekommen.

Am Abend bereite ich mit Rodas die beiden Autos für unseren morgigen großen Auftritt bei der praktischen Prüfung vor: Minenschilder, Farbspray zum Markieren, die zuvor gründlich untersuchte Erste-Hilfe-Box, sogar Steine zum Kenntlichmachen von Minengefahren laden wir hinten ein.

## Dienstag, 16. 3.

Großer Prüfungstag für Rodas und mich. Ich halte das Briefing für die Patrouille, von der wir beide nicht wissen, wie wir sie einschätzen sollen. Nur scheint die Ausgangsposition des Kollegen schlechter zu sein, da er seit gestern ein Problem mit Talal hat. Da war er nämlich Patrouillenleiter und hat den Bau einer Lehmhütte in einer Polisario-Kompanie nassforsch als Bruch des Abkommens bezeichnet und den erstaunten Sandalenträgern das Minurso-Abkommen auf Arabisch unter die Nase gehalten hat, wonach Neubauten der UN anzukündigen wären. Was den um Wüstenfrieden bemühten Talal sehr störte, weshalb er Rodas zurückpfiff. Nun soll dieser ausgerechnet an seinem Prüfungstag dennoch die Koordinaten der Hütte nehmen. Vielmehr ich, weil ich als Kommandant eingeteilt bin.

Wohl als erster Blaumütze seit Langem wird es mir gewährt, die Steinreihe vor dem Kompaniebereich zu überschreiten und mich den Gebäuden zu nähern. Wir machen Fotos, ich vermesse mit GPS. Gestern hat die Polisario Koordinaten des Häuschens geliefert, die Osama später schäumend als völlig falsch kritisiert hatte, irgendwo in der Pufferzone. Während ich aufs Knöpfchen des Hand-GPS drücke, nähert sich ein Pulk von Männern, darunter einer mit GPS-Handy, das ähnlich verschmiert wie er selbst aussieht. Sekretär des Kommandanten sei er, wird er vorgestellt. Mit diesem Gerät habe er gestern gemessen. Wir vergleichen die Zahlenkolonnen – keine Übereinstimmung. Wenn die sich nach diesem System in der Wüste orientieren, frage ich mich, wie sie überhaupt heimfinden.

Wir kehren zurück, laden den Verbindungsoffizier ab, und der Ernst der Sache beginnt. Ein paar Kilometer weit fahren wir ins Grüne, das hierorts staubgrau ist, dann hält Talal an und überreicht mir einen Zettel. „Sie sind in einem Minenfeld", steht kurz und bündig darauf. Also lasse ich ihn einmal die Hände vom Lenkrad nehmen, Handbremse anziehen und ordne das über Funk auch für den zweiten Wagen an. Fabio hatte mir schon vor der Abfahrt zugeraunt, er habe etwas vom Minenfeld reden gehört, also bin ich erst einmal nicht überrascht.

Ich rufe eine fiktive Zentrale in Laayoune, gebe unseren misslichen Standort samt Patrouillenbezeichnung durch, damit die Leute dort wissen, wen sie wo aus dem Schlamassel befreien müssen. Unter unsäglichen Verrenkungen angle ich mir die Splitterschutzweste, die jahrein, jahraus über den Sitz gezogen hängt und sich kaum über die Kopfstütze ziehen lässt. Aussteigen ist in diesem Fall verboten. Helm auf, sage ich noch zu Talal, und dann warten wir. Was ist, wenn wir keine Funkverbindung haben, fragt mich unser Chef. Eisern warten, antworte ich, die Teamsite wird ja von uns stündlich über den Standort informiert. Sollte das nicht passieren, setzt sich von dort eine Suchpatrouille in Bewegung. Unseren Weg und das Ziel kennen sie ja in der Bodenstation.

Fürs erste nicht schlecht, denke ich. Wir fahren ein Stück weiter. Über die holprige Stelle in einer Art lockerem Wäldchen, wo unentwegt Ziegen das rare Grün von den Ästen knabbern. Die Piste wird staubig und ungemütlich. Talal reicht mir das zweite Blatt und hält an. Ein Eingeborener hat einen Munitionsteil gefunden, ein UXO-Fund also. Wir rollen bis zu der Stelle vor, wo Flores den Zivilisten mimt. Ich lasse das Fenster herunter, blättere in unserem Minenbuch und zeige ihm ein paar Fotos. Was könnte es gewesen sein? Flores nimmt es mir aus der Hand und blättert nun selbst, interessiert tuend. Diesen Fehler hatte ich im Vorbereitungskurs auch gemacht. Nie etwas aus der Hand geben.

Flores stöbert sich genüsslich durch das Buch. Auf inständiges Bitten gibt er es zurück. Dann mache ich mich zu Fuß auf zur Identifizierung. Was ist das, fragt Talal, der neben mir geht, und zeigt auf meine Uhr. Nun ja, ich trage sie rechts. Da fällt mir ein, dass ich sie hätte im Auto lassen müssen, so wie alles andere Metallische. Ich werfe einen Kugelschreiber zwecks Größeneinschätzung in Richtung des fiktiven Sprengkörpers, fotografiere ihn, lege einen Steinkreis herum und ramme

Minenzeichen in den Sand. Zwei Meter sollen es nur sein, mein Kreis sei fünf, kritisiert Talal, da müsste ich zu viele Steine anschleppen.

Größere Schwierigkeiten machen mir das Festlegen des Fundortes und seine Bezugslinie zum nächsten Waypoint im GPS. In den letzten Tagen haben sich meine Kenntnisse dieser durchaus spannenden Materie zunehmend verwirrt. Nun setzen sie plötzlich völlig aus. Talal schaltet sich ein, aber ich merke, dass er ebenfalls nicht sattelfest ist. Ungeduldig tippt er wie auf die Klingel einer Haussprechanlage, aber das gewünschte Ergebnis erscheint nicht.

In stiller Übereinkunft geben wir dem Gerät die Schuld und setzen unsere Fahrt fort. Diese Station war nicht meine stärkste. Umso genauer beobachte ich nun im Rückspiegel das zweite Fahrzeug, schlage bereits Alarm, noch bevor es überhaupt verschwunden ist. Doch alles klappt dank des gestrigen Versteckspiels. Wir spüren den anderen Wagen mittels GPS-Suche im Nu auf, und alles stellt sich wie im Übungsdrehbuch dar: Beifahrer Rodas ist bewusstlos, Flores hängt schwer verletzt im Gurt und ruft um Hilfe.

Im Ernstfall würde ich nachsehen, was passiert ist, aber gemäß Vorschrift setze ich erst einmal einen Notruf beim Journaldienst in Laayoune ab, besser: Ich tue so. Dann befehle ich Talal mit der Erste-Hilfe-Tasche zum verunglückten Fahrzeug zu laufen. Dort angekommen, widme ich mich trotz Wimmern von Flores erst dem Bewusstlosen. Dummerweise ist auch noch die Tür innen verriegelt. So arbeite ich mich von der Hinterbank aus an den Türgriff heran, öffne und beginne die gewohnte Prozedur: Das Opfer ansprechen, abtasten, abhorchen.

Ich fixiere Talal mit entschlossenem Blick und sage: „Im Ernstfall würde ich einen Bewusstlosen wegen möglicher Rückenverletzungen nie bewegen, aber weil es so vorgesehen ist, legen wir ihn heraußen ab. Also nimm ihn bei den Füßen." Talal akzeptiert meine von der herrschenden Lehre abweichende Meinung, und wir kippen lediglich den Sitz zurück. Auch nicht günstig, aber was soll es. Dann widme ich mich Flores auf der anderen Seite. Schwere Armverletzung sieht das Drehbuch vor. Ich knie im Sand, öffne die Erste-Hilfe-Box und entnehme ihr ein Verbandspäckchen, das ich dem Opfer auflege. Meterweise Mullbinden aus den Gründertagen von Minurso mit unattraktivem Grauschleier binde ich herum, Verbände, die schon bei vielen Qualifikationsprüfungen auf- und abgewickelt worden sind.

Talal insistiert: „Was, wenn die Blutung nicht gestillt werden kann?" „Ich ziehe meine Uniformjacke aus und wickle auch sie um den Arm", antworte ich selbstlos.

„Und wenn dann noch immer?" Ich schiele auf die restlichen graumelierten Mullbinden. Talal löst die Rätselaufgabe: Unsere Malaysier hätten doch beim letzten Briefing auf jenes Wunderpuder verwiesen, mit dem jede Blutung gestoppt werden kann, ein sehr starkes Mittel, das man nur im äußersten Notfall anwenden solle.

Kann ich mir irgendwie nicht vorstellen, denn wenn ich nun das Puder auf die blutdurchtränkten Verbände stauben soll, wie weiß die Wunde tief darunter, dass nun Schluss mit Bluten ist? Abnehmen der Verbände ist laut malaysischer Erste Hilfe verboten. Das Mittel muss demnach so stark sein, dass es durch die Verbände hindurch wirkt. Dann aber frisst es sich vermutlich auch durch den Arm, der Patient blutet dann zwar nicht mehr, hat aber vermutlich neue Sorgen.

Mit der Zeit kommen mir Zweifel an der Prüfung, aber noch muss ich eine Botschaft an Laayoune absetzen, fädle ein Protokoll aus dem an Formularen reichen Patrouillenbuch und beginne das Entsetzen, das sich mir anhand des Szenarios bietet, in Buchstaben zu fassen, die ich in kompakte Gruppen gefasst anschließend über Funk durchgebe. Ob dieses Prozedere im Ernstfall tatsächlich erfolgreich ist, bezweifle ich, wenn schon die Prüfungssituation nervös macht. Einen Hubschrauberlandeplatz für den Abtransport soll ich auch noch erkunden, 100 mal 30 Meter. Das aber, sage ich frech zu Talal, gebe ich beim Fahrer in Auftrag, während ich das Formular ausfülle. Jedenfalls ist meine Prüfung damit absolviert.

Rodas ist dran, hat aus seiner Bewusstlosigkeit zu erwachen und nimmt meinen Platz im ersten Wagen ein. Ich fahre mit Flores hinterdrein. Müde registriere ich die Fehler meines Kompagnons, wenn er etwa das zweite Auto oder den Journaldienst zu informieren vergisst. Auch er zieht den Kreis ums UXO zu weit, und als ich verletzt um Hilfe rufe, ist er aus alter Verbundenheit mehr an mir interessiert als an seinem stummen Landsmann. Dabei wollte ich mit meinem realitätsnahen Geheule seiner Performance keineswegs schaden.

An den einzelnen Prüfungsstationen unterhalte ich mich mit Flores, während Talal Rodas durch die Testungsmangel dreht. Unsere Kommunikation holpert diesmal. Ich sei in den letzten Tagen so eigenartig, bemerkt mein Beifahrer. Stimmt, ich bin regelrecht grantig und erzähle ihm von Amaras Coup. Aber das ist nur die halbe Wahrheit. Eigentlich ärgert mich diese dumme Qualifikation, dieser Initiationsritus, wo einem nachher suggeriert wird, nun gehöre man erst richtig dazu. Mein mir gut bekannter Starrsinn meldet sich, der sagt: Jetzt brauche ich das auch nicht mehr. War ich vorher nicht gleichwertig, braucht ihr mich nach diesem so hoch gehandelten Vormittag auch nicht für vollnehmen.

Nach dem Mittagessen strecke ich mich auf dem Bett aus und versuche vergeblich zu schlafen. Es ist nicht nur Amaras Fehlverhalten, es sind nicht die Hunde, es ist nicht das Prüfungsritual, an dem ich mich reibe. Oder alles zusammen? Abgefallener Prüfungsstress? Lagerkoller? Das Gegenteil, nämlich Unzufriedenheit mit dem täglichen Einerlei? Ich merke selbst, dass ich unrund laufe, eine nicht bestimmbare Grundaggressivität mein Verhalten beeinflusst.

Nach dem Nachmittagsbriefing beginnt der „Oral Test", das Unnötigste an diesem Prüfungsreigen. Im Konferenzraum habe ich auf dem Sitz des Teamsite Commanders Platz zu nehmen, vor mir sind die G-Funktionen aufgereiht. Amara hat mir bereits seine Fragen genannt, auch Mario hat mir gesagt, er werde mich fragen, wie hoch der monatliche Beitrag jedes Campmitglieds für Partys und andere Lustbarkeiten ist. Aber nicht alles ist so einfach wie diese 5-Dollar-Frage.

Choe, G1 und somit erster im Fragespiel, will wissen, welche Formulare ich für meinen ersten CTO-Antrag vorlegen muss. Da wiehert der internationale Amtsschimmel. Natürlich bringe ich in meiner Erinnerung nicht alle Papiere zusammen. Choe und Zhang verbindet die asiatische Eigenart, nach einer unvollständig beantworteten Frage dermaßen entsetzt dreinzuschauen, als hätte ich den Namen der Mission vergessen und müsste nun deshalb heimgeschickt werden. Dabei fehlt lediglich eine Kleinigkeit.

Flores lässt mich an der Karte unsere Zone erklären, die Routen, Beobachtungspunkte und Bereiche. Ich spüre mich müde werden. Manche permanent gebrauchten Begriffe fallen mir nicht mehr auf Englisch ein, ich mache lange Pausen, versuche mich zu konzentrieren. Doch die Richterbank ist unbarmherzig. Zum Schluss stolpere ich noch über eine Frage Talals zur Evakuierung bei Alarmierung und gebe zu, darüber weder unterrichtet worden zu sein noch selbst irgendwo etwas darüber gelesen zu haben. Nach einer Dreiviertelstunde ist Rodas dran. Dann sind wir beide geprüft und angeblich qualifizierte Mitglieder dieser ehrenwerten Gesellschaft in der Wüste.

## Mittwoch, 17. 3.

Wieder ist eine dieser ungeliebten Water Patrols angesetzt, bei denen wir in der Früh den bleischweren Generator zu den Brunnen in der Nähe bringen und nachmittags wieder abholen. Der Hubschrauberflug am Vormittag ist abgesagt worden, stattdessen wurde rasch eine Kurzpatrouille ins Leben gerufen. Zhang ist mein Fahrer, und ich frage mich, warum er gar so langsam um die Kurven schleicht. Im zweiten Fahrzeug sitzt Osama – da sind die Stimmungskanonen um mich versammelt. Dennoch ist das Gefühl ein anderes, nun als „Qualifizierter" unterwegs zu sein, gleichsam auf Augenhöhe mit den anderen. Was so eine sechswöchige künstlich geschaffene Zwei-Klassen-Gesellschaft an hierarchischem Bewusstsein auslösen kann.

Am Nachmittag bereite ich meinen Umzug vor, denn das Zimmer hat einige gravierende Nachteile: Es ist stockfinster, weil das Fenster gegen eindringenden Sand total verklebt ist, es bekommt Nachmittagssonne ab, heizt sich deshalb intensiv auf, und es wird vom Generatorenlärm stärker beschallt als die Zimmer auf der anderen Seite. Zhang ist vor ein paar Tagen in Tumurs verwaiste Zelle in den „small sleeper", das kürzere Zelt nebenan, gewechselt. Dort wohnen alle, die länger hier sind, weil dieses Zelt moderner und sauberer ist, wohin ich aber aus der erwähnten Ablehnung von Klassengesellschaft nie hinziehen würde. Zudem sind die Generatoren dort noch lauter zu hören.

Zhangs ehemaliges Zimmer riecht etwas streng, und während der Aufräumarbeiten stelle ich anhand vergessener Utensilien fest, dass es offenbar früher den Malaysiern als Ärztezimmer gedient haben dürfte, bevor ihnen für die sporadischen Besuche Zimmer im Bürozelt reserviert wurden.

Während der manuellen Tätigkeit habe ich Zeit zum Nachdenken. Nach wie vor ärgert mich das Unrecht der ungelösten Urlaubssituation. Wie ein rheumatischer Schmerz zieht es in meinen Eingeweiden. Mein Zorn auf den mitschuldigen Talal wächst. Alle möglichen Vergeltungsvarianten spuken durch mein Hirn: Unseren König aus Jordanien künftig nur mehr mit seinem Nachnamen ansprechen? Amara in meiner Rede bei der Party am Samstag auf Französisch die Niedrigkeit seines Tuns entgegenschleudern und ihn ab da ignorieren? Eisiges Schweigen auf langen Patrouillen samt Musikverbot im Auto? Innere Emigration für den Rest meines Dienstes hier? Zynismus als Schutzschild und Programm für die Zukunft?

Innehaltend frage ich mich, was in mich gefahren ist, dass ich die kameradschaftlichen Kontakte mutwillig kappen und nicht nur den anderen, sondern auch mir in dieser Teamsite schaden will. Mich betrifft die Sache nicht einmal, weil ich schon vor Ostern Urlaub nehme. Zum Handkuss kommen Rodas und Jurica eine Woche später. Doch ich bin verzweifelt entschlossen für die zwei zu kämpfen, mehr als sie es selbst tun.

Ich erinnere mich an ähnliche selbstzerstörerische Feldzüge gegen vermeintliches Unrecht, etwa als ich während meines Golaneinsatzes alles in Bewegung setzte und verbissen verhinderte, dass ein unqualifizierter Freiheitlicher aufgrund politischer Schiebereien mein Fotograf wurde. Auch da habe ich für das Erkämpfen von Gerechtigkeit und den Sieg über jene, die sich irregulär Vorteile verschaffen wollen, blindlings und ohne Rücksicht auf eigene Verluste um mich zu schlagen begonnen.

Vielleicht hat das alles mit einer Enttäuschung über das plötzlich entzauberte Paradies zu tun. Dass es hier genauso menschelt wie anderswo auch. Mit einem Mal gehen sie mir alle auf die Nerven: Der Quasselkopf Francesco, der mit seinen Standardbemerkungen oberflächliche Kameradschaft pflegende Choe, Rohaizad, der bei jeder Water-Party mit „Jalla, jalla" oder „Gogogo" die Leute zur Eile antreibt, obwohl nichts uns hetzt, ja letztlich sogar Flores mit seinem penetranten Pflichtbewusstsein. Kein Wunder, dass ich diese Nacht erstmals schlecht schlafe. Obwohl ich jetzt alle Prüfungen hinter mir habe.

## Donnerstag, 18. 3.

Zwar bin ich als Air Terminal-Officer eingeteilt, aber da wir donnerstags keinen Besuch aus der Luft erwarten, bedeutet dies für mich einen freien Tag, an dem ich das Fenster meines künftigen Zimmers außen verklebe und im Schrank Leisten für Fächer anbringe. Dazu schnappe ich mir einen Stein und hämmere verbogene Nägel durch Holzstäbe.

Ladys, der schwarze Techniker-Dandy aus Laayoune, ist zu Gast. Nach stundenlangen auf Französisch geführten Telefonaten verströmt der Hörer, Verbindungsknochen der hierorts Tätigen in die weite Welt, intensive Rasierwasserwolken. Er lässt uns reichlich Training angedeihen, wie wir die drei neuen Generatoren zu behandeln hätten. Insbesondere unser jüngstes Mitglied und somit naturgemäß Generatoroffizier kommt dran: Dmitry, 27jähriger Hauptmann aus Nowosibirsk, Angehöriger von in Tschetschenien agierenden russischen Spezialtruppen. Dmitry wirkt wie ein Bärchen, zumal mit seiner hellen adoleszenten Stimme, doch dürfte er ein ziemliches Muskelpaket sein, mit Tätowierungen bis zum Hals, wenngleich gutmütig wie unser Wurschtl-Hund.

Ladys trommelt noch immer Informationen über die röhrenden Maschinen hinweg auf die geduldigen Friedenskämpfer im Aufständischen-Land ein, da sitze ich bereits mit einer gefährlichen Portion Basiszorn Talal in dessen Büro gegenüber, um den Urlaub zu regeln. Zuvor hatte ich Choe für alle hörbar ziemlich scharf ersucht, endlich den Teamsite Commander einzuschalten, weil die Urlaube näher rücken und die Flüge bald ausgebucht sein werden. Dies dürfte eine gravierende Wendung in unserer Beziehung bewirkt haben: Choe scheint ernstlich von meiner Heftigkeit getroffen. Ich entschuldige mich am nächsten Tag bei ihm und versichere, dass ich keineswegs seinen Gesichtsverlust vorhatte. Er wirkt nicht so, als wolle er das akzeptieren, unser Verhältnis bleibt für die Zukunft deutlich distanziert.

Talal stellt fest, dass mein Osterurlaub nicht betroffen wäre, ich solle ihm Rodas und Jurica schicken. Tatsächlich muss dann Jurica seinen Urlaub verschieben, was ihn einen CTO-Tag kostet. Es ist nämlich Tüftelei, den eigenen Urlaub zu berechnen, da auf fünf Arbeitstage ein freier Tag folgt, an dem man den Urlaub beginnen kann, wir aber nur dienstags oder freitags von der Teamsite abfliegen und ankommen können. Das sind mathematische Berechnungen, über denen jeder von uns stunden-, ja tagelang in seinem Kämmerchen grübelt.

Rodas erzählt mir, dass er seinen Landsmann in der Personalabteilung in der Zentrale angerufen habe, doch sei er um einen Tag zu spät gekommen, Amaras Antrag wäre bereits bestätigt. Doch sei ihm versichert worden, Amara habe unrecht gehandelt. Hätte man es gewusst, wäre Amaras Urlaub nicht genehmigt worden. Es ist zum Haareraufen, warum sind diese Lateinamerikaner so lasch? Wie oft habe ich Rodas in diesen Tagen gefragt, ob er schon in Laayoune angerufen habe.

Ich versuche mich damit zu trösten, dass es nicht meine Aufgabe sei, mir für andere den Kopf zu zerbrechen und deren Sorgen anzueignen. Offenbar habe ich keine anderen Probleme. Zumindest schlafe ich diese Nacht besser.

## Freitag, 19. 3.

Am Freitag habe ich Journaldienst und kann die Länderpräsentation vorbereiten. Vor einer Woche hatte mir Talal en passant mitgeteilt, dass jeder seine Heimat vorstellen müsse, gleichsam als Teil der Qualifikationsprüfung. Ich reagierte leicht aufgebracht. Wo solle ich das übers Wochenende herzaubern, mir hat bisher niemand etwas davon gesagt. Talal verlegt den Termin auf Ende dieser Woche.

Eine leichte Sache, denke ich. Meine diversen Verbindungen zur Österreich-Werbung, Ex-Verbindungen zur Österreich-Werbung und Verbindungen zur Ex-Österreich-Werbung werden mir eine Präsentation bescheren, wie sie Mijek noch nicht erlebt hat. Doch der Traum zerplatzt. Alle Touristiker in meinem Umfeld sind derzeit auf der ITB in Berlin, der weltgrößten Urlaubsmesse, und haben keine Zeit mich mit einer knalligen Powerpoint-Präsentation zu versehen, vielleicht sogar untermalt von Mozart 40, wie ich es aus der Kindheit in Erinnerung habe, als die große Fremdenverkehrsmesse im Wiener Messepalast abrollte.

Die ganze Woche hatte ich mittels Telefonaten und Mails vergeblich um Unterstützung gefleht. So sitze ich im ereignislosen Journaldienst und verbringe Stunden damit, die Fotoseite der ÖW zu verstehen. Kopiere ich die netten Fotos meiner Heimat, erscheint ein grausiges Wasserzeichen darauf. Schaufle ich sie dem Einkaufswägelchen-Symbol zu, werden alle Daten samt Kartennummer abgefragt. Ein Subunternehmen würde mir später die Erlaubnis zur Verwendung der einzelnen Bilder zuschicken. Tage später.

Rodas hat inzwischen elegant Urwald, Wasserfälle, Sandstrände und bunte Vögel aus dem Internet gezogen und sie samt feurigen dunkelhäutigen Schönheiten zu einer reizvollen Heimatpräsentation zusammengesetzt. Das touristisch nicht überlaufene Honduras bietet sich ungezwungen den Usern dar, Österreich, das Fremdenverkehrsland Nummer eins, gibt sich verschlossen.

Zu allem Unglück befindet sich die Internetverbindung heute in bedenklichem Zustand, das System flackert, dann bricht es zusammen. Meine mühsamen Copy-and-Paste-Miniaturen von Wiener Kaffeehäusern, der Semmeringbahn und Tiroler Alpendörfern versinken in den Tiefen des Worldwide Web. Ich muss, höchst blamabel, mit einer Rumpfpräsentation antreten. Dabei wäre es die einmalige Chance gewesen, Menschen von Tegucigalpa bis Sibirien in unser schönes Land mit seinen machmal politisch merkwürdig sortierten Einwohnern zu locken.

Stunden später läuft erst das normale Briefing ab. Ich muss es jetzt loswerden, beschließe ich, wie man einen verdorbenen Magen möglichst rasch entleert und es nicht noch schlimmer werden lässt. Als die Reihe der Bemerkungen zum Tag an mich kommt, sage ich sachlich und zahm, dass ich von Amaras Verhalten sehr enttäuscht bin, weil es Jurica einen Urlaubstag gekostet hat. Und das, obwohl der erste CTO Vorrang habe. Talal fragt, ob Jurica unzufrieden sei, vielleicht denkt er, ich wäre von ihm zur Wortmeldung angestiftet worden. Jurica beeilt sich rasch zu versichern, dass alles in Ordnung sei und er keine Einwände hat.

Talal aber merkt, dass ich mit meiner Bemerkung auch ihn angegriffen habe, gibt eine lange verwundene Erklärung ab, und Amara sagt, dass er seinen Urlaub auf seinem Computer schon lange geplant habe. Es ist sinnlos zu erwidern, dass es darauf nicht ankommt. Ich sage nichts weiter und beginne zu zählen, mit wem ich es mir hier inzwischen verscherzt habe: Mit Choe wegen seines verlorenen Gesichts. Mit Amara, dessen Fehlverhalten ich öffentlich gemacht habe. Mit Mario, scheint es, der Amara ins Herz geschlossen hat und immer, wenn er ihn sieht, „Amaaaraaa“ auf eine Weise brüllt wie man nach einem exotischen Haustier ruft. Mit Talal, der sich zu Recht angegriffen fühlen darf. Lediglich Rodas sagt nachher anerkennend, dass das gut gewesen wäre, weil so etwas jetzt nicht mehr so leicht vorkommen würde und es nun alle wüssten.

Dann bin ich mit meiner Länderpräsentation dran, die ich eher lustlos abspule, zumal die fünf Fotos pro Slide nicht gerade Imax sind und mir auch wenig Interesse entgegenschlägt.

## Samstag, 20. 3.

Neuer Tag, neues Glück. Laayoune wünscht sich eine Hubschrauber-Spezialpatrouille entlang der mauretanischen Grenze. Ich bin Kommandant, Osama, der mürrisch-einsilbige Ägypter, ist mein Fotograf. Es herrscht eine Art Staubnebel bei mittags 35 Grad. Mit gemischten Gefühlen erwarte ich die Ankunft der MI.

Mit Osama habe ich die Zeichensprache zur Übermittlung jedes der 16 Wegpunkte vereinbart, dann besteigen wir den Flieger. Der Steward weist uns ein, ich nehme auf dem Sitz des Stewards am Einstieg Platz, während dieser sich mit einem Buch – die schönste Seite an den Russen ist ihre Lesefreude – in den hinteren Teil zurückzieht und flachlegt. Dann setze ich mir die Kopfhörer mit Mikrofon auf, mittels derer ich mit dem Flugpersonal in meinem Rücken verbunden bin. Um zu sprechen, muss ich einen kyrillisch beschrifteten Knopf hinter mir drücken.

Wir starten pünktlich, und ich hoffe auf baldige Umkehr, da die Piloten gesagt hatten, wenn wir nichts auf dem Boden erkennen könnten, sollten wir das Unternehmen abbrechen. Auch wenn jeder Hubschraubereinsatz angeblich 10.000 Dollar koste, wie Talal einmal gesagt hatte.

Auf der Bank gegenüber döst Osama, im Kopfhörer schnarrt sich die Besatzung russische Scherze zu. Dann höre ich: „Next waypoint in one minute". Mit Lineal und Filzschreiber hatte ich am Vorabend auf einer Folie über unserer Landkarte die heutige Flugroute und die zu fotografierenden Punkte eingezeichnet. Dass die Besatzung dies wenig interessieren dürfte, war mir bewusst, aber Vorschrift ist Vorschrift. Ich schaue aus dem Fenster und sehe in trübes Braun, der Boden ist nur schwer zu erkennen, nicht einmal vom Horizont zu unterscheiden.

Ich denke an den Ausspruch, die Russen würden die Maschinen fliegen wie Traktoren. Dmitry hatte mir erzählt, dass sie „Guys crazy" seien, bezogen auf das, was sie mit dem Gerät in Tschetschenien vollführten. Und Choe hatte mir berichtet, dass die Crew an Abenden vor flugfreien Tagen die ganze Nacht hindurch trinke. An all das denke ich und werde dabei so trübe wie die Landschaft vor dem Bullauge.

Waypoint um Waypoint passieren wir, und Osama nimmt auf mein Zeichen hin einander kreuzende Fahrspuren im Sand auf. Dazwischen halte ich meine Nummernzettel in die Linse, damit wir später wissen, welche Waypoints wir fotografiert haben. Mehr gibt die Grenze zu Mauretanien nicht her. Vielleicht haben die Strategen in Laayoune eine Perlenkette von wuchtigen Grenzfestungen erwartet, mobile Checkpoints oder sich auf marodierende Al-Kaida-Kämpfer richtende Kanonen. Nichts von alledem bekommen wir zu sehen. Lediglich ein Tank-LKW, zwei vermutlich zu Schmugglern gehörende Autos und ein paar Leute an einem Brunnen an der Grenze heben sich aus der braunen Suppe entlang der 500 Kilometer langen Reise durch die Wolkenwand ab.

Hinter Waypoint 10 entdecke ich in einiger Entfernung ein weißes Fahrzeug und winke Osama aufgeregt es zu fotografieren. Glücklicherweise verpasst er es, denn nach unserer Landung ruft mir Fabio freudestrahlend zu, er habe uns auf seiner Patrouille vorbeifliegen gesehen. Das hätte noch gefehlt, dass die Leute in Laayoune die Begegnung mit den eigenen Leuten als von „operationeller Signifikanz" eingestuft hätten. Osama überträgt die Fotos in den Computer, und damit ist unsere Mission erledigt.

Am Abend wird Rodas´ und meine Initiation sowie Dmitrys Willkommen gefeiert. Ich habe zwar über Nacht Journaldienst, auch ist es zum Teil mein eigenes Fest, dennoch mache ich mich mit Jurica wieder an die Zubereitung von Kartoffelsalat. Fotografieren soll ich das Ereignis obendrein. Diese Kumulierung kann nicht gut gehen, und so macht Amara den Paparazzo und vergisst später die Kamera im

Speisesaal, gar nicht zu reden vom Herunterladen der Bilder. Dennoch ist es eine schöne Party, und ich schlafe mangels Hundegebells gut.

## Sonntag, 21. 3.

Zu Mittag fragt mich Talal, wie ich mich denn so fühle als MTO. Somit bin ich ab sofort in der Liga einen Platz weitergerückt und zum „Maintenance and Transport Officer" geworden. „No problem, don´t worry", sagt Mario in gewohnter Weise, ich übernehme nun schon zum dritten Mal einen Job von ihm. Und wieder tut er das in einer so legeren Weise, dass ich lange brauche, um Ordnung in das von ihm zurückgelassene Chaos zu bringen. Ich durchforste seine Ordner im Computer nach Schreibfehlern und gestalte sie übersichtlicher, dann mache ich mich mit dem Job an sich vertraut. Hätte ich mir auch nicht gedacht, dass ich einmal Fuhrparkchef werde, Verkehrsminister eines 12-Mann-Staats.

Aber die Sache macht Spaß: Allwöchentlich gebe ich in einer Excel-Datei gemäß den Fahrtenbüchern unserer acht Boliden deren gefahrene Kilometer und getankte Liter ein, und schon erscheint ein paar Spalten weiter die Gesamtkilometeranzahl und die ausständigen Kilometer zur nächsten A-, B-, C- oder D-Instandhaltung. Somit kann ich den Einsatz der Vehikel für die nächste Woche planen, welches Auto welche Patrouille fährt, länger oder kürzer unterwegs ist, welches in Reserve bleibt, sodass wir uns übersichtlich zum nächsten Instandhaltungstermin der jeweiligen Fahrzeuge heranarbeiten können.

Am Abend übersiedle ich in das ehemalige Zhang-Zimmer. Doch alsbald erkenne ich, dass es keine Entscheidung zum Besseren hin war. Die Koje befindet sich nahe am Ausgang, weshalb ich die Unterhaltungen draußen höre und der Generatorlärm gleich laut wie vorher ist. Wenn Osama in der Mess Hall fernsieht als wäre er im Kino, fühle ich mich wie vor der Kinotür. Zudem herrscht regerer Publikumsverkehr, je näher man am Eingang wohnt. Speziell die Honduraner haben offenbar einen trampelnden Militärschritt gelernt, sodass ich bei jedem ihrer Klogänge im Bett woge wie auf hoher See. Flores hat auch zugegeben, dass man in seiner Armee sagt, man solle sich „wie die Preußen" verhalten. Disziplin und Ordnung. Flores ist zweifellos ein kleiner Preuße. Aber ein sympathischer.

## Montag, 22. 3.

Nach Langem bin ich wieder zum Fahrer eingeteilt. Ziel sind ein paar Brunnen am OP 15 in ziemlicher Entfernung. Der Boden ist flach getrampelt, Fahrspuren bündeln sich auf einer Fläche mehrerer Häuserblocks. Da und dort ragen knie- bis hüfthohe Steinkreise aus dem Boden, die Brunnen. Eine Herde Kamele hat sich um sie geschart, mehrere Leute stehen in der Nähe. Ein älterer Mann in blauem Umhang eilt auf uns zu und bittet um Wasser, weil unter den anwesenden Zweibeinern jemand gesundheitlich nicht auf der Höhe sei und Flüssigkeit benötige. Wir händigen ihm eines der staubigen Sixpacks aus, die wir stets mitführen müssen.

Da er außer Arabisch nur Französisch spricht, übernehme ich die Konversation. Er sei Geschäftsmann aus Mauretanien, aus der Hauptstadt Nouakchott, sein Sohn studiere in Washington. Ich mustere ihn genauer: Gepflegter kurz geschnittener grauer Bart, weiße Zähne, kein Schmutz auf seinem Umhang. 25 Tage brauche er zu Fuß bis Mauretanien. Warum er in diese doch recht einsame Gegend gekommen sei, frage ich. Hier wäre es am besten für die Chameaux, sagt er. „Chameaux, Sie verstehen", und ich nicke eifrig. Es ist das Schlüsselwort für eine hochinteressante Geschichte, begreife ich und bin schon gespannt, welchen geheimnisvollen Zugang zu diesem Mann mir „Chameaux" eröffnen wird, habe ich es erst daheim nachgeschlagen. „Kamel" bedeutet es lediglich, und genauso fühle ich mich, als ich die Übersetzung später im Wörterbuch finde.

## Dienstag, 23. 3.

Den Journaldienst versuche ich dazu zu nutzen, Informationen über Las Palmas aus dem Internet zu ziehen, doch die sind dürftig. Ärgerlich, dass ich mich nicht schon daheim in gewohnter Weise mit Reiseführern versorgt habe, doch die Kanaren waren nicht vor meinem ersten Österreichurlaub geplant. Ich hatte nur vor, ein, zwei Tage in Laayoune zu verbringen, gerade so viel, um nicht CTO-Tage zu verlieren. Doch dann erfahre ich, dass man mindestens sechs Tage zu nehmen hat, wenn man Urlaub machen will. Die Regelungen dieser Mission sind zahlreich und anstrengend.

Gleichzeitig ist es undenkbar, eine Woche in diesem Nest zwischen Meer und Wüste zuzubringen, das nicht einmal das Minimalangebot einer Provinzmetropole anzubieten hat: Sehenswürdigkeiten, Museen, Kino, Park, Freizeitgelände – nur Häuser, Läden mit uninteressanter Ware für den täglichen Bedarf und Kasernen. Und die vier Hotels voll mit den Kollegen, die einen nur wieder an den Job erinnern, sowie der Flughafen, das war´s. Eigentlich ist diese spartanische Selbstgenügsamkeit einer Kommune schon wieder bemerkenswert.

So bin ich auf den Abstecher nach Las Palmas verfallen. Das sollten die 198 Euro Flug wert sein. Zumal ich von der Osterwoche zumindest erlebnisreiche Kartag-Prozessionen zwecks journalistischer Verwertung erwarte. Mittlerweile ist allerdings eingetreten, was ich aufgrund des Zuwartens Choe gegenüber befürchtet hatte: Der Karfreitagsflug ist ausgebucht. Die Minurso-Bediensteten fliegen nach Dienst in Scharen auf die Kanaren.

Doch weckt das Negativerlebnis eine verwegene Idee: Der Donnerstagflug bietet noch Plätze, und am Donnerstag sitze ich ohnedies nur müßig in Laayoune, nach meiner Teilnahme am Ältestentreffen der 23 Beobachter stellenden Nationen am Tag davor. Ich rufe die Personalchefs im Hauptquartier an und erfahre, dass ich tatsächlich schon am Donnerstag den Urlaub beginnen kann, „gleichsam als Geschenk von Minurso", wie mir der gütige Chinese am anderen Ende der Leitung mitteilt. Nun fliege ich sogar zwei Tage früher als vorgesehen und kann eine Woche auf Gran Canaria verbringen – richtige Ferien.

Am Abend finden sich wie schon in den letzten Tagen einige Kollegen vor den Wasserbehältern hinter den Wohnzelten ein. Inzwischen haben nämlich die kleinen Hunde-Würmer ihre neugierigen Nasen aus dem sandigen Nest zu stecken begonnen und tapsen schon ein paar Quadratzentimeter vor dem Eingang herum, sind aber noch scheu. Die weißen Exemplare scheinen mutiger zu sein. Greift man nach einem der braunen Gesellen, fiepen sie ängstlich. Jurica stellt ein Schälchen Milch bereit, das erst distanziert beschnuppert wird, dessen Inhalt aber bald in den kleinen Mägen verschwindet. Es hat etwas Verbindendes, wenn wir so dastehen, zuschauen und das Naturschauspiel kommentieren. Dennoch werden die kleinen Knäuel zum Problem werden, das sehe ich kommen.

## Mittwoch, 24. 3.

Jurica hat seine Qualifikation. Ich bin Fahrer im zweiten Auto, Francesco, vom Urlaub zurückgekehrt, ist zweiter Prüfer. Statt des auf Urlaub befindlichen Talal ist sein Stellvertreter Zhang, der keineswegs sattelfest ist, Examensleiter. Jurica scheint missmutig zu sein. Beim UXO-Fund wirft er die Minentafel verärgert in den Sand und gibt mürrische Antworten. Ich erinnere mich an den eigenen Missmut und grüble darüber nach, warum diese Qualifikationsprüfung Anlass für negative Emotionen ist.

Nach dem Briefing findet auch diesmal die mündliche Prüfung statt. Da Mario in die Ferien gefahren ist und ich seinen Job als Spaßmacher, genannt G5, übernommen habe, muss ich dem Kreuzverhör beiwohnen. Jurica wirkt müde und quält sich mit seinen Antworten geduldig durch das von Choe aufgebaute Bürokratie-Dickicht der Minurso-Urlaubsregelungen. Dann ist Osama dran, Juricas Spezialfeind, wobei niemand weiß, warum das so ist.

Osama genießt die Situation, Jurica leiden zu lassen. Dessen geduldig-monotone Stimme wandelt sich alsbald in eine provokativ-müde, und schließlich fragt er ihn ruhig, wie viele Fragen denn noch kämen. Osama tut überrascht, und Zhang springt ihm bei. Jurica fragt bedächtig weiter, warum „You fuck me", eine nach meinem Empfinden doch etwas kernige Formulierung, im Soldatenalltag aber vielleicht nicht unüblich. Auch mag Jurica keine besser passende Vokabel eingefallen sein.

Es entrüstet aber die um Teamsitefrieden bemühte Schar, auch Flores, der als Nächster fragen soll, stimmt besorgt in den allgemeinen Protest ein. Ungerührt fragt Osama weiter, aber Jurica weiß ausgezeichnet Bescheid. Dieser Tage habe ich ihn einmal aufgesucht und ihm mein Leid geklagt, dass mir die Ungerechtigkeiten mit Amara so nahegingen, und er hatte nur weise gemeint: „Be professional." Und es hatte mich erleichtert, bei jemandem mein Herz ausschütten zu können. Daran muss ich jetzt denken, während Osama unbarmherzig weiter und weiter bohrt.

Gleichzeitig spüre ich, wie ich wieder innerlich zu kochen beginne. Dieser Fellachensohn aus dem Nildelta ist unerträglich. In seinem Büro hört er dauernd leiernde Arabermusik ohne zu fragen, ob sie anderen gefällt, Dutydienst macht er im Unterhemd, mit den Füßen auf der Tischplatte.

Als ich dran bin, rutsche ich betont leger in meinem Stühlchen herum und sage: „So, Jurica, wir wollen es kurz machen, damit wir heute noch fertig werden." Genüssliche Seitenhiebe waren immer schon meine Leidenschaft. Nach rund zwei Minuten bin ich mit meinen Fragen durch. Die ganze Prüfung hat eineinhalb Stunden gedauert. Beim Hinausgehen steckt mir Osama scheinheilig seinen Fragenzettel zu: Es seien doch nur fünf Fragen gewesen. Ja, aber 1a, 1aa, 1aaa, 1aab, 1aac und so weiter, sage ich und muss mich sehr beherrschen. „Das waren vielleicht 37 Fragen, wenn jeder so lange wie du gefragt hätte, nämlich 35 Minuten, hätte die Prüfung vier Stunden gedauert."

Die Zurückhaltung hat gefruchtet, Osama bittet mich, Jurica den Zettel zu zeigen, er wisse auch nicht, was Jurica gegen ihn habe, vielleicht könne ich als ihm Näherstehender mit ihm reden. Das tue ich am Abend und stelle fest, während wir auf dem Bänkchen vor dem Antreteplatz unter dem Sternenhimmel sitzen, dass Jurica tatsächlich etwas Bockiges an sich hat, genauso wie es Osama und Choe beklagten. Damals ging es um seinen CTO und ich hatte ihn noch in Schutz genommen, weil ich diese Seite an ihm noch nicht kannte. Wenn es ihm nicht passe, drehe er sich einfach um und gehe, hatten sie gesagt. Stimmt, ein paar Tage später bemerke ich das auch.

## Donnerstag, 25. 3.

Heute, etwas mehr als sieben Wochen nach meiner Ankunft in Mijek, genieße ich meinen ersten richtigen, weil offiziellen Stand-by-Dienst, also meinen ersten wirklich freien Tag. Ich zelebriere ihn erst mit einem Lauf, bei dem mich Wurschtl bis zum Trash Area begleitet. Als ich bei der Rückkehr dort vorbeikomme, wartet er auf mich und trabt mit mir, stolz einen großen weißen Knochen zwischen den Zähnen, neben mir heimwärts. Ich habe kein gutes Gefühl dabei, und was ich befürchtet habe, passiert: Ein paar Stunden später würgt Wurschtl neben dem Dutyzelt und undefinierbares Gewölle fällt ihm aus dem Maul. Zumindest hat sich nun das Rätsel gelöst, wo die Hunde all den Mist fressen, den sie dann auf unnatürliche Art im Campareal wieder von sich geben. Die weiße Hündin lässt sich seit der Sechslingsgeburt überhaupt nicht mehr sehen.

## Freitag, 26. 3.

Mit Dmitry als Fahrer bin ich zum ersten Mal unterwegs. Er behandelt unser Geländefahrzeug wie eine Lada, es wird durch dick und dünn getreten, durch sandweich und steinhart. Als hilfreich erweist sich bei solch strapaziösen Fahrten, dass ich mir den Winteranorak zwischen Sitz und Rücken klemme. So bleibe ich auch unter russischer Besatzung beschwerdefrei.

## Samstag, 27. 3.

Erstmals verzeichnen wir 40 Grad. Nach einer kurzen Patrouille zu zwei Kompanien widme ich mich meinem neuen Arbeitsfeld, dem Ausdrucken von Fahrtenbuchseiten und Tanklisten sowie der Einteilung der Autos auf die einzelnen Patrouillen der nächsten Woche.

Abends feiern wir Juricas Qualifikation. Für dieses Fest bin ich erstmals Zeremonienmeister oder G5 wie die militärisch humorlose Fachsprache den für das Wohlergehen der Camp-Bewohner zuständigen Welfare Officer bezeichnet. Weise Worte strahlen wie blitzende Sternspucker am Weihnachtsbaum. Unvermutet berührend wird die Szene, als Jurica in seiner Dankesrede gewohnt stockend gesteht, dass er sich nicht erklären könne, warum er am Prüfungstag so zornig gewesen wäre und streckt unvermutet Osama die Hand entgegen. Doch dem ist keine Gemütsregung anzusehen. Von zwei Seiten erfahre ich, dass Osama strafweise zu uns versetzt wurde, weil er in seiner Teamsite einen anderen tätlich angegriffen hatte. Einen Kroaten.

## Sonntag, 28. 3.

Als Patrouillenkommandant habe ich heute ein vertrautes Ziel anzufahren: Submarine Mountain. Der Endpunkt des Weges befindet sich zu Füßen eines Berges, der sich aus der Ebene erhebt, glatt und breit wie ein Walfisch, dessen Silhouette aber an ein Unterseeboot erinnert. Das macht die Bergspitze auf seinem fast flachen Plateau, die an einen Kommandoturm erinnert.

Mein Fahrer ist Dmitry, hinter uns schaukeln Amara und der soeben aus dem Urlaub heimgekehrte Attila. Er wird in wenigen Tagen nach Smara rotiert werden, wie die Versetzung hierorts genannt wird. Attila hat schon angekündigt, er wolle als Krönung seines Mijek-Einsatzes den Gipfel des Submarine Mountain besteigen, und heimlich hatte ich selbst kurz mit dem Gedanken gespielt, wir alle könnten ihn begleiten, doch schnell hatte ihn mein Respekt vor möglichen Minen verworfen.

Attila lässt nicht locker. Die Polisario habe hier keine Minen gelegt, er wisse das, einer habe es ihm erzählt. Ausgerechnet ihm wird man die Wahrheit sagen, denke ich. Nach fast zwei Stunden Fahrt sind wir da. Aus der Sandfahrbahn ist eine zunehmend steinige Piste geworden, und wir müssen uns an den UN-blau gestrichenen Steinen am Rand des Weges orientieren, um diesen nicht zu verlieren. Unsere Route endet vor einer Geröllhalde an der Schmalseite des Berges.

Dmitry beschließt, Attila zu begleiten, und die beiden stapfen los, lediglich eine Kamera nehmen sie mit. Der bequeme Amara bleibt erwartungsgemäß so wie ich zurück. Auch ihn hatte Attila nicht überreden können. Väterlich schaut die felsige U-Boot-Leitstelle auf uns herunter. Wird schon nichts passieren, scheint sie mir zu bedeuten!

Vorsorglich habe ich mich für diese Fahrt mit einer österreichischen Bühnenzeitschrift eingedeckt, die mir in die Wüste nachgesendet wird und derer ansichtig kürzlich Francesco nur gelangweilt die Augen verdreht hat. Andererseits konnte er sich furchtbar ereifern, als Rohaizad nichts mit dem Namen Pavarotti anfangen konnte. Oder als ich Francesco nahelegte, er möge doch über seine Türe schreiben „Lasciate ogni speranza", weil er dauernd erzählt, welch gefürchteter Lehrherr er sei. Als niemand im Umkreis etwas zu Dantes „göttlicher Komödie" einfiel, war er schwer getroffen. Leider habe ich es hier mit keinem Kulturvolk zu tun, sondern mit Soldaten, denen Schöngeistiges fremd ist: Seelen wie die Wüste um uns herum, rau und abwehrend gegenüber allen Möglichkeiten zur Kulturlandschaft zu werden.

Und so sitzen Amara und ich bei laufendem Motor in unseren Autos. Aus einem Teil der Welt kommend, wo empfohlen wird, am Bahnübergang den Motor abzustellen, wenn kein Zug zu sehen ist, empfinde ich Standlauf über längere Zeit hinweg als körperlich unangenehm. Doch wir haben während Pausen auf Patrouille zur eigenen Sicherheit stets bei einem der zwei Fahrzeuge den Motor laufen zu lassen. Es könnte ja sein, dass beide Vehikel sich nicht mehr starten lassen. Und da ohne Zündung auch kein Funkverkehr und keine Ortung mehr möglich sind, wären wir verloren in der Endlosigkeit und Einsamkeit der Sahara.

Amara hört Musik, ich lese, und ab und zu schauen wir die Felswände empor, ob die zwei nicht schon zurückkämen. Tun sie nicht, obwohl Attila die Rückkehr innerhalb einer Stunde versprochen hatte. Ich tausche mich mit Amara von Zeit zu Zeit mit verständnislosem Kopfschütteln aus, das verbindet.

Nach mehr als einer Stunde taumelt ein vor Schweiß glänzender Dmitry mit nacktem wabbelndem Oberkörper heran und keucht nur „This guy is crazy." Das wusste ich schon früher, aber aus welchem Anlass gerade jetzt? Sie wären nach etwa einer halben Stunde, eigentlich Zeit zur Umkehr, unterhalb des Steuerungsturms von Submarine Mountain angelangt. Dort gehe es fast senkrecht hoch. Ohne Ausrüstung sei das nicht zu machen, berichtet Dmitry mit weit aufgerissenen Augen. Er habe mit Ausrüstung trainiert, aber sie heute eben nicht dabei und wäre deshalb umgekehrt, obwohl ihn Attila beschworen habe, doch mitzukommen, schon wegen des Erinnerungsfotos, denn er wolle einmal seinen Enkelkindern beweisen, dass Opa den Submarine Mountain bezwungen hat. Was die das kratzen wird. Jedenfalls habe man sich am Fuß des Steilstücks getrennt. Langsam beginne ich mich zu ärgern. Attila hatte sich vor seinem Urlaub darüber aufgehalten, weil ich einmal zwei Minuten zu spät zum Patrouillenbriefing erschienen bin.

Die Autos brummen, die Klimaanlagen fauchen. Nach zwei Stunden des Wartens in der Hitze des Spätvormittags erscheint auf der Spitze des Berges ein winziger Punkt, an dem sich zwei Strichlein bewegen. Braucht der Punkt mit den Strichen Hilfe, will er uns etwas sagen, oder winkt er uns aus Freude über die Bergbezwingung? Jedenfalls lebt Attila zu diesem Zeitpunkt noch. Nun kommt auch etwas Sorge hinzu: Attila hat kein Funkgerät bei sich, keine Wasserflasche und keine Kappe. Ein Halbschuhtourist, der die Einsatzzone mit einem Naturreservat verwechselt. Das ist hier nicht Ayers Rock im australischen Outback, auch wenn es ähnlich aussehen mag.

Ärger und Sorge sind im Moment noch nicht stark ausgeprägt, vielleicht, weil jede der beiden Empfindungen die andere dämpft. Vielmehr schleicht sich die Vermutung ein, dass nun erstmals ein Ernstfall für uns anbrechen könnte. Ich packe das Fernglas aus, grase damit die optisch vergrößerte karge Wand und den Boden davor ab – nichts. Dann schauen Amara und Dmitry, ebenfalls ohne Erfolg.

Ich beschließe, mit Dmitry ein Stück zu fahren und vielleicht um den Berg herum zu kommen, da Attila hinten abgestiegen sein könnte und hoffentlich dabei nicht abgestürzt ist. Langsam tasten wir uns einen Track entlang, unterstützt durch das GPS, das immer wieder mit strichlierten Linien Wege andeutet, denen wir im Schritttempo tastend folgen, die aber allesamt recht bald zwischen Geröll und Grasbüscheln wie auch auf unserem Display enden. Ich greife neuerlich zum Fernglas. Das Ganze hat durchaus etwas Abenteuerliches, aus dem täglichen Patrouillen-Trott Herausgehobenes. Allerdings wage ich mir nicht auszumalen, was passiert, wenn Attila nicht mehr auftaucht.

Casevac, also Notfallbergung mit Hubschrauber, ist hier in diesem Gelände nicht schwer, hatte Amara zuvor ungerührt festgestellt. Aber ich als Patrouillenkommandant würde fürchterlich eins über die Rübe bekommen, und zwar von ganz oben, schwant mir. Nie wieder, schwöre ich leise, lasse ich so etwas zu. Aber Attila war nicht zu halten. Dmitry versichert mir, ich hätte zwei Zeugen dafür, dass ich ihm vom Aufstieg abgeraten hätte.

Amara meldet sich über Funk und rät uns den Journaloffizier zu verständigen. Genau das habe ich gerade Dmitry vorgeschlagen. Wir kehren um, und als wir bei Amara eintreffen und zum Funkgerät greifen wollen, schleppt sich ein ausgelaugter, aber offenbar von Glückshormonen fast platzender Attila daher. Nach drei Stunden Wartens mit laufenden Motoren.

Ich hatte Amara gesagt, wir würden sofort losfahren, ohne Verschnaufpause für den Herrn, aber vielleicht könnte er statt Attila das Steuer übernehmen. Nein, sagt Amara bestimmt, er soll nur merken, was er getan hat. Harte Burschen in Guinea, sein Putschistenhauptmann an der Staatsspitze wundert mich nun nicht mehr. Tatsächlich verfrachtet er den erschöpften Attila auf den Fahrersitz, der die knapp zwei Stunden Rückfahrt tapfer durchsteht.

Die Polisario hat uns vier Teller mit – was wohl? – Huhn unter Zellophan bereitgestellt, das wir spät am Nachmittag in uns aufnehmen. Bei anderer Gelegenheit war Attila das Mittagessen außerordentlich wichtig, heute sind es die Enkelkinder, wie er erneut mitteilt. Wenigstens nötigt er sich eine Entschuldigung ab, dass er seine Kameraden hat stundenlang warten lassen.

Dennoch kann ich es mir beim Nachmittagsbriefing als für die Patrouille Verantwortlicher nicht verkneifen, den Fall etwas irritiert der Runde bekannt zu geben, wohl wissend, dass er sowieso ohne Konsequenzen bleibt. Auch ich selbst ärgere mich nicht weiter, da Attila, der immerhin mein Sponsor war, in drei Tagen für mich Geschichte sein wird.

## Montag, 29. 3.

Im Journaldienst treffe ich Reisevorbereitungen, wobei ich merke, dass ich für einen Urlaub nicht reich mit ziviler Ausrüstung versehen bin. Erstmals reichen wir den Welpen Milch. Ich übergebe meine Funktionen an Rodas und warte auf den Dienstag, der uns den Hubschrauber bringen wird.

## Dienstag, 30. 3.

Auch Francesco und Choe vertreten ihre Länder bei der Konferenz am Mittwoch, und Flores fliegt nach Hause auf Urlaub. Der Hubschrauber knattert nach dem Mittagessen heran, und wir sind bei dreistündiger Umsteigezeit in Oum Dreyga gegen sechs in Laayoune. Wie gewohnt beziehen wir das Lakouara, die alte Wanzenburg, fast sentimental nehme ich den Schlüssel für das Zimmer entgegen, das ich mit Flores teile.

Am Abend stapfen wir zum Essen ins Sahara Line, nachher muss ich noch einer Aufgabe als Freizeitverantwortlicher meines Dorfes nachkommen: Grillkohle für unsere Partyabende besorgen, damit wir auch in Zukunft an rabenschwarzen Schuhsohlen kauen können. Das wurde mir als Auftrag mitgegeben, denn die Polisario gab mir zu verstehen, dass man in der Umgebung zwar in irgendeinem Wüstenzelt Kohle kaufen könne, Dollars dort aber nicht als Zahlungsmittel akzeptiert würden. Und da marokkanische Dirham auszuschließen sind, frage ich gar nicht weiter, ob man algerisches oder mauretanisches Geld zücken müsse. Beides ist in unserem Wüstenweiler nicht vorrätig.

Flores kennt das Gemischtwarengewölbe, in dem in der Hauptstadt Kohle für Kohle zu haben ist, und wir spazieren durch die wie die Mücken in der Dämmerung ausschwärmenden Menschenmassen. In den Läden türmen sich bis an die Decke Spielzeug und Reis neben Babywindeln und Mehl. Gewürzsäcke stehen herum, Käse und Joghurt lugen wenig verlockend aus der Vitrine. Ich kaufe zehn Kilo Kohle und bugsiere den unförmigen Karton ins Hotel, damit ihn Francesco mit nach Mijek nehme, wenn das Ländervertretertreffen vorbei ist.

Der kulturelle Unterschied zwischen Mitteleuropa und Mittelamerika tut sich im gemeinsamen Zimmer auf: Flores langt automatisch nach der Fernbedienung, worauf sich die Klimaanlage wummernd in Bewegung setzt und mir fast das Leintuch vom Bett bläst. Nach 20 Minuten könne ich abdrehen, schlägt der wohl ein Leben lang nächtlich Klimaanlagen gewohnte Flores als Kompromiss vor. Keine fünf Minuten halte ich es aus, da ich mich wie in einem Schlafwagen-Cabrio fühle, und als ich vom Gegenüber tiefe Atemzüge vernehme, schalte ich aus.

## Mittwoch, 31. 3.

Der Bettnachbar hat den Bruch des Abkommens mit feinem Sensorium wahrgenommen, aber er trägt es mir nicht nach und tritt seine Transatlantikreise mit Zwischenhalt auf den Kanaren an. Mein Landesältestentreffen stellt sich hingegen als genau jene Ödnis dar, die ich vermutet hatte. Briefings im Viertelstundenrhythmus lassen keine Tiefenwirkung entstehen, nach zwei Wortmeldungen flattert der beflissene chinesische Adjutant des Force Commanders schon mit seinen dürren Flügeln wegen des Zeitverzugs. Es geht um Conduct und Sexual Awareness, offenbar wiederkehrende Pflichtübungen bei UN-Konferenzen. Aber auch Minurso-Spezifisches macht nicht schlauer, mitunter tun sich die Vortragenden nicht nur beim Sprechen, sondern sogar beim Ablesen ihrer eigenen Powerpoint-Folien schwer. „AUT SNO" steht auf meinem Tischkärtchen, Österreichs Senior National Officer. Freund Bac weilt auf Urlaub in der Heimat und ich vertrete ihn. Schräg gegenüber lese ich auf einem Kärtchen „Notes Taker". Er wird von dem mir vertrauten ghanaischen Unteroffizier verkörpert, der verzagt an seiner Unterlippe nagt. Viele Notes dürfte er nicht aufnehmen, denn er ist schon nach Kurzem, mit eingeklemmter Unterlippe, entschlummert.

In der Fragestunde meldet sich ein Guineer aus Awsard zu Wort, der sich von seinem Kommandanten diskriminiert fühlt. Dieser, ein kroatischer Oberstleutnant, sitzt mitten unter uns und rührt kein Ohr. Schöne Zustände dort. Anschließend meldet sich der ungarische Major Morawek mit einer umfangreichen Liste von Fragen. Dann ist der lange geplante und logistisch ausgetüftelte Termin, zu dem Leute von allen Teamsites herangekarrt wurden, auch schon um. Ich suche Alfred auf, den ich wie immer desillusioniert vom UN-Betrieb hinter seinem Computer hingefläzt finde, und gehe mit ihm in die Cafeteria mittagessen.

Der französische Oberstleutnant taucht auf, der uns in Mijek besucht und dort Sympathien für Jörg Haider entwickelt hatte und von dem auch Alfred sagt, würde er nur noch ein kleines Stück weiter nach rechts rücken, fiele er vom Stuhl. Auch diesmal gibt er sich kämpferisch, spaziert wie Napoleon mit einer Fliegenklappe in der Pergola auf und ab und erschlägt unbarmherzig jeden schwarzen Flugkörper. Ein skurriles Schauspiel.

Alfred vermittelt mir den PR-Mann von Minurso, einen kleinen quirligen Italiener, der sehr gut englisch und französisch spricht und von sich sagt, er sei schon seit Ewigkeiten Journalist. Allerdings möchte ich nicht so wie er am Anus Mundi, in Laayoune, enden. Da schreibe ich lieber aus Berlin für ein österreichisches Provinzblättchen.

Der PR-Zivilist ist der politische Offizier der Force und hatte auch eines der Briefings am SNO-Tag gehalten. Er zeigt sich interessiert an einer Zusammenarbeit, insbesondere weil er vorhat eine Broschüre über Minurso herauszugeben. Doch sei er mit seiner täglichen Presseschau in Englisch, Französisch und Spanisch vollends eingedeckt. Wenn ich Journaldienst habe, lese ich sie bisweilen und finde sie streckenweise recht informativ. Sein Chef werde in drei Wochen aus dem Urlaub kommen, dann werde er die Sache besprechen, kündigt er an, vielleicht könnte ich dann zu seiner Unterstützung abkommandiert werden.

Im Moment bin ich von der Idee nicht rasend begeistert, da es mir in Mijek nach wie vor bestens gefällt. Auch hatte schon der eine oder andere Kollege anklingen lassen, ich solle doch der neue Teamsite Commander werden. Rein logisch würde es auch auf mich zulaufen, da das nur ein Major werden kann und ich vom Dienstalter in der Mission Mitte Juni, wenn Talal sich verabschiedet, reif dafür wäre. Sollte jedoch nichts daraus werden und man mich auf die unbequeme marokkanische Seite versetzen wollen wäre ich doch lieber Journalist in Laayoune.

Gleichzeitig finde ich es wenig attraktiv, dass ich immer wieder für jenen Beruf herangezogen werde, den ich zwar ausübe, eigentlich aber tief im Innersten seit Anbeginn gar nicht mag. Dennoch ist die Aussicht auf beide Alternativen eine im Augenblick recht komfortable Situation. Wie ich aber den Lauf der Dinge kenne, werden beide zur selben Zeit eintreten und mich vor eine quälende Wahl stellen. Oder beide treten nicht ein, dann beginnt die Qual erst recht.

Am Nachmittag spaziere ich zum Hotel und abends weiter zum Sahara Line, wo ein Empfang für die National Seniors gegeben wird. Viel anders als unsere Samstagpartys ist auch das nicht: Erst das gewohnte Hotelbuffet, dann Anschneiden einer Torte, die – wesentlichster Unterschied – die Marokkaner gebacken haben. Foto mit dem Force Commander beim Anschneiden. Fließt bei unseren Partys wenig Alkohol, ist hier überhaupt keiner zu finden. Deshalb schubst mich Choe und fragt, ob ich ihn ins Hauptquartier begleiten wolle, dort gebe es zumindest bis 10 am Abend noch Härteres. Zwar überrascht mich seine plötzliche Annäherung, doch bin ich zu müde und zu geizig, um mir das noch anzutun. Deshalb breche ich auf und schlafe lang und tief.

## Donnerstag, 1. 4.

Glücklicherweise wird hier der erste April nicht wie bei uns begangen, und ich kann an diesem Gründonnerstag vor Scherzen sicher sein. Im Frühstücksraum des Lakouara stört mich Getrommel von der Straße auf: Schräg gegenüber befindet sich die Zentrale der marokkanischen Phosphorindustrie, die dem Landstrich seinen Reichtum raubt. Dieser Reichtum ist hauptsächlicher Grund für die Besatzung.

Ich blicke aus dem Fenster und sehe etwa 50 meist ältere Männer in langen himmelblauen Djallabias, dem traditionellen Gewand der Saharaouis. Wiederholt zieht das Häuflein mit Trommeln und Lautsprechern um das Gebäude. Am Eingang haben sie Transparente montiert, eines auch auf Französisch, dem ich entnehme, dass hier die Rentner und angehenden Rentner protestieren: Dem Sinn nach kritisieren sie, dass sie nicht wie üblich mit 55, sondern erst mit 65 in Pension gehen könnten, „weil ich Saharaoui bin", wie anklagend zu lesen steht. Ein Polizist regelt den Verkehr, ein paar Kollegen sitzen gelangweilt unweit in vergitterten Einsatzwagen.

Später komme ich an einem anderen Gebäude vorbei, vor dem ebenfalls demonstriert wird: Einpeitscherin am Mikrofon ist eine verschleierte junge Frau, ein nicht alltägliches Bild von Emanzipation. Mario klärt mich später auf, dass jeden Donnerstag die Saharaouis in Laayoune protestieren. Wie die Mütter von der Plaza Major in Argentinien.

Alfred bringe ich meine Uniform zwecks Aufbewahrung während meines Urlaubs und erfahre von ihm, wo man sich im Internet Kraftnahrung bestellen könne, um halbwegs ausgewogen durch diese Mission kommen zu können. Er hat immerhin drei Hotels zur Auswahl, die auch Gemüse und Salate anbieten. Da bin ich ärmer dran mit Ibrahims täglichen Polisario-Hühnern und geschnetzelten Paprikas.

Doch es dürfte anderes hinter Alfreds Enthaltsamkeit stecken: Mittags lässt er die Nahrungsaufnahme aus, und abends isst er kaum, schwört aber andererseits auf die österreichischen Hartwürste, die er wie das Insulin eines Zuckerkranken stets in Griffnähe hortet. Das ist kein Lehrbeispiel für Ausgewogenheit, wohl aber Zeichen eines inneren Widerstands gegen Land und Sitten, ausgetragen auf der Ebene der Ernährung. Alfred widersetzt sich hartnäckig einem mächtigen Übervater, der ihm einen Löffel Couscous für Vati und einen Löffel Tajine für Mutti einflößen will.

Wovon er fürchtet geistig korrumpiert zu werden, dem verweigert er sich oral. Kein Wunder, wenn er beim Jogging Schwächeanfälle erleidet. Er sieht zwar drahtig aus, einige könnten in ihm aber auch einen Hungerhaken sehen.

Noch einmal lange ich in der Cafeteria zu, dann spaziere ich ins Hotel, packe und nehme ein Taxi zum Flughafen, was gar nicht so einfach ist, denn alle sind besetzt und haben für ihre Fahrgäste meist andere Ziele als die Rollbahnen auf der Anhöhe über der Stadt. Schließlich erwische ich doch eines, das unterwegs noch einen goldbetressten Soldaten aufliest und dessen Fahrer mir vor der Eingangshalle sogar noch „Bon Voyage" wünscht.

Die kreuz und quer über die Kanaren fliegende Binter Air, angeblich eine Iberia-Tochter, schaukelt innerhalb von 50 Minuten eine Handvoll Leute in einer Propellermaschine in eine andere Welt. Auch IT-Chef Roland aus Bernstein sitzt mit einheimischer Freundin im Flieger nach Las Palmas.

Der uruguayische Kollege, der gerade von dort zurückgekommen war, hatte mir beim Zwischenstopp in seiner Teamsite Oum Dreyga am Dienstag detaillierte Informationen gegeben. Insbesondere eine Bemerkung klingt noch lange im Ohr: Es sei wichtig, einmal aus dem muslimischen Ambiente herauszukommen. Auch hatte er gesagt, dass der Bus in die Hauptstadt den Flughafen stets um Viertel nach der vollen Stunde verlässt. Das wird jedoch vereitelt, weil zwei übereifrige spanische Grenzer in den ärmlichen Habseligkeiten der saharaouischen Ankömmlinge vor mir zu wühlen beginnen.

Aber ich treffe die salvadorianische Ärztin, die sich auf ihren endgültigen Heimflug vorbereitet und mir aufgeregt verkündet, dass Binter einen Shuttlebus gratis nach Las Palmas anbiete, der in sieben Minuten abfahre. Ich frage mich durch, aber niemand auf dem Flughafen kennt diese Fahrgelegenheit.

An der unterirdischen Endstation des Linienbusses im Zentrum der Stadt nehme ich ein Taxi zum Hotel der spanischen Luftwaffe. Das Auto schaltet selbständig bei jedem Stillstand den Motor ab, ein für mich nach dreistündigem Motorlauf am Submarine Mountain völlig ungewohntes Erlebnis.

Der „Pabellon de Oficiales“ liegt am Paseo de Chil, am Hang über der Stadt, wobei eigentlich fast alles auf Gran Canaria am Hang liegt: Eine Art Herrenhaus hinter Palmen mit viel Marmor und altem Holz, einem edlen Speisesaal und einem hübschen Barraum mit Zeitungen. Dort sitzen die pensionierten Piloten, die wohl schon unter Franco ihre Pirouetten gedreht haben und mir deshalb nicht schlagartig ans Herz wachsen. Minurso-Angehörigen gestattet es die spanische Armee, dass sie im Urlaub eines ihrer drei Ferienhäuser in Las Palmas zu geringer Miete nutzen.

Im Unterschied zur Wüste hat es nur um die 20 Grad, ab und zu regnet es leicht, und ich friere in meinen leichten Kleidungsstücken immer wieder. Schon am Ostersonntagabend verderbe ich mir zudem Magen und Darm, was meine Urlaubsfreude etwas beeinträchtigt. Dennoch lässt sich die Insel erkunden. Am vorletzten Tag ist es sogar möglich, am Strand zu liegen und 20 Minuten zu schwimmen. Und wenn auch Las Palmas keine wirklich attraktive Stadt und Gran Canaria nicht das entzückende Mallorca ist: Schön war es trotzdem.

## Donnerstag, 8. 4.

Am Nachmittag trete ich den Heimweg an. Gerade jetzt, da sich mein am Ostersonntag verdorbener Magen erholt und auch das Wetter angenehme Temperaturen zeitigt! Mit der in Lindgrün gehaltenen Binter Air tuckere ich übers Meer nach Laayoune, und eine eigenartige Aversion gegen meine Mitpassagiere, schnauzbärtig oder unter bunten Kopftüchern verborgen, kriecht in mir hoch. Dabei dürfte es sich doch bei ihnen um die bedauernswerten Saharaouis handeln, die es in den 70er Jahren nicht nur ins algerische Tindouf, sondern auch auf die ebenfalls spanischsprachigen Kanaren getrieben, vertrieben, hat, wie ich dem in Las Palmas erstandenen, sonst eher schwachen Reiseführer entnommen habe.

Bei der Einreise bin ich plötzlich der Vorvorletzte am Zollschalter, obwohl ich mich beim Aussteigen irgendwo in der Mitte befunden und auch eiligen Schritts unter schwankenden Palmen das Hauptgebäude angestrebt hatte. Mein Ingrimm über das geschickte Vordrängen im Pulk wächst. Einen zumindest lasse ich nicht mehr vor. Der zieht so überrascht zurück, als ich ihm eisern jede Chance frühzeitiger Passabgabe verwehre, dass ich zu überlegen beginne, ob sie es nicht unbewusst machen. Mein preußisches Schlangestehen ist diesen Menschen fremd.

Vor dem Gebäude das Gleiche: Weit und breit kein Taxi. Kommt eines, schießt auch schon ein Einheimischer aus der Deckung, und ich habe das Nachsehen. Das Bisschen an Erholung ist im Nu verschwunden. Da pirscht sich einer an mich heran: „Taxi“, fragt er lauernd. „Nur ein reguläres“, knurre ich zurück, und schon ist er wieder weg. Wozu habe ich zwischen Kuba und Thailand bereits Unsummen an Lehrgeld bezahlt? Letztlich quetsche ich mich mit ein paar anderen in eine der raren Klapperkisten und rumple Richtung Hotel Lakouara.

Dort sitzen in der Lobby die Mitglieder unserer sich seit gestern hier befindenden Admin-Patrol Mijek – Laayoune und zurück: Osman, Choe, Amara, Jurica, der sieben Tage Urlaub in der Metropole des Sandgestöbers anhängt, und Mario, der hier seine wochenlangen Ferien verbracht hat. Der arme Salvadorianer hat zu wenig Geld für größere Reisen, und so saß er offenbar tagein, tagaus im Hotelfoyer und verglich Flugpreise für den endgültigen Heimflug.

Wiedersehen macht tatsächlich Freude und weckt ein wärmendes Gefühl. Dennoch stimme ich nur widerwillig zu, mit den Kollegen ins Hotel Sahara Line abendessen zu gehen. Alle loben den Schuppen in den höchsten Tönen, dabei handelt es sich um einen Wirtshaussaal unter dem Dach, der aussieht, als müsse er erst ausgemalt und möbliert werden: Eine kahle Atmosphärenlosigkeit, unterstrichen durch zerhackte Hühnerknochen in Wärmebehältern aus Aluminium und einen Kellner, der mit „My brother" grüßt. Das mag ich schon: ich komme zum Essen und nicht zur synkretistischen Sitzung einer Moslemsekte.

## Freitag, 9. 4.

Ich begleite Rodas zur UN-Autowerkstatt nahe dem Flughafen. Ein Pick-up wird uns mit nach Hause gegeben, der hier schon zur Reparatur weilte, da fror ich noch in Götzendorf dem Abflug entgegen: Ein bejammernswert hässliches Entlein, das in unseren Breiten nicht einmal mehr die Plakette zur Einfahrt beim Schrotthändler erhalten würde. Überall ist dieser Schrecken der Landstraße vom Rost angefressen, die Ladefläche ziert ein handtellergroßes Loch. Was wurde hier überhaupt wochenlang repariert?

Zweifelnd frage ich einen der mit Schmieröl imprägnierten Krankenpfleger fahrbarer Untersätze, ob man mit solch kleinen Rädern auch sandiges Gelände erfolgreich durchqueren könne. Sicherlich, bestätigt der untersetzte Marokkaner impulsiv, als hätte ich das Berufsethos der Götter in Schwarz verletzt. Ebenso erfolgreich wie mit den Geländewagen, sagt er.

Wenige Stunden bevor er in den Flieger nach Österreich steigt, hole ich beim vorfreudig im Hauptquartier umhereilenden Alfred meinen Packen Uniform ab. Nach dem Essen in der lauschigen Cafeteria spaziere ich durch die Stadt und schaue bei dem einen oder anderen Busunternehmen vorbei, das Fahrten in den Norden, nach Agadir und Marrakesch, anbietet. Ich plane schon den übernächsten Urlaub im September. Einfach ist das nicht. Gerüchte wissen von drei Firmen, zwei nahe dem Hotel Al Wasir.

In ebenerdigen Magazinräumen sind die Büros eingerichtet, bestehend aus einem Schreibtisch, einem Tresen und zwei zwischen Kisten und Säcken herumstelzenden Angestellten. Auf vergilbten Tafeln sind die Abfahrten angeschrieben. Mühsam schiebe ich eine Woche ausschließlich spanischer Konversation beiseite und versuche auf Französisch umzuschalten, was mir ähnlich schwerfällt wie meinem Gegenüber, der mir in hartem Akzent zu verstehen gibt, dass die Schaukelpartie täglich um 21 Uhr startet. Draußen parkt ein Bus, der so windschief aussieht wie der Schreibtisch im Büro. Die Klientel: Fernpendler. Das zweite Unternehmen fährt etwa zur selben Zeit ab und sieht um nur wenige Grade vertrauenerweckender aus.

Doch der Rezeptionist im Sahara Line hatte mir gestern Abend noch ein drittes Unternehmen genannt, ich solle nur die Straße vor dem Hotel links bis ans Ende gehen. Gegen Sonnenuntergang habe ich dieses Ende, fast auch schon das eigene, erreicht, lediglich die Firma Supratours zeigt sich nicht. Zweimal muss ich fragen, dann öffnet sich wieder so ein Magazin, aber keineswegs am Ende der genannten Straße. Davor parken zwei voluminöse Iveco-Brummer mit dicken Schlummersitzen, wie sie mir von nächtlichen Busreisen durch Kuba und Peru in angenehmer Erinnerung sind.

Supratours ist der Luxusliner Marokkos, gehört der staatlichen Bahn SNCM und hat schon deshalb mein volles Vertrauen. Wo auf der Welt genießt man noch den Luxus, nicht von Privaten an Leib und Leben gefährdet oder zumindest von ihnen übers Ohr gehauen zu werden, sondern auf staatliche Organisationen vertrauen zu dürfen? Da muss man schon in Entwicklungsländer reisen.

Der Supratours-Angestellte kramt nach langem Suchen unter einer Schreibunterlage einen Prospekt mit dem Angebot des Unternehmens hervor. Die Preise liegen beim Doppelten der beiden anderen. Soll sein, safety first, wie der Leitspruch von Minurso lautet.

Überall hin, wo Marokko sein Hochgeschwindigkeitsnetz ausbauen will, fahren vorerst einmal die Supratours-Limousinen. Sobald der maghrebinische ICE von Agadir aus Laayoune erreicht haben wird, geben die Besatzer die Westsahara bestimmt nicht mehr zurück. Da kann sich dann Minurso auf den Kopf stellen und der internationalen Staatengemeinschaft die Fertigkeit des Kamele- und Ziegenzählens durch geprüfte Offiziere weltweit im Sorglospaket anbieten: Wir zählen überall, von Usbekistan bis Trinidad-Tobago, jahrzehntelange Erfahrung ist unsere Referenz.

Eine eigenartige Gesellschaft, die nach Sonnenuntergang die Straßen der besetzten Westsahara-Hauptstadt zu füllen beginnt: Westlich gekleidete Studentinnen, greise Würdenträger im langen Hemd. Flores machte mich letztens sogar auf ein Händchen haltendes Paar aufmerksam. Verschleierte Frauen, Teehäuser für Männer – die islamische Gesellschaft, die ohne ein Zeitalter der Aufklärung in die Medienmoderne gespült worden ist. Das alles hat keine Harmonie, nur Widersprüche an allen Ecken. Die Frage ist, ob das gut gehen kann.

An diesem Abend mache ich nach der Buserkundung noch einen Besuch beim Friseur. Im Gegensatz zu meinem Gemeindebaufriseur daheim spricht er nicht viel, lediglich, dass er aus der Gegend von Marrakesch komme, sagt er. Auch wohl einer von denen, die der Staat mit viel Geld hierher gelockt hat. Er verlangt 30 Dirham, nachdem er mit dem Rasierapparat kreuz und quer über den schütteren Bewuchs meines Schädels geschabt hat. Ich frage mich, warum ich eine Woche zuvor in der Stadt Preise zwischen neun und 17 Dirham recherchiert habe, wenn ich nun erst recht draufzahle. Ich werde nicht klüger.

Heute verweigere ich das Hotel Sahara Line. Mit Jurica steuere ich zum Abendessen das nächstgelegene, das Almasira, an. Das ist nicht überlaufen, hat einen lauschigen Innenhof unter Palmen, wo das Personal, zu dem inzwischen ein paar hübsche junge Damen gehören, auf Bestellung grillt. Schüchtern bestellen Jurica und ich Bier. Das ist allerdings zu bezahlen, was mir ein schlechtes Gewissen beschert, weil ich den nicht so reich ausgestatteten Jurica angestiftet und nun nicht einmal genug Geld habe, die beiden Biere zu zahlen. Doch es hat etwas von Urlaubsstimmung, diese Stille in der abendlichen Dunkelheit, in der man nicht friert, sondern träge seinen Gedanken nachhängen kann und ab und zu seinem Gegenüber ein paar Worte zuspielt, die mit ebenso müden Bemerkungen beantwortet werden. Pause. Die Zufriedenheit des ausklingenden Tages.

## Samstag, 10. 4.

Unser Konvoi setzt sich gegen neun in Richtung Wüstenheimat in Bewegung: Amara und Rodas an der Spitze, dann Mario in der Rostlaube, die nicht einmal über Funk verfügt, zum Schluss Choe und ich. Elend lange zieht sich das Asphaltband schnurgerade durch Sand und Geröll Richtung Süden. Ein ungewohntes Gefühl, mit unseren Vehikeln auf planer Fläche unterwegs zu sein.

Stunden später zweigt der Naturpfad ab. Lange hält es unser altes Baby nicht aus: Plötzlich fliegen vor mir die Fetzen. Schwarze Reifenteile, wie man sie mitunter auf Autobahnen findet, flattern vom Pick-up davon, die Oberfläche des rechten Vorderreifens löst sich ab. Mario, der bestimmt gerade so laut wie falsch vor sich hin geträllert hat, hält an, wir alle steigen aus. Ich, ganz MTO, sammle die Beweisstücke ein. Das verhindert schon einmal, dass ich das Rad wechseln muss, etwas, was ich noch nie getan habe.

Aber da ist ohnedies schon Mario am Werken. Flugs hat er das Reserverad montiert. Unterdessen habe ich festgestellt, dass alle Reifen dieses Fahrzeugs aus den Jahren 2003 und 2004 stammen. Da sie gemäß UN-Bestimmungen nur vier Jahre lang verwendet werden dürfen, sind sie bereits seit Jahren abgelaufen. Und das nach dem Besuch der Werkstätte – wie beim Autoklempner in der Heimat!

Dementsprechend hält das Reserverad nur ein paar Kilometer, dann ist es platt. Schöne Bescherung, wir haben noch ein gutes Stück bis Oum Dreyga. Zumindest bis dorthin soll die Schüssel noch halten, was sie nicht verspricht. Erst sind wir ratlos, denn den Kübel in der Wüste stehen lassen dürfen wir bestimmt nicht. Auf Hilfe warten, würde bedeuten, dass wir hier stundenlang sitzen und dann in Oum Dreyga übernachten müssen.

Einer kommt auf die Idee, die Reserveräder der beiden anderen Autos ins Geschehen einzubinden, also werden sie hinten montiert, vorne kommt eines von hinten drauf. Der Pick-up sieht nun mit den beiden unverhältnismäßig großen Hinterrädern aus wie ein Traktor. Mich beschleicht der vage Verdacht, dass das aufgrund unterschiedlicher Umdrehungsgeschwindigkeiten physikalische Probleme hervorrufen könnte, stoße aber mit dem Einwand auf wenig Interesse. Von nun an hüpft der Wagen vor uns her wie ein übermütiger Ziegenbock. Ich habe es geahnt. „Like a snake", grinst Mario später, dem das Abenteuer offenbar Spaß macht.

Lange dauert es nicht, und urplötzlich wirkt das Auto wie eine Dampflok, die den Schienenweg verlassen hat. Überall aus dem Motorraum raucht es. Mario hält schon allein deshalb, weil er nichts mehr sieht. So, das war es, denke ich. Noch dutzende Kilometer bis Oum Dreyga und bereits Nachmittag. Mario, der salvadorianische Haudegen, pfeift sich in dieser Situation genauso wenig wie damals, als er mit ramponierten Kabeln Starthilfe gab. Er langt nach einem Sixpack unserer Wasserflaschen, dreht mit der bloßen Hand am Kühlwasserdeckel, ich wage gar nicht hinzusehen, schon dampft und zischt es darunter hervor, elegant hat er auch bereits den Deckel abgezogen und lacht fröhlich.

Flaschenweise rinnt das Wasser in den gierigen Fahrzeugschlund. Das Dampfen hört auf, ruhig steht der Pick-up da. Mario schaltet einen Gang am Getriebe, ich erinnere mich sträflicherweise nicht mehr an dessen Existenz, aber er ist die Lösung: Nun arbeiten beide Achsen selbständig, das Auto gleitet ab jetzt vergleichsweise butterweich über Stock und Stein. War es nicht die Differentialsperre? Oder hat er den Allradantrieb herausgenommen, der die vier Räder gleichmäßig antreibt? Irgend so etwas muss es gewesen sein.

Ich bete die Kilometer bis Oum Dreyga herunter. Gegen Fünf sind wir dort. Unser Sorgenkind wird abgestellt, seiner beiden Gasträder entkleidet, bekommt die alten Fetzenpatschen wieder angezogen, und ich mache einige Beweisfotos unseres kläglichen Fuhrparkzuwachses, der nun in der Nachbar-Teamsite bestimmt ebenso lange stehen wird wie zuvor in Laayoune bei der Instandhaltung.

Um halb sechs machen wir uns mit zwei Autos auf den Heimweg, überflott. Choe ist ein guter Fahrer, doch das Driften um die Kurven vor und nach dem Berm gefällt mir gar nicht, und ich halte mich ziemlich steif am Türgriff fest. Auch danach, im allerdings weniger gefährlichen Terrain auf unserer Seite, hält die wilde Jagd an. Gerade rechtzeitig zur Dämmerung kommen wir um sieben Uhr in Mijek an. Ein Tag Autofahrt. Nie wieder eine Admin Patrol nach Laayoune, schwöre ich mir. Ich hatte ja schon vor dem Urlaub Francesco gebeten, mich bei so etwas herauszuhalten, es gebe doch all die anderen, die sich nach diesen vier Tagen außerhalb von Mijek sehnen. Aber der Hinweis, man müsse die Strecke einmal kennengelernt haben, hatte etwas für sich. Jetzt kenne ich sie allerdings, jetzt ist Schluss.

Gleichzeitig ist es der Anfang, weil ich daheim die Uniform gar nicht auszuziehen brauche und als Journaldienst weitermache. Als wir aussteigen, begrüßt mich Wurschtl überaus heftig und springt trotz seines lädierten Beins an mir hoch, was er bisher nie getan hat. Das versucht nun auch die junge Mutter, was einen dann doch etwas anrührt. „Die mögen dich“, stellt einer fest. Mag sein, vielleicht gefällt ihnen ja doch meine strenge Schule mit ihren zarten Seiten.

Die Hündin ist mit den Kleinen in der Zwischenzeit übersiedelt, die Wohnung zwischen den Wasserbehältern ist offenbar zu klein geworden. Nun wohnt die Familie unter dem kürzeren unserer Wohnzelte, uneinsehbar, weil neben der Eingangstür nur ein schmaler Schlitz zwischen Erd- und Zeltboden ins neue Reich führt, eine Souterrainwohnung, gewissermaßen. Einer der weißen Hunde ist bereits an eine Familie in der Umgebung verschenkt worden. Gewachsen sind die Hundekinder in den paar Tagen, und ihren Aktionsradius haben sie auch schon vergrößert, von ihrem Kellerlokal aus.

Wurschtl besichtigt ebenso verwundert wie distanziert, was ihm da gelungen ist, eine stolze Vaterschaft ist ihm nicht anzumerken. Ich vermute, die Größe der fünf Viecher ist nichts für ihn: Zu klein zum Spielen, zu groß zum Fressen. Schon vorher hat er keine Notiz von seinem Nachwuchs genommen, auch scheint ihm der Kontakt von der Kindsmutter untersagt worden zu sein, die ihre Bälge fernab von seinen gewohnten Bewegungsrouten zur Welt gebracht hatte.

Als ich meine Mails checke, schießt mir der Provider die Information über den

Absturz eines polnischen Flugzeugs über Smolensk entgegen. Personen der polnischen Führung sind unter den Opfern, auch Generalstabschef Gangor. Vor sechs Jahren war er einige Monate lang mein Force Commander auf den Golanhöhen gewesen, ein wahrhafter Sir mit ausgezeichneten Englischkenntnissen. Ich schätzte ihn sehr, und auch er dürfte mich gemocht haben, denn ich habe eine Bemerkung von ihm mir gegenüber anlässlich eines Empfangs in Damaskus in Erinnerung, die mich mächtig stolz gemacht hatte. Und nun ist er nicht mehr. Mit einem Mal.

Auf Wikipedia finde ich ein Porträt Gangors, bereits die Vergangenheitsform wählend, samt Sterbedatum. Unsere Zeit wird immer schneller – lasst die Toten die Toten begraben, wir müssen weitereilen. So wie in den südlichen Ländern Begräbnisse kurz nach dem Tod stattfinden, beerdigt auch das weltweite Web unmittelbar, um sich kaltherzig anderem, Neuem zuzuwenden. Auffallend häufig konfrontiert mich in der Wüste die Endlichkeit, öfter als daheim thematisiere ich Tod, Werden und Vergehen.

## Sonntag, 11. 4.

Mein Dienst ist zu Mittag zu Ende, ich widme mich der persönlichen Wochenendarbeit. Am Abend ist Maxims Abschiedsfest, er wird, wie vor ihm Attila, nach Smara versetzt. Wer gute Beziehungen zu den Personalisten in der Zentrale hat, kommt in die begehrteste Teamsite auf der anderen Seite: Zwei Stunden Fahrzeit nach Laayoune, ohne auf den Hubschrauber angewiesen zu sein, das ist schon etwas. Zudem die Anlehnung an einen Ort, in dem es Läden und Internetcafés gibt.

Da mein kongenialer Kochpartner Jurica auf Urlaub in der Mini-Hauptstadt weilt, steuere ich diesmal keinen Salat oder Sonstiges bei. Interessanterweise sind unsere beiden Russen trocken, nur Choe lässt sich planmäßig volllaufen und sieht alsbald aus wie eine Loriotfigur mit Alkoholvergiftung. Er sitzt in der Mess Hall vor drei, vier Whisky-Flaschen und einer mit Wasser wie vor einem Hausaltärchen und erklärt allen, die es nicht wissen wollen, mit schleppender Zunge, was die Flaschen so enthalten.

Natürlich bietet er mir nichts an. Nun aber frage ich mich, warum er mich ignoriert, denn der aktuelle Gesichtsverlust ist von ihm bewusst angesteuert und weit größer als der, den ich ihm zugefügt habe. Aber das Ganze ist die Gedanken nicht wert, dafür ist das Leben zu kurz. Wer nicht will, hat schon.

Dmitry dürfte es am meisten schmerzen, dass er seinen Landsmann, den er eben erst kennengelernt hat, schon wieder verlieren muss. Ich kann es ihm nachfühlen, auch ich würde gerne ab und zu eine Situation prägnant auf Deutsch kommentieren, wie es auf Englisch nicht möglich ist, etwa dem Ägypter zurufen: „Osama, do samma!“ Abgesehen davon, dass der Muffel das auch unter Zugrundelegung der Hypothese, er beherrsche meinen Heimatdialekt, nicht witzig finden würde.

Die Hunde bilden für mich einen nur spärlich adäquaten sprachlichen Blitzableiter. So hatte ich mich, als mich die Sache mit Amaras dreistem Urlaubsdeal besonders beschäftigte, zu Wurschtl am Campausgang gehockt und seine therapeutische Löschpapierfunktion zu testen versucht. Wenngleich töricht hatte ich ihm doch zugemurmelt: „Du, ich muss dir jetzt mein Herz ausschütten.“ Doch er war nur aufgesprungen, um vors Tor zu laufen, weil es galt, ein vorbeifahrendes Auto anzubellen. Als ob das wichtig wäre in so einer Situation, in der man einen Freund braucht! Gut, ich hatte ihn zwei Nächte lang weggesperrt, das war auch nicht fein.

Es ist ein interessantes Phänomen, dass wir mit den Tieren in unseren Muttersprachen reden, die wir sonst voneinander nie zu hören bekommen. Etwa, wenn Jurica mit einem Schälchen Milch lockt und in sanftem Kroatisch auf die Tiere einredet.

## Montag, 12. 4.

Schon wieder habe ich Journaldienst, diesmal den Nachmittag. Ich nutze das – relativ – schnelle Internet im Büro, um meinen Heimaturlaub zu planen. Es zieht sich mächtig, dieses Heraussuchen möglicher Flugverbindungen, das Überlegen, welche Kombination die günstigste wäre: Mit Air Berlin von Las Palmas oder mit der königlich Marokkanischen von Casablanca über, ja was wohl? Oder mit FlyNiki, das dem Ex-Rennfahrer Lauda gehört, der durch die von ihm zu verantwortende, aber nie verantwortete Schubumkehr-Katastrophe in Thailand als Fluganbieter weltweit berühmt geworden ist? Lieber nicht.

Da lobe ich mir wieder einmal die Eisenbahn, man klickt im Internet Abfahrt und Ankunft an und hat das Gewünschte aus einer Hand. Allerdings nicht mehr lange. Mit der von der EU eifrig verfolgten Liberalisierung, die bisher nur Unternehmern, aber keinem Kunden Bedürfnis war, werden diese Annehmlichkeiten bald zu Gunsten des schnellen Reibachs privater Schienenabenteurer aufgegeben.

Die Urlaubsplanung blockiert meine Freizeit fast die gesamte Woche. Da ist einmal

Isect, eine UN-Sicherheitsbestätigung, deren Sinn ich noch immer nicht durchschaut habe. Genauso wenig wie den geheimnisvollen Pfad, den man im Internet zu ihr einschlagen muss, um die am Ende ruck zuck erscheinende Bestätigung zu erlangen. Da war offenbar auch wieder so ein schräger Computerguru beim Gebären der Prozedur am Werk, die außer ihm kaum jemand versteht.

Dann sind zahlreiche Formulare mit Auskünften beizubringen, von denen mich manche fragen lassen, was das die UN angeht. Etwa bezüglich meines Flugtickets oder wohin ich auf Urlaub reise. Damit die Geheimdienste von China und Bangladesh abgreifen können, was der Herr May in seinen Ferien macht? Vielleicht Umsturzpläne im fernen Osten aushecken, konspirativ mit anderen Ösis?

Personalist Choe ist auf Urlaub, und Amara als Stellvertreter ist mir wenig Hilfe. Schließlich, als ich fast alles beisammen habe, tut sich die größte Hürde auf: Laayoune – Las Palmas als Missing Link. Wie schon für meinen Gran-Canaria-Urlaub ziehe ich das Reisebüro El Sahariano zu Rate, das online bis zum Augenblick des Bezahlens mittels Kreditkarte gute Dienste leistet. Ein Sicherheitscode der Karte wird verlangt. Habe ich nicht, also beantragen. Da stellen sich dann solche Fragen wie nach dem Alter der Großmutter zum Zeitpunkt ihres Todes: Wann wurde das letzte Mal abgebucht und wie viel? Mir langt es mit der Zeit. Auch in der Wüste kann man seine Geduld verlieren.

Ich schnappe meinen Spickzettel und veranstalte einen Anruf beim Reisebüro. Das, was meine Kollegen alltäglich mit schnellen Fingern und leichter Hand zwecks Anrufs bei den Lieben daheim unternehmen, gerät mir jedes Mal zur Tortur: Die Eingabe einer Zahlenkolonne, die aus persönlichem Code, Vor- und Nachwahlen besteht und das Abwarten diverser Pieptöne bringen mich regelmäßig an den Rand der inneren Raserei. Insbesondere, wenn ich mich bei der letzten Ziffer vertippe und von vorne beginnen muss.

Die Dame bei El Sahariano flötet, dass der Fehler bei meinem Kartenunternehmen zu suchen sei. Mit leisem Fluch durchwühle ich in meiner Privatkoje die Alukiste nach den Daten des Mastercard-Unternehmens in Wien. Dafür sei die Security-Firma zuständig, wird mir dort beschieden, morgen ab acht in der Früh. Die sieht sich tags darauf meine Daten an und sagt: Alles in Ordnung. Ich wähle erneut El Sahariano an. Die Dame gibt mir die Nummer des Technikers. Der meint, so etwas komme vor, dann könne ich eben nicht im Internet bestellen.

Aber wie soll ich denn nun in der Wüste zu meinem Ticket kommen, jammere ich.

Ob ich nicht einen Freund in Laayoune hätte, der mir das Flugticket kaufen könne? Natürlich, hunderte, denke ich verdrossen und schlage im Internet Schiffsverbindungen zu den Kanaren nach. Gibt es nicht. Warum nicht unter Ausschaltung des Zwischenhandels direkt beim lindgrünen Flieger Binter bestellen? Die Binterseite ist dürftig, bietet am gewünschten Tag nichts an und sonst nur um etliches teurer als El Sahariano. Da soll einer noch den freien Markt verstehen. Vielleicht über Casablanca? Langwierig und sauteuer. Die zwei Österreicher im Hauptquartier sind in dieser Woche auf Heimaturlaub. Der treue Alfred ist danach tatsächlich bereit mir das Ticket zu besorgen.

## Dienstag, 13. 4.

Ich bin Fahrer einer langen Patrouille zu zwei OPs. Dennoch sind wir gegen Mittag schon wieder zurück. Seit gestern ist der braune Hund abgängig. Eigentlich hatte ich mit den Worten von Heinz Conrads, eines österreichischen Entertainers aus der Zeit, als diese Berufsbezeichnung noch niemand kannte, gedacht: „Den Wurschtl kann keiner erschlagen." Offenbar ist es doch möglich.

Noch nie war der Hund länger als eine Stunde abwesend. Auch den anderen ist das Fehlen unseres braunen Freundes – eine solche Wortkombination ist nur im Tierreich denkbar – aufgefallen. Am Nachmittag setze ich mich mit dem Fernglas auf den Wachturm, inspiziere die Umgebung bis hin zum Mijek Mountain und habe das seltene Gefühl, diesmal tatsächlich als Beobachter von operationaler Bedeutung unterwegs zu sein. Ich entdecke äsende Ziegen im Gebüsch, ein schaukelndes Kamel in der Ferne, ein paar Saharaoui-Zelte, die mir zu ebener Erde noch nie aufgefallen sind, aber keine Hundeleiche.

Ich erinnere mich an die Tage, als er auf dem Beton lag, den Kopf auf den Randstein wie auf einen Polster platziert und ohne ihn zu bewegen jedem Vorbeieilenden mit seinen Augen folgte. Das Foto von dieser Haltung werde ich nicht mehr schießen können. Ich denke daran, wie er sich oft vertrauensvoll auf den Rücken gedreht, alle Viere in der Luft, und mir ohne Anflug von Scham sein von Sand und Urin verklebtes Gemächt entgegengestreckt hatte. Und ich mir sagte, man solle es nicht gering schätzen, denn damit hat er auf einen Streich sechsköpfigen Nachwuchs produziert.

Es hilft nichts, das Tier fehlt mir. Und auch offenbar der weißen Hündin, die nun nicht mehr bellt, sondern höchstens ungehalten knurrt, wenn sich wieder ein Junges an ihren Zitzen zu schaffen macht. Diese hängen inzwischen fast schon bis zum Boden, weil die Jungen glauben, sie sei eine ambulante Milchbar. Doch das sieht sie nicht mehr so, seit wir Zweibeiner mit Gratismilchabgabe quasi als Discounter dasselbe Marktsegment besetzen und damit beim fünfköpfigen Flauschpublikum recht gut ankommen.

Großes Schulterzucken, niemand hat Wurschtl in letzter Zeit gesehen. Die meisten vermuten, ein Hirt habe ihn getötet, weil er sich stets an die Herden herangemacht hatte, wenn eine meckernde Hundertschaft nickend durch den Sand geschlurft war. Ich war einmal beim Joggen Zeuge, als er sich gemeinsam mit seiner weißen Freundin mit einem zornigen Hirtenhund anlegen wollte. Keine angenehme Situation für mich, zu viele Vierbeiner in meiner barbeinigen Umgebung. Jedenfalls bin ich immer mehr davon überzeugt, meinen Gefährten nicht mehr wieder zu sehen. Das schmerzt ein wenig.

Auch die Polisario-Arbeiter wollen auf Anfrage hin nichts wissen. Er sei immer den Autos nachgelaufen, wahrscheinlich habe ihn eines erfasst, sagt Ali. Ob das stimmt? Weiß er mehr? Ich traue den Polisario-Männern überhaupt nicht mehr über den Weg. Es herrscht eine ähnliche Atmosphäre genuinen Misstrauens wie damals zwischen den Angehörigen des UNDOF-Hauptquartiers auf den Golanhöhen und den Syrern, die dieses zu reinigen hatten. Verhöhnen uns die fünf Arbeiter insgeheim oder verlachen sie uns nur? Für voll nehmen sie uns jedenfalls nicht.

Wem aber kann ich hier überhaupt noch trauen? Francesco hat dieser Tage doppelten Zweifel ausgestreut, indem er erzählte, jemand habe ihm die 100 Dollar gestohlen, die er stets in der Brusttasche seiner Jacke trage. Sie habe über dem Sessel seines Büroraums gehangen, ID-Karte und Führerschein hätte der Täter auf dem Tisch liegen gelassen. Da die Polisario nicht in die Offices darf, müsse es einer von uns gewesen sein. Ich kann das nicht glauben. Stimmt es aber nicht, lügt Francesco. Ähnlich ungeheuerlich. Warum sollte er das tun? Dmitry sagt gelassen, so etwas komme immer wieder vor, von seiner Armee wäre er das gewohnt. Ja, im Russland der sich auflösenden Strukturen, der keineswegs tief wurzelnden Moralvorstellungen und der armen Schlucker in Uniform! Aber hier?

Francesco fügte hinzu, Mario sei in der Nähe gewesen, aber er schließe das aus, ihm traue er eine solche Tat nicht im Entferntesten zu. Erst gegen Ende meiner Mission, Monate später, erinnere ich mich an die Bemerkung, als ich erfahre, dass man den Salvadorianer an seiner späteren Wirkungsstätte, in einer anderen Teamsite, wegen einiger ähnlicher Vorfälle verdächtige und ihm wohl auch das eine oder andere nachgewiesen habe. Armut setzt Hemmungen außer Kraft. Schade, ich hätte mir gerne das Bild des unbekümmerten, grundehrlichen Mario über die Mission hinaus erhalten.

Zu diesem Zeitpunkt werden sie mir aber unter dem dunklen Schatten eines Generalverdachts mangels konkreter Schuldzuordnung fremd, alle, denen ich tagein, tagaus begegne. Auch der Honduraner Rodas, der mir über die Schulter schaut, als ich wieder einmal stundenlang an meinen Urlaubsformularen bastle. Ihm hatte ich nämlich versprochen, meinen eigenen Urlaub zu verkürzen, sollten für ihn Probleme entstehen. Mit schlechtem Gewissen berufe ich mich nun aber auf Francesco, der gemeint hatte, ich könne ohne Probleme meinen Urlaub wie geplant buchen, da das den ersten Heimaturlaub von Rodas nicht gefährden würde. Mhm, macht Rodas nur und geht. Doch in diesem Laut schwingt so viel Enttäuschung über die gebrochene Zusage eines Kameraden mit, dass es mir fast das Herz bricht. Das herzliche, brüderliche Verhältnis zu Rodas ist mit diesem Moment zu Ende, ich fühle es, und er wird sich denken, wieder einer, der erst groß redet und dann sich doch nicht an sein Versprechen hält.

Zwischen uns steht nun unausgesprochen der Verlust des Vertrauensverhältnisses. Gerne hätte ich ihn daran erinnert, dass ich ihm meine Urlaubsverkürzung nur für den äußersten Notfall versprochen und nun nach reiflicher Überlegung entschieden habe, sie nicht umzusetzen, weil dieser Notfall nicht sichtbar ist. Zumal auch Francesco versichert hatte, man wisse, dass Rodas aus einem armen Land käme, dass es für ihn um viel Geld gehe – aber das kann ich ihm nicht sagen. Er würde es vermutlich auch nicht akzeptieren, wenn wir dieselbe Sprache beherrschten.

Am Abend treffe ich ihn im Ablution Room. „Stefan…“, fragt er, und ich spüre unbehaglich, was kommen wird. „Nein, nichts“, sagt er traurig nach einer Pause, und ich schleiche hinaus wie die Hunde nach meinen Klapsen auf die Schnauze, wenn sie wieder einmal gebellt haben. Das tun die Kleinen nämlich bereits umso kräftiger, je größer sie werden.

Auch Fabio wird mir rätselhafter. Da hat er mir erklärt, er sei draufgekommen, dass die Tankuhr unterschiedlich zähle und sich bei jeder Dieselentnahme um zwei Liter von der Anzeige der Gesamtabgabe unterscheide. Missbrauch wäre dadurch Tür und Tor geöffnet. Ich untersuche seine Beobachtung, sie lässt sich nicht erhärten.

Ein anderes Mal sitzen wir im Internetraum und hören draußen ein seltsames Krächzen. Das seien die Kamele, das habe er noch von seinem Einsatz in Eritrea in Erinnerung, meint er überzeugt. Nun will ich es wissen. Ich mache mich in der Glut des frühen Nachmittags auf den Weg durchs große Tor und umkreise das Camp, aber nirgendwo ist ein brauner Buckel zu erspähen. Allerdings wippen ein paar Krähen auf den Verspannungen unseres Funkmasts.

Mitunter droht man in der Ferne ohne gewohnte Korrektive, ohne Bezugspunkte auf einer Umlaufbahn, an sich selbst irre zu werden. Was ist nun wahr, fragt man sich ohne deshalb gleich Pontius Pilatus sein zu müssen. Spinne ich oder tun es alle anderen? Zumeist ist das Zweite die unwahrscheinlichere Variante, was die Sache noch bedrückender macht. Und so richtig aussprechen kann man sich hier nicht. Da wird die Sprachbarriere denn doch quälend spürbar.

## Mittwoch, 14. 4.

Nach dem Morgenlauf mache mir ein ausgiebiges Frühstück, indem ich zwei Eier in die Pfanne schlage, Brot röste und Kaffee und Müsli dazu stelle. Heute bin ich Air Terminal Officer, und da wir am Mittwoch keine Flüge empfangen, heißt das im Klartext, ein freier Tag. Der aber geht so schnell vorbei, dass ich mich an seinem Ende frage, womit ich ihn verplempert habe.

Etwa beim Spiel mit den jungen Hunden. Sie sind nun in der Beißphase, alles rundum wird über seinen Härtegrad definiert. Abends hocke ich mich vor das kleine Sleeperzelt, unter dem die Tiere ihre Heimstatt gefunden haben, und locke sie mit einer Schale Milch. Augenblicklich sieht man nur mehr einen Kreis von Hundehintern. Und danach entdecken die Welpen meine Zehen. Ich strecke ihnen meine Fäuste entgegen, denn für die Finger ist es zu gefährlich. Ihre Zähnchen sind durchaus schon spitz, die Kiefer aber noch nicht allzu kräftig. Und da verbeißen sie sich mit großem Vergnügen, sabbern mit ihren kleinen rosa Zungen darüber. Ich kann nun durchaus verstehen, warum sich manche eine große Familie wünschen. Da ist etwas los, das Gewimmel hat etwas für sich.

Inzwischen haben die Tiere eigene Charaktere entwickelt, es läuft alles rascher ab als beim Menschen. Sie haben auch weniger Zeit sich mit einzelnen Entwicklungsstufen aufzuhalten, denn ihre Uhr läuft durchschnittlich um das Siebenfache schneller. Die beiden weißen Hunde zeigen große Unbekümmertheit. Der mit der spitzen Schnauze ist richtig frech, der mit der stumpfen Schnauze wirkt dagegen ein wenig dümmlich.

Diese beiden hat Francesco ins Herz geschlossen, hat auch schon hinausposaunt, er werde sie einer Waschung unterziehen, denn Weiß sei zwar herzig, schmutze aber doch sehr. Bisher ist es bei der Ankündigung geblieben. Irgendwann behauptet er, am Vortag hätte er die zwei mit der Bürste geschrubbt, doch sie sehen schon wieder aus wie durch den Kakao gezogen.

Die Braunen sind vorsichtiger: Allerdings lassen auch sie Körperkontakt zu, wenn sie erst Vertrauen gefasst haben. Der Mittlere, der mich etwas an seinen Vater erinnert und den Francesco „Stefans ugly dog" nennt, weil er eine schwarze Zeichnung über den Augen hat, die ihm etwas Komisches verleiht und der zugegebenermaßen noch ein wenig o-beinig daherkommt, legt sich auch schon mal gerne auf den Rücken und lässt sich den Bauch kraulen.

Nur der Kleinste bleibt stets auf Distanz, kommt somit schwerer an den Futtertrog und trägt deshalb auch noch die Babygröße. Er entwickelt sich allerdings zum Kläffer. Nähere ich mich ihm dann grollend, ist er flugs unter dem Zelt verschwunden – ein schlauer, wenngleich feiger Bursche.

## Donnerstag, 15. 4.

Mit Dmitry kutschiere ich in den Norden, hart an die ungemütliche Pufferzone. Eigenartig, dass man beim Blick auf eine Karte stets glaubt, man würde hinauffahren, bergwärts, Richtung Süden aber bergab. Dabei ist es in beide Richtungen platteben, sieht man von kleineren Erhebungen ab.

Der Tag wird zusätzlich durch die Water Patrol veredelt, bei der ich die Ehre habe mitmachen zu dürfen: In der Früh mit drei anderen morgenmuffeligen UNMOs (United Nations Military Observers) den zentnerschweren Generator durch den berüchtigten sandigen Abschnitt zu den Brunnen bei der Polisario-Militärzentrale zu transportieren. Doch es ist vergeblich, der Tankwagen war den ganzen Tag nicht zum Brunnen gekommen, und so hieven wir verärgert das schwere Ding vor Sonnenuntergang wieder ins Auto und schlingern zurück ins Camp. Mittlerweile leeren sich unsere Wasservorräte in den Tanks unseres Lagers. Im Ablution Room stinkt es nach Urin, in der Küche türmen sich die auf Abwasch wartenden Teller. Nur der Tank für Bad und Klo speit noch Wasser.

Die Toilette hat allerdings ihre Tücken. Denn die beiden aus einem Container gemeißelten diskreten Räume haben aus unerfindlichen Gründen auch außen Riegel.

Eines Tages befinde ich mich in einem jener abgeschiedenen Örtchen, die im Sommer mittags eine unerträgliche Sauna sein müssen, und höre während der Verrichtung die Polisario-Reinigungskraft Ali die Bedürfnisanstalt nebenan säubern. Dann ist er fertig, verlässt die gute Stube und verriegelt sie außen. Hat er dies soeben auch an der zweiten getan, in der Annahme es hätte jemand darauf vergessen?

Erst glaube ich an eine Sinnestäuschung. Als ich mich davonmachen will, erkenne ich: Es stimmt, ich bin eingesperrt. „Hello", rufe ich zaghaft, klopfe an die Tür, niemand reagiert. Alle auf Patrouille oder anderswo beschäftigt. Ich meine, Ali im Bad in der Nähe schrubben zu hören. Nochmals Klopfen und Rufen, lauter. Keine Reaktion. Schließlich nehme ich den Kampf mit der Arretierung auf, renne gegen die Tür an.

Im zweiten Versuch klappt es, und der Herr Major katapultiert sich schmerzhaft, im Bogen hinter der aufgesprengten Tür her, in die Freiheit. Ali hat den Krach gehört und erscheint im Badcontainer-Eingang. Mir scheint, er grinst, oder bilde ich es mir ein? Beim Nachmittagsbriefing gestehe ich die vorsätzliche Zerstörung eines Klosettriegels. Wieder einmal schlägt mir Erheiterung entgegen, eine allzu seltene kollektive Gefühlsregung hierorts.

Einige Wochen später dasselbe Spiel. Diesmal will ich mich aber nicht nochmals an UN-Eigentum vergreifen und trommle Alarm. Hilfreiche Kollegen befreien mich aus der Zwangslage. Jetzt bin ich aber ganz zürnender Racheengel und eile raschen Schritts auf den inzwischen an einer anderen Ecke des Camps versonnen vor sich hinkehrenden Ali zu. Heftig gestikulierend mache ich ihm seinen Fehler klar und schärfe ihm ein, künftig vor dem Verriegeln immer an der Türklinke zu ziehen. Der Alte zeigt in seinem zerfurchten Gesicht das freundliche Lächeln des gereiften Alters und sagt ohne große Regung „Entschuldigung."

Am Abend läuft mir Dmitry am Gang entgegen, liebevoll im Arm geborgen trägt er einige grüne Hülsen zum Kühlschrank. Ob ich noch ein Bier mit ihm trinken möchte. Na, eines, sage ich geziert. Später sitzen wir beide auf der Bank am Antreteplätzchen und nuckeln am niederländischen Gerstensaft. „You are a real Gentleman", sagt der Vorzimmerschrank mit der Jungenstimme zu mir. Zwar fällt mir keine Begebenheit ein, die ihn zu dieser Feststellung veranlasst haben könnte, aber es hört sich erfreulich an. Dafür nehme ich noch ein Bier. Und noch eines. Und so weiter. Das beschert mir in der Nacht drei Aufstände.

## Freitag, 16. 4.

Dmitry ist Kommandant der Patrouille, und ich bin erstmals allein im zweiten Auto, also Fahrer und zweiter Kommandant in einem. Ein schönes Gefühl endlich mit sich im Wagen. Es ist nur eine kurze Rundfahrt zu vier Kompanien: viermal raus, salutieren, vorstellen. Kommandant? In Rabbouni. Aha. Irgendetwas Neues? Nein. Auch gut. Das wär´s, und Tschüss mit Ü. Viermal. Auch so kann man seine Tage herumbringen.

## Samstag, 17. 4.

Meinen Stand-by-Dienst zelebriere ich mit Putzen und Schreiben des wöchentlichen Reports eines Fuhrparkchefs. Am Abend gibt es ausnahmsweise keine Party, niemand ist neu zu uns gestoßen, niemand verlässt uns, niemand hatte eine Prüfung zu bestehen gehabt. Stattdessen übernehme ich den Einser-Journaldienst, breite mein Bettzeug über der Duty-Liege aus und höre über den flatternden Äther des Internets die Schlagerparade von Radio Burgenland.

## Sonntag, 18. 4.

Nach Dienstende um 13 Uhr werfe ich mich, so wie die anderen jeden Tag um diese Zeit, in Zivilkleider und untersuche in den Abendstunden, sobald die Temperaturen sinken, ebenfalls wie die anderen, eines der Autos. Der Sonntagsgottesdienst am Götzen Automobil, hier allerdings ohne die spirituelle Bedeutung, die meine Landsleute daheim in jeden Handgriff am Blechvehikel legen. Unser Verhältnis zum Auto ist hier ein äußerst gesundes, zweckorientiertes. Von Verliebtheit in die Mobilität keine Spur.

## Montag, 19. 4.

Als Navigator im zweiten Wagen der Patrouille habe ich einen angenehmen Job, weil die Arbeit der Kommandant im vorderen Wagen macht und ich zudem auch nicht zu fahren brauche. Das macht heute Francesco. Er ist der Typ des Ferrari-Piloten. Tief in den Sitz gerutscht, nur eine Hand am Lenkrad, geht es dahin. Mit Musik aus seiner privaten Jukebox, die, angetrieben über den Zigarettenanzünder, unsere Reise beschallt. Ein italienischer Song ist darunter, der den Namen seiner

Freundin trägt, erzählt er stolz. Womit könnte ich parieren? „I´m just a lonely boy“?

Als wir zurückkommen, meine ich zu träumen: Rohaizad trägt eine ausgewachsene Katze im Arm. Jurica hatte also doch Recht, als er vor einigen Wochen berichtete, dass er unter einem Zelt eine riesige Katze entdeckt hatte. Damals war ich überzeugt gewesen, er hätte die weiße Hündin gesehen, nun wissen wir es besser. Angeblich ist sie häufiger Gast bei uns, kommt und verschwindet aber so geschickt, dass sie bisher unbemerkt blieb.

Wenig später maunzt es. Ein winziges Kätzchen drückt sich an den weißen Zeltplanen entlang, alsbald sehe ich, wie unser Koch Jachja sie aus der Mess Hall wirft, wohin sie sich offenbar schlau vorgearbeitet hat. Neue Sorgen! Jedes Mal, wenn ich der träge im Schatten dösenden Hündin begegne, frage ich sie drohend: „Hast du die Katze gefressen?“ Dabei denke ich an die vor 20 Jahren ausgestrahlte Fernsehserie „Alf“. Dieser freundliche Außerirdische hatte ebenfalls Katzen zum Fressen gern.

„Mund auf“, kommandiere ich, aber kein Blut, keine Haare kleben an ihren Lefzen. Unschuldig streicht die kleine Katze daher. Keine Schönheit, abgemagert, weiß mit einem braun-schwarz-weiß getigerten Schwanz. Ich scheuche sie hinter die Zelte zurück. Lange wird das nicht halten, da bin ich mir sicher.

Zudem wachsen die Hunde schnell, und auch ihr Stimmvolumen nimmt von Tag zu Tag beängstigend zu. Untertags dämmern sie unter dem kleinen Sleeper, dem kürzeren der beiden Schlafzelte, aber abends werden sie munter. Dann, wenn ich einschlafen will, beginnen sie vor dem Wassernapf auf dem Mäuerchen an unserem Zelteingang zu spielen. Erst grunzen und gurgeln sie vergnügt, dann aber gibt es kein Halten mehr, und sie bellen, was das Zeug hält.

Also raus aus dem Bett, rein in die Hose, und schon stürze ich als Rachegott aus dem Zelt, greife mir den ersten Radaubruder am Genick und klapse ihm eins auf die Schnauze. Die Weißen lassen es mit sich geschehen, die Brauen quieken meist verschreckt, und, haben sie erst wieder Boden unter den krummen Beinen, sausen unter das Zelt. Der Kleinste der Braunen, dem die schwarze Zeichnung auf der Stirn etwas stets Besorgtes verleiht, ist der scheueste von allen und hält sich meist im Hintergrund. Wenn es aber ums Bellen geht, ist er groß da. Und auch schnell weg, wenn er merkt, Verdruss ist im Anzug. Schon allein deshalb habe ich ihn besonders im Visier.

Andererseits will ich das Vertrauen aller gewinnen, denn Teamsite Aguanit möchte uns zwei Hunde abnehmen, auch der Polisario-Verbindungsoffizier hat Interesse bekundet, und so werden wir die Rabauken einen nach dem anderen hoffentlich los. Um die richtigen für die geplanten Transfers zu finden, muss man sie aber auch greifen können, und darum spiele ich am Abend geduldig mit ihnen. Manch einer lehnt sich beim Nackenkraulen so weit zurück, dass er hinten überfällt. Vorerst versuche ich auch das Bellen nicht zu unterbinden. Das habe ich mit Wurschtl versucht, der leider nicht mehr unter uns weilt, und mit seiner Witwe, der derzeit nicht nach Bellen zumute ist. Mario, der angeblich mehrere Hunde daheim in seinem Haus hat, beruhigt mich: Wenn eine Hündin Junge bekommen hat, ist sie dünn wie ein Skelett, das sei normal.

Ich baue mit kanaldeckelgroßen Betonplatten und Holzlatten Barrieren, damit die Tiere ihre nächtlichen Spiele wenigstens nicht vor meinem Zimmer ausführen, und habe damit so lange Erfolg, bis der erste das Bollwerk erklimmt und samt Betonplatte in die verbotene Zone purzelt. Das wirkt alles mitunter recht niedlich, wäre es nicht regelmäßig mit nächtlicher Ruhestörung verbunden.

Zhang hat im Briefing vorgeschlagen, die Mutter davonzujagen und nur zwei Junge zu behalten. Sie sei krank und bereits ganz schwarz um die Schnauze. Niemand widerspricht. Eine klare Überrumpelung ohne Beweise. Chinesen verstehen sich vielleicht auf die Zubereitung von Hunden, nicht zwingend aber auf deren Gesundheitszustand. „Ich glaube nicht, dass sie krank ist“, sage ich nachher zu ihm. „Die schwarze Schnauze hatte sie immer schon.“ Welche Farbe soll denn eine Hundeschnauze sonst haben, denke ich bei mir. Pink oder tannengrün? Jedenfalls ist das Mutter-Thema erst einmal vom Tisch. Die Männer von Aguanit verschieben ihr Kommen von Tag zu Tag. Fabio erzählt immer wieder, dass er mit seinen Landsleuten dort in ständigem Kontakt stehe. Unterdessen wachsen die Tiere heran.

## Dienstag, 20. 4.

Auch zweiter Fahrer zu sein ist keine herausfordernde Tätigkeit, man muss nur dem ersten Wagen hinterherhoppeln. In diesem ist Dmitry unser heutiger Kapitän. Neben mir sitzt Zhang. Auch er steckt dieses unscheinbare Metallzeug am Anzünder-Ausgang an, das mir quälende Musikstunden während der Fahrt verheißt. Leider, sagt er, nicht aufgeladen. Oje, heuchle ich. Nach ein paar Minuten ist tatsächlich Schluss, und nur mehr unser langstieliges Werkzeug scheppert im Laderaum im Rhythmus der Bodenwellen. Herrlich!

Zhang hält das Futteral hoch, in das er sein erfolgloses Lärm-Maschinchen gleiten lässt. „Das hat meine Frau draufgestickt", sagt er und deutet auf krakelige Kanji-Zeichen. „Mein Name!" Unterschwellig bedeutet es wohl auch: komm bald wieder, oder: Ich warte auf dich. Sicher wartet sie auf ihn, ihren Kriegsgott, der aus dem wüsten Reich der Mitte in die Mitte des Wüstenreichs gezogen ist.

Wer wartet eigentlich auf mich, überlege ich. Niemand richtig dringend. Und: „Komm bald wieder, du wirst mir fehlen", hat auch schon lange niemand mehr zu mir gesagt. Da müsste ich viele Jahre zurückdenken. Das ist eben der Preis der Ungebundenheit. Wäre ich an eine sorgende Frau gebunden, die sich nach mir sehnte, wäre es mir vermutlich unangenehmer. Dann schon lieber so, und ab und zu ein bisschen sentimentales Selbstmitleid.

## Mittwoch, 21. 4.

Nach der sattsam bekannten Wasserpatrouille mit unserem dicken Freund, dem Generator, fliegen Dmitry und ich eine Hubschrauberpatrouille. Das Hauptquartier hat sich wieder die Sonderroute entlang der mauretanischen Grenze gewünscht. Dmitry ist Kommandant, ich der Paparazzo. Er ist glücklich, wieder unter Landsleuten zu sein und mit der Crew Russisch palavern zu können.

Der Kapitän grinst breit, sodass seine Goldzähne zum Vorschein kommen, und sagt zu mir: „Gutten Taaag, bitte scheen." Zweieinhalb Stunden Flug liegen vor uns. Dmitry wollte gerne auch fotografieren und hatte mich gedrängt meine Kamera mitzunehmen, doch ich hatte abgelehnt. Nun bereue ich es. Die neue Canon mag zwar ein gutes Reiseutensil sein, für unsere Zwecke ist sie ziemlich ungeeignet. Sobald sich ein aufnehmenswertes Objekt zeigt, und das ist denkbar selten der Fall auf unserem Rundflug, zoome ich es heran, wodurch ich es aus dem Visier verliere. Mit ausgestreckten Armen versuche ich es auf dem Display einzufangen, ohne selbst aus dem Flieger zu stürzen, da ist es aber auch meist schon wieder im Dunst hinter uns versunken. Bei jeder Aufnahme sehne ich mich nach meiner Kamera mit dem Sucher, der mir solches Scheitern erspart hätte.

Ohnedies gibt es wenig zu sehen: Zwei Schmuggler, die sich mit ihren Mercedes im Sand an der Grenze getroffen haben, von denen Dmitry befürchtet, sie könnten heraufschießen, wenn sie sehen, wie ich mich mit der mindertauglichen Kamera aus dem Hubschrauber lehne. Ein Tanklaster und ein ziviles Camp, genauso wie letztes Mal. Und wieder bin ich danach froh, festen Boden unter den Füßen zu haben.

Auf diesem hat heute unser Brasilianer Fabio seine Qualifikation absolviert, und das offenbar nicht schlecht. Francesco ist abends voll des Lobes und sagt zu uns: „Ich bin sicher, dass der künftige Teamsite Commander heute an diesem Tisch sitzt.“ Er werde nun uns beide in den G-Funktionen zu schulen beginnen. Erst überrascht mich diese Bemerkung nicht weiter, dann ärgere ich mich darüber. Vielleicht auch, weil es nun nicht mehr so sonnenklar ist, dass alles auf mich zuläuft, sondern ich vielleicht gar um diesen Posten zu kämpfen hätte, dass ich nicht gebeten werden würde.

Vielmehr glaube ich Francescos Absicht hinter diesem Satz bemerken zu können: Er will die eigentliche graue Eminenz dieser Teamsite sein, er will den Daumen heben und senken über die Kandidaten, er will den künftigen Chef „machen“, den er dann als dankbaren Vasallen hinter sich wüsste. Davor könnte er es genießen, wie Fabio und ich uns zerreißen, um ihm zu Diensten zu sein, unseren Fleiß und Ehrgeiz augenfällig zu machen.

Kommt nicht in Frage. Dieses Vergnügen werde ich Francesco verweigern. Vorige Woche hatte er mich gebeten, ihm einen Abend lang bei einer Vorbereitungsübung mit Dmitry und Fabio zu helfen, gleichsam als überwachende Außenstelle mit den beiden Probanden, und es hat auch Spaß gemacht. Francesco lobte danach überschwänglich meinen Lehrauftritt. Mit solchen außerplanmäßigen Good-Will-Aktionen ist aber nun augenblicklich Schluss. Ich entscheide mich für den Rückzug.

## Donnerstag, 22. 4.

Wir brechen schon um 7 Uhr auf, weil wir zwei Autos zum 35.000-km-Service nach Awsard bringen. Vergeblich hatten wir versucht, mit den Leuten von Aguanit ein Treffen am so genannten Link Up Point auszumachen, einer Stelle in der Wüste, die etwa in der Mitte zwischen beiden Teamsites liegt, doch sie konnten nicht früher wegen der eigenen Patrouille, wir nicht später wegen unserer zwei Autos, sodass eine Stunde zum unüberbrückbaren Hindernis wurde, zwei unserer jungen Hunde an den Mann zu bringen.

Ich bin heute Kommandant, Jurica ist mein Fahrer, das ist angenehm, wie immer, wenn man mit jemandem unterwegs ist, mit dem man sich gut versteht. Hinten zuckeln Dmitry und Rohaizad drein. Gegen halb elf überreiche ich in Awsard, hinter dem Berm, unsere zwei motorisierten Patienten dem schwarzen Hünen Francis, von dem ich noch immer nicht weiß, woher er stammt. Nähe Liberia hatte er mir einmal gesagt.

Ein Liberianer hat mir hier übrigens bei einem der letzten Besuche Grüße an meinen Vorgänger Bernhard aufgetragen, mit dem er gemeinsam in der Teamsite Bir Lalouh gedient hatte. Ist man erst lange genug hier, wird diese Mission zum Kommunikationsnetz, weil man mit der Zeit bald alle 200 Beobachter kennt. In Awsard findet sich übrigens die einzige Spur nach Deutschland: Auf der Roll of Honor der jemals hier Dienenden flattert es auch Schwarz-Rot-Gold, und ein einziger Name steht darunter: Lewandowski.

Während Francis sich unter den und über die Autos hermacht, gehen wir essen. Ich besuche die aparte Naa im Journalbüro, dann ziehen wir vier Mijeker uns in den Clubraum zurück, lesen und dösen. Wir haben nämlich noch eine Zusatzaufgabe: Wir sollen hier den Kollegen Osama, unsere ägyptische Stimmungskanone, die nie einen Morgengruß auf den Lippen trägt, übernehmen und heimbringen. Er war 14 Tage lang Verbindungsoffizier in Dhakla gewesen und kommt mit einer Awsard-Patrouille von dort zurück. Diese wiederum werde nicht vor halb fünf eintrudeln, versichert mir der ungarische Major Morawec mit dem flotten Schnurrbart, der inzwischen Naa im Amt des Duty Officers abgelöst hat.

Schöne Bescherung! Wir müssen vor Einbruch der Dunkelheit zurück sein. Zum Übernachten hätte man in Awsard keine Betten für uns frei. Ob Osama nicht morgen mit dem Hubschrauber nachkommen könnte? Wir telefonieren mit unserer Teamsite. Francesco redet wortreich herum und heißt uns ausharren. Tun wir auch, tanken auf und rollen um halb fünf vors Tor, nachdem wir den armen Morawec mehrmals malträtiert hatten, über Funk den Standort seiner Patrouille zu erfragen.

Die biegt um 16 Uhr 40 um die Ecke, Osama wird in unseren zweiten Wagen verfrachtet, und ab geht es. Kein Schnellfahren, schärfe ich Jurica ein, aber da brauche ich bei ihm keine allzu große Sorge zu haben. Es dämmert bald. Erstmals erleben wir die Wüste in Abendstimmung. Schräg links hinter uns gleitet die Sonne in den Sand, lässt die krüppeligen Bäumchen hier und da überdimensionale Schatten werfen. Berge glänzen in der Ferne noch einmal auf, der Sand schimmert rötlich, dann wird der Vorhang langsam zugezogen, kein direktes Licht trifft uns mehr.

Die Polisario sei informiert, hatte Francesco versichert. Und was wird diese Rentnergang nun für uns tun? Einen Radarschirm über uns aufspannen? Ihre Spezialtruppen aussenden? Ich erzähle Jurica vom Überfall auf den Konvoi einer Reisegruppe, mit der ich vor Jahren in Mali gewesen war. Ich erzähle vom Entsatzheer der malischen Armee, das uns damals gerettet hatte, und auch so vergeht die Zeit.

Es wird düster, etwa zehn Kilometer vor unserem Ziel glitzert schräg rechts etwas wie ein entgegenkommender LKW mit Festbeleuchtung. Doch es ist unsere Teamsite, deren Scheinwerfer unerwartet weit in die Einöde strahlen.

Gegen halb neun sind wir daheim und werden von erleichterten Kollegen begrüßt. Francesco schimpft wie ein Rohrspatz über Zhang, der Talal während seines Urlaubs vertritt und unsere späte Rückkehr entschieden habe. Wenn etwas passiert wäre, hätte er ihn verantwortlich gemacht, zetert er – allerdings nur, solange Zhang nicht anwesend ist. Was er ihm nicht alles schon an den Kopf geworfen habe! Kann ich mir gar nicht vorstellen, denn Zhang gegenüber befleißigt sich unser Italiener eines durchaus moderaten Tons. Immer mehr erinnert er mich an den kleinen feigen braunen Hund. Klischees entstehen nicht durch unerklärlichen Urknall, das wird mir nach zahlreichen Fällen ihrer Bestätigung in diesem Vielvölkerstaatenbund immer klarer.

Völlig Überraschendes ist hingegen mit den Hunden passiert. Sie beginnen sich mit der Katze anzufreunden. Empfindet man Katzen als weiblich und Hunde als männlich, dann spielt es sich geradeso ab wie bei den Menschen. Unmerklich hat die Katze begonnen, die Aufmerksamkeit unserer pummeligen Bellfamilie auf sich zu lenken. Die kommt angetapst, schaut verlegen nach allen Seiten, einer wagt sich vor, Standbein immer hinten, Schnüffeln. Die Katze steht auf dem Mäuerchen mit dem Wassernapf und ziert sich, stolziert hier und da hin, verfolgt von ungeduldigen Hundeblicken. Wie im Kino sitzen sie da und bewundern die Diva.

Dann nimmt einer seinen ganzen Mut zusammen und versucht Tatze an sie zu legen. Schwupp, schon hat sie ihm eine übergezogen, eine „g´sunde Watschen", wie es einmal ein der FP angehörender Justizminister, einer von den österreichischen Alt-Nazis, so treffend für seine Denkschule formuliert hat. Schon ist sie verschwunden: Anlocken und dann auf empört machen, wenn einer, wie erwünscht, zulangt: so ist das immer. Bei den Katzen.

Wenig später bleibt mir fast das Herz stehen. Die weiße Hündin biegt um die Ecke und nähert sich schnuppernd. Aber sie nimmt wenig Notiz von der Katze und legt sich in eine Ecke. Die springt vom Mäuerchen und stolziert an der Hundemami vorbei – sie weiß nicht, dass vor ein paar Wochen ein Katzenkopf aus deren Maul geschaukelt ist. Aber man scheint sich aneinander zu gewöhnen auf unserer Animal Farm, stelle ich ruhiger werdend fest.

## Freitag, 23. 4.

Vor einigen Tagen war unsere Patrouille beim Polisario-Hauptquartier auf ein Häuflein Journalisten aus Barcelona aufgelaufen und deshalb ganz aus dem Häuschen geraten. Dmitry erzählte nachher, dass er versucht habe, mit seiner Kappe das Gesicht zu verbergen, denn würde das Konterfei des Spezialtruppenangehörigen in den Medien auftauchen, bekäme ihm das schlecht von seinen Oberen daheim.

Da ich Stand-by-Dienst habe, gehe ich erst einmal laufen. Streng genommen dürfte ich das nicht, denn ich bin zu zehnminütiger Einsatzbereitschaft verpflichtet. Aber es wird ja nicht gerade dann die Bombe hochgehen, wenn ich dem Camp den Rücken gekehrt habe.

Nach wie vor verfügen wir über fünf rumorende Welpen. Rohaizad kann nachts nicht schlafen, weil sie sich lautstark unter seinem Zimmer balgen. Alle Versuche, die Tiere loszuwerden, sind bisher gescheitert. Während des Briefings denke ich, das Thema aufzugreifen, aber würde ich mich als „Hundevater" nicht lächerlich machen? Außerdem scheint heute überraschenderweise niemand an Diskussionen interessiert zu sein. Die Beiträge fallen knapp aus, bei der Schlussrunde gibt einer wortlos an den anderen weiter, so verzichte auch ich.

Wenig später schnappe ich draußen im Vorbeigehen auf, wie Zhang mit Osama und Rohaizad die morgige Verbringung der Hunde bespricht. Die zwei weißen sollen dableiben, alle anderen, auch die seit Wurschtels Verschwinden fast verstummte weiße Hündin, hinter dem Berm ausgesetzt werden. „Aber das bedeutet deren Tod", mische ich mich ein. „Nein, nein", beschwichtigt Fabio. Der Knabe ist offenbar schon ganz opportunistisch auf Teamsite Commander-Trip.

Ich weiß gar nicht, wovon ich mehr betroffen sein soll: Dass das hier unter der Hand abgehandelt wird? Dass auch die weiße Hündin wegkommt, die mir weiß Gott nicht ans Herz gewachsen ist? Dass die Tiere nun einfach ausgesetzt werden sollen? Dass sich die Hundehasser zusammengerottet haben und Zhang nun endlich die von ihm abgelehnte weiße Hündin loswird?

Ich ereifere mich, warum das nicht im Briefing erörtert worden sei. Vier- fünfmal habe er das Thema schon angesprochen, sagt Zhang überheblich, es habe keine Lösung gegeben. „Ich hätte mich melden sollen“, sage ich selbstkritisch. „Ich wollte heute vorschlagen, jeder solle nach Möglichkeiten suchen, wem wir die Tiere geben.“ „Und hast du dich gemeldet“, höhnt der Chinese. Landsmann Bac hat Recht, Zhang kann eine unangenehme Figur sein. Und auch ich habe Recht: Er entscheidet nicht, und wenn, dann falsch.

Nun schaltet sich auch noch Osama ein, mit der ihm eigenen unaufrichtigen Engelsstimme. Er sei ja nur mehr zehn Tage da, ihm könne es egal sein, aber das werde sicher schlimmer mit den Hunden. „Zugegeben“, sage ich, „deshalb sollte man andere Teamsites fragen, sowie den Liason Officer.“ „Und du hast auch keine Lösung“, sagt Zhang schnippisch. „Ich möchte, dass sie zu jemandem kommen, wo sie sicher sind“, gebe ich zurück. „Außerdem stört mich, dass es keine demokratische Lösung gibt, jetzt, wo die wichtigste Entscheidung gefällt wird. Wozu haben wir Briefings?“ „Du bist der Einzige, der an den Puppies hängt“, lacht Zhang.

Widerlich. Langsam spüre ich mich meinen Siedepunkt erreichen. „Mir geht es um demokratische Abläufe“, knurre ich, „aber ich bin nicht euer Lehrer in diesen Dingen.“ Damit drehe ich mich um und gehe, denn ich spüre, dass die Geschichte nun beginnen würde, für alle Beteiligten unangenehm zu werden. Ich wäre demnächst persönlich geworden und hätte das demokratische Leben in China und Ägypten angesprochen. Jedenfalls sehe ich in meinem Zimmer umgehend im Englisch-Wörterbuch unter „bloßfüßig“ nach.

Ich gehe ins Dutyzelt, erzähle es Francesco. Er zeigt sich sehr betroffen und sagt ein ums andere Mal: „Das tut mir sehr, sehr leid.“ Ergreift er eine Initiative? Er fischt eine Skizze hervor und sagt stolz: „Das wird meine Küche“. Dann erklärt er mir all die langweiligen Einbauten in seiner künftigen Wohnung und triumphiert: „Das ist mein Lebenswerk.“ Groß reden, aber letztlich nichts tun. So ticken meine Mitarbeiter auf engstem Raum, es ist zum Verzweifeln.

Nach dem Abendessen sitzt sie vor dem Zelt, nichts ahnend, die ganze Familie: Noch einmal streiche ich jedem der Todgeweihten über den Kopf. Dicht drängen sie sich an mich, schnappen fröhlich nach mir, einer der Braunen dreht sich auf den Rücken und streckt die Beine in die Höhe, als ich ihn berühre, noch einmal jene in diesem Moment erschütternde Vertrauensgeste.

Den Scheuesten muss ich erst wieder anlocken, wer weiß, vor welchem der die Hunde ablehnenden Muslime im Camp er heute wieder flüchten musste, als niemand hinsah. Auch der Erzeugerin streiche ich über den Kopf, was ich seit vielen Wochen nicht getan habe. Sie sieht mich dankbar an und wedelt. Ohne mich umzusehen gehe ich in mein Zimmer, es würgt im Hals. Sie sind mir ja doch ans Herz gewachsen, die Rabauken.

Wer in dieser Meute wagt es hier eigentlich, Stellung zu beziehen? Und für ein solches Volk wollte ich den Kommandanten spielen? Niemals. Fabio ist mit seiner gleitenden Art sicher besser geeignet. Über diese Sprache der Kommunikation verfüge ich nicht. Ich kann nicht verstehen, dass man derart oberflächlich sein muss, um die Dinge nicht zu nahe an sich herankommen zu lassen.

Und wieder ist es da, wie vor ein paar Wochen: Das Gefühl, jetzt mit verletzendem Widerstand rebellieren zu müssen, mich mit selbstzerstörender Verachtung gegen alle zu stellen. Lebe ich schon zu lange allein im Sinn von selbstständig, auf zu großer Distanz zu anderen? Ist mir jede Team- und Kompromissfähigkeit abhanden gekommen?

Andererseits will ich mich nicht an die Beschwichtigungsfloskeln gewöhnen: Du kannst es ja ohnedies nicht ändern, das ist doch das Ganze nicht wert – und Ähnliches. Wenn ich beginne alle Probleme kleinzureden, damit ich sie leicht überwinden kann, bin ich wirklich alt im Geist geworden. Ich will mir den Sinn für Gerechtigkeit bewahren und bin, kaum denke ich das, ein wenig stolz auf meine Haltung.

Ich bin mir treu geblieben. Allerdings rutsche ich damit in Selbstbeweihräucherung ab. Andererseits war die Wüste immer Ort der (Selbst-) Erkenntnis. Angefangen bei Christus, Johannes dem Täufer und Mohammed. Ohne deshalb eine Linie zu mir ziehen zu wollen.

Als ich zum letzten Mal an diesem Abend das Wohn- und Schlafzelt betrete, liegt die Hündin in der Nähe und wirft mir einen Blick zu, in dem ich einen Vorwurf lese und den ich als tieftraurig deute. Aber das interpretiert mein schlechtes Gewissen. Lange sieht sie mich so an ohne zu wedeln. Ich will morgen nicht dabei sein, wenn die anderen die lebende Fracht verladen.

## Samstag, 24. 4.

Ein milder Tag zieht ins Land, als ich um 8 Uhr mein Büro im Duty Office beziehe. Ich schließe, was unüblich ist, hinter mir die Tür zum Vorraum und reagiere auch kaum, wenn jemand hereinkommt und einen Autoschlüssel aus dem Kasten an der Wand nimmt. Draußen setzen Motorengeräusch, Rufen und Türenschlagen ein. Jetzt jagen sie vermutlich die Hunde. Ich höre das Patrouillen-Briefing im Vorraum, nehme den Radiocheck über die Funkgeräte entgegen. Motoren brummen vor dem Zelt auf, die blauen Eisentore quietschen beim Schließen, dann ist es still draußen.

Vorsichtig krieche ich aus meinem Schneckenhaus: Und wer döst da in der Sonne? Die weiße Hündin. Selten habe ich mich über ihre Anwesenheit so gefreut wie jetzt. Ich nähere mich der hündischen Souterrainwohnung, schmatze und pfeife, und nach und nach krabbeln drei Junge heraus, zwei Weiße und ein Brauner. Zwei mussten also dran glauben, mein treuherziges O-Bein und der mittlere. Wie ich vermutet hatte, ist der schlaue Kleinste nicht ins Netz gegangen, wegen seines entnervenden Gekläffs hätte ich mich mit seinem Verlust am ehesten abfinden können. Das wird uns nun weiter begleiten. Diese vorhersehbar gewesene Stümperei ärgert mich zusätzlich.

Mein Vorhaben von Langzeitzorn gegenüber Zhang, Osama und Rohaizad, die Hundetöter und Undemokraten, verfestigt sich, meine Distanz zur Teamsite wächst. Den ganzen Dienst lang übe ich mich in innerer Emigration. Noch dürfte sie niemand bemerkt haben. Wird noch kommen, sage ich mir mit finsterer Miene, die lediglich der Bildschirm vor mir registriert. Mein Strategiewechsel fördert aber auch Positives zutage: Ich finde plötzlich mehr Zeit, mich um meine chronologischen Berichte und anderes Privates zu kümmern.

Gegen Abend kommt die Patrouille zurück. Jurica sagt mir, er habe sich geweigert, die große Hündin in sein Auto zu nehmen, weil ihm das zu gefährlich erschienen sei. Dann kommt Fabio, der meine exponierte Haltung in der Hundefrage registriert hat und raunt mir stolz zu, er habe sich am Einfangen der Tiere nicht beteiligt. Das wäre seine Form von Protest gewesen. Jämmerliche Figuren! Der beste Protest ist jener, den niemand bemerkt. Wirklich, diese Teamsite ist ein Laborversuch zur Abbildung zwischenmenschlichen Verhaltens im Kleinen! Ein kommunikativer Minimundus.

Kein Wunder, dass ich heute schlecht einschlafe. Kaum habe ich die Rutschbahn ins Träumeland bestiegen, kläfft es draußen verhalten. Ich versuche es zu ignorieren, nicke ein. Wieder lärmt etwas. Nichts zu machen, ich liege da, der Schweiß rinnt mir die Nase entlang und hinter den Ohren auf den Kopfpolster. Um weniger von draußen zu hören, muss ich mich aber ins Bettzeug einrollen. Dieses Zimmer hat mir noch gefehlt! Dann noch der kräftezehrende Zweifrontenkampf: als einziger Erzieher im Camp gegen die Hunde, auf der anderen Seite gegen die Kollegen, aber für die Hunde. Keine Seite würdigt meinen Einsatz, nur ich leide unter der selbst gewählten Strategie.

Plötzlich jault es direkt unter meinem Fenster. Ich schieße hoch, Gehörschutz raus, rein in die Hose und hinaus aufs Schlachtfeld. Da hat doch die Katze tatsächlich die jungen Hunde über das Mäuerchen in die verbotene Stadt unter meinem Fenster gelockt, und nun versuchen sie das zierliche Fellbündel höchst vergnügt in den Schwanz zu zwicken. Ich greife mir augenblicklich den Braunen am Genick und versetze ihm – klapp-klapp – ein paar Kopfnüsse. Er ist schrecklich verängstigt und quiekt in höchsten Tönen wie ein Ferkel vor dem Abstechen, was mich noch wütender macht.

Zudem muss ich aufpassen, weil im angehobenen Zustand nicht nur sein Herzrasen zu beobachten ist, sondern auch, wie er sich anmacht, der feine Herr, sodass man ihn ein Stück von sich halten muss. Voll Ingrimm schleudere ich ihn auf den Hauptweg zurück, auf dem er sich blitzschnell und zeternd zu seiner Wohnung davonmacht und dort mindestens bis Sonnenaufgang nicht mehr die Nase herausstrecken wird.

Mit verhaltenem Schimpfen verjage ich auch die zwei weißen Hunde und sehe aus den Augenwinkeln, wie sich die Anstifterin weit hinten aus dem Wüstenstaub macht. Neuerlich lodert die aktuelle negative Grundstimmung auf. Ich erinnere mich an den Einsatz am Golan, wo mein Hausnachbar regelmäßig in den Morgenstunden ein junges Kätzchen aus dem Zimmer zu komplimentieren pflegte, wenn es zu geräuschvoll wurde. Dann begann es vor der Baracke zu maunzen, und mein Schlaf war dahin. Damals hatte ich vorgehabt, das Tier über den Stacheldraht aus dem Camp zu werfen, es aber dann doch nicht übers Herz gebracht und die Katze lediglich mit dem Auto ans andere Ende des Lagers verbracht, von wo sie sich, wie nicht anders zu erwarten, auf den Rückmarsch gemacht hatte, allerdings in der Krankenstation abgefangen wurde, um sie nicht wieder in die Hände des brutalen Major May laufen zu lassen.

Dieser sieht sich nun einer ähnlichen Situation gegenüber wie damals und beschließt, das ins Werk zu setzen, was er 2004 unterlassen hatte. Mit süßem Zirpen locke ich die Katze an. Die nähert sich misstrauisch, schnuppert an meinem Finger, streicht um die Beine, fasst Vertrauen, lässt sich von meinen brummelnden Worten einlullen. Mit einer raschen Bewegung habe ich das ausgehungert wirkende Ding im eisernen Klammergriff einer Hand und mache mich auf den Weg.

Die Katze wittert Unheil und beginnt unwillig zu miauen. Ich sehe mich um. Alles schläft, Stefan wacht. Überall sind die Mauern mehr als drei Meter hoch, nirgends wird es mir leicht gemacht. Dann eben nicht, es reicht. All diese Probleme, die letztlich mit den Tieren im Camp zusammenhängen! Ich hole aus, wie der griechische Diskuswerfer in der Antike, und schleudere die Katze nach schräg oben.

Doch habe ich mich verhängnisvoll verschätzt. Wie der Farbbeutel auf Joschka Fischers Kopf beim Grünenparteitag in Bielefeld klatscht das Tier an die Mauer, fällt wie ein Stein herunter, tappt benommen ein paar Meter weit und fällt dann nach der Seite um. Nun liegt die Katze im Sand und rührt sich nicht mehr, atmet nur noch schwer.

Erst stehe ich wie angewurzelt, dann springe ich auf das junge Tier zu und kauere mich zu ihm. In meinem Schock greife ich mir ein Ästchen in der Nähe, streiche ihm übers Fell und stammle „Das habe ich nicht gewollt." Ein leeres Gefühl breitet sich aus, das umso leerer wird, je mehr ich erkenne, dass ein nicht mehr ungeschehen zu machendes Ereignis passiert ist: Ich habe dieses Tier umgebracht, auf eine barbarische Art und Weise. Über meine Gefährten, die Hunde am Berm aussetzen, brauche ich mich gar nicht zu beschweren. Die sind noch human gegen mich. Was ist denn auf einmal in mich gefahren? Warum werde ich mir plötzlich selbst fremd? Dieser Mauerwurf war jedenfalls der absolute Tiefpunkt meiner gegenwärtigen Verfassung.

Die Katze atmet weiterhin schwer, ihr Herz pulsiert merkbar. Schwere innere Verletzungen, denke ich nur immer wieder. Sonderbar, je größer ein Tier ist, umso mehr Gedanken macht man sich bei seiner Exekution. Bei Mücken ist mir das noch nie passiert, jedes Erlegen bereitet sogar eine Art von Genugtuung. Was war das nun? Mord gibt es ja nur an Menschen, weiß der Juraabsolvent, und auch da wäre es höchstens schwere Körperverletzung unter Inkaufnahme des Todes. Aber der Versuch, das rechtliche Vergehen zu minimieren, dämpft in keiner Weise die moralische Schuld, die unüberhörbar in mir rumort.

Ich stehe auf und hole im Ablution Room ein Schälchen Wasser. Jedenfalls seine letzten Sekunden will ich dem Tier erleichtern. Ich gieße das Wasser vorsichtig über die rosa Schnauze, die Katze rümpft verächtlich die Nase, mehr tut sie nicht mehr. Wie soll ich das Jurica sagen, der mit aufopfernder Fürsorge jeden Tag in der Früh ein wenig Milch („Mleko“) bereitstellt? Irgendjemandem muss ich von meiner Schandtat erzählen, sonst platze ich vermutlich.

Schon vor meiner Prüfung habe ich mich Jurica anvertraut, als mir das hier alles vorübergehend auf die Nerven ging, und er hatte mir in seiner stoischen Art empfohlen: „Be professional.“ Dann könne mir niemand etwas anhaben. Das beherzigte ich, und es half tatsächlich eine Zeit lang im Grabenkampf gegen die von mir auserkorenen Feinddarsteller.

Ich und noch vielmehr die Katze, wir haben ja Glück gehabt, dass sie nicht höher flog und schwer verletzt im Stacheldraht über der Mauer hängen geblieben ist. Dann hätte ich den Duty Officer wecken und mich den auf der Hand liegenden Fragen aussetzen müssen, was die Katze hoch oben im Drahtgeflecht zu suchen habe. Womöglich hätte ich eine Rettungsaktion auf der langen Leiter starten müssen, wäre heruntergepurzelt und hätte mir das Genick gebrochen. Alles möglich.

Inzwischen scheint die Katze regelmäßiger zu atmen, die Lider sind halboffen, auch die rosa Schnauze. Sie hat sicher schreckliche letzte Schmerzen. Ich stehe auf und hole in meiner Hilflosigkeit nochmals Wasser. Als ich zurückkomme, hockt sie da und kackt dünnflüssig. Ich vermute, das sind bereits die Gedärme. Dann steht sie auf, wirft mir einen verächtlichen Blick zu und humpelt in den betonierten Pavillon unseres Barbecue Area. Voraussichtlich, um dort in aller Stille, von jedem Leben uneingesehen, das ihre auszuhauchen.

Natürlich ist an Schlaf nicht zu denken. Gestern waren es drei Monate, dass ich in dieser Mission bin, ein Viertel ist geschafft. Noch dreimal so viel liegt vor mir. Mit einem Mal dehnt sich die Zeit unerträglich. Soll ich mit leichten Schlafmitteln zu operieren beginnen? Aber wie soll ich dann die Patrouillenfahrten untertags überstehen? Oder den Mittagsschlaf stärker kultivieren? Dann kann ich am Abend wieder nicht einschlafen. Ich wälze die Probleme und mich selbst hin und her. Zudem fällt mir ein, dass es am elegantesten gewesen wäre, mit der Katze den Wachturm zu erklimmen und sie von dort einfach über die Mauer darunter zu schubsen, wo sie auf der anderen Seite in den weichen Sand gefallen wäre. Und vermutlich unter dem Eingangstor wieder hereinspaziert wäre.

## Sonntag, 25. 4.

Am Morgen schlurfe ich müde zum Waschraum. Trippelnd kreuzt die Katze meinen Weg. Ich fühle mich wie nach einer Generalabsolution. Die Geschichte war gnädig mit mir und hat mir einen neuen Anfang geschenkt. Sie hat überlebt! Aber wer weiß mit welchen Schmerzen? Wie lange wird es halten? Endgültig fröhlich bin ich nicht.

Zhang ist Journaloffizier, nach dem Ausfüllen der Ausgabeliste fürs Auto knalle ich ihm das Clipboard verächtlich auf den Tisch. „Stefan, what happened", ruft er mir verdutzt nach, aber ich reagiere nicht. Es sind die letzten persönlichen Worte, die zwischen uns in dieser Mission fallen. Kein Morgengruß, kein „Mahlzeit", nichts mehr.

Mit Jurica als Fahrer zuckle ich hinter dem Auto des Kommandanten Fabio und dessen Fahrer Rohaizad her. Pufferzone ist angesagt, etwas, das wir nur selten im Programm haben. Das ist der Grenzstreifen am Berm, der vor Minen nicht sicher und wo auch der Weg nur schlecht zu orten ist, eine Grenzerfahrung in jeder Hinsicht. Nun sollen wir dort fast täglich aufkreuzen, hat die Zentrale in Laayoune beschlossen, denn es liegen Allegations, also behauptete Abkommensverletzungen seitens der Polisario, vor. Die es behaupten sind die Marokkaner, und wir sind alle von Anfang an überzeugt, dass nichts dahintersteckt und die königlich Marokkanischen lediglich Minurso beschäftigen wollen.

Francesco stieß die Patrouillenpläne unter reicher verbaler Begleitmusik um, arbeitete Strategien aus, weil wir nun nicht mehr nur stumpfsinnig durch die Gegend düsen, sondern auch an bestimmten Stellen stumpfsinnig stundenlang Halt zu machen haben. Da die Allegations ominöse grüne Jeeps betreffen, die angeblich gegen Mittag verbotenerweise in die Pufferzone einfahren und von den marokkanischen Grenzwächtern am Berm durch deren Fernrohre erspäht worden sein sollen, machen wir uns spät am Vormittag auf den Weg. Ich habe den Cooler mit Proviant vollgepackt, Rohaizad hat aus seinem G4-Fundus UN-blaue Campingliegen geangelt, und auf geht es zum Sonntagspicknick in der Wildnis.

Vorerst zweigt Fabio zu früh ab. Ich frage mich, warum er und Francesco gestern so lange an der Karte gestanden sind, wenn es nun erst recht schiefläuft. Wir schlängeln uns auf einer Fahrspur dahin, die das GPS nicht kennt. Über Funk ersuche ich um Umkehr und neuerliche Suche der Abzweigung. Die finden wir auch. Wäre auch ganz einfach gewesen, hätten wir eine andere Route eingegeben als die von Francesco empfohlene.

Langsam zerbröckelt bei mir der von ihm um sich aufgebaute Nimbus des Unfehlbaren, des sich für die Einhaltung der SOP, die Bibel jeder Mission, Zerfransenden. Deshalb bin ich auch beunruhigt, wenn ich an die Urlaubsgeschichte mit Rodas denke. Was, wenn Francescos Sicherheit mir gegenüber damals unbegründet war? Wenn Rodas doch Recht hatte mit seiner Ahnung, es werde nicht glattgehen mit seinem Urlaubsantrag, wenn ich ihm leichtfertig die Verkürzung meines Urlaubs verweigert und ihm den seinen dadurch vermasselt habe? Ein dunkler Punkt mehr auf meiner inzwischen gesprenkelten Weste.

Auch nach der Abzweigung verirren wir uns, weil der Track einen Haken nach links schlägt, wir aber stetig geradeaus fahren. Von Fahrspur zu Fahrspur hanteln wir uns voran, stets im Funk-Zwiegespräch. Langsam nähern wir uns parallel zur richtigen Route unserem Zwischenziel BS (wie Buffer Strip) 04a an. Gefühlte hundert Meter davor stoppen wir, steigen aus, sehen uns um, suchen Spuren.

Rohaizad entdeckt nicht weit entfernt im Gesträuch ein Bäumchen mit blauem Stamm. Da so etwas in der Natur nur selten vorkommt, deutet er es richtigerweise als die Markierung unseres Zwischenziels. Vorsichtig tasten wir uns mit den Autos heran. Rechts und links liegt für meinen Geschmack ein wenig zu viel Metall herum, Dosen, Behälter, Undefinierbares. Es behagt mir hier nicht, aber wir erreichen das Ziel und damit auch den richtigen Track unbeschadet. Gegenüber dem blauen Baum lugt nahe einem Gebüsch weiterer Schrott aus dem Sand. Aber was ist das? Fabio hat es als Erster entdeckt: Zwei, drei Meter neben der Reifenspur blinzelt uns ein metallenes Panzerabwehrröhrchen an. Hurra, mein erstes UXO! Wir halten an und machen brav das, was wir für die Prüfung zu lernen hatten: Ich werfe dem Ding einen Kugelschreiber zwecks Größenerkennung entgegen, mache Fotos im gebührenden Abstand, die anderen schleppen Steine heran, besprühen sie mit roter Farbe und platzieren sie rund um das Objekt.

Die übrigen Metallstücke sind nicht zuzuordnen, besonders bei einem Ding sind wir uns nicht sicher, ob das nun die verrostete Felge eines LKW oder nicht doch eine Panzermine ist. Jedenfalls erhielten wir ein Lehrbeispiel, was so alles aus dem Sand wachsen kann, dicht am Wegrand, auch noch Jahrzehnte nach dem Krieg. Die Wüste gibt preis, wann sie will. Sogar an einem Waypoint, wo nur wenige Meter daneben vermutlich schon viele dutzend Male Pause gemacht worden war. Beiläufig, als würde ich normalerweise mehr UXOs als Ziegen begegnen, gebe ich unseren Fund an Zhang, den Duty Officer, durch.

Wir setzen unseren Weg auf dem richtigen Track zum Kartenpunkt BS 05 fort, wo wir im wahrsten Sinne des Wortes unsere Zelte aufschlagen. Die Marokkaner hinter ihren Ferngläsern an den Berghängen am Horizont müssen sich krumm lachen: Wir schieben die Hinterseiten unserer Fahrzeuge auf zwei Meter zusammen und entfalten über dem Zwischenraum das blaue UN-Zeltdach. Es ist leicht windig, weshalb unser Vorhaben permanent scheitert. Das Flatterdach verfügt zwar über Ringe, aber keine dazugehörigen Haken. Mit allerlei Findigkeit, wie ich sie mir in der Hundeabwehr im Camp angeeignet habe und sich auch die anderen in Monaten des Lebens voll technischer Entbehrungen zu eigen gemacht haben, versuchen wir mittels Zerren und Ziehen die Plane an Antennen, Türscharnieren und Fahnenhalterungen zu fixieren, was allerdings nicht gelingen will. Eine Stunde sollen wir hier beobachten, doch haben wir die meiste Zeit mit der Zeltkonstruktion zugebracht. Nach Ablauf der Zeit rollen wir das Ding wieder ein und machen uns auf die Heimreise.

Vorsichtig frage ich zu Hause Jurica nach der Katze. Er habe ihr am Nachmittag Fisch serviert, sagt er. Ich bin erleichtert, sehe sie auch schon auf dem Mäuerchen Wasser aus der Schale schlabbern. In ehrfürchtiger Distanz beobachte ich sie aus der Hocke und stelle eine veterinärmedizinische Ferndiagnose an: Warum legt sie sich so eigentümlich nieder und knickt das rechte Bein anders ab als das linke? Doch dann erhebe ich mich mit einem Ruck und sage mir: Wenn sie Fisch verdrücken kann, wird ihr nicht allzu viel wehtun. Sollten Katzen tatsächlich sieben Leben haben, so hat diese nun noch sechs.

Am Abend ist Qualifikationsparty für Fabio, aufgrund der sommerlichen Temperaturen erstmals im Barbecue Area, das zuvor Ali gereinigt hatte. Die Schwalben haben nämlich die hölzernen Verstrebungen des Kuppeldachs, die von der Mittelsäule ausgehen, zu ihrem Quartier gemacht und uns von da oben konzertiert die Zeichnung von Speichen eines Wagenrades auf den Boden geschissen. Nun schwirren sie aufgeregt draußen herum, weil wir wie eine Kuckucksfamilie in ihrem Nest sitzen. Im Spanischen tragen sie den wunderschönen Namen Golondrina, und selbst Rodas aus Honduras kennt das Sprichwort, dass eine Schwalbe noch keinen Sommer macht: Una golondrina no hace el verano.

Mit Jurica habe ich wieder Kartoffelsalat produziert, doch zur Feier setze ich mich abseits an den Tisch der Polisario. Dmitry scheint sich im Datum geirrt zu haben, denn er ist erst in einer Woche dran, hat aber dennoch hinter dem Holztresen schon viel vorgetankt und funktioniert zunehmend die Feier zur eigenen um. Ständig will er fotografieren, ist nur schwer zu beruhigen und ruft Fabio zum nächsten Teamsite Commander aus.

Wenn im Wein – oder in welchem Alkohol auch immer – die Wahrheit steckt, dann will das Volk hier ohnedies nicht mich als Chef. Und dann überlege ich abseits aller gekränkter Eitelkeit, was dieses Amt wirklich bedeuten würde: Nicht durch Vermitteln zwischen Streitparteien zu glänzen, nicht gute Ideen zu haben und sie andere ausführen zu lassen, nicht eine Vorzeige-Teamsite zu schaffen, die durch vernunftbetonte Arbeit glänzt. Nein, ich hätte 24/7/365 Sprechstunde für uninteressante Details meiner Kollegen, müsste für jeden Mist in diesem Club geradestehen, mich zudem in die Minurso-Verfassung SOP vertiefen und dauernd ärgern, dass die Meinen die Anordnungen nicht ausführen. Irgendwann wäre ich von ihnen ebenso enttäuscht wie jetzt, hätte aber keine Gelegenheit mich in einen Schmollwinkel zurückzuziehen. So würde der Alltag aussehen.

Vielmehr muss ich an meinen eigenen Grundauftrag denken, der da lautet: Stoff sammeln für das publizistische Nachher. Deshalb darf ich mir in diesem Jahr nicht allzu viel umhängen lassen, sondern muss Betrachter mit Zeit zur chronologischen Erfassung und Analyse bleiben können. Nach diesen Überlegungen schwinge ich zwar innerlich auf einen neuen Weg ein, aber wieder etwas mehr mit mir selbst im Einklang, seitdem ich mir bewusst gemacht habe, dass mir der Ruhm als kurzzeitiger Fürst im Wüstenschloss schon einen Tag nach Abdankung überhaupt nichts gebracht haben würde.

Zudem wankt mein bisheriges Credo „Niemals weg von Mijek“. Quälend breitet sich in mir die Vorstellung aus, mindestens noch doppelt so lange wie bisher ohne jede Abwechslung täglich Submarin Mountain, OP 16 oder Polisario-Kompanien besuchen zu müssen. Ein zermürbender Gedanke. Mit einem Mal hat die Versetzung, die fast jeden nach fünf bis sechs Monaten ereilt, nichts Beklemmendes mehr an sich. Jurica erzählt mir, dass er sogar ein Gesuch dafür abgeben wolle. Und auch Fabio sagt mir, er wolle die marokkanische Seite kennenlernen und hier nicht als Kommandant versauern. Aber bei seinen Aussagen bin ich mir nicht recht sicher.

Und so träufle ich weiter Öl ins Feuer. Etwa als die Reihe der Ansprachen an mich kommt und ich damit beginne, dass die Qualifikation, um es mit Fabios Worten zu definieren, „Bullshit“ ist. Das stört natürlich die Prüfungsabnehmer gewaltig, salbungsvoll preisen sie in ihren Reden das Examen als einen Spiegel, in dem man sich und seine Fähigkeiten erkennen könne, und mehr solchen Mumpitz. Ich kippe mir ein paar Whisky hinter die Binde und verschwinde, als der letzte Programmpunkt, das Anschneiden des Partykuchens samt Foto, über die Bühne gegangen ist.

Bevor ich mein Schlafzelt betrete, schaue ich noch dahin, wo heute Nacht das Unheil seinen Ausgang genommen hatte. Da bewegt sich doch etwas im Sand. Kugelig, stachelig. Ich nähere mich, und stehe vor einem abweisenden Nadelkissen. Daneben kniend warte ich, bis daraus eine spitze Schnauze auftaucht. Dann fasse ich unter den Bauch des ausgewachsenen Igels und hebe ihn auf.

Zuwachs in unserer Arche Noah. Der Igel staunt mich aus Knopfaugen an. Ich gehe Richtung Barbecue Area und deute heimlich Jurica zu kommen. Er meint, ich müsse das Tier unbedingt Francesco zeigen. Besser wäre es, das nicht zu tun, weil ich damit meine eigene Distanzierungsstrategie torpediere. Die anderen sind nun ebenfalls ganz aus dem Häuschen, und Dmitry hat einen handfesten Grund neuerlich ins Schwanken zu geraten. Jeder kennt das Tier, seinen Namen aber nur in der eigenen Sprache. Man ist sich einig, einen alten Bekannten getroffen zu haben, doch wer weiß schon, dass es ein Hedgehog ist? So wie alle die Scheibenwischer kennen, aber nicht wissen, dass sie in unserer gemeinsamen Radebrechsprache Windsheeld Wiper heißen.

Einer der Alten sagt, die Igel seien im Sommer häufig im Camp anzutreffen, die Südamerikaner warnen, die Stacheln könnten giftig sein. Aber da dürften sie den Guten wohl mit einem Stachelschwein verwechseln. Ich trage unser Schaustück wieder zurück, und augenblicklich klettert er unter unser Zelt. Souterrainwohnungen sind derzeit höchst gefragt bei unseren nicht zahlenden Campgenossen auf vier Beinen.

## Montag, 26. 4.

Neuerlich steht der Buffer-Strip auf dem Programm, diesmal ist er von der anderen Seite her anzufahren. Wiederum bin ich zweiter Kommandant, erster ist Dmitry, sein Fahrer Zhang, der meine heißt Osama. Da sind ja meine beiden Lieblinge beisammen. Bevor wir abfahren, fragt mich Osama, ob ich Musik dabei hätte, so wie man im Süchtigenmilieu nach einem Joint fragt. Als ich verneine, zieht er wie ein großes Geschenk seinen Silberstick mit Display hervor. Ich versuche abzuwehren und verweise auf die Dauerlärmkulisse in dieser Mission, von den Generatoren bis zum Fernsehen. Wieder setzt er sein Unschuldslächeln auf. Nur Hintergrund! Na, gut, sage ich, nur Hintergrund. Ich will ja nicht schon zu Beginn der fünf gemeinsamen Stunden dicke Luft im Auto.

Es hilft nichts, im Lauf der Zeit wird es immer lauter, dazwischen erschallen regelmäßig arabische Lieder, die Osama selig mitjodelt. Wenn es nur das wäre! Prinzipiell wird einhändig gefahren, die andere Hand am Steuerknüppel, obwohl der ohnedies nicht vorhat, davonzulaufen und es auch über zig Kilometer keinen Anlass zum Schalten gibt.

Bei den Brunnen, nach etwa 80 Kilometern, geht es nach links. Osama bleibt nicht auf dem Track, sondern fährt querfeldein so gnadenlos auf eine kleine Hütte zu, dass ich befürchte, wir würden sie die nächsten Kilometer vor uns auf der Motorhaube mitschleppen, wie es täglich in den miserablen US-Filmen zur Mittagsstunde geschieht.

Überflüssigerweise hat uns Francesco aufgetragen, geeignete Beobachtungspunkte für spätere Patrouillen zu erkunden. Ich halte die Pufferzonen-Waypoints entlang der Route für ausreichend, doch Osama will den Rambo spielen und sucht mit seinen Blicken unaufhörlich die nächsten Hügelkuppen ab, ob da nicht Fahrspuren hinaufführten. Auch tippt er dauernd am GPS herum, was ihn als Fahrer gar nichts angeht. Der Navigator bin heute ich. Aber sage man das einmal diesem sprachfaulen Fellachen! Die ganze Fahrt gibt er kein Wort von sich.

Als er wieder einmal nicht in der Spur wendet, ist es mir zu bunt. „Das ist jetzt das letzte Mal, dass du nicht auf dem Track fährst", sage ich. „Äh?" „Wir sind in der Pufferzone, und da kann das lebensgefährlich sein." Zumindest hält er sich nun daran. Wir kommen zum Zwischenhalt 04a von gestern. Osama greift zum Mikrofon und bellt „Peacekeeping" hinein, das Kennwort für Anhalten, das ich für mich aufgrund seines regelmäßigen Bedeutungsinhalts „Pisskeeping" getauft habe. Die anderen halten brav an, und Osama springt aus dem Auto.

Dann stolziert er, während wir anderen ratlos aussteigen, auf die rot gekennzeichnete Stelle zu, nimmt lässig das UXO auf, lässt den Sand herauslaufen, klemmt sich die Röhre unter den Arm und wirft sie hinten ins Auto. Dann spaziert er schnurstracks auf die anderen Gegenstände zu, packt sie und schleudert sie ins Gebüsch, die rot besprühten Steine folgen in hohem Bogen. Zhang, immerhin derzeit Kommandant von Mijek, steht und schaut. Ein Schauer.

Osama klettert wieder ins Fahrzeug, und wir setzen nach diesem wortlosen Intermezzo unsere Tour fort. Alsbald fährt er ungeduldig immer näher ans vordere Auto auf. Wirbelt dieses Staub auf, sieht er natürlich nichts mehr und weicht seitlich aus. Wieder überlege ich lange und fixiere düster die Zehn-Meter-Distanz zwischen den Wagen. Dann wird es mir auch damit zu bunt. Ich habe keine Lust wegen dieses auf lässig machenden Idioten mein Leben auszuhauchen, oder treffender, auf dieser Holperstrecke mangels Gras in den Sand zu beißen.

„Das sind aber keine hundert Meter Abstand", stelle ich kühl fest. „Ist das jetzt gefährlich für uns", kommt es im lauernden Unschuldston von links. „Sicher, Talal hat uns doch erst kürzlich von einem Fall in seiner Heimat erzählt, als das vordere Fahrzeug einen Stein aufgewirbelte, der die Scheibe des hinteren Fahrzeugs durchschlug und der Mann darin starb", sage ich sachlich und schaue weiter geradeaus. Der Schachzug war nicht schlecht. Ich habe unseren Chef, der gleichzeitig sein Glaubensbruder ist, angeführt, da kann er wenig dagegen sagen. Tut er auch nicht, sondern hält tatsächlich Abstand.

Im Camp platziert er das Einweg-Panzerabwehrrohr auf unserem Antreteplätzchen, sprüht den Beton rundum rot an und rammt einen Minenwarnstab in den Sand. Wortlos, versteht sich. Alle im Lager rätseln, was uns der Künstler wohl mit dieser Installation sagen will, doch der verschwindet mürrisch im Büro. Gibt es hier niemanden, der diese Dummheiten abstellt? Der Knabe ist einfach schon „weich", wie wir am Golan gesagt haben, der ist schon zu lange in der Mission. Zudem hat er ein Problem mit sich selbst.

Wenig später bemerken wir im elektronischen Schriftverkehr eine Mail aus seiner Hand, die er nach Laayoune geschickt hat: „Dear gentle men", schreibt er wörtlich, „der UXO-Fund gestern war falscher Alarm, es handelte sich lediglich um eine leere Hülse." Selber leere Hülse, schäume ich. Jetzt desavouiert er auch noch die gestrige Patrouille, die sich vorschriftgemäß verhalten hat. Schulterzucken, niemand reagiert. Meine Mitbewohner! Mut und Rückgrat gehören wohl nicht zu deren Kernkompetenzen.

Zumindest freut es mich diebisch, als aus dem Hauptquartier eine Mail zurückkommt, in der dringend um Aufklärung ersucht wird, wie es Osama denn angestellt habe, zur Erkenntnis der leeren Hülse zu gelangen. Na, da soll er ruhig erzählen, wie er gleichsam auf Abenteuersafari kreuz und quer durch die Gegend gestapft ist und uns alle in Gefahr gebracht hat. Das wird ihn jetzt vermutlich ins Schwitzen bringen! Selbst Dmitry war gehörig abseits gestanden, er hatte mir früher schon einmal gesagt, dass er sich keinen Munitionsresten nähern wolle, selbst eine Armbanduhr könne Zünder auslösen.

Dieses Riesenbaby kennt sich mit dem Ernstfall aus, Dmitry hatte kürzlich angedeutet, dass er sich einmal vor Angreifern in ein Minenfeld „gerettet" hatte, er, der Minen legen und entschärfen kann. Am Gemeinsten sei es, eine Panzer- auf einer Schützenmine zu platzieren. Die sei dann praktisch nicht mehr zu entschärfen.

Einmal erzählte er mir vom Einsatz russischer Infanterie, die in eine Tausendschaft tschetschenischer Rebellen gelaufen sei. Von 93 seien 86 nicht mehr lebend davongekommen, einige seiner Freunde seien darunter gewesen. Und er erzählt von jenem Russen, den die eigenen Leute vergessen hätten auszufliegen. Wenig später habe man ihn ohne Kopf gefunden. Aus allen muslimischen Gegenden hätten die tschetschenischen Kämpfer Zulauf, berichtet Dmitry, und er selbst habe auch US-amerikanische Ausbildner in ihren Lagern gesehen. US-Ausrüstung sowieso. Wie Maxim hält er Stalin für einen großen Mann, die Armee ist offenbar eine Kaderschmiede Ewiggestriger.

Wenn etwas Russen nervös macht, sagte er mir, dann die Aussicht keinen Alkohol zu haben. In diesem Fall können sie ziemlich unruhig werden. Doch Dmitry wird selten nervös. „Fuck" sagt er oft aus vollem Herzen, wenn etwas nicht passt. Und wenn etwas gar nicht passt: „Fucking Fuck". Jedes Mal rätsle ich, worum es sich dabei wohl handeln mag. Zumal etwas ursprünglich Sinnliches zur Unterstreichung unliebsamer Zustände verwendet wird.

Und dann kommt Francesco mit seinem ewigen „Fucking Guy" daher, was einmal anerkennend, das andere Mal ablehnend gemeint ist. Langsam nervt mich dieser dünne Wortschatz meiner Umgebung, auch wenn ich weiß, dass ich unter Soldaten, wenngleich Offizieren, und nicht im Mädchenpensionat oder im Sprachinstitut bin. Was mich noch zusätzlich deprimiert, ist die berufliche Seite. Im Moment erhalte ich keinerlei Anzeichen auf einen großen Aufbruch nach diesem Einsatz. Mein Literaturagent hat mir versprochen, nach Ostern Laut zu geben. Nach Ostern ist immer noch, Laut habe ich bisher keinen vernommen. So bleibt die Situation lustlos.

## Dienstag, 27. 4.

Mein Ignorieren von Zhang und Osama sowie die Distanz zu Francesco fordern mir einige Energien ab. Selbst schuld, hätten meine Eltern gesagt, es war deine freie Entscheidung dich mit ihnen zu zerkriegen, nun musst du die negativen Folgen akzeptieren. Das mache ich auch in zermürbter Einsicht, nachgeben will ich dennoch nicht. Ihr Ablaufdatum steht meinen drei Problemkollegen zudem auf die Stirn geschrieben. Das tauche ich auch noch durch.

Eine Kurzpatrouille steht heute auf dem Programm. Als steile Vorgabe sind meine Partner im ersten Wagen Zhang und Osama, ich zuckle im zweiten Auto hinterher. Um das Einigeln noch weiter voranzutreiben, lege ich Cassetten von daheim ein. „Deutsches Gold“ heißt die Abendsendung des RBB, die ich einst in Berlin aufgenommen hatte. Ich mochte den Moderator und seine trockenen Scherze, der damit ein durchaus ambivalentes Verhältnis zum deutschen Schlager andeutete. So hatte ich es auch einst beim ORF in Oberösterreich gemacht.

Der Berliner Moderator wurde im Zug einer Radioreform aus dem Programm katapultiert, und ich wechselte als Hörer den Sender. Die Ignoranten in den Direktionen fangen eben nichts mit hintergründigem Humor an, denke ich durchaus selbstmitleidig. Schlagersendungen pfiffig aufzuziehen wird nicht honoriert. Bevor wir vor einer der zu besuchenden Kompanien Halt machen, habe ich mich zur Feststellung verstiegen, dass Inhalt absolut nicht gefragt ist. Rascher Return on - möglichst wenig - Invest ist die Basis, auf der magere Qualität wie billiger Eukalyptus rasch emporzuschießen hat.

Teilnahmslos stelle ich mich neben die beiden Kollegen, lasse sie schlau die ewig gleichen Fragen stellen und bleibe bei diesem Täglich-grüßt-das-Murmeltier-Gespräch mit den herbeigeschlurften Polisario-Vertretern stumm. Insgeheim überlege ich, ob die als Section Chiefs oder stellvertretende Kommandanten vorgestellten Herren jenseits jeder Midlife Crisis nicht lediglich die Erstbesten sind, die unser Verbindungsoffizier in einer der Lehmhütten da hinten mit Worten aufstöbert wie: „Komm mit und mach mir heute den Idioten für die Kerle von den UN da draußen!“ Vielleicht sind das auch gar keine Geschütze mehr, die, auf altersschwachen Militärjeeps von einer Plane verhüllt, gegen die Zeltdächer ihrer Freiluftgaragen weisen, sondern nur Attrappen in Form von Holzlatten. Solche Szenarien stimmen mich innerlich heiter, signalisieren mir aber eine deutliche Reserviertheit gegenüber der mir übertragenen Aufgabe.

Die beiden Kollegen steigen so wie ich ins Auto und brausen davon. Bevor ich ihnen letzteres nachmache, bemerke ich, wie der Deputy, mit dem wir gerade gesprochen haben, sich wegdreht und seelenruhig auf der kleinen Seite erleichtert. Er hätte damit einige Momente warten können, bis wir uns in einer Staubwolke aus seinem Gesichtskreis gewirbelt haben, doch zeigt er auf diese Weise überdeutlich, was er von uns hält. Mich regt es nicht auf, ich könnte mich jederzeit neben ihn stellen und ebenso die Wüste bewässern, sollte ich zeigen müssen, wie wichtig mir der Ausflug in seinen Wirkungskreis ist.

Im Stützpunkt hat Assefa, der bienenfleißige UN-Zivilarbeiter aus Äthiopien, seine Arbeit beendet, lässt von mir noch ein paar Dokumentarfotos unseres verkalkten Duschwassererhitzers anfertigen und erzählt mir dabei, dass er etwa so viele Sprachen wie ich beherrscht. Und dass es in seiner Heimat noch viele mehr gibt. Assefa ist ein fröhlicher kleiner Wicht, der nicht einmal aus der guten Stimmung kippt, als zu Mittag der Hubschrauber vor unseren Toren liegen bleibt, der ihn nach Oum Dreyga zurückfliegen soll. Na gut, er bekommt Außendienstzulage, die haben wir nicht. Rodas, der zuvor auf Hubschrauberpatrouille war, berichtet mit leisem Grauen, dass der Motor nach der Landung einige ungewohnte Geräusche gemacht habe.

Flugs wird eine Zwei-Wagen-Patrouille zusammengestellt, die Assefa aufnimmt und am UMLU, dem Oum-Dreyga-Link-up-Point, gegen zwei Techniker austauscht, die eine Oum-Dreyga-Patrouille von ihrer Teamsite herangeschafft hat. Mit solchen Treffen auf halber Strecke spart man die Hälfte der Zeit. Die Techniker klettern alsbald in der Nachmittagssonne auf und in dem Hubschrauber herum und bekommen ihn nach einigem Schrauben wieder flott, wie ich am tuckernden Geräusch von meiner Zelle aus vernehme. Diese verlasse ich nur mehr selten, lediglich zur Bereitung des Nachmittagskaffees. Plötzlich habe ich einigermaßen Zeit für mich selbst, ein angenehmer Nebenaspekt meines Schmollwinkeldaseins.

## Mittwoch, 28. 4.

Nachmittäglicher Journaldienst ist eine öde Sache. Vormittags zelebriere ich die gewohnten Dehnübungen und reinige die Büroräume, am Nachmittag schließe ich mich im Journalbüro ein und mache Dienst nach Vorschrift. Penibel allerdings. Ich muss lediglich aufpassen, dass ich mich nicht in eine Arbeitsplatz-Aversionsneurose manövriere, wie sie mich in den letzten Monaten meines Werkens im ORF-Oberösterreich befallen hatte, als mir morgens schon schlecht wurde, wenn ich der grauen Studiotorte am Linzer Europaplatz auch nur ansichtig wurde. Das wäre verheerend nach nur einem Drittel meiner Mission in der Mitte von Nirgendwo.

## Donnerstag, 29. 4.

Diesig und warm ist es. Auf dem Weg zu unserem Ziel, dem Waypoint 79a, sollen wir Hubschrauber-Notlandeplätze erkunden. Mehrmals halten wir in der Ebene, Patrouillenchef Flores tippt Koordinaten ins GPS, sein Fahrer Rohaizad und der meinige, Jurica, sowie ich, sammeln Steine und häufeln sie zu einem aus großer Höhe noch sichtbaren „H“ an, damit spätere Generationen wissen, dass wir am jeweiligen Ort nicht untätig geblieben sind.

Flores hatte uns gestern in gehörige Unruhe versetzt, als er berichtete, er habe die Reste von Wurschtl gefunden. Der Kopf wäre abgeschnitten worden, lediglich sein Fell sei mit einem Seil an ein Bäumchen in der Nähe des Polisario-Zelts vor unserem Tor angehängt, kaum von unserer Joggingroute aus auszumachen. Wir vermuten Böses, unterschieben der Polisario die wenig schmeichelnde Botschaft an uns: Seht her, so kann es euch ergehen! Oder sollte es ein Zeichen für Minurso-Mijek mittels eines uns lieb gewordenen Symbols sein? Grauenhaft ist der Gedanke an eine Tranchier-Orgie der rächenden Freischärler, die uns samstags so liebevoll die Partytorten mit Zuckergussschrift versüßen.

Am Nachmittag wollen wir der Sache auf den Grund gehen. Flores hat mich gebeten, ihn mit dem Fotoapparat zu begleiten. Mulmigen Gefühls stapfen wir beide Richtung Polisario-Zelt. Tatsächlich: Im Schatten eines Krüppelbäumchens liegt ein Stück bräunliches, eingetrocknetes Fell, mit einem Strick daran festgebunden, was den Eindruck macht, als wolle man einen Fluchtversuch des Fells verhindern. Glücklicherweise ist Wurschtl nicht auf den ersten Blick erkennbar, das erhält mir nicht nur die Kraft, sondern auch den kritischen Blick.

Und der fällt, als gerade ein Soldat vom Zelt neugierig auf uns zueilt, auf eines der verdorrten Beine: Ein Paarhuf, an den ich mich bei unserem Hund nicht erinnern kann. „Eine Ziege“, sage ich zu Flores und zeige auf den Klumpfuß. Auch er erkennt blitzartig die Fehleinschätzung der Situation, und da bietet uns der Soldat auch schon das Fell an. Wir müssen einen denkbar eigenartigen Eindruck machen: zu zweit mit Kamera anrücken, um ein Foto von einer in der Wüstensonne verblichenen Ziege zu machen, die aus unerfindlichen Gründen an diesem Baum verendete.

Peinlich ist es mir, als wir uns nach einem freundlichen Gruß vom Ort des Geschehens entfernen. Schöne Beobachter sind wir! Nicht einmal Hundefelle können wir von Ziegenfellen unterscheiden. „Ich bin froh, dass es nicht der Hund ist“, sagt Flores. Ich auch. Nun müssen wir die Polisario nicht mehr schlimmster Untaten verdächtigen. Es dürfte uns ein kleiner Stein vom Herzen gefallen zu sein, wenngleich das Geheimnis um Wurschtl nun perpetuiert ist.

## Freitag, 30. 4.

Obwohl es heiß ist, laufe ich eine Runde und mache mir dann ein ausgiebiges Frühstück. Heute bin ich ATO, habe also den Hubschrauberbesuch zu managen und rüste mich diesmal zusätzlich mit Mikrofon aus. Ab sofort nehme ich alles an Tönen für eine präsumtive Radioreportage auf.

Der Hubschrauber bringt den hünenhaften Francis aus Awsard, den zivilen Techniker schwarzafrikanischer Herkunft, der sich unser Auto mit der Nummer 625 ansehen soll. Zhang hatte beim routinemäßigen Tritt gegen die Räder vor der Ausfahrt am Dienstag festgestellt, dass eines von ihnen wackle, und ich hatte, nicht überzeugt, aber um niemandem einen Anlass zu geben, mir Nachlässigkeit vorzuwerfen, zugestimmt Alarm zu schlagen. Nun hockt der Techniker neben dem aufgebockten Wagen und schraubt die Kappe und dicke Schrauben ab. Bescheiden und neugierig steht unser Polisario-Techniker daneben, und mir bleibt nichts weiter zu tun, als beide mit Wasserflaschen unter der Mittagssonne zu versorgen.

Nach einer Dreiviertelstunde kommt die russische Crew gestärkt vom Essen zurück und verkündet, dass es in fünf Minuten ans Abheben gehe. Er komme schon, ruft Francis zurück und dreht am Reifen wie an einem überdimensionalen Lenkrad. Nichts Außergewöhnliches, sagt er, als er die letzten Schrauben anzieht, das sei ein natürliches Spiel, sogar notwendig. So ähnlich hatte ich es mir auch gedacht. Lediglich, wenn das Spiel zu stark wäre, sollten wir nicht mehr mit dem Auto fahren. Womit die richtige Entscheidung wieder einmal elegant uns umgehängt ist.

Am Nachmittag schickt Francis aus Awsard seinen Abschlussbericht per Mail in die Runde, was den zivilen Kraftfahrzeugchef in Laayoune, einen ehemaligen Unteroffizier aus Großbritannien, dessen Cockney-Gegrunze stets schwer zu verstehen ist, veranlasst, in einer rotzigen Replik zu schreiben, dass es ihm leid tue, dass der arme Francis seine Zeit verschwenden musste, weil die Leute von Mijek übertrieben hätten.

Die fühlen sich nun auf den Schlips getreten, und ich werde beauftragt, eine scharfe Antwort zu formulieren. Wieder werde ich eingespannt, wo es mich nicht sonderlich zur Ereiferung drängt. Na, schreibe ich eben etwas darüber. Dass wir keine

Fachleute sind, und dass, wenn es einmal zu einem Unfall mit Todesfällen käme, weil wir „nicht übertreiben“ wollten, er genauso wie wir mit drinnen hängen würde. Wir seien eben nur vorsichtig. Was eine deutlich weniger vollmundige Mail als zuvor aus dem Hauptquartier zur Folge hat. Und Francesco mich ein paar Tage später ob meiner gelungenen Wortmeldung lobt.

Dass er allerdings im Rückschluss auf sich selbst zur Einsicht käme, gut zu funktionieren ohne es dauernd an die große Glocke zu hängen, bleibt ein Wunschtraum meinerseits. Solche Briefe der reschen Art stellen ja für mich nichts Ungewöhnliches dar. Vor bald 30 Jahren hatte ich während meiner Zeit als Ausbilder beim Bundesheer erstmals in meiner Kaserne auf mich aufmerksam gemacht, indem ich den Zustand der Granatwerfer in einem Beschwerdebrief als „Schrott aus dem 2. Weltkrieg“ kritisierte. Auch im Zivilleben bin ich rasch mit schriftlichen Wortmeldungen zur Stelle, ob nun ein Obernazi Bundesratspräsident werden möchte oder die Wirtschaft Konsumenten für dumm verkaufen will.

Die Nacht ist wieder einmal nicht so lange wie erwünscht, denn die verbliebenen drei Hunde machen Lärm, und die Katze ist vermutlich nicht unbeteiligt an der Ausgelassenheit unserer treuen Freunde. Von Tag zu Tag werden die hündischen Stimmbänder kräftiger.

## Samstag, 1. 5.

Meinen Geburtstag adle ich, wie es sich für den internationalen Tag der Arbeit gehört, mit gleich drei Patrouillen. In der Früh fahre ich mit drei Kollegen den schweren Generator zu den Brunnen, am Abend holen wir ihn wieder. Dazwischen machen wir unter meiner Leitung einen Abstecher in die Pufferzone. Fahrer Rohaizad überrascht mich bei der Abfahrt mit der verblüffend offenen Feststellung, dass er in der Früh meist etwas traurig sei, weil er da regelmäßig an seine Familie denken müsse. Das sind die Morgendepressionen, tröste ich ihn, das kenne ich. Eigentlich hätte ich über die Religion anknüpfen sollen, die uns wie zwei Gerade im Unendlichen eint, denke ich später.

Im hinteren Auto sitzen Zhang als mein Stellvertreter und Jurica als Fahrer. Er war heute früh schon am Duschcontainer erschienen und hatte mir ein wenig verlegen alles Gute gewünscht, für mich und meine Familie. Ein berührender Moment in einer für gewöhnlich berührungslosen Umgebung.

Wir kommen an Brunnen vorbei, wo ein paar Hirten mit ihren Kamelen Pause machen. Tausend Euro und wir könnten ein Höckertier das unsere nennen, sagt einer. Gratis lassen sie sich zumindest mit uns fotografieren.

In der Pufferzone stoßen wir im schütteren Gesträuch auf ein Zelt, in dem ein paar Decken liegen. Heraußen tummeln sich Zwergziegen. Da scheint jemand zu wohnen. Ein paar Kilometer weiter streunt ein Junge durch die Büsche auf uns zu. Gehorsam unserer Aufgabe, hier jeden Strohhalm zu ergreifen und jedermann auszufragen, was es Verdächtiges gäbe, halten wir an. Ich möchte von dem etwa Zwölfjährigen wissen, ob er Spanisch spreche. „Claro". Na, so claro ist das nicht, 35 Jahre nach Abzug der Kolonialmacht und fernab jeder Schule. Natürlich hat er nichts Verdächtiges gesehen, schon gar nichts, was die Marokkaner behaupten und weswegen wir da sind. Stolz überreichen wir ihm Wasserflaschen.

Nächstes Mal Milch, fordert das aufgeweckte Bürschlein freundlich, hinter dem ein zweites, älteres, aber schüchternes, aus dem Hain tritt. Es stellt sich heraus, dass beide in jenem Zelt wohnen, das wir soeben aufgesucht hatten. Ob wir aus Mijek seien, fragt der gar nicht scheue Junge. Dann sollten wir schöne Grüße an Ali und Hamed ausrichten, das seien Freunde von ihnen. 80 Kilometer entfernt. Alles Freunde hier, alle vernetzt – aus dieser Wüste und ihren menschlichen Koordinaten wird man nicht schlau.

## Sonntag, 2. 5.

In der Nacht wird auf Sommerzeit umgestellt. Auch das Wetter hält sich daran, mit 43 Grad wird dieser Sonntag der bisher heißeste Tag meiner Mission. Dennoch jogge ich in der Früh, auch wenn es schon 31 Grad hat. Das schafft mich denn doch; gut, dass ich heute Stand-by-Dienst habe. Ich mache ein Nickerchen vor dem Mittagsmahl und danach. Zum Essen nehme ich nicht viel, ein paar Spaghetti lediglich, saufe aber wie eines der Kamele in der Umgebung. Ich bin erschöpft, ringle starr die Nudeln auf die Gabel und warte lediglich auf Besserung meines Zustands.

Am Abend trommelt es verhalten an die Zeltwand. Ungläubig laufen wir alle nach draußen und halten die Handflächen auf: Es regnet – das habe ich gespürt. Wenngleich es sich um stärkeres Tröpfeln handelt, dessen Verdampfen im Sand man zischen zu hören vermeint. Wenig später ist Party für Dmitry, der am Mittwoch seine Qualifikation absolviert hat und seither wie eine geknickte Blume umherläuft, weil er, wie auch die Prüfer, mit seiner Leistung nicht recht zufrieden ist. Diese dämliche Examinierung hat einen psychologischen Effekt, der eigentlich ergründet gehört: Sie lässt den Prüfling zornig oder unzufrieden, aber immer innerlich aufgewühlt zurück. Obwohl sie doch nur Quatsch ist.

Wieder werden salbungsvolle Reden geschwungen, und wieder habe ich mich entschlossen Öl ins Feuer zu gießen. Ich versage mir zwar, die Qualifikation als Masturbation der Prüfer zu bezeichnen, was bestimmt eine heftige Auseinandersetzung hervorgerufen hätte, doch nehme ich mir diesmal Osama vor, ohne ihn anzusprechen. Ich sage, dass ich bekanntlich ein gespaltenes Verhältnis zu dieser Prüfung hätte. Sie erzeuge nämlich eine Zweiklassengesellschaft. Dabei zitiere ich schlau den auf Urlaub weilenden Südkoreaner Choe zur Stützung meiner Thesen. Den einen nämlich werde permanent gesagt, was sie für schreckliche Fehler machten, wenn sie sich nur um einen Millimeter irrten, während die anderen ohne Widerrede UXOs angreifen oder die Fahrspur verlassen könnten und keine Büros putzten. Die Botschaft scheint angekommen zu sein, denn gegen Ende des Abends trägt Osama schmutziges Geschirr vom Barbecue Area zur Küche, was sonst nur die Polisario tut, und Rodas reckt mir gegenüber versteckt, aber zufrieden seinen Daumen in die Höhe.

Auch diesmal nehme ich meinen Sitz nicht mitten unterm Volk. Dmitry scheint tatsächlich sein Fest schon eine Woche zuvor abgefeiert zu haben, weil er bedrückt dasitzt, als hätte jemand die Luft aus ihm gelassen. Ich schenke mir verstohlen einen Whisky nach dem anderen ein und wanke dann leicht illuminiert, ein seltenes Gefühl in dieser Mission, in Richtung meines Bettes.

## Montag, 3. 5.

Als Fahrer 1 Richtung Pufferzone ist Zhang mein Kommandant, hinter uns fahren Francesco und Dmitry. Wieder haben die Marokkaner eine Allegation, einen Verdacht, aufgestellt, und schon fahren wir ohne Widerrede dorthin, wovon uns nur Koordinaten vorliegen. Irgendein grüner Jeep soll es wieder sein. Erschwerend kommt hinzu, dass unsere Aufgabe diesmal lautet, uns vom Weg auf eventuell vorhandenen Fahrspuren dorthin vorzuarbeiten, aber: Safety first! Womit die Entscheidung wieder uns überlassen ist, wie weit wir gehen wollen.

Hinter dem Observation Point 19 knickt der Weg, und hier sollen wir weiter vorstoßen. Mit Zhang habe ich stundenlang kein Wort gewechselt, nun wird es sich nicht vermeiden lassen. Zumal er kein guter Orientierer ist und entscheiden – siehe oben. Also taste ich mich vorsichtig im Fahrspurengewirr dahin. Kreuz und quer versuchen wir es, bis wir an einen Brunnen mit mehreren Kamelen, einem Kleinlaster und drei älteren Männern gelangen. Einer spricht sogar ein paar Brocken Spanisch. Ich frage das Übliche, aber man hat nichts gesehen, gehört oder gesprochen. Dabei sitzt der chinesische Affe eigentlich neben mir. Nach unserer Rückkehr rügt er mich, dass ich nicht die Namen der Herren erfragt hätte. Aber an Ort und Stelle ist ihm das selbst auch nicht eingefallen. Eine billige Revanche.

Wir tasten uns weiter dahin, bis eine Grasnabe vor uns die Fahrspur verschluckt. Ich halte, Zhang stellt sich außen aufs Trittbrett und linst angestrengt durchs Fernglas. Doch, sagt er, dahinter geht es weiter. Ich fahre wortlos an. In diesem Moment weiß ich, warum ich in dem Jahr so gut bezahlt bin. Jeden Augenblick könnte ein Lichtblitz das letzte sein, was ich erlebe.

Nach ein paar Hundert Metern ist es mir mit dem Heldentum zu dumm. Richtig gut zu sehen ist die Spur nicht mehr, bemerke ich und halte. Hm, macht Zhang. Ob wir umkehren sollen? Er funkt zum zweiten Fahrzeug. Gottlob kann man sich klischeehaft auf die Italiener verlassen. Wir können kehrt machen, schlägt Francesco vor, wir seien ohnedies nur mehr zwei Kilometer vom Ziel entfernt, da müsste Verdächtiges schon zu sehen sein. „Es war eine gute Patrouille", urteilt er nachher im Camp zufrieden, und ich rätsle, was ihn zu dieser Einschätzung veranlasst haben könnte. Ich kenne nur kurze oder lange, angenehme oder anstrengende Patrouillen. Aber gute?

Auf dem Heimweg begegnen wir einer Krähe. Schwerfällig flattert sie auf und schlägt dumpf gegen das Auto. Zhang und ich stöhnen mitfühlend: In der Wüste sind die Selbstschutzmechanismen der Tiere gegen Fremdes offenbar unterentwickelt. Sie sind das böseste Raubtier des Planeten, den Menschen, und seine Entwicklungen nicht gewohnt.

Beim nachmittäglichen Briefing lege ich sicherheitshalber eins drauf: Als die Reihe an mich kommt, bitte ich kühl darum, bei Autofahrten mit mir künftig auf akustische Beschallung mittels dieses so unscheinbaren wie wirkungsvollen MP3-Sticks zu verzichten. Erst kürzlich sei ich im Zuge einer Patrouille fünf Stunden lang in den Genuss arabischer Musik gekommen und wolle hiermit feststellen, dass ich weder an arabischen Klängen noch an internationalem Pop interessiert sei. Gleichzeitig bat ich zu überlegen, was man wohl sagen würde, wenn ich die anderen stundenlang mit deutschen Schlagern oder Beethoven-Sinfonien bediente. Das sei nämlich die Musik, die ich gewöhnlich höre. Da ich nicht annehmen könne, dass dies gefalle, bitte ich um kompromissvolle Stille. Zumal man durch Generatorenlärm rund um die Uhr, das Fernsehen zu den Mahlzeiten und den Autolärm ohne Unterlass in dieser Mission beschallt werde. Und das mitten in der totenstillen Wüste. Nur beim Jogging begleitet einen lediglich der eigene rasselnde Atem.

Damit habe ich erwartungsgemäß ausnahmslos alle ins Mark getroffen, denn Musikhören während der Autofahrt gilt als stillschweigende Übereinkunft in unserer Mannschaft. Dagegen sagen können sie aber auch nicht viel, denn ausdrücklich erlaubt ist es nicht. So kann ich das Zähneknirschen fast hören, mit dem sie meiner Bitte nachkommen.

Rodas versucht beim Hinausgehen die Irritation zu lockern, indem er ruft: „Von jetzt an nur noch Latinomusik!" Überraschenderweise habe ich den eigentümlichen Osama am meisten getroffen: Erst stellt er mich zur Rede, er habe doch damals gefragt und ich hätte zugestimmt. Meine Entgegnung nimmt er nicht zur Kenntnis, sondern schimpft bei der anschließenden Waterparty, wo wir einander in Form einer Eimerkette die Trinkwasser-Sixpacks aus dem Container Richtung Küche und Wohnzelt weiterreichen, wie ein Rohrspatz wegen meiner Bemerkungen. Tags darauf bringt er das Thema beim Briefing neuerlich aufs Tapet, aber ich entgegne nichts, es ist sinnlos bei jemandem, der nicht kapieren will.

Manchmal muss man eine Sprache nicht beherrschen, um mitzubekommen, wovon die Rede ist: Als nach dem Abendessen Osama zum Ausgang schlurft, wirft er Talal eine Frage zu, die ich frei übersetze mit: „Na, und für wen hast du dich nach dieser Aktion als deinen Nachfolger entschieden?" Gleichsam als Bestätigung sagt Talal: „Fabio", in einem Ton, in dem „selbstverständlich, wer sonst?" mitschwingt. Na also, Operation gelungen, nun kann ich mich getrost neuen Ufern zuwenden.

Am Abend lade ich Jurica und Dmitry ins lauschige Barbecue Area ein, wo wir eine der beiden Bordeauxflaschen kippen, um deren Anlieferung aus dem Duty-free-Shop in Laayoune ich Jurica gebeten hatte. Zwecks nachzuholender Geburtstagsfeier. Fast scheitert es daran, dass wir keinen Flaschenöffner finden. Im mohammedanischen Umfeld kein Wunder. Aber auch Jurica und ich entdecken in den Tiefen unserer Zellen nichts Passendes. So schält Jurica den Korken unter viel Gebrösel mit dem Taschenmesser aus der Flasche, was dem Genuss des ohnedies nicht umwerfenden Roten zusätzlichen Abbruch tut. Später gesellt sich noch Rodas zu uns. Der Abend bedeutet für mich Aufbauarbeit erneuter Nähe, sollten auch meine engsten Vertrauten inzwischen zur Ansicht gekommen sein, dieser alte Zausel sei nun gänzlich dem Wüstenkoller verfallen und hadere nur mehr mit sich und seiner Umwelt.

Tags darauf verschwindet der Großteil meiner Sorgenkinder zur viertägigen Administrationspatrouille nach Laayoune: Zhang und Francesco, begleitet von Dmitry und Fabio. Unseren Problem-Osama nehmen sie praktischerweise gleich mit. Er tritt von dort aus seinen letzten Urlaub vor dem endgültigen Abschied an. Gottlob, mit dem habe ich nun nichts mehr zu schaffen!

## Dienstag, 4. 5.

Wie im vortägigen Briefing beschlossen, wird der kleine brauen Kläffer, diesmal mit meiner innigen Zustimmung, mitgenommen und nahe der marokkanischen Besatzungsgrenze ausgesetzt. Zeitig in der Früh rumort es bereits auf dem Gang und draußen. Und dann ist der kleine Braune deutlich vernehmbar dran. Erst kläfft er, dann scheint doch einer seiner habhaft geworden zu sein, denn das Kläffen steigert sich zu einem angstvollen Quietschen und Kreischen, allerdings vergeblich, wie ich mit leiser Zufriedenheit feststelle. Ich stelle mir halbwach vor, wie er soeben im Karton und dieser mit ihm im Fonds eines Autos verschwindet. Dieser kleine Feigling wird mich nicht mehr sekkieren.

Etwas später brechen Talal und Jurica im ersten, Mario, ohne Musikgerät, und ich im zweiten Wagen Richtung Buffer Strip auf, eine Route, die ich an ihrem Ende noch nicht kenne. Glücklicherweise. Der Sand geht in eine holprige Geröllpiste über, die teilweise von kleinen Steinmäuerchen begrenzt wird.

Mittendrin passieren wir eine Panzermine, meine erste in freier Wildbahn: Nur wenige Meter neben der Fahrspur liegt sie harmlos im Sand, von rot besprühten Steinen umgeben, ein Warnschild davor. Einige Kilometer weiter machen wir Pause, packen die Kühlbox aus, stärken uns und lugen alibimäßig durch den Feldstecher auf die marokkanisch okkupierten Berge in der flimmernden Luft des Mittags.

Da es abgekühlt hat, unternehme ich am Abend einen Lauf auf gewohnter Route. Die weiße Hündin hat mein Unterfangen erkannt und schließt sich mir an. Auch ihre beiden verbliebenen Jungen, Brüderlein und Schwesterlein in Weiß, machen mit. Erst erklimmen wir gemeinsam die unscheinbare Bodenwelle, die den letzten Ausläufer des gegenüberliegenden Mijek Mountains darstellt, doch nach Überwinden dieses Mutter-Kind-Passes bleibt die Lady unschlüssig mit ihren beiden Kleinen zurück, die offenbar schon genug haben.

Durch die Abwesenheit von fünf Personen ist es in der Teamsite schlagartig intim und ruhig geworden. Acht Leute sind wir nur mehr, obwohl wir gestern Zuwachs erhalten haben: Amara verlässt uns, weshalb uns aus einer anderen Teamsite ein neuer Kollege zugewiesen wurde. Praktischerweise kommt auch er aus Guinea und heißt ebenfalls Amara. Allerdings ist er etwas älter, hager und blickt stets sehr ernst. Vielleicht, weil er bei der Massenvergewaltigung durch das Militär in der Hauptstadt Conakry vor einigen Monaten nicht an die Reihe gekommen ist, mutmaße ich boshaft.

## Mittwoch, 5. 5.

Dieser Tag verläuft ereignislos, wie die meisten Journaldienste, die ich abzusitzen habe.

## Donnerstag, 6. 5.

Die Kurzpatrouille, deren Kommandant ich bin, führt uns zu zwei Kompanien – eine entspannte Sache. Beim Briefing rege ich an, das Brüderchen der zwei Hunde bei der morgigen Patrouille nach Aguanit mitzunehmen (wieder einmal fliegt uns kein Hubschrauber an), denn die Leute dort hätten ja einst einen Hund bei uns bestellt. Meiner Beobachtung nach herrscht nämlich solange in der Teamsite keine Ruhe, solange sich hier mindestens zwei junge Hunde tummeln.

Erfreulicherweise geht es diesmal demokratisch zu: Talal ordnet ein „Board" an, Rohaizad sammelt an der Tafel Plus- und Minusstimmen für den Abtransport des Krakeelers. Die beiden Honduraner sind dagegen, weil sie die zwei Jungen behalten wollen, das hatte mir Flores schon zu Mittag angekündigt, gleichzeitig aber vorausgesagt, dass er sich mit seinem Wunsch wohl nicht durchsetzen werde. Nein, nein, hatte ich gelacht, das werde bestimmt ich sein.

Gleichstand, doch letztlich gibt mein Argument den Ausschlag, dass die große Hündin nach den letzten Erfahrungen nicht transportabel sei und deshalb einer ihrer Abkömmlinge dran glauben müsse. Überraschenderweise habe ich mich durchgesetzt.

Wenig später überfällt mich Unruhe: Ich kann die beiden Hunde nicht mehr auseinanderhalten: Das Mädel, das wir behalten wollen, scheint seinen dümmlichen Gesichtsausdruck verloren zu haben. Immer wieder rufe ich die zwei zu mir und hebe sie an den Vorderpfoten mit der ewig gleichen Frage hoch: „Und was bist denn du für einer?" Schließlich habe ich mir beide Physiognomien doch so weit eingeprägt, dass ich mit der Zuversicht schlafen gehen kann, morgen früh im fahlen Dämmerlicht keinen Fehlgriff zu machen.

Am Abend startet die Abschieds- und Willkommensparty für die beiden Amaras. Mir erscheint sie als die ärmlichste Veranstaltung, die wir bisher aufgeboten haben. Auch wenn die zwei Namensvetter elegant in weiten afrikanischen Gewändern erscheinen, etwa einem schenkellangen Hemd mit Manschettenknöpfen, das auch eine dünne Jacke sein könnte. Die zwei sind aufgrund des Rangunterschieds von einem Stern per „Sie", etwas, das bei Österreichern im Ausland unvorstellbar wäre.

Wir acht verlieren uns im Raum, kaum jemand hat eigens gekocht, obwohl Amara uns oft mit afrikanischen Suppen verwöhnt hatte. Er war ein guter Koch, was ich auch in meiner Wortmeldung anführe, nebst allerhand anderem Versöhnlichen. Er war ja doch insgesamt ein netter Kerl. Und auch er erwähnt, dass wir uns nach anfänglicher Irritation gut verstanden hätten. Sein Nachfolger sättigt seine Ansprache mit allerlei religiösen Bezügen, und wieder staune ich, mit welcher Selbstverständlichkeit bei Moslems der Glaube eine Art öffentliches Gut darstellt, über das nicht nur gesprochen werden darf, sondern sogar soll.

## Freitag, 7. 5.

Schon um 6 Uhr bin ich auf den Beinen, insbesondere um jene vier weißfelligen Beine einzufangen, die in wenigen Stunden in Aguanit Fuß fassen sollen. Morgens ist es nicht schwer, meine weiße Armee, die Menschewiki der Westsahara, um mich zu scharen, da sie bekanntlich zu dieser Zeit besonders zutraulich sind. Das wird dem jungen Herrn zum Verhängnis, den ich mir zielsicher greife und zum gestern Abend vorbereiteten Riesenkarton im Auto trage. Widerwillig lässt er sich in dessen Tiefen plumpsen und protestiert verhalten, als ich die Türe zuwerfe.

Alsbald bietet sich mir ein herzzerreißendes Bild: Der Kleine hat sich an der Kartonwand hochgearbeitet und lugt zwischen den aufgestellten Laschen mit unsäglich traurigem Blick durchs hintere Fenster. Draußen sitzt ohne sich zu bewegen seine Mutter und starrt unverwandt auf ihr Kind, das im Begriff steht entführt zu werden. Abwechselnd fixiert sie mit anklagendem Blick mich, dann wieder ihr Junges, dem sie zwar zuletzt konsequent knurrend die Brust verweigert hatte, das sie aber doch als sich zugehörig empfindet.

Zeit, das Weite zu suchen. Talal ist mein Beifahrer und erzählt mir während der zweistündigen Reise unverdrossen von Kollegen im UN-Dienst im Kongo, die von „Schmugglern", wie er sie nennt, terrorisiert würden, skrupellosen Räuberbanden Halbwüchsiger: Dass sie Menschenfleisch verzehren würden, sich eine UN-Mitarbeiterin für einen Tag „ausleihen", einen Kollegen 42 Tage lang an einen Baum binden und quälen oder die gesamte UN-Station überfallen. Ich bin recht froh mich nicht für einen Kongo-Einsatz entschieden zu haben.

Währenddessen hält der Kleine hinten still und protestiert lediglich, als ich einmal eine Bodenunebenheit zu harsch nehme. Irgendwann riecht es etwas streng, und Talal und ich mustern einander heimlich, entschließen uns aber, dem Hund die Schuld zu geben. Was auch zutrifft, wie sich am Ziel herausstellt, denn der Karton ist an einer Seite ziemlich nass. Der Kleine lässt sich widerstandslos herausnehmen und die Begeisterungsrufe der Aguaniter über sich ergehen.

Nahe einem Zelt rollt er sich unter einem Bäumchen zusammen und sieht unverwandt zu uns herüber. Warum wir denn keinen zweiten Hund mitgebracht hätten, fragen uns die Beschenkten. Nun hört sich doch alles auf! Erst holen sie sich den angeforderten Hund – aber nur einen, hatte es geheißen – nicht, und nachdem ich an ihrer Stelle initiativ geworden bin, wollen sie mehr. Zhang hätte sich seine Aussetzungen sparen können, die Tiere wären schon vermittelbar gewesen, ich hatte es ihm gesagt.

In Aguanit verabschieden wir Amara, der den Flieger nach Oum Dreyga nimmt, und nehmen einen weiteren Neuzugang auf, Hauptmann Ahmed. Woher wohl? Richtig, aus Ägypten. Nächste Woche kommen zwei weitere Neue hinzu, die unpraktischerweise auch Ahmed heißen, einer davon sogar Ahmed Ahmed. Der darf künftig bei uns weiter so heißen, die beiden anderen werden mit ihren Familiennamen gerufen. Der lautet bei diesem Ägypter pikanterweise Mosaad, ich stelle aber öffentlich keine Bezüge zum israelischen Geheimdienst her.

Mosaad ist der Typ des cleveren Studenten, smart, mit Designerlesebrille, der sich recht manierlich gibt. Er dürfte aber, wie man in Österreich sagt, ein Schlaucherl sein. In Mijek mache ich in meiner Funktion als Geländewagendompteur die Fahrprüfung mit ihm, jage ihn durch das sandige Stück hinterm Haus und stelle fest: Völker mit Wüstengebieten kennen sich aus beim Fahren in tiefem Sand.

Abends kommt unsere Patrouille aus Laayoune zurück – vorbei die schöne Zeit der Beschaulichkeit. Francesco wirkt abgekämpft und zornig. Beim Briefing erfahre ich, warum. Alle G-Funktionen der Teamsite hätten nicht funktioniert, schimpft er. Die Patrouille sei von uns schlecht vorbereitet worden, in Laayoune hätte man viel Zeit vertan, weil bestimmte Formulare nicht erstellt worden seien, man sich über diverse Vorgänge nicht rückversichert habe. Natürlich wird der Autobereich nicht verschont. Aber Telefonaten auch noch Mails hinterherzusenden, um hundertprozentig sicherzugehen, halte ich für übertrieben. Wenn eine fernmündliche Abmachung nichts gilt, kann man den Betrieb ohnedies dichtmachen. Eigentlich sind die Eierköpfe in der Zentrale verantwortlich zu machen und nicht wir. Na, warte, sage ich mir, das kommt zurück.

„Eine Minute mehr Sorgfalt kann anderen einen halben Tag an Arbeit sparen", zetert Francesco. Zudem sei der Wagen 624 eine Gefahr, weil er die Kontrolle über ihn verloren habe und ins Schleudern geraten sei. Das Auto müsse untersucht werden und dürfe nicht mehr in Patrouillen eingeteilt werden. Reiner Fahrfehler, sagt mir Dmitry etwas später, Francesco habe einhändig gelenkt und dann falsch reagiert. Schöne Bescherung: Soll ich nun den Wagen deswegen aus dem ohnedies schon spärlichen Verkehr ziehen, nur um mir keinen neuerlichen Hader mit dem Italiener einzuhandeln? Schwierig. Ich setze 624 vorerst nur für kurze Strecken ein, damit Francesco sieht, ich zeige guten Willen.

Nach dem Abendessen fülle ich mit Rohaizad, der jederzeit um Verbesserungen in der Teamsite bemüht ist, die kleinen Werkzeuge, die in schäbig gewordenen Kartonschachteln in den Fonds unserer acht Autos vor sich hin scheppern, in Arzneischachteln aus Plastik, die er sich von seinen schamanischen Landsleuten aus dem malaysischen Kontingent organisiert hat. Eine ziemlich umfangreiche Arbeit, denn ich drucke auch die Autonummern aus und klebe sie auf die Schachteln. Aber nun sieht das Ganze schon weit gefälliger aus.

## Samstag, 8. 5.

Dafür mache ich heute etwas blau, jogge, dehne, schreibe meinen wöchentlichen Kraftfahrzeugbericht und mache bei der Willkommensparty für Mosaad am Abend den Fotografen. Als unsere Latinos das sattsam bekannte Video des „Cucu" genannten Songs einer aufreizend mit den Pobacken wackelnden Kolumbianerin einlegen, gelingt es meinem Paparazzo-Ehrgeiz, der nicht nur 08/15-Aufnahmen schießen will, nicht nur ein einschlägiges Bild davon einzufangen, sondern dabei auch unseren das laszive Geschehen verfolgenden Chef Talal im Anschnitt von hinten, dem sogar aus dieser Perspektive die innere Bewegung anzumerken ist. Lediglich Fabio erkennt den unterschwelligen Informationsgehalt des Bildes, wie er mir tags darauf fröhlich kichernd zu verstehen gibt.

## Sonntag, 9. 5.

Es ist sonnig und warm, als ich mit meiner Lieblingspatrouille zu zwei fernen Observation Posts der Polisario aufbreche: Jurica, Rodas und Flores. Wir machen Picknick, befragen die Truppe aus etwa zehn Mann, die auf dem unwirtlichen Hügel ohne Radio, Internet, Fernsehen und Fließwasser einen Monat lang Dienst schiebt, und sind um 16 Uhr wieder zurück.

Bei der Überprüfung der Tankliste kommt mir der Zufall zu Hilfe. Ich möchte einen Wagen überprüfen, doch der Fahrer hat vergessen die Nummer einzutragen. Sein Name ist zudem unleserlich. Ich konsultiere Fahrtenbücher und Patrouillenplan – mitunter gar nicht so schlecht, dass Minurso jeden Handgriff mindestens doppelt dokumentiert – und siehe da: Es war Francesco. Der hängt ziemlich käsig im Briefing und fühlt sich sehr krank. Aber darauf will ich bei meinem Revanchefeldzug nicht Rücksicht nehmen, es muss nun sein.

Als die Reihe an mich kommt, bitte ich um leserliche Schreibung von Namen und korrektes Ausfüllen der Listen. „Denn", so resümiere ich, „um mit einem unserer berühmtesten Beobachter zu sprechen: Eine Minute mehr Sorgfalt kann anderen einen halben Tag an Arbeit sparen." Natürlich war er vermutlich müde gewesen bei der Rückkehr aus Laayoune, aber wer anderen gegenüber permanent penibel ist, muss es sich selbst auch gefallen lassen. Ich kann sein Gesicht nicht sehen, da er genau vor mir sitzt, aber schon beim Abendessen sucht er meine Nähe, offenbar in der Erkenntnis, dass dieser Punkt unbestreitbar an mich ging. So lamentiert er mir über seinen Zustand vor, dass er derzeit keine Mahlzeit bei sich behalten könne und ihm die Sonne so schlecht bekomme. Nun dauert er mich doch, ich packe einen meiner drei ärarischen Medizinkoffer aus und versorge ihn mit Buscopan.

## Montag, 10. 5.

Am Montag bin ich gemeinsam mit Fabio zur Instandhaltung eingeteilt. Während der Brasilianer publikumswirksam versucht, die Türen unserer Büros so einzustellen, dass sie auch ohne Fußtritt schließen, habe ich die Beseitigung hündischer Exkremente auserkoren. Nicht weil ich das mag, sondern weil ich es nicht mag, wenn es niemand tut.

Erst nehme ich mir den Sandstrand an der Umfassungsmauer vor, auf dem unsere Autos parken und der regelmäßig von Häufchen und anderen geometrischen Gebilden verziert wird. Dann arbeite ich mich buckelnd hinter den Zelten dahin, einen schwarzen Müllsack hinter mir herzerrend, in den ich regelmäßig das Schauferl mit dem Hauferl gleiten lasse. Als ich mich einmal aufrichte, hole ich mir aufgrund der niedrig gehängten Reckstange ein schmerzhaftes Cut an der Stirne. Unverdrossen ziehe ich weiter, lerne die diversen Konsistenzen und Zeitalter der Ablagerungen unserer vierbeinigen Freunde kennen, von frisch bis versteinert in allen Übergangsformen und Aggregatszuständen.

Schließlich packt mich der Reinigungsrausch und ich mache mich über den Volleyballplatz her. Kein Wunder, dass er so unbenützt ist, will sich doch niemand dort wirklich hinwerfen, wo schon vor ihm andere etwas hingeworfen haben, das ich nun sorgfältig auf mein Schäufelchen rutschen und in den Sack gleiten lasse.

Bis zu den Generatoren gelange ich. Bei Ölgestank und höllischem Maschinenlärm sammle ich Hundescheiße unter der Sonne Afrikas ein. Weit habe ich es gebracht. Aber um diesen Verdienst mache ich es sogar mit einem Lächeln unter meinem Cut. Dafür würde ich mir vielleicht obendrein freiwillig einen US-Film ansehen. Oder doch nicht? Lieber Hundescheiße als Hollywood-Scheiße.

Indem ich versuche gleich einem beschissenen Santa Claus den Sack zu schultern, reißt er, und der Hundedreck rieselt hinter mir zu Boden. Ich hole weitere Säcke, verstaue einen im anderen wie Matrjoschkas und ziehe das exkrementale Arbeitsergebnis von vier verkackten Stunden hinter mir her. Mijek hat sich heute für den Preis „unser Dorf soll schöner werden“ qualifiziert. Im Briefing werden meine niederen Dienste lediglich ansatzweise erwähnt. Kunststück, es sah mich ja niemand. Höchstens unser Neuer wird sich etwas Schönes, Respektvolles von mir gedacht haben.

Rohaizad schult mich als Acting Teamsite Commander-Stellvertreter ein, denn er geht auf Urlaub, und ich darf eine Woche lang das zweithöchste Amt im Wüstenschloss bekleiden. In Wahrheit bin ich in diesem Amt vornehmlich Training Officer, das heißt, ich muss von jedem Training, das sich fast täglich ans Briefing anschließt, zwei Beweisfotos machen und diese nach Laayoune mailen. Damit die Typen dort auch wissen, dass wir auf Training-Linie sind. Überwachung und Bürokratie geben sich bei Minurso die Hand.

Rohaizad hat alles vorbildlich und beispielhaft vorbereitet. Auch eine dressierte Meerkatze könnte die kommende Woche in dieser Funktion anstandslos bewältigen. Und damit das Leben kontrastreich bleibt, genehmige ich mir am Abend eines der Kärntner Würstel, die mir Alfred bei meiner Ankunft in Laayoune im Januar zugesteckt hat. Ich müsste sie sonst nach Österreich mitnehmen, wenn ich noch länger zuwarte.

Das ist auch schon eine der größten Abwechslungen hier, sieht man von den unregelmäßigen Besuchen der MMUs ab, der Schamanen vom Malaysian Medical Unit. Zuletzt war wieder die Frau Doktor mit ihren langen, glänzend schwarzen Haaren da. Als ich mir eines Nachmittags meinen täglichen Kaffee brauen wollte und die Mess Hall betrat, kauerte sie auf dem Sofa, sah wie immer fern und warf mir ihr bezauberndes Lächeln zu, das einen genau diese paar Sekunden zu lange fixiert, um es als reine Freundlichkeit abzutun, mit einer Intensität, dass das bejahrte Herz ins Trudeln geriet.

Nein, sagte ich aus bitterer Erfahrung, Haustauben schießt man nicht. Ferner ist der kulturelle Unterschied zu beachten, und schließlich wollte sie, dieser Elfriede-Blauensteiner-Verschnitt, zu Beginn der Mission mir Antibiotika gegen Husten einflößen. Ich blieb standhaft, zwang mir ein unverbindliches Lächeln ab und war auch schon an ihr vorüber. Das Leben kann seinen weiteren Verlauf in geordneten Bahnen nehmen. Wie viel erspart man sich, wenn man besonnen bleibt – eine der wenigen Erkenntnisse, die das Altern reich machen.

## Dienstag, 11. 5.

Genau eine Woche vor meinem Abflug laufe ich meine Joggingstunde ab, und erstmals begleiten mich beide Hunde bis zum Ende. Für diese Vorhaben benötige ich unser Wettermessgerät mit den Winddaten im Duty Room nicht. Wenn ich beim Tor hinauslaufe und das rechte Ohr der Hunde stellt sich auf, haben wir Ostwind, stellt sich das linke auf, Westwind.

Vor dem Sport und am Abend bringen wir den bleischweren Generator zu den Brunnen, doch kein Wasserwagen zeigt sich am Horizont. Wieder einmal vergeblich fast einen Bruch gehoben. Mittags regnet es leicht, der Hubschrauber tuckert heran, und ich bin ATO, Manager des internationalen Luftkreuzes Mijek. Es kommt nur Cargo, keine Mannschaft an. Höhepunkt meines heutigen Schaffens sind die beiden Fotos am Nachmittag, die ich während des Trainings schieße: Eines von der Powerpoint-Präsentation auf der Leinwand, eines vom gebannt dorthin starrenden Publikum. Kopie in den Computer und ab die Post ins Hauptquartier als Beweismittel für unseren Wissensdurst.

## Mittwoch, 12. 5.

Zeit, dass ich Urlaub mache und nachher etwas ganz anderes. Alles wird zur Routine: Zweierdienst, Putzen der Büros, Muskelübungen im Zimmer. Im Büro schreibe ich meine Berichte, abends fahre ich eine Water Patrol. Diesmal schafft der gestern lecke LKW Wasser in unseren Compound. Wenn man bedenkt, dass die ganze Generatorgeschichte seit Monaten nur deshalb abläuft, weil der Polisario-Generator nicht will und wir alle fünf Tage angerauscht kommen, damit die armen Teufel nicht mit bloßen Händen schöpfen müssen, und nun auch noch ihr Tankwagen seinen Geist auszuhauchen beginnt, stellt sich doch die Frage nach der Wehrhaftig- und Lebensfähigkeit dieser Seite des ehemaligen Schlachtfeldes. Ich tröste mich mit zwei Kärntner Würsteln.

Den größten Teil der zweiten Tageshälfte verbringe ich aber damit, die heutigen Trainingsfotos nach Laayoune zu bugsieren. Ich hatte vergessen, sie zweimal zu verkleinern, neudeutsch: zu resizen, und nun hängen sie an der Mail wie ein Betonklotz. Zu dumm, ich hatte auch keine Kopie gemacht, also öffne ich die Mail und verkleinere im Bild selbst, bis man vor lauter Grobkörnern kaum mehr etwas erkennt. Dennoch rührt sich das Brieflein auch dann nicht vom Fleck. Wilde Verwünschungen meinerseits begleiten die nicht enden wollende Startschleife meiner elektronischen Post. Doch nichts für dressierte Meerkatzen, dieses unglückliche Lotus Notes, mit dem die UN ihre Mitarbeiter zu arbeiten verdammt.

## Donnerstag, 13. 5.

Mit Fabio, Mario, Francesco und unserem gemütlichen Verbindungsoffizier schaukle ich zum Observation Point 16. Wir plaudern mit den verknitterten Typen dort und überlassen ihnen hochherzig ein paar Wasserflaschen samt Verbindungsoffizier für die nächsten paar Stunden. Denn wir haben noch ein Ziel: Einen vorübergehenden Beobachtungspunkt am Buffer Strip einzurichten, und dorthin darf der Polisario-Onkel vertragsgemäß nicht mit.

Auf der Straße nach Oum Dreyga halten wir an der letzten Anhöhe vor dem Berm und stellen unsere weißen Autos breitenwirksam zur Schau. Weniger zur Abschreckung angeblicher Polisario-Jeeps, die sich hier herumtreiben sollen, sondern vielmehr zur Beruhigung der Marokkaner hinter dem Sandwall, die derartiges behaupten.

In der Früh hatte ich Rührei gemacht und damit sowie mit Tomaten und Käse Brötchen gefüllt. Die futtern wir jetzt einträchtig. Lediglich dieser wenig geradlinige Francesco mit seinem Fuchsgesicht dämpft meine gute Stimmung beim Picknick.

## Freitag, 14. 5.

Bevor unser Cargo einlangt, mache ich eine beschauliche Laufrunde durch die vorsommerliche Wüste. Die erste Hälfte ist meist unangenehm, weil man Richtung Mijek Mountain gegen den Wind anzulaufen hat. Zurück treibt er einen hingegen vor sich her. Diesmal gibt Mami ihr Kleines beim Polisario-Zelt ab. So kann sie unbeschwert mit mir mitlaufen. Es ist wie bei IKEA, wo man auch den Nachwuchs in der Krabbelstube lassen kann, bevor man sich auf den weiten Weg durch die Billigholzstraßen macht. Schon vor uns dürfte jemand seinen Hundenachwuchs hier geparkt haben, denn am Zelteingang der nimmermüden Kämpfer treibt sich ein noch kleineres weißes Etwas herum.

Die Luftfracht bringt einige Versorgungsprodukte, die wir im Container vor dem Tor unterbringen. Wie die Arbeitsameisen wieseln wir herum, und diese unselige Hektik, die jeden antreibt, um keinesfalls den Eindruck zu erwecken, man sei faul – lazy guy –, wird uns heute zum Verhängnis.

Ein Schrei, ich wende mich um und sehe Flores, der sich die Hände an den Kopf schlägt, einige Schritte vom Container wegtaumelt und sich dann in den Sand fallen lässt. Der heute heftige Wind hat die schwere, zuvor nicht fixierte Tür in Bewegung gesetzt, und ein Scharnier hat ihn an der Stirn getroffen. Trotz seiner Maya-Hautfarbe ist er bleich und blutet am Kopf. Nun können wir zeigen, was wir gelernt haben in Sachen Casevac.

Flores wird in den Duty Room gebracht, die Kollegen reißen fieberhaft die Erste-Hilfe-Taschen auf, die regelmäßig bei den Qualification Tests geöffnet werden, um auf simulierte Schlangenbisse oder Autounfälle die Erstbehandlung folgen zu lassen. Alte Salben und schmutzige Einweghandschuhe quellen heraus. Francesco lässt mich rufen. Ich solle doch aus meinen blauen Zauberkoffern ein Schmerzmittel heranschaffen. Mit meiner vorbildlichen Bundesheerversorgung bin ich zum heimlichen Buschdoktor avanciert. Ich fingere Gewadal heraus und bringe es Flores, der mitten im Duty Room wie auf einem Friseursessel thront und bereits einen Kopfverband trägt.

Francesco hat mit Laayoune telefoniert, wo man auf kurzem Weg einen Flight Request genehmigt, sodass unser bedauernswerter Honduraner mit dem noch auf dem Rollfeld stehenden Helikopter zur weiteren Untersuchung Richtung Hauptstadt fliegen kann. Am nächsten Dienstag hätte er ohnedies zur Konferenz der Teamsite-G2/G3s gemusst. Er wird ins Krankenhaus gebracht, durchleuchtet und genäht, aber es ist glücklicherweise nichts Arges.

Während er zur Spitalsbehandlung durch die Lüfte schaukelt, kommt auf dem Boden der saharaouischen Tatsachen Koch Ibrahim auf mich zu, fletscht seine beiden Zähne und sagt etwas über „Hund", worauf ich nicke und sage, ja, die meisten sind nun weg. Nein, sagt er, weißer Hund. Ja, sage ich, zwei haben wir jetzt. Der Alte schüttelt erneut den Kopf und führt mich um die Ecke der Mess Hall. Dort bleibe ich wie vom Donner gerührt stehen: da spielt doch gedankenverloren ein schmächtiger weißer Hund im Sand vor sich hin. Den zwischen den beiden Stumpen Ibrahims hervorquellenden spanischen Vokabeln entnehme ich, dass es sich bei dem Balg um unsere erste milde Gabe gehandelt haben dürfte, und nachdem der Besitzer des Tieres überdrüssig geworden war, hieß es „return to sender". Wie es auch bei uns nach Weihnachten passiert. Nur dass die UN kein Tierheim sind.

Also haben wir wieder drei Hunde, so wie es Flores ursprünglich wollte, der nun zur Genesung anderswo weilt. Ich vermute, Ibrahim weidet sich heimlich an unserem Unglück. Jedenfalls entbehrt der Kleine, auch ein Mädchen, jeder Erziehung, ist sehr verschreckt, entpuppt sich allerdings vom Benehmen her als richtige Kröte, falls so ein Quervergleich im Tierreich überhaupt zulässig ist. Bellt und schleicht sich umgehend. Ich sehe ein riesiges Abrichtungsvorhaben auf mich zukommen. Aber Gott sei Dank gehe ich in ein paar Tagen auf Urlaub. Wer weiß, wie viele Tage ich überhaupt hier noch schlafen werde? Da kann ich den ungezogenen Schreihals schon aushalten. Neben ihm erscheint seine gleichaltrige Schwester wie ein gemästeter Mops. Was doch unsere an Abfällen so reiche Küche ausmacht. Besonders das von mir verschmähte tägliche Hühnergebein.

Der Hubschrauber hat Choe aus seinem Urlaub gespült, aber auch zwei Neuankömmlinge, die beiden noch ausständigen Ahmeds. Am Nachmittag, vor dem Briefing mache ich mich mit den zweien auf zum Fahrtest ins Sandgelände hinterm Haus. Sie kommen aus Wüstenländern, da kann schon nichts schiefgehen, denke ich. Tut es aber. Ahmed Ahmed, der zögerliche Ägypter mit den spitzen Ohren, krallt sich mit seinem fahrbaren Untersatz im flauschigen Boden fest. Ich, der alles wissende MTO, der den beiden gerade noch im Trockendock souverän die Schräubchen und Knöpfe des Autos vorgeführt hat, langt nun ächzend nach der Schaufel, während sie mir zusehen, als hätten wir nun die Lerneinheit „Schaufel" auf dem Programm. Also drücke ich dem einen das Werkzeug in die Hand, lasse ihn schippen, wobei er sich noch linkischer anstellt als ich Asphaltcowboy, während der andere sich mit bloßen Armen rudernd an die Entfernung des Sandes unter dem Auto macht. Da habe ich die zwei Richtigen ausgefasst.

Ich winke ab, besteige fachmännisch das Fahrzeug – und kriege es nicht vom Fleck. Man kommt nicht um die Tatsache herum, dass, wenn die Achse Bodenberührung hat, die Lage ernst bis hoffnungslos ist. Erst wenn das Gestänge wieder frei ist, kann man an ein Herausschaukeln des Fahrzeugs aus seiner misslichen Lage denken. Aber diese Erkenntnis lässt sich im Moment schwer mitteilen: Der Jemenit Al Haj erfasst es sprachlich nicht, Ahmed technisch nicht.

Es ist drei Minuten vor Briefingbeginn, die Sonne wird spätnachmittäglich rotgolden, meine Stimmung düster. Über Funk ordere ich kleinlaut das Entsatzheer. Es heißt Dmitry und kommt umgehend angebraust. Dmitry beschämt mich gnadenlos und öffentlich. Ein paar harte Kommandos, dreimal „Fucking Fuck", dann schwingt er sich in den Boliden, lässt ihn aufröhren und martert ihn bei hoher Drehzahl ans andere Ufer, von wo er wie ein Wellenreiter mit hoher Geschwindigkeit über die Piste zurückjagt. Ich nehme nachdenklich die Schaufel auf und trotte betreten meinen zwei Probanden hinterher. Wir machen noch ein paar Runden im Babybassin der großen Sandlandschaft, dann fahren wir zurück. Das Briefing ist für heute abgesagt. Ich verdrücke mich verschwitzt und kleinlaut. Abends trete ich den Journaldienst an, klettere letztmalig vor dem Urlaub um Mitternacht auf den Wachturm, um mit der Taschenlampe „Hört ihr Leut´ und lasst euch sagen" oder „Allah akhbar" Richtung Polisario-Zelt zu funken, je nach kulturellem Geschmack.

## Samstag, 15. 5.

Am Nachmittag schule ich Jurica als meinen Vertreter im MTO-Geschäft ein. Es ist der bekannte UN-Bazillus: Aus der kurzen Einweisung wird ein stundenlanges Brüten über Excel-Dateien, Wochen- und Monatsberichten sowie täglichen Abläufen im überärarischen Kraftfahrzeuggeschäft. Aber irgendetwas sagt mir, ich muss das dem braven Jurica so genau wie möglich beibringen, er muss es beherrschen, wenn ich nicht da bin. Und das tut er auch, nicht entflammt zwar, aber gutmütig vor sich hinnickend.

Für Abend ist die Willkommensparty der beiden neuen Ahmeds angesetzt. Ich mache mich als Fotograf wichtig. Als es aber an den Initiationsritus mit Scheibtruhe, Schaufel und Helm geht, verweigert der schmächtige Jemenit. Auf dem Weg nach draußen, schräg vorgeneigt die Karre vor sich her stemmend und angefeuert von den anderen ringsum („Stay on the track!"), hält er plötzlich an, reißt sich Schutzbrille und Mundschutz herunter und stellt fest, dass er das so nicht mache. Niemand widerspricht, er vollendet zwar die Sandverlagerungsaktion, aber die beiden Gesichtsverhüllungen akzeptiert er nicht. Rodas und ich stecken besorgt wie zwei alte Dorfweiber die Köpfe zusammen und sagen bedeutungsschwer: Das ist hier bisher noch nicht vorgekommen.

Seinen Kompagnon, der als Zweiter dran ist, feuert er allerdings an, auch sich der beiden Erschwernisse zu bedienen, die er selbst verweigert hat. Das ist mir einer, der Kleine von der arabischen Halbinsel.

## Sonntag, 16. 5.

Ich habe Stand-by. Erst einmal laufe ich die Runde mit der Hundemama, dann erledige ich dies und das und setze mich nach dem Abendessen mit Jurica und Rodas auf eine Flasche Wein ins Barbecue Area. Diesmal habe ich meinen Flaschenöffner gefunden, wir tafeln nahezu elegant im zugigen Rundtempel. Die zwei sind mir sehr ans Herz gewachsen, und doch ist die Unterhaltung schwierig, zum einen aus sprachlichen Gründen, zum anderen, wenn man Gespräche auf Termin ansetzt.

## Montag, 17. 5.

Am Montag verlassen Choe und ich mit den beiden Ägyptern als Fahrer schon früh unseren Stall Richtung Awsard, wohin wir die beiden Vehikel zum 5000-Kilometer-Service bringen. Wir essen im Camp zu Mittag, angeblich der besten Küche einer Minurso-Teamsite, und vertreiben uns im Clubraum die Zeit mit lesen und schlafen. Francis, der baumlange Mechaniker aus Schwarzafrika, verschiebt sogar seine Mittagspause und arbeitet durch, um uns rechtzeitig wieder auf die Straße setzen zu können.

Die zwei Autos haben tatsächlich keine gröberen Krankheiten, wie er anhand eines gleich einem Blutdruckmessgerät angeschlossenen Laptops feststellt. Irgendetwas murmelt er noch und zeigt auf ein paar Dosen auf dem Boden seiner Garage, ich nicke, und wir fahren. Daheim fragt mich unser Polisario-Techniker Hamet, ob ich auch die für ihn bestimmten Ersatzteile mitgebracht hätte. Das waren die Dinger in der Garage gewesen. Gut, dass ich morgen auf Urlaub fahre.

Auf dem Heimweg machen wir unterwegs Pause, öffnen unseren Cooler und stärken uns. Ägyptens Ahmed langt nach einem Fruchtjoghurt, lässt den Deckel davonflattern, alsbald auch Gefäß und Löffel. „Du", sage ich väterlich geduldig zu ihm, „wir halten es hier so, dass wir Bananenschalen in der Wüste wegwerfen, denn da wächst nächstes Jahr vielleicht ein Bananenbaum, auch Orangenschalen, das kann ein Orangenbaum werden, aber keine Plastikabfälle, das ist nämlich kein organischer Müll und verrottet nicht." Ahmed zeigt sich offen bestürzt. „Oh, das habe ich nicht gewusst, ich werde es nicht mehr machen", sagt er.

Ich erwarte nun, dass er den fortgeworfenen Müll zurückholt und verstaut, aber ich warte vergeblich. Kurzfristig überlege ich, es selbst zu tun, verkneife mir es aber schweren Herzens. Ich würde sonst für den Rest meiner Mission hinter ihm herräumen. Es wäre kein gutes pädagogisches Beispiel. Dass er sich der ökologischen Untat nicht bewusst war, glaube ich ihm gerne eingedenk der Bilder eines vom Müll übersäten Ägypten, die sich aus der Erinnerung vor mein geistiges Auge drängen. Woher soll er es tatsächlich wissen?

Es bleibt nur wenig Zeit zu packen.

## Dienstag, 18. 5.

Vielleicht das letzte Mal vor dem unbarmherzigen Sommer drehe ich meine Laufrunde. Irgendwie ist die Situation in den letzten Tagen angenehmer geworden, Zhang und Osama haben ihre letzten Urlaube angetreten, mit den anderen habe ich meinen Frieden gefunden, beziehungsweise ihn nie gefährdet. Und so verabschiede ich mich nach dem Mittagessen mit herzlichen Umarmungen von der Belegschaft und rolle meinen widerspenstigen Koffer durch den Sand zum Helikopter.

Der nimmt erst einmal Kurs auf Aguanit, weil Oum Dreyga International gerade umgebaut wird. Francesco ist mit an Bord, aber ich ignoriere ihn. In Aguanit haben wir eine kurze Umsteigezeit zur Antonow, und schon wenig später schaukeln wir nordwärts nach Laayoune. Noch immer fehlt mir das Rückflugticket von Las Palmas nach Laayoune, und am Flughafen verweist man mich ans Innenstadtbüro. Das Leben kann so spannend sein! Vielleicht muss ich zurück schwimmen?

So warte ich am Airport von Laayoune erst einmal auf ein Taxi, das mich ins gute alte Hotel Lakouara schafft. Von dort nehme ich mir ein weiteres zum Reisebüro El Sahariano. Da sitzen hinter den Schaltern Damen wie Fledermäuse im bunten Einheits-Saharaoui-Sari, dem Corporate Design der Firma. Die fliegt aber neuerdings nicht am Montag, das besorgt Islas gleich nebenan. Eine der jungen Herben stöckelt mit mir um die Ecke und liefert mich in einem frisch gekalkten Verkaufsraum ab. Hoffentlich sind die Flugerfahrungen der Transportmannschaft nicht ebenso neu wie das Büro! Ein smarter Typ verständigt sich mit mir auf Spanisch, und umgehend bin ich im Besitz eines Rückflugtickets zum selben Preis wie bei El Sahariano.

Am Rückweg erstehe ich ein T-Shirt, stapfe zum Hotel Almasira und schlage mir im Innenhof unter Palmen, erstmals seit längerem in Urlaubsstimmung und innerlich im Einklang, den Wanst voll. Fleischspieße, Brochettes vom Grill, dazu eine hübsche Kellnerin – und Francesco, der mich erspäht hat und bei mir am Tisch stehend eine Suada hält, als wären wir in tiefer Eintracht angereist. Er hat ab morgen Konferenz hier, gemeinsam mit dem verunfallten Melvin, ich habe frei. Bei der ersten sich ergebenden Möglichkeit verabschiede ich mich höflich und trabe bergab zum Hotel La Cucuracha, wie wir Minursianer die Wanzenburg Lakouara heimlich nennen.

## Mittwoch, 19. 5.

Ich nehme ein Taxi ins Hauptquartier, überreiche Alfred meine Uniform zur dreiwöchigen Bewachung und setze mich zum Missionsjournalisten Enrico ins Büro. Er ist eben auch Italiener: Diesmal ist nämlich keineswegs mehr vom Rest der Mission die Rede, den ich hier verbringen soll, sondern lediglich von Juli oder August zwecks Erstellung einer Broschüre. Auch gut, wenigstens die heißen Tage in der Zentrale zu verbringen ist schon eine Abwechslung, und die übrige Zeit könnte ich in einer Teamsite auf marokkanischer Seite verbringen. Sähe ganz abwechslungsreich aus im Hinblick auf mein Buchprojekt.

Mittags schaukle ich unter hauptsächlich rundlichen Kopftuchträgerinnen, meinen zivilen Kolleginnen aus dem Hauptquartier, im UN-Bus zum Mittagessen ins Almasira, wo sich schon wieder Francesco herumtreibt. An einem anderen Tisch hat die „Latino-Mafia“ Platz genommen, und obwohl mich der honduranische Welfare Officer in der Früh aufgefordert hat, mich mittags dazuzusetzen, lasse ich es lieber bleiben, denn sprachlich wäre es doch eine ziemliche Herausforderung.

Die bleibt mir auch später erspart, als ich mit dem Taxi am Flughafen eintreffe und dort den Mate trinkenden Uruguayer aus Aguanit treffe. Er erspart mir Spanisch nach dem ersten hervorgewürgten Stammeln mit der ehrenrettenden Bemerkung, man verstehe diese Sprache hier rund um uns, wir sollten uns besser auf Englisch unterhalten. Das beherrscht er sehr gut, er dürfte einige Zeit in Großbritannien zugebracht haben. Dieser früher mich arrogant dünkende Glatzkopf erweist sich als überaus liebenswürdiger Typ, erzählt von daheim, dass sich Uruguay wie Argentinien hauptsächlich aus einer von Italienern abstammenden Bevölkerung zusammensetzt. Er ist einer davon, Marcelo Signorino heißt er und ist militärisch als Pilot auf einem Flugzeugträger vor der Traumküste südlich von Montevideo beheimatet.

Marcelo ist auf dem Weg in einen Kurzurlaub nach Las Palmas, er hat noch einen Platz im Luftwaffenhotel bekommen, während ich diesmal ins Infanteriehotel muss. Auch jetzt hat er seine Botanisierbüchse mit Mate dabei, den silbernen Becher und den ebensolchen Trinkhalm für den speziellen Tee aus seinem Land.

Irgendetwas sagt die pummelige Zettelabreißerin beim Einchecken zu mir, aber ich beschließe mich nicht mehr mit Kleinigkeiten abzugeben und lächle lediglich großzügig. Als ich vom Klo zurückkehre, steht sie aufgeregt in der Halle und sucht mich. Der Zoll habe etwas in meinem Koffer entdeckt. Drei Zöllner stehen besorgt um mein soeben aufgegebenes Gepäckstück herum. Was die drei Flaschen darinnen sollten? Ich frage mich dasselbe von den dreien draußen und sage stolz, dass es sich um marokkanischen Wein handle. Rot? Zwei Rot, eine Rosé, präzisiere ich. Damit sind sie auch schon hochzufrieden. Solange ich nicht irgendwelche Höhlenzeichnungen davontrage, kann es ihnen eigentlich egal sein.

Stundenlang plaudere ich mit Marcelo in der Abflughalle, wir tauschen die Eindrücke von ungerechter Missionserfüllung unseres Arbeitgebers gegenüber den beiden Streitseiten aus, dann besteigen wir den Propeller-Express. Mir gegenüber sitzen zwei quietschvergnügte ältere Herren von den Kanaren, die gerade eine Tour in der besetzten Westsahara unternommen haben.

Später sagt mir Marcelo, der sich hoch über den Ozeanwellen eifrig mit ihnen unterhält, dass der eine, mit dem er am Ende der Reise Karten austauscht, Chef der Fluglinie Binters Air sei. Gut, dass wir ihn an Bord haben, denn beim Anflug auf den Flughafen macht die Maschine plötzlich einen Satz und kippt leicht, dass mir ganz angst und bange wird. Mhm, das sind die Berge, kommentiert Berufspilot Marcelo fachmännisch die Turbulenzen.

Wir setzen auf, und er macht sich auf die Suche nach einer Möglichkeit, einen großen Euroschein für die Busfahrt adäquat zerkleinern zu können. Allerdings bietet der Welt-Airport von Las Palmas diesen Service nach 17 Uhr offenbar nicht mehr. Marcelo begleitet mich freundlicherweise zwecks besserer Übersetzung zum Iberia-Schalter, wo ich den morgigen Flug bestätigen lasse. Soweit man wisse, soll trotz isländischer Vulkanaschewolke alles glatt ablaufen, heißt es. Schließlich versäumen wir fast den Bus, weil Marcelo einer Mutter mit Kind den Buggy in den Busbauch manövrieren hilft. Er ist ein völlig selbstloser Gentleman und gläubiger Italo-Latino, der angesichts jeder Kirche, die draußen vorbeizieht, ein Kreuz schlägt. Für unsereinen ungewohnte Gewohnheiten stattlicher Männer mittleren Alters.

An der Endstation San Telmo trennen sich unsere Wege, ich nehme den Stadtbus zum Hotel und freue mich nachhaltig über die kurzfristige Freundschaft, wohl eher Kameradschaft, ein für Außenstehende suspektes, aber daran Teilhabende durchaus zauberhaftes Wort.

Es ist ein eigenartiges Gefühl, fern der Heimat an einem fremden Urlaubsort zu sein, den man erst vor gut einem Monat besucht hat und ihn jetzt nur zur Durchreise betritt. Das Hotel ist günstiger gelegen als das der Luftwaffe, hat einen dem Gebäude vorgelagerten Garten und Arkaden, unter denen man an der Hausbar sitzen kann. Die Räume sind allerdings ein wenig bescheidener, das fließende

Wasser kommt lediglich kalt aus der Röhre, dafür zahle ich auch nur acht Euro für die Nacht. Und das auf Gran Canaria.

Eher pro forma gehe ich auf Lokalsuche in der Umgebung, kehre aber bald ins Hotel zurück, wo ich mir ein Schinken-Bocadillo mit Rotwein und einen einheimischen Rum unter den Arkaden genehmige und mich freue: Auf den Urlaub daheim, über die spanische Tischkultur, über das Ausspannen, das Glück, den Sand zurückgelassen zu haben und für ein paar Stunden ein europäisches Ferienparadies zu erleben.

Tags darauf werde ich schon vor 5 Uhr noch im Dunkeln per Frühbus zum Flughafen aufbrechen und mit der Iberia über Madrid nach Wien fliegen. Das erste Kapitel Minurso ist für mich geschrieben.

## Sonntag, 13. 6

Urlaub im eigentlichen Sinn war es nicht, mehr ein getaktetes Hetzen von einem Treffen zum anderen, und gleich einer tibetanischen Gebetsmühle hatte ich meine sanddurchzogenen Erlebnisse von mir gegeben. Dennoch war es schön, die Batterien auf der Bodenstation aufzuladen. Besonders berührend war das Geschenk meiner Theatergruppe, die mir mitfühlend einen Sack Wäscheklammern überreichte. Man hatte in meinen Berichten die Passage gelesen, in der meine zum Trocknen von der Leine baumelnden Leintücher in den durch Hunde verzierten Sand fallen. Die Klammern sind hübsch mit den Namen der einstigen Bühnenkollegen versehen, einer schrieb gar warnend darauf: „Hundekot ist Wäschetod".

Und so schaukle ich denn wieder Richtung Wüstenschloss, mit der spartanischen Iberia, die mir in Madrid fünf Stunden Flughafenatmosphäre aufnötigt, während der ich in einem Café meine Erlebnisse ins Gerät hämmere. Als für die Maschine nach Gran Canaria Verspätung aufleuchtet, wird es kurzfristig spannend. Doch sie holt die halbe Stunde spielend auf, und ich erreiche den letzten Bus der Linie 60 vom Flughafen nach Las Palmas um 23 Uhr 05 noch, mit Umsteigen in den Stadtbus im Zentrum. Las Palmas ist für mich zu einer Art Zwischenheimat ohne emotionale Bindung geworden. Kurz vor Mitternacht bin ich im Infanteriehotel, wo mich ein mürrischer Nachtportier in meine Gemächer geleitet, eine in die Jahre gekommene Suite mit zwei Schlafzimmern und einem geräumigen Vorraum.

## Montag, 14. 6.

Es gießt. Ich frühstücke unter den Arkaden und kann mich am grau verschleierten Geschehen vor mir nicht sattsehen. Monatelang werde ich das nicht geboten bekommen, weshalb ich es mir genüsslich einpräge. Vergeblich war ich nach dem Aufstehen durch die Tropfen zum Ansichtskartenladen geeilt – die arbeitenden Iberer erheben sich morgens nur träge.

Am Flughafen gelingt es mir, und noch in der Check-in-Zeit lasse ich meinen Stift über die Grußkarten fliegen, bevor ich die Propellermaschine mit den lederbehandschuhten Stewardessen der weithin unbekannten Firma Islas Richtung Laayoune aufsuche, das hierorts als El Aun firmiert.

Dort wiederum die Geschichte mit den Taxis: Nichts in Sicht, nur die Privaten pirschen sich mit horrenden Angeboten an. Doch dann habe ich Glück, schaukle zum Mittagessen ins Hotel Almasira und rumple anschließend meinen Rollkoffer von dort ins altbekannte Lakouara, wo ich ein Zimmer beziehe und danach ins Hauptquartier fahre. Ich besuche Alfred, der wie immer unter dem Leidensdruck des unzulänglichen Ambientes steht, und steuere das Büro von Enrico an. Der kleine, stets quirlige Journalist, der nach vielen Berufsjahren offenbar sein publizistisches Ausgedinge in diesem nordwestafrikanischen Vorhof zum Nichts gefunden hat, lässt fröhlich die Beine vom Bürosessel baumeln und macht eifrig Pläne mit mir. Nun möchte er doch eine Broschüre und etwas Periodisches auf die Beine stellen, weshalb ich für den Rest meiner Laufzeit bei Minurso nach Laayoune abkommandiert werden solle. Ein halbes Jahr in der Stadt der Anspruchslosigkeit mit dreimal täglich Hotelbuffet? Da werde ich bald eine desillusionierte Kugel sein, überlege ich zweifelnd.

Aber nun ist der Weg schon einmal eingeschlagen, jetzt soll es auch so geschehen. So wenig ich mich mit dem Journalismus identifiziere, so kehre ich doch immer wieder freudlos in seine Arme zurück. Was denn meine Armee dazu sage, fragt Enrico besorgt. Der ist das herzlich egal, was und wen ich hier treibe, beruhige ich ihn – vorausgesetzt, es gibt sie überhaupt noch. Dann müsste nur noch der Force Commander zustimmen, dass ich auf dem Papier so etwas wie dessen Assistent werde, aber für Enrico arbeite. Und meinen Senior, den lieben Kollegen Bac, solle ich davon in Kenntnis setzen. Was ich auch im Büro von Alfred telefonisch mache. Rudolf Bac sitzt derzeit einen Monat lang als Verbindungsoffizier in Dhakla, dem ehemaligen Villa Cisneros, davon nach eigenen Angaben die jeweils zweite Tageshälfte am Strand. Diesen Job hätte ich auch gerne gemacht, aber mit meiner Übersiedlung nach Laayoune wird daraus nichts mehr werden.

Es wird ohnedies nichts daraus, denn nachdem ich Rudolf aufgeregt von meinem neuen Einsatz berichtet habe, meint er nur kühl: „Und wie willst du das mit deinem Job als Teamsite Commander verbinden?“ „Äh?“ Ja, sagt er, er habe dieser Tage in unserem Kummermailsystem Lotus Notes von meiner Ernennung gelesen. Das darf doch nicht wahr sein! Ich weiß im Moment nicht, ob ich die Hände ringen, falten oder reiben soll. Damit hatte ich als Letztes gerechnet. Was hat denn da schon wieder nicht geklappt? So sehr hatte ich mich bemüht, unwählbar zu werden!

Erst einmal schwanken meine Gefühle: Zum einen kann ich ein erhabenes Gefühl nicht abstreiten. Andererseits wird mir fast übel beim Gedanken, nun für sieben Monate in dieser Wüstenei angenagelt zu sein und nichts Neues mehr kennenlernen zu dürfen. Was soll denn das für ein Minurso-Buch werden, wenn ich nur Erfahrung aus der Froschperspektive unseres Wüstenbrunnens einfließen lassen kann? Kein Dhakla, keine marokkanische Seite, nichts mit Französisch, keine Hotelbuffets – schöner Mist. Andererseits werde ich die Möglichkeit haben, meine bisher unentdeckten Führungsqualitäten unter Beweis zu stellen und eine so gute Atmosphäre der Unbeschwertheit und freundschaftlichen Umgangsweise unter vernünftigen Rahmenbedingungen zu schaffen, dass alle Minursianer nur mehr nach Mijek kommen wollen. Denke ich.

Von Enrico ist nichts mehr zu erwarten. Kaum habe ich ihn von meiner Veränderung in Kenntnis gesetzt, scheine ich für ihn abgehakt zu sein. Ich solle das jedenfalls mit dem Teamsite Commander derzeit einfach nicht für fix ansehen, zischelt er mir nur rasch zu. Typischer Italiener. Als was denn sonst? Und schon ist er dahin und sehr beschäftigt mit einer grazilen UN-Fotografin, einer kleinen langhaarigen Französin, die soeben auf Minurso-Besuch ist. Da macht ein täppisch daherwackelnder Ösi, der noch dazu gerade den berühmten Scherben aufhat, keinen Stich mehr.

Wenn Gedanken und Eindrücke im Kopf durcheinanderpurzeln, ist es gut, nicht ordnend einzugreifen, sondern sich fair zurückzuziehen und anderweitig zu beschäftigen. Irgendwann legt sich die Aufregung wie ein Sandsturm, man kann aus den neu gebildeten Konturen lesen und sich mit diesem Wissen als Macht wieder bequem an die Spitze der persönlichen Karawane setzen.

Deshalb nehme ich den Rückweg vom Hauptquartier ins Hotel zu Fuß und kehre bei einem Friseur ein, dessen Dutzendladen mir nicht unbehaglich erscheint. Im Herrgottswinkel hoch über dem verrosteten Drehsessel schnarrt ein Fernseher die

Tagesschau der ARD vor sich hin, man glaubt es ja nicht. Jan Hofer spricht zu uns, während der Barbier von Westsahara durch meinen imaginären Schopf fährt.

In der Heimat ist es jetzt acht, hierorts sieben. Für meine mangelhaften Französischkenntnisse muss ich zartbitter bezahlen. Eingangs hatte ich dem Rasierpinseldompteur gesagt: Ganz kurz, nur ein Millimeter und mich alsbald gewundert, warum trotz meiner im Lauf der Zeit erworbenen Freikörperkultur auf höchster Ebene da oben nichts weitergeht. Ständig nur ein nervöses Schnipp-Schnipp. Jan Hofer ist in seinem Hamburger Studio früher abgeschminkt als ich in diesem afrikanischen Straßenlokal – beschnitten möchte ich nicht sagen, aber immerhin faconiert bin.

Immer wieder feuere ich den Zögerlichen hinter mir an, doch deutlicher seine Handschrift auf meinem Haupt zu hinterlassen, bis sich, der Hauptabendfilm in der Flimmerecke hat schon seine ersten dramaturgischen Höhepunkte überschritten und draußen dunkelt es bereits, das Missverständnis aufklärt: Mein Barbier hatte folgerichtig gemeint, nur einen Millimeter abschneiden zu dürfen und auf mein Insistieren hin offenbar ratlos die Haarenden lediglich angespitzt. Nun geht er aber richtig ran, und schon sitze ich da wie ein Igeljunges mit Schürze.

Mehr als eine halbe Stunde hat er gebraucht, was lediglich wenige Minuten benötigt hätte. Ohne mit der Wimper zu zucken macht er aus den eingangs vereinbarten 30 Dirham 40, unter Hinweis auf die erst unklare Auftragslage. Ich bin verärgert, denn ich hätte ihm die zehn Dirham mehr als Trinkgeld gegeben, nun hat er es sich selbst genehmigt. Anderswo in dieser Stadt hätte mir ein Kollege um diesen Preis auch noch Locken gewickelt und gefärbt. Besser nicht, es gibt Dinge, derer man sich als Teamsite Commander zu enthalten hat.

Und so eile ich ins Almasira zum Abendessen und gehe danach ein wenig wehmütig zu meiner Wanzenburg, im Bewusstsein, diese künftig leider nicht mehr zu frequentieren, denn unsere dämlich in Klassen denkende Mission verfrachtet Teamsite Commander in die „besseren" Hotels, nur das „niedere Volk" ins Lakouara. Den nächtlichen Lärm aufgrund des Stühlerückens auf durchgängigem Steinbodens im Haus werde ich künftig allerdings nicht vermissen.

## Dienstag, 15. 6.

Ich frühstücke im Morgengrauen, fahre mit dem weißen UN-Bus zum Flughafen und schaukle um sieben mit der Antonov nach Oum Dreyga und mit dem Hubschrauber nach Awsard. Dort treffe ich unsere Patrouille, die gerade zwei unserer Autos zum Service gebracht hat. Überschwänglich begrüßt sie mich und gratuliert mir. Na, fängt ja recht gut an. Jurica, inzwischen ernsthafter Kraftfahroffizier, scheint sich wirklich ehrlich für mich zu freuen. Nach dem Essen tuckere ich mit dem Hubschrauber nach Mijek.

Wieder freundliches Willkommen, Schulterklopfen, Umarmungen. Was ist denn da schiefgelaufen, frage ich Talal. Wieso schiefgelaufen, fragt er, als wüsste er von nichts. Na, ich war doch bestimmt nicht in dieser Funktion vorgesehen, meine ich. Nein, nein, brummelt er, alles in Ordnung. Dabei kann ich es ihm an der Nasenspitze ansehen, dass er mit mir nicht glücklich ist.

Egal, wieder brauche ich körperliche Aktivität, um den Geist zur Ruhe kommen zu lassen. Ich laufe meine gewohnte Runde, ohne Hunde. Die fremdeln etwas, sie haben mich wohl nicht wiedererkannt. Sie werden mich schon noch kennenlernen. Beim Briefing tische ich den in Wien bei „Aida" erstandenen Gugelhupf auf, was auf rege Anteilnahme stößt. Ein wenig eingedrückt ist er nach seiner interkontinentalen Reise, aber noch immer schmackhaft.

Viel hat sich nicht verändert, scheint es, Mijek ist noch sauberer geworden, als es bisher war. Und der dicke Sidi schrubbt hingebungsvoll die Außenseite des Waschraumzelts am Antreteplatz, damit der Herr Force Commander am Freitag auch wirklich zufrieden ist.

Die Katze ist während meiner Abwesenheit verschwunden, niemand weiß etwas über sie, und sie taucht auch nicht mehr auf. Vielleicht hatte sie tatsächlich schon fünf Leben hinter sich, als ich mein abscheuliches Werk des Mauerwurfs ausführte, und danach hatte sie nur mehr eines im Talon. Dafür sind die Hunde gewachsen und stehen wie die Orgelpfeifen nebeneinander. Deshalb nenne ich sie für mich ab sofort Mini, Midi und Maxi, wie die Mode der 70er Jahre oder das Fahrscheinsystem der Linzer Verkehrsbetriebe.

## Mittwoch, 16. 6.

Als unser Jüngster Qualifikation hat, bin ich mit dabei. Robert Yann ist Franzose und war an dem Tag angekommen, an dem ich in den Urlaub geflogen war. Er war nur drei statt sechs Wochen „unter Training", weil er Assistent des Force Commanders wird. Das, was Enrico für mich vorgehabt hatte, der wahrhaft gewöhnlich gut unterrichtete Greis. Da weiß einer vom anderen nichts, in diesem Nest am Rand der Wüste. Zudem sind die glücklichen Franzosen überhaupt nur ein halbes Jahr in dieser Mission. Das schafft kein anderes Land.

Im zweiten Wagen schaukle ich hinter dem ersten dahin, in dem Talal und Robert, unser höflicher groß gewachsener Prüfling, sitzen. Mit seinem hübschen französischen Akzent bewältigt er die Aufgaben nicht nur souverän, sondern auch elegant. Wir fahren weit hinaus, und als ich das hier Monate später niederschreibe, erinnere ich mich nur an die Endstation nahe dem Buffer Strip, in einer schneeweißen Weite, der heißer Wind, Staub über die Ebene wehend, noch ein zusätzlich trübes Aussehen verlieh.

Am Nachmittag verkrieche ich mich in meinem Kämmerchen, der Überzeugung folgend, nur nicht allzu sehr aufzufallen, solange ich noch nicht gefragt bin. Zwar verspüre ich ein schlechtes Gewissen, doch auch Talal scheint nicht sonderlich getrieben vom Bedürfnis mit dem Handover/Takeover, dem Übergabezeremoniell, zu beginnen. Am Abend verabschieden wir Robert und Talal bei einer Party. Ein eigenartiges Gefühl, wenn der Chef die Teamsite verlässt, mit dem ich sie bisher assoziiert habe. Noch eigenartiger, dass ab übermorgen ich Talal sein werde.

## Donnerstag, 17. 6.

Nun ist es doch so weit: der Tag, an dem ich mehr als 100 Unterschriften gebe, ist gekommen. Die unmusikalische Madonna oder ein Formel-1-Lenkraddreher könnten sich ein Beispiel nehmen. An ihrem Papierkram wird Minurso noch einmal ersticken. Alles muss in dreifacher Ausfertigung behandelt werden. Endlose skandinavische Waldreviere fallen der Bürokratie der Völkergemeinschaft zum Opfer, der Drucker glüht, die Kugelschreiber verlieren ihre Farbe.

Zuerst aber gehen wir das Inventar durch. Talal erzählt mir, dass er am Vortag einen Probelauf gemacht hat – schlaue Idee, das werde ich mir merken für die eigene Übergabe –, und so sind wir in eineinhalb Stunden durch: Wir umkreisen jedes Zelt, jeden Container, Fernseher oder Herd zum Ablesen der Barcodes, dann übernehme ich unsere Fahrzeugflotte in Bausch und Bogen, und schließlich habe ich für einen Wert von einer halben Million Dollar unterschrieben.

Meine Freude an der Berufung, so zuvor vorhanden, schmilzt in der kräftigen Mittagssonne rasch. Das kann eine kostspielige Mission werden, für meinen Fürwitz könnte ich noch teuer bezahlen, bis ans Lebensende. Andererseits wird niemand auf einmal alle Zelte, Generatoren und Autos davontragen, beruhige ich mich. Dann übergibt mir Talal sein Büro: Im Computer sieht es so unaufgeräumt aus wie im Metallschrank dahinter. Noch Wochen nachher bin ich mit dem Sortieren und Ausmisten beschäftigt. Besonders alles in Wurmerlschrift, was nicht augenscheinlich die Polisario betrifft, fliegt in hohem Bogen raus – das Vermächtnis, der Lebensalltag meiner beiden arabischen Vorgänger aus Jordanien und Pakistan.

Am Nachmittag üben Talal und ich die feierliche Geschäftsübergabe auf dem Vorplatz. Kommandos, Stapf-Stapf, Platzwechsel, Salutieren, aneinander vorbei. Vor zwei Jahrzehnten habe ich mir noch Monologe für die Bühne gemerkt, diesmal muss ich harte Gedankenarbeit leisten, um „Sir, with this I take over the responsibilities as Teamsite Commander" zu behalten. Jedenfalls merke ich, dass ich ein wenig nervös bin, steht ja doch ein mittelgroßer Moment bevor.

Es ist schon frühsommerlich warm, aber nicht so, dass man leidet oder Erkältung bekommt: Schwitzt man, ist alles innerhalb weniger Sekunden wieder trocken. So feuchtigkeitsarm ist das Klima hier, dass ich in der Zeit bis jetzt kein einziges Mal ein Taschentuch benötigt habe. Null Bock auf Schnäuzen.

## Freitag, 18. 6.

Dieses Datum meiner Mission bleibt mir wohl lange in Erinnerung. In der Früh gibt es Flaggenparade für Talal, danach gehe ich laufen. Man soll an guten Gewohnheiten festhalten, auch in solchen Momenten, das gibt Stabilität und Distanz. Um zehn Uhr ist der hohe Besuch des Force Commanders angesagt. Brav stehe ich in der Linie der paar Aufrechten, Rohaizad kommandiert, dann erscheint der kleine Chef des großen Haufens im Eingangstor: Eine zerdrückt wirkende Figur mit Großmuttergesicht und der zarten Haut eines Schulmädchens, irgendwie ugly.

Erst schüttelt er allen in der Reihe die Hand, auch seinem Mitarbeiter ab sofort. Er fragt Robert, welche Funktion er hier habe und wie es ihm gefalle. Es geht nichts über gute Vorbereitung. Dann wird in der Mess Hall bei Keksen und Saft recht steif die Mission besprochen. Ich versuche zu ergründen, warum wir Kamele und Ziegen zählen müssen und erhalte eine nicht völlig befriedigende Antwort: Wo sich Tieransammlungen bewegten, da sei der Mensch nicht weit, so ungefähr argumentiert der höchste Kommandant hölzern, aber ich weiß, dass es wohl in erster Linie darum geht, nicht mit leerem Rapportzettel von der Patrouille zurückzukehren.

Man müsse, so der FC, genau über menschliche Fortbewegungen in der Wüste unterrichtet sein. Auch wenn diese im Höcker eines Kamels oder als Ziegentrojaner stattfinden, folgere ich für mich.

Mit dabei ist heute auch der neue Personalchef aus Malaysia, ein zwar sehr freundlicher Mann mit abgehacktem mäßigem Englisch, der kein großer Stratege ist, aber so dünn, dass man ihn beim Gehen klappern zu hören vermeint.

Mittagessen in der Mess Hall, der kleine Tisch vor der langen Tafel gehört uns dreien: In der Mitte der gottlose Gott aus China, rechts und links die beiden Schächer, der alte und der neue. Ich fühle mich unwohl wie einst bei meinem Geburtstagsfest im Kindergarten, das mir so peinlich war, dass ich flüchtete und diese Anstalt nie wieder aufsuchte. Torte anschneiden – Koch Jachja hat „Welcome FC" draufgesprüht, auch wenn heute kein Fußballclub feiert – und Eintragung ins Goldene Buch der Stadt Mijek, hohle Prozeduren wie überall auf der Welt.

Hier aber steht der größte Augenblick noch an. Wir nehmen auf dem Betongeviert Aufstellung. Meldung an den Herrn Chef, dann sagt Talal ein paar Worte, das Übliche, dass alles gut und wichtig war und dass der widerspenstige Haufen ganz wunderbar funktioniert und sein Bestes gegeben hat. Dann wechseln wir die Plätze, und Talal trampelt nach britischer Art mit geballten Fäusten an mir vorüber, während ich den österreichischen Schlendergang vorführe.

Kehrtwendung, dann bin ich dran. Erwartungsvoll steht mir das Häuflein in einer schmächtigen Linie gegenüber: Rohaizad, wie ein treuer alter Dackel, am Ende seiner Karriere, Robert, mit den Gedanken wohl schon in Laayoune, Flores, der fest in diesem Mijek verwurzelt ist und gegen seinen Willen bald übersiedeln muss, Moreno, der brasilianische Neuzugang, der noch überhaupt nichts über mich weiß, der treue Jurica, Choe, der sich ein möglichst friktionsfreies Ausgedinge erhofft und die drei neuen Araber, Mosaad, Ahmed und Al Haj.

Bei jeder passenden und unpassenden Gelegenheit zaubern sie die Religion aus dem Ärmel, und so sage ich erst kurz, dass ich mich geehrt fühle und etwas über die große Aufgabe. Und dann würge ich es ihnen eben doch hinein: „Aber mit eurer Unterstützung und Gottes Hilfe wird es gelingen." Eben, auch Christen können so etwas, ätsch. Ich schiele zum chinesischen Chef, der unbeweglich in der Mitte steht wie eine profane Pagode. Danach wird es nochmals steif, beim gemeinsamen Gespräch mit dem Force Commander im Briefing Container.

Und dann brechen wir zur Link-up-Patrol auf. Das heißt, wir fahren bis zu einem bestimmten Punkt auf halbem Weg nach Oum Dreyga und erwarten dort die Patrouille von der Nachbardienststelle zwecks Übergabe des hohen Besuchs. Fast zeitgleich treffen wir dort ein. Zwei weiße Geländewagen stauben von der einen Seite ins Bild, zwei von der anderen. Wir stoppen, begrüßen uns, umarmen uns. Man gratuliert mir.

Wind wirbelt den Sand auf, vier Automotoren brummen. Force Commander, Personalchef und Robert werden verladen, und ich stehe ein paar Augenblicke mit Talal beisammen. Noch empfinde ich ihn als die institutionalisierte Schutzmantelmadonna unserer Teamsite. „Pass auf Al Haj auf", gibt er mir auf den Weg mit. „Nimm ihn als deinen kleinen Bruder an. Er hat Probleme daheim." Ich verspreche es, dann eine letzte Umarmung. „Ich weiß, ich bin nicht deine Wahl", sage ich, „aber ich werde mich bemühen." „Nein, nein", brummt er. „Du bist der Beste." Na, das soll einer glauben.

Die beiden Karawanen setzen sich nach letztem Zurufen und Winken in die Richtungen, aus denen sie gekommen sind, in Bewegung. Nun bin ich Alleinherrscher in Mijek. Erstmals fühle ich mich richtig verantwortlich für jeden Schaltgriff, der da getan wird.

Kurz nach unserer Ankunft mache ich mein erstes Briefing, wissend, dass es, wie in der Politik, die Wegweisungen zu enthalten hat, eine Art bereits erwartetes Regierungsprogramm. Für diese täglichen Sitzungen habe ich mir ein Ringheft mit afrikanischen Motiven vorne drauf, das mir eine Kusine vor meiner Abreise mitgegeben hat, zurechtgelegt, in das ich vorher die von mir zu behandelnden Themen eintrage.

Ich gehe es vorsichtig an, vermeide jeden Machtanspruch, bitte um Unterstützung und verspreche keine großen Änderungen vornehmen zu wollen. Ich danke für das Voting für mich, das offenbar in meiner Abwesenheit stattgefunden hat, betone, dass ich nicht Chef, sondern Freund sein und niemanden enttäuschen will, dass ich aber Wert auf Pünktlichkeit und Verlässlichkeit lege, auch wenn uns schwere Zeiten bevorstehen: Personalknappheit, ein heißer Sommer und der Ramadan im August. Das scheint Wirkung zu haben, ich blicke in wohlwollende Gesichter, und Flores lobt mich nachher. Na also, geht ja, gar kein so übler Job vielleicht.

## Samstag, 19. 6.

Al Haj, Choe, Jurica und ich fahren zum Submarine Mountain. In der Pause an seinem Fuß erzähle ich launig vom Abenteuer mit Attila, der einst den Berg erstiegen hatte, doch ich merke plötzlich etwas, das in den nächsten Tagen und Wochen noch stärker spürbar wird: Ich bin nicht einer der ihren. Was ich so gerne möchte, nun endlich fröhlich Kameradschaft pflegen, scheint mir in der neuen Position verwehrt. Es ist mit einem Mal etwas zwischen uns, und die aus militärischem Milieu Stammenden können und wollen ihre jahrzehntelange Erziehung nicht ablegen. Ein kühler Windstoß weht mir die Erkenntnis von Einsamkeit der Macht zu.

Den Nachmittag verbringe ich damit, das Büro einzuräumen, besser es aufzuräumen. Talal hat peinlich alle Korrespondenz seine Nachfolge betreffend gelöscht. Von wegen: Du bist der Beste. Ich glaube ja doch genau zu wissen, wie er mich eingeschätzt hat. Auch wenn er bei der Übergabe völlig korrekt war. Was mich an Dokumenten in all dem Hinterlassenschaftswust religiös dünkt, drücke ich Ahmed oder Mosaad in die Hand, die sich sogar ehrfürchtig dafür bedanken. Soll ja alles korrekt abgehen, besonders am Anfang.

Am Abend übernehme ich den Journaldienst und bin am Sonntag hundemüde.

## Sonntag, 20. 6.

Vergeblich versuche ich nachmittags Schlaf nachzuholen. Am Abend rufe ich mir das GPS wieder ins Gedächtnis, denn morgen habe ich erstmals eine Qualification abzunehmen, und das soll mich nicht kalt erwischen. Es ist die Prüfung Mosaads, des smarten ägyptischen Einzelkinds, das den Unmut der anderen erregt, wenn es sich morgens gleich aus mehreren Orangen einen Vitaminsaft presst. Da könnte ja jeder kommen! Wie international doch österreichische Engstirnigkeiten sind!

## Montag, 21. 6.

Wir fahren eine der langen Strecken in den Norden, Richtung Pufferzone, ich als Fahrer, der Prüfling als Kommandant neben mir. Hinten schaukelt Flores nach, und an den vereinbarten Punkten überreiche ich Mosaad jeweils ein Kuvert mit seiner Aufgabe. „Müde", fragt er mich, als ich während der Prozedur abwesend im Gurt hänge. „Sehr", antworte ich und weiß gar nicht warum. Vielleicht war es doch der urlaubsbedingte Ortswechsel. Nach dem abendlichen Briefing findet die mündliche Prüfung statt. Ich versuche ihr etwas von der üblichen Strenge zu nehmen, aber auch diesmal fällt auf, dass der Kandidat, möglicherweise aus Erschöpfung, unwirsch zu reagieren beginnt. Mosaad ist aber überraschend gut, eben doch in gewisser Weise eine Strebernatur, was nicht gut beim übrigen Publikum ankommt. Er schneidet mit einem „excellent" ab.

## Dienstag, 22. 6.

Jeden dritten Tag laufe ich, solange uns der heiße Sommer nicht den Atem nimmt. Heute ist so ein dritter Tag, wenngleich der Stabschef angesagt ist. Meine sportliche Konsequenz wird mir fast zum Verhängnis. Denn das Briefing über unsere Teamsite ist nicht vorbereitet, und Flores tut sein Bestes, es auf den Computer im Konferenzraum zu laden. Ich habe nur Zeit es zu überfliegen.

Und dann erscheint er, der Hubschrauber, und bringt ihn, ebenso wie den Kollegen Fabio aus seinem Urlaub. Wir halten eine kleine feine Parade ab, dann Erfrischungen, dann ab zum Briefing: Der in grellen grünen und roten Farben gewandete Bangladeschi, sein Adjutant, Flores und ich. Das Briefing funktioniert ganz locker, auch wenn ich nicht weiß, was die nächste Seite bringen wird. Mitunter kann ich Routine aus Golan-Zeiten an die Stelle von Wissen setzen.

Doch nur bedingt: bei einem Slide der Powerpoint-Präsentation komme ich ins Straucheln. Was diese Linien und Abkürzungen da vorne auf der Leinwand wohl bedeuten mögen? „Nächstes" fordere ich Flores lässig zum Umblättern auf. Doch so tumb und eitel der Stabschef auch sein mag, die Unsicherheit ist ihm nicht entgangen. Wie das denn nun sei mit unseren Evakuierungsplänen, will er wissen. Um das habe ich mich bisher überhaupt nicht geschert, zudem bin ich erst seit ein paar Tagen Teamsite Commander und kann nicht alles wissen. Ich antworte knapp und ausweichend.

Dann Briefing für alle. Wie erwartet ist der Stabschef weniger an unseren Fragen als an seinen Antworten interessiert. Und er kommt unweigerlich nochmals auf die Evakuierung zu sprechen. Dass wir die Route ins nahe Zouerate in Mauretanien wieder aufnehmen sollten, rät er. Wir müssten doch wissen, wohin wir im Ernstfall zu fahren hätten. Trotz des uns wegen der Sahara-Al-Kaida auferlegten Betretungsverbots für dieses Land. Mittags wieder ein Essen in herausgehobener Stellung, was ich nicht sonderlich schätze.

Als ich nach einer Kurzpatrouille am Abend die ins Haus stehenden Abenteuer in großer Runde verkünde – nicht alle waren am Vormittag dabei –, schaue ich in verängstigte Augen. Die Begeisterung für so einen Trip liegt deutlich unter der meinen, und die ist nicht übermäßig. Nur Freiwillige und ich würden mit dabei sein, versuche ich zu beschwichtigen. Vergeblich, erstmals scheine ich nicht als gütiger Vater wahrgenommen zu werden.

Als ich dann auch noch klarzumachen versuche, dass wir bei unseren Besuchen in den Polisario-Kompanien künftig auf Zutritt zu pochen hätten, wie es in der Vorwoche der Force Commander verlangt habe, scheine ich gänzlich verspielt zu haben: Die Kollegen beschwören die guten Beziehungen zu unseren schwer bewaffneten Partnern und spüren offenbar neuen Wind wehen von einem, der nun zeigen möchte, was er alles in Bewegung setzen kann.

Trotzdem sagt mir Flores nachher, dass er uns beneide, weil sich nun etwas zu bewegen beginne, während er dummerweise über den großen Wall nach Mahbas versetzt werde. Und dass ich meine Sache sehr gut mache. Das baut wiederum auf.

## Mittwoch, 23. 6.

Morgens mache ich mit Jurica und Moreno eine Patrouille zum Hauptquartier, ein kurzes Vergnügen. Dann lege ich erste Umzugsaktivitäten an den Tag. Nach langem Überlegen erscheint meine Unterkunft doch nur suboptimal: Zwar habe ich nun das Bett von der Wand weggerückt, sodass ich nicht mehr in die Höhe katapultiert werde, sobald auf dem Flur einer vorbeidonnert. Das Abstellen der Bettfüße auf einem anderen Brett als auf jenem, das bis vor die Tür reicht, wirkt Wunder für meine Nachtruhe. Trotzdem komme ich mir wie im Kino vor, sobald jemand in der Mess Hall fernsieht und meint, er sei im Lichtspieltheater mit Sensoround.

Also trete ich in Talals Fußstapfen und früheres Heim im etwas ferneren, aber besser erhaltenen Sleeper. Talal hat nicht gut aufgeräumt. Medikamente und Papiere fliegen raus. Was ich für Devotionalien und Gebetsschriften halte, vermache ich wieder Ahmed und Al Haj.

Mittendrin hupt es am Eingangstor. Ich öffne dessen Flügel, und ein Bild wie aus dem Wilden Westen eröffnet sich mir: Umhüllt von einer Wolke aus Staub und Sand rollen zwei graugrüne Landrover ins Camp, auf dem Dach sind Reservekanister und Reifen aufgeschnallt, drinnen sitzen verwegene, verschwitzte Gesellen. Es stellt sich heraus, dass sie zumeist von der Polisario abgeworben wurden und nun für Landmine Action (LMA) arbeiten.

Chef des Trupps ist Karl Greenwood, ein kahlköpfiger Endvierziger mit blondem Bart und – vermutlich – ganzkörpertätowiert. Da er aus dem regenwolkigen Wales kommt, ist sein Gesicht von der Sonne rot aufgezogen. T-Shirt, kurze Hosen, Sandalen – ein unbekümmerter Minenentschärfer, ehemaliger Unteroffizier der britischen Armee, wie er mir im Büro erzählt. Er wird ein paar Tage hier bleiben, die Leute werden draußen bei ihren alten Kameraden schlafen, sagt er und rührt zufrieden im erbetenen Kaffee. Eine weite Strecke sind sie gereist, von Tiffariti im Norden kommen sie. Für mich ist er ein willkommenes Objekt für Interview und Briefing. In beides willigt er ein.

Nachher empfange ich erstmals zum regelmäßigen Treffen mit der Polisario-Spitze: Ein soignierter Herr ist der Vertreter des Kommandanten, den wir am Tor empfangen und in die Mess Hall begleiten, wo unsere Arbeiter bereits Knabbereien und Fruchtsäfte bereitgestellt haben. Er überrascht uns mit der Beobachtung eines fremden Hubschraubers über den Kompanien. Fotos gebe es leider nicht, aber die Soldaten hätten ihn gesehen. Wir haben natürlich nichts bemerkt. Kann sein oder auch nicht. Durchaus entgegenkommend verspricht er uns die Namen der Kompaniekommandanten auszuhändigen und freien Zutritt zu den Kompanien zu verschaffen. Nur dass der dicke Sidi weiterhin als eifriger Putzer bei uns bleiben darf, möchte er nicht zusagen: Im militärischen Leben gibt es keine Wünsche, sagt der Polisario-Haudegen knapp.

Auch unsere Zouerate-Überlegungen bescheidet er negativ, aus vordergründiger Sorge um uns: Die Grenze sei nicht sicher, mahnt er, Al Kaida suche nach Fremden. Für Italiener und Franzosen würden sieben Millionen Dollar verlangt. Das erste und zweite Mal würden wir vielleicht unbehelligt bleiben, aber beim dritten Mal würde zugeschlagen, die Leute beobachten uns, warnt der geschäftsführende Chef der 3. Militärregion. Sie würden alle Bewegungen verfolgen, auch der uns bis zur Grenze begleitende Liason Officer könne da nichts ausrichten. Das Wichtigste wäre, unser Leben zu sichern, fügt er an. Insgeheim habe ich das Kreuz über jegliche Zouerate-Reise geschlagen. Nach dem Abendessen trete ich den Einserdienst an.

## Donnerstag, 24. 6.

Als ich den Dienst beendet habe, geht es ans Übersiedeln. Meine dritte Unterkunft in Mijek. Hier kann man sogar aus dem Fenster sehen, ich verbessere es mir zunehmend im textilen Höhlensystem dieser Teamsite.

Nach dem Briefing referiert Karl Greenwood über die Minen. Seine Firma ist hier, weil die Polisario zwar fit im Minenlegen, nicht aber im Wegräumen ist. 37 registrierte Minenfelder gibt es in der Westsahara, dafür wären 177 Kilometer Stacheldraht zum Einzäunen nötig. 12 Jahre werden sie noch hier sein, um zu räumen. Und um uns nicht in zu großer Sicherheit zu wiegen: Vielleicht sind es im Raum Mijek nicht 219, sondern 290 UXOs und Minen, sicher aber seien unsere Karten nicht aktuell, es wäre just dort gefährlich, wo bei uns nichts eingezeichnet ist.

Als ehemaliger Unteroffizier spricht Greenwood keineswegs nasales Buckingham-Englisch, und ich male mir aus, wie viel Al Haj von dem Vortrag wohl mitbekommen mag. Allerdings hat Greenwood Stil genug, um in meinem Büro die Nase über mein Outfit zu rümpfen: Socken zu Strandschuhen und kurzer Hose, das sei richtig deutsch, murrt er leicht angewidert.

## Freitag, 25. 6.

Wir fahren auf Factfinding Mission in den Polisario Shop, einen aufgebockten Sattelauflieger in unserer Nähe, wo wir sonst nie hinkommen. Grund unseres Besuches ist es, passable Farewell-Geschenke mit Mijek-Identität zu finden, irgendetwas Handwerkliches. „Caravana por la Paz“ ist außen drauf gepinselt. Drinnen erhält die sorgsame Hausfrau nicht gerade alles, was ihr Herz begehrt. Neben einem Holzsessel liegt ein Taschenrechner – die Supermarkt-Kasse. Daneben stapeln sich in Regalen Seifen und Taschenlampen aus China mit dem Porträt Obamas.

Die Handvoll Herren, die hier herumlungert, betrachtet uns argwöhnisch. Auch die aus kleinen Plastikkügelchen zusammengesetzten Armbänder, von denen mir der treue Sidi eines zum Einstand als Kommandant „für die Freundin“ vermacht hat, finden sich an einem Nagel baumelnd. Nach wie vor frage ich mich, welche wohl meine Herzdame sein mag, der ich die Klunker einmal stolz umlegen werde? Sidi lasse ich bis zum Abschied in der fälschlichen Meinung, ich wäre verpartnert. Nicht auszudenken, wie er mich dauernd anagitieren würde, wüsste er die Wahrheit. So raunt er mir lediglich immer wieder zu, wie gut es doch sei, eine Familie zu haben.

Fabio, so erfahre ich später, hatte es gar nicht goutiert, dass ich in der „Al-Kaida-Mall“, wie er den Laden spöttisch nennt, fotografiert habe. Er gebärdet sich eigenartig, seit er wieder da ist. Ich habe ihn zu mir ins Büro gebeten und ihm erklärt, dass ich ihn als Stellvertreter haben möchte. Was eigentlich nicht stimmt, denn irgendwie mag ich ihn nicht so nahe und in einer so entscheidenden Position. Aber ich glaube es der Fairness zu schulden, den Unterlegenen möglichst nahe an der Macht einzubinden. Ein verheerender Fehler, wie ich alsbald merke.

So rede ich – offenbar vorausahnend – auf ihn ein, dass ich jemanden brauche, der 100-prozentig zu mir steht und mir den Rücken frei hält. Fabio nickt ernst und setzt zu einer seiner Reden an, an deren Ende ich nie weiß, was er eigentlich sagen wollte. Vielleicht weiß er es selbst nicht genau. Jedenfalls schießt er sich auf unsere Araber ein: Sie seien faul, und man müsse sie hart hernehmen, sonst habe man verloren. „Diese Leute“ sagt er immer und zählt ein Sündenregister auf. Vorerst ist Fabio aber G4, und schon in dieser Funktion unangenehm genug.

Bald fühle ich mich von ihm getrieben. Deshalb wurmt es mich besonders, als Mosaad mir einmal vor dem Briefing erklärt, er müsse nun beten und komme später. Und als mich Ahmed bittet ihn nicht zum G3 zu machen, denn da brauche man so viel Englisch, das er aber nicht so gut beherrsche, weil er in seiner Armee die letzten Jahre französisch übersetzt hatte, spreche ich mit ihm auf Französisch weiter und merke, dass er keinen Schimmer davon hat.

Solche Erlebnisse wurmen mich, denn ich bin gerne geneigt unsere Araber zu verteidigen, da sie ja hier eine zweite Schrift beherrschen müssen und Sprachprobleme den Rezeptionsvorgang bei ihnen verlangsamen. Wenn sie mich aber anlügen, sehe ich mich allein gelassen, denn Fabio uneingeschränkt Recht geben will ich auch nicht. Andererseits wäre ich bestimmt nicht so schroff zu unseren Würmchenschrift-Dompteuren, würde ich nicht Fabios heißen, nach Bestrafung gierenden Atem im Genick spüren.

So spule ich recht lustlos den Trainingsunterricht ab, den heute ich zu halten habe, über „Exploitation“ obendrein, bei dem die Zuhörer alles andere als gespannt sind. Bestenfalls auf das Ende. Zumindest konnte ich heute das Radiointerview mit dem Haudegen Greenwood einsacken. Wenn ich an meine angestammte Arbeit denke, wird mir gleich wieder etwas wohler ums Herz. Ganz so wie ich es erträumt hatte, geht mein Kommandantenjob nämlich hier nicht auf.

## Samstag, 26. 6.

Vorne fahren Ahmed und Flores Richtung Aguanit, ich zuckle mit Choe hinten nach. Am Wendepunkt MA 08 plaudern wir. Der Südkoreaner Choe eröffnet uns, er sei Christ, sein Vater meine, damit komme man im Beruf besser voran. Verkehrte asiatische Welt. Und dann erzählt er vom Geisterglauben in seiner Heimat. Überraschenderweise steuert auch der katholische Flores eigenes Erleben bei: Zu Zeiten seiner Ausbildung habe es im Schlafsaal nächtens an seiner Bettdecke gezogen, worauf er intensiv zu beten begonnen habe. Da habe sein Nachbar plötzlich aufgeschrien, später sei dieser in der Klapsmühle gelandet. Flores ist überzeugt, damals dem Bösen begegnet zu sein.

Abends feiern wir Party: Abschied von Flores und Jurica, der Erstere wäre liebend gerne den Rest seiner Zeit hier geblieben, der andere möchte die weite Minurso-Welt kennenlernen. Außerdem wird Mosaads Qualifikation mit Cola begossen.

## Sonntag, 27. 6.

Wieder bin ich second in command, neben mir Choe. Jurica und Fabio fahren an der Spitze. Heute ist das Ziel der OP 16 und der POP 07, also ein permanent observation post im oder nahe dem Buffer Strip, diesmal an der Oum-Dreyga-Straße.

Diese POPs sind während meines Urlaubs in Mode gekommen. Die Marokkaner hatten sich zunehmend über Grenzverletzungen beschwert, worauf Minurso entschieden hatte, dass wir mindestens fünfmal in der Woche dorthin fahren und uns stundenlang da aufhalten müssten. Losfahren in der Früh, Rückkehr vor Sonnenuntergang, hatte der völlig realitätsfremde Stabschef angeordnet. Allerdings hält sich ohnedies niemand daran. Nach spätestens einer Stunde sitzt man wieder im klimatisierten Auto und hält auf die Heimatdestination zu.

Selbst in dieser einen Stunde wird der Umgebung kaum Augenmerk geschenkt. Nur ich nehme meinen Job insofern ernst, als ich zumindest einmal mit dem Feldstecher eine 360-Grad-Beobachtung unternehme.

Im Übrigen packt man lediglich den Cooler aus und isst: Äpfel, Saft, Joghurt, Kekse, vielleicht Brote mit Schokoladeaufstrich aus Bosnien. Sobald man sich zu langweilen beginnt, wird der Posten abgebrochen. Nicht operationelle Zwänge sind die Direktiven unseres Handelns, sondern die persönliche Befindlichkeit, die irgendwann diktiert: Genug in der Sonne gestanden, es wird ab nun unangenehm, wir wollen wieder ins kühle Auto. Das, in zweifacher Ausgabe, die ganze Zeit brummend neben uns gestanden ist.

Während wir unsere Stehzeit abwarten, führt Fabio mit seiner larmoyanten Stimme das große Wort, erzählt Anekdoten, über deren Glaubwürdigkeit ich mir den Kopf zerbreche. Die Luft jagt die Hitze von den Bergen am Berm in Schwaden vor sich her. Alles flirrt, schafft verzerrte Realitäten, doppelte Böden und stellt sich mir vielgesichtig in den Weg. Was stimmt, was ist erdichtet rund um mich? Wie soll ich gerecht urteilen, fair durch die Mission führen, wenn Trugbilder mich einmal dahin, einmal dorthin ziehen?

## Montag, 28. 6.

Mit Fabio, Jurica und Al Haj habe ich die Oum-Dreyga-Straße bis knapp an den Buffer Strip zu fahren. Wieder flimmert die Sonne die Luft vor sich her, lässt die Grenzlinie zur marokkanisch besetzten Seite am Horizont zittern wie einen altersschwachen Stummfilm, der nichts erzählen, sondern nur dokumentieren will. Am POP stehen wir unsere Zeit ab.

Wieder krächzt Fabio tonangebend. Die große Politik ist dran, Russland, China und deren Interessen. Und Mijek dürfte das Drehkreuz ihrer Interessen sein. Just vor unserem rostigen Tor scheinen sich die Aufmarschrouten der Großmächte zu kreuzen. Ich sage nichts zu diesen Lächerlichkeiten, stemple mit dem Schuh Tretmuster in den Sand und sehne die Rückfahrt herbei.

Da ich, wie meine Erstverflossene gemeint hatte, Kopffüßler bin, halte ich nach eingehender Prüfung den Zeitpunkt für gekommen, heute den wilden Mann zu spielen. Es ist eine politische Entscheidung, mich im Briefing als zürnende Vaterfigur zu präsentieren. Mich verblüfft lediglich, dass ich bereits nach etwas mehr als einer Woche im Amt meine das machen zu müssen. Es ist nicht nur ehrlich angestauter Ärger, es ist auch Tribut an Fabio und den aus dem Urlaub zurückgekehrten Dmitry, um den beiden zu zeigen, dass ich mit unserem arabischen Nachwuchs doch auch Schlitten fahren könne – allerdings nur wenn ich es will und nicht unter einem Diktat anderer.

Und so poltere ich los: dass man nett nicht mit dumm verwechseln solle und dass ich mir nicht auf der Nase herumtanzen lasse. Wenn Mosaad just vor dem Briefing beten gehen müsse, lasse ich das nicht gelten, weil man das Gebet auch verschieben könne. Darüber hatte ich vorsichtshalber zuvor Erkundigungen eingeholt. Sie sollen nicht glauben, für alles und jedes ihre Religion vorschützen zu können.

Dass man gefälligst nicht in Räuberzivil daherschlurfen soll, wenn Uniform angesagt ist, grolle ich weiter. Sandalen sollen der Polisario vorbehalten bleiben. Dass man nicht seinen Tee in der Heißwasserkanne zubereiten dürfe. Und dass es tagelang kein Handover/Takeover zwischen agierendem und tatsächlichem G2 gegeben habe, weil jeder auf den anderen gewartet habe. Die Folge war, dass es vom letzten Meeting mit der Polisario-Spitze keine schriftliche Zusammenfassung für Laayoune gegeben habe, obwohl beide Herren anwesend waren. Müsste doch möglich sein, dass man in einer so kleinen Teamsite aufeinander zugeht, murre ich.

Da habe ich den Richtigen am falschen Fuß erwischt. Der soignierte Amara aus Guinea reagiert gekränkt und kritisiert mich, dass ich ihn öffentlich an den Pranger gestellt hätte. Mein sofortiges Einlenken hilft nichts. Ab sofort bleibt unser Verhältnis bis zu meiner Abhalfterung gespannt, und ich habe stets den Eindruck, Amara blickt mich etwas finster an.

Anschließend ist mündliche Prüfung von Ahmed und Al Haj angesetzt. Wie sich die Bilder gleichen: Gut erinnere ich mich, als der Ägypter Osama den Kroaten Jurica bei der Prüfung „gefuckt“ hatte. Nun passiert es dem Ägypter Ahmed mit dem Brasilianer Fabio. Dieser, daheim Lehroffizier, genießt den Moment, in dem er seinen präsumtiven Nachfolger als G4 quälen kann.

Düster stiert er auf den armen Ahmed, der wohl am liebsten seine etwas abstehenden Ohren in Bewegung setzen und aus dem Raum fliegen würde. Keine Hilfe bietet Fabio an, auch wenn der Prüfling noch so nahe an der Lösung ist. Auch verrät er die richtige Antwort nicht, sondern geht emotionslos zur nächsten Frage. Irgendwann ist es mir zu bunt: „Das ist dann die letzte Frage, ja?“, werfe ich ein und ernte einen stechenden Blick aus den Knopfaugen des kleinen Raubtiers.

Jeden Tag in der Früh begegne ich diesem Blick im Waschraum, wenn ich meinen dröhnenden Rasierapparat angeworfen habe und Fabio hereinkommt, um Rasierschaum in seinem Gesicht zu verteilen und anschließend abzuschaben. Kein „Guten Morgen“ oder sonst eine Bemerkung, lediglich dieser füchsisch-kalte Blick, als hätte ich ihm am Vorabend die Freundin ausgespannt. Dabei ist es nur die Funktion des Teamsite Commanders, die ich ihm vermeintlich weggeschnappt habe. Eigentlich müsste ich diesen rattenhaften Blick aufsetzen, denn er hat mir indirekt diesen Job aufgebürdet aufgrund seiner hochmütigen Festlegung, seinen Urlaub nicht zu verschieben, wenn Talals Ablöse anstehe: man müsse schon auf ihn warten, wenn man etwas von ihm wolle, hatte er gemeint. Das hat die Zentrale aber nicht getan und den Nächstgereihten gewählt.

Ich schließe den Abend für mich bekümmert ab. Meine Brandrede hatte nicht den gewünschten Erfolg, spüre ich, Fabio musste ich obendrein zurechtweisen, und die Computer funktionieren auch nicht. Das ist das Zermürbende am Zusammenleben in dieser Mission. Ständig ist irgendetwas außer Funktion, und ich fühle mich schuldig, dass es nicht sofort repariert wird. Fühle ich dies einmal nicht, wird mir das Gefühl von den lieben Kollegen vermittelt. Ein Kampf gegen Windmühlen, aber die würden wenigstens den Mund halten.

## Dienstag, 29. 6.

Vorne fährt Flores, hinten kutschiere ich: Es ist Qualifikation von Ahmed und Al Haj. Letzterer ist hier wie später bei der mündlichen Prüfung nicht überragend, Ahmed schlägt sich ganz gut. Wenngleich ich bei der ersten Pause im Cooler einen weißen Rand auf unserer Schokocreme entdecke: Ahmed hat vergessen Eisbeutel in den Plastikbehälter zu packen. Ich seufze, das Einzige, was ich mir manchmal noch erlaube, denn ich muss mich an die Unzulänglichkeiten gewöhnen. Wir fahren die Aguanit-Straße entlang, lassen UXOs finden, ein Fahrzeug verschwinden, um dann Erste Hilfe üben zu können, befinden uns in einem Minenfeld und lassen die Probanden das Iridium-Telefon verwenden. Trotz kurzer Route sind wir erst nach der Essenszeit im Camp. Eine halbe Stunde später landet dort Jamil, der zweckhöfliche pakistanische Trainingsoffizier, und beschwatzt mich, wo ich doch gerade keine Zeit habe. Nun könnte ich so wie er in der Zentrale reagieren und ihn irgendwo warten lassen. Aber dazu bin ich zu gutmütig.

Mit an Bord war auch jene zierliche Fotografin französischer Zunge, die ich schon in Laayoune gesehen hatte und derentwegen Enrico keine Zeit für mich gehabt hatte. Sie schießt Bilder vom Leben in Minurso. Stationiert ist sie in Osttimor, erzählt sie mir später. So zerbrechlich Menschen mitunter wirken, gehören gerade sie zu den Zähesten.

Wir haben eine Kurzpatrouille für sie zusammengestellt. Wieder sind Flores und Al Haj dabei. Auch Taruzi, der neue Verbindungsoffizier, Nachfolger des gemütlichen Älteren, ist mit dabei. Er hat etwas von einem lässigen Haudegen: schmaler Vollbart, Sonnenbrille, lonely Cowboy of Polisario. Er könnte anderswo auch als linkskatholischer Jugendkaplan durchgehen. Jedenfalls spricht er nicht englisch, und ich kann je nach Lust oder Zwang meine Spanischkenntnisse an ihm schärfen.

Wir nehmen den Kurztrip zum Waypoint 31 auf der Route nach Zouerate. Madame gefällt besonders eine Düne, die sich links an den Berg schmiegt. Gibt es da einen Weg, frage ich sorgenvoll Taruzi. Si, si, nickt der. Natürlich gibt es keinen Weg. Aber vielleicht Minen? Nein, nein, da ist alles klar, beruhigt er. Unruhig chauffiere ich unser Vehikel über ein Schotterfeld hügelan und auf die Düne zu. Dort verwandeln wir uns flugs in Statisten, die heroisch UXO-Marking betreiben: Wir werfen unsere Referenzgranate, die stets bei Prüfungen zum Einsatz kommt, in den Sand und legen einen Steinkreis rundherum, den wir eingehend rot besprühen.

Ich bin neugierig, in welcher UN-Postille man uns fotografisch wiederfinden wird. Nach unserer Rückkehr stehe ich noch geduldig Jamil Rede und Antwort, der Unterstützung für seine Trainingspläne braucht, dann fliegen die Gäste wieder ab. Wenn wenigstens dieser Computer nicht so lahm wäre!

## Mittwoch, 30. 6.

Erst einmal zelebriere ich meinen Lauf. Dabei begleitet mich unsere Hundemama, begleitet von den beiden Jungen. Wir nähern uns dem Trash Area, das wie gewohnt seine säuerlich-verbrannten Geruchsschwaden ausschickt. Der Boden vor dem Sandwall-Viereck, in dem jeden Abend unser Abfall verbrannt wird, ist übersät mit platt gefahrenen Milchpackungen, Besenstielen, Sardinenbüchsen, Verschlüssen von Wasserflaschen und vielem anderem, dem in funktionierendem Zustand eine UN-Artikelnummer zugeordnet ist. Nichts landet hier, was nicht irgendwann einmal von der Firma ausgewählt, eingekauft, registriert, zugeteilt, auf unseren Händen vom Flieger ins Camp getragen, verwendet und dann entsorgt wurde.

Ich biege dahinter in die Gerade nach Osten ein und erstarre kurz: da, an der Gabelung der Reifenspuren, liegen zwei tote Ziegen übereinander, den leeren Blick geradeaus, in die Unendlichkeit des Ziegenhimmels gerichtet. Als wären sie wie Ware vom Lastwagen geworfen worden, vermittelt sich der Anblick. Etwas Schauerliches geht von dieser unbeweglichen Wüsteninstallation aus. Das Zottelfell, die Hörner, alles wie lebendig – aber in unüblicher Position, vereist in der Hitze, eine verewigte Momentaufnahme des Todes. Angewidert rufe ich die Hunde zurück, die ihre Nasen sofort in die Neuigkeit stecken möchten.

Beim Weiterlaufen überlege ich, welche Bewandtnis es mit den zwei toten Tieren haben mag. Dass sie im vereinten Herzschlag übereinandergefallen sind, schließe ich aus. Jemand muss sie hier abgelegt haben. Aber warum? Eine Drohung an uns, dass es uns auch bald so ergehen könnte? Unheimliche Assoziationen beschleichen mich. Bei meiner Rückkehr sind die Hunde schon verschwunden, sie haben den Ziegen aber auch nicht das Herz aus dem Leib gerissen. Unbeschädigt und unbeweglich liegt eine auf der anderen. Als ich im Briefing davon erzähle, werde ich aufgeklärt, dass das die Leute hier mitunter tun, in der Erwartung, wir würden dieses Sperrgut zur Verbrennung übernehmen. Wie daheim wird gerne Abfall anderen in die Schuhe geschoben.

Mit Ahmed mache ich Helikopter-Erkundung, nichts Außergewöhnliches mehr für mich, ich steige in den Hubschrauber wie in einen Autobus. Im Büro zwängt sich immer wieder Unerwartetes dazwischen, frisst Zeit und bringt die Übersicht durcheinander. Ich schreibe die Evaluierungen für Jurica und Flores und setze mich nach dem Nachtmahl mit Jurica auf ein Bier ins Barbecue Area. Dmitry gesellt sich dazu, mit dem ich mich früher recht gut verstanden habe, und der jetzt nur mehr von der Arbeit spricht, wie schlecht alles ablaufe, was man besser machen, und dass ich als Kommandant vor allem die Araber mehr „fucken“ müsse.

Stattdessen hole ich mir Ahmed und Al Haj zum Einzelgespräch ins Büro und rede ihnen wie ein Seelsorger ins Gewissen. Große, treuherzige Augen blicken mich an, verständiges Nicken begleitet die Versprechen sich künftig völlig korrekt zu verhalten.

Das Wort „lazy“ begleitet mich als Urteil anderer über andere, das seinen vernichtenden Schatten auch auf mich wirft. Stefan, der Schützer der lazy guys. Sie haben hier Kirtag, können tun, was sie wollen; die anderen, die Braven, müssen dafür in den sauren Apfel beißen und von früh bis spät malochen. Tag für Tag höre ich diese Litanei. Fabio beginnt sie, Dmitry setzt sie fort. Und umgekehrt.

Sie haben ja recht: Ich sehe in die Fahrtenbücher: Lazy, ich schaue in den Kühlschrank: Lazy. Ich unterschreibe ihre Reports: Lazy. Überall springt mir die Nachlässigkeit wie ein höhnender Beweis ins Gesicht: tu etwas, leg sie an die Kette und zieh zu, bis sie schnaufen! Der Laden hat zu funktionieren, du hast einen Erziehungsauftrag! Habe ich? Muss ich Erwachsene ändern? Menschen, die in ihrem Kulturkreis anderes gelernt haben, anderes gewohnt sind, die meine Zurechtweisungen nur als lästiges Anraunzen empfinden? Ich sehe die Unzulänglichkeiten und leide unter ihnen. Andere sehen sie auch und beschweren sich bei mir – unter ihnen leide ich ebenso. Mit den Unzulänglichkeiten allein würde ich auskommen. Meine von anderen formulierten Gedanken samt implizierten Forderungen an mich setzen mir aber noch mehr zu. Ohne sie wäre ich gerne tolerant, unter dem Druck der Intoleranten fühle ich andauernden Rechtfertigungszwang.

## Donnerstag, 1. 7.

Eine gemütliche Ausfahrt ist es, als Ahmeds Fahrer und mit Flores im hinteren Wagen. Wir steuern den Waypoint Echo 4 an. Das heißt, wir biegen nach Verlassen des Camps scharf nach rechts über den Fußballplatz, dann in die Schikanen der von mir „Rallye Paris – Dakar" getauften Strecke, die sich erst in Schlangenlinien durch feinen Sand und hohes Gras schlägt, hierauf in ein Auf und Ab wie auf einem Verkehrssicherheitsplatz übergeht, an einem verlassenen Zelt mit Mist rundherum vorbei und an den Brunnen, wo sich mitunter dutzende Kamele tummeln, na ja, tummeln kann man das nicht gerade nennen, eher umtun, hinein in eine weite Geländepfanne, wo kreuz und quer Fahrspuren verlaufen, hektisch in Richtung der Wasserlöcher zuckend, dann hinaus in eine Art Salzwüste, wo sich die Sonne in den kristallinen Strukturen der scharfkantigen Körner bricht und glitzert, Steinchen, die sofort zerbröseln, hebt man sie auf, und schließlich zum Endpunkt, wo der Eindruck entsteht, hier habe sich die Landschaft wieder beruhigt, nach raschen Übergängen von einer Seinsweise in die andere endlich zu sich gefunden.

Im Camp verkrieche ich mich im Büro. Am Abend setze ich mich mit Jurica und Flores, meinen inzwischen engsten Vertrauten, im Barbecue Area zu einem letzten Plausch zusammen. Doch angesagte Kommunikation wirkt nicht. So sehr ich mich auf den Moment gefreut habe – der Wein wirkt sperrig, keineswegs süffig, und die Unterhaltung schleppt sich mühsam, obwohl ich mich mit den beiden doch so gut verstehe. Ist auch das eine reine Berufsfreundschaft, hier tatsächlich an den augenblicklichen Moment im Einsatz gebunden? Die paar zwischen Tür und Angel von mir zu Jurica und zurück geworfenen Sätze, gleichsam ein Fast Food der Unterhaltung, die auf großes Einverständnis schließen lassen? Die Gespräche über Gott und die Welt, die sich offenbar nur als partielle Ablenkung während einer Patrouillenfahrt führen lassen? Ist erlebter Sex tatsächlich nie so erfüllend wie jener in der Phantasie?

Vielleicht gründet es in dieser mir nicht bewusst gemachten Enttäuschung, dass ich vor dem Zubettgehen wieder die Hunde jage, die nahe an meiner Behausung spätabends zu bellen begonnen haben. Ich schaudere, wenn ich mir eingestehe, dass mir das furchtsame Aufjaulen, sobald ich hinter ihnen herfege und sie sich verschreckt unter dem nächstbesten Zelt verkriechen, die grimmige Befriedigung verschafft, wieder etwas für die Erziehung der Tiere geleistet zu haben. Was mir bei den lazy guys nicht gelingt, soll wenigstens an den noch formbaren Charakteren der jungen Hunde vollbracht werden.

## Freitag, 2. 7.

Morgendliche Abschiedsparade für Jurica und Flores. Beide ziehen brav die Fahne hoch, dann folgen die rituellen Umarmungen. Ich habe Journaldienst 2 und kann es mir deshalb erlauben, dem Hubschrauber, der sie in ihre neue Teamsite, nach Mahbas, bringt, vom Flugfeld aus nachzuwinken.

Meine engsten Freunde, weil ich mit ihnen seit meinem Eintreffen in Mijek zusammen war, haben mich verlassen. Ich winke und spüre wieder das verzweifelte Würgen der Traurigkeit im Hals. Ein niederdrückendes Gefühl von Einsamkeit befällt mich, als ich allein schweren Schritts durch den Sand zurückstapfe. Als Kommandant empfinde ich ohnedies seit zwei Wochen Einsamkeit. Die Kameraden von vorher treten mir als Untergebene entgegen, unser ungezwungener Umgang ließ sich nicht in den neuen Arbeitsabschnitt herüberretten. Und nun bin ich auch um zwei Vertraute ärmer. Mehr als die Hälfte meiner Dienstzeit liegt noch vor mir. Fast sieben Monate in diesem Camp, im selben Sand, an dem sich lediglich die Lage seiner Körner unmerklich von Tag zu Tag verändert. Etwa drei dutzend Wochen noch dieselbe Mühle.

Ahmed und Al Haj haben wegen Überschreitung der Höchstgeschwindigkeit im Mai ein Brieflein aus der Zentrale erhalten, 102 und 105 km/h. Ausgerechnet diese beiden! Jeder Pferdezüchter wäre stolz, könnte er behaupten, er habe drei echte Araber. Ich habe sie, bin aber keineswegs stolz darauf, sondern eher bekümmert.

Dmitry verlangt, dass man ihm sagt, was von Laayoune gebraucht wird, wenn in ein paar Tagen die Admin-Patrol zur Zentrale aufbricht. Ich bin überzeugt, er weiß, was jeder angeben sollte, aber die Einzelnen zu erinnern, fällt ihm natürlich nicht ein. Ein Erbe des Kommunismus, wenn man mit den Händen in der Hosentasche zusieht, wie der andere an die Wand rennt? Und damit der Gesamterfolg, somit auch der eigene, auf der Strecke bleibt?

Al Haj ist nun MTO und G5, natürlich hat er keinerlei Ahnung, was er für die Autos aus der großen Stadt anfordern muss. Ich spüre förmlich, wie es Dmitry Genuss bereitet, den „Lazy Guy“ auflaufen zu lassen.

## Samstag, 3. 7.

Beim Lauf begleitet mich die treue Hundemama mit einem fremden Hirtenhund. Hat sie sich schon wieder einen angelacht! Da werden wir wohl bald neue Hundebabys haben, denke ich unfroh.

Stand-by-Dienst, was für mich lediglich bedeutet, Büroarbeit ohne Zusatzaufgaben. Zuvor putze ich und wasche, was man eben so tut als brave Hausfrau zwischen den Dünen. Abends ist Qualifikationsparty für Ahmed und Al Haj, die nach dem üblichen Muster verläuft. Wir essen verkohltes Gegrilltes aus eigener Röstung und trinken dazu ausnahmsweise Coca Cola, dann halten wir unsere Gratulationsreden, die stets die Balance mit mahnenden Worten halten, jetzt nur nicht aufzuhören mit dem Lernen, wobei ich mich speziell bei Al Haj frage, wann er überhaupt jemals damit angefangen hat.

Während einer unserer gemeinsamen Patrouillen erinnerte ich mich an Talals letzten persönlichen Auftrag, wonach Al Haj nun unter meinem besonderen Schutz steht und fragte deshalb vorsichtig nach seiner Familie, der Frau und den fünf Kindern. Er erzählte mir, dass sie mit seinen Geschwistern und den Eltern zusammen wohnten. Und das wäre nicht friktionsfrei, was ihn in ständige Sorge versetze. Wenige Tage später wirkte er besonders bedrückt: Vater und Bruder hätten sich ernsthaft geschlagen, er ziehe in Erwägung, Frau und Kinder woanders unterzubringen. Auf der Stelle schrumpfen unsere Sorgen aus der zivilisierten Welt ins Winzige.

Dabei scheinen wir es mit Al Haj noch großartig erwischt zu haben, einem Vorzeige-Jemeniten, der sogar brockenweise deutsch spricht. Ich erinnere mich an Erzählungen von Alt-Mijekern über einen anderen Jemeniten, früher im Lager: als russische Kollegen angewidert von einem wilden Bergvolk in ihrem Land berichtet hätten, dessen Männer vor der Ehe Sex mit einer Ziege haben müssten, soll dieser gesagt haben, derartiges habe er schon oft genossen. Er sei sogar einmal dabei beobachtet worden, als er sich eines abends in die Mess Hall geschlichen, sich dort etwas vom Honig auf sein bestes Stück gestrichen und dann den Hund hereingebeten habe. Zumindest einfallsreich scheinen die Leute aus jener Ecke der arabischen Halbinsel zu sein.

Mit Fabio und Dmitry spreche ich an diesem Abend reichlich den grünen Heineken-Bierdosen zu, die letzterer palettenweise aus Laayoune einfliegen lässt und großzügig der Allgemeinheit anbietet. Vielleicht kann ich die beiden nun milder für mich stimmen. Da werde ich wohl heute einen Nachttopf brauchen, sage ich launig zu unserem Hausrussen mit Blick auf den Aufmarschplatz der grünen Blechbatterien. Er antwortet lediglich grimmig: Ich brauche heute Nacht nur eine Frau. Womit er schonungslos die durch den Altersunterschied differenzierten Bedürfnispyramiden offengelegt hat.

## Sonntag, 4. 7.

Fabio und Ahmed fahren voran, Moreno und ich hinterher, die lange Agsumal-Route entlang. An deren Ende lässt sich der POP einfach nicht finden, und so kehren wir wieder zurück. Einen Hirten mit Auto treffen wir, das ist aber auch schon alles.

Ich schreibe meinen wöchentlichen Report und mache mich, als es kühler wird, über die sonntägliche Autoinspektion. Da kommt auch schon meine nächste Hürde unausweichlich auf mich zu: Die Polisario-Arbeiter wollen auf einmal sechs und nicht fünf Sixpacks Wasser für zwei Wochen. Das sei früher immer so gewesen. Fabio verweigert, und so mache ich es ihm gleich. Offenbar wollen sie es einfach versuchen, besonders bei denen, die neu sind und unwissend. Aber warum sollen sie mehr bekommen als wir Beobachter. Und 30 1,5-Liter-Flaschen für 14 Tage sind doch wohl ausreichend pro Mann und Blase. Erschöpft falle ich abends ins Bett.

## Montag, 5. 7.

Es ist schon spürbar wärmer, wenn ich in der Früh vors Zelt trete, das Handtuch über die nackten Schultern, und weit entfernt davon zu frösteln. Angenehm warm ist es, unangenehm warm, wenn ich bedenke, wie früh am Morgen es ist, und wie heiß es noch wird.

Ahmed und Al Haj chauffieren vorne in Richtung OP 17 und POP, ich folge mit Moreno. Natürlich bleiben die zwei Könner im Sand stecken, danach auch wir. Ahmed hat zudem dieser Tage beim Tanken nicht aufgepasst, wann der Behälter im Auto voll ist, denn wir verfügen über keine automatische Betankungs-Abschaltung. Seither schaut uns ein großer dunkler Sandfleck neben der riesigen Dieseltonne vorwurfsvoll entgegen. Ahmed empfindet es wohl weniger vorwurfsvoll, und auch die UN scheinen im Vergleich zu Europa nur ein eingeschränktes Umweltbewusstsein zu haben. Wenn ich daran denke, was das österreichische Heer für Aufheben macht, wenn im Freien betankt wird, mit Ölauffangwanne und Bindemitteln – haben wir hier alles nicht. Zwischen Schlauch und Verschluss tropft es ebenfalls munter – niemanden schert es. Ebenso wenig, dass sich zwei Kilometer entfernt unsere Wasserbrunnen befinden, und die Schweinerei mit dem Treibstoff vermutlich schon seit zwei Jahrzehnten so läuft.

Für Moreno zelebrieren wir am Zielort noch zwei Übungseinlagen, dann fahren wir zurück. Kaum setze ich den Fuß aus dem Auto auf Mijek-Boden, bin ich schon wieder mit Problemen konfrontiert: Mit den Urlauben klappt es hinten und vorne nicht: Ein jeder möchte weg. Aber dann wäre niemand mehr im Camp. 25 Prozent der Belegschaft dürfen nur gleichzeitig abwesend sein. Andererseits haben erster und letzter persönlicher CTO (Urlaub) Vorrang. Doch im Moment verlässt uns durchschnittlich ein Kollege pro Woche, ohne dass wir Ersatz bekämen. Jeden zweiten Tag telefoniere ich mit dem skelettösen Personalchef aus Malaysia in der Zentrale, der mich mit Vertretern aller möglichen Nationen vertröstet, die aber nie auf der Bildfläche erscheinen. Die Aufgaben bleiben allerdings gleich, egal wie viele wir sind. Manche haben zwei bis drei Appointments, also Jobs in der Teamsite, das heißt, wenn sie müde von der Patrouille kommen, müssen sie in ihrer Funktion weiterarbeiten und können sich nicht ausruhen. Das alles bei täglich steigenden Temperaturen, stetem Sonnenschein ohne meteorologische Abwechslung, nur blauem Himmel und gleißender Landschaft. Und so werde ich auch heute mit allen alten und neuen Problemen konfrontiert und komme nicht einmal dazu, die Toilette aufzusuchen. Für meine Freizeit sehe ich schwarz.

Ich habe meinen Kollegen Rudolf Bac in der nördlichen Nachbarteamsite Mehaires angerufen. Er ist nun dort MTO, nachdem er sich standhaft geweigert hatte, den Teamsite Commander von Oum Dreyga zu übernehmen und deswegen sogar beim Force Commander vorgeladen war, wo nach Bacs Angaben sie beide eine Zeitlang betreten zu Boden gestarrt hätten, um dann ergebnislos wieder auseinanderzugehen.

Der Vielfachmissionsgeher scheint durch nichts aus dem Gleichgewicht zu bringen zu sein. Fröhlich teilt er mir am Telefon mit, dass er nun gleich einen Unterricht halten werde. Trotzdem kann ich ihm entlocken, dass auch in seinem Lager die Polisario-Arbeiter nur auf 5 Packungen Wasser im halben Monat kommen. Da die

Guerilla bestimmt gut vernetzt ist, sollten wir es ihnen gleichtun, denke ich und bin mit der Bestätigung unserer Praxis sehr zufrieden. „Du, da kommen schon meine Clowns angewackelt“, schließt Bac, „die sind ungeheuer wissbegierig.“ Seine in sich ruhende Distanz zur Materie hätte ich auch gerne.

Im Briefing versuche ich Lob und Tadel in ausgewogenen Dosen zu verteilen, stelle vage das Eintreffen neuer Fitnessgeräte und Wassertanks für die nächsten Wochen in Aussicht. Und ich verkünde mein Beharren in der Wasserfrage. Dabei wende ich mich mit Blick auf Fabio aber auch gegen jede Form von unbewiesenen Verschwörungstheorien. Dieser provoziert, Dmitry poltert, ich fühle mich eingeklemmt zwischen beiden Strategien. Und so mahne ich zur Zusammenarbeit, erinnere daran, dass manche erst eine Woche in einem neuen Job tätig und deshalb noch nicht so sattelfest sind. Ich spreche mich aber auch gegen jede Form von Faulheit aus. Etwa wenn es gilt, unterwegs navigatorisch unklare Kreuzungspunkte blau zu markieren. Oder einfach achtzugeben, wenn offenbar unsere Markierungssteine in den Weg geworfen werden.

Es wirkte auch wirklich eigenartig, als wir an einer Kreuzung die blauen Steine weit verstreut antrafen: Spielende Kinder kommen hier als Täter nicht in Frage, der Wind ist zu schwach, jede Art von Flut zu weit entfernt. Also müssen es Menschen gewesen sein. Aber mit welchen Hintergedanken? Jeder weiß, dass es sich um Markierungen der UN handelt. Ein unfreundlicher Akt? Die Wüste hält jede Menge vieldeutiger Geheimnisse bereit, die mitunter wie ein kalter Hauch daherwehen.

Nachher hole ich Mosaad und Al Haj in Gegenwart meines Stellvertreters Rohaizad zu mir und rede ihnen ins Gewissen. Schon zuvor hatte ich mit Rohaizad besprochen, ob ich nicht meine Empfehlung an die Zentrale, Fabio zu seinem Nachfolger zu machen, zurücknehmen solle. Rohaizad, der stets viel auf Fabio gehalten hatte, ist seine neue Art offenbar nicht entgangen, auch er ist nicht mehr überzeugt, dass Fabio eine gute Wahl ist. Als Rohaizad tags darauf in seinen letzten Urlaub fährt, spricht er mit seinem Landsmann im Personalbüro. Doch der hat den Antrag gerade abgeschickt. Nichts mehr zu machen.

Fabio soll seine Geschäfte als G4 an Ahmed übergeben, da er nun Stellvertreter wird. Es ist Abend, er sitzt als Duty 1 im Büro und wartet auf Ahmed. Kaum habe ich den Raum betreten, zetert er auch schon los: Wie faul doch diese Leute seien, für halb neun habe er Ahmed bestellt, nun sei es fast neun, und der Knabe noch immer nicht da. Diese Leute. Fabio sagt immer „diese Leute“ und meint damit ein diffuses Feindbild. Man müsste „diese Leute" viel schärfer anpacken. Sie würden uns nur hinterrücks auslachen, und dieses ständige Beten, und so weiter.

Ich lehne im Türstock und bin zu müde, um zu argumentieren oder auch nur seinen Redefluss zu unterbrechen. Ich entdecke hingegen eine neue Befriedigung für mich: Ihn testweise einmal reden zu lassen und abzuwarten, bis die Luft heraußen ist. Nach einer geschlagenen halben Stunde des Monologisierens ist es so weit. Überraschenderweise habe ich keine Ahnung, was Fabio mir eigentlich mitteilen wollte, außer sich über die Moslems auszuschleimen. Ich sage nichts und drehe mich um. Ihm ist gar nicht aufgefallen, dass ich 30 Minuten lang keine Silbe gesprochen habe.

Ins Bürozelt zurückgekehrt entdecke ich den bedauernswerten Ahmed, der dort gerade einen Unterricht vom gestrengen Lehrherrn Dmitry erhält. Erzürnt eile ich ins Dutyzelt zurück und halte Fabio triumphierend vor, dass er sich erst einmal überzeugen solle, warum sein Klient nicht erscheint, bevor er ihn beschuldigt. Doch ebenso schwer wie die Faulen zu erziehen ist es, ihre Ankläger zu bekehren.

## Dienstag, 6. 7.

Auch heute hätte mich Dmitry in der Funktion, die Francesco bisher innehatte, in den Buffer Strip geschickt, aber dann ließ er mich doch als ATO werken, nach zwei Tagen in langen Patrouillen. Ich bin wohl der Einzige im gesamten Ensemble, der seinen Einteilungen nie widerspricht.

Rohaizad fährt auf Urlaub, damit verliere ich meinen loyalsten Mitarbeiter, ein weiterer Schritt in noch steinigeres Gelände. Der Hubschrauber spuckt Rodas nach langem Urlaub aus, den smarten Generatortechniker Ladys aus dem Kongo und einen kugelrunden Computertechniker aus dem Irak.

Wir waren skeptisch, als es hieß, er bleibe zur Reparatur unserer fast schon unbeweglichen Internetverbindungen nur für die paar Stunden des Hubschrauberstopps, um alle Computer zu bearbeiten, und die Bedenken haben sich bewahrheitet: Das UN-System Symantec hält den Angriffen von Würmern, Trojanern und ähnlich widerlichen Angreifern nur kläglich stand, und alsbald haben wir wieder unsere Probleme. Zumal der Experte nicht die Haupteinfallstore der Viren, unsere privaten Sticks, behandelt. Ich habe Mosaad in Verdacht, dass uns seine Sticks schon am selben Tag wieder allerhand unerwünschte Reaktionen unserer Blechkisten beschert haben.

Es ist zum Verzweifeln. Da hat man einen welt- und sprachgewandten Landsmann an der Spitze der Technologieeinheit sitzen, aber dieser Sunnyboy sagt nur jedes Mal, er müsse ohnedies wieder einmal hinaus in die Teamsites, und er werde sich das ansehen, aber es passiert so gut wie nichts. Dabei könnte ich mit dem Ausnutzen dieser Beziehung und sichtbaren Erfolgen bei meinen Männern ungeheuer punkten. Aber unser Roland ist eben ein Hauptquartiersmensch, sieht sich gerne in der Cafeteria um oder steckt in Meetings. Das hilft unseren kranken Apparaturen nicht auf die Sprünge.

Im Briefing beschwöre ich die Meinen hart zu arbeiten, solange wir so wenige seien, und verteidige Dmitry, der uns unbarmherzig in lange Patrouillen einteilen müsse. In ein paar Wochen werden wir wieder eine glücklichere Zeit haben, sage ich und bin wohl derjenige, der darauf am innigsten hofft.

Abends sitze ich mit Rodas im blau-weißen Barbecue Rondell, doch die Vertrautheit der gemeinsam erlebten ersten Eindrücke in dieser Mission ist dahin. Rodas hat nach dem langen Aufenthalt in der Heimat Honduras einen Rückschlag in seinen sprachlichen Fertigkeiten erlitten, wie es bei fast allen nach deren Urlaub zu beobachten ist. Er gibt sich auch anders als früher, ein wenig machohaft. Und da er nächste Woche Jurica und Flores nach Mahbas folgt, lässt er sich hier gar nicht mehr richtig ankommen.

## Mittwoch, 7. 7.

Die Temperaturen steigen auf 43 Grad, weshalb ich meine bisher eisern durchgehaltenen täglichen sportlichen Aktivitäten einstelle. Rodas und Ahmed sind im ersten Wagen unterwegs, ich fahre mit dem heute besonders unrund laufenden Dmitry im zweiten. Ziel ist der Waypoint 31, gleichsam hinter dem Haus.

Insgeheim gebe ich Laayoune und seinen Schreibtischtätern die Schuld an der atmosphärischen Misere im Camp. Auf der einen Seite werden wir nicht mit ausreichend Personal versorgt, auf der anderen Seite werden keine Gnadenakte in den täglichen Patrouillen gewährt.

Als Stier im Sternzeichen bin ich bereit Sturheit zu zeigen: Wenn ihr nicht wollt, dann können wir eben einfach nicht. Immer wieder schlage ich Dmitry vor, einfach zu melden, dass wir die morgige Patrouille nicht durchführen können und deshalb die zwei oder drei Leute daheim bleiben. Doch Dmitry tüftelt, verschiebt, tauscht aus und findet dennoch eine Möglichkeit alle Aufgaben auch mit wenigen Leuten zu lösen. Spät erkenne ich, dass der monatliche Patrouillenplan unbarmherzig ist: Was dort vorgesehen ist, ist abzupatrouillieren. Wenn wir es uns am Anfang leicht machen und lange Patrouillen austauschen, müssen wir sie gegen Ende des Monats machen. Täglich. Ersatzloses Streichen ist offenbar ein Vorgang, der diesem System fremd ist. Man könnte aufgrund eines solchen Lockerlebens ein operational wichtiges Kamel übersehen.

Am Nachmittag sitze ich in meinem Büro, dessen Kuppel sich so aufheizt, dass auch der Klimakasten auf Rädern die Wärme nicht wesentlich eindämmen kann. So leide ich schwitzend unter dem Wechselbad der Gefühle, das mir meine Kollegen andauernd bescheren.

## Donnerstag, 8. 7.

Eigentlich sollte es wieder ein freier Tag sein, aber ich bin dauernd beschäftigt und komme aus meinem Büro nur zu den Mahlzeiten und dem Nachmittagskaffe, den ich mir zwischen drei und vier in der Mess Hall zubereite. Ein von mir hoch geschätzter Moment.

Briefing ist bereits um 16 Uhr, und ich gebe Dmitry die Gelegenheit, sich als G3 zu produzieren. Das tut er, schnaufend und mit vorgestreckter Brust, was eigentlich nicht mit seiner jugendlich hohen Stimme korreliert. Er schwenkt zürnend einen Patrol Report: „Gentlemen, this is bullshit." Sein Lieblingswort nach „fucking fuck". Und dann erklärt er uns, gar nicht schlecht, wenngleich eine Spur zu erregt, wie man einen Report seiner Meinung nach richtig abzufassen hat. Ich bete inständig, dass es die kläglich kleine Belegschaft beherzigt.

Fabio ist unverhohlener. Als scheidender G4 hält er eine Ansprache über das nicht funktionierende WC. Dass man eben den Schwimmer betätigen müsse, dann würde auch Wasser laufen. „Und wer das nicht versteht, der soll vors Camp gehen und sich dort erleichtern oder heim fliegen und seine Dienstgrade zurückgeben und sagen: ich bin zu dumm zum Scheißen." Es folgt eine Abhandlung, dass „diese Nationen" kein Geld an die UN zahlten, sein eigener Staat aber indirekt „diese" Staaten mit dem hart erwirtschafteten Geld unterstütze, weil Brasilien aktiver UN-Einzahler sei, und so fort. Eigentlich müsste ich energisch einschreiten, so aber belasse ich es wieder einmal bei windelweichen Beschwichtigungsversuchen und denke, wie lächerlich er sich macht, denn auch Brasilien ist ein Schwellenland.

Ein andermal fordert er unter Bekanntgabe eines Abrisses der politischen Lage, denn „diese Leute“ wären gegen uns, würden uns eigentlich am liebsten liquidieren, dass wir das Eingangstor rund um die Uhr versperrt halten sollten. Ich willige ein, skeptisch ob der langfristigen Durchsetzbarkeit einer solchen Regelung. Aber da sich selbst Fabio bei seinem nächsten Dutydienst nicht daran hält und das Tor sperrangelweit offen bleibt, lasse ich das Thema im reichlich vorhandenen Sand verlaufen. Wie hatte doch einer meiner zahlreichen beamteten Vorfahren zu sagen gepflegt: Bei günstiger Windlage erledigen sich die meisten Akten von alleine. Mit dieser Weisheit kann ich wenigstens einen kleinen Prozentsatz der auf mich einstürmenden Probleme lösen.

Zudem halten uns mehr oder weniger unnötige Termine auf Trab: Anschließend ans Briefing unterweisen uns die malaysischen Mediziner in Erster Hilfe. Wie immer brauchen sie einen Freiwilligen, der wiederbelebt werden soll. Um 18 Uhr ist das traditionelle Treffen mit dem stellvertretenden Polisariochef unserer Militärregion angesetzt. Um 19 Uhr wartet Ladys vor den röhrenden Generatoren, dem unser Überleben in der Einöde sichernden Herz, um uns deren Geheimnisse in Erinnerung zu rufen. Zeitweise scheine ich sein aufmerksamster Zuhörer zu sein, obwohl ich nach menschlichem Ermessen nie wieder den Job eines Generatoroffiziers ausüben werde. Da müssen die einen zum Gebet, die anderen zum Dienst, mir ist es Ladys gegenüber schrecklich peinlich. Diese hinderliche Attitüde, sich für alles verantwortlich zu fühlen, habe ich immer noch nicht ablegen können. Weit nach den geplanten 20 Uhr 30 startet unsere Abschiedsparty für Rodas, „meinen kleinen Bruder“, wie ich ihn in meiner Ansprache nenne. Sage keiner, in der Wüste sei nichts los!

Als sollte es mein gegenwärtiges Unglück untermauern, beiße ich mir mit einem nicht aufgesprungenen Popcorn einen Teil des in Wien mühsam provisorisch verklebten Sechsers links unten aus. Prima, ein Jahr sollte es halten, nicht einmal die Hälfte davon war es tatsächlich. Schlagartig missgestimmt taste ich immer wieder mit der Zunge nach der scharfen Stelle und überlege, wie nun weiter vorzugehen wäre. Wenigstens heute keine Entscheidungen mehr!

## Freitag, 9. 7.

Heute verzeichnen wir einen ersten Rekord: 47 Grad. Es ist überall heiß, selbst beim Griff in den Schrank fühlen sich die Handtücher und T-Shirts vorgewärmt wie im Wellnessbereich eines Hotels an. Längere Toilettenbesuche sind nur vor zehn Uhr ratsam, will man dort nicht einem anhaltenden Schweißausbruch ausgesetzt sein. Allerdings trocknet die durchgeschwitzte Kleidung in Sekundenschnelle an frischer Luft, wie es etwa nach Patrouillenfahrten passiert, die auf undurchlässigen Antiminen-Decken sitzend zugebracht werden. Wenn ich Wäsche zum Trocknen aufhänge, kann ich mit dem Einsammeln am einen Ende beginnen, sobald ich mit dem Aufhängen auf dem anderen fertig geworden bin. Diese Nacht ist die erste, in der die Klimaanlage die ganze Nacht über arbeitet. Ich kann sogar besser schlafen, da es im Raum kühler und der Lärm ein gleichbleibender ist.

Abschiedsparade für Rodas. Obwohl er vor fast genau fünf Monaten mit mir im selben Flugzeug in diese Einschicht zwischen Felsen und Dünen geflogen ist, fällt mir die Trennung nicht so schwer wie bei den letzten zwei Kollegen, die uns verließen. Zweierdienst und ATO folgen. Bei dieser Gelegenheit nehme ich den von seinem letzten Urlaub zurückkehrenden Francesco in Empfang und begrüße unseren Neuling Naby Diallo aus Guinea. Nun hat der würdevolle Amara wenigstens einen Spielgefährten von daheim!

Lange diskutiere ich mit Dmitry unsere Admin Patrol nach Laayoune, die so mancher trotz der strapaziösen Anreise schätzt, weil sie zwei Tage in Laayoune bedeutet und von uns als Ausflug in die Zivilisation empfunden wird. Doch wie wir es drehen und wenden, wir schaffen es nicht, weil lediglich sechs Leute im Camp zurückbleiben würden, und das ist denn doch eindeutig zu wenig.

Immer wieder telefoniere ich in diesen Tagen mit dem Personalchef, bestürme ihn um personellen Nachschub, sonst würden wir einfach niemanden mehr herausrücken, aber solch unprofessionelle Erpressungsversuche helfen überhaupt nichts: Es werden von den Staaten einfach keine Leute geschickt, manche Zusagen wieder zurückgenommen. Aber, so verspricht er mir, sobald neue Leute kommen, würden sie in Mijek eingesetzt. Hoffentlich!

## Samstag, 10. 7.

48 Grad. Wir machen eine Link-up-Patrol zum Oum Dreyga Link-up-Point

(UMLU), wo wir den aus Oum Dreyga anreisenden neuen Chief Operations Officer (COPO), Oberstleutnant Frank O´Reilly, auf Vorstellungstour durch alle neun Teamsites, erwarten. Ein Amt, das immer von einem Iren ausgefüllt wird, dem Einzigen in der Mission. Am Übergabepunkt, einem trockenen Platz in der Einöde, wo höchstens ein dörrender Grashalm leidend raschelt, stellt sich uns ein freundlicher grauhaariger Herr mit fröhlichem Lächeln vor, der gerne nachdenklich schmatzt und durchaus unmilitärisch wirkt. Noch bevor er bei uns eingestiegen ist, erzählt er mir, dass er die letzten zweieinhalb Jahre Beobachter von UNTSO am Golan war. Wir beide könnten noch jetzt dort stehen und unsere Erinnerungen austauschen, wären wir nicht zum Einsteigen gedrängt worden.

Die Leute aus Oum Dreyga machen kehrt, und auch wir legen ab. Fast scheint es, als würde den COPO die Vergangenheit im Nahen Osten mehr interessieren als die Gegenwart in der Wüste. So vergehen die knapp zwei Stunden Fahrt mit alten Bildern, die sich vor die aktuellen, wenig wechselhaften vor der Windschutzscheibe schieben.

Aufgrund der hohen Temperaturen haben die Klimaanlagen in der Mess Hall und im Briefingroom ihren Geist aufgegeben. Da wir ohnedies nur eine Handvoll Leute sind, machen wir heute ausnahmsweise Briefing im Duty Office, dem einzigen kühlen Raum. Die abendliche Party für den Iren, gleichzeitig auch Farewell für Francesco und Welcome für Diallo gestaltet sich als schweißtreibend, aber wir stehen es tapfer, wenngleich durchnässt, durch.

Fabio gesellt sich zu uns an den Tisch, hat aber wenig Auftrag, weil der COPO immer wieder vom Golan erzählen und hören möchte. Die Erinnerung an den letzten Einsatz scheint für ihn wie ein Schwimmreifen zu sein, der im neuen Medium Wüste Sicherheit vor dem Ungewissen bietet. Das wurmt Fabio natürlich, und er blickt noch finsterer als sonst.

## Sonntag, 11. 7.

COPO erscheint leicht lädiert. Er übernachtete in einem unserer VIP-Zimmer, die den Generatoren am nächsten liegen. Offenbar hat er aufgrund des ungewohnten Motorenheulens kaum ein Auge zugetan. Wir haben ihn mit Vorbedacht dort einquartiert, um sicher sein zu können, dass er unseren Wunsch nach einer Lärmschutzwand nun nachdrücklich in der Zentrale verfolgen wird.

Mittels Link-up-Patrol wird er seiner nächsten Besuchsstation entgegengebracht, Aguanit. Ich möchte nicht in seiner Haut stecken: Übermüdet und in die heißeste, weil südlichste Teamsite von Minurso. Heute verzeichnen wir Hitzerekord: Kurzfristig hat es 49 Grad.

Nachmittags schlafe ich ein Stündchen, die Temperatur fordert ihren Tribut. Ich putze und arbeite am Computer. Insgesamt hole ich ein wenig auf in meiner Arbeit. Eine schwache Hoffnung auf etwas Zeit für Privates. Noch sind meine zehn aus Österreich mitgebrachten Bücher unberührt.

## Montag, 12. 7.

Bevor die Sonne ihren Heizstrahler auf uns richten kann, sind Moreno und ich hinaus zum Flugfeld gefahren. Seit vielen Monaten, so entnehme ich dem hauseigenen Mailverkehr, wird daran gearbeitet, die Landepisten für die Piloten leichter sichtbar zu machen. Nichts einfacher als das, möchte man denken, wenn es nur darum geht, ausgediente Autoreifen zu beiden Seiten der Piste als Markierungspunkte aufzulegen. Scheint aber nicht so zu sein. Bei Minurso wird der kleinste Handgriff zum Problem, das gleich mehrere Abteilungen beschäftigt oder beschäftigen sollte, denn mindestens eine hat die Sache im Rundordner unter dem Tisch abgelegt, ignoriert, vergessen, boykottiert oder sonst an der eigenen Aktivität vorbeigeleitet, sodass das Projekt vorerst Einzug in den großen Warteraum für scheintote Vorhaben hält.

Wir waren gebeten worden, Altreifen auszulegen und Fotos davon als Beweis zu schicken, dass wir auch wirklich etwas in dieser Hinsicht für die Mission getan haben. Moreno war so hilfreich gewesen, hatte die Reifen ausgelegt und ihnen weiße Streifen verpasst, um sie als runde Zebras noch leichter erkennbar zu machen. Beim nächsten Hubschrauberflug wurden von uns Fotos geschossen und hinterher nach Laayoune geschickt. Umgehend kam die Antwort: Nicht tauglich, denn die Piloten können optisch die weißen Streifen und den Sand nicht auseinanderhalten. Mit der Bitte um Neuverlegung.

Also sind wir heute wiederum draußen, nachdem wir solcherart feststellen mussten, dass jedes noch so kleine Projekt in dieser Mission die Form eines Eisberges hat. Es wächst sich aus, je mehr man dabei in die Tiefe geht. So schön waren die Reifen mit Sand ausgefüllt worden! Heute entleeren wir sie, wenden sie und füllen sie neuerlich an. Nun liegen also acht Reifen so wie in der uns zugesandten Skizze entlang des Flugfeldes, und nach dem nächsten „Helo-Recce", dem nächsten Hubschraubererkundungsflug, schicken wir neuerlich Fotos. Laufende Projekte darf man zudem nicht aus den Augen verlieren, und es laufen eine Menge davon parallel, weil sich deren Abwicklung in dieser Firma für gewöhnlich zieht wie Strudelteig.

Das ist eine der Künste des Managers einer Teamsite, dass er die bereits vor Alter übel riechenden Verfahren, Aufträge und Aufgaben nicht vergisst, während täglich neue auf ihn einstürmen, von denen ein gewisser Prozentsatz der Langeweile der Zentralisten zu verdanken sein dürfte, die, wenn sie nicht gerade Papierflieger durchs Arbeitszimmer schicken, überlegen, wie sie die Leute draußen, die ohnedies nichts zu tun haben, beschäftigen können.

Wenigstens das Reifenproblem habe ich vom Bein: Es kommt eine hoch zufriedene Antwort zurück, voll der Begeisterung für die exzellente Erledigung unserer Arbeit. Dass wir im zweiten Anlauf acht Autoreifen in den Wüstensand gelegt haben? Mitunter sind die üblichen dick aufgetragenen Lobhudeleien solcher internationalen Missionen („Great Job!") ein wenig übertrieben.

Nach wie vor gilt mein Ehrgeiz der Strategie, Dinge so schnell wie möglich vom Tisch zu haben, um freie Kapazitäten für operativ Notwendiges, Aufwändigeres, letztlich auch für die Schlichtung aller internen Quälereien zu schaffen. Was kaum gelingt, denn wie der Hydra wachsen auch unserem Intranet mehrere Köpfe nach, während ich damit beschäftigt bin, ihm einen abzuhauen.

Beim Rundgang durchs Camp entdecke ich eine schwarze Brühe, die aus einem der Kanaldeckel zwischen Mess Hall und Ablution Room dringt. Wie Teer liegt sie da und beginnt in der Hitze erbärmlich zu stinken. Mit jedem Abwasch in der Küche steigt das Ausmaß der Verunreinigung. Hamed, unser Polisario-Techniker, stellt mit geübtem Blick fest, dass hier die Septic Tanks, also so etwas wie Senkgruben, verstopft sind. Ich denke mit Unbehagen an meinen Einsatz im Frühjahr vor der Campmauer und sehe einer neuerlichen, ebenso unappetitlichen Prozedur entgegen.

Im Briefing lobe ich eigens Fabio für seinen Einsatz während des COPO-Besuchs, um ihm zu zeigen, dass ich seine Arbeit sehr wohl zu schätzen weiß. Er nimmt es ungerührt entgegen. Ich habe auch nicht erwartet, dass er nun Freundschaft mit mir schließt. Im Gegenteil, als ich einmal in höchster Not nach ihm rufe, fährt er mich unwirsch an, wir sollten uns nicht beim Namen rufen, wenn die Polisario-Arbeiter uns hören können, das bringe uns nur unnötig in Gefahr. Was ist denn das

Neues? Jeder Arbeiter kennt unsere Namen, sogar orthografisch richtig, soll ich also nur mehr „Deputy“ zu Fabio sagen? Oder lediglich die erste Silbe davon, was ich boshafterweise gerne tun würde?

In Wahrheit hatte er sich geärgert, weil er dachte, ich wolle ihm Arbeit aufhalsen, dabei hatte ich lediglich dringend Rat gebraucht. Das stellt sich nachher heraus, und er ist wieder zugänglich. Um Rat fragen, das schmeichelt ihm wieder. Und ich weiß, dass ich ihn besser um keinerlei Gefallen mehr bitte.

## Dienstag, 13. 7.

Letztmalig bin ich mit Francesco unterwegs. Wieder geriert er sich im Geländeauto wie im italienischen Sportwagen. Tief in den Sitz gerutscht, eine Hand am Lenkrad, die andere frei für Gestikulation oder lässiges Ablegen auf der Handbremse. Es ist mir völlig klar, dass er so vor ein paar Monaten die Herrschaft über den Wagen verloren hat.

Hinter uns fährt Al Haj, der als MTO ein sorgsames Auge auf unseren Neuen, Major Naby Diallo, werfen sollte, der als Fahrer eingeteilt ist. Sollte. Ich frage Al Haj später nach Auffälligkeiten – nichts zu berichten. Al Haj hat selten etwas zu berichten. Fabio hingegen umso mehr. Schon nach der ersten Ausfahrt mit Naby kommt er aufgeregt zu mir: Der Mann könne nicht fahren, es sei ihm schleierhaft, wie er in Laayoune den Fahrtest bestanden habe. Jeden Stein steuere er mit unverminderter Geschwindigkeit an. Er selbst habe sich permanent festhalten müssen, weil er um sein Leben gefürchtet habe.

Mir fällt bei unserer Fahrt zum OP 19 und den Brunnen dahinter nur auf, dass Naby nicht der Schnellste ist, aber das sind wir alle nicht bei unseren ersten Ausfahrten. Nach einigen Sandstellen am Beginn ist die Strecke eine Autobahn, eine lange Gerade, die ein reales Gefühl von Wüste gibt. Der OP 18 stellt sich uns als dicker Hügel in den Weg, Francesco umfährt ihn, Alternativroute, die nur jene kennen, die so wie er ein Jahr in der Mission sind.

Hinter dem OP 19 tasten wir uns weiter, und ich erinnere mich, dass ich mit Francesco auf Patrouille hier war, als wir einen POP, einen dauernden Beobachtungspunkt, festlegen sollten. Heute ist aus dem verwirrenden Netz verwehter Tracks eine deutlich sichtbare Spur geworden, die auf regelmäßige Benützung durch die eifrigen Mijek-Patrouilleure hinweist.

An den Brunnen sind einige Männer mit dem Reinigen des Schachts beschäftigt. Einer steckt in der Tiefe und schaufelt den hereingewehten Sand in einen Sack, den ein Kamel an einem über ein Gestell gelegten Strick heraufzieht, indem einer der Männer mit dem Tier ein gutes Stück vom Brunnen weggeht. Wenn das nicht Polisario-Leute sind! Was soll man denn in dieser Gegend auch anderes sein außer einsamer Hirte? Und das sind bestimmt keine einsamen Hirten.

Wochenlang sind sie hier, erzählen sie und deuten auf einen voll bepackten Pickup, der neben einer windschiefen Hütte parkt. Das soll die ganze Habe samt Lebensmitteln für fünf Leute sein? In der Wüste stellen sich permanent Fragen, befriedigende Antworten finden sich selten.

Ein Alter hockt sich in den Schatten neben dem Brunnen, schlägt ein schmutziges Tuch zurück, unter dem mehrere Gläser stehen und gießt in hohem Bogen Tee aus einer silbernen Kanne ein, die zuvor auf einem improvisierten Feuerchen stand. Al Haj scherzt mit ihm, und wir schlürfen den süßen Tee.

Am an den Brunnen anschließenden Trog stehen mehrere Kamele und schlürfen auch. Ich mag sie und könnte ihnen stundenlang beim Nichtstun zusehen: Wenn sie ein paar ungelenke Schritte mit ihren wie in Watte gepackten Paarhufen machen, Füßen wie in Großmutters Lammfellpantinen. Darüber die dürren knöchernen Beine, der fast giraffenartig lange, zurückgelegte Hals, der den Tieren etwas distanziert von oben herab Beurteilendes und damit den Anflug von unirritierter Arroganz gibt. Das ewig mahlende Maul mit sinnlich, fast ein wenig ordinär gewölbten Lippen, der meist etwas räudige Buckel. Bei den Jungen das alles in anmutiger Miniaturausgabe. Auch Kamelkinder folgen im Ausdruck dem Kindchenschema.

Wir kehren zurück, Francesco nimmt wieder den material- und fahrkünsteschonenden Bypass und erklärt mir dabei stolz, dass er nach diesem Jahr – denn er ist einer der wenigen, die ein ganzes Jahr in Mijek ausharren durften oder mussten – „jeden Weg auch ohne GPS“ finden könne. Just als er das sagt, kreuzt der Bypass unseren Track, der links vom Berg herabführt. Ich sage nichts, denn Francesco wird schon wissen, was er tut, denke ich. Ohne GPS. Doch er weiß nicht, was er tut, und ich weise ihn schüchtern darauf hin, dass wir die Einmündung bereits hinter uns gelassen haben. Unser Alleskenner murmelt etwas und reversiert.

Daheim hat sich das Problem mit der Senkgrube ausgewachsen. Zwischen zwei Zelten stinkt es grausam, die schwarze Kloake zieht bunte Schlieren. Sie stammen wohl vom Speiseöl aus der Küche. Unsere Hunde sind dankbar über die erfrischende Kühle in der Sommerhitze und legen sich genussvoll in den Matsch, worauf sie schwarz-weiß gesprenkelt sind wie die Rinder auf unseren Almen. Das Grausen greift um sich, und ich greife zu Maus und Tastatur, um unser Unglück zu melden. Das gelingt mir offenbar so eindrucksvoll, dass für Donnerstag ein Spezialflug des Technikers zu uns angeordnet wird. Geht ja, wenn man will.

Ans Briefing schließe ich einen lichtvollen Vortrag über Cultural Awareness, Schärfung des Bewusstseins für unterschiedliche Kulturen: Nichts Neues, nichts Aufregendes, und die Kollegen hängen dermaßen in ihren Stühlen, dass sie gar nicht zu sagen brauchen, wie wenig sie das alles interessiert. Aber wir machen feierlich je zwei Fotos von jedem Training und senden diese nach Laayoune, damit sie dort wissen, dass wir täglich rituelle Rauchopfer der zürnenden Gottheit darbringen, ohne weiteren spirituellen Nutzen.

## Mittwoch, 14. 7.

Mit Dmitry und Francesco fahre ich in aller Früh eine Water Patrol, doch der Aufwand des Generatortransports ist vergebens, denn die Wasserpumpe der Polisario ist kaputt. Die nimmermüden Kämpfer für eine einheitliche Westsahara versorgen uns derweil mit kostbarem Nass aus anderer Quelle. In der Funktion als Zweierdienst putze ich dann die Offices. Bei ständig über 40 Grad ist jeder Handgriff eine Überlegung wert.

Fabio hält wieder einmal auf: Er hat seine Patrouille mit Naby als Fahrer mit dem Handy gefilmt und möchte mir das zeigen. „Der Mann sieht nichts", beschwert er sich, er brauche eine Brille, das sei völlig klar. Wie soll das geschehen, frage ich. Wenn wir nur sechs im Camp sind, wäre es reiner Luxus, Naby zum Augenarzt nach Laayoune zu schicken. Zumal ich vermute, dass Ähnliches herauskommen würde, wie weiland nach den Beschwerden von Zhang über das lose Autorad oder von Francesco über das gefährliche Fahrverhalten eines Wagens: Nichts, alles Einbildung, und ich will mich nicht wieder wegen der fixen Idee von jemandem vorschicken lassen.

Außerdem stiehlt mir mein famoser Stellvertreter mit der Videoaktion ohnedies schon wieder genügend Zeit, denn sein Dokumentarfilmchen lässt sich nicht und nicht in den Computer kopieren. Auch unser für die technischen Anlagen zuständiger G6 ist bereits anwesend und hantiert am Gerät. Und all dieser Aufwand, weil Fabio aufgrund seiner fehlgeleiteten Beobachtungsgabe eines brasilianischen Horch und Guck wieder einmal das Gras wachsen hört, wo gar keines existiert. Ich werde immer ungeduldiger mit ihm ohne es zu zeigen. Nicht einmal, wenn er zu mir halblustig „Jawoll, mein Führer" sagt, was mir schon gar nicht schmeckt. Überhaupt, wenn ein Vertreter der Opfer das zu einem Vertreter der Täter sagt.

Später bemühe ich mich zu Naby und versuche ihn vorsichtig über seine Sehkraft zu befragen ohne Gefühle zu verletzen. Das hat ohnedies schon Fabio getan, und ich kann mir schaudernd vorstellen, wie er im Wagen den armen schwarzen Mann mit der eleganten Halbbrille angeschrien hat. Naby verneint, nein, alles in Ordnung, er sehe gut und habe keine Probleme. Das glaube ich ebenfalls und vermute mangelnde Fahrkunst, was aber ähnlich unerbaulich ist.

Gestern sind gleich vier malaysische Medizinmänner und -frauen aus Laayoune angerückt, einer davon der fremdsprachlich wenig gelenke Force Hygiene Officer. Nicht nur die Hunde wollen wissen, was sich in der langen Schachtel verbirgt, die seit seiner Ankunft vor unseren Büros steht.

Nach Abendessen und Sonnenuntergang wissen wir es. Zwei der Herren packen etwas aus, das aussieht wie eine Kettensäge, auch annähernd so laut ist, allerdings die Form eines Panzerabwehrrohrs hat. Damit wandern sie nun als wortlose Prozession von Zelt zu Zelt und halten, sobald sie eingeschaltet haben, die Schnauze des Geräts in die Gänge. Sofort gibt es ohrenbetäubenden Lärm von sich, pustet eine dichte graue Wolke nach vorne heraus und lässt nach hinten Flammen blinzeln – ein Respekt gebietendes Unterfangen.

Es handelt sich dabei, wie ich mir erklären lasse, um eine Insektenvernichtungs- und Schlangenabhaltemaschine, die ein Diesel-Chemikalien-Gemisch versprüht. Wir sind alle auf den Antreteplatz geflüchtet, während der Apparat unheilvoll durch die Gegend röchelt. Die zwei Malaysier wedeln damit unter die Zelte, oben staubt der Rauch heraus. Das sieht imposant und wirkungsvoll aus. Es spricht für sich, dass alle Kollegen aus Entwicklungsländern diese Wunderwaffe kennen, was mein Vertrauen in die Chemiekeule nochmals reduziert.

Das kann doch nicht gesundheitsneutral für uns sein, wenn es so verheerende Wirkungen in der Kleintierwelt anzurichten vermag! Oder aber es macht uns nichts, dann wohl auch nicht der Mikrofauna von Mijek. Jedenfalls stinkt es bestialisch, legt sich andererseits erfreulich über den Gestank der übergelaufenen Septic Tanks.

Eine halbe Stunde lang sollen wir unsere Behausungen nicht betreten. Das hat den hübschen Nebeneffekt, dass wir uns miteinander zu beschäftigen haben und nicht kollektiv öde ins Fernsehgerät glotzen. Es sind ein paar Minuten gelöster Harmonie, einer Leichtigkeit und Familienstimmung, als wir uns nun über alles Mögliche unterhalten, und ausnahmsweise nicht über den Dienst. Wir paar der Hitze trotzenden Hanseln von Mijek, die täglich auf Verstärkung hoffen.

Nur Ärztin und Nurse haben in der Mess Hall ausgeharrt, als würde es sich bei der Operation lediglich um plötzlichen Nebeleinfall handeln. Sie sind offenbar abgehärtet. Allerdings fällt uns ein, was wir alles vorher in Sicherheit hätten bringen sollen. Fabio raunzt sofort, dass wir nun das Brot im großen Metallbehälter wegwerfen müssten. Leider dürfte er diesmal Recht haben.

Der Gestank hängt noch lange über dem und im Camp, in unserem Flur sieht man anfangs nichts, so dicht ist der Nebel. Tatsächlich ist heute alles frei von lästigen Tierchen. Aber in den nächsten Tagen krabbeln sie uns schon wieder vertrauensvoll näher.

## Donnerstag, 15. 7.

Tatsächlich kommt Assefa, unser äthiopischer Techniker, eingeflogen und macht sich hurtig an den übergelaufenen Abwassertanks zu schaffen, als hätte er schon lange darauf gewartet. Ich mache unterdessen mit Al Haj als Kommandanten einen Erkundungsflug, der uns den Berm entlangführt und mir unzählige Fotomotive von Strong Points der Marokkaner liefert.

Es sieht aus der Ferne aus wie Spielerei in der Sandkiste: Mit der Kinderschaufel eine Naht quer über den Spielplatz gezogen und alle paar Meter ein kleines Geviert hineingezeichnet, Häuschen, Unterschlupfe, Stellungslöcher. Ein paar Männchen turnen dazwischen hin und her. Ab und zu passieren wir einige der oben abgeschnittenen Tafelberge, was den Eindruck vermittelt, als wäre der Berm wie eine Wäscheleine zwischen ihnen aufgehängt.

Plötzlich sackt der Helikopter ab, und mir wird ganz anders, als wir mit einem Mal knapp über dem Boden dahinfliegen und den Marokkanern fast schon auf Augenhöhe begegnen. Kein Sprit? Übermut? Vor der Landung tuckern wir aber noch die nördliche Begrenzungslinie entlang, wo wir mit unseren Autos nie hingelangen, obwohl hier eine asphaltierte Straße entlangführt. Bis zum Spanish Fort, das tatsächlich eine alte Festung gewesen sein dürfte, nun aber von der Polisario in Besitz gehalten ist. Beim Aussteigen frage ich nach: die Hitze war der Grund für das befremdliche Flugverhalten, versichern mir die Piloten. Ab einer gewissen Temperatur muss möglichst tief durch den Äther gesteuert werden. Seit es so heiß ist, werden die Flüge sehr früh abgewickelt, schon am Vormittag ist Schluss mit dem Geschraube über Minursotanien.

Abends helfe ich bei der Räumung der Senkgruben. Fabio ist voll im Einsatz und schiebt Schubkarren um Schubkarren voll schlammigem Abraum, mit Speiseöl, Abwaschmitteln und uringetränktem Sand vor unsere Burg und häuft dort einen Hügel des Abscheus an. Nicht ohne vorwurfsvoll zu erwähnen, dass er das schon den ganzen Tag mache und niemand ihm, Ahmed und Assefa helfe. Ich trommle die Belegschaft zusammen, vermute aber nebenbei, dass die präarchaischen Spiele im Schlamm meinem Stellvertreter grundsätzlich großen Spaß bereiten. Auch ich stemme ein paar Mal die über und über bekleckerte Scheibtruhe vors Tor.

Dann schaufeln wir sauberen Sand über die schlammigen Reste auf dem Senkgrubendeckel zwischen Mess Hall und Ablution Room, damit die Hunde nicht weiter glauben, dies sei eine Wellnessoase und sie könnten hier regelmäßig Schlammpackungen bekommen. Dabei stelle ich mich wieder einmal besonders geschickt an, indem ich beim Zuschaufeln auf einen jungfräulich daliegenden Sandhügel steige und augenblicklich mit meinem für den Strand konzipierten Leinenschuh einsinke. Einen Fluch auf den Lippen humple ich zu meiner Unterkunft und beginne dort angewidert mit der Selbstreinigung, während ich Schuh und Socken vor der Türe trocknen lasse. Dennoch hängt der säuerliche Gestank nun auch in meinem Zimmer.

Abends brauche ich Fabio kurz und finde ihn im Barbecue Area, wo er bei Käse und Toastbrot mit Dmitry und Francesco dessen Abschied feiert. Ihn dürfte mein Aufstöbern mehr gestört haben als mich. Mein schmächtiger Stellvertreter schickt mir lodernde Blitze aus seinen Knopfaugen entgegen. Was denn los sei, schreit er mich an. Als hätte ich ihn in flagranti mit meiner Frau erwischt. Langsam reicht es mir mit diesem Wicht.

## Freitag, 16. 7.

Abschiedsparade für Francesco. Ich erhalte von ihm ein rot-weiß-grünes WM-Käppi. Die WM hat wenigstens eine etwas sedierende Wirkung auf meine Kollegen. Ich verfolge das Geschehen ja nicht, registriere nur ab und zu, welche Nation gegen welche spielt, und überlasse die Kommunikation der Details meiner Mannschaft. Brot und Spiele: Sie sind unterhalten und zeitweise zufrieden. Als die südkoreanische Mannschaft ausscheidet, haben alle Mitleid mit unserem Choe, der sich daraufhin gleich ein Glas nachschenken muss.

Wir verzeichnen einen Neuzugang, aber nicht einen, über den wir uns freuen: Ibrahim ist zurück, der Küchenreiniger. Alle Bitten an die Polisarioführung, doch den dicken Sidi zu behalten, haben nichts gefruchtet. Immer wieder hatte er sich ins Zeug gelegt und mich gefragt, ob das und jenes denn nicht gut geputzt wäre und war dann stolz davongewatschelt, als ich es ihm mit großer Begeisterung und Dankbarkeit bestätigt hatte.

Er und sein Namensvetter am Herd hatten mich regelmäßig beschworen, durchzusetzen, dass Ibrahim nicht zurückkehrt. Sidi, der Koch, hatte stets künstlich gehüstelt und gleichzeitig angedeutet: „Ibrahim nix gut". Er halte sich beim Husten nicht die Hand vor den Mund und sei krank.

Auch meine Kollegen sind von seinen Künsten wenig begeistert, und mich hatte er bestimmt mit seiner Erkältung angesteckt, bevor ich im Mai auf Heimaturlaub gefahren bin. Aber das nur nebenbei. Wir machen eine Abstimmung im Briefing. Alle sind dafür, dass wir Ibrahim mitteilen, wir wollten nicht mehr mit ihm arbeiten. Treibende Kraft hinter der Aktion ist Mosaad in seiner Funktion als gestrenger Food Officer.

Und so stapfen Mosaad und ich, nachdem ich mit ihm und Dmitry sowie unserem Liason Officer den Kompanienbereich abgefahren bin und einen Punkt an der Aguanitroute besucht habe, in die Mess Hall und lassen Ibrahim kommen. Er tut mir leid, wie er da wie ein Häuflein Elend hockt und der junge ägyptische Schnösel ihm erbarmungslos mitteilt, dass wir nicht mehr mit ihm arbeiten möchten. Doch Ibrahim ist Polisario, Ibrahim ist ein Kämpfer: Warum, wieso, er arbeite doch gut, außerdem sei er gesund, keine Rede von irgendwelchen Defekten. Ein langes Hin und Her entspinnt sich, das mir persönlich unangenehm ist, und bei dem ich froh bin, dass ich nicht Arabisch kann und deshalb nicht Teil der Auseinandersetzung werde. Ich exekutiere nur den Belegschaftswillen.

Mosaad bleibt hart, und schließlich springt Ibrahim auf, knurrt ein paar ärgerliche Sätze, stülpt sich die Kappe über und schlurft aus dem Lager. Er tut mir leid in diesem Augenblick, andererseits sollte ich vielleicht mehr daran denken, wie nachlässig er geputzt hat, wie achtlos er mit unseren Lebensmitteln umgegangen ist, wenn er etwa die Gemüsekisten mit dem Fuß vor sich her gestoßen hat. Nein, auch wenn er schon 20 Jahre hier tätig war und niemand etwas gegen ihn gesagt hat, wir nehmen uns die Freiheit eine andere Meinung über ihn zu haben als unsere Vorgänger.

Was tun, wenn er morgen wieder vor der Tür steht, wird im Briefing gefragt. Das ist auch der Fall, aber nur für kurze Zeit. Ich sage ihm leichthin, dass alles, was er hier tut, Fleißaufgabe ist, die UN würden ihm ab sofort keinen Cent mehr zahlen. Das ist geblufft, aber Ibrahim verlässt die undankbare Stätte wieder und ist vorerst nicht gesehen.

Der COPO in Laayoune erweist sich als verständnisvoll, ich solle das in meinen wöchentlichen Report schreiben, dann werde Minurso mit der Polisario-Spitze verhandeln und das Problem für uns Top-Down lösen. Ähnlich verlautet es vom gewohnt effizienten Macher Darwish, dem Chief Mission Support aus Syrien. Ab da herrscht Ruhe im Karton seitens unserer Führungsseite. Wöchentlich schreibe ich brav in meinen Report, dass wir weiter auf eine Lösung harren, doch es tut sich nichts. Nicht einmal ignorieren heißt ab da die Devise unserer Oberen, bis zu meinem Abgang.

Die Polisario-Führung unseres Bereichs hingegen schaltet auf stur: Ibrahim oder kein Ersatz. Dann lieber keinen Ersatz, sagen wir. Und auch die verbliebene Arbeiterschaft, das Fähnlein der drei Aufrechten, versichert, sich die Arbeit untereinander aufteilen zu wollen. Es werde schon gehen.

Manchmal malt Fabio düstere Bilder an die Wand, dass man sich doch besser der Polisario-Arbeiter insgesamt entledigen solle, denn sie würden nur spionieren und wären gleichsam der Feind im eigenen Bett. „Diese Leute“ seien eine reale Gefahr für unser Leib und Leben, sagt er und schlägt vor, alles selbst zu machen: reinigen, kochen, instandhalten. Ich kann für mein Überleben sorgen, trumpft unser Rumpelstilzchen aus São Paulo auf. Und die anderen, die nicht kochen können? Sollen bleiben, wo sie sind, lautet die Antwort. Typisch undurchdacht. Und wie lange soll das gut gehen, frage ich. Das hält vielleicht eine Woche, dann können wir hier dicht machen.

## Samstag, 17. 7.

Es hat gestern spürbar abgekühlt, und heute weht heftiger Wind, wirbelt den Sand auf, in die Haare, zwischen die Kleidung und die Zehen. Wir kneifen die Augen zusammen und müssen die Türen beim Öffnen festhalten.

In der Ruhezeit des Einserdienstes habe ich zwar kurz, aber gut geschlafen. Abends ist Abschiedsparty für Choe, der für seinen Lieblingsspruch „Show me your empty glass" (um nachschenken zu können) Unsterblichkeit in Mijek erlangt hat. Lange war eine Art Barriere zwischen uns, vielleicht, weil ich ihn in grauer Vorzeit einmal bloßgestellt hatte, aber seit er von seiner Europareise mit Stopp in Wien, für das ich ihm einige Tipps gegeben hatte, zurück ist, verstehen wir uns recht gut.

Wer Sorgen hat, hat auch Likör. Kein Wunder, dass auch ich einmal zu viel erwische. Dmitry schenkte Wodka aus, auch Whisky war noch dazwischen. Schließlich merke ich, dass ich einen Rausch habe und ziehe mich zurück.

Mitten in der Nacht werde ich munter und erkenne blitzartig dank jahrzehntelanger Erfahrung mit der Droge: die Lage ist ernst. Ich tappe aus dem Bett und bei der Hintertür hinaus, im Wissen, dass ich derzeit der einzige Bewohner im kleinen Zelt bin. Eine lange Weile sitze ich splitternackt auf der Holzbank neben der Tür, gebe die Flüssigkeiten auf unterschiedliche Weise wieder von mir und hoffe auf Besserung. Nebenbei auch darauf, dass mich niemand sieht. Der nackte, besoffene Kommandant – es wäre ein schrecklicher Imageverlust. Später krieche ich wieder in mein Bett und schlafe schwer und traumlos, wie es in Romanen oft heißt.

## Sonntag, 18. 7.

Das war ein großer Fehler gestern Abend! Ich hatte mich nicht in der Hand, denn normalerweise geht meinen Besäufnissen zumindest eine Spur von Folgeplanung voraus. Diesmal aber hatte ich den nächsten Tag völlig außer Acht gelassen. Dabei sollte ich gerade heute geistig wendiger sein als sonst. Steht mir doch ein mittägliches Interview im Deutschlandfunk bevor.

Schwer verkatert geselle ich mich langsam unter die Lebenden, trinke viel Wasser, gönne mir längere Rasten und warte im Büro auf den Anruf um halb zwölf. Alles pünktlich, Herr Stopp aus dem fernen Köln meldet sich, und schon geht es ab ins Live-Interview, das ich gewandt wie ein übergewichtiger Tanzbär führe. Ein paar

Worte wollen mir nicht einfallen, ich gerate ins Stottern und verwünsche mich selbst ob meiner gestrigen abendlichen Unachtsamkeit. Denn was ich hier gerade ausführe, ist der Ernstfall, mein realer Beruf, nicht der jämmerliche Hausverwalterjob im Wüstenschloss mit seinen renitenten Einwohnern.

Trotzdem scheint zumindest ansatzweise eine Botschaft transportiert worden zu sein. Jedenfalls ist Herr Stopp danach voll des Lobes und freut sich, was wiederum mich freut und meinen Genesungsprozess beschleunigt. Und so gelingen mir auch noch der Wochenbericht und die Auto-Instandhaltung.

Dmitry gesteht mir, dass auch er gestern ziemlich betrunken gewesen sei, das verbindet für ein paar Momente über unseren Giftzwerg Fabio hinweg. Aber am Abend bin ich hundemüde.

## Montag, 19. 7.

Es ist der Tag von Morenos Qualifikation, und wir starten frühzeitig. Schon am Abend vorher hat der junge, groß gewachsene Brasilianer die beiden Autos präpariert und mit allen Requisiten beladen, die wir für dieses Roadmovie brauchen, vom Minenschild bis zu unserem Granaten-Dummy.

Dann ziehen wir los, er als Kommandant, ich als erster, Dmitry als zweiter Fahrer. Erst einmal Kurs auf Oum Dreyga. Kurz vor dem Berm biegen wir links in die Pufferzone. Es ist diesig, schwerfällig flimmert die Bergkette am künstlichen Wall, zu dem wir uns nun parallel bewegen. Diese Buffer-Strip-Routen sind stets um ein paar Grade abenteuerlicher als unsere Hauptstrecken zu den diversen Wegpunkten. Da wir sie erst seit Kurzem befahren, bestehen sie meist nur aus einer einzigen Fahrspur und nicht aus einer Bandbreite, unserer geliebten Autobahn.

Alsbald windet sich der Weg durchs Gelände, es wird hügelig. Rechts ein Minenschild, links eine im Boden steckende Granate: Wir passieren einen Bereich, wo es einmal heftige Kämpfe gegeben haben muss. „Halt, könntest du noch einmal zurückschieben", fragt Moreno, „ich glaube da war ein UXO." Brav folge ich seiner Anweisung, und tatsächlich: Bei genauem Hinsehen ragt etwa sechs Meter rechts vom Weg etwas Metallisches aus dem Sand.

„Gut", sage ich, „da kannst du gleich deine UXO-Aufgabe absolvieren." Moreno ist nicht der erste, dem dies am Prüfungstag widerfährt. Auch bei Talal soll es so gewesen sein. Selbst für mich ist es das erste „UXO-Marking", und ich fühle mich nicht recht wohl, als ich den Steinkreis hinter der Granate schließe und dabei im unberührten Sand stapfe. Auch wenn es sich um eine Granate, also um nichts planmäßig oder, wie in diesen Breiten zu vermuten, planlos Verlegtes handelt. Wir schütteln die rote Spraydose, dass es nur so klackert, und geben der Landschaft ein paar rote Farbpunkte. Unbeeindruckt von ihrer neuen Zierde steckt die Granate in der Mitte. Wir kehren zurück und setzen unsere Fahrt fort, nachdem Moreno den unvermeidlichen Papierkram ausgefüllt hat.

Nach Umfahren eines Hügels, des OP 17, geht es sanft talwärts. In der Ebene erwartet uns ein Sandfeld, für das man Anlauf nehmen muss. Auch die Fahrspur im weiten Bogen davor legt das nahe. Also hochtourig hinein ins Vergnügen, geschafft. Etwa zehn Kilometer vor unserem Camp warten einige kleinere Sandstücke auf uns. Wieder beschleunige ich davor, bedenke aber nicht, dass hier die teuflischste Spezialität wartet, die uns die Straßenverhältnisse im Mijek-Bereich anbieten: Unter dem tiefen Sand ziehen sich harte Sandrippen quer über den Fahrweg.

Und so sehe ich beim beschleunigten Übersetzen erst den Himmel vor mir, als wir plötzlich aufsteigen, dann nur mehr Sand, als wir in die nächste Senke plumpsen, dann wieder Himmel nach der nächsten Rippe, und mit einem satten Plumps landen wir schräg zur Fahrtrichtung mit abgewürgtem Motor im anschließenden weichen Sandbett. Der Schreck sitzt mir in den Gliedern, als ich mit weichen Knien die Tür öffne, um mich vom eventuellen Totalschaden zu überzeugen. Dabei kommt es fast zum nächsten schweren Zwischenfall. Denn Dmitry ist wie immer viel zu knapp gefolgt und kann sein Auto gerade noch rechtzeitig knapp hinter unserem zum Stehen bringen. Wundersamerweise ist nichts passiert. Leicht geschockt buddeln wir das erste Auto aus dem Sand, und ich sage zu Dmitry: „Du wirst dir wohl gedacht haben: Ganz schön wagemutiger Teamsite Commander!" „Nein", antwortet er ungerührt, „eher: Crazy grandfather."

So kehren wir von einer Prüfungsfahrt zurück, bei der fast alle Aufgaben für Moreno real waren: Wir hatten zeitweise keine Verbindung zur Teamsite, also wäre Iridium zu benutzen gewesen. Wir hatten eine echte Granate und fast einen Unfall. Nach dem Briefing besteht Moreno auch die mündliche Prüfung ziemlich bravourös, wenngleich er, wie üblich in dieser Situation, schon ziemlich geschafft wirkt.

Nachmittags packe ich für die Teamsite-Commander-Konferenz, zu der ich morgen abreise. Seit ein paar Tagen sind alle freundlich zu mir, oder bilde ich es mir ein? Ist es ein Zwischenhoch oder habe ich mich schon an alles gewöhnt?

Am Abend präsentieren zwei unserer Hunde auf dem Antreteplatz einen halbtoten Vogel, mit dem sie fröhlich spielen, dass die Federn nur so fliegen. Soll niemand sagen, nur Katzen sind grausame Haustiere. Der armselige Flattermann kämpft flügellahm um sein Leben, sein Blut klebt an den weißen Mäulern der Hunde. Groll wächst in mir gegen die unschuldig Dahintollenden. Umständlich hole ich Besen und Schaufel, aber keiner der beiden ist bereit dem Treiben ein Ende zu setzen. So versuche ich den Vogel auf die Schaufel zu kehren, nachdem ich die Hunde rüde verjagt habe. Doch die Operation gelingt nicht. Dmitry nimmt in seiner emotionslosen Art einen großen Stein. Ich wende mich ab und erst wieder um, als er sagt: „So, das wäre erledigt." Ich bin eben kein Kämpfer, aber feige dankbar einen Tschetschenien-Killer in den eigenen Reihen zu haben.

## Dienstag, 20. 7.

Als ich am Morgen mit der Zahnbürste im Mund und im Einklang mit mir und der Erwartung von drei entspannenden Tagen dem Waschraum zuschlurfe, ereilt uns ein Anruf von Csiga, dem meist Unmögliches verlangenden Koordinator im Operationszentrum. So auch diesmal: Es fliegen ab heute keine Hubschrauber, weil man vergessen habe, dass der Vertrag mit der Betreiberfirma um 24 Uhr auslaufe. Deshalb hätten wir eine Autopatrouille zusammenzustellen, welche die Antonov mit Abflug um 10 Uhr in Oum Dreyga zu erreichen habe.

Unmöglich, vor neun kommen wir nicht weg, Dmitry muss eine Planung machen und einreichen, die nicht zuletzt Csiga zu genehmigen hat. Und schließlich bin ich noch nicht geduscht. Ich grolle, weil wieder unnötiger Stress einsetzt. Schließlich ist eine Patrouille aus dem Hut gezaubert. Da steht mit einem Mal eine Frau am Tor. Taruzi kommt auf mich zu. Offenbar genießt es der Polisario-Verbindungsmann, mich immer in jenen Momenten anzusprechen, in denen ich am wenigsten Zeit und Lust habe mit ihm zu konferieren. Die Hunde hätten eine ihrer Ziegen gerissen, nun verlange die Frau Ersatz. Alles was Recht ist, nun muss Fabio ran, den ich als Unterhändler zu der Dame entsende.

Nachher bestätigt er mir ihre Wünsche, denen wir natürlich nicht nachkommen, doch für die Hunde sieht es ab sofort schlecht aus. „Hätte ich eine Waffe, würde ich sie sofort erschießen", zetert Fabio, der auch Blut an der Schnauze eines unserer Sorgenkinder gesehen haben will. Beim Sanieren der Septic Tanks habe ihn die weiße Alte fast gebissen, so aggressiv sei sie. Kann ich mir zwar schwer vorstellen, aber jedenfalls steht fest, dass die Jungen nun weggegeben werden müssen, da sie nicht mehr beherrschbar sind. Außerdem, so Fabio, habe sich herausgestellt, dass es sich bei der Dame am Tor um die verstoßene Frau von Ibrahim handle, die sich gleich wärmstens nach ihm erkundigt habe. Auch das noch.

Aber für das alles ist jetzt nicht Zeit, ich trete die Flucht an. Wir rasen auf Oum Dreyga zu, erwartungsgemäß ist keine Maschine zu sehen, wir sind mit Eintreffen um halb elf eine Stunde hinter der Zeit. Es stellt sich jedoch heraus, dass all die Eile vergeblich war, denn der Flieger hängt noch in Aguanit. Somit bleiben wir über Mittag in Oum Dreyga, auch Assefa, der nach der Schlammarbeit bei uns wieder an seinen trockenen Arbeitsplatz in Laayoune zurückkehrt.

Dort nehme ich den UN-Bus ins Hauptquartier und besuche erst einmal Alfred. Der erzählt mir, dass die unglaubliche Stümperei mit den Hubschraubern diesmal nicht auf der Schuld von Minurso beruht, sondern auf der von New York. Immer wieder sei die UN-Zentrale auf das Auslaufen der Verträge aufmerksam gemacht worden, aber nichts wäre geschehen. Ein Vorkommnis mehr, das mich an der Effektivität der Vereinten Nationen zweifeln lässt. Und daran, wie man ein Berufsleben in dieser kranken Organisation zubringen kann, ohne selbst seelisch Schaden zu nehmen.

Ich spaziere ins Hotel Almazira, wo ich mich einquartiere und essen gehe. Ich sitze im lauschigen Garten unter den Palmen, doch auch ein mich halb verdeckendes Blatt kann nicht verhindern, dass mich der im Auschecken begriffene Francesco entdeckt und schon bei mir am Tisch sitzt. Eigentlich wollte ich diesen Schwätzer vermeiden, aber was soll es. Ich kann mich nur beizeiten trollen, was ich auch mache.

## Mittwoch, 21. 7.

Von Teamsite-Commander-Konferenzen sollte man sich rein gar nichts erwarten, dann ist man nachher nicht enttäuscht. Das erkenne ich bald, doch in dieser Deutlichkeit erst viel später. Zu Beginn posieren wir vor dem Fahnenmast und mit dem Hintern zum Gedenkstein der gefallenen Minursianer, ein offenbar wesentlicher Termin fürs Protokoll. Denn das Foto wird umgehend in der gesamten Mission versandt, zum Beweis für die Daheimgebliebenen, dass ihr Chef wirklich in Laayoune weilt und hart arbeitet.

Wenig später sitzen wir im lichtlosen Konferenzsaal im Herzen des Hauptquartiers und lassen Vortrag um Vortrag über uns ergehen. Offenbar hat jede Sektion das Recht sich eine Viertelstunde lang zu präsentieren und dann sich ein bis zwei Fragen stellen zu lassen. Mehr ist nicht drin, denn dann beginnt der chinesische Assistent des Kommandanten untertänig-ängstlich mit den Flügeln zu schlagen. Es ist zum Leben zu wenig, zum Sterben zu viel, konstruktive Arbeit kann so nicht entstehen. Die Konferenz ähnelt somit einem chinesischen Parteitag: Alles ist bereits vorbestimmt, für Anregungen und Kritik kein Platz vorgesehen. Lediglich ein Ritual wird abgespult, für das die drei Tage, in denen die neun Kommandanten von ihrer Arbeitsstelle abwesend sind, einfach zu schade sind.

Der COPO ist kurz vor Mittag dran, und natürlich nehmen unsere operativen Anliegen breiten Raum ein. Es ist halb eins, den Bus zum Mittagessen sehe ich im Geist ohne mich davonfahren. Kurz vor eins ist Schluss und ich frage den betulichen Force-Commander-Assistenten, wie er sich nun den Mittagstransport zum Hotel vorstellt. Er ist einigermaßen ratlos, und an dieser Ratlosigkeit weide ich mich erst einmal. Die anderen haben immer Mitfahrgelegenheiten, meist bei Landsleuten im Hauptquartier, aber wir Österreicher sind nur zwei Mann hoch und der magenleidende Alfred, der die Hotels meidet.

Ich bleibe also breitbeinig im Raum stehen, tue kund, dass ich gerne essen gehen oder noch besser fahren möchte und Minurso für diesen Fall vorzusorgen hätte. Schließlich erbarmt sich der COPO, der Verursacher der Verspätung, meiner, nimmt mich in seinem Auto mit und mit mir gemeinsam im Almazira das Mittagsmahl ein.

Am Nachmittag schildert unser pakistanischer Trainings Officer begeistert, dass es nun gelungen sei, die Qualifikationsprüfungen zu vereinheitlichen. Das schon, versuche ich in der Diskussion anzumerken, nötig wäre aber, auch deren Vorbereitung zu vereinheitlichen. Es gibt keinerlei Skriptum, keine kompakte Stoffsammlung für die Neuen, aus der man studieren, auf die man sich berufen könne. Nötig wäre ein allgemeiner Teil für alle und ein spezieller für die jeweilige Teamsite. Ausgezeichnet, lobt Jamil, das müssen wir noch machen, großartige Idee.

Eigentlich war es ein Wunder, dass ich zu Wort kam, denn am U-förmigen Tisch sitzt mir gegenüber der hünenhafte Kommandant von Smara, ein bärtiger Pakistani, der sich nach jedem Vortrag mit irgendeinem Schwachsinn untertänigst zu Wort meldet. Und sei es, um sich kriecherisch für die großartige Präsentation, das Ablesen von 13 Powerpointfolien, zu bedanken. Neben ihm hockt der noch viel bärtigere stellvertretende Kommandant von Tifariti, ebenfalls aus Pakistan. Wickelt man die beiden von Kopf bis Fuß in schmutzigbraunes Tuch und drückt ihnen eine Bazooka in die Hand, sitze ich auch schon aus Angst vor den Taliban unter dem Tisch. Auch der zweite meldet sich gerne zu Wort. Wir anderen wohnen als Zuschauer der Vorführung „Minurso antwortet und Pakistan fragt anschließend" bei.

Bevor wir abends auseinandergehen, ist noch großer Auftrieb der wichtigen Leute angesagt, die sich nun an der Querseite des U dicht aneinanderdrängen. Auch Enrico, der Informationsoffizier, der mich freundlichst begrüßt, aber kein bedauerndes Wort über unsere zu Grabe getragenen gemeinsamen Pläne verliert. Die Zeit eilt voran, wir mit ihr, kein Raum für Sentimentalitäten.

Wieder dürfen wir Fragen stellen und Kommentare abgeben, insbesondere jene, die zuvor aufgrund der mitteilsamen Pakistani nicht drangekommen sind. Den Anfang macht mein bärtiges Gegenüber aus Pakistan. Nun hätten wir doch dankenswerterweise die Qualifikationsprüfungen vereinheitlicht, aber es fehle eine Vereinheitlichung der Vorbereitung. Höre ich recht? Ja, ja, fährt er salbungsvoll fort, ein Skriptum oder eine kompakte Stoffsammlung. Jetzt hört sich aber alles auf! Geht der mit meinem Vorschlag hausieren, um sich in der Abschlussrunde das große Lob einzuheimsen, wie schlau er doch sei!

Da niemand Einwände hat, sondern vermutlich alle an den Feierabend denken, insistiert der Pakistani, schmückt meine Worte behände aus. Schließlich wird der außerordentlich behaarte zivile Missionschef, der der aus Ägypten stammende „Spezialrepräsentant des UN-Generalsekretärs", ungeduldig: „Gut", sagt er, „Botschaft angekommen, man wird sich darum kümmern, dass das gemacht wird. Ich ernenne Sie zum Verantwortlichen, bei dem alle Ideen zusammenlaufen." Der Bärtige schaut verdutzt, als wäre seine Bazooka nach hinten losgegangen, und tatsächlich hat sich etwas Ähnliches ereignet. Insgeheim frohlocke ich über die Einkehr von Gerechtigkeit.

Am Abend ist im Hotel Sahara Line großes Dinner angesetzt. Auch nicht viel anders als unsere Partys: Man isst, was man jeden Tag isst, und am Ende fährt eine Torte mit spezieller Beschriftung auf, für deren Anschnitt möglichst viele Wichtige den Griff des langen Kuchenmessers umklammern und dabei nicht hinsehen, wo sie den goldenen Schnitt ansetzen, sondern starr das Objektiv der Kamera fixieren.

Was mich lediglich ärgert, ist, dass Jamil offenbar dem Bienenfleiß seines Landsmanns nicht traut, sondern sich an mich wendet, damit ich ihm ein Konzept für ein solches Skript erstelle. Und, wie im Hauptquartier üblich, möglichst gestern. Ich habe mir vorgenommen, dem Bartgeier aus Mittelost vorzuschlagen, mich getrost künftig anzurufen, wenn ihm wieder die eigenen Ideen ausgehen und er mit fremden hausieren gehen möchte, ich wüsste bestimmt Rat. Aber leider ergibt sich keine Gelegenheit: Der Bärtige drängt immer wieder an die Spitze der Tafel, versucht der Hochgestellten Aufmerksamkeit für sich zu erhaschen.

Meine Zeit kommt noch. Irgendwann einmal, viel später, ruft er mich in der Teamsite an, und ich juble ihm den frechen Vorschlag unter. Er lacht gönnerhaft dazu. Unter dem Tisch hat er vermutlich in diesem Moment schon das Messer gewetzt oder die Bazooka startklar gemacht.

Kaum ist die Torte angeschnitten und der offizielle Teil beendet, fliehen die Offiziellen in Scharen. Auch wir machen uns auf den Weg, nachdem wir uns im Vorbeigehen noch ein paar Kuchenkrümel in die Backen geschoben haben.

## Donnerstag, 22. 7.

Der Tag ist mit Arbeit angefüllt. Zum einen kreiere ich ein Konzept für Jamil. Dann pilgere ich zu einigen Dienststellen, auch zum Computerspezialisten Roland aus Bernstein im Burgenland. Vorher nimmt mich Hauptmann Evgenji, der Logistiker der Force, ein recht professioneller Russe, ins Büro zu LMB in der Nähe des Flughafens mit, und ich kann eine neue UN-Fahne nach Hause tragen, nachdem die alte hoffnungslos zerschlissen ist, weil sie der in Mijek ständig wehende Wind beim Auf- und Niederziehen in die Dornen des einzigen Busches in unserem Stützpunkt weht.

Schließlich habe ich noch Botendienste auszuführen, just für jene, mit denen ich mich derzeit nicht allzu gut stehe: Für Fabio ein Paket brasilianischer Schokolade an der Hotel-Rezeption zu übernehmen, für Dmitry für 120 Euro Bier im PX-Shop zu erstehen. Das sind mehr als ebenso viele Dosen, fünf Paletten voll. Um diese per Airmail nach Mijek zu verschicken, muss ich sie zu Movcon transportieren. Um sie dorthin zu bringen, brauche ich ein Auto.

Alfred ist wie immer hilfreich und borgt mir seinen Dienstwagen, einen dieser schicken Nissan Patrol. Erst kaufe ich das Bier auf Teamsite-Rechnung – damit gibt es für uns in diesem Monat keinen Alkohol mehr –, dann schaffe ich das alles zu unserer Frachtabteilung am Flughafen.

Als ich aus der Halle zurück zum Auto gehe, werde ich von einem Unbekannten im Blaumann mit rauchiger Stimme angesprochen. Ob ich ihm einen Gefallen tun könne? Es stehe eine Hochzeit bevor, sagt er auf Französisch, und er würde gerne eine Flasche Whisky schenken. Und, frage ich, Böses ahnend. Ob ich nicht für ihn eine Flasche um acht Dollar erstehen könnte? Ich komme gerade von dort, protestiere ich lahm. Tatsächlich habe ich keine Lust heute weitere Wege zu machen. Es wäre aber sehr nett, und er würde es am Abend im Hotel abholen. Halb acht im Almazira? Woher weiß er, in welchem Hotel ich untergebracht bin, frage ich mich unbehaglich. Aber er ist ja UN-Angestellter, da sollte nicht viel schiefgehen, auch wenn er als „Local“, also als Marokkaner, nicht in den PX darf. Na gut. Nochmals marschiere ich zum PX und erstehe eine Flasche Whisky. Die müssen denken, ich sei der große Säufer.

Im Büro erzähle ich Alfred und Roland davon. Beide schlagen die Hände über dem Kopf zusammen. Das solle ich nur ja nicht machen, es sei streng verboten im PX für Außenstehende einzukaufen. Zudem könnte es eine Falle sein, immerhin ist die Hotelrezeption ein mehr als auffälliger Ort. So, nun habe ich eine Flasche Sir Edward's First Scotch, an der mir nun wahrlich gar nichts liegt.

Erstmals probiere ich den Pool im Almazira aus. Die Sonne schickt sich bereits zum Untergehen an, und die geschmäcklerischen Arkaden rund ums Becken sind so konstruiert, dass es nur in der äußersten Ecke, inmitten von viel Taubenkot, gelingt, für eine halbe Stunde noch ein paar wärmende Strahlen zu erhaschen. Als es dunkelt, gehe ich auf die Suche nach der Busfirma für meine geplante Marokkoreise, finde sie nach Längerem auch, lasse mir die Preise geben und kehre bei einem Friseur ein, wo ich nur 20 Dirham bezahle.

Um halb acht umkreise ich unauffällig das Foyer des Hotels, ohne Flasche. Einige der hier Sitzenden könnten Agenten sein, die mich im Fall des Auffliegens hopsnehmen. Einige Minuten warte ich, dann gehe ich mit reinem Gewissen essen. Der

Typ ist schon einmal gar nicht erschienen. Wiederum sitzt Francesco neben mir und labert mich zu. Und weil ich einen Vertrauten brauche, schütte ich ihm mein Herz über Fabio aus, doch erkenne ich bald, dass ich in ihm keine tröstende Schulter finde. „Du musst dich nur um die Teamsite kümmern", rät er mir. „Solange du dich für Mijek engagierst, werden es dir die Mitglieder honorieren." „Mache ich ja", sage ich, „und ich werde es weiterhin tun." Und damit geht die Ära Francesco endgültig für mich zu Ende. Der Rezeptionist informiert mich von einem Telefonanruf, doch ich beauftrage ihn, nicht zu mir durchzustellen, da ich nun zu ruhen gedenke.

## Freitag, 23. 7.

Im Sommer wird früh geflogen, heute schon um sieben Uhr, also stehe ich um sechs vor dem Frühstückszimmer des Almazira, doch dort wird erst seelenruhig vorbereitet. Lediglich drei Orangenscheiben kann ich hastig einwerfen, dann stürze ich auf die Straße. Kein Taxi weit und breit. Mir wird unbehaglich.

Ein dunkelblauer VW-Bus mit vergitterten Scheiben biegt um die Ecke und hält vor mir. Ein freundlicher Uniformierter steigt aus und fragt mich, wo ich denn hin müsse. Flughafen? „Gut, steigen sie ein", sagt er. Und da sitze ich nun, auf der Rückbank im hochmodernen vergitterten Bus und frage mich, ob das nun die Polizei oder ein Wachdienst oder ein verkleidetes Entführungskommando ist. Mein Wohltäter hängt im Beifahrersitz und dreht am Radio, das Arabisch jodelnde Sender einfängt, offenbar überall Morgengebet.

Und wenn mich die beiden irgendwo in der Wüste aussetzen? Vermutlich dürfte ich in keinem fremden Auto mitfahren. Wenn das später herauskommt, werden meine Gebeine umgehend repatriiert. Doch die zwei liefern mich brav am Flughafen ab, und ich bedanke mich überschwänglich.

Dort hebt das Warten an. Eine halbe Stunde vor Abflug Sicherheitsbriefing und Warten im Abflugraum. Eine Viertelstunde vor Abflug öffnen sich die Türen, im Gänsemarsch drücken wir dem UN-Local am Ausgang unsere Bordkarte in die Hand und schreiten über das Flugfeld dem weißen Vogel entgegen, der sich im Nachtblau über der Piste abzeichnet. Im Abstand mehrerer Meter sind Locals postiert, die uns wie Schneestangen den rechten Weg weisen. Aus den Augenwinkeln mache ich unter ihnen den Blaumann von gestern aus, der mir im Vorbeigehen mit unterdrückter Stimme „Monsieur" zuruft. Ich tue so, als hörte ich nicht und rette mich in die Maschine.

Gemeinsam mit meinem russischen Amtskollegen von Oum Dreyga schaukle ich der Sonne und Aguanit entgegen. Dort werde ich noch einmal des Mate trinkenden Uruguayers ansichtig, der heimwärts auscheckt. Der Russe aus Oum Dreyga hat mich die letzten Tage immer wieder mit der Idee eines Volleyballmatches drangsaliert. Am 1. 8. soll es in seiner Teamsite stattfinden. Aber mit wem sollen wir dort aufkreuzen, frage ich mich. Heute sind wir sechs Leute, morgen sieben.

Die peinliche Hubschraubergeschichte war auch Thema bei der Teamsite-Commander-Konferenz, aber heute wird wieder geflogen, wenngleich es sich um einen Notvertrag für einen Monat handelt und man künftig zwei Firmen beschäftigen wolle. Was die Floskel vom Wettbewerb ins Spiel bringt, in Wahrheit aber alles verkomplizieren wird. Als einziger Passagier trete ich von Oum Dreyga aus samt unserem Futter die Weiterreise nach Mijek an.

In der nachmittäglichen Sitzung schwöre ich unser Team auf harte Zeiten in der nächsten Woche ein, wenn wir nur fünf bis sechs sein werden. In Laayoune hatte ich den Personalchef bekniet, uns endlich Leute zu schicken, und in einer Woche soll endlich jemand kommen, in der Woche darauf sollen es nochmals zwei neue Kollegen sein.

Ich informiere meine Leute über die Gespräche des SRSG, des zivilen Missionschefs, mit der Polisario in Tindouf in Algerien. Ihr Anlass: Aufgrund der Blockade durch Frankreich im UN-Sicherheitsrat hat Minurso kein Mandat zur Überwachung der Menschenrechtssituation in Marokko erhalten. Die Polisario ist dementsprechend stinkig auf die UN, weil sie immer wieder beklagt, dass es den Saharaouis in marokkanischen Gefängnissen gar nicht gut gehe. Weil Frankreich diese ausnahmsweise sinnvolle zusätzliche Aufgabe für Minurso torpediert hat, habe nun die Polisario den Vertrag mit uns einer neuen Prüfung unterzogen und Forderungen erhoben, wonach sie in der Behandlung Marokko gleichgestellt werden wolle. „Kosmetische Zugeständnisse", hatte der SRSG die Ergebnisse der Gespräche genannt, aber die Polisario war offenbar fürs erste beruhigt.

Für uns bedeutet es dennoch mehr Bürokratie: Wir haben ab sofort Taruzi bei jedem Flug die Daten der Passagiere zu nennen und den Flugplan auszuhändigen, was er auch peinlich genau einfordert. Schließlich informiere ich die Meinen noch, dass ich den Fall Ibrahim, wenngleich wenig erfolgreich, zur Sprache gebracht hätte. Und da ich heute Kopfschmerzen habe, gehe ich bald ins Bett.

## Samstag, 24. 7.

Die Rast hat mir gutgetan. Ich bin 2er-Duty und bringe erstaunlich viel weiter. Vielleicht habe ich gestern den Sandsturm gefühlt, der heute um unser Gelände weht. Alles rundum ist in schwefeliges Gelb gehüllt. Die Kraft bleibt mir auch für die abendliche Party erhalten.

## Sonntag, 25. 7.

In der Früh und am Nachmittag fahren wir zur Wasserpatrouille aus, dazwischen ist Buffer Strip 08 angesagt, ein langer Weg. Ich bin Kommandant, Al Haj ist Fahrer, hinten gondeln Fahrer Naby und Dmitry hinterher. Auch diesen freut es nicht, lange in der Gegend herumzustehen, und so beschließen wir bald, dass die Stunde erwartungsvollen Beobachtens um sei und wir zurückzukehren hätten.

Was ich von Al Haj höre, ist überraschend einerseits, empörend andererseits: Habe doch Fabio, als er von Taruzi gefragt wurde, wer denn so streng hinter der Abberufung Ibrahims her sei, geantwortet: „Das waren Stefan und die Araber." Ein starkes Stück, da redet einer, der nicht dabei war, und stellt Vermutungen als Tatsachen in den Raum. Ich bin empört und sehe das Glas nun überlaufen.

Schließlich sagt mir Ali noch ganz im Vertrauen, dass Talal, als es um die Abstimmung für den neuen Teamsite Commander gegangen ist, bei den Arabern in der Teamsite für mich geworben habe. Und er wäre gar nicht für Fabio gewesen. Das macht mich etwas betreten, weil ich Talal unrecht getan und ihn falsch eingeschätzt habe, auch wenn ich vermute, dass er es erst getan hat, als klar war, dass es mit Fabio nichts wird. Oder sollte es Talal ernst gemeint haben, als er zum Abschied meinte: „Du bist der Beste für den Job"?

## Montag, 26. 7.

Mein bisher unangenehmster Tag in dieser Mission bricht an. Erst einmal wache ich schon eine Stunde zu früh auf. Nicht dass ich schlecht schlafe, wenn ich Probleme habe. Ich wache einfach zu früh auf, womit sich tagsüber zu den Problemen auch noch die Müdigkeit gesellt. Keine gute Kumulierung.

Nach dem Frühstück fehlt mir ein weiteres Stück Plombe am Sechser links unten. Mit der Zunge fühlt er sich an wie eine ausgeplünderte Sandkiste. Das kommt genau zum richtigen Zeitpunkt! Und dann auch noch Helikopterflug und große Patrouille. Und beim abendlichen Briefing will ich Fabio, im übertragenen Sinn, übers Knie legen. Ein gewaltiges Tagesprogramm vor einer Kulisse in Moll, das kann etwas werden!

Erst einmal macht der Hubschrauber aufgrund der Wetterverhältnisse kehrt. Die sind mir als gar nicht so extrem aufgefallen, aber mag ja sein. Insgeheim bin ich zufrieden, denn nun bricht Dmitrys Planung ein. So einfach ist das doch nicht mit zwei Patrouillen am Tag. Ich frage mich, was denn dabei wäre, die Leute in Laayoune anzurufen und zu sagen: „Freunde, die Patrouille von Mijek fällt heute wegen Personalmangels aus. Morgen sind wir aber wieder verlässlich auf der Piste." Es wird wohl nach 20 Jahren nicht der Krieg neuerlich losbrechen, nur weil vier wackere Mijeker daheim bleiben und ein paar danach dürstenden Kamelen nicht „UN-Presence along the route" bieten.

Doch nein, Dmitry ist wie die Menschenschinder in der Hauptstadt: Er will um alles in der Welt das gesamte Programm durchpressen. Ich frage mich nur, welchen Leninorden er damit anpeilt. Da sich der Hubschrauberflug verschiebt, springt er sogar für mich in der Langpatrouille ein. Doch dann fällt der Hubschrauberflug gänzlich aus. Seltenes Glück für mich, ich bleibe also heute daheim und habe nur den Brocken mit Fabio vor mir.

Einmal muss das alles raus, und das ist heute: Ich schicke meinem Hauptpunkt im Briefing voraus, dass ich normalerweise so etwas unter vier Augen klären will, aber bei Erreichen eines bestimmten Punkts wäre das nicht mehr möglich. „Stefan und die Araber" grenze für mich an Diffamierung und sei ein desaströses Signal der Uneinigkeit nach außen, ereifere ich mich. Penibel durchdacht habe ich mir die Standpauke stichwortartig aufgeschrieben.

Bei der einhelligen Abstimmung gegen Ibrahim wären Choe, Moreno, Dmitry, Amara und Rohaizad anwesend gewesen, allesamt keine Araber. Nicht dabei gewesen sein, aber den Mund aufreißen, donnere ich. „Wenn man es nicht genau weiß, dann: Shut up. Shut up." Dramaturgisch nicht schlecht, die Wiederholung, überlege ich parallel und verwahre mich gegen die ständig wiederkehrenden Verschwörungstheorien. Wir seien zudem eine Teamsite, wo die Aufforderung des „Fuck him" keine Gültigkeit für mich besitze, vielmehr Kommunikation, Hilfe und guter Wille. „Was ich aber vor allem nicht toleriere, ist jede Form von Rassismus", schließe ich vor der nun stummen Meute, die diesen Ausbruch nicht erwartet hat, insbesondere Fabio nicht. Der kalkulierte Ausbruch war zudem als politisches Signal an die Araber gedacht, dass ich sie öffentlich zu verteidigen gedenke. Schade, dass Dmitry während der Auseinandersetzung durch ein Telefonat nach draußen gerufen wurde. Ich hätte ihm gerne vergönnt mitzuerleben, dass sich sein Boss mitunter auch wehren kann.

Dann räuspert sich Fabio: „Das war offenbar gegen mich gerichtet." Ich zucke nur kühl zustimmend mit den Schultern. Und schon holt er aus zur Verteidigungsrede, die wieder einmal lange dauert, und nach der niemand recht weiß, worauf der Mann hinaus will. Gut, er ist nicht vorbereitet. Ich lasse ihn gewähren und schließe die Sitzung ohne weitere Entgegnung.

## Dienstag, 27. 7.

Fabio ist mein Fahrer, kein Wunder, dass die Stimmung einsilbig ist, aber wir haben wenigstens Taruzi an Bord. Hinten folgt einsam Dmitry. Unsere einzige Patrouille, fünf Leute sind wir an diesem Tag, An- und Abreisende ausgenommen, neuer Negativrekord. So etwas drückt zusätzlich auf die Stimmung der Anwesenden, mehr als es das Wetter vermag.

Wir besuchen die erste und die vierte Kompanie, leiern unsere Sprüchlein herunter, wobei ich mich mit Spanisch hervortue („Permitame presentarle nuestra patruilla..."). Dann schauen wir noch in einem zivilen Camp vorbei, wo wir von zwei jungen Frauen, einer davon ausnehmend hübsch, und ein paar Babys empfangen werden. Schließlich fahren wir noch den Waypoint 9 an und kehren heim. Dort hat der Hubschrauber Rohaizad aus seinem letzten Urlaub angelandet und Ahmed und Al Haj zu deren erstem abgeholt.

Auch etwas, das Fabio stets grimmig stimmte: Diese Araber gehen nur gemeinsam auf Urlaub. Was soll da schon dran sein, wenn genügend Leute hier sind? Schließlich hat jeder das Recht auf Urlaub. Fabio tut so, als wäre dies Ausdruck besonderer Faulheit. Außerdem entdecke ich, dass auch unsere beiden Brasilianer am selben Tag für Wochen in den Urlaub aufbrechen, zufällig, aber macht das einen Unterschied?

Fabio hat um eine Unterredung gebeten und sitzt bei mir im Office. Versöhnliche Töne kommen zutage, die allerdings wie eine Angel Widerhaken aufweisen, so Töne Haken haben können: Ich müsse härter durchgreifen – sein ewiges Credo. Zugegeben, meine Schwachstelle. Dann würde alles besser, meint er. Glaube ich beim besten Willen nicht, zumindest nicht zur Gänze.

Plötzlich platzt Dmitry in mein sehr sommerlich aufgeheiztes Zeltzimmer herein: „Leute, beenden wir doch den Krieg, machen wir spontan ein kleines Fest", ruft er. Hört sich gut an, aber ich fühle mich nicht im Krieg, ich habe mich lediglich ein einziges Mal öffentlich gegen die laufenden Attacken meines Stellvertreters gewehrt. Zudem wäre gerade jetzt noch einiges zwischen Fabio und mir zu klären gewesen. Aber ich lasse es gut sein und willige ein. Vielleicht wird eine Trendwende eingeläutet?

Dmitry grillt im Barbecue Area und teilt verschwitzt, aber zufrieden Bierdosen aus. Ganz mag mir dieses Festchen nicht gefallen: Kaum sind keine Araber mehr im Camp, werden bierselige Feste gefeiert, das ist der erste Eindruck. Der zweite wiegt noch gewichtiger, als mir Dmitry zwischen dem Wenden der Fleischstücke, nass von Bier und Schweiß, schnaufend seine Sicht der Dinge erläutert und dabei nicht nur manche Argumente, sondern auch haargenau die Worte von Fabio verwendet. Also doch ein abgekartetes Spiel, ein Barbecue, das mittels Zangengriff weniger das Essen als den Teamsite-Commander einkochen soll, eine Kaffeefahrt, bei der die kostenlose Bewirtung von einer Werbebotschaft mit sanftem Kaufzwang begleitet wird. Man merkt die Absicht und ist – enttäuscht. Wieder einmal.

## Mittwoch, 28. 7.

Ich habe Zweierdienst, das Thermometer arbeitet sich auf 46 Grad hoch. Dennoch putze ich hingebungsvoll die Offices, was bei solchen Temperaturen eine Tortur ist. Schweißtropfen fallen wie aus einem lecken Schlauch zu Boden, wo ich gerade kehre, und verbinden sich dort mit dem Staub zu feuchten Schmutzfahrern. Ich kenne nun schon jedes Tischbein, die Eigenarten jedes Papierkorbs. Wie oft werde ich das noch machen müssen? Einmal pro Woche für mehr als vier Monate? 20 Mal? Ein schrecklicher Gedanke, das wären zehn Stunden Putzen, ununterbrochen, fast ein halber Tag. Immer wieder erfolglos den feinen Sand unter der Eingangstür hervorkitzeln, mit dem nassen Mob nicht wirklich Sauberkeit, vielmehr Schmutz bindende Nässe auf den Boden zaubern.

Den Sport habe ich mit Einsetzen der heißen Temperaturen eingestellt, ich fände auch im Moment gar keine Zeit dafür. Am Nachmittag mache ich sogar ein Nickerchen im Duty-Büro. Mosaad ist auf Urlaub, ich bin nun auch noch G1. Und da der

28. des Monats ist, müssen wir die Flughafenbeleuchtung ent- und neu aufladen. Diesmal schule ich Moreno in jene verantwortungsvolle Tätigkeit.

Von Laayoune erhalten wir die freudige Botschaft, dass dort ein Wagen mit dem Kennzeichen UN 676 bereitstünde, der gegen den Rekordhalter an Kilometern, den UN 619, getauscht werden soll. Es müssten lediglich noch administrative Arbeiten erledigt und die Funkgeräte eingebaut werden. Mitte November verlasse ich die Teamsite, aber einen UN 676 gibt es bis dahin noch immer nicht in Mijek.

## Donnerstag, 29. 7.

Es ist mörderisch heiß. Schweiß trocknet im Freien in Sekundenschnelle, Duschen ab der Mittagszeit ist nahezu unmöglich ohne sich zu verbrühen, Metall mitunter nur mit Handschuhen anzufassen. Das Trinkwasser der Hunde verdunstet. Sie liegen irgendwo unter einer Bank und lassen die Zungen weit heraushängen.

Wieder mache ich Zweierdienst, wieder dasselbe Ritual: Putzen, Computer, Radiocheck, Funkverkehr, Mittagsrast, Kaffeepause. Interessante Stimmung kommt am frühen Nachmittag auf, als in einer knappen E-Mail aus Laayoune offiziell der neue Stellvertreter nominiert wird: Hauptmann Fabio Moreno. Nicht Major Fabio Grineberg. Ich jubiliere innerlich, Moreno wäre mein Traumkandidat, an den ich wegen der Unmöglichkeit dieser Variante nie gedacht hatte: Verlässlich bis ins Letzte, loyal ohne kriecherisch zu sein, natürlich und ungezwungen, einer, der mit allen kann, mit dem ich ein großartiges Führungsduo abgeben könnte.

Kurzfristig bin ich geneigt, den aufgrund desselben Vornamens und derselben Nationalität offenkundigen Fehler zu akzeptieren. Schließlich ist es mir aber doch zu riskant, denn Moreno war nie im Gespräch, zudem darf nur ein Major diese Position bekleiden, und ich fürchte, dass die Zentrale die ungewollte Entscheidung umgehend zurücknimmt, sobald sie ihrer gewahr wird. Das wäre für alle Beteiligten unangenehmer, als den Irrtum gleich aufzuklären.

Fabio tut so, als wäre er erleichtert und bestärkt mich vordergründig, nichts zu unternehmen, doch ist ihm die Enttäuschung an der Nasenspitze anzusehen. Und Moreno weiß genau um den Fehler, würde es aber doch gerne machen, das sehe ich auch ihm an. Schweren Herzens rufe ich den Unglücksraben in der Personalabteilung an, der umgehend eine Korrektur ausschickt. Nun habe ich Fabio auch offiziell im Genick.

Müde schleppe ich mich abends ins Bett. Seit dieser Woche arbeitet bei mir die Klimaanlage die ganze Nacht durch, schaltet sich automatisch ein, schaltet sich automatisch aus, dennoch kann ich schlafen. Wenngleich schlecht, weil der Schweiß trotzdem in Bächen über die Nase und die Brust läuft und morgens Kopfpolster und Leintuch patschnass sind.

## Freitag, 30. 7.

Halb acht, Zeit für Water Patrol. Dann bin ich Kommandant einer Patrouille zum Buffer Strip, POP 09. Hinten fährt Rohaizad mit Diallo neben sich, mein Fahrer ist Moreno. Zaghaft tupfe ich das Thema Fabio an, immerhin geht es um seinen Landsmann. Ich muss mich aber jemandem mit meinem derzeit größten Problem anvertrauen. Es folgt eine Erleichterung, die mich die nächsten Wochen begleiten wird.

Moreno erzählt mir, dass Fabio bei all seinen Landsleuten in der Mission bekannt und gemieden ist. Manche kennen ihn von der Militärschule daheim, wo er auch nicht gut gelitten sein soll. Überängstlichkeit und Schrulligkeit wären seine Markenzeichen. Auch er habe seine Probleme mit Fabio, den er offenbar per „Sie“ anspricht. Mir fällt mit einem Mal ein Stein vom Herzen: Es liegt also nicht an mir, nicht an der verpassten Chance des Teamsite-Commanders, dass sich Fabio mir gegenüber so verhält. Er ist einfach so. Ich bin Moreno unendlich dankbar. Vielleicht hätte ich schon früher mit ihm sprechen sollen.

Sogar Rohaizad, eine moralische Autorität in dieser Teamsite, fährt kurz vor seiner Heimreise noch einmal bei einem Briefing dazwischen, als es Fabio wieder einmal zu bunt treibt und weist ihn in die Schranken. Vergeblich, wie sich auf lange Sicht zeigte.

Am Zielpunkt üben wir mit Diallo den Fund eines UXOs, doch je höher die Temperaturen klettern, desto mehr Überwindung kostet es mich. Es geht auf Mittag zu, wir stehen im brennend heißen Wüstensand, und die Luft um uns flirrt. Auf den Kühlern unserer Autos könnte man Spiegeleier braten.

Heute erhalten wir endlich menschlichen Nachschub. Nach dem Essen machen wir uns in derselben Besetzung wie am Vormittag auf den Weg zum Link up Point mit Oum Dreyga, da die Hubschrauberverbindung auch heute ausgefallen ist. Mario Roda aus Italien, der mir schon in Laayoune vorgestellt wurde und der hoffentlich anders ist als Francesco, sowie der baumlange Domagoj Semunovic aus Kroatien werden uns in der unwirtlichen Kargheit in der arithmetischen Mitte zwischen unseren Teamsites übergeben, nebst Mosaad und Amara, den beiden Ferien-Heimkehrern und unserem Futter. Ein großes Hallo, natürlich sind ein paar Eier und Säfte aufgeplatzt, aber das tut der aufgekratzten Stimmung keinen Abbruch.

Auf der Fahrt, voll bepackt ins Camp, gebe ich mich wieder als Fremdenführer, wie ich es gerne mache, und weise die etwas verschreckten Neuen in unsere Mission ein. Um 18 Uhr haben wir wieder Treffen mit dem stellvertretenden Kommandanten der Militärregion, natürlich sprechen wir über das Wetter, denn auch um diese Zeit ist es noch schrecklich heiß, selbst um Mitternacht hat es heute 40 Grad. Doch ein echter Polisario-Kämpfer kennt keinen Schweiß.

Wir sitzen in der stickigen Mess Hall und hören uns erst einmal das politische Statement an, dann die Behauptung, dass die Marokkaner ein Minenfeld verlegen, natürlich ohne Angabe von Datum oder Koordinaten. Die aber brauchen wir, um aktiv zu werden. Der Schnauzbart verspricht, es nachzureichen. Damit nicht genug trete ich nach dem Abendessen den Einserdienst an. Ein arbeitsreicher Tag geht zu Ende.

## Samstag, 31. 7.

Nach dem Dienst schlafe ich, fühle mich aber nachher unrund. Die Hitze macht mir offenbar zu schaffen. Ich schleppe mich zum Briefing sowie zur allwöchentlichen Auto-Untersuchung. Vielleicht habe ich den Sandsturm gefühlt, der über uns hinwegfegt. Samt dem überraschenden Tröpfeln, das ihn begleitet und uns alle ungläubig vor die Zelte treten lässt. Um 21 Uhr ist Party angesetzt: Abschiedsfeier für Rohaizad, was mir sehr schwerfällt, denn nun ist auch mein letzter Weggefährte aus den Anfangstagen dahin, und lediglich Dmitry und Fabio sind mit mir jetzt die Alten. Die Neuen werden willkommen geheißen, haben einen Witz zu erzählen und ein Lied zu singen, was sie leidlich abliefern. Und anschließend müssen sie wieder in Schutzausrüstung eine Schubkarre voll Sand vors Tor schieben. Immer wieder dasselbe. Dabei habe ich erst Halbzeit.

## Sonntag, 1. 8.

Es ist trüb, der Wind weht, als Amara als Kommandant mit mir als erstem Fahrer ausrückt. Moreno und Mario folgen uns. Wir peilen den POP 05 an, knapp vor

Oum Dreyga, mit der Bergkulisse hinter dem Berm. Amara geht wie so oft für sich auf und ab, wir anderen stehen da und langen im Cooler nach Äpfeln und Keksen. Über den OP 17 kehren wir zurück, Morenos Prüfungsstrecke, diesmal aber ohne Zwischenfälle. Ich raste ein wenig, dann mache ich mich mit Dmitry an das Abfassen der wöchentlichen MTO-Reports. Es war ein schwieriges Unterfangen, ihn dazu zu bringen, dieses Geschäft auch noch zu übernehmen. Geduldig mache ich ihm klar, dass die Zahl der 16 Jobs im Camp gleich bleibt, ob wir nun 20 oder fünf Leute sind. Schließlich erklärt sich Dmitry brummelnd doch dazu bereit und ist sehr willig, sich in die Sache zu vertiefen. Und weil er so gewissenhaft ist, sitzen wir bis spät am Abend bei dieser Arbeit.

## Montag, 2. 8.

Heiß ist es, aber jene trockene Hitze, die den Sommer in der Wüste halbwegs erträglich macht. Ich bin Kommandant einer Patrouille, bei der Dmitry mein Fahrer ist und hinten Rohaizad und der etwas unnahbare Domagoj nachzuckeln. Ziel ist der OP 18, den wir erklimmen und nach kurzem Vertreten der Beine wieder verlassen.

Auf der Rückfahrt versuche ich nun auch Dmitry mein Herz auszuschütten, doch ich habe nur zur Hälfte Erfolg, spüre ich. Aber immerhin zur Hälfte. Dmitry scheint einzuleuchten, dass Fabio nicht die Alternative ist. Auch distanziert er sich ein wenig von ihm, „this guy", wie er sagt. Es wäre mir wichtig, überlege ich insgeheim strategisch, diese Achse aufzubrechen. Er habe nichts gegen Moslems, sagt Dmitry, er behandle alle gleich. Auch wenn er sie grundsätzlich nicht möge. Au weia, Rückschlag. Aber verständlich: Tschetschenienkämpfer unter Putins Führung.

„Zum Beispiel Al Haj", sagt er. Der bemühe sich, wenn man ihm etwas sage. Da bin ich nun leider absolut nicht seiner Meinung, den halte ich für den Schwächsten von allen. Es ist ein Kreuz, Dmitry und ich haben in der Personaleinschätzung diametral andere Ansichten. Für ihn scheint aber das Haupthindernis eines Schulterschlusses mit mir zu sein, dass er sich mich völlig anders wünscht. Und er sagt es mir zum wiederholten Mal. Wie schon vorigen Dienstag bei der von ihm organisierten Party: Let us fuck them. Ich hätte doch genug Möglichkeiten der Bestrafung. Etwa wenn es um den CTO geht, ein kleiner formaler Fehler, und schon könnte ich das Formular genüsslich vor den Augen des Sünders zerreißen. Das schmeckt mir nun überhaupt nicht, denn ich weiß, dass wir einander auf diese Weise nicht näherkommen werden. Fair Play oder wir lassen es bleiben.

Im Büro habe ich alle Hände voll zu tun, die morgige Administrationspatrouille vorzubereiten. Zwar hatte ich mir gesagt, freiwillig fahre ich diesen Eselsweg nicht in die Hauptstadt, aber mein Zahnproblem lässt mir keine andere Wahl. Ich kann nur hoffen, dass die Kollegen es nicht als vorgeschütztes Theater empfinden. Fabio hatte gesagt, ich müsse das unbedingt behandeln lassen, das könnte sonst durchaus ernste Folgen haben. Aber vielleicht meint er bei sich das Gegenteil.

Dmitry hatte sich in seiner bekannten Art des im kommunistischen System Sozialisierten zurückgelehnt und gesagt, er warte auf die Anforderungen der anderen Postenverwalter, was aus Laayoune mitzubringen sei. Er werde auf niemanden zugehen. Sollte nichts von der Belegschaft kommen, würden wir gar nicht fahren, hatte er sogar anfangs gedroht. Denn dann wäre die Fahrt nicht gerechtfertigt. Womit er sogar Recht hat, denn man muss die Patrouille nicht nur anmelden, sondern auch begründen.

Und so ordne ich im Büro die ID-Karten zum Abheben des Lohns für jeden von uns sowie der G5-Gelder und bereite das Ersatzrad fürs Auto vor. Dazwischen brüllen sich der sonst so in sich gekehrte professorale Amara, der einige Zeit in Moskau verbracht hatte, und Dmitry auf Russisch an, wobei Amara zornig auf Englisch für alle hinzufügt, er habe viele Russen bei seinem Aufenthalt dort kennengelernt, aber so einen ungehobelten Menschen wie Dmitry nicht. Ich fühle mich ein wenig mitschuldig wie immer, wenn Unfrieden in der Teamsite ausbricht, aber ich bin nicht Dmitrys Erziehungsberechtigter, besser -verpflichteter. Der Mann entgleitet mir immer mehr, und das ist es, was mir das Schuldgefühl bereitet. Denn eigentlich hätte ich ihn zu „fucken", weniger die anderen.

Doch erinnere ich mich an eines der Telefonate, das ich mit dem Haudegen Rudolf in Mihaires geführt habe, eines jener Gespräche mit dem nördlichen Nachbarn und Landsmann, die mir nachher immer wieder etwas Kraft geben. Er sagte, ich müsse die armen Hascherln ermutigen und schon für Kleinstes loben, könne aber nicht gegen die Stützen der Belegschaft vorgehen, weil die sonst auch nichts mehr arbeiten. Bei ihnen könne ich nur um Verständnis werben. Wie gerne würde ich manchmal Dmitry anbrüllen, dass er sich gefälligst einzufügen und zu benehmen habe. Stattdessen knirsche ich nur insgeheim mit den Zähnen.

Rudolf hat es leicht im Nachbarstützpunkt, wo er lediglich MTO ist. Er hat schon gewusst, warum er den Kommandantenjob so konsequent ausgeschlagen hat, in dem man dauernd ausgleichen, für Verständnis werben und eine Engelsgeduld bewahren muss. Doch scheint sich die Stimmung zu bessern, gleichzeitig fühle ich mich eine Spur souveräner. Ist das alles dem Gespräch mit Moreno zu verdanken, das mir den tröstenden Gedanken eröffnete, nicht allein auf weiter Flur zu stehen und ohnedies alles mehr oder weniger richtig zu lenken?

## Dienstag, 3. 8.

Der Tag beginnt mit gehörigem Stress. Um halb acht machen wir Fairwell Parade für Rohaizad. Dann versuche ich den größeren, etwas dämlich dreinschauenden Hund einzufangen, weil wir beschlossen haben, uns von den beiden Jungen zu trennen. Nur die Alte darf bleiben. Schon am Abend vorher habe ich mir nach einer heimlichen Generalprobe einen Plan zurechtgelegt. Alles klappt, der Kleine wird im Karton im Fond des Wagens verstaut, und die Mutter sitzt reglos vor dem Heck und sieht so unverwandt und regungslos auf den Karton, in dem ihr Kind hockt, dass einem das Herz brechen könnte.

Dann rauschen wir ab: den ersten Wagen fährt Naby, Kommandant ist Moreno, dann folge ich im zweiten Gefährt, das dritte Auto – wir bringen diesmal gleich drei zur so genannten Delta-Instandsetzung nach jeweils 20.000 km – lenkt Rohaizad, uns einen letzten Dienst erweisend. Es ist ein weltumspannender Konvoi, der da durch die Einöde zuckelt, ein zufälliges, aber eindrucksvolles Sinnbild der UN, vergegenwärtigt man es sich erst: Naby aus Afrika, Moreno aus Amerika, Rohaizad aus Asien und ich aus Europa.

20 Minuten nach Verlassen des Camps meldet der Funkspruch eines der beiden anderen Autos, dass dieses nicht aufgetankt worden sei. Bevor mich wieder ohnmächtiger Zorn wegen der ewigen Schlamperei überfällt, schießt es mir ein, dass ich das grüne Fahrtenbuch nicht mitgenommen habe. Sofort fällt der Groll wegen des glücklichen Zufalls in sich zusammen, weil damit die eigene Nachlässigkeit nicht allzu auffällig wird. Hilft nichts, wir müssen umkehren.

Im zweiten Anlauf passieren wir den Berm, wo ich den marokkanischen Posten mit eifrigen Erläuterungen zum Berm-Crossing-Letter von der Kiste im Fond des ersten Autos abzulenken versuche. Ein paar dutzend Meter weiter halten wir. Ich hole die Kiste heraus, stelle ein Schälchen mit Wasser dazu, versuche, ein kleines Menü aufzutischen und die Kiste als Sonnenschutz zu errichten. Der Weiße torkelt höchst benommen in der Gegend herum. Gleichsam auf seiner Augenhöhe fällt mir auf, dass ich den Falschen erwischt habe, den uns Zugelaufenen, und nicht seine viel rundlichere, lautere und dümmlicher schauende Schwester. Wieder ist sie uns durch die Lappen gegangen. Zu dumm, na warte, denke ich, dich kriegen wir auch noch!

Die anderen drängen mich. Der Posten im Rücken wäre schon auf uns aufmerksam geworden. Also lasse ich das mit der Hütte sein und werfe den Karton schweren Herzens zurück ins Auto. Schuldbewusst verabschiede ich mich vom kleinen Hund, und wir fahren weiter. Traurig überlege ich, ob er sich zurechtfinden wird, ob ihm die Soldaten Futter geben, ihn seine zahlreichen Artgenossen entlang des Sandwalls akzeptieren werden. Ich seufze, die Gesetze der Natur, in der Wüste glasklar wie sonst selten, sind grausam.

Beim Tanken in Oum Dreyga muss man durch ein Loch im Maschendraht nach dem Absperrhahn fingern, was äußerst bedienerunfreundlich wirkt. Kurz darauf suchen wir im Gewirr von Wegen den rechten und vertun uns erst einmal hoffnungslos, trotz Funklotsung durch den kundigen Rohaizad. Das kostet weitere wertvolle Zeit. Während meiner einsamen Fahrt höre ich endlich die Cassetten, die ich mir von daheim mitgenommen habe und singe aus vollem Hals bei „Komm heute Abend zum Maskenball“ mit. Ich vermute, dass ich jene DDR-Schlager schon vor fünf Jahren dem treuen Golan-Fotografen Gernot auf der Fahrt von Damaskus ins Camp Faouar vorgespielt habe.

Die Reise ist lang, und die Cassette spielt immer wieder denselben Ablauf. Aus der Hügelpiste wird eine weite Fläche, durchsetzt mit jungen Bäumen. Es hat etwas von einer Parklandschaft. Gegen eins legen wir an der Einmündung in die Asphaltstraße eine Mittagspause ein. Es ist brennheiß draußen, wir trinken viel und essen wenig. Dann folgt die letzte Etappe, stundenlang schnurgerade nach Laayoune. Nur einmal besteht aufgrund von Straßenarbeiten eine Umleitung. „Deviation“ steht angeschrieben, Naby müsste es verstehen, sieht aber vermutlich zu gespannt auf alles andere und muss über Funk korrigiert werden.

Wir passieren die etwas unheimlichen einsam daliegenden Phosphat-Abbauberge bei Boukra, deren endlos langes Förderband wir queren. Schließlich nähert sich die Hauptstadt. Schon kilometerweit davor beginnt eine protzige Allee aus hohen Lampen zu beiden Seiten. Wir fahren durch die Erweiterungsstadt von morgen: Rechts und links sind rasterartig Parzellen mittels ausgewalzter Wege geschaffen, alle paar Meter ragt bereits ein Stromanschlusskasten aus der Erde. Wie die jüdischen Siedler im palästinensischen Gebiet werden Marokkaner hier, im Land der Saharaouis, ihre schmucken Wohnhäuser aufstellen.

Als es belebter wird, übernehme ich die Führung. Um halb sechs sind wir da, die anderen beziehen ihre Zimmer im Lakouara, ich fahre zum Hotel Sahara Line weiter, nachdem wir uns für morgen verabredet haben. Dort entdecke ich, dass ich auch das Ladegerät für mein Handy, und, noch unangenehmer, meine Privathose in Mijek vergessen habe, nicht lediglich das grüne Fahrtenbuch. Viel zu sehr habe ich mich auf die anderen und ihre Aufgaben als auf den eigenen Rucksack konzentriert. Glücklicherweise hat sich meine Armee für einfärbige Uniformen entschieden, sodass ich nun die Uniformhose im Räuberzivil trage, wie ein Polisario-Guerillero.

Als ich Richtung Almazira zum Essen spaziere, tritt plötzlich ein Mann aus dem Schatten der Straßenbeleuchtung und raunt mir „Monsieur" hinterher. Tatsächlich: Der Typ mit, besser ohne den Whisky vom letzten Mal. Er habe damals auf mich im Hotel gewartet, brummt er mit sonorer Stimme. Erstens, antworte ich, wäre ich pünktlich dort gewesen, er jedoch nicht, zweitens wäre es verboten, so leid es mir tue, und wir würden beide bestraft, wenn das herauskomme. Damit schließe ich diese sonderbare Begebenheit ab.

Mein Hotelzimmer öffnet sich zur Hinterseite, wo im Hof Kinder Fußball spielen. Nebenan nervt ein Relais. Gegenüber der Tür liegt das Treppenhaus, daneben der Lift, dessen An- und Abfahren unüberhörbar ist. Dennoch schlafe ich wie ein Stein.

## Mittwoch, 4. 8.

Das Auto parke ich gegenüber vom Hauptquartier hinter einem hohen Maschendrahtzaun, der dem Parkplatz das Aussehen eines zweckentfremdeten Tennisplatzes gibt. Um neun Uhr bin ich bei der Zahnärztin, einer fragilen Malaysierin, geladen, die hinter ihrem Mundschutz verhalten-fröhlich kichert. Mein Vertrauen in die Künste der Frau Militärzahnarzt ist nicht groß, weshalb ich ihr die Geschichte des Zahns besonders eingehend schildere. Doch sie macht ihre Sache nicht schlecht. Jeder Tag mit intaktem Provisorium ist ein gewonnener.

Ich telefoniere mit dem die Teamsite verwaltenden Fabio: Wieder einmal hält er sich über die gemeinsamen Urlaube von Mosaad und Ahmed auf, boykottiert sie mit Vorenthaltung seiner Unterschrift. Ich beruhige Mosaad, dass ich das bei meiner Rückkehr nachholen werde. Wieder einmal drehe ich meine Runden bei diversen Dienststellen. Rohaizad hat sich inzwischen im persönlichen Auschecken verloren. Moreno ist eindeutig die undankbarste Aufgabe zugefallen: Das Geld für unsere Polisario-Arbeiter abzuholen. Erst heißt es warten, dann soll er es vor Mittag erhalten, dann am Nachmittag, dann gegen 18 Uhr. Morgen dasselbe Spiel. Eigentlich wollten wir am Donnerstag blaumachen, doch für Moreno sehe ich schwarz.

Wir essen im Almazira, was mir möglichst viele Besuche schon wegen der neuen hübschen Kellnerin wert ist, die ich natürlich keines Blickes würdige. Ich bin ja nicht so wie die ekelig charmierenden Anderen. Naby nehmen wir im Foyer erst gar nicht wahr, weil der schwarze Mann im schwarzen Fauteuil zusammengesunken fest schläft. Als wir zwei unserer Autos in der Transportabteilung, im sogenannten LMB (Logistic Main Base) in Flughafennähe, abgeben, empfangen uns vor der Montagehalle zu beiden Seiten übel zugerichtete Missionsautos, die nach ihren Crashs und Überschlägen vielleicht schon seit Jahren hier angewachsen sind, flankiert von unbeweglichen Oldtimern, um die Katzen und Hunde streunen.

Nach einem Besuch beim Obertechniker Evgenji suchen wir im nahen Supermarkt die nötigen G5-Artikel zusammen: Fanta, Sprite, Apfelschorle, Chips in diversen Gewürzvariationen, wie von Al Haj aufgetragen und von unserem Budget diktiert. Wieder im LMB verpacken wir alle erstandenen Schätze in Kisten, verkleben und beschriften sie und kutschieren damit zu Movcon am Flughafen, von wo die Dinger per Hubschrauber nach Mijek geschickt werden sollen. Dabei hätten wir fast übersehen, dass wir auch selbst noch mitfahren, und so ist Naby unter der riesigen Kiste auf seinem Schoß im Fonds nur mehr akustisch auszumachen. Es ist einer der wenigen und für mich immer rarer werdenden Momente unbeschwerter Heiterkeit zwischen uns Kameraden aus aller Welt.

Für den Abend lädt mich Landsmann Roland zum Sushi-Essen ein. Er drückt mir eine Fotografie der Kreuzung vor seinem Haus in die Hand, und ich ziehe mit einer vagen Vorstellung, wo das sein könnte, los. Rund um das Hotel Parador verlässt mich die Orientierung. Zu dumm, dass im zweiten Halbjahr mein deutscher Handyvertrag stillgelegt ist, jetzt wäre das mobile Telefon dringend nötig.

Schließlich überwinde ich mich und befrage zwei in Hotelnähe postierte Polizisten. Erst wissen sie auch nicht Bescheid, doch als ich zögernd Minurso erwähne, wird es ihnen klar, da mehrere von uns in jenem Viertel hausen. Es ist noch ein ziemliches Stück entfernt, da, wo mich mein Weg eigentlich nie hinführt, obwohl das Haus zwischen mehreren meiner Laayoune-Fixpunkte liegt.

Roland kommt die Treppe herab und sagt zu meiner Überraschung, dass ich trotz meiner der fehlenden Orientierung geschuldeten Verspätung der erste sei. Von außen sieht das Haus weder auffällig noch schön aus. Die Wohnung ist offenbar typisch arabisch geschnitten, für unsereinen fremd: Kreuzritterburg mit Kreuzberger Altbaustuck. Der Vorraum gleicht einem verästelten Saal, das Wohnzimmer ist ein längliches Gebilde mit mehreren Fenstern zur Straße, und auch die Küche ist sehr geräumig. Dort steht Rolands Freundin und rollt Sushi: Eine Minursianerin, was eigentlich nicht sein dürfte. Woher sie stammt, bleibt mir verborgen. Langsam dämmert mir mein Irrtum: Wir gehen nicht zum Japaner essen, sondern tun das hier. Und ich ohne Gastgeschenk, ganz schön peinlich.

Dann kommt Alex an, ein gedrungener Eierkopf mit Glatze, der politische Berater des zivilen Chefs von Minurso, des SRSG, also sehr wichtig. Ein Russe, der für die UN längere Zeit auch in Wien gearbeitet, im ersten Bezirk gewohnt und dort in seinem Lieblingslokal Zigarren geraucht hat. So sieht die UN-Realität aus.

Er war auch in Bosnien. Von dort hat er eine bittere Schnurre die in Sarajewo eingesetzten Briten betreffend mitgebracht. Deren Kommandant sagte eines Tages angesichts der Heckenschützenattentate auf Frauen und Kinder: „Ich will, dass das aufhört." Die Attentate sollten Männer anlocken, den Verletzten zu Hilfe zu kommen, um sie hinterrücks erschießen zu können. Die Briten wussten genau, in welchen Hochhäusern die Attentäter saßen. Sie stürmten die Gebäude, brachen den Verschanzten mit Baseballschlägern die Beine und schärften ihnen ein, dass sie, würden die Anschläge nun nicht aufhören, das nächste Mal nicht mehr lebend davonkämen. Daraufhin mussten die verletzten Gewalttäter sehen, wie sie mit ihren lädierten Beinen in den Hochhäusern ohne funktionierenden Lift aus dem neunten Stock ins Erdgeschoß gelangten.

Schließlich trudelt auch noch Tim ein, Rolands Chef, ein kleiner hypertonischer Brite, wie man sich einen UN-Beamten vorstellt. Er hält sich viel darauf zugute, in Mijek den Sendemast errichtet zu haben. Die zivilen Haudegen breiten einen Abend lang voreinander ihre Erlebnisse aus, wo sie überall schon scharfen Waffen ins Visier geschaut haben. Bier, burgenländischer Gespritzter und Whisky zu eher mäßig deftiger Unterlage, das kann nicht recht gut gehen. Ich strebe deshalb bald dem Hotel zu. Stinkender Unrat zieht sich an den Rändern der menschenleeren Straßen entlang, dennoch empfinde ich Laayoune als saubere Stadt.

## Donnerstag, 5. 8.

Dass ich der einzige beim Frühstück bin kommt mir entgegen, da ich an diesem Morgen sehr ferngesteuert bin. Vor dem Mittagessen bringe ich auch unser drittes Auto zur Werkstatt. Dort stellt sich nun die Frage der Rückfahrt, ein schneeweißer UN-Bus ist nicht in Sicht. So versuche ich es mit Autostopp. Ein nigerianischer Zivilbediensteter vom Wachdienst nimmt mich in seinem Pritschenwagen mit. Einer, der schon 12 Jahre hier ist, in diesem Laayoune, wo nie etwas los ist, wie er müde und desillusioniert erzählt. In breitem Slang schildert er mir seine bisherigen Einsätze, die sich wie das Who-is-Who der Brennpunkte dieser Welt anhören: Sudan und Israel sind mir noch in Erinnerung geblieben.

Erfolglos mache ich mich auf die Suche nach Rasierapparat-Ersatzteilen, in Läden werde ich an Friseure verwiesen, bis einer sagt, so etwas gebe es in der ganzen Stadt nicht. Einsam speise ich im Hotel Al Wasir. Im Suk finde ich wenigstens ein Computerkabel, das wesentlicher Bestandteil meiner Aufnahmen fürs Internetradio des Deutschlandfunks werden soll.

Dem bedauernswerten Moreno wird auch heute die Auszahlung für die Polisario-Arbeiter verweigert, bis 18 Uhr, wie dem abzurichtenden Hund die Knackwurst. Er bittet mich derweil scheu um eine schriftliche Leistungsbeurteilung, weil er sich um einen Posten im Hauptquartier bemühen möchte. Schweren Herzens mache ich es, denn ich stehe damit im Begriff, den verlässlichsten und sympathischsten Mann der Teamsite zu verlieren. Aber aus persönlicher familiärer Erfahrung weiß ich: Man soll seine Kinder ziehen lassen.

Deshalb schreibe ich, wie gut er ist, und dass sich jede Dienststelle alle zehn Finger abschlecken könne, ihn in ihren Reihen zu wissen. „Das ist mehr als ich erwarten konnte", sagt Moreno gerührt. In anderer Umgebung wären wir wahrscheinlich gute Freunde geworden. So sind wir es nur irgendwie.

Am Abend lädt er mich im Almazira an den Tisch der „brasilianischen Mafia". Fast ein rundes Dutzend zecht hier, das gesamte Kontingent, nur der Senior fehlt, Fabio. Glücklicherweise, wie sie einhellig bemerken. Bei seiner Erwähnung verdrehen sie die Augen und erzählen von seinem Verfolgungswahn. Vielleicht gründet dieser wegen der persönlichen Geschichte in seinen Genen? Wer weiß schon, was alles hier in diesem Schmelztiegel der Kulturen an jeweils eigenen Dramen aufbricht, was niemand zu erkennen vermag, weil wir auf einer abgehobenen internationalen Plattform schweben?

**Freitag, 6. 8.**

Um dreiviertel sechs besteige ich zu nachtschlafener Zeit das UN-Büschen zum Flughafen, nachdem ich beim Warten ausgiebig Gelegenheit hatte, die Straßenecke gegenüber vom Hotel mit ihren herabgelassenen Rollbalken, dem sich um jedes Straßenmöbel kringelnden Unrat und die partielle Beleuchtung zu betrachteten.

Im menschenleeren Flughafengebäude warten nicht nur Moreno und Naby, sondern auch drei Neuzugänge: Der Malaysier Azhar Ismail und der Russe Maxim Dubina, beide von der Teamsite Mahbas und der höflich distinguiert wirkende Franzose Wenceslas Oray. Wir starten mit der Antonov nach Aguanit und fliegen mit ihr weiter nach Oum Dreyga, wo wir in den Hubschrauber wechseln. Es ist der vertraute mit der Nummer 953 und doch nicht: Erstmals bedient uns eine neue Firma aus Nepal. Die Piloten sind Russen, die Inhaber und Flugbegleiter Nepalesen. Von außen sieht der Vogel aus wie der alte, innen allerdings verfügt er über eine 2 plus 2 Bestuhlung wie im Autobus und nicht über Klappbänke an der Seite. Ich würde mich über den gepolsterten Komfortzuwachs freuen, wären da nicht Gerüchte. Bei Rolands Party hatte ich aufgeschnappt, dass im Schadensfall das Entkommen aus einem solchen Hubschrauber weniger aussichtsreich sei als aus einem mit Querbänken.

Wir kommen wohlbehalten an, es ist eher kühl draußen. Nach dem Essen widme ich mich dem Computer und den aufgestauten Klagen meiner Kollegen. Seit nunmehr Monaten macht mich zusätzlich mürbe, dass die Mitbewohner dieses Wüstendorfes dauernd etwas von mir wollen, auch wenn ich nur die Nasenspitze beim Zelt hinaushalte. Tue ich das nicht, stecken sie die ihre bei der Bürotür herein und verlangen Antwort, Lösung und Umsetzung. Sofort.

Etwas, das mich dauernd im Alarmzustand hält, dauernd in Spannung. Nie abschalten können, nie ungezwungen Spaß haben, blödeln, an anderes denken. Stets im Wissen um unsere Mission up-to-date sein, den Kollegen immer eine Informationssekunde voraus. Seit Wochen komme ich zu keiner wirklich nachhaltigen, mehrstündigen Entspannung. Gerade meine E-Mails kann ich noch beantworten. Solange mich Fabio und Dmitry im Schwitzkasten haben, kann ich nicht einmal meine Erlebnisse tagebuchartig festhalten und in alle Welt schicken. Gerade das wäre notwendig, da ich spüre Zuspruch von außen bitter nötig zu haben.

Es gibt kein Geld für die Polisario. Schweren Herzens gestehen es Fabio und ich unseren Arbeitern, die etwas verstört reagieren. Sie haben fest damit gerechnet, aber im Hauptquartier hat es eben jemandem nicht gepasst, ein unwesentlicher Zettel mag gefehlt haben, und schon hat man dort die Lizenz zur Passivität erworben.

Ich habe Kopfschmerzen und lege mich nach dem Bügeln meiner frisch gewaschenen Kleidung ins Bett.

## Samstag, 7. 8.

Ich habe Zweierdienst. Draußen weht der Wind, ich sitze im Office und freue mich, dass wir endlich zwölf sind. Azhar kommt zu mir und säuselt mich an, dass er im August seinen Urlaub vorgesehen hat. Al Haj hätte ihm am Telefon zugesichert, er könne ihn antreten, und so habe er nun sein Flugticket gekauft und könne dies schwer rückgängig machen. Ich beginne mich zu ärgern, denn ich hatte solches ahnend Al Haj eingeschärft, dass es für August keine weiteren Urlaubsgenehmigungen gebe. Er aber in seiner Spracharmut hat den Malaysier offenbar schlecht verstanden, und nun kann ich die Scheiße ausbaden. Erst Wochen später kommen mir Zweifel an Azhars Version. Ob ich nicht Al Haj falsch beschuldigt habe und mich Azhar aufgrund der derzeitigen Abwesenheit unseres Jemeniten einfach frech angelogen hat?

Abends ist Party für unsere Neuzugänge. Ich empfinde sie als eine der gelöstesten, die ich bisher in diesem Haus erlebt habe. Das liegt auch daran, dass der junge Franzose mit den leicht angegrauten Haaren ein ausgezeichneter Magier ist. Es ist faszinierend anzusehen, wenn er Münzen verschwinden lässt und Karten im Paket errät. Die anderen nehmen es bestenfalls anerkennend hin. Immerhin eine Abwechslung zum üblichen Betrieb.

## Sonntag, 8. 8.

Ein warmer, schöner Tag, die Sommerzeit ist mit heutigem Datum offiziell zu Ende, aber das Wetter wird sich noch Monate lang nicht daran halten. Der Unterschied zur mitteleuropäischen Sommerzeit beträgt nun bis Oktober zwei Stunden. Nach Langem habe ich einen Stand-by-Tag. Ich setze mich ins Büro und arbeite an meinen fünf Beiträgen aus der Wüste für Deutschlandradio Wissen.

In Oum Dreyga findet heute ein Volleyballmatch statt. Glücklicherweise hat sich doch noch bei uns eine Mannschaft aufstellen lassen. Sie verliert leider, aber ich habe den Eindruck, es hat dennoch, oder gerade deswegen, den Zusammenhalt im Team gefördert. Und das ist für mich im Augenblick das Wesentliche.

## Montag, 9. 8.

Auch heute habe ich Stand-by. Nach rund einem Monat laufe ich erstmals wieder, was Auslüften des Geistes verspricht. Die Weite der Wüste gibt die Weite des Denkens zurück. Die Realität fängt mich früh genug ein: Dass etwa Taruzi längere Fahrten zu besetzten OPs, bei denen er dabei sein muss, offenbar gesundheitlich nicht verträgt. Dass Fabio eine neue Trinkwasserpolitik verfolgt und wir unsere Flaschen abgezählt pro Mann im Zimmer zu stapeln haben und nicht mehr nach Lust und Durst aus dem Waterroom entnehmen können.

Abends trete ich den Einserdienst an. Um vor Gebell sicher zu sein, sperre ich den verbliebenen jungen Hund listig aus dem Camp aus, schieße mir aber damit ein Eigentor. Jaulend steht er draußen und begehrt Einlass. Ein Bild des Jammers die traurige Schnauze zwischen den Scharnieren zu sehen. Aber ich bleibe hart und gebe ihm einen Klaps drauf. So geht das, sage ich stolz zu Dmitry, als ich mich umdrehe. Mit der Teamsite solltest du so umgehen wie mit den Hunden, kontert er trocken. Die Kollegen schlagen, frage ich mich?

Nachts stehe ich auf und verschaffe mir am Tor mit der Fliegenklappe für einige Zeit Nachtruhe, während die Hundemutter ungerührt, fast provokant auf dem Antreteplätzchen liegt und ihre Tochter draußen ignoriert.

## Dienstag, 10. 8.

In der Früh hat es 29 Grad, doch untertags klettert das Thermometer auf 40 Grad. Müde verbringe ich die erste Tageshälfte, am Nachmittag schlafe ich ein wenig. Dann schreibe ich meine Artikelserie für Deutschlandradio Wissen weiter und lese im Marokko-Reiseführer. Das Büro verlasse ich lediglich für Nachmittagskaffee und Abendessen.

Dabei treffe ich Taruzi an unserem langen Tisch. Er versucht es einfach mal frech, so sieht es aus. Da ich weiß, meine Kollegen erwarten jetzt von mir, dass ich ihn wie der Engel mit dem Feuerschwert aus dem Paradies vertreibe, raune ich ihm zu, dass dies der Speisesaal für die Offiziere sei. Er sei doch auch Offizier, gibt er selbstbewusst zurück. Nur UNMOs, präzisiere ich, worauf er sich wortlos nach hinten trollt. Ich habe eine Unterscheidung vorgenommen, aber sie reut mich nicht. Sie folgt nicht „oben“ und „unten“, sondern vorgegebenen Einteilungen, die mit unserer Unabhängigkeit zu tun haben. Taruzi ist es obendrein gar nicht erlaubt, im Stützpunkt zu essen, worüber er sich täglich dreimal dreist hinwegsetzt, wenn er im hinteren Teil der Küche mit den Polisario-Arbeitern zecht. Also irgendwo muss auch Schluss sein.

Draußen weht ein beachtlicher Sandsturm um die Zelte. Meine Kollegen haben in diesen Tagen begonnen, die gewaltige Düne, die sich in jener Ecke des Camps aufwölbt, wo unser Volleyballplatz ist, abzubauen. Der Wind häuft nun neue Mengen auf. Es ist ein vergeblicher Widerstand gegen eine Natur, die auf ewig zäher bleiben wird als wir. In der Nähe dieser Düne hat unser frisch gebackener Feueroffizier Wens einen Lichtbogen unter einer der Camplampen entdeckt und zeigt ihn mir nun im abendlichen Dunkel. Gespenstisch züngelt es bläulich aus einem Loch im Betonsockel.

Gut, dass der Techniker Ladys heute da ist. Allesamt machen wir uns ans Abzwacken der Leitung zum Lampenmast. Sagt sich einfach, laut Ladys handelt es sich um starken Strom. Ich ziehe vorsichtig meine Arbeitshandschuhe an. Ladys stellt sich auf eine Matte und beginnt die schon eingerosteten Verschraubungen auf dem Betonsockel mit einer Zange zu lösen, was ihm nur schwer gelingt. Auch erklärt er, den Strom bereits in seinem Körper kribbeln zu spüren. Sollte das stimmen, empfinde ich seine momentane Arbeit als höchst unbehaglich.

Dann kippen wir den Mast vorsichtig. Zusätzlich zu den Scheinwerfern eines unserer Autos beleuchtet Maxim die Baustelle mit einer riesigen Taschenlampe. Ladys trennt die Verbindung, nachdem wir im Camp den Strom abgeschaltet haben. Hierauf richten wir den Mast zur Verschraubung auf seinem Fundament wieder auf. So eine Teamsite bietet trotz ihrer Eintönigkeit in der Mitte von nirgendwo immer wieder neue Erlebnisse.

## Mittwoch, 11. 8.

Aufgrund der hohen Temperaturen starten wir bereits früh: Amara ist Chef, ich bin zweiter im Kommando, erster Fahrer ist Mario, zweiter Wens, mit dem ich mich während der Patrouille auf Französisch unterhalte. Wir steuern den OP 19 an und dahinter den POP 01. Aufgrund der Verwehungen durch den Sandsturm sind aber die letzten hundert Meter nicht mehr sichtbar, und wir halten nicht auf dem die Senke umgebenden Hügelkranz, sondern legen unsere Pause im kleinen Talkessel ein, von dem aus man so gut wie gar nichts sieht, weshalb wir bald umkehren. Zuvor hat der einsame Amara zu Fuß vorsichtig den Hügelkranz erklommen, doch hat er bald wegen Aussichtslosigkeit in jeder Hinsicht (und auch das in jeder Hinsicht) wieder umgekehrt.

Im Büro arbeite ich wieder an meiner Radioserie, für deren technische Aufnahme ich mir telefonisch Rat bei Roland geholt habe. Ich bereite Ein-Minuten-Häppchen vor, die man sich dann in Köln zusammenstoppelt. Eine Telefonreportage war ebenso abgelehnt worden wie eine Spontanerzählung ohne Manuskript. So wird es eine langwierige Fitzelei, nachdem mein Text in Deutschland von einer Volontärin begutachtet und freigegebenen worden ist.

Heute ist der erste Tag des Ramadan. Ich bin auf schlimme Zeiten gefasst. Ahmed trocknet sich bereits den ganzen Tag die Lippen mit einem Taschentuch, im UN-eigenen Computersystem Lotus gratulieren sich die Moslems in der Mission gegenseitig und rufen Gottes Erbarmen über den kommenden Monat herab, vom SRSG abwärts. Langsam nerven sie mich.

Ich frage Ahmed, ob wir für den morgigen turnusmäßigen Besuch des Kommandanten der Polisario-Region Erfrischungen vorbereiten sollen. „Nein, nichts", antwortet dieser, „erst ab 19 Uhr 20". „Dann müssen wir sie also bis dahin hinauskomplimentiert haben", folgere ich. „Nein", sagt Ahmed, „bis 19 Uhr 19, denn morgen ist ein Tag später und somit früherer Sonnenuntergang als heute". Um Himmels willen, sage ich mir, nachdem sich Ahmed getrollt hat, die sind ja noch bürokratischer als die katholische Kirche.

Abends ist Generator-Briefing durch Ladys. Um 19 Uhr 15 verdrücken sich die Moslems schlagartig zum großen Fressen. So sieht das also in der Realität aus. Am Schönsten muss der Ramadan im Winter Skandinaviens sein: Völlern und Sex rund um die Uhr. Im Sommer muss er dort hingegen die Hölle sein.

## Donnerstag, 12. 8.

Ibrahim ist wieder da. Die Polisario-Führung hat einfach unsere Bitte ignoriert. Entweder ist der Alte so gut vernetzt oder hatte im Krieg so viele Abschüsse, dass er zu den Honoratioren gehört. Jedenfalls grinst er mir eines Tages beim Frühstück entgegen und wünscht „Buenos Dias“. Dies hätte er unterlassen sollen, denn das empfinde ich als Provokation und verfolge nun umso sturer den einst gefassten Beschluss der Teamsite.

In der Früh gelingt es mir, den letzten jungen Hund einzufangen und der Patrouille, die zur Autorevision nach Awsard fährt, mitzugeben. Sie verspricht mir hoch und heilig, das Tier nur in belebtem Gebiet auszusetzen, und sie tun es vor dem Ort Awsard.

Rasch ist es wieder warm geworden, die Temperatur steigt auf 45 Grad, während ich als Duty 2 im Office sitze, auf die Digitalanzeige des Weather Wizard starre und neue Rekordwerte erwarte. Für später nehme ich ein paar Geräusche aus dem Duty Room für meine Radiosendung auf. Dmitry, der in Badeschlapfen hereinschlurft, sieht mein Mikrofon auf dem Bett liegen und ruft gleichmütig aus: „Fucking Fuck, Boss, du singst?“

Vergeblich warten wir am Abend auf den Vertreter der Militärregion. Der Fehler dürfte bei mir liegen, ich habe Taruzi zu spät oder zu wenig eindringlich informiert. Wieder kommt ein Sandsturm mit bis zu 40 Knoten auf, der auch einige Regenspritzer mit sich bringt.

## Freitag, 13. 8.

Für mich ein Glückstag, weil ich auf Urlaub gehe. Der Hubschrauber kommt früh, legt aber wegen schlechter Sicht spät ab. Dennoch erreichen wir in Oum Dreyga die Antonow. Auch Fabio ist an Bord, der zum Interview zwecks Bewerbung für den Trainingsoffizier nach Laayoune fliegt. Er sei ja auch Lehrer daheim, das passe gut, hat er gemeint, und ich habe seine Bewerbung mit verhohlener Begeisterung unterschrieben. Nun sitzt er in einer Reihe mit einem dünnen malaysischen Kerlchen aus Oum Dreyga, das selbiges vorhat. Und das es dann auch wird. Ein sonderbarer Typ, soll der russische Trainingschef nach dem Interview über Fabio gemeint haben. Und so haben wir ihn bald wieder zurück.

In Laayoune gehe ich als erstes zum Büro von Supratours und erstehe eine Fahrkarte für den Nachtbus nach Agadir. Im Almazira esse ich zu Mittag und ziehe mich akrobatisch in der Umkleidekabine zum Bad um. Die Uniform darf ich diesmal im Hotelzimmer des COPO hinterlegen. Dann suche ich das Hauptquartier auf, doch die liebenswürdige Dentistin ist aufgrund des Ramadan nicht anwesend. Anfang der Woche hatten sich Zahnschmerzen bemerkbar gemacht, das wollte ich vor dem Urlaub klären lassen. Glücklicherweise macht mir das Problem aber in den nächsten Tagen nicht zu schaffen.

Am Abend stehe ich frühzeitig am Buffet des Almazira, auch Fabio ist da, mir bleibt nichts erspart. Er faselt zwar etwas von anderen Brasilianern, mit denen er sich hier treffen wolle, aber es überrascht mich nicht, dass sie ihn versetzen. Und so zeche eben ich mit ihm und stelle fest, wie schade es um den kleinen Mann ist, denn wenn er in gelöster Stimmung ist, kann er durchaus witzig sein. Nach einer halben Stunde verlasse ich ihn und stiefle die paar hundert Meter zur Busstation, wo ein anderer, kleiner Lebensabschnitt dieses Missionsjahres für mich anbricht, eine Busreise nach Essaouira und Marrakesch.

## Donnerstag, 19. 8.

Tatsächlich komme ich mit dem Bus so früh von Marrakesch in Laayoune an, dass ich mir im Hotel Sahara Line noch ein Mittagessen krallen kann. Diesmal ist die Dentistin in der militärischen Ordination und untersucht meinen Zahn. Beim COPO hole ich die bei ihm deponierte Uniform ab und suche einen Friseur. So ausgerüstet kann es hunderte Kilometer von jeder menschlichen Ansiedlung ab morgen erneut weitergehen.

## Freitag, 20. 8.

So wie vor mehr als einem halben Jahr bringt mich das Honduras-Taxi zum Flughafen. Mit dem Techniker Ladys fliege ich erst nach Oum Dreyga. Er erzählt mir von seiner afrikanischen Heimat, wo er immer wieder seine Landsleute beschwöre nicht auszuwandern, weil das Manna anderswo nicht vom Himmel falle. Vergebens. Der Vater eines Altersgenossen habe sich umgebracht, nachdem sein Sohn heimgeschickt worden war. Alles hatte die Familie zuvor verkauft und in die Schlepperorganisation investiert, ganz auf den Erfolg des Sohnes in Europa setzend. Ein anderer habe nicht einmal ein Visum besessen und sei noch auf dem Flughafen von Paris in die nächste Maschine retour gesetzt worden, nachdem er nicht schlüssig habe erklären können, was er wo in Frankreich arbeiten werde.

Ich reise weiter nach Mijek, wasche die schmutzige Wäsche aus dem Urlaub und bearbeite E-Mails. Am Abend soll Al Haj beim Treffen mit den höchsten Polisario-Repräsentanten übersetzen. Die Ausbeute ist dürftig. Vielleicht zehn Minuten erläutert der nur des Arabischen mächtige martialische Herr in dunkelgrüner Camouflage, was Ali kurz und bündig zusammenfasst: „Er sagt, es gebe keine Veränderungen." Es ist zum Aus-der-Haut-Fahren mit ihm. Kurz vor halb acht komplimentieren wir die Herren hinaus, noch schnell ein Abschiedsfoto am Tor, und plötzlich lädt sie Ali zum Fastenbrechen ein. Das empfinde ich als einen besonders boshaften, weil nicht abgesprochenen Akt, zumal Al Haj Journaldienst hat und selbst nicht daran teilnimmt, weshalb ich alleine mit den beiden dasitze und wir uns mangels gemeinsamer Sprache betreten anschweigen und vor uns hinkauen.

Vermutlich trägt die Woche Urlaub schuld, aber ich habe den Eindruck, dass ich erstmals hinten nach bin und nicht an der Spitze der Karawane reite, informiert über alles. Ich merke, dass mich andere überholen – und gleichzeitig, dass mir das nichts ausmacht. Wie der alte Unternehmenspatriarch, der langsam die Zügel aus der Hand gibt.

Das Gefühl mag dadurch verstärkt werden, dass sich in meiner Abwesenheit einiges getan hat. Am vorigen Wochenende, so berichten mir die Kollegen, habe die Polisario von ihrem OP 14 aus in der Pufferzone einen Lastwagen mit Männern entdeckt. Man sei hingefahren und habe 17 Schwarzafrikaner aufgespürt, deren LKW im Sand stecken geblieben sei. Drei weitere junge Männer wären bereits tot gewesen. Die Polisario hat das Einscharren der Leichen durch ihre Kameraden überwacht und in einem Video festgehalten. Ein weiterer der offenbar illegal nach Europa immigrieren Wollenden ist bis jetzt verschwunden.

Mijek habe daraufhin eine Patrouille in Marsch setzen müssen, die den ganzen Sonntag am OP 14 ausgeharrt habe, bis die Minurso-Zentrale entschieden habe, sie hätte wieder zurückzukehren. Was die Polisario ziemlich erzürnte. Sie habe dann die Männer aus Ghana, Mali und Côte d'Ivoire auf einem eigenen LKW in ihr Hauptquartier bei uns um die Ecke gefahren und in einem Gebäude auf dem Gelände untergebracht. Wo sie sich noch immer befinden.

Mein Stellvertreter Fabio dürfte gute Arbeit geleistet, den Vorfall administrativ aufmerksam begleitet und gute Vorschläge gemacht haben. Der irische COPO, der seither emsig lange E-Mails mit Aufträgen verfasst, zeigte sich jedenfalls hoch zufrieden. Gemeinsam mit Azhar war Fabio zum Polisario-Haus gefahren und hatte dort Personalien und Fotos der 17 Männer aufgenommen. Nur etwas war bisher nie zur Sprache gekommen: Dass die Polisario mit ihrer Rettungsaktion eigentlich eine Verletzung des Waffenstillstandsabkommens begangen hat, da sie in die Pufferzone eingedrungen ist.

## Samstag, 21. 8.

Naby Diallo hat seine Qualifikation. Ich bin sein Fahrer, Dmitry und Moreno reisen hintendrein. Ziel ist der Submarine Mountain. Er macht seine Sache ganz gut, wenngleich nicht glänzend, aber stoisch gelassen. Immerhin wusste er ja ungefähr, was kommen wird.

Samstags machen wir ab sofort kein Briefing. Es war Francescos Idee gewesen, weil er meinte, am Wochenende wäre ohnedies niemand im Hauptquartier erreichbar, also nichts Neues zu erwarten, doch Talal war damit nicht einverstanden gewesen. Ich halte die Idee für gut, weil sie uns ein wenig von der Struktur eines Wochenendes zurückgibt. Alle stimmen meinem Vorschlag zufrieden zu. So findet heute nur Nabys mündliche Prüfung statt.

Ich empfinde die Situation als unerträglich: nach meinem Urlaub bin ich saumüde, doch unbarmherzig will jeder etwas von mir. Naby hat seinen Internetkurs „Basic security in the field“, den jeder vor seiner Qualifikation machen muss, noch nicht beendet. Er ist der Erste, dem das passiert. Und so steht ihm eine Nachtschicht bevor, denn morgen sollen die Dokumente seiner Initiation reisefertig zur Zentrale gemacht werden. Der COPO telefoniert eine halbe Stunde lang wegen der 17 Schwarzen mit mir und macht die Sache wie gewöhnlich unnötig kompliziert. Dann stellt sich die Frage, auf welche Weise bringen wir Mosaad nach 14 Tagen als Escortoffizier in Dahkla wieder zurück? Rudolf Bac in Mihaires erreiche ich nicht. Ich schaffe es nicht, meine E-Mails zu erledigen. Und draußen hat es um 20 Uhr noch immer 39 Grad. Wann hört das endlich auf?

## Sonntag, 22. 8.

Auch heute hat es wieder 48 Grad. Ich bin Kommandant der Patrouille, Amara ist mein Fahrer, es folgen uns Al Haj und Mario im zweiten Fahrzeug. Ein UXO-Fund ist uns beschert, soweit ich mich erinnern kann ist die Entdeckung Mario gelungen, und ich frage mich, wann ich einmal dieses Beobachterglück haben werde. Wir steuern den POP hinter dem OP 13 an, wobei die Klimaanlage im hinteren Fahrzeug teilweise versagt. Al Haj, eifrig am Fasten, leidet.

Seltsam, immer wenn ich mit Amara unterwegs bin, herrscht eine eigenartige Atmosphäre zwischen uns. Vermutlich trägt er mir noch immer meinen ersten Vorwurf nach. Er ist grundsätzlich ein zurückhaltender Eigenbrötler, der in seinem Zimmer Räucherstäbchen abbrennt und morgens mit einem Transistorradio am Ohr zwischen den Zelten auf und ab geht, um über Radio France International das Neueste aus seiner Heimat zu erfahren. Neuerlich sind dort die Wahlen verschoben worden, erzählt er, aus Sicherheitsgründen. Ich nehme an, dass die Conakry-Guineer in der Mission – er, Naby und Amara in Oum Dreyga – ihr Jahr verlängern wollen, um so die Lage daheim zu durchtauchen und in der Hitze zu überwintern. Naby, der wie einer der beiden Präsidentschaftskandidaten Diallo heißt, gehört wie dieser zu den wohlhabenden Stamm der Peull aus dem Hochland, erzählte er mir einmal. Das seien auch die Hübscheren. Amara gehört zu den anderen. Allerdings verbreitet Naby hartnäckig dezenten Schweißgeruch, was wieder alles andere als hübsch ist.

Al Haj lasse ich diesmal anlaufen, er hat schlicht keine Party für Naby vorbereitet. Als einige nachfragen kommen, stelle ich Al Haj zur Rede und sage ihm, dass Naby sich schon darauf gefreut habe und nun etwas traurig sei. Offenbar hat das etwas Wirkung, Ali verspricht die Party morgen nachzuholen: Inschallah.

Damit hat er mich schon einmal in Verlegenheit gebracht: Als er eine Woche Urlaub in Laayoune anmeldet und ich, auch in Erinnerung an die Azhar-Urlaubsgeschichte eine Verlängerung ablehne, warne ich ihn davor, von sich aus zu verlängern. Zur Sicherheit schreibe ich dem mir inzwischen einigermaßen vertrauten Major Csaba in der Personalabteilung, dass er unserem „tricky" Ali keinen Urlaub genehmigen solle und es da kein „Inschallah" gebe.

Prompt erhalte ich eine Mail von einem äußerst verschnupften Ägypter zurück, der Csaba vertritt: „Tricky" als Bezeichnung eines Kollegen sei unzulässig, schreibt er, und mit der Religion treibe man keinen Spaß. Umgehend setze ich mich zum Gerät und versuche aufkommende Brände sofort mit viel wolkigem Schaum zu ersticken. Zum einen wäre „tricky" mit „schlau" zu übersetzen und nicht ehrenrührig gemeint, und das „Inschallah" habe Al Haj selbst mit seinem viel sagenden Grinsen entwertet. Das wirkt, der Ägypter zeigt sich komplett versöhnt.

## Montag, 23. 8.

Wieder weit über 40 Grad. Trotz Stand-by sitze ich den ganzen Tag im Büro. Aus Tindouf, dem großen Flüchtlingslager der Saharaouis in Algerien, hat sich ein Hilfskonvoi für die 17 Immigranten in Bewegung gesetzt. Eine lange Liste an Gütern ist aufgeführt, ich lasse sie Ahmed für Taruzi auf Arabisch übersetzen, damit er weiß, was auf ihn vom Norden her zukommt. Die Situation für die Bedauernswerten sollte sich dadurch in den nächsten Tagen spürbar verbessern.

Nach dem Briefing macht Moreno ein GPS-Training in der Mess Hall, und ich gestehe mir schamhaft ein, dass ich nicht mitkomme. Ich werde Privatunterricht bei Moreno nehmen müssen. Da dieses Jahr ein Leben in der Nussschale ist, räumlich und zeitlich auf Kleinformat geschrumpft, befinde ich mich nun im Stadium des Alten, der sich schwer mit Neuem tut.

Abends steigt die Abschiedsparty für Fabio, der nach Oum Dreyga übersiedelt und die Qualifikationsfeier für Naby. Ich tue mir schwer diplomatische Worte für Fabio zu finden, ohne einen Eklat zu provozieren und beschränke mich auf die wenigen positiven Erlebnisse, die ich mit ihm hatte, stelle aber voran, dass wir keine reibungslose Beziehung hatten. Als Stellvertreter erhält er eine für meinen Geschmack recht kühle Verabschiedung, Naby hingegen eine warme Aufnahme.

## Dienstag, 24. 8.

Wieder ein schwerer Tag, den ich mir mit einer 08/15-Beurteilung angenehmer hätte gestalten können. Ich halte Fabio grundsätzlich für ungeeignet in einer internationalen Mission, ringe mir aber lediglich ein „mindertauglich" ab. Fabio fuchtelt trotzdem zornig mit den drei Ausfertigungen seiner Beurteilung und sprudelt wild heraus: „Du hast meine Karriere ruiniert, gut, ich habe mein Haus, aber du willst mich zerstören." Er redet sich also wieder einmal in einen Wirbel, der mich diesmal kalt lässt. Dann hat er seine Schmähungslinie gefunden, der Begriff „Arabisch" ist zum Schlüsselwort geworden. „Du willst mich umbringen", klagt er. „Ich kann nie wieder in eine ausländische Mission." Wäre keine schlechte Idee, denke ich. Alles nur, weil ich geschrieben habe, er habe seine Unzufriedenheit auf das „Arabische" fokussiert.

„Ich brauche nur jemanden anderen das lesen zu lassen", ruft er und winkt Dmitry heran. „Natürlich gibst du es Dmitry zum Lesen, das ist ja wiederum klar", höhne ich. Der steht da und buchstabiert meine Ergüsse, während Fabio weiter zetert. Und dann reagiert der Russe wie unsere Hunde, wenn ich nach gemeinschaftlichem Gebell dazwischenfahre: Er, der lautstarke Haudegen, gibt das Papier kommentarlos zurück und trollt sich.

Vielleicht ist ihm in diesem Augenblick eingeschossen, der schwache Stefan könnte auch ihm noch eins hinterrücks auswischen, und dann würden sie ihm vielleicht keinen Putin-Orden anheften, bevor er in drei Jahren in Pension geht, wie er mir einmal erzählt hat. Einige Jahre werden bei ihm doppelt gezählt, für Kriegseinsatz gar fünfmal. Mit 30 in Rente, das wäre etwas für Altvater Müntefering in Deutschland! Dmitry könnte dann nach eigener Überlegung seinen Vater, Geschäftsmann in einer Firma, unterstützen. Er wird uns vermutlich bald alle in die Tasche stecken, im Geländewagen zum Schifahren nach Zell am See kommen, und abends beim eleganten Dinner im Fünfsternehotel „Fucking Fuck“ durch den Saal rufen.

Diesmal unterstützt er seinen Busenfreund Fabio nicht, der geknickt noch einmal so klein wie ohnedies schon wirkt. Aber mein Mitleid hält sich in Grenzen. Ich habe die Beurteilung gestern wohl abgewogen und sage ihm, wäre ich wirklich ehrlich gewesen, wäre sie deutlich schärfer ausgefallen, das hier sei ohnedies die Softversion. Das tröstet ihn überraschenderweise nicht. Auch nicht meine Bemerkung, ich hielte es für unwahrscheinlich, dass aufgrund meiner Beurteilung Al Kaida ihm bis in den brasilianischen Regenwald folgen und ihm dort auflauern werde.

Schließlich beruhigt er sich doch, steckt jene Version, auf der er einen langen Zusatz vermerkt hat, ein, was nicht recht logisch erscheint und zwingt sich eine Verabschiedung ohne Händedruck ab. Er sagt, dass er mich menschlich schätze, mehr als militärisch (ich habe es nicht umgekehrt erwartet), dass er nie wieder nach Mijek zurückkehren werde und hier drinnen (Klopfen an die Brust) kein Gift habe. Große Geste – eben doch ein Latino. Dann der ersehnte Moment: Ich schaue ihm von hinten nach. Nun darf alles gut werden.

Halb erleichtert, halb bedrückt kehre ich in meine Zweier-Journaldienst-Bude zurück. Im Briefing mache ich die andächtige Gemeinde darauf aufmerksam, dass am Ende des Dienstes in dieser Teamsite ein von mir verfasster Evaluierungsreport steht und ich keineswegs rachsüchtig bin, aber sich niemand, wie heute Fabio, wundern soll, wenn es eine Beurteilung unter dem Durchschnitt gibt. Denn ich sehe es keineswegs ein, warum ich mir monatelang das Leben schwer machen lassen soll und dann auch noch dem Betreffenden ein „großartig gemacht“ nachzuwerfen hätte.

Nach dem Dauerbrenner Trinkwasser wird ein neues Problem mit der Polisario zum Dauerbrenner. Dmitry war zu Beginn des Ramadan aufgefallen, dass innerhalb eines Wochenendes nahezu alle Milchvorräte aufgebraucht waren. Da sie nicht verdunstet sein können und auch unsere Moslems dafür keine Erklärung haben, die sich zum opulenten Frühstück vor Tagesanbruch bestimmt nicht Milchsuppe zubereiten, liegt der Verdacht nahe, dass sie irgendjemand weggeschafft hat. Immer wieder hatten wir in der Vergangenheit Fälle zweifelhafter plötzlicher Abwesenheit von Juice, Joghurt oder Brot. Nun also die Milch. Wir lagern sie ab sofort im kleinen Kühlschrank im großen Wohnzelt. Ab sofort läuft alles glatt, nur bei unseren Arbeitern herrscht Unmut über diese Maßnahme.

Seit heute haben wir wieder eine Katze, vermutlich eine Tochter des großen grauen Tiers, das ich noch nie im Camp gesehen habe und von dem es wie von der Ahnfrau nur geheimnisvolle Erzählungen gibt. Der kleine schwarz-weiße Knäuel ist hingegen höchst real und sitzt im Ablution Room. Dort wollen wir ihn auch bewahren, denn die Hündin könnte Appetit bekommen. Glücklicherweise hat das Kätzchen keine Lust auf Erkundungstouren. Wir legen ein Tuch über den Deckel der Mülltonne und füttern es vorerst mit Milch, später schneide ich Wurst und Käse in kleine Würfel und serviere es ihm auf einem Teller. Mario hat einen kleinen Weihnachtsmann über der Mülltonne aufgehängt, mit dem das Tierchen nach Gefallen spielen kann, es aber kaum tut.

Das Kätzchen quiekt, sobald jemand den Ablution Room betritt. „Was willst du“, frage ich es, ohne eine Antwort zu erwarten, „du hast Essen und Trinken, und für alles andere bist du noch zu jung.“

## Mittwoch, 25. 8.

Bei einer Patrouille mit Ahmed als Kommandant bin ich erster, Naby ist zweiter Fahrer und Wens zweiter im Kommando, obwohl dieser für sein Leben gerne fährt. Es gibt mehr als genug solcher Fälle in dieser Mission. Wir steuern den wenig angefahrenen Waypoint 09 an und sind trotz sommerlicher Hitze über Mittag unterwegs, weil Ahmed zuvor noch eine Hubschrauberpatrouille zu absolvieren hatte. Mit einem Mal sind wir nämlich wiederum nur mehr sieben im Camp, und jedes Flehen in der Personalabteilung bleibt ge-, aber unerhört. Der Liason Officer begleitet uns auch noch in ein ziviles Camp, eines dieser temporären Beduinendörfer, in dessen Wohnzelten es stets angenehm frisch ist.

Im Briefing ist es wieder die alte Leier: Taruzi hat nichts im begehbaren Kühlschrank zu suchen. Auch fehlen plötzlich Trinkgläser. Die vorhandenen sind nicht sauber, seit Ibrahim wieder putzt. Ich hatte ihm nur wortlos eines mit eingedicktem Staubrand unter die Nase gehalten. Mir widerstrebt es mit ihm zu reden, obwohl er mir persönlich eigentlich völlig gleichgültig ist, ja fast leid tut.

Ich verlese die Verwarnungsbriefe an jene, die im letzten Monat überschnell mit dem Fahrzeug unterwegs, also zumeist zwei Stundenkilometer über der roten Linie, waren. Mitunter habe ich den Eindruck, das gehört zu den Lieblingsbeschäftigungen des Stabschefs: Mit dem Lineal Vergehen nachmessen und dann säuberlich schriftlich den Warnfinger zu erheben, vornehmlich mit vorgestanzten Formulierungen. Im operationellen Bereich sieht die Wendigkeit seines Engagements hingegen dürftig aus.

## Donnerstag, 26. 8.

Erst kommandiere ich eine Patrouille, Al Haj fährt voran, Naby hintendrein, mit Domagoj an seiner Seite. Wir grasen lediglich die Kompanien ab, und ich muss gut aufpassen, mich nicht zu verfahren, um nicht vom Glanz als Alleswisser und Alleskönner zu verlieren.

Meine zweite Aufgabe ist Maintenance, und da habe ich mir ausgesucht, einen Kühlschrank in den Duty Room zu stellen, wo wir getrost die Milch unterbringen können, weil dieses Büro für die Polisario nicht zu betreten ist. Außerdem kann man sich an Wasserflaschen darin bedienen. Es ließe sich nun dort auch der Trinkwasserspender benutzen, aber ich vermute, das bleibt ohne Wirkung, weil niemand Wasser in den Behälter nachfüllen wird.

Wens, mein Kompagnon bei dieser Arbeit, putzt schon eifrig. Wir haben alle Kühlschränke ins Freie gestellt, damit sie auch gleich trocknen können, und nach Kurzem sehen sie aus wie neu. Jetzt ist auch der ehemalige Raum für die Wasserflaschen etwas hübscher. Er sei ab sofort das G5-Büro, sage ich zu Al Haj: „Hier hast du deinen Schrank mit allen Utensilien und einen Schreibtisch. Noch dazu gegenüber von deinem Zimmer." „Da brauche ich aber eine Klimaanlage", kommt es prompt zurück. So ist Al Haj: Man kann ihm jegliche Großzügigkeit zukommen lassen, er wird sofort nachfordern. Übrigens habe ich ihn seither nie in diesem Büro arbeiten gesehen. Irgendwann einmal, viel später, dürfte er den Staub vom Schreibtisch gewischt haben.

Jetzt, im Ramadan, kann man ohnedies nichts von ihm verlangen, da geht er nur mit halbgeschlossenen Lidern durch die Welt. Er nehme Drogen, raunte mir Dmitry einmal zu. Bei ihm selbst ist die Droge die Bierhülse. Gleich am Anfang meiner Cheflaufbahn, als er vom Urlaub kam, saß er als Duty Officer mit dem gerade auf Durchreise befindlichen russischen Techniker vor dem Büro, beide mit einer grünen Dose in der Hand. Das verbot ich ihm kurz darauf unter vier Augen, weil ich einen Flächenbrand auf mich zueilen sah. Er versprach das im Dienst nicht mehr zu tun und hielt sich überraschenderweise auch daran. Allerdings, so weihte er mich in die Psyche seines Landes ein: Wirklich unrund würden Russen nur dann laufen, wenn kein Alkohol in greifbarer Nähe sei.

Abends beginne ich einen Einser-Dienst und schule nebenbei Wens in Theorie, der ja ein schlauer Junge ist. Sonst macht es ja wiederum niemand.

## Freitag, 27. 8.

Natürlich bin ich auch heute wiederum müde, jeder Nachtdienst außerhalb meines Bettes schlaucht mich, selbst wenn ich schlafen kann. Doch ich bin ruhiger als noch vor einigen Tagen, und mir scheint es, als würde die Teamsite plötzlich aufatmen. Die dunkle Fabio-Zeit ist überstanden. Zumal ich nun einen Stellvertreter habe, der so ziemlich das Gegenteil von Fabio ist: Der Russe Maxim Dubina war zuvor in Mehaires, klapprig-dünn, mit einer Stimme, die schwarz ist vom Kettenrauchen, bei Gelagen gerne dabei, aber in höchstem Maß loyal, durchaus ein Spaßvogel und das Improvisieren aufgrund heimischer Zwänge gewohnt.

Er ist nicht wie der vor Selbstbewusstsein strotzende stämmige Spezialsoldat Dmitry, der sein Sohn sein könnte, eher der Vertreter des ärmlichen Heeres, geboren in Sewastopol. „Ist das nicht Ukraine", frage ich ihn. Aber er wischt es mit der Bemerkung weg, dass doch das ohnedies alles gleichsam dasselbe Land sei. Daheim ist er angeblich so wie ich Oberstleutnant, aber darüber lässt er sich nicht recht aus, auch nicht über die offenbar prekären Verhältnisse, in denen er mit seiner Familie aufgrund des schmalen Verdienstes zu leben hat.

Nun kann es mit Verspätung losgehen, dass sich das Paradies ohne Zank und Streit umsetzen lässt, ein demokratisches Mijek, in dem der Schmäh rennt, niemand Furcht hat und alle gerne hier sind. Aber die Sessel im Briefing Room im Kreis aufzustellen, wie ich es gleich am Anfang vorhatte, dafür ist es vielleicht doch noch zu früh. Das könnte möglicherweise als allzu basisdemokratisch ausgelegt werden. Militärs sind Hierarchien gewohnt und meist in konservativen Strukturen groß geworden. Man soll niemanden ohne Not erschrecken.

Und so bleibt alles beim Alten, meine Schäflein sitzen in zwei Reihen vor mir, und eines Tages mache ich eine seltsame Entdeckung: Wens mir gegenüber, in kurzer Uniformhose – denn die sexy französische Armee führt auch solches in ihrer Camouflage-Garderobe – hat sich offenbar die Beine rasiert, und mir scheint fast, er zeigt dies bewusst kokett. Aber für wen? Er ist doch glücklich verheiratet und hat zwei kleine Kinder, soviel ich weiß. Die Atmosphäre des Wüstendaseins gibt ständig Rätsel auf.

Im Briefing gebe ich Warnungsparolen an die nicht anwesenden Polisario-Arbeiter aus. Koch Jachja verwendet auf Nachfrage Unmengen an Rohstoff zum Kochen, täglich etwa zehn Liter Wasser, und man fragt sich, wofür braucht er es? Das Dumme ist, dass kein Food Officer aus der Gastronomie kommt, der sagen könnte, wie viel Tintenfisch nun tatsächlich für elf Leute ausreichend ist. Kontrolle fällt schwer, und ich sowie einige andere auch werden das Gefühl nicht los, dass wir begaunert werden. Konsequent, schon seit Langem, vielleicht sogar organisiert über die Polisario selbst. Darum könnte sie so interessiert am Verbleib Ibrahims sein, um diesen geschickten Brückenkopf auch künftig zwecks Beschaffungskriminalität nützen zu können. Alles Verdächtigungen, ohne tatsächlichen Anhalt, aber mit logisch scheinendem Fundament.

Wir wurden beauftragt, für den COPO neuerlich Fotos der 17 Migranten zu machen und sie Listen mit Namen, Verwandtschaft und Passnummer anfertigen zu lassen. Ich packe Naby zwecks sprachlicher Vielfalt um 20 Uhr zu einer Sonderpatrouille zusammen, und wir brechen zur provisorischen Unterkunft der jungen Männer auf. Sie ist eine bessere Postenhütte, ein fensterloser kleiner Bau mit zwei Türen, wo sie hin verfrachtet wurden und untertags kaum herauskommen. Verhungert sehen sie nicht aus, kräftige junge Männer, die nach eigenen Angaben froh sind, das Abenteuer hinter sich zu haben und nur mehr nach Hause wollen. Das möchten sie so schnell wie möglich, betonen sie mir gegenüber, weil sie dieses Klima, diese Hitze nicht gewohnt seien.

Ich lasse meine im Kurzurlaub aufpolierten Französischkenntnisse spielen, bin ausgesucht höflich und freundlich, um das Gefühl zu vermitteln, wir kümmerten uns tatsächlich um sie. In Wahrheit sind mir die Hände gebunden, denn der COPO beharrt darauf, dass das nicht unsere Angelegenheit wäre, wir uns da nicht zu weit hinauslehnen sollten, weil humanitäre Aufgaben nicht in unserem Auftrag lägen. Deshalb betet er offenbar die mit der Sache Betrauten, UNHCR und Rotes Kreuz, herbei, die aber zuvor alle möglichen Informationen verlangen. Wie etwa das Ausfüllen jener Formulare, mit denen ich da gerade wedle. Der Renault-LKW mit den Hilfsgütern ist in der Zwischenzeit auf halber Strecke, im Sand bei Bir Mograin, stecken geblieben. Eintreffen der Fracht unbekannt.

Naby ist in seinem Element, scherzt in einer mir unbekannten Sprache mit den Männern und organisiert sie recht gut. Nachher sagt er mir, dass er sich der in all jenen Ländern Westafrikas, auch dem seinen, am weitesten verbreiteten allgemeinen Stammessprache bedient hatte.

Einer nach dem anderen nimmt auf einem wackeligen Stuhl vor der rissigen Hausmauer Platz, wird abgelichtet und übergibt das meist nur mäßig informativ ausgefüllte Formblatt. Ich bedanke mich und äußere meine Hoffnung auf rasche Hilfe ohne irgendetwas zu versprechen, denn ich stehe mit leeren Händen da. Wenngleich der Eindruck sicher ein anderer ist: Da kommen die reichen UN-Soldaten aus ihrem klimatisierten Camp, wo Milch und Honig strömen, und fertigen die armen Habenichtse mit dürren Worten ab. Leider ist es auch so. Aber COPO ist ängstlich darauf bedacht, dass die Herren nicht plötzlich im Stützpunkt auftauchen und womöglich Asyl beantragen. Nicht auszudenken, welche administrative Lawine dann losgetreten wäre. Deshalb beauftragt er uns, die Burg stets fest verschlossen zu halten.

Ich glaube ja nicht, dass auch nur einer von ihnen weiß, dass wir gleich um die Ecke hausen, aber wir legen erhöhte Wachsamkeit an den Tag. Im Büro klebe ich die Fotos auf die Formulare, stecke diese in einen Umschlag und schicke am darauf folgenden Dienstag alles nach Laayoune.

## Samstag, 28. 8.

In einer Kurzpatrouille zuckle ich hinter Kommandant Mario und Fahrer Ahmed her. Ziel ist E 4, wobei wir auch ein UXO finden, das wir eifrig markieren. Ich erinnere mich nicht mehr genau, aber es müsste doch Al Haj statt Ahmed gewesen sein, denn ich sehe ihn noch vor mir, mit welcher Liebenswürdigkeit er den beiden sich neugierig nähernden Buben erklärt, dass man sich der – vermutlich ohnedies leeren – Plastikhülle, die wir anderen mit roter Farbe einkreisen, nicht nähern dürfe. Gefunden hatten wir das Ding in dieser an Besiedlung und deshalb auch Müll reichen Gegend, da wir uns verfahren hatten.

Einmal ein Samstag ohne Party, auch so etwas tut ganz gut.

## Sonntag, 29. 8.

Erstmals verwenden wir für unsere Waterpatrol, die ich mit Naby durchführe, den aus Laayoune zugewiesenen und lange erwarteten Toyota-Pick-up. Er ist ein interessantes Gefährt mit zwei Tanks und heiterem Gemüt, wenigen Tasten und Knöpfen, erfreulich unelektronisch. Ein ehrliches Ding, wo man noch die Fenster hinauf- und hinunterkurbelt und dank der Ladefläche eine großartige Sicht nach hinten hat. Ein halbes Jahr lang hatte ich gefürchtet mir einen Bruch zu heben, wenn wir den bleischweren Generator in der Früh zu viert aus dem Auto hoben und am Abend wieder hinein. Nun lassen wir, gleichwohl ein wenig unorthodox, einfach das Auto samt dem aufgebuckelten Generator den Tag über dort und holen es am Abend ab. Das spart zwei Mann und viel Kraft.

Gegen 18 Uhr werde ich aus meiner hitzedumpfen Kammer gerufen. Taruzi wartet draußen, hat sich seine schnittige Sonnenbrille aufgesetzt und sagt. „Mira …!" (Schau!). Der Hilfs-LKW sei da. Nach bald einem Vierteljahr im Amt reagiere ich gelassen. Ich rufe Naby und Al Haj zwecks Sprachenvielfalt, wir werfen uns in Uniform, ich kralle mir die Kamera, und ab geht es ins Polisario-Hauptquartier. Erstmals dürfen wir von hinten zufahren: ein Antreteplatz, der auch nicht viel größer ist als unserer, mit Stacheldraht davor, und ich bekomme Angst, dass Naby in diesen einbiegt. Schon auf der Tiefsandstrecke hatte er gefragt, ob der zivile Jeep am anderen Ende, etwa 100 Meter vor uns, entgegenkomme oder wegfahre. Er hat tatsächlich ein Problem mit dem Sehen. Nur wenn es in all dem feinen Sand einen Stein gibt: Den verfehlt er bestimmt nicht.

Ein etwas ausgemergelt wirkender LKW steht im Schatten, hätte er eine Zunge, würde sie ihm meterweit heraushängen. Die verhinderten Migranten tragen eifrig Versorgungsgüter in ein schmuckloses Haus. Der Chef vom roten Halbmond, ein sympathischer Saharaoui, der hervorragend spanisch spricht, erzählt mir, dass sie acht Tage unterwegs waren, und der andere Lastwagen nach dem Umladen weiterhin in Agsumal hängt. Eine unserer Routen heißt nach diesem Ort, er muss nördlich unseres Verantwortungsgebiets liegen. Er und die zwei anderen vom roten Halbmond des Saharaoui-Staats werden die Nacht hier verbringen. Beruhigend für uns.

Ich nehme Al Haj die Kamera weg, weil er schon wieder so unprofessionell damit herumfummelt. In einem fensterlosen Raum stapeln sich die Hilfsgüter: Reis in Säcken, Unmengen an Trinkwasserflaschen. Einige Kartons tragen Aufschriften aus dem Baskenland. Wieder einmal. Die Basken haben nicht nur große Mützen, sondern offenbar auch große Herzen für die Helden der Wüste.

Die Schwarzen hat die Polisario unterdessen in einer Linie aufstellen lassen. Es geht militärisch zu, auch bei den Guerilleros. Jeder der Männer erhält eine Unterlagsmatte, auf die nun die Spenden geworfen werden: Toilettenpapier, Zahnpasta, Wolldecken und mehr. Heute haben die Männer andere Hemden an als vorgestern, stelle ich fest. Und auch die Erbarmungslosigkeit des Schicksals sieht ihnen nicht aus den Augen – die Tragödie, ein Vermögen verspielt zu haben und nun mit einem erzwungenen Urlaub in der Wüste bestraft zu sein. Nichts von allem. Meine Empfindungen sind im Moment durchaus sachliche. Wir stehen und schauen, einer von der Polisario filmt, wir fotografieren, einer dokumentiert den anderen. Unterdessen schickt sich die Sonne an, vor ihrem Verlassen der Szene noch einen goldenen Schein über sie zu legen.

Dann ist alles verteilt, und wir trollen uns. Die Pflicht lässt sich mit dem Nützlichen verbinden: wir machen unseren Pick-up auf der anderen Seite des Hauptquartiers los und bringen ihn nach Hause, wo ich ihm und dem Generator Treibstoff einflöße. Während unsere Muslims um 19 Uhr 20 mit Suppe fastenbrechen, dann beten und erneut zuschlagen, atze auch ich mich und das Kätzchen, das aber nur Spielen im Sinn hat, obwohl Banane auf dem Speiseplan steht. Hierauf schicke ich dem COPO die Fotodokumentation des ersehnten Hilfseinsatzes. Mit dieser Würdigung des roten Halbmonds geht nun auch der gelbe über Mijek auf und ich spüre die Sehnsucht nach meinem Bett wachsen. AC aus im Büro, raus in die nächtliche Wärme, rein in den schwülen Bunker, AC an und Abflug ins Träumeland.

## Montag, 30. 8.

Es ist, als sollte ich hier kein dauerhaftes Glück als Menschlein-Dompteur erleben. Eher routinemäßig rufe ich in Smara an, was für ein Mensch der Malaysier sei, der uns nächste Woche von dort in den Schoß fiele. Der bärtige Pakistani in Smaras Chefsessel rollt hörbar mit den Augen und erklärt, dass das ein ganz schlimmer Finger wäre, der dauernd gegen die SOP verstoße, gegen ihn arbeite, die Atmosphäre im Team kaputtmache und irgendetwas mit den Tieren im Camp auf dem Kerbholz habe. Das erzähle er mir gleichsam als Bruder, weil ich ja auch Teamsite-Commander sei und wir uns von der letzten Konferenz kennen. Klar, als er mit meinen Ideen hausieren gegangen ist, der scheinheilige Frömmler. Warum muss ich gleich sein Bruder sein? Nervig, der Typ.

Wir müssen schleunigst unsere Katze aufs Leben vorbereiten, bevor es ihr ein grausamer Malaysier beendet, beschließe ich und suche den Ablution Room auf. Da liegt sie, hineingekuschelt ins Handtuch, verdreht den Kopf nach oben, schlafend auf der Abfalltonne. Weshalb ich sie heimlich Diogena getauft habe, nach dem griechischen Philosophen mit seinem Lehrstuhl im Fass. Was gibt es Entzückenderes als ein schlafendes junges Kätzchen?

Kaum hat sie mich hereinschleichen gehört und die Augen geöffnet, ist sie auch schon hellwach. Wir stoßen unsere Nasen aneinander, dann hüpft sie maunzend von der Tonne und umstreift meine Füße. Schließlich will sie hinauf und springt an mir empor, wobei sie ihre Krallen nur ganz behutsam, gleichsam um nicht abzurutschen, einsetzt. Wohin ich gehe, immer trippelt sie hinter mir her. Kunststück, eine Form käuflicher Liebe, denn ich bin ja der, der ihr dreimal am Tag Essen serviert. Gestern Fischstäbchen und Shrimps, ich war von einem Volltreffer überzeugt, wurde aber vom Gegenteil enttäuscht. Am erfolgreichsten bin ich mit der gemischten Aufschnittplatte aus Wurst und Käse, darüber macht sich das Tier mit Heißhunger her.

Dennoch mache ich mir Sorgen: Sie trinkt zu wenig. Manchmal muss man ihr den Kopf ins Wassertöpfchen stupsen, damit sie folgsam zu trinken beginnt. Wo bleiben die Instinkte? Es ist wie bei einem Kleinkind: Man weiß nicht, was das Lebewesen da vor einem will oder worunter es leidet.

Auch über seinen Stoffwechsel mache ich mir Gedanken. Nirgends ist ein Katzenklo auszumachen, nirgends stinkt es. Gestern Abend allerdings überraschte ich das Kätzchen, als es den klimatisierten Waschraum durch das für die Leitungen vorgesehene Loch in der Zeltplane verließ, um davor etwas steifbeinig eine Grube zu scharren, in die es sich entleerte. Manchmal können mich schon Kleinigkeiten beruhigen. Vorgestern war sie beim Bügeln eine willkommene Unterhaltung. Allerdings wollte sie spielen, während ich die verbale Unterhaltung bevorzugte. Und so entdeckte sie mein rechtes Bein, während ich, der Kratzbaum, drauflos erzählte. Nun trage ich die Spuren aller Katzenbesitzer in Form blutiger Haarrisse. Dennoch verbindet uns beide, scheint es, eine tiefe Freundschaft ohne große Worte.

Jeden Abend versuche ich mich in vertrauensbildenden Maßnahmen. Da packe ich die Kleine mit einer Hand um die Taille und setze mich draußen vor den gelangweilt wedelnden Hund, fühle mich voll prickelnder Spannung wie mit Tigern in der Manege und rede gut auf die Hündin ein, dass das eine sehr liebe Katze sei, die wir, respektive sie, nicht fressen sollten. Das tue ich so lang, bis es der Katze mit gesträubtem Fell zu bunt wird und sie mir durch Ausfahren der Krallen zu verstehen gibt, dass sie sich jetzt eigentlich auf der Tonne in ihrem klimatisierten Zimmerchen wohler fühlen würde. Und dann kriegt der Hund auch noch seine geliebten Massageeinheiten mit dem Fuß auf seinem Bauch, damit er nicht eifersüchtig wird und die Katze möglicherweise erst recht frisst. Stille Tage von Clichy, Ausgabe Mijek, könnte man meinen.

Duty 1: Am Abend wische ich das Office zu den Klängen von Radio Burgenland auf, sogar das „knallrote Gummiboot" ertönt. Dieser Titel bildet eine Klammer zur UN-Mission auf dem Golan vor sechs Jahren, wo die Übertragung dieses Schlagers im Camp-Radio einiges ausgelöst hatte. Mit einem Mal wird mir klar, wie anders jener Einsatz war.

## Dienstag, 31. 8.

Diese Einser-Dienste schaffen mich regelmäßig. Zwar bereitete ich mich am Abend so gewissenhaft vor, dass ich ein Maximum an Schlaf und an Schonung am nächsten Tag bekomme, dennoch fallen mir in dem halbdunklen Dienstzimmerchen schon bald nach dem Frühstück wieder die Augen zu. Wenn Amtsübergabe und Mittagessen vorüber sind, lege ich mich für eine Stunde aufs Ohr.

Das ist auch gut so, denn mir steht noch eine Patrouille bevor. Die reguläre Vormittagspatrouille ist mit einem geplatzten und einem lädierten Reifen zurückgekommen. Wieder einmal war Al Haj, der frühere Kraftfahroffizier, der Lenker. Wens flüstert mir zu, dass der schmächtige Jemenit fast eingeschlafen und dauernd aus der Spur gefahren wäre. Das hätte die Reifen einer ziemlichen Zerreißprobe unterzogen. Der Ramadan setzt ihm zu, er gesteht seine Übermüdung offen ein.

Der Fastenmonat wird zum Dilemma des täglichen Betriebs: Ich kann die Moslems für diese paar Wochen nicht vom Patrouillendienst abziehen. Dazu sind wir einerseits viel zu wenige, andererseits wäre es ungerecht den Nichtmuslimen gegenüber. Allerdings werden sie im hochsommerlichen Fahrbetrieb zum immer größeren Sicherheitsrisiko. Trotzdem: da müssen sie durch. Glücklicherweise sehen sie es selbst auch so.

Obendrein fehlt das Fahrtenbuch aus dem Wagen von Al Haj. Er ist und bleibt mein Sorgenkind – unbekümmert, sorglos, unzuverlässig. Somit muss nun ich einspringen. Der Flugoperator aus dem Hauptquartier ist heute bei uns gelandet und hat am Nachmittag um vier, einer Zeit, zu der es noch ziemlich warm ist, einen Ausflug zum Notflugfeld in Richtung Zouerate vor.

Wir sind als Eagle-Patrouille eingetragen, Flughöhe null Meter über Grund. Zu allem Überfluss hat sich der große, vollbärtige Mario aus Turin mit dem Flugfeld vertan, es irgendwo auf der Straße nach Aguanit vermutet und offiziell so verzeichnet. Nun müssen wir, zwei dichte Staubwolken hinter uns herziehend, unnötigerweise dahin, wo nichts ist. Denn im Patrouillenplan ist der Weg eingetragen, und dieser wurde von der Zentrale so und nicht anders genehmigt. Fehler lässt die UN-Bürokratie unbarmherzig büßen.

Auch unser Verbindungsoffizier begleitet uns, da es Richtung Mauretanien geht, und wir ihn immer dabei haben müssen, wenn wir dorthin unterwegs sind. Es geht auf die innere Sahara zu, und dort wird die Wüsten-Al Kaida vermutet.

Verbindungsoffizier Taruzi mault, dass es so spät und noch dazu im Ramadan ist. An diesen hält sich der listige Flugoperator, der aus Afghanistan stammt, hingegen nicht. Er ist heute auf Reise, von Laayoune zu uns, und somit vom Fastengebot ausgenommen, erzählt er zufrieden. Es ist nicht ausgeschlossen, dass er das Abfliegen aller Notlandeplätze von Minurso eigens in den Ramadan gelegt hat, um der Strenge des Gebots so gut wie möglich zu entkommen.

Mit meinem Beifahrer Wens ist er bald eifrig im Gespräch, denn dieser war zuletzt in Afghanistan eingesetzt. Die zwei diskutieren die Wahrscheinlichkeit einer Rückkehr der Taliban, während wir nach Südosten holpern und nach nicht allzu langer Fahrt eine unscheinbare Fläche in der Fläche begutachten, die mit einem „H“ aus Steinen als Flugplatz ausgewiesen ist.

Am Abend, nach dem Briefing und der Müllabfuhr zum Trash Area mit dem geduldigen, wettergegerbten Polisario-Ali auf dem Nebensitz, wartet Taruzi vor dem Bürozelt mit einem Brief des Polisario-Regionalkommandos. Das verheißt nie Gutes. Dabei dachte ich das Schlimmste für heute hinter mir zu haben. Ich reiche den Brief Ahmed und Mosaad zum Übersetzen weiter. Letzterer ist endlich von Dakhla zurückgeflogen worden. Insgesamt drei Wochen war der Glückspilz dorthin zugeteilt gewesen und mäkelt trotzdem, als er mir auf dem Sofa in der Mess Hall die Fotos von dort mit dem Meer im Hintergrund auf seinem Handy präsentiert. Ich bin todmüde, aber auch Interesse zu zeigen gehört zu meinem Job.

Der Brief sagt klipp und klar, dass morgen um vier Uhr früh die Migranten verladen und nach Zouerate gefahren werden, um sie den mauretanischen Behörden zu übergeben. Ankunft dort: sieben Uhr. Meine Antwort erwartet Taruzi „ahora", jetzt. Also rufe ich den COPO an, der sich keuchend meldet, weil er gerade seine tägliche Joggingrunde durch Laayoune absolviert. „Wunderbar", jubelt er.

Typisch, eine zynische UN-Reaktion. Als wäre ihm nicht aufgefallen, dass nur zwei Tage nach Eintreffen der Hilfsgüter für die armen Kerle diese hinausgeworfen werden und die Polisario nun auf einem Berg Reis sitzt und zum Ramadan-Ende für die gesamte Militärregion ein Freudenfest mit gestohlenen Lebensmitteln abhalten kann. Und auch, dass die jungen Männer nun ein zweites Mal betrogen werden, diesmal von ihren Rettern. Das ist tragischer Filmstoff, der vor unseren Augen abrollt. Deshalb wohl hat unsere Patrouille gestern so anstandslos das Hauptquartier betreten und beim Abladen zusehen dürfen.

Der COPO entscheidet, ich solle eine Mail an die Zentrale schreiben. Ich merke darin an, dass die UN zwar mit Fotoapparaten präsent sind, wenn es ums Ausfüllen von Formularen geht oder wenn die Hilfsgüter ankommen. Wenn sie aber denen, für die sie bestimmt sind, gestohlen zu werden drohen, fühlen sie sich nicht zuständig.

Den weiteren Abend verbringe ich damit, mit Domagoj und Al Haj einen Unfallbericht über den zerstörten Reifen zusammenzustoppeln. Dazwischen ruft immer wieder der neue MTO von Awsard an, ein gewissenhafter Filipino, der lautstark den Typ des Rim fordert, der Felge, wie ich im Wörterbuch feststelle. Ich kann es ihm nicht sagen, fotografiere das malträtierte Rad und maile ihm das Bild, weil er morgen persönlich samt neuem Reifen bei uns erscheinen möchte.

Darüber vergeht Zeit. Es ist schon weit nach Mitternacht, als ich mich im Waschraum den abendlichen Streicheleinheiten für die Katze widme. Das gefällt ihr, schnurrend bohrt sie ihren Kopf in meine Hand, umstreicht meine Beine, springt zart an ihnen hoch und miaut behaglich.

Von draußen höre ich so etwas wie meinen Namen, kümmere mich aber nicht sonderlich darum. Später treffe ich Al Haj. Der Journaloffizier von Laayoune habe angerufen und mich sprechen wollen, er habe ihm aber gesagt, ich würde bereits schlafen, er könne mich nicht wecken, sagt Ali. Der Journaloffizier ist der Italiener Luigi und sehr pikiert ob Al Hajs Auskunft. Wir scherzen hier nicht, grollt er mir entgegen, als ich mich telefonisch zurückmelde.

Der COPO habe mir eine Mail geschrieben, und ich solle deren Erhalt bestätigen. Es ist eins in der Nacht, als ich Böses ahnend den Computer neuerlich anwerfe: Tatsächlich, der COPO ordnet, nachdem er sich mit dem Kommandanten besprochen hat, unsere Anwesenheit bei der Abreise der 17 Schwarzafrikaner an. Mit absatzlangen Verhaltensregeln. Selbst schuld, ich hatte es vorgeschlagen, aus Pflichtgefühl, Mitgefühl, Gerechtigkeitsgefühl und Neugier.

Ich lasse Mosaad die Uniform anlegen, und wir stapfen aus dem Camp, durch den von Peitschenleuchten im Rücken erhellten Sand zum Polisario-Posten vor dem Tor. Noch nie habe ich hier vorgesprochen. In der Lehmhütte sitzen vier Männer auf dem Boden und schneiden Stücke von Lahmacun, einer türkischen Pizza, ab. Einer eilt zur Dienstwohnung von Taruzi, hundert Meter weiter. Mosaad stößt mich an und zeigt heimlich auf die Beleuchtung des Häuschens mittels Glühbirne. Da hat die Polisario wohl unsere Stromleitung zu ihren Dienstwohnungen abgezweigt. Ich seufze, Guerilla eben. Bekommen sie etwas nicht legal, holen sie es sich. Soll ich wegen der paar Watt kämpfen?

Nach ein paar Minuten steht Taruzi in der Tür. Morgen 3 Uhr 20, schlage ich, gegen alle innere Bequemlichkeit, vor. Würden wir, wie von ihm vorgeschlagen, um zehn vor vier am Polisario-Hauptquartier aufkreuzen, ist die unfreiwillige Reisegesellschaft womöglich schon über alle Berge. Diese taktische Überlegung beeindruckt sogar Dmitry. Den habe ich vor Verlassen des Stützpunkts noch rasch aus dem Bett geholt. Er schreibt bereits schnaufend und fluchend am Ansuchen für unsere nächtliche Patrouille, als Mosaad und ich zurückkehren.

Wir wecken Domagoj als Dritten im Bunde, bereiten die Autos und Journaloffizier Al Haj auf eine unruhige Nacht vor und gehen für den Rest der Zeit, die uns noch bleibt, schlafen. Unterwegs zum Zelt begegnet mir der Igel, dessen wichtigtuerisches Getrippel mich immer an einen Kanzleibeamten mit Aktentasche erinnert, der dem Büro zustrebt.

## Mittwoch, 1. 9.

Nach zwei Stunden schrillt der Wecker. Diesen Augenblick habe ich gefürchtet, und ich hasse ihn. Mühsam erhebe ich mich und kleide mich an. Vor der Tür befällt mich der Eindruck, als wäre ich gerade erst ins Zelt gegangen. Es herrscht eine verschlafene Stimmung, die erste Arbeitsschritte erst unscharf erahnen lässt, wo das Tun des Vorabends noch in den Räumen hängt und nicht ausgekühlt ist. Gleichzeitig wird nicht mit morgendlicher Frische, sondern mit bleierner Schwere dem Beginn des Tagwerks entgegengesteuert, das gemäß den augenblicklichen physischen Möglichkeiten unerfüllbar scheint.

Der Kroate Domagoj aus Split, sprachlich wie bewegungstechnisch behäbig, sitzt schon im Journalraum. Dmitry kommt gerade noch rechtzeitig um zehn Minuten vor halb vier angeschlurft, der Verbindungsoffizier der Polisario, Taruzi, ein paar Minuten zu spät. Domagoj chauffiert den ersten Wagen, Dmitri den zweiten.

Ich navigiere neben Domagoj – aber wie? Nachts fahren wir nie aus. Jetzt stellt sich uns die mangelnde Kenntnis in den Weg. Kaum sind wir hinter dem Camp-Tor rechts abgebogen, ist es stockdunkel, und die Lichtfunsel des Scheinwerfers leuchtet eine anonyme Sandpiste ab. Fahrspuren überall. Taruzi schaltet sich ab und zu vornehm von der Rückbank ein, doch wir finden uns dem Gefühl folgend schließlich doch zurecht.

Gegenüber Taruzi verlieren wir in solchen Momenten jeden Kredit, sollten wir ihn je gehabt haben. Ich spüre das spöttische Grinsen des Wüstenfuchses nahezu körperlich in meinem Nacken. Er ist wohl noch zu jung, um Erfahrung aus den Kämpfen mit den Marokkanern vorweisen zu können. Aber er ist hier aufgewachsen, im Schatten verkrüppelter Akazien, zwischen Sanddünen und dürren Sträuchern.

Für ihn sind die Fahrspuren Landkarten, ist die Wüste so abwechslungsreich und lebendig wie für mich das Zentrum meiner Heimatstadt. Hier bewegt er sich behände wie ein Fisch im Wasser, wie ein Partisan in den zerklüfteten Bergen des Balkans, ein Guerillero in den dichten Wäldern des Äquators. Die heimische Umgebung dient ihm als Camouflage und Werkzeug, sie ist seine Vertraute, die ihn unterstützt. Taruzi liest im Sand wie andere in Büchern. Vermutlich auch nachts und ohne künstliches Licht.

Das Hauptquartier der Polisario, fast in Sichtweite unserer Teamsite, liegt als finsterer Schatten vor uns in den Dünen. Taruzi steigt aus und trabt darauf zu. Durch den Torbogen sehe ich dahinter Menschen wie auf einer Bühne sich von rechts nach links und von links nach rechts bewegen. Es geht auf vier zu, jenen Zeitpunkt, zu dem die Polisario angekündigt hat, die 17 Schwarzafrikaner nach Mauretanien zu transportieren, von wo aus sie in ihre Heimatländer geflogen würden.

Wir berichten unsere Beobachtungen über Funk in die Teamsite. Das Licht von deren Scheinwerfern, die uns dort die nächtlichen Gänge zur Toilette erleichtern, strahlt silbern hinter uns in den Nachthimmel, als würde der Sonnenaufgang bevorstehen.

Dmitry scheint es zu gefallen. Das ist die Zeit, da er auch im russischen Einsatz aktiv ist, erzählt er mir später. Mit Anbruch des Tages würden sie sich im Unterholz verkriechen. Im Tschetschenieneinsatz hätten sie das einmal zu spät getan und seien von einem Hubschrauber entdeckt worden. Deshalb habe man diesen leider abschießen müssen. Ob es ein feindlicher oder eigener war, erwähnt Dmitry nicht. Mit einem Gewehr ohne Schall, ergänzt er nur.

Taruzi kehrt zurück, steigt ein und lotst uns zur Hinterseite des Komplexes. Da steht, wie ich es mir vorgestellt habe, ein altersschwacher LKW, auf den die Immigranten ihre Habe verladen. Unter anderem kann ich die flauschigen Decken in den Klarsichttaschen ausmachen, die Teil der Spenden des Roten Halbmonds waren. Ich zücke die Kamera und fotografiere das gespenstische, nahezu wortlose Geschehen, über dem die Sterne funkeln. Sie funkeln, wie wir es nicht kennen, da wir nachts nicht ausfahren dürfen und im Camp die Scheinwerfer keine Sicht auf den viel gerühmten Sternenhimmel über der Wüste zulassen. Jetzt aber hat niemand einen Blick für ihn.

Unweit parkt ein Jeep, auf den überraschenderweise die restlichen Hilfsgüter verladen werden. Taruzi zeigt bedeutungsvoll auf ihn und sagt: Escorte. Ob es tatsächlich alles ist, kann ich nicht abschätzen, es soll vermutlich nach viel aussehen. Wir beleuchten die Szene mit den Autoscheinwerfern, werden aber weder von der Polisario noch von den Schwarzafrikanern sonderlich wahrgenommen. Ich frage einen von ihnen, ob sie vollzählig sind, was er bejaht.

Ihren Mienen ist nichts anzumerken, keine Angst, keine Enttäuschung, keine Hoffnung. Ich versuche noch einmal so etwas wie eine freundliche Geste und wünsche ihnen gutes Heimkommen, aber kaum habe ich die Worte ausgesprochen, fühle ich mich völlig deplatziert. In dieser Situation ist kein Wort nötig, in dieser Funktion sollte man sich, wenn man schon nicht zu Rettung imstande ist, völlig im Hintergrund halten und nichts sagen.

Kurz vor vier hocken und stehen die jungen Männer auf und zwischen ihrer Habe auf dem LKW, halten sich an den seitlich aufragenden Metallstangen fest. Dann setzt sich die Karre schnarrend in Bewegung. Auch jetzt ist keine Furcht in ihren Gesichtern zu lesen, aber auch kein sichtbarer Zwang seitens der Polisario zu erkennen. Lediglich Unsicherheit und Spannung ob des Kommenden meine ich ausmachen zu können, aber das kann auch eine auf nichts gründende Interpretation sein.

Da wir den Auftrag haben, die Richtung zu benennen, die der LKW einschlägt, folgen wir ihm. Kein leichtes Unterfangen, weil die Rücklichter unter den Abgaswolken kaum erkennbar sind und vor uns nur als zwei kleine gelbe, immer wieder verschwindende Tupfen durch die Konturen der Landschaft hüpfen. Außerdem ist die Piste, an der wir uns entlang tasten, nachts nicht wiederzuerkennen. Gefühlsmäßig schlägt der LKW die Richtung nach Süden, also zur mauretanischen Grenze, ein.

Ich hatte Taruzi gefragt, warum das so früh geschehen müsse. Weil um sieben Uhr dort Übergabe sei, hatte er geantwortet. Das erklärt zwar nichts, mag aber so sein. Von der Escorte sehen wir allerdings nichts. Zuletzt hatte ich sie bemerkt, als sie kurz nach Aufbruch am Behelfsquartier der 17 Männer Halt gemacht hatte. Um die Hilfsgüter nun dort hinein zu schlichten? Mein böser Verdacht verdichtet sich: Lange hatte sich die Polisario Zeit und uns im Ungewissen über den Zeitpunkt eines Abtransports gelassen. Kaum aber sind die Hilfslieferungen eingetroffen, werden die Afrikaner abtransportiert.

Ich lasse Domagoj halten. „Was ist los“, knarrt aus dem Funkgerät Dmitrys Stimme, in dessen Wagen jetzt Taruzi sitzt. „Ich will wissen, wo das zweite Fahrzeug bleibt“, antworte ich. Kurz darauf meldet sich Dmitry erneut: „Als du das zweite Fahrzeug erwähnt hast, ist Taruzi sofort aus dem Auto gesprungen und nach hinten gegangen.“

Wusste ich doch, dass da etwas faul ist. Aber wir können nichts beweisen und nichts verhindern. Mit einem Mal steht das Wort Srebrenica vor mir. Vielleicht bringt die Polisario die 17 Männer an die mauretanische Grenze, knallt sie dort ab und verscharrt sie, weil sie weiß, dass es uns aus Sicherheitsgründen untersagt ist, dorthin zu fahren. Vielleicht aber fährt sie gar nicht so weit und setzt sie irgendwo in der Wüste und damit dem sicheren Tod aus. Das würde zudem keine 17 Schuss Munition kosten. Vielleicht fahren diese Menschen nun in ihren Tod, während wir es gesehen und nicht eingegriffen haben, obwohl wir damit rechnen mussten, dass es böse enden könnte. Vielleicht machen wir uns gerade mitschuldig.

Wie wahrscheinlich ist denn die Ankündigung, die Männer würden von Zouerate nach Hause geflogen? Hier gelten die Gesetze der Wüste, und die sind unbarmherzig und ganz anders als die in solchen Fällen daheim automatisch einsetzende humanitäre Hilfe. Was hätte die Polisario von dieser Tat der Menschlichkeit? Wer würde die Kosten für den Flug der Männer übernehmen? Das arme Mauretanien? Und wohin sollten sie fliegen, da sie doch aus einem halben Dutzend verschiedener Länder kommen? Das klingt doch alles so unglaubwürdig, dass es empörend ist, uns einen solchen Plan auf die Nase zu binden, überlege ich.

Plötzlich braust in einiger Entfernung der Pick-up von der Seite heran und hinter dem LKW her, dass man glauben möchte, alle Reissäcke fliegen von Bord. Leicht ließe sich alles glauben, aber ebenso leicht lässt sich all das auch inszenieren, damit wir es glauben. Es könnte ein Schauspiel sein, lediglich mit dem Mehraufwand einer zusätzlichen Runde des Pick-ups, in der Nacht für uns aufgeführt. Für uns, eine von Vorschriften gefesselte und erstarrte Truppe der Vereinten Nationen, die sich keinerlei Gewissheit verschaffen kann, weil sie so ohnmächtig ist, und die nicht einmal einem so armselig gewordenen Kämpferhaufen wie der Polisario einen Funken Respekt abnötigen kann.

Wir sind ein williger Spielball der Interessen beider Kontrahenten, der Marokkaner wie der Polisario. Nach Gutdünken von ihnen für ihre Ziele verwendet. In Wirklichkeit spielen wir keine Rolle von irgendeiner Bedeutung. Die haben andere, nicht die UN und nicht ihre bunt zusammen gewürfelten waffen- und wehrlosen Söldner, die jeden Tag nach festgelegten Plänen sinnlos kreuz und quer durch die Wüste jagen.

Mission erfüllt, beschließe ich, und wir kehren heim auf unsere nur einen Kilometer entfernte, hell erleuchtete Insel der Seligen. Trotzdem fällt es schwer, die Spur zu halten. Gut, dass wir keine Nachtpatrouillen machen müssen, ich fühle mich in einer solchen Situation blind wie ein Grottenolm.

Im Büro schreibe ich in meinen Bericht, dass wir alles sauber überwacht hätten, ohne zu erwähnen, dass wir möglicherweise einer humanitären Verantwortung nicht nachgekommen sind und doch nach außen eine saubere Weste behalten haben. Ich erwähne nicht, dass wir 17 junge Männer nicht gerettet haben, die sich möglicherweise gerne unter den Schutz der Blauhelme geflüchtet hätten. Ich mag es wenden, wie ich will, ich habe heute mein persönliches Srebrenica erlebt. Schlimmer noch: Ich war in diesem Nachteinsatz Kommandant und habe zugesehen.

Stattdessen lasse ich im Bericht anklingen, dass ich jetzt ins Bett gehe und bis zur Patrouille um 11 Uhr 30 nicht wegen irgendwelcher Nachfragen geweckt werden möchte. Überraschenderweise hält man sich in der Zentrale daran. Als ich um elf Uhr, nach insgesamt denn doch acht Stunden von meinem Prokrusteslager klettere, habe ich unangenehme Kopfschmerzen. So etwas habe ich selten, es fühlt sich an wie nach einer Sauferei oder vor einem Schnupfen, doch beides trifft nicht zu und hält sich hartnäckig bis zum Abend.

Wir machen mit Taruzi eine Patrouille zu zwei Polisario-Kompanien in der Nähe, wiederum Domagoj, Dmitry und ich. Taruzi mault neuerlich über den späten Abfahrtstermin, und wir treffen auch nur einen Kompaniekommandanten an. Der zweite sei krank, heißt es. Sonst scheint das gesamte Heerlager auf dem Heerlager zu liegen und dem Sonnenuntergang entgegenzuschnarchen. Würden die Marokkaner im Ramadan einen Überfall machen, wäre die gesamte glorreiche Guerillaarmee östlich des Berms an einem Tag ausgelöscht. Aber die Marokkaner horchen vermutlich ebenfalls in diesem Monat tagsüber in die Matratze. Ungerührt stelle ich auf Spanisch unsere üblichen Fragen, deren Antworten ich schon vorher in den Patrouillenreport hätte schreiben können.

Ich telefoniere mit der Zentrale. Wieder jubelt der Chief Operations Officer (COPO). Endlich sei das Problem mit den Schwarzafrikanern gelöst. Der inzwischen dicke Aktenordner über die 17 Immigranten, die uns wochenlang beschäftigt haben, könne geschlossen werden. Zaghaft spreche ich die persönlichen Schuldgefühle an, stoße aber auf Unverständnis. Das gehe uns nichts an, das sei außerhalb unseres Auftrags, sagt der COPO.

Zudem liege der Fall anders, weil die 17 Männer nie in unserer Obhut waren, sondern stets in jener der Polisario. Und dass sich das auch keinesfalls ändere, darauf hätten wir geschaut. Weitere Aspekte lässt der COPO nicht gelten. Moral ist keine militärische Kategorie. Auch der irische Stabsoffizier ist wie alle Berufssoldaten von Hierarchien geprägt. Und die geben Spielräume und Regeln vor. Innerhalb derer hätten wir uns bewegt. Erfolgreich und ohne Tadel.

Mittags tuckern zwei UN-LKW in unseren Compound, gelenkt vom kugelrunden Iraker und dem lässigen Serben, dem zivilen Fahrpersonal der südlichen Hemisphäre unserer Mission. Sie müssten um zwei weiter nach Aguanit, wir sollten doch nach dem Mittagessen das Wasser für unsere Teamsite abladen, sagen sie. Ich habe mir vorgenommen, diesmal die Wasserflaschen nachzuzählen und komme auf etwa dieselbe Zahl, die mir der Fahrer zuruft. Zudem sagt Ahmed, wir hätten nun Wasser in Fülle. Also wieder so ein Märchen, das uns Fabio aufgetischt hat, so wie damals mit den nicht gleich laufenden Tankuhren. Und mit solch erstunkenem Unsinn musste ich meine Zeit vergeuden.

Nach dem Mittagessen hilft das Häuflein der Camp-Bewohner brav zusammen, Wens schneidet sich schon mit den ersten Wasserpaketen in den Finger, das muss einem einmal gelingen. Dass wir mitten im Sommer, mitten in der Wüste, in der Mitte des Tages mehr als 200 Sechserpackungen Wasserflaschen abladen und in einen in der prallen Sonne stehenden Container schlichten, in dem die Hitze unbeweglich steht, darf ich daheim gar niemandem erzählen, ohne für verrückt erklärt zu werden.

In der abendlichen Briefing-Runde, diesmal im Journalraum, wo wir brüderlich im Kreis sitzen, lobe ich unsere derzeitige Atmosphäre, welchen Wert sie darstellt und dass ich froh bin, dass es derzeit so ist. Diese Woche empfinde ich tatsächlich als gelungen. Unsere Moslems laufen zwar aufgrund der strapaziösen Fastenzeit zunehmend unrunder, doch die Stimmung ist gut und selbst Dmitry lammfromm.

Da aber nun die meisten vom übermorgigen Neuzugang von der Teamsite Smara nichts Gutes gehört haben, ist es sinnlos, um den Brei herumzureden. Ich sage, dass der Mann versetzt wird, nachdem es eine Untersuchung in Smara gegen ihn gegeben hat. Doch wir sollten ihm eine Chance geben, vielleicht geht es ihm bei uns in anderer Konstellation besser. Wir werden ohne Vorurteile an ihn herangehen. Was ich aber keineswegs dulden würde, ist, wenn jemand das Klima in unserer Teamsite zu zerstören gedenke. Ich merke, dass das meinen Jungs guttut und sie mir innerlich zustimmen. Hoffentlich hält es.

Die Überlieferung den Neuen betreffend ist unübersichtlich: Die einen erzählen, er habe, weil ein französischer Kollege einen Hund liebevoll gepflegt habe, das Tier eines Tages in der Wüste ausgesetzt, um den Kameraden zu ärgern. Andere wollen wissen, dass er selbst den Hund in seinem Zimmer gehalten, der Teamsite-Commander aber das Tier weggeschafft habe und er sich daraufhin eigenmächtig und erfolgreich mit dem Auto auf die Suche danach gemacht habe. Die wahre Version wird in erster Linie entscheidend für den Fortbestand des fragilen Katzenlebens in unserem Camp sein.

## Donnerstag, 2. 9.

Gerade einmal 27 Kilometer entfernt ist der ES-Helipad, Ziel einer Patrouille, der ich präsidiere. Ahmed fährt mit mir, Dmitry im zweiten Wagen, wie immer eine dröhnende Disko auf Rädern: Fenster offen, die Hand mit der Zigarette heraushängend, und die hundert Meter Abstand nicht nach vorne, sondern seitlich einhaltend. Ansonsten ist Dmitry untadelig, seit er gesehen hat, wie es Fabio mit seiner Dienstbeurteilung ergangen ist. Ähnlich einem abgerichteten Hund mit eingezogenem Schweif. Denke ich.

Den Ersatzflughafen habe ich meiner Erinnerung nach noch nie angesteuert. Nur die Salzwüste davor kenne ich. Unbedingt muss ich mir noch einen Kristall zulegen, nachdem der erste Versuch schiefgegangen ist, weil Taruzi das auf dem Nebensitz abgelegte Stück mit dem Hosenboden zermahlen hat. Weiß wie eine Schneelandschaft liegt der Abschnitt vor uns, den wir durchpflügen. Die Wüste hat ungezählte völlig unterschiedliche Gesichter. In meinem Kopf sind Bilder all unserer Routen gespeichert, jede ist von eigenem Farbton und Charakter. Etwas, das mir erst richtig bewusst wird, seit ich mehr als ein halbes Jahr hier umhergurke.

Da wir von Laayoune aus nachdrücklich darauf hingewiesen werden, nicht länger mit einem Auto unterwegs zu sein, wenn der Kilometerstand für den nächsten fälligen Werkstattbesuch überschritten ist, muss etwas geschehen. Ein Wagen hat noch 250 Kilometer bis dahin. Einzig der Pick-up ist derzeit noch nicht im roten Bereich.

Ich empfehle deshalb Dmitry eine Vorverlegung der Admin-Patrol um eine Woche. Den ganzen restlichen Tag hängt deshalb mein Russenbärli an Telefon und Computer, plant, seufzt, flucht. Letzteres vor allem. Zumal auf der Gegenseite ein ziemlich unwissender Pakistani als Urlaubsvertretung hockt, der sich nichts zu entscheiden traut. Doch die Zeit drängt, morgen ist Freitag, die Zivilisten taumeln schon zu Mittag aus den Büros, aber wir müssten zeitgerecht Hotelzimmer bestellen. „This fucking Pakistan-Bitch", schreit Dmitry ein ums andere Mal, doch kurz vor dem Briefing ist die Genehmigung der Planänderung da, ein gewaltiges Änderungswerk aus tausenden Re-Sceduling-Manövern ist durch.

Und dann plötzlich im harmonisch beginnenden Briefing: Ahmed erläutert, was er morgen als Kommandant des Güterabladekommandos beim Hubschrauber zu machen gedenke, als Dmitry ihm kühl erklärt, dass er das nicht sei, sondern in die Pufferzone zu fahren habe, Synonym für Tagesausflug. „Schau auf die Tafel hinter dir", sagt Dmitry gleichmütig. Da verliert Ahmed, dessen Augen in den letzten Tagen immer dunkler unterlaufen sind, die Fassung. Wild fuchtelt er mit dem Handtuch, das er im Ramadan zwecks Mundbetupfens ständig mit sich führt: Warum denn auf einmal, er sei als Cargochef vorgesehen, er sehe das nicht ein, dreimal in der Woche in die Pufferzone, auch vorige Woche sei es so gewesen. „Sorry, Dmitry, sorry", stottert er, inzwischen schon deutlich eloquenter als noch vor zwei Monaten. Und deutlich bestimmter.

Dmitry, aufgrund der zähen Verhandlungen mit dem Pakistani in einer gewissen Grundreizung befindlich, erhebt nicht nur sich selbst, sondern auch seine Stimme merklich: Weil eben die drei Neuen in dieser Woche als Kommandanten einzuteilen seien und auch die anderen dreimal in der Woche im Buffer Strip seien. Doch Ahmed lässt nicht locker. Heftig schüttelt er den Kopf, mit spitzem Finger deutet er auf Dmitry, auch seine Ohren werden noch spitzer. Alles an Ahmed ist jetzt spitz, selbst die herausgestotterten Worte fliegen wie kleine Schrapnelle auf Dmitry zu. „My friend", eröffnen beide ihre jeweiligen, sich alsbald überlagernden Feuerstöße, wobei jedem ersichtlich ist, dass sich die zwei überhaupt nicht grün sind, weit entfernt von „friend".

Ich spüre missmutig, dass nun wieder meine Autorität unter Beweis gestellt werden muss. Mit dem Erfolg, dass drei gleichzeitig schreien. Und auf mich schon gar niemand hört. Schließlich ärgere ich mich über die beiden Streithähne, während die anderen betreten vor sich hin brüten. „Wir besprechen das nachher, euer Streit interessiert die acht anderen überhaupt nicht", rufe ich mehrmals und habe irgendwann mein Ziel erreicht.

Die Stimmung ist beim Teufel, zudem hat auch noch Mosaad das Training für uns abzuspulen, auf das er sich offenbar überhaupt nicht vorbereitet hat und das trockene Thema Cultural Awareness lediglich herunterbetet. Nachher nehme ich Ahmed zur Seite und versuche ihm gut zuzureden. „Nein", sagt er und spitzt erneut die Ohren, „diesmal nicht. Soll fahren wer will, ich morgen sicher nicht.“ Meuterei auf der Bounty, prima. Vorige Woche sei das so gewesen und diese Woche sei es schon wieder das dritte Mal, dass er in den Buffer Strip fahren müsse. Dauernd stoße Dmitry die Pläne um.

Stimmt, denke ich und gehe zu diesem. „Der versteht mich immer ganz gut“, schäumt Dmitry über seinen ägyptischen Widersacher. „Aber wenn es um die Pflichten geht, sagt er immer: Sorry, sorry. Der macht genauso dreimal Buffer Strip wie die anderen auch.“ Ich sehe es mir am Board an: Naby, Al Haj, er hat recht. Alle Moslems, nebenbei.

Wieder gehe ich als Unterhändler zu Ahmed. Der bleibt stur. „Sorry, Stefan“, sagt er, als ich andeute, dass Dmitry sich geirrt hat, weil er zu spät draufgekommen ist, dass nun auch Wens als Patrouillenkommandant einzusetzen ist. „Der macht dauernd Fehler. Dann soll er sie auch ausbaden“, erregt sich Ahmed. „Dann soll er selbst in den Buffer Strip fahren. Ich nicht.“

Mit dieser Botschaft gehe ich zu Dmitry. „Ok“, sagt dieser mit Nachdruck, obwohl gar nichts ok ist. „Dann fahre ich in den Buffer Strip und er macht morgen G3.“ „Sei vernünftig, das geht doch nicht, er hat ja keine Ahnung“, beschwöre ich ihn, obwohl ich überlege, dass das gar keine schlechte Sache wäre. Dmitry kostet seinen Schachzug aus, bis zu dem überraschenden Moment, da ich plötzlich einwillige.

Nun habe wieder ich das Ruder in die Hand bekommen. So machen wir das, sage ich, angewidert vom neuerlichen Zeitverlust durch Reibungsverlust im Betrieb, kehre zu Ahmed zurück und sage ihm, dass Dmitry statt ihm fährt, er da bleiben könne, aber den G3-Report machen müsse. „Kein Problem“, sagt er, er wolle ohnedies dazulernen. „Ich kann und will dir aber dabei nicht helfen“, warne ich ihn.

Zu allem Ungemach sieht der Boden im Ablution Room aus wie nach einer Kissenschlacht mit geplatzter Daunendecke: Überall liegen schwarze Federn und mittendrin spielt unser Kätzchen glücklich mit dem Körper eines leblosen Vogels. Schon vorher haben sich Schwalben in wetterfühliger Vorahnung in den Waschraum geflüchtet, was ihnen zum Verhängnis wurde. Das wird es nun auch für die Katze, denn jetzt ist die Heimaufzucht endgültig zu Ende.

Ohne dass mich diesmal großer Hass gegen das Tier ergreift, da der Vogel ja schon tot ist und ich seine Tortur nicht miterleben musste, werfe ich es aus der guten Stube. Irgendwann muss die Katze an die Wüste gewöhnt werden. Anfangs mag sie es gar nicht, und es dauert viele Tage, bis sie begreift, dass die Zelte tabu sind. Dies geht mit langsamer Annäherung an die Hündin einher, die sie die ersten Male noch jagt, später aber unter meinem strengen Zureden einfach ignoriert. Lediglich, wenn es Futter oder Streicheleinheiten für die Kleine gibt, drängt sie sich eifersüchtig dazwischen. Beim Abendessen wackelt Dmitry auf mich zu: Da draußen hänge eine dicke schwarze Wolke, das gebe Gewitter, er habe es schon blitzen gesehen. Wir stolpern nach draußen. Inzwischen ist alles nachtschwarz, wenig zu unterscheiden. Aha, mache ich unbeeindruckt. Wenig später trommelt es an die Speisesaalwand, die verspäteten Hungrigen kommen mit nassen Haaren herein. Draußen sammelt sich Wasser auf dem Beton. Ein neues Erlebnis: Nicht mehr nur ein paar Spritzer, ein Wolkenbruch geht über uns nieder. Das habe ich gestern gespürt, und Dmitry und Ahmed sind offenbar auch einigermaßen wetterfühlig.

## Freitag, 3. 9.

Mein Tagwerk sollte schon um halb acht Uhr morgens beendet sein. Dachte ich. Mit Ahmed und unserem Local Hamed treffe ich mich zwecks Wasserpatrouille, aber die Batterie des Pick-ups streikt. Wir kriegen sie halbwegs hin und rollen zu den Brunnen. Und unter Hinterlassung des Pick-ups wieder zurück, nachdem Hamed dort die Wasserpumpe in Betrieb gesetzt hat. Um halb neun landet der Flieger und bringt uns neben irdischen Köstlichkeiten, artig in Karton verpackt, auch unseren ängstlich erwarteten Neuen, den schnauzbärtigen Vik aus Malaysia. Vorerst macht er sich nicht recht bemerkbar, streichelt den Hund, weil sich sonst niemand mit ihm abgibt und hilft beim Einsortieren unseres Futters.

Am Abend mache ich mich freudlos an den nächsten Einserdienst. Aus Laayoune ist, Murphys Gesetzen gehorchend, eine zusätzliche Bürokratiehürde eingezogen worden: Nun haben wir die Tageshöchst- und Tiefstwerte im Tagesreport des G3 einzutragen, obwohl das ohnedies schon auf Seite eins zu machen ist. Aber weil sie aufgrund der überbordenden Bürokratie ohnedies niemand liest und jemand soeben das Rad neu erfunden haben will, müssen wir künftig die Wetterwerte zweimal im selben Papier verewigen. Zudem haben wir vor jeder Patrouille deren Verlauf auszudrucken und dürfen nicht mehr Vorgefertigtes verwenden. Jeder Waypoint muss darauf seine Koordinaten haben. Das gilt ab sofort, denn gemäß Vorgaben der Minurso-Zentrale muss an der Front alles von jetzt auf gleich passieren. Hingegen bleibt selbst Nachhaken auf Anliegen unsererseits vom Analysezentrum oft unbeantwortet.

So tippen Mario und Dmitry in ihrem Arbeitskämmerchen nach eigenen Angaben mehr als 60 Routen neu ein. Das tun sie noch, als ich mir nach Mitternacht im Duty Office nebenan das imaginäre Schlafhäubchen überstülpe und zwischen die Laken klettere. Ich werde Dmitry doch in seinem Beurteilungsblatt für besondere Leistungen auszeichnen, nehme ich mir noch vor, dann bin ich für die nächsten fünfeinhalb Stunden dahin.

## Samstag, 4. 9.

Natürlich bin ich wieder mürrisch und müde. Die Patrouille macht sich Richtung Buffer Strip auf, kommt aber nicht weit, weil sie in ein Unwetter geraten ist, das gerade auch über das Camp hereinbricht. Man holt mich von meinen Gymnastikübungen weg. Der Track sei nicht mehr sichtbar, ein großer See liege vor ihr, berichtet die Besatzung über Funk. Ich rufe den COPO an. „Was würdest du vorschlagen", fragt er mich. Gute rhetorische Finte eines Chefs zum Luftholen. „Zurückholen, wenn sie nicht mehr weiterkönnen", sage ich. Er stimmt zu, aber am Nachmittag solle eine andere Fahrt unternommen werden. Unerbittlich, diese Kamelzählermission. Und dann haben wir keinen Kontakt mehr mit den Unseren. Eine halbe Stunde lang fummeln wir am Funkgerät, bis wir ihnen mitteilen können, dass sie einrücken sollen.

Die später herumgereichten Fotos zeigen den ersten Wagen, der sich bis zu den Achsen im Matsch eingegraben hat. Wären wir 30 bis 40 Jahre jünger, würden wir solche Situationen genießen. Inzwischen zieht über uns ein heftiges Gewitter hinweg, die Betonflächen stehen bald unter Wasser, manche Zimmer ebenso, in die sonst nur der Sand dringt. Ich schnappe einen Besen und schiebe die Fluten vor mir her zum Antreteplätzchen. Dort ist der Pegel schon fast bis zur Stufe des Journalraums gestiegen. Ein entferntes Gefühl von Hilflosigkeit gegenüber den Naturgewalten, inmitten einer künstlichen Wohlstandswelt im Nichts, kriecht hoch.

Ob man in der Wüste ertrinken kann? Erstmals meine ich zu erahnen, wie dramatisch es in Pakistan war, was man in solchen Augenblicken durchmacht. Es ist auch die Ungewissheit, was hier weiter passiert, wie es uns ergeht, wenn es sich einregnet. Nach Monaten haben wir einige Erfahrung mit einer bestimmten Sorte Wetter und wissen, wie man ihr in der extremen Ausformung ein Schnippchen schlagen kann: wir verwenden Schutzbrillen, Kappen, Klimaanlagen, ruhen zur heißesten Zeit – aber Dauerregen? Ein Novum. Gegen Mittag hat es aufgeklart, die Sonne heizt herunter, nicht sehr stark, aber es ist drückend schwül, humid wie im Urwald. Überall stehen riesige Lacken, die langsam verdunsten und sich in der Luft zu unsichtbarem Dampf auflösen.

Nach dem Mittagessen gehe ich der von Berlin gewohnten Samstagarbeit nach: Ich wasche Wäsche, putze mein Zimmer, hänge die Wäsche auf die Leine in die inzwischen wieder stechende Sonne. Aus dem Powernapping reißt mich Wind, der an der Zeltwand zerrt. Ich schieße aus dem Bett und vors Zelt. Die Wäsche winkt aufgeregt, hat sich verknäuelt oder wälzt sich auf dem Boden im Sand. Aufgewirbelte Körner prasseln in Gesicht und Haare. Ich sammle die Teile ein, die paniert sind wie Wiener Schnitzel und gehe ein zweites Mal waschen. Aprilwetter, in diesen Regionen kann man sich auf nichts verlassen. Danach werfe ich die Sachen in den Trockner. Wie die Alten leben – schön und gut, aber diesmal lasse ich künstlich trocknen. Sicher ist sicher.

Die Patrouille nach Laayoune bereitet sich vor. Ich habe für Domagoj, dem Kommandanten, eine Liste verfasst, was er alles mitzunehmen hat, denn von selbst kommen meine Schäfchen ja nicht drauf. Am Abend schreibe ich die Beurteilung für Dmitry. Wieder ein Stoßgebet um Handführung bei der Wahl der richtigen Worte, und schon geht der Essayist mit mir durch. Dass er bis tief in die Nacht voll in seinen Pflichten aufgehe und ein strenger Lehrer sei, schreibe ich. Dass er oftmals dieselben Fehler wie andere mache, dies aber nicht zugeben könne. Dass er wie ein junges Pferd im Stall sei, voll Energie und Bewegungsdrang. Und dass er – auch wenn er andere verängstige, sobald er ärgerlich und laut wird – ein gutes Herz habe und ein tougher Soldat sei.

Prompt steht Dmitry nach Aushändigung des Schriftstücks in der Bürotür. „Boss", sagt er, „ich bin kein junges Pferd". Und Fehler mache er auch nicht. Wir einigen uns darauf, dass es bei ihm mit der Disziplin hapere, und auch das mit dem Pferd nehme ich heraus. Die zweite Version unterschreibt er. Und sagt sogar, bei der anschließenden Party für unseren Neuzugang, dass Mijek die beste Teamsite in dieser „fucking region" sei. Hört, hört. Die Party ist unsere farbloseste, professionell abgespult und kurz nach zehn schon zu Ende.

Später stehe ich noch mit Dmitry, der mir drei Wodka aufgedrängt hat, vor dem Dutyzelt, und er erzählt mir. Nur die Sache mit Fabio hat er überhaupt nicht durchschaut. Der sei eben sehr enttäuscht gewesen von seiner Beurteilung. Ja, wo lebt denn der, frage ich mich wiederum. Was hat er im Ernst erwartet?

Er wäre gerne geblieben, gesteht Dmitry, jetzt ganz sentimentaler Russe. Aha, auf einmal. Er hat sich aber auch deutlich verändert, seit Fabio nicht mehr da ist, was Dmitry allerdings auf anfänglichen Stress mit seiner Freundin in der Ferne zurückführt. Mijek ist jetzt ein wirklich lebenswerter Dienstort geworden, so wie ich es mir vorgestellt habe.

## Sonntag, 5. 9.

Als ich ans Tageslicht trete, ist unsere Patrouille immer noch da. Keine Freigabe aus Laayoune, nachdem gestern in Awsard eine Patrouille stecken geblieben ist und erst heute um 8 Uhr 20 wieder heil Land gewinnen konnte. Und unsere beiden internationalen Fahrer, auf ihrer Reise von Aguanit heim nach Awsard, sind gestern am Teufelsberg hängen geblieben und müssen nun unter Zurücklassung ihrer Trucks mit dem Hubschrauber geborgen werden. Wie das funktionieren soll bei aufgeweichtem Boden und im Buffer Strip, ist mir etwas rätselhaft. Aber die kirgisisch-nepalesisch-russische Besatzung wird das schon schaffen.

Als sich die Admin-Patrol und die andere zum Buffer Strip endlich in Bewegung gesetzt haben, kann ich mich im Zweierjournaldienst der Erziehung der Katze widmen, denn sie hat sich im Dutyraum verkrochen. Doch Zeltinneres ist für sie neuerdings Sperrgebiet. Sie maunzt hinter der großen Landkarte, wo ich sie nie vermutet hätte, stürmt hinaus, würgt und erbricht Milch und Halumi. Ich möchte wissen, warum das alle Tiere bei uns tun. Ein perverses Zeichen von Wohlbehagen?

Als sie wieder hinter dem Plan verschwindet, verbarrikadiere ich ihn. Sie entkommt. Wenig später hat sie sich auf ihrer Diogenes-Tonne im Ablution Room eingerollt. Das Handtuch, das ich rund um das Rohr am Zeltauslass gestopft habe, liegt draußen im Sand. Ich stopfe die Öffnung mit Steinen zu und werde immer ungeduldiger, weil sie nicht kapiert, dass Zelte tabu sind. Nach dem nächsten Regenschauer entdecke ich sie friedlich zusammengerollt auf dem Sofa in der Mess Hall. Ich erwische sie am Schwanz und werfe sie hinaus. Als sich am Nachmittag weitere Schauer entladen, versucht sie es zweimal im Dutyroom. Jedes Mal segelt sie danach in den riesigen See davor, den sie, sich indigniert abschüttelnd, umgehend verlässt.

Während die Admin-Patrouille offenbar wenige Probleme hat und sich kurz nach vier telefonisch aus dem idyllischen Hotel Lakouara in Laayoune meldet, hat die andere Patrouille weniger Glück und kehrt um. Dafür macht sie am Nachmittag eine Kurzpatrouille. Da diese Re-Schedulings im Austausch mit Reservepatrouillen passieren, werden uns Ende des Monats gehörig viele Pufferzonenbesuche ins Haus stehen.

Abends gehen die Schauer in starken Dauerregen über. Ich mache mir Sorgen ob unserer morgigen Ausfahrt: Wenn wir stecken bleiben, wer holt uns raus? Die zwei verbliebenen Duty-Offiziere im Pick-up, der nicht anspringt? Ziemlich riskant gewesen, bei so wenig Bodenpersonal nach Laayoune zu fahren.

Außerdem ist Zucker knapp geworden. Zwei Kilogramm für drei Tage, sagt mir Jachja, unser Polisario-Koch. Und das nur zum Süßen von Tee und Kaffee? Kann es nicht geben. Offenbar sieht das Beschaffungsprogramm der Guerilla derzeit Zucker vor. So darf es nicht weitergehen, das muss anders werden.

Regen prasselt auf die Zeltplanen, Naby berichtet traurig, dass die Zimmer unter Wasser stehen. Als ich die klatschnasse Fahne einhole, wird klar, dass morgen an keinerlei Ausfahrt zu denken sein wird: Zwischen Haupteingang und Barbecue Area hat sich eine riesige Wasserfläche gebildet, allerdings sind die Autos endlich einmal gewaschen. Mir dämmert, dass ich mich einer Extremsituation dieser Mission nähere. Im Bürozelt ist die Elektrizität ausgefallen. Nun dürfen unsere ohnedies nur mehr zwei Generatoren nicht schlapp machen, denn dann funktioniert kein Kühlhaus, kein Essen, kein Strom mehr im gesamten Compound.

Wenn ich über all dem wahnsinnig werde, kann mich auch kein Hubschrauber herausholen, weil er im Flugfeld versinken würde. Selbst mit Autos sind wir bald nicht mehr erreichbar. Aber für Katastrophenalarm ist die Westsahara zu bevölkerungsarm und zu unterentwickelt. Wir können nur auf Sonnenschein und Trocknung hoffen. Unglaublich: es geht auf acht am Abend zu und hat nur mehr 23 Grad, vor kurzem waren es noch 20 Grad mehr um diese Zeit. Schnell kann sich das Gesicht der Natur wenden. Trotzdem schlafe ich ruhig, zumal nach der Information, dass im Bürozelt der Strom absichtlich abgeschaltet wurde, weil sich genau unter den Steckdosen ein kleiner Teich zu entwickeln beginnt.

## Montag, 6. 9.

Die Sonne scheint auf die Wasserfläche, die den Großteil unseres Vorplatzes einnimmt. Es ist deutlich kühler, hat morgens nur mehr Mitte 20 Grad, und die Stimmung ist herbstlich. Mit diesem Begriff können jedoch unsere Polisario-Freunde wenig anfangen. Für sie gibt es offenbar nur Sommer oder weniger Sommer. Nun hat also „weniger Sommer“ Einzug gehalten.

Mit mir als erstem Fahrer ist unter diesen Witterungsbedingungen der Bock zum Gärtner gemacht worden. Mario ist Kommandant, Ahmed und Vik schaukeln hinterdrein. Submarin Mountain ist unser Ziel, aber niemand von uns glaubt, dass wir heute seiner ansichtig werden. Wir haben richtig getippt. Vorsichtshalber haben wir Ration Packs (zur Hälfte halal, zur Hälfte occidental) mitgenommen, Pullover, zusätzliches Wasser, Bücher zum Lesen – sollte es zum Äußersten, nämlich einer Übernachtung, kommen. Und wir sind sicher: Wenn wir stecken, steckt die böse Al Kaida auch, vor der Natur sind alle gleich.

Erst fährt es sich ganz gut. Vor den Polisario-Kompanien steckt ein Jeep im treibsandähnlichen Erdgekröse fest, und ein Männlein müht sich verzweifelt das Ding wieder flottzumachen. Der Regen hat Flussbetten in die Wüste gegraben, weitschweifig und in breiten Fahnen ziehen sie quer über den Track, machen die Spur holprig, mitunter sogar unkenntlich, weil diese Betten wie neue Fahrbahnen aussehen. Gewohnte Rumpelstrecken rumpeln plötzlich in völlig anderem Takt, und das gefürchtete Sandgebiet, wo uns die stete Angst des Steckenbleibens begleitet, fährt sich heute wie eine Autobahn. Eine verkehrte Welt hat das unvertraute Nass geschaffen und die Landkarte korrigiert.

Bei weitem ist noch nicht alles aufgetrocknet, aber viel lässt sich mit Schwung durchfahren. In einer breiten Senke vor uns ist wenig später die befürchtete dunkle Stelle doch um einiges zu groß. Ich versuche das wassersatte Terrain an seiner geringsten Ausdehnung zu durchqueren. Der Wagen wird augenblicklich langsamer, als würde die Batterie verlöschen, ich schalte blitzartig zurück, doch vergebens, wir stecken. Behutsam ertasten wir beim Aussteigen die Haltbarkeit des Untergrunds, er gibt nur wenig nach. Wir packen die Schaufeln aus und machen uns an die Arbeit.

Mit dem feinen Sanduhr-Sand lässt sich leichter umgehen als mit diesem zähen Matsch. Wie Lehm klebt er an den Schuhen, an der Schaufel, an den Reifen. Nur schwer lässt sich das vollgesogene Material wegschippen. Schließlich kommt das Seil, im Wortsinn, zum Zug. Ahmed hat sich mit seinem Wagen herangetastet, Seil und Gurt werden verknüpft. Ich beginne mit dem Auto Schaukeldiplomatie: Ein paar Zentimeter nach vorne, dann wieder zurück, dann zieht der andere Wagen, und ich hoffe, dass mir nicht gleich ein gerissenes Seil um die Ohren schnalzt. Es gelingt. Der Wagen sieht aus wie nach einer Therapie mit Moorpackungen, aber deshalb keineswegs jünger.

Gestern sind die Kollegen viermal stecken geblieben, also dürfen wir nicht gleich aufgeben. Wir fahren weiter, in einer Art weitem Tal zwischen zwei Bergen. Das wird uns nach ein paar Kilometern bewusst, als uns plötzlich ein gewaltiger See entgegenleckt, wie in den Alpen über 2000 Metern. Die Luft ist sauber durchgeputzt, kein Sandkörnchen trübt die Sicht, der blaue Himmel spiegelt sich im Wasser, doch für uns ist das Gebirgspanorama Grund zur Umkehr. Der irische COPO hat mir noch in der Früh eingeschärft, keinerlei Umfahrungen zu riskieren. Zudem könnte das Wasser alles Mögliche an Unerfreulichem und Hochexplosivem von den Berghängen transportiert haben. Schon vorher hatten wir kleine Umgehungsmanöver gemacht, bei denen mir nicht behaglich zumute war und ich es im Geiste mehrmals krachen gehört hatte.

Wir beschließen keine Helden zu spielen, den Kamelen nicht weiter UN-Präsenz zu zeigen, die an solchen Tagen ohnedies daheim bleiben. Der Tag ist so mild, dass Mario und ich sogar nach dem Mittagessen das Auto, das sich wie nach der Rallye Paris – Dakar präsentiert, mit Hochdruckreiniger säubern, kärchern – ein Firmenname, der zur Handlungsweise geworden ist, so wie googeln.

## Dienstag, 7. 9.

Ahmed und Mosaad fliegen in den Urlaub, wir sind nur mehr sechs im Compound. Naby und Wens sitzen im vorderen Fahrzeug, ebenso der Taruzi vertretende Liaison Officer, ein Bürschlein, das nur schlecht englisch spricht. Ich gondle hinterdrein und versuche einen französischen Sender einzufangen. Erst zum Waypoint MA 08, dann zu zwei Kompanien. Die Kommunikation dort fällt aufgrund unseres neuen Begleiters entsprechend dürftig aus. Dennoch besteht Naby tapfer auf Zutritt, der erwartungsgemäß verwehrt wird, und wir melden eine Violation, eine Verletzung des Abkommens.

Am Abend bereite ich mich auf den Einserdienst vor, auch etwas, das mir inzwischen beim Hals heraushängt. Dieses Putzen der Offices, das nächtliche Fuchteln mit der Taschenlampe vom Beobachtungsturm, die nur fünfeinhalb Stunden Schlaf, das Hin- und Herübersiedeln mit dem Bettzeug. Wenigstens meine ich die Katze bereits soweit abgerichtet zu haben, dass sie nicht mehr die Zelte betritt.

Erwische ich sie dennoch, gibt es den bekannten Griff in den Nacken, da hängt sie dann paralysiert ohne einen Mucks und streckt nur mitunter ihre raue Zunge heraus, kriegt dabei zwei Kopfnüsse verpasst und saust, sobald sie wieder festen Boden unter den Pfoten hat, wie der Blitz davon und unter eines der Zelte. Mit der Hündin hat sie sich schon angefreundet, letztens steckten sie ganz vorsichtig ihre Nasen aneinander, es war richtig berührend. Aber die Hündin ist abgeklärt, überhaupt da sie schon wieder trächtig ist und breitbeinig dasitzt.

Lediglich wenn Essen aufs Mäuerchen gestellt wird und die Katze sich drüber her macht, kommt Frau Hund auch, knurrt einmal scharf, sodass die Katze vor Schreck fast herunterpurzelt und macht sich über das fürs Kätzchen Kleingeschnittene mit großer Schnauze her. Derselbe Staubsauger wie die Kleine. Bleibt etwas übrig, rührt es die Katze nicht mehr an. Es hundelt offenbar zu stark.

## Mittwoch, 8. 9.

Instandhaltung. Zwei reinigen die Wassertanks, und als ich Naby rufe, kommt dumpf von irgendwo ein Ruf und sein schwarzer Kopf taucht aus einer der beiden großen weißen Tanköffnungen, sodass er aussieht wie ein Michelinmännchen. Neben meiner Beschäftigung als Einserdienst mache ich mich über die Freilegung der vom Sande verwehten Eingangstür zum G4-Container. Die Sonne brennt herunter, der Schweiß tropft zu Boden – was werde ich froh sein, wenn ich nicht mehr dauernd schwitze! Der unscheinbare Sandhügel erfordert viel Arbeit, ich schippe und schippe und habe nach einer halben Stunde lediglich einen schmalen Korridor zur Tür freigelegt, wie bei einer schweren Schneeverwehung.

Am Nachmittag kommt unsere Patrouille von Laayoune zurück. Die Wagen sind über und über mit Schlamm bespritzt, von dem sie keiner der müden Krieger befreit, weil wir das ja hier noch nie hatten, im Reich des feinen Sandes, und außerdem alle streichfähig sind. Mir stellt sich aber wieder eine dieser bitteren Herausforderungen sie zu überzeugen, dass der Schlamm nicht nach ein paar Wochen ohnedies abfällt.

Als ich mich am Abend endlich wieder einmal Berichten in die Heimat widmen will, wird das Internet immer müder. Kennen wir schon. Doch dann ist es völlig weg, und Mario steht im Zimmer und sagt, wir hätten ein gröberes Problem: Im G6-Store rauche es. Wens in seinen sexy Tarnshorts der französischen Armee ist schon da. Wir orten das Problem im USB-Schrank unter dem Tisch, aus dem übel riechende dunkle Wolken wabern. Mario schaltet ihn ab. Ich halte mich nobel im Hintergrund, denn in Physik war ich schlecht, und man weiß nie, wann Physik in Chemie umschlägt und wir plötzlich alle durch die Luft fliegen.

Folge des Schwelbrands ist, dass ab sofort Telefon, Internet, Fax und angeschlossene Drucker nicht mehr funktionieren. Für Patrol Reports werden ab sofort alte Formulare kopiert und händisch ausgeweißt, um neu beschrieben werden zu können. Die Kommunikation mit Laayoune passiert über Funk. Wir können nur beten, dass er hält, denn sonst bleiben uns nur mehr Rauchzeichen. Oder mittels des teuren Inmarsat über Satellitenverbindung telefonieren. Ich melde unser Unglück an die Zentrale, dass wir nun schon wieder, diesmal kommunikativ, zu einer Insel im Sandmeer geworden sind. Man verspricht uns, dass sich Techniker des Problems annehmen würden. Die melden sich sogar übers Knisterradio und versprechen vage einen Sonderflug für morgen.

## Donnerstag, 9. 9.

Als ich in der Früh als Fahrer 1 das Auto vorbereite, ereilt mich ein neuer Schlag: Im Wageninneren liegen überall Wasserflaschen verstreut, die Packung ist rüde aufgebrochen, auf dem Boden finde ich das schon vergessene neue Barett, Größe 59, das mir nach einem halben Jahr zusteht und aus dem Norden mitgebracht werden sollte.

Und der Rest des dazu gehörigen UN-Kits? Der gestrige Fahrer, Al Haj, reagiert schulterzuckend. Als ich sage, hier sehe es aus wie im Schweinestall, zudem sei der Wagen ungeputzt, wird er pampig. Er sei gestern müde gewesen. Das ist offenbar die alles entschuldigende Erklärung. Ich bleibe fassungslos zurück. Noch mehr bin ich sprachlos darüber, dass nun er grollt. Weniger, dass ich den Rest des UN-Kits – Badges und Embleme – unter all dem Mist doch noch entdecke.

Wir fahren los, im vor Dreck starrenden UN 633, und schweigen uns an, Al Haj als Fahrer und ich als 2iC, wie der Second in Charge oder in Command flott genannt wird. Dabei folgen wir Dmitry und Wens. Erst peilen wir den OP 16 an, kurzes Frage-Antwort-Spiel. Der Polisario-Wächter sagt, man höre oft Panzerlärm vom Berm her. „Das ist Bullshit“, raunt mir Dmitry zu, das werde er nicht in seinen Report nehmen.

Amara erregt sich später im Briefing, warum er in seiner Funktion als Feindbeobachter von Dmitry nicht über diese Bemerkung informiert worden sei. Und dann ärgert sich Dmitry über Amara, und flugs liegen sich beide in den Haaren.

Vorerst aber verfügen wir uns vom OP zum Umlu, dem „Oum Dreyga Link-up Point", wo wir die Patrouille von Oum Dreyga erwarten. Auftragsgemäß haben die Westler ihre Nachbarn im Osten zu besuchen, um die Wege dorthin kennenzulernen. Wir warten eine dreiviertel Stunde. „I will fuck them", grollt Dmitry hinter dem Steuer, der sich schon als halber Oum Dreygaer empfindet, weil er demnächst dorthin versetzt wird. Er hat es sich ausgesucht, da ein Landsmann dort Kommandant ist und Fabio nun dort sein Zuhause hat.

Dann sind sie da: Ein Italiener, ein Kroate, der mit meinem Vorgänger schon vor einem Jahr in Bir Lalouh gedient hat und dem es die Wüste offenbar angetan hat. Weiters ein Chinese und ein Südkoreaner.

Dmitry braust voran, dann wir, dann die zwei Gästewagen. Hübsch und klein empfinden die Besucher unsere Teamsite. Gerade landet auch der Hubschrauber und bringt zwei Techniker mit einem schweren USB, das wir gemeinsam in den G6-Raum hieven. Außerdem hat der Flieger auch noch jede Menge Hygienematerial geladen, in Kartonboxen kunterbunt durcheinander: Waschmittel und Trinkbecher, Handtücher, Klobesen und Türabstreifer, Putzmittel, die grün aus den Kartons träufeln, Spiegel und Seifen. Ähnlich durcheinander sieht es im Hygenecontainer aus. Die nächste Maintenance wird hier ansetzen, das weiß ich.

Nun bin ich schon zu lange Chef, mein Charme ist fast aufgebraucht. Statt mich um meine Gäste zu kümmern, mache ich im Zimmerchen Dehnübungen. Soll ich ihnen etwa den Suppenlöffel halten, frage ich mich zur Rechtfertigung rhetorisch. Zudem haben sich die Italiener und Kroaten beider Teamsites gefunden, nur die zwei Asiaten stehen etwas verloren herum. Wir haben aber leider keinen VIP-Raum, und eine Führung kann ich auch beim besten Willen nicht anbieten.

Kaum sind sie wieder dahin, versuche ich es mit einer Mittagsrast. Die hält nicht lange, es klopft. Die von LMA (Landmine Action) sind da, werde ich informiert. Ich nehme all meine Gastgeberkunst zusammen und taumle nach den paar vergönnten Minuten Schlaf ins Freie. Da steht ein schüchterner Muskelmann offenbar englischer Zunge und bittet mit leiser Stimme tanken zu dürfen. Und vielleicht einen Kaffee? Machen wir, verkünde ich aufgeräumt, zeige ihm alles in der Küche, erstelle ein neues Tankformular, dann lassen wir die beiden Jeeps vollplätschern.

Ein weiter Weg sei es gewesen von Mihaires hierher. Unser irischer COPO hat LMA alarmiert, sie sollten doch die Tracks auf eingeschwemmte Minen untersuchen. Die Jeeps haben fünf Millimeter dicke Armierungen an der Unterseite. Hilft gegen Panzerminen, sagt mein namenloser Gesprächspartner mit dem noch vollen braunen Haar. Obwohl er sicher schon über 40 ist. Der Druck würde den Wagen lediglich zur Seite schleudern.

Der Mann kennt meinen Kollegen Bac von früher, doch der ist auf Urlaub. Bevor er ihn antrat, hatte er mir mitgeteilt, dass er absichtlich den Rückflug versäumen und erst zwei Tage später eintrudeln werde, weil er den UN keinen Urlaubstag zu schenken gedenke. Prompt melden sich am Datum der vorgesehenen Rückkehr zuerst der ungarische Personalist, dann sein malaysischer Chef bei mir. Ich sage zwar, dass ich nicht der Hüter meines Bruders Bac sei, aber ganz glauben sie mir offenbar nicht, dass ich nicht wüsste, wo der Typ steckt. Ich habe es auch wirklich vergessen. Am Sonntag erhalte ich dann eine Mail von ihm unter dem Titel „I am bac(k)". Alles in Ordnung, und Las Palmas wäre sicher schöner als Mihaires zur Weihnachtszeit.

Am Abend ist endlich Ende des Ramadan. Es ist, als wäre auch für mich Schluss mit Fasten. Nun hört glücklicherweise dieses nicht lokalisierbare Rumoren im Camp um vier Uhr früh auf, das Alleinesitzen beim Mittagstisch, das geteilte Abendessen mit den weggestellten Tellern für später.

## Freitag, 10. 9.

Mit grimmiger Lust verfasse ich im Zweierdienst einen der schon am Golan gefürchteten internen Briefe, weil mir aufgrund von gleich drei Besuchsankündigungen für nächste Woche der Kragen geplatzt ist. Ich schreibe, dass wir gerne jeden willkommen heißen, aber kein professionelles Taxiunternehmen sind und ich mich frage, warum eine monatliche Besucherliste ausgeschickt wird, wenn diese Besuche dort nicht vermerkt oder akkordiert sind.

Damit habe ich in ein Wespennest gestochen. Aufgeregtes Mailen im Hauptquartier setzt ein, die Visiten und eine Schulung werden verschoben, alles um eine Woche, da werden wir denselben Salat erneut haben. Einige Tage später schreibt der COPO selbst eine Mail an alle, ganz in meinem Sinne, dass wir in erster Linie Patrouille fahren und nicht Besucher zu Link-ups. Und dass alles im monatlichen Visitenplan festzuhalten sei.

Lange nicht vermisst, heute ist es überraschenderweise wieder so weit: Dmitry heizt mir ein. Ich müsse strikter sein, verlangt er. Die Leute würden sonst sagen, wir seien alle qualifizierte Beobachter und alle gleich und meine Chefstellung eben auch nur ein Appointment. Das ist aber genau das, was ich erreichen will: Eine Gruppe gleichberechtigter Arbeiter am Frieden. Was soll so schlecht daran sein? Dmitry kommt offenbar ohne züchtigende Hierarchien nicht aus. Sie scheinen seit Jahrhunderten Bestandteil des Wesens der russischen Armee zu sein und haben selbst den Kommunismus überlebt.

Auch Polisario-Hamed habe geklagt, dass es nicht mehr das Mijek von früher, vom März oder April, wäre. Bestimmt nicht, denn es ist kaum einer mehr da von damals. Auch wenn Dmitry seine kurze Vergangenheit hier verklärt und die Aussage von Hamed in seinem Sinn interpretiert, schmerzt es doch, und das Wohlbefinden ist für den Rest des Tages gestört.

**Samstag, 11. 9.**

Prüfungstag, ein hartes Los erwartet mich, das ist mir bewusst. Erst ist Domagoj dran. Wir erklimmen die Höhe des OP 16, keck ohne Liason Officer (LO), der bei einer anderen Patrouille dabei sein muss. Das ist ein weiteres der zermürbenden Dinge hier: dass man immer irgendetwas nicht bedacht hat. Der Soldat mit schlechtem Gebiss – die Polisario dürfte auch in Feindschaft mit Zahnärzten leben – erregt sich nicht über unsere fehlende Begleitung. Viel kann er uns ohnedies nicht mitteilen, denn er spricht nur arabisch. So bekommen wir nur seine Kompaniezugehörigkeit heraus und die Zahl der Armen, die hier oben Dienst versehen.

Unterwegs werden die Aufgaben gestellt, die ich Domagoj in einem Kuvert zustecke, Texte, die Naby schlampig zusammengefuselt hat. Sein Landsmann Amara ist nicht viel anders: er hat keine Bedenken nach einem Absatz den Schrifttyp zu ändern oder Fehler einfach stehen zu lassen. Wie viele solche Prüfungsfahrten habe ich nun schon gemacht? Erst zu Mittag sind wir zurück, ein Quicklunch, mehr ist nicht drinnen, dann fahren wir mit Mario los, andere Richtung, zum Waypoint 104.

Gegen sechs sind wir zurück, um halb sieben beginnen wir die mündliche Prüfung. Ich bin erwartungsgemäß hundemüde nach zwei Patrouillen am Tag. Und dann schanzt mir Dmitry auch noch den Einserdienst zu. Heute weiß ich wieder, wofür ich mein Geld verdiene. Aber die Prüfung verläuft nicht so bierernst wie früher, es wird sogar gelacht, und wir brauchen nur die Hälfte der Zeit. Das war bisher eine Tortur. Aber für die paar Punkte, die sie dem Gesamtergebnis des Probanden beisteuert, lohnt es keinen Aufwand.

## Sonntag, 12. 9.

Schon wieder steht LMA vor der Tür, bittet um Wasserflaschen und neuerliches Tanken. Eines der Helferleins, alles ehemalige Polisario-Leute, passt nicht auf, und die Sauce sprudelt über. Das gelangt ins Grundwasser, und die Polisario trinkt es in hundert Jahren aus dem Wasser der nahen Brunnen. Zumindest heute kann ich nachmittags ein Stündchen schlafen, während sich die Wäsche in der Maschine dreht.

Bei der abendlichen Party für unsere beiden frisch Qualifizierten spendiert Domagoj Rotwein aus Marokko und Frankreich, und schon fühle ich mich weit weg – zumindest ganz anders. Wein gab es noch nie auf einer Party. Während die Moslems distanziert zusehen und Dmitry verächtlich rülpsend eine Bierdose an die Lippen führt, blühen die Europäer – Mario, Domagoj, Wens und ich – auf und fachsimpeln über Wein und Glykol.

## Montag, 13. 9.

Nachdem ich schon um sieben Uhr mit Naby den Generator zu den Brunnen kutschiert habe, steuere ich mit Mario und Domagoj und unserem klapprigen Ersatz-LO den Waypoint 31 in der Nähe an. Dieser temporäre Verbindungsmann zur Polisario fragt mich täglich, ob ich irgendwelche Probleme hätte. Keine, die er lösen könnte, denke ich dann stets traurig.

Etwa dieses: Al Haj steckt den Kopf zur Tür herein und legt mir ohne Umschweife ein Bewerbungsformular für einen Job in Tindouf vor. Ich möge das befürworten. Mein Blick fällt auf den vorgestanzten Satz am Ende des Textes: „Capt Al Haj ist hart arbeitend und ein disziplinierter Soldat.“ „Das kann ich nicht“, sage ich zu ihm, „du bist weder hart arbeitend noch diszipliniert.“ Und ich zähle sein Sündenregister auf. Bis hin zum ungeputzten Auto. „Ich war müde“, begehrt Ali auf. „Nein“, sage ich, „ich kann höchstens den Kompromiss machen zu unterschreiben, dass ich es befürworte, aber du musst den Satz herausnehmen. Was, wenn du dich dort auch so benimmst, und die mich dann fragen, warum ich so etwas schreibe?" Er sagt nichts und zieht ab. Vermutlich hat er mich sprachlich nicht verstanden. Das ist sein Hauptproblem. Ich weiß überhaupt nicht, warum Dmitry ihn immer so in Schutz nimmt. Denn dessen Worte über Faulheit und nur an Urlaub denken fallen mir gerade in der Gegenwart von Al Haj ein.

Das Briefing ist heute früher, denn wir erwarten für den Abend erstmals den wirklichen Kommandanten der Region. Aber wen führt uns Taruzi um 18 Uhr zu? Wieder diesen schnauzbärtigen Kaiser-Franz-Joseph-Typen vom letzten Mal. Und wo ist der General? „Noch nicht da", sagt Taruzi. Sein Stellvertreter hingegen hatte dieser Tage dauernd behauptet, er sei bereits im Lande, und das Treffen wurde verschoben, weil er zu tun hätte. Da soll sich einer auskennen.

Wir sitzen im Speisesaal, wo inzwischen keine der drei Klimaanlagen arbeitet. Der Schweiß rinnt mir in den Kragen, ich fühle mich immer schwächer. Was, wenn ich beim Hinausgehen zusammenbreche? Wie steht es denn tatsächlich um meinen Blutdruck? Ich frage die übliche Litanei, auch nach dem Schicksal der 17 Immigranten. Doch dieses verflüchtigt sich erwartungsgemäß jenseits der mauretanischen Grenze. Den Leichnam des einen Vermissten wollen die Mauretanier gefunden haben, doch wisse man nicht, wer es sei, da er keine Dokumente besessen habe und Gesicht und Körper bereits von Vögeln zerfressen gewesen wären. 20 Kilometer vom OP 14 entfernt. „Aber das ist doch nicht Mauretanien", werfe ich ein. „Ja, das hätten die auch nicht so genau gewusst", sagt Major Ali. Was mag stimmen? Wieder einmal fließt alles ineinander, Dichtung und Wahrheit, in einen Brei aus 1001 Nacht.

Al Haj übersetzt, das heißt, der Schnauzbart ereifert sich erst einmal fünf Minuten, dann stößt unser Jemenit heraus: „Sie haben keine Informationen". Ein wenig mehr hätte uns alle interessiert. Nach einer Stunde rundet sich das Treffen ab. Ali drückt dem Gast sogar noch das volle Fruchtsaftglas in die Hand, damit dieser nicht vergisst zu gehen. Ich schlage innerlich die Hände über dem Kopf zusammen.

Schließlich ergeht doch noch eine Einladung zum Essen. Schweigend sitzen wir nebeneinander im heißen Zelt und verschlingen Huhn. Wie in Haydns Abschiedssinfonie macht sich einer der Gefährten nach dem anderen dünn, bis nur noch Naby und ich dasitzen. Endlich geht auch der hohe Gast, und Naby erzählt mir von daheim, von den Wahlen in einer Woche. Er sei ein persönlicher Freund des Putsch-Hauptmanns, man sei gemeinsam eingerückt und habe zweimal in Deutschland studiert. Doch der Hauptmann sei kürzlich angeschossen worden. Nach der Behandlung in Marokko befinde er sich derzeit in Burkina Faso. Er habe Naby versprochen ihn zum Attaché von Guinea in Deutschland zu machen. Da freue ich mich schon auf nette Begegnungen!

Zuvor war Naby im Sudan. Er verstehe seine Landsleute und ihr Stammesdenken nicht, sagt er. Sie hätten ein reiches Land: Zweitgrößte Bauxit-Vorkommen nach Australien, Fischfang, Landwirtschaft, Bodenschätze und trotzdem bettelarm. Naby ist wirklich extrem „humble, bescheiden", wie mir Wens einmal versicherte. Beispielsweise ist er so wie ich Oberstleutnant, und es ist ihm nicht abzugewöhnen „Sir" zu mir zu sagen.

## Dienstag, 14. 9.

Als ich mit Dmitry beim Frühstück sitze, erklingen ausnahmsweise keine Schmerzensschreie zu entsetzten Streicher-Crescendi eines Thrillers im Fernsehen, sondern Tom und Jerry. Als die Elasto-Katze wieder einmal an die Wand kracht und zweidimensional wird, grinst Dmitry fröhlich und nickt mir zu: „Shit chappens." Mein Sibirier, das große Kind.

Es geht früh los, Vik ist Kommandant, Mario Fahrer, im zweiten Wagen schweigen Fahrer Al Haj und ich. Nach dem Unwetter hat sich die Wüste in Helmut Kohls blühende Landschaften verwandelt, wir gleiten über zartgrüne Matten wie in einem Park. Dort, wo wir vor einer Woche stecken geblieben sind, ist die Erde fleckig aufgebrochen, kann aber mühelos überquert werden. Hinter dem OP 15, den ein Häuflein Unrat und eine rostige Teekanne kennzeichnen, ist aber Schluss für uns. Die Brunnen zu Füßen des Bergs standen offenbar gehörig unter Wasser, niemand zeigt sich dort, die paar Steinhütten sind verlassen. Ein Sandsturm vernebelt uns die Weiterfahrt. Hat der Regen die Fahrspuren verwaschen, fegt heute der Wind safrangelben Staub über die Piste und gaukelt Fahrspuren vor, wo keine sind. Da wir keine Helden sind und sich die Begierde, den Marokkanern auf der anderen Seite UN-Präsenz zu zeigen, in Grenzen hält, kehren wir um und fahren heim.

Auch der Flugverkehr hat Probleme, und so fällt der Hubschrauber aus. Stattdessen muss eine Link-up-Patrouille zusammengestellt werden, die Amara am Nachmittag Richtung Aguanit befördert, denn er muss morgen als Guinea-Vertreter bei der Senior-National-Conference in Laayoune antanzen. Wegen dieser höchst unnötigen Veranstaltung, zu der von österreichischer Seite Herr Bac erscheint, sind nun acht Personen nötig, vier von uns, vier von Aguanit, um einen Mann zum morgigen Flieger zu bringen. Teilweise sind die Taxifahrer heute schon mit mir unterwegs gewesen. Kein Wunder, wenngleich nicht entschuldbar, dass Ali das heute von ihm zu haltende Training mit dem für ihn völlig selbstverständlichen Argument ablehnt, er sei zu müde dafür.

Auch ich bin müde. Und wenn ich müde bin, werde ich grantig. Das ist bei mir regelmäßig so. Selbst wenn es eine Müdigkeit ist, die mich schleichend befällt, so wie jetzt, wenn ich schon in der Früh wenig Energien spüre. Dann laufe ich schon morgens unrund. Dann freut mich nicht einmal das Frühstück, was ein böses Zeichen ist, denn das war bisher der tägliche Höhepunkt.

Es nervt mich, dass ich immer so wenig Zeit dafür habe, weil schon die Patrouille oder der abzulösende Duty Officer wartet. Dann diese Sprechstunden rund um die Uhr! Dmitry ist wie ein kleines Kind, oder wie die Katze, die automatisch zu miauen beginnt, wenn ich an ihr vorübergehe. „Boss“, ruft er schon von weitem und schwenkt irgendetwas, was für mich nur bedeuten kann, dass ich für die nächste Stunde gebunden bin. Und da ist es ihm egal, ob ich gerade ein getoastetes Brot in die Backe schiebe, den Cooler unter dem Arm habe oder an einem Report schreibe.

Bitter ist der Job geworden, eintönig, und die Freundlichkeit den Meinen gegenüber verflüchtigt sich rapide. Es mag damit zusammenhängen, dass sich alle selbstberuhigenden Beschwichtigungsversuche als trügerisches Barbiturat erweisen: ich kann mir mit der Zeit nicht mehr Freiraum schaffen, die Teamsite funktioniert nicht irgendwann von selbst, es wird nichts besser, da wir mit ungenügenden Ressourcen ausgestattet sind – personell unterdotiert, mit Fahrzeugen, die den extremen Anforderungen nicht standhalten, bejahrten Camp-Einrichtungen. Schwierige Lebensumstände, die permanent von unvorhergesehenen Ereignissen und zahllosen Aufträgen beherrscht werden.

Deshalb spüre ich mich mürrisch werden, zornig auf die Leute in Laayoune. Wenn dort in einem Hotel zum Lunch die Klimaanlage ausfällt, ist sie spätestens zum Dinner repariert, weil sich das die feinen Herrschaften nicht gefallen ließen. Aber wir müssen zermürbt nach langen Autofahrten wochenlang im heißen Speisezelt sitzen, und der Schweiß rinnt uns bei jenseits der 40 Grad über die zähe Henne auf den Teller.

Die Leute in Laayoune: Meine Mails dorthin werden süffisanter, mitunter gehässiger. Ich muss aufpassen, da ich für die mir Anvertrauten schreibe und nicht im eigenen Namen. Was ich brauche, ist Heimaturlaub, der Kontrast, um danach wieder zufriedener weiterarbeiten zu können. Die geplante Marokkorundfahrt in ein paar Wochen wird das nicht wettmachen, ich spüre es. Immer wieder kommen mir Stehsätze in den Sinn: Please be informed, COPO called, nothing to report, camels on the track, und natürlich: fucking guy. Ich will es manchmal nicht mehr hören, mich nur noch verkriechen.

Immer häufiger denke ich an daheim, den Bauernherbst im Lungau mit Bergwandern und Speckjause, Heurigenbesuche in Wien, gemütlichen Tratsch mit Freunden, Empfänge in der österreichischen Botschaft, Literaturtermine, Bahnfahrten, Brunch in Berlin. Das ist dann wie ein Gedankenbad, Kopfkino für den Defizitträger.

Pro Woche komme ich vielleicht auf drei Seiten in Canettis schmalem Band „Die Stimmen von Marrakesch". Zudem lastet der selbst erzeugte Druck auf mir, dass ich seit Juni meine Erlebnisse nicht mehr im Computer festgehalten habe. Dabei merke ich, dass sie mir mittlerweile schon wieder entfallen. Wie am Golan kommt man zu nichts. Warum halten einen die Leute in einer Mission stets mehr auf als daheim? Haben sie sonst nichts zu tun? Ist es ein Sprachenproblem?

## Mittwoch, 15. 9.

Zwar habe ich Zweierdienst, aber weil ich es Dmitry versprochen habe, fahre ich nach meiner Ablöse um 10 Uhr 30 mit ihm und Mario eine kurze Patrouille zur zweiten und fünften Kompanie. Nicht nur das, ich komme sogar dazu, die Büroräume zu reinigen. Als ich gerade eine E-Mail beginnen will, höre ich es über mir knattern. Ich stürze zum Auto und flitze, halb im T-Shirt, halb in der gelben Warnweste zum Landeplatz. Da haben die Leute in Oum Dreyga eine falsche Abflugzeit durchgegeben.

Maxim von der Krim, der klapprige Stellvertreter für den Rest meiner Zeit hier, purzelt nach seinem Urlaub heraus, des weitern das Ärzteteam, der Hygieneoffizier und ein kleiner Schwarzer, ohne Zucker, aber mit Bäuchlein: Der Generatoroffizier. Ich erledige die Formalitäten und hetze zum Mittagessen. „Nach dem Essen fliegen wir", hatte die russische Crew gesagt, und sie verhält sich da wie unser guter alter Kaiser: Wenn dieser aufgehört hatte zu tafeln, war Ende der Veranstaltung. So auch hier: Die mäßig freundliche Belegschaft erhebt sich träge und wankt nach draußen, während ich noch vor halbvollem Teller sitze. Also ihnen nach und das Geschäft des Air Terminal Officers mit diversen Funksprüchen beendet. Weiter als Duty 2. So etwas soll einmal der müde Al Haj machen! Heute hat er mir nochmals seine Bewerbung vorgelegt, ohne den selbstbeweihräuchernden Satz. Sein von gestern auf heute verschobener Vortrag über die Minurso-Abkommen 1 und 2 ist so schlecht wie immer.

Zum Abendessen spendiert Maxim eine Flasche Rotwein, wiederum hat es Stil. Wie sich durch den Genuss eines Achtels kalten Roten die Welt gleich zum Besseren wenden kann! Gerade noch rechtzeitig sehe ich den malaysischen Hygieneoffizier seinen Mundschutz zurechtrücken und die lange Holzkiste auspacken. Mir schwant Böses. Wiederum steht uns ein olfaktorisches Kettensägenmassaker ins Haus, und nur notdürftig können wir die offenen Lebensmittel in der Küche verräumen, da legt er auch schon los: sein qualmendes Schnellfeuergewehr richtet er in alle Korridore und unter die Zelte, bald steigen dichte helle Rauchwolken überall auf, und die Brandmelder schalten sich ein, sodass man meint die Zikaden am Meer zirpen zu hören.

Die gesundheitlich zweifelhafte Aktion hat ihren bekannten sozialen Nebeneffekt: Aufgrund des bestialischen Gestanks und der Giftwolke in den Zelten kann sich niemand wie sonst üblich in seinen klimatisierten zwei mal zwei Quadratmetern verkriechen. Die Mannschaft sammelt sich wie beim letzten Mal auf den Bänken am Antreteplatz: Wens studiert, Mario telefoniert mit daheim in Turin, Vik spielt auf der Gitarre Lieder der Skorpions, die bei mir einzig Assoziationen zu der in Gang befindlichen Ungeziefervernichtung auslösen. Maxim hält die Noten. Dmitry ist mit Whisky angerückt, den er mir, der sich in der Eile kein Glas mehr schnappen konnte, in eine Trinkwasserflasche schüttet: „Sag nie mehr, die Russen trinken", warnt er mich. „Die Österreicher trinken den Whisky aus der Flasche."

Was mir allerdings gar nicht bekommt: Ich erinnere mich nachts aufgewacht und lediglich mit Handtuch bekleidet beim hinteren Zelteingang hinausgestürmt zu sein, weil es bis zum Pissoir nicht reichte. Und dass mir beim anschließenden Bettgang unsäglich übel wurde, ich mir aber sagte, dass ich für solche Zwischenfälle einfach zu schläfrig wäre und sofort wieder weg war.

## Donnerstag, 16. 9.

Ich weiß nicht, mit wie vielen Promillen ich losgefahren bin, jedenfalls war mir als erster Fahrer jämmerlich zumute. Um acht Uhr ist es schon heiß, aber: keine Schwäche zeigen, ich bin ja der Chef! Das ist das Lästigste bei solchen Ausrutschern. Lediglich das Frühstück vermisse ich nicht. Zuerst zu zwei Kompanien, wo Taruzi den Beifahrer von einem Lastwagen fischt, um ihn für uns zum Repräsentanten der sechsten Kompanie zu machen, wie ich mit schwerem Kopf vermute. Wir machen anschließend einen Schlenker zur Rückseite des Militärgebiets, weil Taruzi gestern behauptet hatte, die angeblichen Wohnhäuschen auf dem Areal hätten ihre Gucklöcher hinten hinaus und ich ihm das Gegenteil beweisen möchte, was ihn ziemlich stört. Auch hinten keine Öffnungen – aber fensterlose Wohnhäuser? Doch wohl eher Magazine. Für Waffen?

Dann zum Waypoint 31 Richtung marokkanische Grenze. Und zu einem Camp, wo Mario schon vor zwei Wochen war. Behausung eines Bataillonskommandanten. Ich habe gar nicht gewusst, dass die Polisario auch Bataillone hat. Ein Fahrrad parkt davor. Ob der hohe Militär damit zur Arbeit fährt? Durch den Sandstreifen vor dem Hauptquartier muss er es vermutlich tragen. Andererseits hat er keine Winterprobleme damit wie in unseren Breiten. In der Nähe glänzt ein nobles Geländefahrzeug, zwei weitere Autos stehen in einiger Entfernung. Vor jedem Zelt ist ein kleines Solarpaneel aufgebaut.

Wir betreten die gute Stube, wo die Teppiche sauber übereinanderliegen und lassen uns auf Kissen nieder. In der Ecke des weiträumigen Zelts lungert eine Kinderschar unter einem modernen Fernsehapparat als einzigem Einrichtungsgegenstand. Eine Hübsche mit lässig halb um den Kopf gewundenem Schleier halten wir erst für die Mutter, sie ist aber das älteste der Kinder. Während wir aus einer Plastikschüssel süße Ziegenmilch schlürfen, ich mit Todesmut, aber großem Durst zwecks Brandlöschung, bereitet einer der Buben Tee für uns zu. Vor ihm stehen kleine Gläser in einer Linie, in ein silbernes Kännchen daneben stopft er Minze, gießt Wasser darüber und stellt es in ein Kohlebecken, das eine seiner Schwestern herangeschafft hat. Dieses Konzentrat wird mit heißem Wasser aufgegossen, und das Gemisch landet, mit langem Strahl in hohem Bogen schäumend in den Gläsern.

Al Haj übersetzt fröhlich, Wens fragt gewissenhaft gemäß Formblatt. Wie viele Hunde gibt es hier, wie viele Katzen, Ziegen? Eines der Mädchen hat eine ungesund bläuliche Gesichtsfarbe und klagt über Schmerzen beim Trinken. Und der Großvater habe es in den Knien. Also gehen wir ihn besuchen. Er liegt in einem der

Reihenzelte ein paar Meter weiter, die zusätzliche Bauteile aus frisch gestrichenen Tonnen aufweisen. Die einzelnen Elemente sind aneinandergenagelt, Fenster hineingeschnitten. Opa liegt auf einer Matte, ein Stock lehnt hinter ihm an der Wand, und schaut bei einem der Ausgucke in Kniehöhe hinaus aufs Dorftreiben: Schotter, Sand, ein paar Gräser.

Freundlich lädt er ein sich niederzulassen, drückt unsere Hände, mustert uns aus hellen Augen. 73 ist er. So wie der Schwiegersohn war auch er bei der Polisario. Aber seit das mit den Knien ist, – er schiebt die Hosenbeine hinauf und zeigt auf dick geschwollene Gelenke, was uns Gicht diagnostizieren lässt – kann er nur mehr mit dem Auto fahren. Vor 30 Jahren war er ein unerschrockener Partisanenanführer, vermute ich. Wir wechseln ein paar Worte und kehren zum Tee zurück, wo sich eine Frau im grünen Sari eingefunden hat, das missing link dieser strukturell undurchschaubaren Wüsten-Buddenbrooks, Tochter, aber auch Mama. Der Konflikt solle doch endlich gelöst werden, gibt sie uns mit auf den Weg.

Daheim versuche ich mich anfangs erfolglos, dann aber erfolgreich den beruflichen Nachstellungen, mündlich oder per Telefon, zu entziehen. Ich knipse die Klimaanlage an und werfe mich aufs Bett. Zu Mittag nehme ich, immer noch lädiert, wenig, gehe duschen und bin weiterhin hundemüde, kann aber nicht schlafen.

So schleppe ich mich ins Büro und spüre mein Herz klopfen. Ich fühle mich nicht wohl. Gestern Abend habe ich von der Ärztin meinen Blutdruck messen lassen. Wochen nach meiner Anforderung sind die Medikamente noch immer nicht aus Österreich eingetroffen. Natürlich ist 138 zu 93 zu hoch. Doch sie meint, mein Medikament sei leicht, der Blutdruck nicht besorgniserregend, ich solle einfach durchhalten, denn diese Medizin hätten sie nicht vorrätig in ihrem Laayounschen Arzneischrank. Nach einem Dreivierteljahr weiß ich: Die Malaysier sind in der Medizin kräftige Markierungen gewohnt, bei den Krankheiten wie bei deren Behandlung.

Wegen der präsumtiven Diebstähle lege ich mich auf die Lauer. Erst schaue ich durchs Haupttor und entdecke die Katze auf dem heißen Blechdach: Munter spaziert eine ziemliches weißes Monstrum mit Stummelschwanz, offenbar die Mutter unseres Kleintiers und sagenumwobener, weil kaum sichtbarer Dauergast im Camp, auf den beiden Containern ein paar Meter vor unserer Burg dahin. Wie mag sie da hinaufgekommen sein? Es gibt keinerlei Aufstiegshilfen, und mit Sprung ist das nicht zu schaffen. Wieder ein unergründliches Geheimnis dieser Wüste, das sich nicht enträtseln lässt und deshalb der Phantasie viele Lösungsansätze überlässt.

Nach dem Abendessen setze ich mich auf die Bank vor dem Dutyzelt, von der sich das meiste Geschehen in unserem Geviert überblicken lässt, und versuche im Reiseführer zu lesen. Als Hamed den Compound verlassen will, halte ich ihn unter einem Vorwand auf. Natürlich hat er eine Flasche unter dem Arm: Ich mache ihn darauf aufmerksam, dass es verboten ist, etwas aus der Teamsite mitzunehmen. Er reagiert mit Unverständnis und sauer, murmelt etwas von eigenem Wasser, das nur in die Flasche gefüllt sei.

Ähnlich wenig später: Auch als Jaja mit den Abfällen des Polisario-Küchengeschwaders und Ibrahim mit einer Flasche daherkommen, ernte ich wenig Beifall. Ibrahim erzählt etwas von einem Öl, das sie in der Küche einfüllen und dann trinken. Zwecks Beweises schleppt er einen Kanister an und fordert mich auf zu kosten. Soweit kommt es noch. Aber eines weiß ich nach jahrelanger Erfahrung: Immer wenn ich Dinge nicht begreife, die mir geschildert werden, stimmt etwas nicht daran.

## Freitag, 17. 9.

Da wir die Qualifikation von Wens zelebrieren, fahre ich mit dem Probanden vorne, im hinteren Auto sitzt die russische Mafia: Dmitry und Maxim, der hoffentlich zur Stütze meiner alten Tage in Mijek wird. Westwärts weht uns der Wind, über einst gefürchtete Sandstellen, geradeaus durch die sich hier tatsächlich als Wüste gebärdende Ebene. Die ersten Aufgaben bewältigt Wens bravourös. Dann entdecke ich etwas Metallisches am Wegrand. Dmitry und Maxim machen sich unbekümmert zu Fuß auf, von einem Wrackknäuel zum anderen: Hier wurde offenbar ein Flugzeug abgeschossen, überall liegen verbrannte und verformte Eisenteile. Es erinnert an Polizeiarbeit im „Tatort".

Am Zielpunkt entdecken wir beim Versuch eine Wanderdüne auf ihrer Querung der Fahrspuren zu umrunden ein Artilleriegeschoß an einem Abhang im Sand stecken, ein wenig weiter noch eines. Und ein Plastikrohr, in dem möglicherweise Gefährliches steckt. Es ist spannend wie Ostereiersuche. Wir stellen hurtig den Prüfungsplan um und lassen Wens als Markierer der UXOs gewähren. Der häufelt kleine Steintürme an, sprüht rote Farbe und setzt zwei Minenwarnschilder. Dmitry wird es zu dumm. Erfindungsreich, wie er ist, wenn es darum geht, seinen Bedürfnissen zu folgen, sagt er, wir sollten umkehren. Zum POP würden wir wegen der Wanderdüne nicht gelangen, außerdem hätten wir jetzt hier die eine Stunde statt dort verbracht – alles keine schlüssigen Argumente, aber auch ich finde, dass es spät wird, und wir kehren zurück.

Gegen vier sind wir in Mijek. Eine Stunde später ist Briefing. Dort kommt es wie aus heiterem Himmel – es ist immer wie aus heiterem Himmel, wenn Unfrieden ausbricht – zu einer lautstarken Auseinandersetzung. Domagoj, ein Hüne geballten Unmuts, erregt sich, als es wieder einmal um Vorsichtsmaßnahmen der Polisario gegenüber geht, über das Zählen von Wasserflaschen. Wens könnte sich doch auch beim Zählen geirrt haben, ruft er lässig. Der Franzose, adrett und korrekt wie immer, kommt nicht aus dem Gleichgewicht, stellt nur hartnäckig fest, dass er richtig gezählt habe. Domagoj, stets lauter werdend, wenn Einwürfe kommen, schreit nun schon fast und lässt sich von niemandem beruhigen, erwartungsgemäß auch von mir nicht. Dmitry springt als Mijeksche Ordnungsmacht auf und brüllt ihn an den Mund zu halten. Auch Domagoj springt auf: „Du hast mir gar nichts zu sagen. Du kannst nur „Fuck“ sagen.“ „Jawohl, schreit Dmitry zurück: Fuck, Fuck You!“

Schwer vorstellbar, es sind Offiziere, und man muss sich dauernd genieren. Ich bleibe gelassen, und als das Geschrei abebbt, frage ich lediglich leicht gereizt, warum Domagoj immer so aufgeregt reagiert. Die Wüste besteht seit Millionen Jahren, könne man da nicht gelassener sein? Eine düstere Gewitterwolke hängt in der Stube. Mario trägt möglichst ungezwungen vor, doch nur wenige lauschen, die meisten grunzen verärgert in sich hinein. Zu allem Überfluss haben wir ein zweites Briefing, zu allem weiteren Überfluss hält es Domagoj. Er liest lediglich ab, keinen Beistrich zuviel deutet er durch eventuell veränderte Atmung an. Braver Applaus flackert danach auf. Zumindest die hohlen Rituale können etwas zur Besänftigung beitragen. Ich bin inzwischen stoisch geworden, allerdings auch illusionslos. Das ist offenbar das Begleitgeklingel zur Stille der Weite in unserem Guantanamo.

Mündliche Prüfung von Wens. Er ist ein Vorzugsschüler, ehrgeizig darauf bedacht, keine Fehler zu machen. Aber nicht auf die unsympathische Streberart. Schließlich bittet Taruzi um ein Gespräch: die Polisario-Arbeiter sind unzufrieden mit mir. Nach dem Essen wollen wir miteinander sprechen, Al Haj soll übersetzen. Wo nur, überlege ich. In meinem Büro ist das undenkbar. Draußen auf der Heurigenbank? Nicht sehr höflich. Bleibt nur die Mess Hall, wo schon seit mehr als zwei Wochen alle drei Klimaanlagen ausgefallen sind.

Ausgerechnet Domagoj braucht besonders lange mit dem Essen, will mir scheinen. Den brauche ich aber nicht als Gasthörer. Endlich sind alle draußen, wir können beginnen: Es sei noch nie so schlimm gewesen wie unter meiner Herrschaft, klagen die fünf. Ich höre es gelassen, wenngleich mit innerer Verstimmung. Vor ein paar Monaten wäre ich noch in Verzweiflung und Panik verfallen. Ich gebe nicht klein bei. Sie dürften den großen Kühlschrank nicht mehr betreten, kritisiert Taruzi. Das durften sie nie, bestätigt mir später Dmitry. Viel kommt aus dem Gespräch, das die Übersetzung in die Länge zerrt, nicht heraus, außer dass man mir grollt. Wenn Al Haj uns zu ungeduldig macht, wechseln wir ins Spanische. Taruzi bedankt sich nachher artig. Ein paar Tage später möchte er gerne die Urkunde über seine Offiziersweiterbildung in Kuba mehrfach kopieren und beschenkt uns gleich mit einem Packen Papier, weil er letztes Mal auch eine ziemliche Menge benötigt hatte.

Abends treffe ich Naby im Internetraum. Unglücklicherweise sitzt auch Domagoj dort, schaltet sich in das Gespräch ein und schafft es mit seiner provokanten Art, mich tatsächlich aus der Reserve zu holen. Wir seien feindlich zu den armen Polisario-Arbeitern, wirft er mir vor. „Natürlich“, sage ich, „und unsere Lebensmittel verdunsten wahrscheinlich in der Hitze.“ „Na, was fehlt denn“, fragt er. „Juice“, sage ich, „das war im April“, um Vorwürfen zu entgehen, alles sei auf Mosaads Mist gewachsen, den er besonders hassen dürfte. „Aha, im April“, kommt es mitleidig zurück. „Und die Milch ist innerhalb von drei Tagen verschwunden.“ „Das war Ramadan, da brauchen sie vielleicht etwas mehr. Und der Zucker. Wann war das“, fragt er. „Ist das nun ein Verhör, oder was“, entgegne ich verärgert.

Schließlich gehe ich, es wird mir zu blöd. Der Kerl verwendet Argumente, die ich sonst für mich reserviere. Plötzlich fühle ich mich in der Rolle der Bösen, die ich stets abkanzle. Aber ich weiß es in diesem Fall aufgrund der Erfahrung besser. Dass einer gerade mal sechs Wochen in unserer Wanzenburg steckt und meint alles durchschaut zu haben, ärgert mich. Wens hat durch die Wand mitgehört und sagt nachher zum wiederholten Mal, er bewundere meine Gelassenheit. Dazu betont er: „Wenn ich etwas zähle, dann stimmt es auch.“ Wir haben also Verluste. Punkt. Zu alledem kommt, dass die Marokkaner wieder etwas gesehen zu haben vermeinen und wir ausfahren sollen: feststellen, ob der Militärjeep in der Pufferzone vielleicht morgen noch dort auf uns wartet. Und ich soll die Untersuchungstruppe anführen, anstatt gemütlich zum Wasserloch und zurück zu schaukeln. Wieder einmal eine geballte Ladung Missmut.

## Samstag, 18. 9.

Ich wache früh auf, weil mir Domagoj wie ein Stachel im Fleisch sitzt. Wir verlassen zeitig das Camp. Diesmal fährt Wens und ich sitze daneben. Hinterher fahren Vik und Dmitry, unsere schweren Raucher, die vermutlich die ganze Fahrt beim Fenster hinauspaffen. Über fast 100 Kilometer streite ich mit Wens über den Begriff „verantwortlich" und ob – gestrige Prüfungsfrage – tatsächlich beim persönlichen Urlaubsantrag nur jeder für sich verantwortlich ist. Dabei zeigt sich, dass unser Franzose nicht nur dank desselben Studiums wie ich haarspalterisch sein kann, sondern zusätzlich auch stur. Aber so geht wenigstens die Zeit des langweiligen Fahrens herum, und alsbald tasten wir uns an die Brunnen ganz im Westen unseres Verantwortungsbereichs heran. Und von dort weiter. Ich erinnere mich an meine erste Erkundungsfahrt mit weiland Zhang und Francesco, ebenfalls in dieser Gegend.

Auch heute schleichen wir einer verwehten Fahrspur nach, bis sie sich ganz im Nichts auflöst, setzen zurück, fahren einer anderen nach, schlagen uns nach rechts durch, wenn das GPS ein Abweichen nach links anzeigt und nähern uns auf diese Weise dem Punkt 1 der behaupteten Abkommensverletzung. Die Koordinaten haben die Marokkaner freundlicherweise mitgeliefert. Es hat etwas von Schnitzeljagd, aber von einer gefährlichen, und ich fühle mich bisweilen wie ein Schwimmer, dem bewusst wird, dass hunderte Meter darunter kein Grund zu ertasten ist. Unter uns könnte die Ewigkeit warten, denke ich, sobald wir ein paar Zentimeter aus der Fahrspur geraten.

Der Punkt ist erreicht, erwartungsgemäß nichts zu sehen außer einer verkrüppelten Akazie. Aber wir haben soeben eine relativ frische Fahrspur gekreuzt, zu ihr kehren wir zurück und folgen ihr. Tatsächlich, die Marokkaner scheinen nicht gelogen zu haben: Wir halten direkt auf den zweiten Punkt zu, an dem gestern der Wagen beobachtet worden sein soll. Wir halten und fotografieren die Spur: Ein wenig schmäler als die unserer Autos, auch die Reifen sind schlanker, durchaus möglich, dass es sich dabei um einen Militärjeep handelte. Mit einem Mal macht der Job wieder Spaß, weil wir jetzt, selten genug, das tun, was ich mir darunter vorstelle. Nicht ödes Zählen gelangweilter Kamele.

Es scheint einleuchtend, warum genau hier etwas bemerkt wurde: Denn wenig später verschwinden die Spuren hinter einer Wölbung in einer Senke, und der Berm ist nicht mehr zu sehen. Mit einem Mal ist die Spur nicht mehr so neu, aber: Der Jeep kann ja nicht aus dem Boden gewachsen sein. Der Weg führe direkt Richtung

Observation Post 19, stellt Dmitry über Funk fest und schlägt vor, dorthin und dann auf gewohnten Pfaden heimzufahren. Ich gebe zu bedenken, das bedeute uns im Kriechgang 17 Kilometer darauf zu bewegen, während wir retour nur in der eigenen Spur dahinschaukeln müssten. Das sieht er ein, und wir kehren um.

Wens ist nicht nur ein guter Schüler, sondern auch ein ausgezeichneter Fahrer. Immer knapp an die 100 und beim Driften in Kurven Gegenlenken und Gas geben. Nie verliert er die Kontrolle. Abends sollte Party sein, aber Al Haj, der Zeremonienmeister, hat den Koch bezüglich festlich in Gänsehaut gewandeter Hühner nicht sprechen können. Typisch Ali, denke ich, aber auch sonst ist niemand so richtig böse, dass erst morgen gefeiert wird.

## Sonntag, 19. 9.

Neuerlich Pufferzone. Gemeinsam mit unserem malaysischen Neuling Vik fahre ich hinter Amara und Al Haj her, den beiden Könnern an Volant und GPS. Keine zehn Minuten Fahrt, ich schaue von meinem Patrouillenblock auf und erkenne die Gegend nicht mehr. Nicht einmal zwei Kilometer vor der Teamsite haben wir uns verfahren, das kann noch etwas werden. Aber es klappt dann doch. Fernmündlich lotse ich die zwei zum richtigen Endpunkt, wo wir gemeinsam eine kleine Steinpyramide basteln und blau besprühen. Denn ich erinnere mich schon einmal da gewesen zu sein und mangels Kennzeichnung den richtigen Punkt nicht gefunden zu haben. Vik hört während der Fahrt Countrysongs, das ist wenigstens auszuhalten. Was hörte Fabio? Mir fällt auf, dass mich Dmitry auf Patrouille so gut wie nie mit ihm in einem Auto zusammengespannt hat. Besser so.

Abends wird Wens gefeiert. Wir haben nun keinen „im Training“ mehr, ein gutes Gefühl. Gleichzeitig wird Dmitry verabschiedet. Er ist recht sentimental, zeigt es aber nicht. Ich möchte nicht weg von hier, sagt er mir immer wieder. Das ist die beste Teamsite von Minurso. Es ehrt mich selbst auch ein wenig – aber: Wie will er das wissen? Ihm zu Ehren mache ich meine zweite und letzte Schnapsflasche aus Österreich auf. Ein Klarer, aus „Kriecherln“ gemacht, Geschenk eines lieben Freundes aus dem Steyrtal, Jahrgang 1991. Die Kollegen zeigen auf die Ziffern. Dies vorausgesehen, drehe ich die Flasche: „Ablaufdatum: Nie“, steht da handschriftlich vermerkt.

Dennoch hat es der Kork nicht überlebt und zerbröselt. Mario kommt mit einem Erste-Hilfe-Kasten und wickelt Gazeverbandstoff als Sieb über den Flaschenhals.

Das hilft. Er ist einer der intensivsten Verkoster des teuflisch starken Gebräus. Maxim lässt Wein aus seiner ukrainischen Heimat auffahren, der wie Mavrodaphne aussieht und schmeckt, was zu dem von ihm und Dmitry hervorragend zubereiteten Schaschlik eigentümlich harmoniert. Wens bietet französischen Roten an, und so wäre der Abend durchaus heiter, würde uns nicht allen der Schweiß in Bächen vom Gesicht über den Hals in die Hemden rinnen.

So stehen wir bald draußen, und Dmitry verschenkt Whisky in die Gläser, doch ich will nicht so wie vor einer Woche enden und nehme alsbald über einen Umweg hinter den Zelten Kurs auf meine Bettstatt. Zumal sich unser Abschiednehmer wieder in operativen Diskussionen ergeht, was mir in der Länge der Darbietung Kreuzschmerzen bereitet.

## Montag, 20. 9.

Fahrer im ersten Auto mit Maxim als Kommandant. Im anderen Wagen schaukeln Mario und Domagoj mit dem Verbindungsoffizier. 2. und 5. Kompanie, eine leichte Übung, aber Maxim ist nicht nur das erste Mal bei der Polisario auf Besuch, er scheint auch noch schwer angeschlagen. Mit dem Zuknöpfen des Anoraks hatte er so seine Probleme, das Briefing hat er daher gebrummt, und nach ein paar Fragen an die beiden Kompaniefürsten schüttelt er auch schon wieder knurrend deren Hände und bläst zum Rückzug.

Während daheim Wens als frisch gebackener Logistikchef per Telefon endlich unsere inzwischen 15-stufige Bedürfnispyramide meldet, mime ich den Bösen und schreibe an die Spitze unserer Logistik einen jener Briefe, die mir stets grimmige Befriedigung verschaffen. Er endet, nachdem ich die wochenlange Untätigkeit und das Ignorieren unserer täglichen Reports gegeißelt habe, mit der Bemerkung: „Alles in allem ist das nicht mehr Faulheit, das ist Frechheit."

Dann habe ich auch schon die Dame am Rohr, mit der Wens gerade noch erste technische Hilfe vereinbart habe. Sie ist höchst alarmiert, fühlt sich zu Unrecht angegriffen und gekränkt, weil sie uns doch soeben als Unzuständige Hilfe vermittelt hat. Ich entschuldige mich vielmals und erfahre von ihr den Namen des tatsächlich Verantwortlichen, Herrn Cameron, eines der obersten unter den Zivilistensäcken. Kaum habe ich mein Schreiben an ihn weitergeleitet, ist auch schon eine empörte Antwort da: Ich wäre entschieden zu weit gegangen und hätte seine Mitarbeiter beschuldigt. Er werde das morgen mit dem Stabschef besprechen. Gute Idee, schreibe ich zurück, den wollte ich ursprünglich ohnedies auch mit der Mail beehren. Und ich würde kein Wort zurücknehmen. Auf diese Weise wieder mit ein paar Leuten mehr in Unfrieden trete ich meinen Einserdienst an.

Dmitry freut sich offenbar über die ärarischen Devotionalien, die ich ihm zuvor in einem Umschlag mit der Aufschrift „Goodbye Dmitry“ (nicht: „Goodbye Lenin“) ausgehändigt habe. Sofort hat er sich das Bundesheer-Schlüsselband umgehängt. Als ich kurz vor Mitternacht mit Mob und Wassereimer vor das geputzte Office trete, sehe ich Al Haj und Domagoj rittlings auf der Heurigenbank sitzen, vertieft über einem Schachbrett zwischen ihnen. Ausgerechnet die beiden am wenigsten Schöngeistigen, dafür ich als Putzfrau! Doch bin ich zufrieden mit dieser verkehrten Welt, weil der Anblick der zwei ins Schachspiel Vertieften sie aufs Höchste adelt. Endlich etwas Neues in der Teamsite, man beschäftigt sich miteinander. Ich will nicht auffallen, und so präge ich mir die Szene ein: Zwei Männer aus weit voneinander entfernt liegenden Ländern, mit unterschiedlichem Naturell und Hintergrund, in schweigender Übereinkunft beim Schachspiel unter dem Sternenhimmel der Sahara.

## Dienstag, 21. 9.

Im Schlaf höre ich es auf die Zeltplane trommeln. Einiges nach 6 Uhr wache ich auf, der Wecker muss schon lange geläutet haben. Als ich gerade halb in der Uniform stecke, klingelt das Telefon: Air Ops, der Flugoffizier aus Laayoune will pünktlich die Wetterdaten. „Ich bin dabei, ein paar Minuten noch“, keuche ich hastig. Nein, ich solle sie ihm sofort geben. Schöne Bescherung. Ich drücke auf unser Gerätchen am Schreibtisch und lese Windgeschwindigkeit, -richtung und Temperatur ab. „Und Wolken?“ „Few“, sage ich wage. „Overcast?“ „Jaja, overcast.“ „Hoch oder tief?“ Ich gehe geschickt in die Offensive: „Das kann ich so schwer abschätzen, ab wann es hoch oder tief ist, aber es tröpfelt draußen.“ „Stark?“ „Nein, nur ein wenig.“ Gut, dass das Zelt eine akustische Wetterwarte ist. „Und die Landebahn ist nass?“ „Nein“, sage ich ins Blaue, „es tröpfelt ja nur“. Puh, hoffentlich hält mein Bericht aus dem Raumschiff. Wenig später trete ich vors Zelt und finde alles so, wie ich es dahergeflunkert hatte. Glück gehabt.

Um 7 Uhr ist Abschiedsparade für Dmitry: Seinen blonden Bart der letzten Wochen hat er abrasiert, aber die Haare sind ziemlich lang. Er umarmt mich herzlich, als die Reihe an mich kommt. „My friend“ sagt er. Wer hätte das gedacht? Später sitzt er auf der Bank vor dem Office und schaut nach dem rituellen Telefonat mit seiner Freundin nachdenklich in die Ferne. „Ich wäre gerne geblieben“, sagt er wieder. Mein trauriger russischer Bär. Das Bild bleibt in mir, als er – die Patrouille ist schon losgefahren, die anderen sind irgendwo beschäftigt – ganz allein, die Jacke über den Arm, die Tasche in der anderen Hand – zum Tor hinaus und auf den Hubschrauber zutrabt. Er, der mächtige Teamsite-G3, impulsiv, eine mitunter donnernde Naturgewalt, alle Fäden des Geschehens in seiner wuchtigen Faust haltend. Nun sind sie ihm entwunden worden, er gehört nicht mehr zu dem, was seine unmittelbare Heimat in diesem Staublabyrinth geworden ist.

Und er fühlt wohl, dass er ihr untreu werden wird, werden muss. Auch wenn er es nicht will und es sich noch nicht vorstellen kann – er wird einer von Oum Dreyga werden, einer der richtigen Männer, wie es in deren Leitspruch heißt. Auch wenn er vielleicht gerade in diesen Sekunden gerne darauf verzichten würde. Er spürt, dass er dieses Mijek bald mit anderen Augen sehen wird, mitleidig vielleicht, neu beurteilend aufgrund neuer Erfahrungen und distanzierter als in diesem Moment, in dem er allem, was sich soeben als Vergangenheit abschließt, noch eng verbunden ist. Während sich die anderen bereits von ihm abgenabelt haben, weil es für sie drinnen weitergeht, steht Dmitry draußen und versucht die Seele, die sich hartnäckig drinnen festklammert, nachzuziehen.

Man kann noch so beliebt sein, hat sich erst die Hubschraubertür hinter einem geschlossen, geht das Leben auf dem Boden emotionslos weiter. Der Alltag ist jene Konstante, die dominiert. Auch wenn sich alles verändert, alle halben Jahre andere Menschen hier hantieren, es ist der Minurso-Ablauf, der uns mit sich zieht und keine Bindungen zulässt, die sich dem immer gleichen Vorwärtsstreben in den Weg stellen könnten. Ein Alltag, der keine Sentimentalitäten erlaubt und in uns die seelenlosen Vollstrecker einer realen wie imaginären Ordnung sieht, uns ihr unterwirft. Keiner schafft hier Bleibendes, niemand kann dem Treiben in diesem Camp auf Dauer seinen Stempel aufdrücken, nur Fußstapfen hinterlassen, die klobig wie Kameltritte sein mögen, vom Wind aber morgen schon mit Sand zugeweht werden.

Der morgendliche Flieger nimmt Dmitry auf, ebenso Al Haj in den Urlaub und Wens und Naby zur Schulung nach Awsard. Mittags kommen Azhar und Moreno, auf den ich mich schon gefreut habe, vom Urlaub. Und ein riesiger neuer Kühlschrank trifft ein, erstes sichtbares Zeichen von Hilfe aus Laayoune, nachdem unser begehbarer Fridge nicht mehr kühlt, sondern eher heizt. Man hatte uns den Kühlschrank als Sofortmaßnahme zugesagt, den Techniker für Freitag.

Maxim sei ein Handwerker, erfuhr ich, als er in Mijek anfing. Nun fällt er unserer Strategie gegenüber der Zentrale mit dieser Fertigkeit in den Rücken. Gestern Abend hockte er auf dem Fridge, der riesigen, begehbaren Stahlbox im Küchen- und Speisesaalzelt, und baute den geborstenen Ventilator aus. Wens zeterte, aber Maxim sagte, ihm sei ein funktionierendes Gerät lieber als ein Techniker am Freitag. Ich komme aus den Sorgen nicht heraus, permanent segle ich zwischen Scylla und Charybdis, werde zwischen Kollegen und vorgesetzter Dienststelle zerrieben.

Glücklicherweise kühlt das Ding nach Maxims Eingriff zwar wieder, ist aber nach seinen Aussagen nur ein Provisorium, russisch eben. Brav befüllen wir dennoch den neuen Kühlschrank, um den Herrschaften in der Zentrale nicht Munition gegen uns zu liefern, in der Art: wir würden schreien, aber dann selbst reparieren. Wens steht Maxims Eigeninitiative besonders skeptisch gegenüber. Wir sind keine Techniker, dafür gebe es solche im Hauptquartier, sagt er. Unsere Aufgabe seien Patrouillen. Was auch stimmt.

## Mittwoch, 22. 9.

Erstmals seit Langem mache ich wieder einen Laufausflug in der Früh und brauche dafür erwartungsgemäß zehn Prozent länger als sonst. Auch die Hündin tut sich offenbar schwer, die sich angesichts meines blauen Outfits einstiger gemeinsamer Unternehmungen entsinnt und sich freudig bellend, was sie inzwischen selten tut, an meine Seite gesellt, allerdings bald wieder trollt. Schwangerenturnen sieht eben anders aus.

Beim Trab zurück schraubt sich über mir der Helikopter heran und spuckt Naby und Wens aus. Mit ihnen und Moreno gemeinsam, der ein wenig mürrisch wirkt, nicht wegen des Jetlags, sondern, weil er nicht mehr bei seiner Familie in Brasilien sein kann, machen wir eine Tour zu den Kompanien 8 und 7 und zum südlichsten Waypoint, ein paar Kilometer hinter dem Haus. Peinlich, dass ich mich mit Naby gleich mehrfach verfahre, was Taruzi im Fonds trotz Kopfschmerzen, gegen die ihm unsere malaysische Ärztin heute noch vor ihrem Abflug Aspirin zugesteckt hat, zu höhnischen Bemerkungen ermuntert. Er könne ohne GPS bis zum OP 14 fahren, sagt er. Sobald er bei der Visite der Kompanien gefragt wird, ist er aber wieder sehr einsilbig, die Informationen tröpfeln spärlich.

Naby fährt am Freitag auf Urlaub. Er werde in Laayoune bleiben und nicht nach Hause fahren, sagt er zu mir. Es sei zu unsicher in Guinea. Die Wahlen sind wegen der Gewalt am vergangenen Sonntag neuerlich verschoben worden. Täglich geht sein Landsmann Amara in der Früh mit einem Kofferradio am Ohr konzentriert zwischen den Zelten auf und ab. Sein Namensvetter in Oum Dreyga wird ebenso wie er um ein halbes Jahr verlängern. Alle Guineer versuchen solange bei Minurso zu bleiben, bis in der Heimat wieder halbwegs normale Zustände herrschen.

Endlich scheine ich etwas Zeit für mich zu finden, kann meinen Urlaub vorbereiten, mich ein wenig ins Französische einlesen, an meiner Minurso-Chronik weiterarbeiten und Elias Canettis liebevolle „Stimmen von Marrakesch" zu Ende zu lesen. Gleichzeitig dürfte sich ein wenig Frieden einnisten, auch wenn ich im Briefing innerlich zittere, als sich beim GPS-Training verschiedene Meinungen über die Bearing-Linie bilden und hitzig argumentiert wird. Aber niemand wird persönlich.

Nach dem Abendessen klingelt in meinem Büro das Telefon, selten genug, schon gar um diese Zeit. „Hey Boss", klingt es vom anderen Ende, diesmal weder energiegeladen und rasche Lösungen einfordernd, noch fröhlich, es schwingt etwas von der tieftraurigen Winterweite Russlands mit. Wie es gehe? Naja, nicht besonders. Air Safety Officer sei er nun. Das hatte ich mir schon gedacht, als man in Oum Dreyga vor einem Monat händeringend nach einem G3 rief. Als jahrzehntelang frei Schaffender weiß ich: Wer nicht am nächsten Tag beim Bedarfsträger auf der Matte steht, findet später eine völlig andere Landschaft und sich selbst als fünftes Rad müde mitdrehend vor.

Wenn wir etwas brauchen, sollen wir uns bei ihm melden, sagt er, und ich habe tatsächlich eine Frage. Er blüht auf und erklärt mir, was zu tun sei. Dabei verwendet er ganz selbstverständlich das verräterische „Wir". Armer Kerl. Im Juli hätte ich mir nicht gedacht, dass er einmal so anhänglich sein könnte. Und ich ihn so ins Herz geschlossen haben könnte.

## Donnerstag, 23. 9.

Wieder folgt die Gewitterwolke dem Sonnenschein: Erst Moreno teilt mir in meinem Zweierdienst mit, dass er sich nun ernsthaft für einen Posten im Hauptquartier, in der Minenabteilung, bewirbt, seinem von seiner Ausbildung her angestammten Sektor. Innerlich seufzend setze ich meine Unterschrift unter den Antrag, in den er klug meine Befürwortung vom letzten Mal kopiert hat. So verliere ich ihn vermutlich einen Monat früher, schon mit November und nicht erst nach seinem ersten halben Jahr im Dezember. Neue Sorgen tauchen auf: Woher soll ich schnell einen wirkungsvollen G3 und dessen Stellvertreter nehmen? Niemand auf weiter Flur auszumachen. Wie zum Hohn teilt der malaysische Oberpersonalist mir unmittelbar darauf mit, dass wir einen Frischgefangenen erhalten werden. Aus Pakistan. Diesen Schicksalsschlag habe ich schon seit Langem erwartet. Kaum ein Kelch, der an mir vorübergeht.

Am Nachmittag tanzt Wens in meinem Kämmerchen an. Dass er als nächster Berater des chinesischen Force Commanders in Frage kommt, der sich gerne eitel mit Franzosen umgibt, weil er deren Sprache beherrscht, schwant mir bereits seit einiger Zeit. Nun eröffnet mir Wens, dass er aktiv seinen Wechsel nach Laayoune betreiben wolle. Nicht weil es ihm nicht gefalle, er nicht gerne Logistiker wäre, nicht gerne Patrouille fahre, ganz im Gegenteil.

Doch die politische Situation behage ihm nicht, er wolle nicht das erste UN-Opfer von Akim, den Al-Kaida-Verbrechern in der Sahara, sein. Schon vor ein paar Wochen habe er sein Testament geschrieben und seinen Eltern geschickt, berichtet er mir mit ernstem Blick. Und plötzlich hat unser Bürokratiespiel mit Kamel- und Wasserflaschenzählen einen sehr realen, existenziellen Beigeschmack. Schlagartig steht mir unsere Hilflosigkeit vor Augen, als er anmerkt, er könne sich ja nicht wehren, wenn sie nächtens kämen und ihn abholten. Er sei kein Soldat, er habe keine Waffe, sagt er fast vorwurfsvoll.

Jetzt sehe ich in ihm auch nicht mehr den charmanten Dressman mit dem hübsch geworfenen Haarschopf, sondern jemanden, der sich bewusst einen Beruf mit Tötungsmechanismen ausgesucht hat. Mir hingegen geht alles eher ab als eine Waffe. Ohne sie fühle mich wohl in meiner Uniform. Aber wie schon der Unteroffizier in meiner Grundausbildung vor 30 Jahren zu mir sagte, als er betrunken vor seinem Zelt am Waschberg im Weinland lag und ich nicht wusste wie ich über ihn steigen sollte um hineinzugelangen: „May, aus Ihnen wird nie a Soldat."

Es würde ihm weniger ausmachen, wenn er keine Familie hätte, aber er wolle nicht, dass seine zwei Kleinkinder ohne Vater aufwüchsen, sagt Wens. Die Situation wäre für ihn gefährlich geworden, denn schon wieder seien Franzosen in der Wüste als Geiseln genommen worden. Auch ihn halte ich nicht, unter diesen Argumenten schon gar nicht. Dennoch spüre ich Zorn in mir hochsteigen: was muss der Dreikäsehoch von Sarkozy diesem licht- und arbeitsscheuen Terrorgesindel auch Krieg erklären, diesen strohdummen bildungsfernen Religionsheuchlern, die den Westen dafür verantwortlich machen, dass bei ihnen aufgrund ihrer Beschränktheit nichts weitergeht?

Und warum schrieb ich vor Monaten an die Zentrale, dass man unter den obwaltenden Umständen davon absehen möge, uns auf der Polisario-Seite des Berms Kollegen aus Frankreich zu schicken. Wenige Tage später stand Wens auf unserer Kostliste. Das ist das Ergebnis dieser überbordenden Bürokratie: Man schreibt etwas, und niemand liest es. Keiner nimmt irgendein Dokument ernst. Steht etwas Wichtiges drinnen, wird nachtelefoniert, ob das tatsächlich so sei. Würde man weniger Kram mit drei und vierfachen Rück- und Querversicherungen verschicken, hätten die Botschaften mehr Gewicht und würden nicht untergehen im üppig wuchernden Urwald der Minurso-Formalitäten.

Ich versichere Wens, dass ich seine freie Entscheidung respektiere und ihn verstehen könne. Allerdings würde ich aus zwei Gründen nicht so recht an eine unmittelbare Gefahr glauben: Zum einen lägen wir, wenn auch wenige Kilometer von Mauretanien entfernt, in einer Sackgasse. Zum anderen gäbe es wohl so etwas wie ein Abkommen zwischen der Polisario und Al Kaida, denn, wie ich irgendwo gelesen habe: Im algerischen Tindouf, wo sich jede Menge Ausländer herumtreibt, ist noch nie etwas passiert. Die Polisario braucht die UN als letztes verzweifelt gehisstes Segel vor dem Untergang. Diese politischen Konstellationen und weniger die paar Bürschlein in Tarnhose vor unserem Tor oder die zahnlosen Zauseln mit ihren rostigen Armeejeeps geben mir eine gewisse Sicherheit.

Die Zuversicht, mit der ich mich in erster Linie selbst beruhigen wollte, ist aber nur von kurzer Dauer, eine dunkle Wolke senkt sich über mein Haupt: vielleicht nehme ich doch alles zu leicht, und die Polisario liefert mich den bösen Enthauptern aus, weil ich mich so halsstarrig in der Trinkwasserfrage zeige? Da heitert mich nicht einmal die Nachricht von Wens auf, dass sich in einer anderen Teamsite zwei Beobachtungsoffiziere aus Ghana ein Zimmer teilen. Freiwillig, in liebevollem Einverständnis.

## Freitag, 24. 9.

Domagoj braust einhändig lenkend, aber gar nicht so unsicher, hinter Amara und Azhar in Richtung des berüchtigten OP 19 und POP 01 drein. Einen Buslinien-dienst könnte ich schon aufmachen, würden sich mehr Interessierte für diese Destination finden. Ich weiß, wo es steinig, wo es sandig wird, wo ein Autoreifen liegt, wo ein Baum mit einer blauen besprühten Manschette versehen ist. Wir passieren unsere Minenschilder vom letzten Mal, deren Aufstellung im Nachhinein von der Zentrale gelobt worden ist.

Wie schon letztes Mal mit Amara ist in der Talpfanne, die hufeisenförmig von Anhöhen umgeben ist, Schluss. Ich stapfe hinter dem westafrikanischen Kollegen her, der auch diesmal, wie bei einer Wallfahrt, die Höhe erklimmt. Dort stecken tatsächlich ein paar blaue Steine im Grund, vielmehr noch deuten zwei Plastikgabeln im Sand darauf hin, dass wir am richtigen Zielpunkt angelangt sind, an dem vorschriftsgemäß stundenlang pausiert werden soll. Amara stiefelt ungerührt zurück, sammelt Steine auf und legt sie dort ab, wo sich vermutlich die Fahrspur emporgeschwungen hat, bevor ein Sandsturm alles verwehte. Es sieht hier aus wie das dürre Ende einer stillgelegten Nebenbahn. In diesem Fall bin ich nicht für Reaktivierung, sondern dafür, einen neuen Aussichtspunkt festzulegen. Für diesmal soll es aber genug sein, ich kaue einen Apfel, dann kehren wir zurück, jeder in seine Gedanken versunken, die allesamt bestimmt nicht um diese Einöde kreisen.

Gestern hat sich Azhar in seinem Training über Negotiations, also Verhandlungen, eine totale Themaverfehlung geleistet und Vorschläge gemacht, wie wir unser Leben verbessern könnten, etwa indem wir Patrouillen zusammenlegten. Das machte mich hellhörig für erste Anzeichen von Meuterei, zudem ist auch Maxim eher der Typ, dem die Befolgung von Vorgaben aus Laayoune nicht allzu wichtig erscheint. Deshalb versuche ich den Erneuerern entgegenzukommen und schlage heute vor, künftig Uniform nur mehr zu zwingenden Anlässen und nicht mehr automatisch jeden Vormittag zu tragen. Einstimmige Annahme, Atempause für mich.

## Samstag, 25. 9.

Der Lauf ist mühsam, ich muss mich gegen den Nordwind stemmen. Nach dem Frühstück räumen Mario und ich den großen Fridge auf. In seinem nicht klimatisierten Hinterzimmer kullert alles haufenweise durcheinander. Mehl- und Bohnensäcke liegen kreuz und quer, Rosinenbeutel sind aufgerissen. Mario hat in jungen Jahren im Supermarkt ausgeholfen, ich habe die Liebe zum Schlichten von meinem Vater geerbt. Wie im Laden ordnen wir die Regale nach Themen: Zucker unten, darüber Kaffee, auf der anderen Seite Instantnudelsuppen, wie ich sie in Berlin wöchentlich ins Einkaufswägelchen werfe. Wir trennen Nüsse von Gelierpulver, Unmengen von Chilisauce von Fischkonserven. Nach fast zwei Stunden sieht alles adrett aus. Doch bin ich mir bewusst, sobald Al Haj und Naby als Food Officer aus dem Urlaub zurück sind, wird es bald wieder so aussehen. Ich bin aber nicht mehr so verzagt wie früher, sondern fatalistisch: In ein paar Tagen gehe ich auf Urlaub, und die letzten eineinhalb Monate danach werde ich schon deutlich distanzierter herunterbiegen.

## Sonntag, 26. 9.

Dunstig und sonnig ist es. Ich bin Fahrer von Amara: Erst geht es zum BS 04, dann über die große Sandlandschaft wieder zurück. Mario und Vik folgen uns. Ich beginne meine Koffer für einen Monat Urlaub in Marokko zu packen. Alles bewegt sich in halbwegs geordneten Bahnen, die kleine Gemeinschaft von Mijek scheint sich in unspektakuläres Abspulen der Anforderungen gefunden zu haben.

## Montag, 27. 9.

Um 10 Uhr haben wir erstmals tatsächlich ein Meeting mit Kommandant Mayara. Wieder ist unser Hauptzelt herausgeputzt. Tee, Saft und Knabbereien stehen auf dem Tisch. Wer von der Mannschaft frei ist, nimmt teil. Ganz hinten sitzt Domagoj, den ich als tickende Zeitbombe empfinde. Dennoch beschließe ich, das ewig schwelende Thema Ibrahim deswegen nicht auszuklammern. Wenn ich merke, irgendetwas soll ganz oben hartnäckig ignoriert werden, bleibe ich ebenso hartnäckig dran. Egal, ob es sinnvoll oder klug ist. Denn eigentlich hat sich die Geschichte überlebt, von den damals über Ibrahims Entfernung aus dem Camp Abstimmenden ist heute kaum einer mehr in der Teamsite. Nur sein Verhalten hat sich nicht geändert.

Zum Schluss und eher beiläufig spreche ich das Thema an, doch die Polisario soll wissen, dass ich nicht nachlasse, auch wenn ich mich damit letztlich nur nibelungentreu einer zweifelhaften Anschuldigung des schon längst versetzten Mossad gegenüber erweise. Domagoj hat es hinten sehr wohl vernommen, und als ich den

Kommandanten schneidig am Tor verabschiede, baut er sich vor diesem in seiner hünenhaften Erscheinung auf und poltert im hart akzentgefärbten Englisch, dass hinter der Forderung nach einem Abzug Ibrahims nicht die Mehrheit der Teamsite stehe, sondern das eine fixe Idee des Teamsite Commanders sei. Zornig schleudert er die Worte dem verdutzten Polisario-Chef vor die Füße, der kurz nickt, keine Stellung bezieht und sich verabschiedet.

Ich weise Domagoj nachher zurecht, doch der ist immer noch so erregt, dass ich fürchte, er könnte handgreiflich werden. Dabei mache ich soeben den offenbar folgenschwersten Fehler meiner Minurso-Karriere: Sonst ein begeisterter Beschwerdebriefschreiber, der sich an den eigenen zürnenden Formulierungen ergötzen kann, fällt es mir in diesem Moment nicht ein, das nicht nur illoyale, sondern auch alle Gebote von Hierarchie und militärischer Subordination missachtende Verhalten des jungen Kroaten der Zentrale zur Kenntnis zu bringen. Vielleicht gibt es eine Hemmschwelle, eigene Leute anzuklagen. Als Chef und Dorfältester fühle ich mich für sie verantwortlich, ein wenig als Vater. Hinzu die Aussicht auf den nahen Urlaub und darauf all die emotionalen Ausreißer der in dieser Extremsituation Eingesetzten eine Zeit lang nicht miterleben zu müssen.

Zu Mittag unternehmen wir eine Patrouille zu OP 13 und POP 14a, bei der ich Kommandant bin und Amara lenkt. Im zweiten Wagen sitzen ausgerechnet Domagoj und Wens. Ich bin konzentriert bemüht keine Fehler zu machen, um Domagoj nicht eine neue Basis zur Auflehnung zu geben. Die Stimmung bleibt gespannt und belastet mich, auch als ich am Nachmittag meine Reisetasche packe.

## Dienstag, 28. 9.

Dieser Urlaub muss verdient sein. Auch Domagoj soll abfliegen, in seine ersten Ferien. Aber wir beide stehen nicht auf dem Flug-Manifest. So müssen wir auf den Nachmittagsflug warten, für den wir noch rasch in Laayoune gebucht werden. Ohnedies bekomme ich bis dahin zu tun: Gestern gab es während der Patrouille wie befürchtet Streit zwischen Wens und Domagoj. Letzterer beschuldigte den Franzosen, er habe eine Kurve zu schnell genommen, dabei ein Stück kräftigen Bewuchses gerammt, und nun sei der Wagen beschädigt. Domagoj als MTO meldet den Schaden mit ein paar unqualifizierten persönlichen Ergänzungen gegen Wens an die Zentrale. Ohne mich zu informieren.

Wens ist empört, führt mich zum Auto, an dem nichts zu bemerken ist. Ein ritualartiger Fluch muss über dieser Mission hängen, vielleicht durch Psychologie erklärbar: Jeder – auch ich bin diesem Ungeist schon erlegen – wählt offenbar seinen oder seine Lieblingskonfliktpartner, gegen die er all seine innere, angestaute Aggression abschießt. Für Domagoj sind es im Lauf der letzten Wochen Wens und ich geworden.

Wens lässt die Anschuldigungen nicht auf sich sitzen und schreibt eine Sachverhaltsdarstellung an die Zentrale, die er mich zu unterschreiben bittet. Nicht nur das, er fordert mich auf, ebenfalls eine Darstellung zu Domagojs Eigenmächtigkeit zu verfassen. Das mache ich, auf der Hut vom Beschuldigten nicht bei diesen Tätigkeiten erwischt zu werden, denn stets habe ich den unheilvollen Schweiger vor Augen, wie er in bedrohlich stillem Rhythmus abends an der Reckstange Klimmzug an Klimmzug setzt. Mein Hauptgedanke bleibt, dass nun erst einmal Urlaub bevorsteht und Domagoj sich nachher schon wieder eingerenkt haben wird, er also diese paar Wochen dringend nötig hat. Das soll sich als fataler Irrtum erweisen.

Am Nachmittag fliegen wir nach Oum Dreyga, wo ich Dmitry treffe. Das Wiedersehen ist nicht unbeschwert, wir sind einander schon nach nur wenigen Tagen etwas fremd geworden, und die Erlebnisse des heutigen Tages haben mich wieder misstrauisch gemacht und den Menschen dieser Mission ein Stück entfernt. Die Antonov mit der hübschen Stewardess bringt uns weiter nach Laayoune, wo ich fünf Minuten vor Ende des Check-in eintreffe. Alfred und Rudolf Bac werfe ich im Flughafengebäude rasch die Uniform zu und besteige die Royal Air Marocco nach Casablanca.

Der Tag bleibt anstrengend, denn der junge Mann neben mir in der Maschine ist auf Unterhaltung aus, fragt mich nach meiner Arbeit und dem privaten Stand. Kaum hat er vernommen, dass ich als Single lebe, beginnt er mir vorzuschwärmen, wie großartig die Ehe sei, von Gott gewollt, und dass ich mir schleunigst eine Frau suchen solle. Nachher ärgere ich mich, dass ich ihm nicht scharf das Wort abgeschnitten habe, um ihn darauf hinzuweisen, dass dies allein meine Sache sei, Religion hin oder her, und dass wir der Aufklärung teilhaftig Gewordenen großen Wert auf Selbstbestimmung und freie Wahl der Lebensweise legten.

In Casablanca tauche ich ins Untergeschoß, besteige den Vorortezug und rolle zum Hauptbahnhof. Noch ist der Tag nicht vorbei, nicht genug des Ungemachs: Im Ibis-Hotel gibt es trotz Vorbestellung kein Zimmer mehr für mich, ich werde mit einem komfortablen Mercedes-Taxi auf Hotelkosten ins weniger gemütliche Best Western gefahren. Morgen aber könne ich für die nächste Nacht zurückkommen. Was ich ohne Zögern mache.

## Donnerstag, 21. 10.

Nachdem mich der Flieger von Casablanca abgesetzt hat, hole ich mir die Uniform vom österreichisch-serbischen Zivilbediensteten Slavisa im Hotel Sahara Line ab. Nun kenne ich mich ja hierzulande schon recht gut aus. Ich treffe Flores, der in diesen Tagen heim nach Honduras fliegt. Wir haben uns auseinandergelebt, seit uns nicht mehr der ungewohnte und meist bizarre Wüstenalltag in seinen weiß gekalkten Camp-Mauern zusammenhält. Ich nächtige als Teamsite Commander im Almazira-Hotel, wie es für alle vorgesehen ist, die nicht zu den einfachen Offizieren gehören. Jene müssen mit dem Lakouara vorlieb nehmen, ein lächerliche und durch nichts gerechtfertigte augenfällige Unterscheidung in Ober und Unter dieser Mission.

## Freitag, 22. 10.

Ich bin schon entspannter nach Mijek gereist. Die Antonov und der Hubschrauber bringen mich in die Teamsite, wo mich jedoch eine beschauliche, sehr angenehme Stimmung empfängt. Glücklicherweise hat Domagoj den Flieger verpasst. Wie es scheint, leistet er sich einen Fehler nach dem anderen. Offenbar ist ihm alles egal. Ich werde auf der Hut bleiben müssen, sollte er konsequent einen Konfrontationskurs fahren. Um nicht gleich zu Beginn allzu dominant zu erscheinen, mache ich eine Laufrunde, verkrieche mich dann im Büro, stelle die Klimaanlage an und beginne zu arbeiten. Relativ zufrieden, obwohl es eigentlich ein Verlies von wenigen Quadratmetern ist, das kaum den Blick durch das milchige Plastik-Guckloch nach draußen zulässt.

Im Briefing sehe ich in neue, neugierige Gesichter. Ich werde fremder in dieser Teamsite, auch wenn ich bald zum Inventar gehöre. Morgen sind es neun Monate, dass ich Minurso angehöre. Enge kameradschaftliche Bindungen wie in den Anfangstagen baue ich nicht mehr auf. Es ist wie bei einer Mutter von vielen Kindern: Die letzten laufen nur mehr mit, die Aufmerksamkeit ihnen gegenüber ist routiniert, nicht mehr so intensiv wie zu Beginn des Familienlebens, als noch alles frisch und erstmalig war.

## Samstag, 23. 10.

Die Wüste ist von herbstlicher Gelassenheit überzogen. Es grünt überall. Amara ist Kommandant, ich bin der Fahrer, hinten folgen Moreno und der Neuzugang Mubashir aus Pakistan, ein durchaus gesprächiger, interessierter schmächtiger Mann mit Brille und Bart. Die Gelehrsamkeit eines Imams umgibt ihn.

Abends feiern wir den Abschied von Moreno, der tatsächlich in die Zentrale wechselt. Wieder einer weniger, der kompetent und verlässlich war. Mit ihm verlässt neuerlich einer die Teamsite, zu dem im Lauf der Monate ein Vertrauensverhältnis entstanden ist, das ich zur Mehrzahl derer, die momentan Mijek bevölkern – noch – nicht habe.

## Sonntag, 24. 10.

Einser-Dienst, nach dem Essen raste ich, dann mache ich mich an die Bearbeitung von Mails und Büroaufgaben. Es ist fast beschaulich geworden, und ich muss nicht mehr dauernd in Alarmbereitschaft sein wie zu Beginn meines Leitungsamtes in dieser hochtemperierten Einsiedelei.

## Montag, 25. 10.

Während meiner Abwesenheit ist es in den Nächten schon so kühl geworden, dass man nicht mehr ohne Decke schlafen kann. Ich habe das zu spät erkannt und mir einen Schnupfen eingehandelt. In der Sahara. Heute ist UN-Feiertag, ich laufe die gewohnte Route am Trash Area vorbei, wo ich bald jeden Stein kenne. Ich genieße das Frühstück, die schönste, unbeschwerteste Zeit des Tages. Nachmittags ist es zwar weiterhin warm im Büro, aber ruhig, und das ist durchaus nötig im Tagesablauf. Ich hätte es mir schon früher so gewünscht.

Während des Briefings kann ich verkünden, dass demnächst eine Menge an Neuzugängen aus aller Herren Länder zu erwarten ist. Eine neue Epoche in unserer Teamsite scheint anzubrechen und einen der Hauptgründe für alte Reibereien, unsere Überarbeitung, wegfallen zu lassen. Abends packe ich für den morgigen Abflug zur Teamsite-Commander-Konferenz. Wieder einmal muss ich Paketkurier spielen, diesmal für den neuen und schon recht selbstbewussten Mubashir.

## Dienstag, 26. 10.

Wir haben keinen Flugplan, was mir Gelegenheit gibt wieder einmal eine empörte Mail loszulassen. Dass ich mir dadurch in der Zentrale keine Freunde mache, die ich vielleicht einmal brauchen könnte, kommt mir dabei nicht in den Sinn.

Domagoj landet mit jenem Hubschrauber, der mich zur Teamsite-Commander-Konferenz bringen soll. Er grüßt kaum, als wir aneinander vorbeigehen. Ich versuche mich mit der trügerischen Tatsache zu beruhigen, dass ich ihm gegenüber fast eine Woche Vorsprung habe, was den Eindruck auf die Neulinge betrifft, denen wir bis zu unserer Ankunft nur aus den Berichten der anderen über uns und unsere Auseinandersetzungen bekannt sind. Ich möchte gar nicht wissen, was da alles und wie verdreht erzählt wurde! Hinzu kommt der jeweilige kulturelle Hintergrund, vor dem vom Einzelnen Sachverhalte anders beurteilt werden, als ich es erwarten würde.

Ich esse in Oum Dreyga zu Mittag und bin wieder einmal froh, nicht hier eingesetzt zu sein. Weniger, dass mich jedes Mal die bösen Knopfaugen von Fabio aus einer Ecke des Speisesaals anstechen. Das Areal der Missionsstation wirkt, schon weil es ein Luftdrehkreuz ist, unübersichtlich und schmutzig, raubeinig irgendwie, wie eine Westernstadt der harten Männer. Dmitry zeigt mir seine Unterkunft, mit den aufgeklebten Fotos leichtest bekleideter junger Frauen an der Wand seines Wohncontainers.

Alles in allem wirkt er gedämpft, er ist nicht mehr der Macher von früher. Auch dürfte sich sein Verhältnis zu Fabio deutlich abgekühlt haben. Trifft man in anderen Funktionen, anderer Bedeutung aufeinander, sind die Karten neu gemischt. Am Nachmittag fliegt die Antonov nach Laayoune. Im Hauptquartier treffe ich den obersten Personalisten und den COPO, inzwischen alte Bekannte, sowie Moreno, der nun einen Posten in der Minenabteilung (MACC) besetzt. Es ist eine wehmütige Begegnung.

Beim Abendessen im Hotel Almazira ereilt mich ein Anruf aus Mijek. Mein Sorgenkind Al Haj und der bisher unscheinbare Malaysier Azhar seien mit einem Auto verschwunden. Ali habe sich beim Duty Officer einen Autoschlüssel ausgeborgt. Dieser habe vermutet, Ali wolle etwas am Auto reparieren. Wer ihn kennt, hätte da schon Verdacht schöpfen müssen, denn nichts liegt ihm ferner, als freiwillig einer solchen Betätigung nachzugehen.

Es ist zum Verzweifeln. Kaum ist man außer Haus, benehmen sie sich wie die kleinen Kinder. Etwas, was bisher außer Diskussion, ja außer jeder Denkmöglichkeit stand, ist eingetreten: Unerlaubte Entfernung mit einem Auto. Seit 17 Uhr seien die beiden schon weg, und nun dunkle es schon, berichten die Leute daheim. Dunkelheit in Verbindung mit Aktivitäten außerhalb der schützenden weißen Mauern ist Anlass für Alarm.

Deshalb rufe ich ohne Zögern den COPO an. Wenig später leistet er mir im Almazira beim Abendessen Gesellschaft. Irgendwie freut es mich, dass er sich Zeit nimmt, mir interessiert zuhört und ich nicht allein essen muss. Es ist doch ein anderer intellektueller Anspruch, mit einem erfahrenen Offizier aus zivilisiertem Umfeld zu kommunizieren, als sich mit der heißblütigen, aber unerfahrenen Offiziersjugend an der Basis und ihren oft nicht nachvollziehbaren Wünschen und Forderungen auseinandersetzen zu müssen. Und dass ich im Gegenzug mit einer nicht alltäglichen Geschichte aufwarten kann, gefällt mir auch ganz gut, zumal ich an diesem Vorfall völlig unbeteiligt bin. Dabei unterschätze ich seine gravierende Bedeutung und Rückwirkung auf mich beträchtlich.

Um 19 Uhr neuerlicher Anruf aus Mijek: Entwarnung, die beiden sind zurückgekehrt. Ich teile meinen Leuten mit, dass ich inzwischen den COPO informiert habe, sich somit die offizielle Maschinerie in Bewegung gesetzt hätte und die Sache ein Nachspiel haben werde. Warum die zwei der Teufel geritten und aus dem Lager getrieben hat, hätten die beiden damit erklärt, dass Azhar Toilettenartikel, die er nicht mehr benötigt habe und vor seiner Abreise aus der Westsahara noch schnell losgeworden wäre, einer Nomadenfamilie habe schenken wollen. Diese haarsträubende Begründung glaubt niemand, ich schon gar nicht. Auf so eine abstruse Idee ist bei uns noch niemand auch nur ansatzweise gekommen. Sollte dem aber so gewesen sein, hätte Azhar bestimmt noch Gelegenheit gehabt, die Dinge anlässlich einer Patrouille abzugeben. Nein, da muss es um etwas anderes gegangen sein, dass man einfach an einem Nachmittag mit dem Auto durchgeht, wenn der Chef nicht da ist.

## Mittwoch, 27. 10.

Leichter Wind weht durch die Hauptstadt der Westsahara. Nach dem Frühstück nehme ich den UN-Bus, der mehrmals am Tag nach festem Fahrplan das Hauptquartier und die Hotels in einem Kreis durch Laayoune verbindet, und schaukle in die Zentrale. Ich habe die von mir anzusprechenden Themen säuberlich notiert: Von der ewigen Frage der Wasserversorgung für die Polisario bis zum Schlangen-Abhaltemittel. Aber zuerst jagt wie schon einmal erlebt ein Vortrag unterschiedlicher Qualität den anderen. Abends tausche ich die sandfarbene Uniform gegen die Ausgangsuniform und trabe mit dem polnischen und dem ungarischen Amtskollegen zum Empfang im Hotel Al Wasir. Wie immer ist es ein steifer Formalakt, der nach klarem Ritual abläuft: Man isst und hält Small Talk, zum Schluss wird eine große Torte angeschnitten, und sobald die süßen Ecken auf den Tellern verzehrt sind, leert sich der arabische Gemütlichkeit verstrahlende Saal – Stahlrohrsessel, hohe schmale Fenster und dürftige Vorhänge, betätigungslose Kellner in den Ecken – schlagartig.

## Donnerstag, 28. 10.

Den Vormittag verbringe ich im Hauptquartier, um die dumme Geschichte mit dem Auto und meinen zwei unfolgsamen Helden zu bearbeiten. Mittags esse ich im Al Wasir, weil sich in der Nähe das Reisebüro Armas befindet und ich Erkundungen wegen meines letzten großen Urlaubs einziehen möchte, für den ich den Besuch aller kanarischen Inseln plane. Vergeblich schaue ich auch bei El Sahariano vorbei. Die Reisebüros zu finden ist aufgrund unzureichenden Kartenmaterials nicht leicht.

Im Hotel Almazira ziehe ich die Badehose an und schwimme im Pool, der an eine der beiden Schmalseiten des Hauses gebaut ist. Ihn zeichnet bestürzende Schmucklosigkeit aus grobem Beton aus. Dennoch ist es schön, nach Langem einmal vollends von Wasser umfangen zu werden. Vor Sonnenuntergang steige ich aus dem blau gestrichenen Bassin, erledige auftragsgemäß Einkäufe für Kollegen daheim und mache einen Abstecher zu El Sahariano wegen des Flugs im Dezember.

Nach meiner Rückkehr ist im Hotel eine Nachricht hinterlegt: Für 19 Uhr bin ich beim Force Commander in die Privatgemächer des Hotels Sahara Line bestellt. Ich denke mir nicht viel dabei, bin vielmehr schon neugierig auf seine Unterkunft: Natürlich eine Suite im ersten Stock. Dicker Teppichboden, viel falsches Gold, Schnörkel und klassische Zitate. Die schweren Vorhänge sind zugezogen, Licht brennt in billig verzierten Lampen. Der General hockt hinter einem Tisch und lächelt asiatisch freundlich. Ich sitze ihm gegenüber.

Es liege eine Beschuldigung von Domagoj gegen mich vor, sagt er. Dabei lässt er durchblicken, dass das Schreiben wohl etwas kraus abgefasst sei. Da der junge Kroate mich darin des Rassismus beschuldige, müsse man allerdings handeln. Ist mir klar, denn wenn so etwas behauptet wird, kommen die behäbigen UN auf Touren. Es sei auch schon der zivile Missionschef davon in Kenntnis gesetzt worden „Wir müssen deshalb eine Untersuchungskommission einsetzen", sagt der General, räuspert sich hörbar und hingebungsvoll, zieht auf, holt unter dem Tisch einen Napf hervor und spuckt genussvoll hinein. Ich bin Zeuge unverstellter chinesischer Lebenswirklichkeit.

Fast bin ich erleichtert. Nun ist es heraus, die Sache Domagoj ist endlich offiziell auf dem Tisch der Führung ohne dass ich selbst einen meiner üblichen Briefe abfeuern musste. Und so erzähle ich alles, was es so mit Domagoj auf sich hat. Der General hört zu und beruhigt mich, der ich nur relativ beunruhigt bin: Es sei so etwas wie ein Formalakt, man kenne mich ja als gewissenhaften Kommandanten, es werde schon nichts passieren. Behandelt müsse die Sache aber werden. Und das war´s.

Um halb acht treffe ich Jurica zum Abendessen im Almazira. Das tut gut, denn jetzt brauche ich jemanden, mit dem ich mich aussprechen kann. Zumal es sich um meinen alten Freund der ersten Tage handelt, mit dem ich so oft bei unseren Wochenendpartys die gemeinsam fabrizierten Palatschinken verpatzt habe. Zweierlei habe ich allerdings nicht bedacht: Jurica hat in der Zwischenzeit einen anderen Erlebnishorizont als ich, die einstige Nähe gibt es nicht mehr. Und, was schwerer wiegt, Domagoj ist sein Landsmann. Jurica schenkt ihm offenbar Vertrauen, hält ihn nicht für so psychisch beeinträchtigt wie ich. Die beiden dürften in letzter Zeit häufig miteinander telefoniert haben, wobei Jurica doch auch eine gewisse Loyalität mir gegenüber vertreten haben dürfte.

In diesem Moment erklingt tief in mir der Auftakt zu jener Erkenntnis, die mich von nun an lange schmerzhaft und einsamkeitsfördernd wie der Refrain eines Ohrwurms begleiten wird: Letztlich steht man alleine da. Die Gemeinschaft, die Ersatzfamilie, das Nest – alles, was ich mir gerne in fremder Umgebung wie ein psychologisches Schutzschild um mich baue, damit es mir Wärme und Halt in unsicherer Atmosphäre gibt, beginnt an diesem Abend zu zerbrechen.

## Freitag, 29. 10.

Die Propellermaschine und der Hubschrauber bringen mich nach Mijek. Die Stimmung ist unangenehm. Ein unausgesprochener Vorwurf der Belegschaft weht mich an, ein Vorwurf, den ich nicht erwartet hätte, den ich aber auch nicht akzeptieren will: Warum musste ich den Vorfall mit dem Auto gleich weitermelden?

Al Haj spricht ihn offen aus. Ich bin fassungslos. Wenn etwas passiert wäre, ein Unfall oder seine Eliminierung durch Al Kaida, dann wäre ich weit mehr dran gewesen als nach Domagojs Beschuldigung. Dann wäre ich vermutlich umgehend heimgeschickt worden. Ich konfrontiere Ali und Azhar in einer nachmittäglichen Einvernahme – wenige Tage, bevor mir ähnliches widerfährt – mit den Carlog-Dokumenten, die man mir in Laayoune mitgegeben hat. Sie widerlegen die Behauptung vom Nomadenbesuch in der Umgebung. Die Auswertungen der Autofahrt sind mein Trumpf, mit denen die beiden nicht gerechnet haben. Mehr ist aus ihnen aber nicht herauszukriegen. Ali zeigt sich uneinsichtig. Nichts hätte passieren können, trotzt der Jemenit. Dabei tut er so, als könne ohnedies jeder, wann immer er möchte, die Teamsite mit dem Auto verlassen. Ohne vorherigen Fahrauftrag ist das aber undenkbar, nie wäre mir bisher so ein Gedanke gekommen. Jede Bewegung eines Wagens aus der Teamsite ist eine meldepflichtige Patrouille, da bin ich ebenso formalistisch wie Minurso selbst.

„Du traust niemandem", schreit mich Ali an. Gerade der Richtige, der das sagt. Vielmehr dürfe niemand ihm trauen, denke ich und erinnere mich an Talal, der mich beim Abschied gebeten hatte, Ali wie einen Bruder zu behandeln. Ich hatte es lange versucht und frage mich, wie Talal in diesem Fall reagiert hätte. Vermutlich so wie ich, aber vielleicht hätte es sich Ali bei ihm erst gar nicht getraut. Der Spruch vom „niemandem trauen" bleibt hängen. Ganz unrecht hat Ali nicht. Ich bin ein misstrauischer Mensch, das mag am Rechtsstudium, am alles in Frage stellenden Beruf des Journalisten und am Alter liegen, in dem sich einige gravierende schlechte Erfahrungen angesammelt haben. Die Einvernahme bringt nicht viel Neues ans Licht, der Zweck der Ausfahrt bleibt spekulativ, wenngleich Wens und ich mutmaßen, dass er etwas mit dem weiblichen Geschlecht zu tun hat.

Das Briefing wird zu einem der heikelsten bisher für mich, zu einem Spießrutenlauf, auch wenn ich es nach außen hin kühl und sachlich abwickle. Erst gehe ich auf die unerlaubte Abwesenheit mit einem Kraftfahrzeug ein und gebe Verhaltensregeln aus, die mir bisher nicht erwähnenswert, weil sonnenklar erschienen waren.

Ich stimme die Belegschaft auf eine Untersuchung des Falls ein. Auch auf die Untersuchung gegen mich, der ich furchtlos entgegensehe, im Bewusstsein, dass ich mir in Sachen Rassismus nichts habe zuschulden kommen lassen. „Wenn ihr einvernommen werdet, dann bitte ich euch nicht darum, für mich auszusagen, sondern einzig um eines: Die Wahrheit zu sagen", fordere ich meine Gegenüber auf. Dabei blicke ich in eine Mehrzahl von Gesichtern, die mir ebenso wenig vertraut sind, wie ich es ihnen bin. Sie haben lediglich den Eindruck weniger Tage. Auch von Domagoj wissen die meisten nicht viel. Wenngleich er sich offenbar bemüht, den guten Kameraden zu geben.

Bei alledem erwähne ich seinen Namen nicht, weil offiziell der Beschwerdeführer nicht genannt wird. Ich spreche nur von einem Mitglied der Teamsite. Nach Absendung seiner Beschwerde und dem Wissen um eine dadurch in Gang gekommene Untersuchung sind bei Domagoj aber ohnedies die letzten Dämme der Zurückhaltung gebrochen. Hingefläzt in die letzte Reihe unterbricht er immer wieder lautstark, beschimpft mich höhnisch als „kleiner Lügner". Das verletzt mich nicht. Was mich allerdings kränkt, ist vielmehr, dass ich mich in meiner Funktion stets verantwortlich gefühlt habe ohne den Chef herauszuhängen und deshalb meine, solche Entgleisungen eines Mitarbeiters nicht verdient zu haben.

## Samstag, 30. 10.

Mein Morgenlauf war klarerweise nicht befreit und zufrieden oder zumindest automatisiert wie bei einem Hochschaubahnwägelchen auf fester Bahn, sondern eingeigelt in den eigenen Kummer, die Frustration über den als ungerecht empfundenen Lohn meiner Anstrengungen. In solchen Fällen hilft manuelle Betätigung: Während der Autopflege denke ich über die absolvierten zwei Drittel meines Einsatzes nach. Mittlerweile bin ich der bei weitem Dienstälteste in Mijek, die alten Kameraden vom Beginn sind in alle Wüstenwinde zerstreut, in anderen Camps oder schon zu Hause, rund um den Erdball, nie wieder auffindbar.

Um 18 Uhr ist der amtierende Polisario-Chef angemeldet, und wir handeln das Treffen unspektakulär ab. Währenddessen wird hinter dem Raumteiler in der Küche gewerkt, denn es dräut die Abschiedsfeier für Ahmed, der nach Awsard wechselt, und für Al Haj, der trotz aller Ärgernisse bis zuletzt gehofft hatte bleiben zu können. Aber nach seiner Autofahrt musste er umgehend die Teamsite wechseln, und ich war absolut nicht dagegen. Ali wird nach Oum Dreyga versetzt. Dann wird er spüren, wie es anderswo zugeht, denke ich insgeheim und finde das gerecht so. Einer wie er lernt nur durch eigenes Erleben. Vielleicht erkennt er dann, was er an Mijek hatte. Ähnliches dürfte ihm schon jetzt dämmern. Es wäre eine späte Genugtuung, die ich nicht mehr wahrnehmen werde.

Um Ahmed mit den Flatterohren tut es mir ein wenig leid. Der kleine Ägypter hatte anfangs ein paar Schwierigkeiten gemacht, doch ab und zu blitzte trockener Humor bei ihm durch, etwas, das ich mag, aber zu den seltenen Eigenschaften im Minurso-Volk gehört. Deshalb erscheint er mir auch nicht recht soldatisch, und es würde mich nicht wundern, wenn er Bücher liest. Er hat sich in Mijek eingelebt, und wir entwickelten mit der Zeit doch so etwas wie ein Vertrauensverhältnis, zwischen gläubigem Moslem und gläubigem Christen.

Unzählige Abschiedsfeiern habe ich hier schon erlebt. Allen fehlte die wirkliche Anteilnahme, die Herzlichkeit. Jeder sagt formelhaft etwas, alle warten auf das Essen, das sich nur geringfügig von der sonstigen Fülle abhebt, mit der wir gesegnet sind – und dann geht jeder in sein Zimmer. Man kommt sich nicht näher, tauscht nicht Interessen oder Standpunkte aus. Es scheint, als sei jeder auf der Hut, nur nicht zu viel von sich preiszugeben, sich angreifbar zu machen.

Auch wenn wir ab dem Nachmittag in unseren zivilen Kleidern stecken, innerlich bleiben wir hölzern, starr in der Uniform, dem Korsett, das uns der jeweilige Heimatstaat angelegt hat. Ich überlege, ob ich das hätte ändern können, mit mehr Persönlichkeit, mehr integrierend, mehr ungezwungenem „Hoppla, jetzt komm ich". Vermutlich habe auch ich mich nicht getraut. Oder es ist eben nicht mein Naturell. Auch ich staunte noch selbst nach Monaten, hatte mich zu orientieren, mich und die anderen zu sortieren. Den Reiseleiter, den Animateur mache ich, wenn ich ausreichend Grund unter den Füßen spüre und die Atmosphäre mich trägt. Eine Atmosphäre zu schaffen, dazu reicht es bei mir nicht.

Letztlich fehlte mir wohl auch die Kraft. Und die Zeit. Man hat dauernd zu tun, wenn man diesen Job als Lagerleiter ernst nimmt. Und daneben alles aufschreibt, was sich rund um einen abspielt. Zum Schluss stehe ich da wie Eltern, die sich fragen, ob sie den Kindern alles oder zumindest das erforderliche Maß gegeben haben, ob sie ihrer Aufgabe gerecht geworden sind.

## Sonntag, 31. 10.

Maxim ist Kommandant der Patrouille, ich bin sein Fahrer. Es folgen uns Marat und Ahmed. Ich bin froh über Maxim an meiner Seite, einen Russen der warmherzigen Sorte. Wahrscheinlich verstehe ich mich auch deshalb besser mit ihm als mit Dmitry, weil er älter ist als er und nicht seine impulsive Art hat. Maxim ist rau, raucht und trinkt, aber ruht in sich. Wenn er lacht, rasselt ein Bergwerk. Ihn kann nichts aus der Bahn werfen, obwohl er daheim keine Reichtümer angehäuft haben dürfte und seine Zukunft mehr als ungewiss scheint. Hager, fast dürr und brummelig ist er dennoch eine Stütze, und genau so jemanden brauche ich als Stellvertreter. Einen, auf den ich mich verlassen kann, mit dem ich ein Team bilde, der ähnlich tickt wie ich. Gerade in diesen Stunden der Unsicherheit, in denen meine inneren Fäden zu reißen drohen, ist er Gold wert.

Zwischen 8 Uhr 45 und 12 Uhr 45 sind wir auf der Route 9 unterwegs zum „P1". Nachmittags ziehe ich mich wieder ins Büro zurück, da bin ich jetzt am liebsten und schreibe den Wochenreport, der diesmal nicht unbedeutend ist. Ich schreibe auch den Report für die Armee daheim, wie er allmonatlich vom dienstältesten Österreicher in der Mission abgeliefert werden muss. Rudolf Bac hatte bisher lediglich den Minurso-Wochenreport kopiert und in die Heimat gemailt. Dort hatte man den Braten gerochen und ihn aufgefordert, den Bericht auf Deutsch abzuliefern, was Kollege Bac verweigerte.

Ich bin weit entfernt davon, etwas zu kopieren, sondern stelle meine augenblickliche persönliche Situation fein säuberlich dar. Üblicherweise sind die Leute begierig, die Wasserstandsmeldungen aus der Wüste zeitgerecht zu erhalten, obwohl es wahrlich nichts Berichtenswertes zu lesen gibt. Diesmal ist aber einer der Ihren in Problemen, schuldlos in die Intrige eines Psychopathen verwickelt. Deshalb erwarte ich Handlungsanweisungen oder schlicht, was ich im Augenblick am meisten brauche: Trost und Zuspruch.

Gegen Abend landet der außerplanmäßige Hubschrauber mit der angekündigten dreiköpfigen Untersuchungskommission. Der Aufwand, den man wegen Domagojs Anschuldigung treibt, geht mir nun doch unter die Haut. Als Hausherr stehe ich am Eingang zum Compound und erwarte die Abgesandten aus der Hauptstadt. Als sie durch den Sand auf uns zuschlurfen, befällt mich plötzlich eine unerklärliche Überzeugung: Das wird kein Spaziergang, das wird keine Wahrheitsfindung, keine Aufklärung des Sachverhalts samt beschämender Offenbarung Domagojs: Das wird ein Tribunal, an dem der Verlierer schon jetzt feststeht, und das werde einzig und allein ich sein. Diese Kommission mag erheben, was ihr vors Visier kommt, das Urteil steht bereits jetzt fest.

Ein schreckliches Gefühl von Verlassenheit, Verlust und Ohnmacht überfällt mich, als ich sie anmarschieren sehen: Weniger ist es der Zivilist, mit dem ich einmal in Laayoune flüchtig zu tun hatte, wortkarg und offenbar überfordert von seinem ersten Ausflug in die Wüste, außerhalb der sicheren Zivilisation, die ihm das Hauptquartier und die kleine Stadt jahraus, jahrein bieten. Auch nicht so sehr Csiga, der hochgewachsene ungarische Major, den ich von meinen Besuchen in der Zentrale gut kenne und mit dem ich mich auch grundsätzlich zu verstehen meine. Was mir so schlagartig die Gewissheit des Scheiterns gibt, ist der stechende Blick des kleinen Mannes in der Mitte, der mich zwischen schwarzem Haar und dichtem schwarzem Bart hinter großen dunkel gerahmten Brillen fixiert: Es ist ein kalter Blick, der Vernichtung vorhersagt, ein schon beschlossenes Urteil, den über mich gebrochenen Stab. So sieht man jemanden an, den man für schuldig hält. Es ist Oberstleutnant Siraj aus Pakistan.

Er begrüßt mich distanziert freundlich, ich weise den Gästen die Zimmer zu, und dann wird gemeinsam zu Abend gegessen, etwas feierlicher als sonst zu Ehren der Herren aus der Zentrale. Wobei ich darauf bedacht bin, nicht den Eindruck zu erwecken, mich bei ihnen einschmeicheln zu wollen. Sie sollen ihre Arbeit machen, ich stehe zur Verfügung, wenn sie etwas brauchen. So ziehe ich mich bald zurück, während Siraj mit seinem Landsmann Mubashir eifrig ins Gespräch vertieft Runde um Runde durchs Camp zieht. Naja, Landsleute unter sich, beruhige ich mich, werde aber den schalen Eindruck nicht los, dass hier nicht über die Lage in Pakistan debattiert, sondern etwas geschmiedet wird. Dazu passt, dass Mubashir sich für seine kurze Zeit in Mijek schon bedeutend wichtig dünkt und vieles besser zu wissen meint.

## Montag, 1. 11.

Mein schwerster Tag dieser Mission bricht an. Im Briefing-Container hat sich die Untersuchungskommission häuslich für ihre Arbeit, die den ganzen Tag dauern soll, eingerichtet. Die ersten werden zur Einvernahme gerufen. Es wirkt wie ein großer Prüfungstag. Nun nimmt alles seinen Lauf, so wie ich es im Rechtsstudium gelernt hatte: Vor Gericht und auf hoher See ist man in Gottes Hand.

Unter den ersten Befragten sind die Polisario-Arbeiter: Ahmed hat mich schon vorher seiner Sympathie versichert, ihm vertraue ich. Oft hat er mit meinem UN-Code Telefonate mit Verwandten im Flüchtlingslager Tindouf führen dürfen, er ist zudem gar nicht glücklich über Ibrahims Anwesenheit. Dieser hingegen wird kräftig gegen mich aussagen, da bin ich mir sicher. Auch Hamed, unser Techniker. Dass ich ihn beim Weggehen mit der Trinkflasche erwischt und damit als Dieb dargestellt habe, hat er mir bestimmt nicht verziehen. Und Taruzi, der Verbindungsoffizier, der sich immer so viel herausnimmt, weshalb ich ihm regelmäßig auf die Finger klopfen muss, wird wohl auch kein gutes Haar an mir lassen.

Just er sitzt heute, unmittelbar nach seiner Einvernahme, bei unserer Patrouille mit im Wagen. Maxim und ich sind noch dabei, im hinteren Auto Marat und Domagoj. Wir machen eine Runde durch das Kompanien-Areal, und Taruzi versucht wie immer durch Verhaltenshinweise die klägliche Macht seiner Organisation auszuspielen.

Wegen der Einvernahmen halte ich das Nachmittagsbriefing in der Mess Hall ab, aber ich bin, wie bei der Patrouille, nicht recht bei der Sache. Die Routine plätschert ohne meine große Aufmerksamkeit dahin. Ich berichte von der Teamsite-Commander-Konferenz, dass in Awsard ein Mitglied der Hubschraubercrew bei der Arbeit am Fluggerät vor dem Camp-Tor von einer Schlange in den Arm gebissen worden sei und sich in ernstem Zustand im Spital von Laayoune befinde. Ich erzähle von unserem Gespräch mit dem Polisario-Anführer, wonach man zwei Überflüge von Flugzeugen registriert habe, die keine Verkehrsmaschinen gewesen sein dürften.

Kurze Zeit später bin ich dran. Die Kommission hat im Briefing-Raum aus Tischen eine Art Vernehmungsbank gebildet und verschanzt sich hinter ihnen und den darauf aufgetürmten Akten und Laptops. Die Fragen stellt einzig Siraj, der Zivilist wirkt entrückt, vielleicht auch durch die Hitze ermattet, Zsiga ist zumindest bei der Sache.

Erst geht es um die Vorwürfe Domagojs. Ich weise jeden Rassismusvorwurf zurück. Bald aber fragt Siraj Dinge, die mit der Untersuchung nichts zu tun haben: „Meinst du, dass es gutes Management ist, wenn du…“, beginnt er immer wieder rhetorisch wirkende Fragen, die weniger klären als vielmehr meine Unfähigkeit in den Augen der Kommission darlegen sollen. „Ich glaube nicht, dass es die richtige Entscheidung eines Teamsite-Commanders ist, wenn er …“, sagt er. Natürlich kommt die unglückselige Spritztour von Ali zur Sprache. Und der Streit um die Wasserflaschenverteilung. Hier höre ich deutlich Informationen von Mubashir durch, der in dieser Sache schon sehr früh und kaum qualifiziert, weil unvertraut mit der Materie, bestimmte Vorschläge in Form von Forderungen angebracht hat.

Themen schneidet Siraj an, die mich staunen lassen und nur eines zum Ziel haben können: Mich als Teamsite-Commander zu diskreditieren. Ich habe es ganz hinten im Hirn, da wo die wachsten und sensibelsten Zellen sitzen dürften, so befürchtet. Trotzdem bin ich betroffen. Ich verlasse den Container nach etwa 20 Minuten mit einem äußerst schlechten Gefühl.

## Dienstag, 2. 11.

Ich fahre mit Amara zum Wasserloch beim Polisario-Hauptquartier. Er tritt mir weiterhin sehr distanziert gegenüber, was mir in meiner gerade sehr dünnhäutigen Verfassung wie ein kalter Wind in die Seele bläst. Bestimmt hat er gestern nicht freundlich über mich ausgesagt. Die Saat des Misstrauens geht in mir auf wie das Grün in der Wüste nach dem ersten Regen.

Die Kommission reist ab. Ich verabschiede sie und bin schon allein deshalb froh, dass sie nicht mehr da ist. Leider fliegt heute auch Maxim in den Urlaub, den ich mit seiner nüchtern-distanzierten Einschätzung jetzt gerne weiter an meiner Seite gehabt hätte. Dann verschwinde ich im Büro und schreibe meinen schon längst überfälligen Bericht über Domagoj ans Hauptquartier, zu dem mich Wens schon seit vielen Wochen drängt. Es wird sich die alte österreichische Wahrheit glasklar durchsetzen: „Wer schreibt, der bleibt." Nun hat Domagoj zuerst geschrieben, und das war mein großer Karrierefehler. Er war mir die entscheidende Nasenlänge voraus. Hätte ich doch seine illoyale Inszenierung vor dem Polisario-Chef, knapp vor dem Urlaub, zum Anlass eines Berichts an Laayoune genommen, vermutlich wäre es anders gekommen! Hätte – wäre – wenn doch nur – sinnlose Hypothesen angesichts einer unbarmherzig dahinrollenden Realität, deren nächste Stationen ich unerklärlicherweise bereits kenne.

Im Bericht ans Hauptquartier führe ich alles an, was sich Domagoj in der Zeit seines Daseins mit immer stärkerer Impulsivität geleistet hat, um dann auf meine Einvernahme einzugehen. Da ich spüre, dass ich das Spiel verloren habe, will ich einer negativen Entscheidung des Generals zuvorkommen und noch einmal selbst das Gesetz des Handelns in die Hand nehmen. „Ich habe das Recht, nicht wie ein Angeklagter behandelt zu werden", schreibe ich. „Genug ist genug, was ich zu akzeptieren bereit bin. Ich trete deshalb mit sofortiger Wirkung als Teamsite-Commander zurück und erbitte meine Versetzung als gewöhnlicher Beobachtungsoffizier in ein anderes Camp."

Dieser grimmige Schritt gibt mir wieder etwas vom Selbstbewusstsein zurück, wenngleich es ein trotziges ist. Seit Tagen empfinde ich mich als Getriebener, fast so wie vor dem Tod meiner Eltern: Ich weiß, dass jede Minute für mich Schlimmes hereinbrechen kann, hereinbrechen wird. Im konkreten Fall wird es eine öffentliche Demütigung, eine Verurteilung meiner Arbeit, meiner Fähigkeiten sein. Man wird mich versetzen, weil man sagt, der Mann ist unfähig eine Teamsite zu führen.

Während ich auf der einen Seite die Vorgänge um mich herum aufmerksam nachvollziehe, erscheint mir der Ablauf nüchtern betrachtet völlig wiedersinnig: da stolpere ich über die unbegründeten Behauptungen eines der Mission nicht gewachsenen Menschen, der mir Rassismus vorwirft. Verurteilt werde ich aber aufgrund der Wasserflaschenpolitik, die damit überhaupt nichts zu tun hat. Und dieser Unsinn ist nicht zu stoppen? Da ist niemand, der eingreift? Auch keiner der Kollegen kommt tröstend zu mir. Meinen sie, ich hätte keinen Trost nötig, der Zirkus dieser Tage gehe an mir ohnedies vorüber? Vermutlich machen sie sich gar keine Gedanken über mich und meinen inneren Zusammenbruch, sondern denken an den nächsten Urlaub und die Familie daheim.

Deshalb freue ich mich insgeheim auf das Briefing, weil sie alle nicht damit rechnen, was kommen wird. Es ist die letzte Demonstration meiner Möglichkeiten, ein letztes trotziges Aufbäumen, bevor ich den Rückzug auf allen Linien einleite. Es reicht mir, an diesem Nachmittag habe ich mit Minurso und einer Mitgestaltung an dieser Mission abgeschlossen.

17 Uhr, ich erzähle allen von meinem Brief und der darin gefassten Entscheidung. Dann schlage ich meine Mappe zu und sage: „Ich trete mit sofortiger Wirkung von meiner Funktion zurück, das Briefing führt mein derzeitiger Stellvertreter Naby weiter." Nach diesen Worten klemme ich die Mappe unter den Arm und setze mich in die zweite Reihe. Hinten lehnt bräsig Domagoj und grinst höhnisch-herablassend, aber das ist mir nun egal. Zum Schluss hatte meine Stimme gezittert, und ein Kloß saß mir im Hals. Es herrscht die erwartete Schrecksekunde. Dann bricht Tu-

mult aus, alle reden durcheinander. Das könne ich nicht machen, ich müsse wieder nach vorne, dürfe nicht das Amt hinwerfen.

Was mich über alles betrübt, ist, dass sie das nicht fordern, weil sie mich so sehr mögen oder von mir überzeugt sind. Fast empört verlangen sie es, als ob ich mir zu viel herausgenommen hätte. Da ist kein warmherziges Empfinden dabei, da geht es eiskalt um den Fortbestand der militärischen Führung und um nichts anderes. Der arme Naby in der bis jetzt beruhigenden Funktion als Stellvertreter des Stellvertreters sieht sich mit einem Mal in der Rolle des großen Vorsitzenden und hockt da wie ein begossener Pudel. Mit allem hat er wohl gerechnet, als er vor wenigen Monaten hier ankam, vermutlich aber nicht damit, plötzlich Chef zu werden. Deshalb wehrt er sich am vehementesten, mit Händen und Füßen. Ich sehe ein, dass der Punkt doch nicht lupenrein an mich geht, außerdem muss ich das Tohuwabohu beenden. Deshalb gehe ich wieder nach vorne und sage: „Schön, ich bleibe, aber nur als interimistischer Leiter. Bis ein anderer gefunden ist. Ich sehe mich nicht mehr als Teamsite-Commander.“ Dann spule ich lustlos den Rest des Briefings ab, im Gefühl, etwas Fremdes anzufassen, mit dem ich nichts mehr zu tun habe.

Plötzlich geht es schnell: Das Hauptquartier ordnet Domagojs unmittelbare Versetzung an, weil man offenbar sowohl die Verleumdung wie seine steigende Gefährlichkeit erkennt. Morgen hat er die Teamsite zu verlassen. Ein planmäßiger Neuzugang ist heute mit dem Hubschrauber angekommen: Der scheue Evelio aus Honduras. Er muss nach diesen ersten Minuten in Mijek meinen auf einem Narrenschiff angeheuert zu haben.

## Mittwoch, 3. 11.

Eine Admin-Patrol ist angesetzt. Der Ägypter Meldad ist Kommandant, ich lenke den vorderen Wagen, hinten fahren Azhar, Amara und Domagoj, samt seinen Siebensachen. In Oum Dreyga machen wir Erfrischungshalt und fahren weiter nach Laayoune. Den Weg übers Geröll schaffe ich ganz gut, weil man sich konzentrieren muss, doch die hundert Kilometer nach Laayoune machen mich sehr müde. Die Anspannung der letzten Tage war doch etwas viel. Sie ist noch nicht ausgestanden, das merke ich bei der Pause unter ein paar Schatten spendenden Bäumen, bevor das Asphaltband beginnt: Wenig wird gesprochen, nicht nur wegen der Temperatur, sondern, weil unser eigenes, das Betriebsklima schlecht ist. Bis auf Meldad sind alle im Team mehr oder weniger auf Distanz zu mir, mehr oder weniger begründet. Und mit Meldad habe ich noch wenig zusammengearbeitet.

Wir passieren an der langen Straße kurz vor Laayoune jenen Ort zur Linken, wo sich vor Kurzem Saharaouis zu einem großräumigen Zeltlager zusammengefunden haben. So unruhig ist es geworden, dass die Situation sogar den Weg in die europäischen Nachrichtensendungen gefunden hat. Überall ist Militär und Polizei, es wird abgesperrt und kontrolliert.

Im Hauptquartier besuche ich als erstes Alfred in seinem düsteren Büro ohne Aussicht, das er mit einer verschleierten Kollegin teilt, und schütte ihm mein Herz aus. Bei ihm stoße ich auf mehr als lediglich Verständnis. Er hat lange in der Region Pakistan und Indien gearbeitet, er mag die Menschen dort nicht: Sie lügen dir ins Gesicht und sind immer zuckersüß, sagt er. Nie mehr wolle er mit ihnen zu tun haben.

Dann nehme ich den eigentlichen Grund meiner Reise wahr: Ich lasse mir neuerlich den Zahn im Hintergrund der linken Backe sanieren, habe aber wenig Freude, wieder den Händen der grazilen malaysischen Zahnärztin ausgeliefert zu sein. In anderem Zusammenhang würde ich mich pudelwohl in ihrer Nähe fühlen, sie ist wirklich entzückend und hat mit ihrer dicken Brille etwas Professorales. Bei meinen Zähnen bin ich allerdings sehr anspruchsvoll und bringe der Dame wenig Vertrauen entgegen. Sie pappt die erneut zerstörte Einlage wieder zusammen, und so kann ich zumindest die nächsten Termine wahrnehmen.

Zuerst der irische COPO, der mir heftig vorhält, dass es keine gute Entscheidung von mir gewesen sei, zurückzutreten. Dann der Force Commander, der auch schon unterrichtet ist. Jetzt müssten wir das Ergebnis der Untersuchung abwarten, lässt er mich wissen. Ich treffe Maxim, der mich zum Reisebüro begleitet – schließlich muss ich mich auch um meine privaten Vorhaben kümmern, sonst werde ich noch verrückt oder an mir selbst irre oder beides in diesem Haufen.

Auf dem Weg zum Abendessen im Almazira begegne ich Azhar, der jeden Grund hätte mich nicht mehr zu mögen. Er zieht mich aufgeregt zur Seite und warnt, Domagoj sei sehr zornig und habe angekündigt mir etwas antun zu wollen. Gerade befinde er sich in einem Laden jenseits der Straße, ich solle besser das Weite suchen. Das mache ich auch schockiert. Obwohl ich die latente Gewaltbereitschaft des jungen Kroaten schon seit Wochen bemerkt habe, hat sie plötzlich übermächtige Gestalt angenommen. Der COPO leistet mir beim Essen Gesellschaft, und ich bin beruhigt, mit einem Europäer in meinem Alter wieder so etwas wie vernünftige

Gespräche zu führen. Ich bitte ihn, mich anschließend zum Hotel zu begleiten, weil ich fürchte Domagoj zu begegnen. Er willigt ein, doch habe ich den Eindruck, er nimmt die Gefahr nicht recht ernst. Werde ich froh sein, wenn der Kroate in einer fernen Teamsite angekommen und damit in der Ferne eingemauert ist!

Dummerweise hat man mich diesmal ins Lakouara gesteckt, ein Versehen, heißt es, aber an diesem Abend wäre mir das unnötige Klassendenken der Mission und somit eines der für Teamsite-Commander reserviertes Hotel ganz recht, weil ich dann nicht mit Domagoj unter einem Dach wohnen müsste. Der COPO verabschiedet sich, und ich habe vielleicht zum ersten Mal ernsthaft nackte Angst vor einem gezielten Angriff auf meine körperliche Integrität. Umständlich verbarrikadiere ich den Eingang, stelle Sessel und Kästchen an die Türe, verkeile sie miteinander und unter der Türklinke.

## Donnerstag, 4. 11.

Wir starten früh, glücklicherweise ohne Domagoj noch einmal zu begegnen, der nun seiner neuen Teamsite zugewiesen wird. Es ist jene, in der auch Jurica arbeitet. Man denkt wohl, ein Landsmann könne dort mäßigend auf ihn einwirken. Ohne den bedrohlichen kroatischen schweigenden Schatten in meiner Nähe geht es mir besser, auch wenn die Fahrt mit improvisiertem Lunch in Oum Dreyga anstrengend ist, weil uns ein Sandsturm die Sicht nimmt. Ich komme mit Meldad ins Gespräch, der offenbar alles durchschaut hat und sagt, er kenne diese Spiele, ich solle mir nichts draus machen, das laufe überall so. Auch er sei in seiner Armee der Intrige begegnet und könne mich deshalb gut verstehen. Ab da geht es mir wieder besser.

Beim Briefing denke ich, wir werden uns wohl alle zusammenreißen und noch einmal neu starten in unserem zerzausten Zusammenleben in der Mitte von Nirgendwo. Ich kann vorerst einmal ausatmen, ausgestanden ist noch wenig.

## Freitag, 5. 11.

Ein wettermäßig schöner Tag, an dem ich Kommandant einer Patrouille zum POP 01 bin. Hinten fährt unser Küken Evelio mit Naby, mein Fahrer ist unerfreulicherweise Mubashir, dem ich insgeheim Verrat unterstelle. Ich spreche nur das Nötigste mit ihm, sein salbungsvolles und selbstgefälliges Gesäusel ist mir zuwider. Er darf ruhig merken, dass ich ihn abgeschrieben habe. Durchs Fernglas entdecken wir vom POP aus einen Jeep, einer der raren Momente, der dieser Mission einen vorübergehenden Hauch von Spannung verleiht. Wir fahren weiter zu OP 19 und 18. Genau dort wird ein Reifen an Evelios Auto platt. Einer der seltenen Momente eines Radwechsel.

Als ich daheim bin, fühle ich mich mit einem Mal wieder recht wohl hier und möchte eigentlich nicht weg. Warum auch, frage ich mich. Der Unruheherd Domagoj ist nicht mehr da, endlich könnte eine ruhige Zeit einkehren. Die Sonne heizt nicht mehr vom Himmel, die Umstände sind also recht angenehm. Für ein paar Augenblicke schiebe ich die zu befürchtende Vernichtung durch das Urteil der Kommission beiseite.

## Samstag, 6. 11.

Mubashir leitet die Instandhaltung. Ich engagiere mich nicht übermäßig, denn im Büro ist viel zu tun. Dann ruft der Force Commander an. Die Erkenntnis der Kommission liegt vor, der Rassismusvorwurf gegen mich war nicht haltbar, aber die Führung der Teamsite lasse zu wünschen übrig, weshalb ich versetzt würde. „Du hast es ja auch selbst verlangt", ergänzt der General. Kommt ihm natürlich genau recht.

Er nennt auch schon einen Nachfolger: Oberstleutnant Siraj. Mein Richter wird mein Nachfolger. Ein perfide eingefädelter Plan: Siraj, wie mir später erzählt wird, sei schon lange auf den Posten eines Teamsite-Commanders scharf gewesen. Den benötige er nämlich, um daheim Oberst zu werden. Zu seinem Pech war aber bisher nichts frei. Somit galt es, eine Teamsite freizumachen, indem deren Chef hinausgekickt wird. Und da jener von Mijek soeben unsicher im Sattel saß, brauchte man dort nur etwas nachzuhelfen den Sattel schief zu stellen, und schon war er weg.

Nun ist mir die finstere Miene von Siraj, als er unsere Teamsite betrat, völlig klar. Er hatte seine sich selbst gestellte Aufgabe zu erfüllen: Mich um jeden Preis zu Fall zu bringen. Was ihm mithilfe seines Landsmanns Mubashir gelang. Den Report der Kommission habe Siraj allein geschrieben, erzählt mir später Zsiga in Laayoune. Der Zivilist habe ohnedies nichts zur Urteilsfindung beigetragen. Schließlich habe

Siraj den Bericht seinen beiden Beisitzern zur Unterschrift vorgelegt. Er habe zwar erkannt, dass die Erkenntnisse nicht stimmten, sagt Zsiga, aber: „Ich habe unterschrieben, was hätte ich tun sollen?" Als wäre dieses Verhalten das natürlichste in der Welt. Na, nicht unterschreiben, hätte meine Antwort lauten müssen. Doch dazu war ich in diesem Moment zu fassungslos.

Nun muss ich zu meinem Entschluss vom Dienstag stehen, auch wenn ich ihn mittlerweile bereue. Aber in Laayoune war man der Meinung, nach solch einem Eklat in Mijek müssten beide Konfliktpartner entfernt werden, nicht nur Domagoj, auch ich. Das schmerzt mich, weil ich zu diesem Konflikt gar nichts beigetragen habe, sondern sogar Streit zu meiden gesucht habe. Mein einziger, allerdings großer Fehler war, dass ich zu lange zugesehen habe.

Am Abend ist Willkommensfeier für Evelio. Ich sehe Mijek nun mit etwas anderen Augen, die Teamsite, die ich zeitweise nicht mehr ertragen habe, das Wüstengefängnis, monatelang ohne Abwechslung, in Kleinkriegen und leeren Ritualen gefangen. Ich erlebe es neu, wie ein Juwel, das ich nicht hergeben möchte.

An meine Zukunft bei Minurso mag ich nicht denken, auch wenn es nur mehr ein paar Wochen sind. Für diese kurze Zeit werde man mich nicht abziehen, hatte ich insgeheim gehofft. Weit gefehlt. Nun kann ich nur darauf bauen, dass es noch dauern wird, bis man mich anderswohin schafft. Nirgends kann es so schön, und vor allem vertraut sein wie hier. Neu eingewöhnen, neue Bedrohungen durch Minen, Schlangen und Skorpione – ich will es mir gar nicht ausmalen. Und zudem ist der Traum vom einen Jahr als erfolgreicher Teamsite-Chef geplatzt. Ich bin gescheitert, das ist das Bitterste. Selbst wenn es eine Intrige war.

## Sonntag, 7. 11.

Wir nehmen den Verbindungsoffizier auf unsere Patrouille mit und besuchen ein Beduinenzelt. Offenbar gehört es einem Bruder von ihm. Den Nachmittag verbringe ich mit Ruhen und Arbeit im Büro. Abends beginne ich den Einser-Dienst. Es ist, als wäre alles wie früher. Lediglich von einem unüberhörbaren Moll-Ton begleitet.

## Montag, 8. 11.

Am Vormittag erledige ich den Duty-Dienst. Nach wenigen Minuten Nachmittagsschlaf schlage ich mich mit dem Übergabe-Übernahme-Formular durch die Gegend. Es ist gut, sich möglichst früh mit dem Abschied von Mijek abzufinden. Da sollen sich nicht zum Schluss jene bestätigt fühlen, die mir eine schlechte Führung des Camps vorgeworfen haben. Ich hatte damals gar nicht recht aufgepasst, als mir Talal das Camp übergab, aber letztlich bin ich für eine ganze Menge hier verantwortlich. Gut zu wissen, was wo und hoffentlich nicht irgendwo ist.

Als ich durch den Sand der Teamsite stapfe, bin ich frustriert, spüre das Herz unruhiger schlagen als gewohnt, ein offenkundiges Zeichen latenter Aufregung. Ich sollte es mir nicht zu nahe gehen lassen: In etwas mehr als zwei Monaten bin ich wieder in trauter Umgebung, wo kein Mensch etwas von meinen Abenteuern hier weiß. Die sind dann folgenlos und endgültig abgeschlossen, als wären sie mir auf einem anderen Planeten oder im Traum passiert.

Einerseits bin ich froh, endlich die Camp-Leitung, auf die ich eigentlich nie so erpicht war, abgeben zu können, andererseits fürchte ich die Veränderung kurz vor Ende meiner Mission.

## Dienstag, 9. 11.

Das Herz spüre ich, wie man so sagt, und nicht zum ersten Mal in letzter Zeit. Den ersten Reiz zu überdurchschnittlicher Vernehmbarkeit erhält es heute durch einen Anruf von Wens, der inzwischen in die Zentrale übersiedelt ist und als Adjutant des großen Kommandanten Dienst tut. Er meldet sich während des von mir als heilig empfundenen Frühstücks. An der Stimme von Wens merke ich, dass ein weiterer Schlag bevorsteht. In solchen Zeiten habe ich übersensible Sensoren, und sie täuschen mich auch diesmal nicht: Gemäß einer mir demnächst zugehenden Nachricht des Force Commanders würde ich in zehn Tagen nach Awsard, die südlichste Teamsite auf der marokkanischen Seite und mir von zahlreichen Besuchen gut bekannt, versetzt werden.

Meinen Wunsch, auf der Polisario-Seite zu verbleiben, konnte mein neben Wens inzwischen einziger Vertrauter, der COPO, nicht durchsetzen. Siraj werde drei Tage vorher in Mijek einrücken. Die Zeit unserer Überschneidung liegt mir bleischwer im Magen. Wens rät mir, eine Beschwerde, erst an die Spitze der Mission, dann an die UN in New York zu schreiben. Die E-Mail lässt nicht lange auf sich warten. Darin schreibt der General, dass ich strafweise versetzt würde. Das zu lesen schmerzt. Auch wenn ich mir tausendmal sage, dass dieser Zinnober in wenigen Wochen Geschichte ist.

Dennoch: Soll man nicht an sich zweifeln, wenn niemand da ist, der dem einsamen Hirten permanent Zuspruch gibt, den gefallenen Chef wider Willen aufrichtet? Bin ich nicht auch als Journalist gescheitert? Seit Zurücklassen des Angestelltendaseins im Rundfunk führt mich eine Rutschbahn bergab, so sehr ich auch versuche irgendwo Halt zu finden. Kein Projekt gelingt, schließlich geht auch diese Mission schief. Da kann ich mir noch so sehr etwas von dummen Zufällen und ein paar Idioten an den Schalthebeln einreden, davon, dass permanent Menschen unverdient über die Klinge zu springen haben. Und dass in der Armee die alte Weisheit umgeht: „Beförderung der Unwürdigen, Bestrafung der Unbeteiligten."

Konzentriert wie ein Anfänger, ängstlicher als in den sechs Vorprüfungswochen, wie mit schlechtem Gewissen bestückt, rase ich meinen verbleibenden Aufgaben hinterher. Doch unbarmherzig wird nichts gewürdigt. Als wäre ich nicht da. Nicht mehr da. Ich fühle mich nicht als Kommandant dieses Ladens, als gar nicht mehr dazugehörig. Bald werde ich in Laayoune wieder im Hotel Lakouara zu wohnen haben, und die Stabsleute im Hauptquartier werden einen Bogen um mich machen. Fällt die Macht, fällt die Achtung. Alles Unangenehme wird hingegen weiterhin verlangt, die Pflichten kleben an mir, treiben mich vor sich her. Doch wenn ich tatsächlich eine Beschwerde an die UN schreiben will, muss ich die paar Tage noch funktionieren. In all der Grübelei unterlaufen mir aber Fehler: Gestern früh vergaß ich als Duty das Tor aufzusperren und die Flagge zu hissen, heute die Betankung einzutragen. Peinlich.

Ich bin erster Fahrer, neben mir sitzt Meldad. Wenn wir uns auf den langen Fahrten unterhalten, verstehen wir uns gut, im Camp kommt er mir ein wenig überheblich vor. Er versichert ungefragt, vor der Kommission nichts gegen mich gesagt zu haben. Wer dann, frage ich mich, wenn ein derart negativer Report über mich zustande kommt. Niemandem kann ich mehr trauen. Bedauerlich an dieser Episode ist, dass ich härter zurückkommen werde, distanzierter, noch weniger empathiefähig als bisher. Eine Öffnung wird mir schwerer fallen als bisher.

Du kennst die Wege auswendig, meint Meldad, als ich einmal seinem Handzeichen zuvorkomme. Mit einem Anflug von Sentimentalität biege ich in die Route zu den fernen Brunnen am Buffer Strip. Fahrpraxis habe ich erworben. Eine Menge passiert lässig, automatisch. Am Ziel mache ich eine Minenfeldübung mit meinem Kandidaten und staune, wie viel ich ihm zu erzählen weiß. Und ein solches Hirn muss vorzeitig anderswohin rotieren, ein Jammer.

Vor dem Tor erwartet uns der Liason Officer (LO), das schmächtige Bürschlein, das Taruzi vertritt, aber bedeutend ehrlicher daherkommt. In der Früh war er nicht wie ausgemacht zur Stelle gewesen, jetzt sagt er, in den Kompanien würde uns wegen der Ereignisse in Laayoune niemand erwarten, es sei zwecklos hinzufahren. Ich lasse Meldad entscheiden, ein verhängnisvoller Augenblick mangelnden Eingreifens, als er dem Rat des LO folgt.

Nach dem Tanken schlurfe ich nachdenklich zum Office. Muss dieser Konflikt mit den Saharaouis gerade jetzt ausbrechen? Was, wenn wir evakuieren müssen? Evakuierung haben wir nie durchgespielt, mit Verbrennen von Formularen und Absperren des leeren Camps hinter uns. Ich würde alles falsch machen, zumal in dieser bis ins Mark verunsicherten Stimmung. Das Amt gibt Sicherheit, dessen Infragestellung bringt mich auf wackeligem Fundament gefährlich ins Wanken. Außerdem binden die Unruhen jene Leute in Laayoune, die ich mit meinem Fall belästigen möchte.

Ich habe abgenommen, die engen Hosen passen mir wieder. Das Essen ist für mich zu reiner Nahrungsaufnahme geworden. Nachmittags bereite ich mir wie gewohnt einen Löskaffee zwecks Begleitung der Büroarbeit zu. Die Personalisten schicken meinen CTO-Antrag zurück. Drei Seiten falsch, neuerliches Ausfüllen. Minutenlang schaue ich dem Fax beim Werken zu, die Zeit verrinnt. Soll ich mich freuen? Soll ich die Versetzung herbeisehen oder die verbliebene Zeit zum inneren Abschied nützen? Letzteres besser nicht.

Im Briefing lese ich wieder eine Agenturmeldung zur Lage vor, in der Hoffnung, dies würde als väterliche Sorge gewürdigt. Es folgt erwartungsgemäß kein Kommentar. Amara wedelt mit einer Mail seines übergeordneten Fachkollegen aus Laayoune, der sich über unsere Meldung aufhält, wir seien auf Rat des Verbindungsoffiziers nicht zu den Kompanien der Polisario gefahren. Glücklicherweise bin ich vorbereitet. Mit der Zeit kenne ich Amaras Denkweise. Ich argumentiere geschickt und ernte breites Kopfnicken. Noch einmal gut gegangen.

Am Abend sprechen wir mit dem LO: Es herrscht dreitägige Trauer nach den Auseinandersetzungen, die Polisario ist keineswegs abgezogen, und trauert auch in anderen Militärregionen. Vielleicht sind wir mit diesem Wissen anderen voraus. Ich schicke eine kurze Mail an den ungehaltenen Ägypter in der Zentrale.

Wenn mein letzter Urlaub genehmigt ist, werde ich das als erste Stufe aus dem tiefen Keller empfinden. Ich vertiefe mich in die Fährverbindungen der Kanaren und bin mit einem Mal wieder ganz fröhlich, weil ich mich voll und ganz einem ebenso angenehmen wie zeitlich drängenden Thema widme. Es ist ein Auftauchen zum Atemholen.

## Mittwoch, 10. 11.

Einerseits verstreicht die Zeit im Moment lähmend langsam, lehmig, zum anderen weiß ich vor sich anstauender Arbeit nicht, wo ich zuerst beginnen soll. Das Büro ist zu räumen, packen soll ich, dabei weiterhin den Alltag als Noch-Kommandant organisieren. Wenn der tranige Pakistani erst einmal da ist, möchte ich nicht im Chaos ersticken. Glücklicherweise bleibt dadurch wenig Zeit für Sentimentalität. Die Ungewissheit über Awsard tut ihr Übriges, dass ich mich wie ein auf den Wellenkämmen orientierungslos dahinhüpfendes Schiffchen fühle.

Dieselbe Strecke wie gestern. Marat ist Patrouillenkommandant, eine angenehme Konstellation. Doch er ist wortkarg, offenbar nicht ganz gesund und wegen Strebsamkeit überarbeitet. Ich mag die Russen, eine positive Überraschung dieser Mission. Allesamt patente Kerle mit gutem Englisch, relativ guten Manieren, Verständnis und Professionalität, hinter der auch menschliche Wärme steckt. So wie gestern mit Meldad mache ich mit Marat am Endpunkt der Patrouille eine Minenfeldübung, entdecke aber arge Uninformiertheit.

Habib, der Neue aus Bangladesch, der gestern von Awsard zu uns gewechselt ist, schwärmt mir von seiner alten Teamsite vor, von den wöchentlichen Fahrten nach Dhakla. Na also, werde ich dieses Örtchen am Meer doch noch zu sehen bekommen, wohin sich alle 14 Tage ein des Französischen oder Arabischen mächtiger Minursianer als Verbindungsoffizier melden kann. Doch um welchen Preis erwerbe ich diese unerwartete Erfahrung!

Habib begeistert sich in melancholischer Rückschau: Die Nachteinsätze am Strand, die 39 Routen mit allen erdenklichen Herausforderungen. Wer gerne in der Wüste fährt, für den ist das etwas, er habe es immer gern getan. Ein kleines bengalisches Licht, lautet meine Einschätzung, zumindest was Autofahren betrifft. Von den

Schlangen und Skorpionen in der Teamsite hätte er nicht erzählen müssen, aber ich bin gewarnt. Hoffentlich kann ich dort zur Ruhe kommen und meine Wunden lecken, bevor ich endgültig heimwärts ziehe.

Das Briefing findet eine halbe Stunde früher statt, weil sich der stellvertretende Polisario-Kommandant für halb sechs angesagt hat. Amara hält ein Training, Code of Conduct ist sein langweiliges Thema, aber er macht seine Sache sehr gut. Im Reden war er immer großartig, aber ich muss dauernd auf der Hut sein, welche Hacke er gerade wieder in Richtung meines Kreuzes schwingt. Heute dehnt er genussvoll aus, und ich unterstelle ihm, mich zeitlich ins Trudeln bringen zu wollen. Doch es ist glücklich vor halb sechs Schluss.

Der Stellvertretende wartet schon am Tor. Mit dem stellvertretenden LO. Ein dritter begleitet sie. Von allen dreien kenne ich keinen Namen, aber ich begrüße sie herzlich und führe sie zur Mess Hall, wo schon aufgedeckt ist. Sidi stellt uns drei Teegläser und ein Kännchen vor die Nase, doch die Besucher rühren es nicht an. Ein Zeichen? Ich schlürfe das meine jedenfalls nach einer Anstands-halben-Stunde aus. Der Stellvertreter wirkt eigenartig, er hat angegraute blonde Haare, vom Aussehen her könnte er Mitteleuropäer sein. Ich grüble, an wen er mich erinnert, später fällt es mir ein: An den Ex-Mann einer Kusine.

Übersetzer ist nach Alis Abgang der agile Hauptmann Mohamed, unser zweiter Zuwachs aus Awsard. Er übersetzt nicht, sondern unterhält sich, nein er beschwört, überschüttet unsere Gäste mit dem Wortschwall eines Vertreters für Gesundheitsmatratzen. Nach fünf Minuten wage ich einzuwerfen, ob er nicht sprachmitteln möchte, auch wenn der andere noch gar nicht zu Wort gekommen ist. Gleich, gleich, sagt er, ich möchte sie nur überzeugen, dass sie uns in ihre Kompanien lassen. Das tue ich seit Monaten, denke ich bitter.

Der gute Mann von jenseits des Berm zeigt ganz schönes Selbstbewusstsein, eine Woche nach Ankunft. Amara rauft sich im Hintergrund dezent die Kräuselhaare und blickt zu Boden. Der LO neben mir gluckst, die Datteln in ihren Schalen glänzen wie geölt, die Nüsse ranzeln wohl schon. Ich muss einschreiten, bevor Amara Unüberlegtes tut. Deshalb falle ich Mohamed ins Wort und stelle eine Frage. Da haben wir uns wieder einen eingetreten! Langsam dämmert mir, dass es hier nie besser wird, dass ich immer irgendeinen Vogel zu bändigen habe, wenn nicht mehrere. Das wird nie enden, nicht vor meiner Planabreise im Januar und nicht danach. Also besser weg von hier.

Der Stellvertretende gibt ein politisches Statement zu den Ereignissen in Laayoune ab, nicht überraschend, es war zu erwarten. Wenn man ihnen die Hand zum Frieden entgegenstreckt, legen sie eine Bombe hinein, sagt er über die Marokkaner. Wenigstens ein gutes Bild. Eingedenk entsprechender Lagespiele am Beobachterkurs ein Jahr zuvor in Österreich äußere ich wie ein Diplomat Verständnis und Bedauern, das ich elegant mit unseren Problemen bei den Kompaniebesuchen verknüpfe. Mohamed redet sich die Seele aus dem Leib und meint nachher, sie hätten versprochen sich in Zukunft nach unseren Wünschen zu verhalten. Ich werde es hier nicht mehr erleben, und vermutlich nicht nur ich.

Während meines Urlaubs hat die Hündin erneut geworfen, und wir haben wieder Welpen im Camp. Sie verlassen ihr Souterrainlokal unter dem Zelt und stellen fest, dass dieses nicht die Welt ist, sondern das Universum ein paar Quadratmeter größer sein dürfte. Wenn ich auftauche, rasen sie blitzartig zurück. Gelingt es mir doch, einen zu greifen, quiekt der Wicht erbärmlich und zittert ängstlich in meinem Arm. Nichts zu machen.

## Donnerstag, 11. 11.

Wenigstens konnte ich acht Stunden schlafen, das erhält etwas von der schwinden wollenden Kampfkraft. Während der Joggingrunde spüre ich in den Knien, dass ich alt werde, es läuft sich nicht mehr wie früher. Immer öfter, immer vielfältiger bemerke ich die Menetekel des nicht aufzuhaltenden Verfallsprozesses.

Die Tage vor Ankunft meiner Ablöse nütze ich, um noch fehlende O-Töne für eine Radio-Reportage aufzunehmen. Das Interview mit der Polisario, das ich mir vorgenommen hatte, habe ich mir schon abgeschminkt. Auch auf der anderen Seite des Berm werde ich niemanden vors Mikrofon bekommen. Schließlich muss man nicht alles erzwingen. So pirsche ich mich aufnehmend durch den Duschcontainer, halte der Katze das Mikro vor die Nase und den jungen Hunden, die plötzlich verstummt sind. Bei allem, was ich mache, werde ich von einem permanenten inneren Dauerton begleitet, einem Tinnitus gleich, dem betrübenden Gedanken wie Paria hinausgeworfen zu werden. Oft überlege ich, was ich Verwerfliches angestellt habe und komme zu dem Schluss: Nichts. Diese Teamsite ist nicht besser, sicher aber auch nicht schlechter als die acht anderen.

Wieder führe ich lange Diskussionen mit Wens, wie damals im Auto, diesmal per E-Mail nach Laayoune. Er fordert mich auf zu kämpfen, sollte ich mit der Versetzung tatsächlich bestraft worden sein. Es ist schwer greifbar, fast wie in Österreich: Nicht bestraft, aber auch nicht ungeschoren davongekommen. Es war eben eine Empfehlung der Kommission, wie ich vom COPO erfahre. Unerfreulich, ich werde zur Versetzung empfohlen, weil ich unfähig bin. Aber warum? Der Force Commander muss mir noch eine Begründung übermitteln, davon bin ich überzeugt. Wens hingegen meint, solange es keine ausdrückliche Bestrafung ist, solle ich meine Versetzung einfach genießen.

Es geht nicht um so ein dummes Wort wie Ehre, aber um meinen guten Ruf, den ich zuallererst vor mir selbst verteidigen möchte. Und ich will nicht, dass diese geistig Bloßfüßigen ungeschoren davonkommen und meinen, sie hätten einen „great job" getan, wie es hier immer wieder posaunt wird. Während der Schreibarbeit wechselt die Seelenwetterlage alle paar Minuten, wie in einem April der Psyche.

Im Training des Briefings spricht Marat zum Thema Minen und schickt voraus, dass er da Spezialist sei, der einiges erzählen könne. Als er sich aber im Ablesen von Texten und Fabrikatsnummern erschöpft, wird er von Mohamed unterbrochen, der einiges mehr über die Dinger auf den Bildern zu erzählen weiß. Bei Mohamed wird man vorsichtig sein müssen, zum Glück ist es nicht mehr mein Revier. Jetzt werden aber Mubashir mit seiner nervend hohen Stimme und Meldad unruhig. Sollen wir beim Markieren von Minen der SOP, also der Minurso-Vorschrift, folgen oder der eigenen Überzeugung, fragen sie, und ich bin an die Stellen des Evangeliums erinnert, in denen die Pharisäer Jesus eine Falle stellen wollen.

Mit der Zeit weiß ich, was die Herrschaften hören möchten, zumindest die Eifrigeren unter ihnen. Ich werde mich nicht mehr exponieren. Also, sage ich, wir wollen keine Helden und basteln beim Minenmarkieren keine Kreise mehr, sondern stellen nur mehr rot besprühte Hinweise davor auf. Diese Woche, danach können sie meinetwegen andere Lösungen suchen. Zudem geht es ihnen ohnedies nur darum, was sie bei der Prüfung am Samstag sagen sollen. Man muss nur vernünftig argumentieren und nicht kompliziert entscheiden. Mit dieser Einsicht gehe ich gestärkt für die nächsten Minuten aus diesem Briefing.

Vorher habe ich telefonisch bei der Fährfirma Armas das Wesentliche auf Spanisch erfragt und war von meinem Redefluss überrascht. Wie im Vorbeigehen organisiere ich dann einen Telefoncode für Koch Sidi, der mich nun noch mehr wie einen Bruder liebt. Habib wiederum ist die postkoloniale britische Höflichkeit in Person. Gestern habe ich ihm den G5 umgehängt, den er schon in Awsard gemacht hat, und ein Steinchen fällt mir vom Herzen. Wieder ist ein Tag in Mijek vollbracht.

## Freitag, 12. 11.

Um 7 Uhr bin ich schon mit Marat zu den Brunnen inklusive Water Patrol unterwegs. Nach unserer Rückkehr halten wir alle in der Teamsite die von der Minurso-Führung vorgeschriebene Gedenkminute für die Opfer der Unruhen in Laayoune, dann beschäftigt uns das mit dem Hubschrauber eingelangte Cargo. Da wuselt stets alles durcheinander, Polisario und Soldaten, in einer langen Eimerkette streckt alles, was Hände hat, diese den Säcken, Kisten und Paketen entgegen, die aus dem Bauch des Helikopters quellen, um die Güter so schnell wie möglich in das Speisesaalzelt zu verfrachten.

Zum wiederholten Mal fordere ich General Zhao per E-Mail auf, mir endlich die drei wichtigsten noch immer vorenthaltenen Informationen zukommen zu lassen, die das Mindeste darstellen, worauf ein Beschuldigter und letztlich Verurteilter in einem Rechtssystem bestehen darf: Die konkreten Anschuldigungen Domagojs gegen mich, den genauen Auftrag an die Kommission zur Voruntersuchung und den Abschlussbericht samt Gründen für den Schuldspruch.

Diesmal kommt die Antwort des von mir gelöcherten Kommandanten prompt. In seinem unnachahmlichen Englisch mailt er: „Dear Stefan, I ‚m not able to fit your demand now, but I'm also not want put any thing negative in your personal fils. We can discuss." Das heißt im Klartext: „Ich rücke die Informationen nicht heraus, dafür wird aber auch nichts Negatives in deiner Beurteilung stehen." Ein unsauberer Deal Marke China. Weitere Diskussionen mit dem General, wie er sie rhetorisch anbietet, liegen mir fern.

Die Endbeurteilung ist mir übrigens genauso schnurzegal wie dem Österreichischen Bundesheer. Die Intrigen, denen seine Beobachter in der Ferne ausgesetzt sind, interessieren dort herzlich wenig. Noch dazu bin ich Milizoffizier, also lediglich ausgeliehener Soldat, da kümmert es noch weniger. Mich selbst müsste es schon gar nicht kratzen. In zwei Monaten, Ende Januar schließe ich hinter mir ab, wechsle die Welten und sehe voraussichtlich keines der Gesichter dieses Jahres nochmals in meinem Leben.

Dass man so leichtfertig Recht biegt und bricht, wurmt den Juristen unter dem Blaubarett aber doch gewaltig. Deshalb korrespondiere ich mit dem treuen Wens, der mir neuerlich zu einer Beschwerde an die UN-Spitze rät und bei deren Ausfertigung helfen will. Am Abend holen wir den Generator vom Brunnen zurück, fast ist es, als würden wir Business as usual betreiben. Die anderen tun das ohnedies.

## Samstag, 13. 11.

Bei der Qualifikation von Mubashir und Meldad bin ich als erster, Maxim als zweiter Fahrer eingeteilt. Viele solcher Qualifikationen habe ich nach meiner eigenen im Sand und Staub unseres Verantwortungsbereiches abgenommen. Alle, die in Mijek Dienst machen, kommen gleichsam aus meiner „Schule". Ich bin derzeit die einzige Konstante dieses in keiner Landkarte verzeichneten Ortes der nordwestafrikanischen Wüste. Um 17 Uhr halten wir die mündliche Prüfung ab, und natürlich schaffen sie beide Kandidaten. Am Abend lade ich Maxim und Marat zu mir aufs Zimmer. Ich packe heimischen Speck und Kren aus, und wir trinken Whisky dazu. So etwas hätte mir früher als am Ende meiner Karriere einfallen können.

## Sonntag, 14. 11.

Ich bin Kommandant einer Patrouille, zu der noch Evelio, Maxim und Habib gehören. Wir steuern den POP 09 hinter den Wells am OP 15 an. Da wir dazu keine GPS-Koordinaten haben, ist die Ausfahrt ein ziemlicher Blindflug. Anfangs hätte ich mir bei so etwas fast in die Hosen gemacht, jetzt fällt es mir kaum auf. Ein gutes dreiviertel Jahr bei täglich gleicher Arbeit schafft Routine.

Der Nachmittag steht, wie an jedem Wochenende, im Zeichen der Autoreinigung, das ist nicht anders als zu Hause vor 40 Jahren. Abends feiern wir die Initiation von Mubashir und Meldad.

## Montag, 15. 11.

Ich laufe zu meinem üblichen Punkt hinter der Müllhalde und genieße die Dusche danach. Beim anschließenden Hubschrauberflug bin ich Fotograf für Marat. Eine der Lachnummern dieser Mission bleibt die Ausstattung mit Touristenkameras.

Entweder will man etwas überwachen, dann braucht man ordentliches Gerät. Oder man lässt es besser sein.

Im Büro macht die dahinlaufende Zeit und der noch zu erledigende Berg Arbeit gehörig nervös. Unangenehmer Druck lastet auf mir und, ehrlich gesagt: Ich habe Angst vor der Versetzung. Die Ungewissheit der nahenden Zukunft lauert wie ein schwarzes Loch darauf, mich aufzunehmen. Wirklich ärgerlich, mich für einen schwachen Monat auf Neues einlassen zu müssen, statt die Früchte mehrmonatiger Arbeit genießen und mich auf daheim vorbereiten zu können. Wir haben es gut und sicher hier. Wer weiß, was mich in Awsard erwartet, und ich mich als alter Hase und Ex-Camp-Chef dann dort vielleicht noch bloßgestellt sehe, weil ich dies oder das nicht weiß oder kann. Dieses heranrückende Szenario beschäftigt mich Tag und Nacht. Da offenbar besonders, weil ich schon früh aufwache. Die nahende Anwesenheit des Nachfolgers tut ihr Übriges. Dabei könnte ich doch ganz ruhig sein. Eigentlich. Geht mich ja nichts an. Sollen sie machen, was sie wollen. Ich habe lediglich Sorge um meine Unversehrtheit zu haben.

## Dienstag, 16. 11.

Ich versuche Siraj, der heute eingetroffen ist, so gut es geht zu ignorieren, und besetze weiterhin ganz selbstverständlich das Chefbüro. Bis Freitag bin ich in Amt und Würden, und vorher weiche ich nicht. „Don´t worry", sagt Maxim zu mir. „I am an old warrior", sage ich matt sprachspielerisch. „I worry." Dabei ist sonst er es, der sich und andere als „old warrior" bezeichnet.

Mit Meldad fahre ich zum OP 16 und fühle mich kurzfristig ein wenig entspannt, weil ich in ihm jemanden zu erkennen glaube, der mich nicht als zumindest ungeschickten Täter, sondern als Opfer sieht. Doch bei unserer Rückkehr werde ich wieder auf den Boden der Tatsachen geholt: Eine Handvoll Saharaouis hat versucht im Zug einer Demonstration in die Teamsite einzudringen. Unser Duty Officer konnte sie aber erfolgreich wieder hinausdrängen und das Tor schließen.

Wir schreiben einen Bericht an die Zentrale und fügen ein Foto bei. Was ich diffus befürchtet habe, tritt ein: Ein gefundenes Fressen für den General, mich als schlechten Kommandanten hinzustellen. Umgehend kommt eine Anweisung an alle, die Tore zu den Teamsites geschlossen zu halten. Tadelnd hält er fest, dass dies in Mijek entgegen früherer Anordnung nicht geschehen sei und deshalb große

Gefahr entstanden wäre, wie das beigefügte Foto zeige: Ein Minursianer, offenbar hilflos umringt von Demonstranten. Es dürfte die höchste Sorge der Zentrale sein, dass in ein Camp fremde Menschen eindringen, die nicht dort hineingehören, und die man nicht mehr hinausbringen kann.

Der Generals-Vorwurf ist lächerlich. Ich kenne keine andere Teamsite, die ihre Türen geschlossen hält. Das Flug-Drehkreuz Oum Dreyga hat vermutlich Tag und Nacht die Tore offen und könnte sie gar nicht schließen, weil sie dann wahrscheinlich aus den rostigen Angeln fallen würden.

Ganz nebenbei macht der Neue Druck. Er will Übergabe/Übernahme machen, doch davon bin ich noch weit entfernt. Erst einmal übergebe ich einen Teil Mobilien an Shatar. Eine Patrouille fährt zu einem zivilen Camp und bringt ein paar Geschenke mit, wie wir es auch sonst immer machen, heute aber, weil ein hoher Festtag ist.

Gegen Abend sitze ich mit Siraj auf einer morschen Bank neben den Wassertanks und schaue in die untergehende Sonne. „Du darfst nicht glauben, dass ich scheinheilig bin", säuselt er unvermittelt. Ein entlarvender Satz, denn das hat niemand behauptet. Vermutlich kann er Gedanken lesen. Und vermutlich hat er so viel Distanz zu sich selbst, dass er erkennt, wo sein größtes Glaubwürdigkeitsproblem liegt. Dann verlangt er noch einiges von mir und ich entgegne kühl, so wie es mir Wens am Telefon und in den diversen Mails geraten hatte: „Ich bin ja ein schlechter Teamsite-Commander, da kann man nicht allzu viel erwarten." Er lacht gequält auf, als wäre es ihm lästig, an etwas erinnert zu werden, das ohnedies nie jemand ernst genommen hat, als wollte er sagen: das war doch nur der Vorwand, dass ich hierher kommen kann, verwende das jetzt nicht gegen mich! Er habe nie Teamsite-Commander werden wollen, fügt er mit beschwörender Stimme hinzu. Ihm habe es sehr gut dort gefallen, wo er vorher war. Aber es habe niemanden für den Posten in Mijek gegeben, und so habe er dem Befehl des Generals zu folgen gehabt. Es gehört viel dazu, so zu lügen, aber auch viel, sich diese Lügen widerspruchslos anhören zu müssen.

## Mittwoch, 17. 11.

In der Früh fahre ich mit Siraj die Wasserpatrouille, damit er lernt, was hinter diesem Wort steckt. Es kostet mich große Überwindung, ins Auto mit diesem scheinheiligen Gesellen zu steigen, den ich für einen beinharten Intriganten halte. Kaum zurück, komme ich seinem wiederholten Drängen nach und mache im Duty-Raum ein langes Briefing für ihn und den Neuzugang aus Ghana. Es mag ihn kränken, aber ich sehe nicht ein, warum ich zwei Einweisungen geben soll, nur weil er sich als Höheres dünkt.

Mit seinem Wissensdurst stiftet er zwar gehörig Unruhe in meinem Ablaufplan für die letzten Tage, doch nickt er während des Vortrags immer wieder ein. So begierig kann er also doch nicht sein. Die Tatsache, dass ich ihn offenbar mit meinen Ausführungen erschöpft habe, macht mich ruhiger, und ich kann mich meinem Umzug widmen.

Am Nachmittag beginne ich mit Übergabe/Übernahme. Das lag mir bisher am meisten im Magen, weil ich Siraj bei meiner Einvernahme als ungeheuer penibel kennengelernt habe und fürchte, dass er mir bei meinem Abgang noch einen Strick drehen und mich für etwas haftbar machen will. Solche Befürchtungen hätte ich bei einer üblichen Übergabe nicht gehabt. Vertrauensvoll mit einem Gegner zu arbeiten ist aber schwer. Zumal es einen Posten in meiner langen Liste gibt, zu dem ich im ganzen Camp kein passendes Metallplättchen mit UN-Nummer gefunden habe. Dennoch geht alles glatt über die Bühne, er merkt nichts. Die wesentlichen Schlüssel halte ich außerdem bis zuletzt zurück. Noch bin ich Chef hier.

## Donnerstag, 18. 11.

Der Vormittag gehört mir, ich schreibe meine Sachverhaltsdarstellung an den SRSG, den zivilen Chef der Mission. Unsere Patrouille ist erst um 20 Uhr zurück, sodass die Party für unsere Neuen und für mich erst um 21 Uhr beginnt. Man hat eine Tafel organisiert und die Tische anders gestellt – das sind bereits Zeichen der Neuübernahme. Siraj sülzt herum, dass sich die Balken biegen und überreicht mir als Abschiedsgeschenk einen Fez aus Pakistan, der mir ein paar Nummern zu klein ist – ein sprechendes Geschenk.

Meine Abschiedsrede halte ich unsentimental und kurz – im Vergleich zu anderen, die ich früher aus nichtigeren Gründen hielt. Ich richte sie an die Kameraden und ignoriere Siraj, so gut es geht. Längere Zeit sitze ich später noch mit Diallo auf dem Sofa und unterhalte mich mit ihm auf Französisch, wobei ich mich an der Flüssigkeit der Konversation ebenso freue wie über das Gespräch mit dem westafrikanischen guten Kameraden. Auf diese Weise gelingt es, den heiklen Abend sachlich und mit Abstand zu absolvieren.

## Freitag 19. 11.

Kühl ist es, als ich zur letzten Joggingrunde in Mijek aufbreche. Kein Hund begleitet mich diesmal, auch die Katze begrüßt mich nicht. Der Duty-Offizier allerdings hat Schwierigkeiten mich als Gegenstelle mit „Commander“ anzusprechen, als ich mich bei ihm über Funk für den Lauf abmelde. Ich bin seit heute früh kein Funktionsinhaber mehr, sondern nur noch geduldet.

Das Überraschende an diesem Morgen ist, dass mich das alles nicht sentimental stimmt. Ich lasse es auch nicht zu. Die Umstände sind hilfreich: So oft habe ich in den letzten Monaten in diesen paar Quadratmetern Abschied genommen, immer loser sind meine Beziehungsfäden mit jedem Mal geworden. Auch wenn ich gerne meine letzten Wochen dabei gewesen wäre, wenn sich wieder ein neues Team zu formen scheint – scheint, immer nur scheint. Alles ist Schein in dieser Mission, und nur die Wiederkehr des Unvollkommenen bleibt reale Konstante. Ich könnte die Bruchlinien bereits erkennen, die mir neuen Gram bescheren würden.

Andererseits stellt sich auch kein Gefühl von Befreiung ein, kein Öffnen der Brust nach langer Be- und Einklemmung. Alles ist erschreckend normal, denke ich beim Traben über die zerfurchte Ebene. Immer wieder habe ich mir ausgerechnet, während mich die schotterige Piste der ersten zwei Kilometer in der Geraden auf das Trash Area zu ermüdet, wie oft ich diese Tour noch laufen werde: Jeden dritten Tag in fünf Wochen, das sind 12 mal 7 Kilometer. Wien – Bratislava? Unvorstellbar. Ich rechne nach, stolpere voran, rechts kräht lauthals eine Krähe, hungrig oder von Übelkeit belastet nach dem Mahl dessen, was wir zur Verbrennung geschickt haben und nicht zu Asche geworden ist.

Ich biege in die von mir „Feldweg“ getaufte Fahrspur nach rechts ein, am aufgestellten Autoreifen vorbei bis zum Steinmännchen am Wegesrand, wo ich einen eleganten Bogen mache – weniger als 30 Minuten, das ist eine gute Zeit. Nichts wird aus Wien – Bratislava, es ist heute meine letzte Joggingrunde in Mijek. Vor mir gibt der feine Sand meinen Schuhabdruck vom heutigen Lauf wieder. Das Funkgerät in der rechten verschwitzten Hand wird nass. Ich werde aus den Gedanken gerissen, als eine Stimme Radiocheck macht. Das ist sonst Abwechslung im öden Lauf, diesmal alarmiert sie mich. Ich frage nach, mit welchen Autos man auf Patrouille fahren will. Eines der drei noch nicht Übergebenen wäre dabei, erfahre ich. Ich keuche ins Gerät, mit der Abfahrt noch 20 Minuten zu warten.

Dann fällt mir ein, ich hätte einen Wagentausch vorschlagen können. Meist sind die zweiten Ideen die besseren. Als ich mich der Teamsite nähere, biegen zwei Autos heraus. Auch zum Schluss hat man sich nicht an meine Bitten gehalten. Heute schon gar nicht mehr. Aber sie winken mir freundlich aus den Wagen zu. Bin ich nicht doch zu streng mit ihnen gewesen? Sie haben selbstständig getauscht, alles ist gut.

Zur gestern vereinbarten Zeit für den Transfer der letzten zu übergebenden Gegenstände dieser Teamsite duscht Siraj und vertröstet mich mit einem Anflug von Empörung um zehn Minuten. Ich murmle Deftig-Österreichisches. Das ist mein neues Ventil, das mich augenblicklich zufriedener und mutiger stimmt. Rundum ist so viel Lärm, dass ich nur genauso laut weitersprechen muss wie zuvor, nur abgewendet, und schon hört es niemand, außer mir, zu meinem großen Gaudium. Schließlich dusche auch ich, doch nun wird Siraj nervös. Dass sich diese Übergabe dermaßen zieht, stört mich gewaltig. Endlich stehen wir bei den Autos, und er lässt mich huldvoll einen Kofferraumdeckel nach dem anderen öffnen. Leise Wut kocht in mir auf, was glaubt dieser bebrillte Bartgnom eigentlich?

Dann sitzen wir im Office, er überlässt mir wenigstens noch den Chefsessel. Gestern Abend ist mir eingefallen, welcher Artikel mit „selbst stehende Ablution“ auf der Liste gemeint ist. Es dürfte ein neues Abwassersystem sein, das sich im blauen Container vor dem Tor befindet, für den aber niemand einen Schlüssel zur Öffnung hat. Auch ohne Siraj abzulenken werde ich nervös. Schon wieder will er eine Anmerkung. Ich bin schon dermaßen geladen, dass er meine Ungeduld deutlich merkt. Schließlich drucke ich die Listen aus, und wir unterschreiben. Endlich von der Last einer halben Million Dollar und einer unerklärlichen Ablution befreit. Da wird er bei seiner eigenen Übergabe hoffentlich noch gehörig ins Schwitzen kommen, den untergejubelten Artikel zuzuordnen!

Die Aluboxen sind ungemein schwer. Ich bitte Maxim um Sherpa-Hilfe, und plötzlich ist auch Yaw aus Ghana da und lässt es nicht zu, dass auch ich trage. Ein Zeichen letzter Sympathie. Will er zeigen, dass er mich schätzt, es ihm leid tut, dass ich gehe? Besser, man lässt sich nicht auf Interpretationen ein, schon gar nicht in sensiblen Momenten wie jetzt.

Ich schaue zum weißen Beobachtungsturm: Es ist nichts mehr geworden aus meinem anfänglichen Vorhaben, mit einem Buch da oben in der untergehenden Sonne zu sitzen. Die Mitnahme von Mijek-Sand vergesse ich ebenso wie mein Türschild einzupacken. Was sollen überhaupt Sentimentalitäten in einer Welt, in der alles zu Asche wird? Je älter ich werde, desto mehr relativieren sich die Dinge. Mijek ist überall, in meinen Gedanken, in meiner Erinnerung, in Fotos und Schriften, was brauche ich ein Häuflein Staub auf dem Schreibtisch in Berlin?

Ein letztes Mal gehe ich in die Mess Hall frühstücken und muss mich dabei neuerlich von den Polisario-Arbeitern verabschieden. Hervorragender Arbeiter, sage ich zum pummeligen Sidi Mohammed, der sich als eine reglose Figur umarmen lässt und „bien, bien" sagt. Ein distanzierteres „Adieu" zu Hamed mit denselben Worten, der mir gestern noch den Rest des alten Zeltes im MTO-Store abgeluchst hat. Das fiel fast schon unter Leichenfledderei.

Die drängende Zeit ist mein größter Helfer. Es wird halb elf. Die Truppe, so stark wie nie zuvor, hat Aufstellung genommen. Dreikäsehoch Siraj lässt sich vom schlaksigen Maxim melden, dann schreite ich die Front ab, umarme jeden noch einmal und finde ein paar passende oder unpassende Worte für ihn. Man bleibt in Verbindung, jaja, sicherlich. My friend, sagt einer. Es ist eine Parade der gestanzten Phrasen, des illusionären Palavers an der Oberfläche, und was Siraj betrifft: der Lügen. Keiner zeigt wahre Gefühle. Gerne würde ich sie kennen, wissen, was in den Herzen vorgeht, aber es ist wohl wie bei allen Verabschiedungen, die ich bisher erlebt habe: Man denkt schon an die nächste Patrouille, den nächsten Urlaub, das nächste Telefonat nach daheim.

Das Dekret wird mir überreicht, Papier, kein Karton, schäbig kopiert. Die Ironie begleitet mich auch jetzt, doch wenigstens hat Mubashir, die Voice, vor his Masters Namen „acting" gesetzt. Denn bis zu seiner offiziellen Ernennung, dem Formalakt, ist Siraj nur vorläufiger Teamsite-Chef. Dann ziehe ich die Flagge auf, eine Bank wird fürs Foto zurechtgerückt, und ich muss mich neben den schon körperlich abstoßenden Siraj zwängen.

Zuletzt warten wir alle auf den Hubschrauber, nicht wegen mir, sondern wegen der zu entladenden Fracht. Marineoffizier Habib, heute wieder in seiner blauen Polizistenuniform, der Meeres-Camouflage des Matrosen, mit am Ärmel aufgesteckter Sonnenbrille, ganz der zackige Dandy, erzählt von seinen Erlebnissen auf See: wenn bei Windstärke sechs die Seeleute nur mehr Blut erbrechen und er sich Windstärke zehn wünscht, um Grenzerfahrungen zu machen, oder wenn er seine Leute 100 Liegestütz machen lässt, um sie am nächsten Tag zu belohnen. Und so wurden wir Freunde, resümiert er. Gottlob ziehe ich von dannen. Zahlreiche Anzeichen der letzten Zeit müssten mir bei einem Verbleib als düstere Menetekel für die künftige Zusammenarbeit erscheinen.

Dann tuckert es in der Luft, Siraj bittet mich zum Einsteigen, er ist sehr besorgt um mich, gewährt mir einen fürstlichen Abschied. Ist das nicht oft so, wenn sich Usurpatoren an die Macht setzen? Der ehrenhafte Abschied des Gestürzten als Besänftigung schlechten eigenen Gewissens? Oder will er mich milde stimmen aus Angst vor nachträglichem Aufbegehren?

Noch einmal lade ich mit ab, was meine Leute in den nächsten Tagen konsumieren werden: Fruchtsaftboxen, Tomatensteigen, Konserven. Dann wird mein siebenteiliges Gepäck verladen. Natürlich hätte ich noch einen dritten Durchschlag meines Fright Movement Requests, des Gepäckscheins, benötigt, rügt der leptosome, mir inzwischen vertraute Steward von UN 954.

Erneut lässt Siraj die Truppe Aufstellung nehmen. Militarist ist er, das steht außer Frage, aber mehr? Vielleicht braucht es an diesem sandigen Ort auch nicht mehr, vielleicht ist mehr sogar schädlich. Zum letzten Mal muss ich dieses Gruseltier umarmen, was mir zuwider ist wie die Bruderküsse der Chefs sozialistischer Bündnisländer beim Staatsbesuch.

Das sei ein Sonderflug nach Awsard, ausschließlich für mich, sagt der Steward. Ich habe wenig Mitleid mit den Umständen. Man hätte ihn sich sparen können, wäre man korrekt vorgegangen. Aus dem Bullauge sehe ich das Weiß der Hündin. Sie hat den Abschied heute ebenso versäumt wie die Katze. Besser so. Die Hündin und ich, wir waren die Längstdienenden in der Teamsite, sieht man von der Polisario ab.

Ich schnalle mich an, dann heben wir vom Boden des Dars-Staates ab. Wohl ein- für allemal. Jetzt nur nicht mittels großer Gedanken ein Einfallstor für Sentimentalitäten bieten! Durchs hintere Bullauge wackelt das schneeweiße Bild der Teamsite herein. Über den Polisario-Kompanien springe ich spähend von Fenster zu Fenster. Noch immer interessiert es mich, was hinter den Baracken vor dem Berghang heimlich gebaut, uns aber nie erläutert wird.

Wir knattern der Sonne entgegen, über die Wüstenweite, mit Sandspuren, vereinzelten Zelten, Bäumchen, Steingebilden. Alles wohlbekannt, ohne Aufmerksamkeit zu erregen. Ich vertiefe mich in eine Ausgabe der „Bühne", wie ich das immer bei unseren Flügen mache und spüre instinktiv, wie notwendig das Festhalten an Gewohnheiten im Übergang vom Vertrauten ins Ungewisse ist.

Nach einiger Zeit deutet der Steward auf eine Wolke am Horizont, einem Atompilz nicht unähnlich. Richtig, in Oum Dreyga jagen die Marokkaner heute ein paar Minen in die Luft. Exakt nach einer Stunde setzen wir in Awsard auf, erstmals bin ich diese Destination geflogen, nicht gefahren. Ein Pick-up rollt auf uns zu, hinter dem Steuer erkenne ich ein mir vom Sehen her erfreulicherweise bekanntes Gesicht, Frau Major Dubravka aus Kroatien: Um die 40, pummelig, rotes strähniges Haar, freundlich. Habib hatte mir ihren Ratschlag wärmstens ans Herz gelegt.

Mit ihr verlade ich mein Gepäck. Als ich mich in den Hubschrauber knie, um an meine Kisten zu kommen, schmerzt das rechte Knie. Später stelle ich fest, dass es geschwollen ist, beim Gehen tut es weh. Nicht auch das noch! Jetzt, da die mir lieb gewordenen malaysischen Mediziner aus der Mission abgezogen sind.

Die ersten Worte von Dubra sind, wie leid ihr die Sache mit Domagoj tue. Da können aber weder sie noch Kroatien etwas dafür, so etwas kommt in den besten Familien vor. Wenngleich er mit seiner schwachsinnigen Robin-Hood-Rebellion einiges in meinem Minurso-Leben durcheinandergebracht hat.

Der junge Chinese Wang ist Camp Commander, also quasi Rezeptionist, und weist mir ein Endzimmer in einer der beiden Containerreihen zu: Im Container dahinter befindet sich der Behandlungsraum der Ärzte, ruhig also, außer bei Operationen ohne Narkose. Nebenan wohnt ein rundlicher Nigerianer, noch „im Training", aber schon G3. Na also, und weil wir es ebenso hielten, weil wir zu wenig Personal hatten, drehte mir Siraj einen Strick daraus. Je länger mein Fall, in jeder Bedeutung, zurückliegt und sich abzirkelt, desto klarer schält sich die Ungerechtigkeit heraus, wie eine Frucht aus ihrer Schale.

Ich steige mit meiner Versetzung von Zeltbehausung auf Containerwohnen um. Das Zimmer ist keine Suite und schon lange nicht mehr geputzt worden. Es beginnt der sattsam bekannte Prozess des sich Zu-eigen-Machens von unzulänglicher Umgebung. Ich lege mich vorsichtig auf die Flauschdecke des Bettes. Erst versuche ich anzukommen. Nach der geistigen Reduktion auf mich weite ich die Kampfzone meines Überlebenswillens aus. Wie eine Schnecke, die vorübergehend Schutz in ihrem Haus sucht und dann unter Ausfahren der Fühler wieder herausgleitet.

Beim Camp Commander erstehe ich einen Spind im Selbstbauset nach Ikea-Art und schleppe ihn mit Dubra in die Unterkunft. Dann läuft mir Ahmed über den Weg, ein vertrautes Stück Alt-Mijek. Auf die Wiederbegegnung mit ihm hatte ich gehofft. Er flattert vergnügt mit den Ohren und versorgt mich mit Waschmittel und Klopapier, das hier persönlich verteilt wird. Als abends Waschmaschinen frei sind, rücke ich den Bettauflagen zu Leibe, was meine übrige Wäsche dunkel einfärbt und mit Fusseln beklebt. Zudem bleibt einiges trotz zweimaligem Turnus im Trockner feucht, sodass ich auf der Flauschdecke über den noch nicht trockenen Betttüchern schlafe.

Dieser Schlaf aber ist gesegnet, ohne Generatorlärm, ohne latente Sorgen. Auch das von den marokkanischen Camp-Arbeitern zubereitete Essen hier ist ausgezeichnet. Dass die Nassräume abgewohnt wirken, nehme ich für die fünf Wochen meines Gastspiels hin. Mit Ahmed stimme ich überein, dass der Ruf von Mijek als Paradies ziemlich unberechtigt ist. Jeden Tag Patrouille, jeden Tag Arbeit. Richtige Stand-by-Tage hatte ich selten. Hier: Nicht nur der heutige Freitag ist dem Einrichten gewidmet, auch am Samstag habe ich frei. In den ersten drei Tagen komme ich hier zu mehr als in den letzten drei Monaten in Mijek.

Auch Amir, der malaysische Teamsite-Commander tut sich wenig an. Das Briefing führt sein Stellvertreter, er mischt sich kaum ein. Ihm geht es gut! Was habe ich Kümmerer mir alles angetan! Auch Ahmed lässt durchblicken, dass ich gemeint hätte, alles unter persönlicher Kontrolle haben zu müssen. So wird Awsard für mich zum distanzierten Aussichtspunkt auf die Sehenswürdigkeit meines vergangenen Halbjahres, in deren Mittelpunkt ich ohne ausreichende Selbstreflexion am Stand rotiere.

Ich beginne Seiten meiner Führung zu erleben, an die ich nie gedacht hätte, die vermutlich auch keine Kommission erkannt hätte. Ob die Meinen unter meiner Genauigkeit gelitten haben und in Domagojs diesbezüglicher Kritik vielleicht gar ein Kern Wahrheit liegt? Dass er sich in seiner Freiheit beengt gefühlt hatte, weil ich zu wenig Freiheit gelassen hatte? Bin ich in die Verhaltensmuster meiner Eltern gefallen? Seltsam, interessant und spannend.

Nach dem Abendessen treffen wir uns im Club zum Willkommen für mich und die Qualifikation eines jungen, drahtigen Ghanesen. Keine Torte, keine Reden, keine Förmlichkeiten. Zwei Whiskyflaschen, denen hauptsächlich die hier stationierten

Piloten zusprechen, und mehrere Cola werden geleert, Nüsse geknabbert. Der G5, ein bärtiger Franzose namens Loic, der auch die Funktion des G2 ausübt, projiziert ein paar Sketches an die Wand, die ich schon kenne, weil sie uns die Ex-Awsarder Habib und Mohamed vorgespielt haben.

## Samstag, 20. 11.

Auch in Awsard lässt sich ganz gemütlich frühstücken, jedenfalls ist es hier absolut auszuhalten. Keine Sahara-Al Kaida, dafür eventuell Schlangen und Skorpione und eine entschieden höhere Minengefahr. Aber wenn mir das Schicksal hold ist und ich mich nicht allzu täppisch anstelle, werde ich auch das unbeschädigt überstehen. Immerhin bin ich schon zehn Monate in der Mission. Vor allem: Keine Führung mehr! Kein stundenlanges Öffnen, Lesen und Wegklicken öder Mails am Computer mehr, die viel Zeit gekostet haben. Keine Kollegen-Anfragen, die von jetzt auf gleich behandelt und gelöst werden sollten. Endlich einfaches Minurso-Mitglied, das nicht mehr permanent im Hamsterrad der Mission agiert, sondern nur mehr auf Zuruf reagiert.

Lästig sind lediglich die Fliegen, die hier Hochsaison haben. Und dass die Klimaanlage nur laue Luft einbläst, was den Aufenthalt im Zimmer zwischen 15 und 18 Uhr mühsam macht. Aber ich tausche nicht mehr. Das Zimmer, mehrmals gesäubert, habe ich mit meiner Duftnote markiert und zur Bleibe für die nächsten eineinhalb Monate erklärt. Zwar ist es in Awsard spürbar wärmer als in Mijek, aber auch da wird es Winter werden.

Wie versprochen kommt am Nachmittag der Ungar Sandor nach seiner Patrouille vorbei und hilft beim Aufbau des Spindes. Was heisst: „hilft“? Er baut ihn auf, und ich stehe wie immer bei handwerklichen Arbeiten daneben und halte die Hand auf irgendein sekundäres Stück Rohstoff, als solle dies kundtun, ich sei in den Arbeitsprozess einbezogen. Sandor ist wirklich so gut wie das Gerücht, das ihm voraneilt. Schon gar, als er endlich einen Schraubenzieher aufgetrieben hat. Anders als bei Ikea, wie von mir insgeheim befürchtet, fehlt kein Teil. Es bricht auch nicht der Arbeitsablauf ein, weil die Beschreibung anderes befiehlt als durchführbar ist.

Wang steckt den Kopf zur Tür herein, und alsbald stemmen, klopfen und schrauben wir gemeinsam die Platten ineinander, sodass in kurzer Zeit ein fertiger Stahlschrank im Zimmer steht. So habe ich mir eigentlich die kameradschaftliche

Teamarbeit von Offizieren vor meinem Einsatz vorgestellt. Im Monat 10 darf ich sie erstmals wahrnehmen. Der neue Schrank beschert eine sprunghafte Vervielfachung an Lebensqualität, das Gefühl, nun könne es losgehen. Wenn ich erst einmal meine Habe griffbereit wie im Cockpit um mich verteilt habe, wenn ich mit Vorfreude und Lust auf die Buchrücken im Regal schaue, dann stellt sich Wohlgefühl ein, das keinen Ort kennt.

## Sonntag, 21. 11.

Andauernd stelle ich Vergleiche an: Die sanitären Anlage, naja. Die Wege im Camp: Nicht alles ist betoniert, man schlurft auch durch den Staub, der nächtens nicht optimal beleuchtet ist. Ein wenig nachlässiger ist hier alles, man scheint sich weniger um den Gesamtzustand zu scheren, einen besseren aber auch nicht einzufordern.

Wenn man glaubt, jede Teamsite gleiche in Lebensart und Bedürfnissen über hunderte Kilometer Entfernung den anderen, ein MacDonalds-Effekt sozusagen, so stimmt das nicht: Hier fehlt es etwa an Müllsäcken. In Mijek gab es immer wieder Mangel an irgendetwas, aber Müllsäcke, davon hatten wir stets genug.

Ich bin heute Bravo-Duty, das bedeutet nicht, dass man mir zujubelt, sondern das, was in Mijek der „Zweier", der Tagdienst, ist. Auch die Verschränkung mit dem Nachtdienst sieht hier anders aus. Ich beginne um acht und habe zuerst einmal alles Wichtige im Raum per Häkchen auf einer Liste zu übernehmen. Ab da gestaltet es sich ruhig. Eine Patrouille ist draußen, aber da ich die Kürzel nicht kenne, muss ich bei jeder Meldung des lässigen Ghanaers nachfragen, worum es geht. Peinlich achte ich darauf, mich nicht mit „UN Mijek" zu melden. So wie es mir einmal im ORF passierte, als ich mich am Telefon noch mit „Die Presse, May" vorstellte.

Ich sitze bei offener Türe, die Morgensonne krabbelt herein – Sonntag eben. Vom Radiocheck mit Laayoune, der Funküberprüfung in der Früh, habe ich nichts mitbekommen, weil nicht auf Tagesfrequenz umgeschaltet worden war. Keiner schert sich drum. Mittags löst mich mein Alter Ego, der wortkarge, noch im Training befindliche Russe Alexander, für 20 Minuten Essenspause ab. Zwischen 14 und 17 Uhr darf ich mich aufs Ohr werfen, dann geht es weiter bis 21 Uhr.

Eigentlich ganz schön lange, aber nicht langweilig. Denn mein treuer Wens in Laayoune hat meinen Brief an den zivilen Missionschef Korrektur gelesen, und ich speise das Dokument in den Computer ein. Kurz vor neun mache ich den vielleicht folgenschweren Klick und verleihe der Botschaft Flügel. Fünf Minuten später ist die Antwort da, ich überfliege sie verblüfft und bin wie vom Donner gerührt: Er werde sich nicht einmischen, lese ich, die Entscheide des Force Commanders bleiben unangetastet.

Ich bin unendlich enttäuscht, aber als ich in meinem Kämmerlein die paar Zeilen nochmals studiere, sieht es gar nicht so übel aus: Er hat meine Darstellung an die Frau Conduct and Discipline Officer weitergeleitet. Solange die Untersuchungen andauern, habe sich jeder der Einmischung zu enthalten. Das werde ich tun und kleines Awsard-Mäuslein spielen. Aber der Brief nach New York als nächste Waffe zur Selbstverteidigung steht geistig Gewehr bei Fuß.

## Montag, 22. 11.

Als Air Terminal Officer (ATO) habe ich dem Hubschrauber nachzuwinken. Natürlich mache ich fürs Erste einiges nicht richtig. Ich parke den Wagen am falschen Grasbüschel, im Motorola-Funkgerät ist eine andere Nummer eingegeben, weshalb der nepalesische Flugbegleiter nachher moniert, er habe mich mehrmals ohne Reaktion angerufen. Außerdem gab ich eine lediglich ungefähre Zahl an Passagieren in den Duty-Room durch. In den verbleibenden Tagen werde ich lernen müssen, vom stets durch Gewissensbisse bei Nichterfüllung begleiteten vorbildlichen Verhalten auf grundsätzlich sich um wenig scheren umzuschalten.

Durch den Staub schlurfe ich zum Internetraum, der ungünstig zwischen zwei Containerschmalseiten zu erreichen ist. Unzählige Katzen, darunter eine sehr fette, schwarz-weiß gefleckte, die offenbar Mutterfreuden entgegensieht, springen meiner ansichtig davon. Ich bin zu müde, um mit ihnen freundschaftliche Beziehungen anzufangen. Mijek hat meine emotionalen Reserven aufgezehrt. Seit ich hier bin, scheint die Zeit zu schleichen. Immer wieder schiele ich abwechselnd auf Uhr oder Kalender, stelle neue Berechnungen an und registriere, dass ich mich chronologisch nicht vom Fleck bewege.

Nachmittags um fünf ist traditionell Fuß- oder Volleyballmatch, an dem offenbar fast alle teilnehmen. Ich versuche es zu umgehen, da ich daraus nur Nachteile erwachsen sehe: Sand und Staub, nachheriges Duschen, verlorene Zeit. Momentan kann ich mich mit meinem lädierten Knie durchmogeln. Ich weiß nicht, woher mir der Schmerz bekannt vorkommt. Aus einem früheren Leben? Es ist einer der Momente, in denen ich gewahr werde, wie lange ich diese Welt schon bevölkere. Irgendwann war da einmal etwas. Ich vertraue mich tags darauf dem soeben eingerittenen jungen Arzt aus Bangla Desh an: Dieser tastet, fühlt, ob es wärmer ist als das Knie links, macht meiner Kurpfuscheransicht nach alles richtig. Und meint schließlich, es wäre das Alter und nichts Ernstes. Das Alter ist aber etwas Ernstes, unheilbar und mit wachsendem Leidensdruck verbunden.

## Dienstag, 23. 11.

Um halb acht bin schon aus den Federn und im Laufgewand. Ich habe Stand-by und tänzle erst einmal aus dem Compound. Drei Hunde begleiten mich: Eine sandbraun gefleckte Hündin mit häßlich großen gespitzten Ohren, Mrs. Spock. Eine weiße kleinere Hündin, in der ich zunehmend unseren dummen weißen Hund zu erkennen meine, wie ihn Francesco getauft hat. Verstohlen betrachte ich sie von der Seite: Die Ähnlichkeit mit der Mutter ist gegeben, natürlich ist sie jetzt doppelt so groß wie damals, aber immer noch jung, es könnte hinkommen. Sie wird sich vielleicht auch nicht mehr so genau an mich erinnern können.

Ihr zur Seite oder hinterdrein springt ein semmelfarbiger Herr, offenbar ihr Freund, der mich an unseren Wurschtel erinnert. Es kommt auch bei den Menschen vor, dass Leute sich auf Partner einlassen, die einem eigenen Elternteil verblüffend ähneln. Viele Mädchen wollen Papa heiraten. Gestern hat uns die Hündin den Braunen offenbar vorstellen wollen, da war er erstmals im Camp. Er wurde aber mit Steinwürfen und Geschrei der Kollegen wieder vertrieben. Nun trottet dieses Psychogramm auf acht Pfoten plus Bonus-Hund neben und hinter mir her und wirft lange Morgenschatten. Dabei hoppeln die Tiere rechts und links durchs Gestrüpp, und ich rufe ihnen mahnend „Achtung Auto“ zu, wenn ab und zu ein Gefährt dahertorkelt. Es ist ein erfreuliches Gefühl, an alte Mijek-Gewohnheiten anzuknüpfen.

Am Abend, nach dem Briefing, bittet mich Dubra um einen Rat. Wenn Frauen so anfangen, ist jeweils höchste Vorsicht geboten. Zumal es nicht mit einer Antwort abgetan ist, sondern wir noch auf einem UN-blau gestrichenen Holzbänklein sitzen, als die Sonne sich für heute bereits verkrochen hat und das Fußballspiel in unserem Rücken zu Ende gegangen ist. Damit war für alle sichtbar: May steht im Dubra-Lager. Wenn nicht noch näher. Erst am Tag zuvor hatte sich der mächtige bärtige Franzose Loic bei mir darüber ausgelassen, wie schrecklich sie sei, und dass er nie wieder mit ihr Patrouille fahren wolle.

Die weibliche Kommunikationsweise von Dubra kommt mir aber mehr entgegen, weil sie entwaffnet und offen, wenngleich mitunter höchst naiv ist, und sich nicht hinter allerlei männlichen Soldatenfloskeln verbirgt, bei denen man sich ohnedies nicht wohl fühlt. Spiegelfechterei ums eigene seelische Überleben.

Dubra erzählt, dass sie bei der Ausbildung von Domagoj dabei gewesen sei und sich danach gegen dessen Entsendung ins Ausland ausgesprochen habe. Vergeblich. Er komme aus reichem Haus, alles sei ihm gleichgültig – Leute aus Split seien so wie er. Stark aufs Lokale heruntergebrochene ethnische Eigenheiten. Die Kollegin sagt, der kürzlich nach Mijek gewechselte Bangladeshi Habib habe ihr das erst nicht so recht geglaubt und mehr Domagojs Position verteidigt, nach seiner Versetzung aber verwundert berichtet, dass der Teamsite-Commander eigentlich recht nett und Mijek sehr organisiert sei.

Das trifft mich, denn ich habe keine Lust, für die letzten Tage in dieser Seelen- und Landschaftswüste bei 200 Offizieren aus aller Welt mühsam meine Reputation zu reparieren. Doch erkenne ich, wie punziert ich in dieser Mission jetzt bin, wie verheerend schnell, umfassend und endgültig sich Verleumdungen auswirken können. Zumal mir klar wird, dass ich zweimal verleumdet wurde. Erst vom kranken Domagoj, dann vom krankhaft ehrgeizigen Siraj, was noch viel schwerer wiegt, als er es in der Funktion eines unabhängigen Richters getan hat.

Grund für Dubras Annäherung ist aber ihre Frage, ob sie dem Drängen Habibs, unseres feschen Fernost-Dandys, nachgeben solle, ihren Urlaub mit ihm zu verbringen. Er ist ihr Sponsor gewesen, also Pate vor der Qualifikationsprüfung, das hatte er mir erzählt. So etwas schafft ein zumindest ideelles Abhängigkeitsverhältnis, insbesondere bei unterschiedlichem Geschlecht. Jetzt ahne ich auch, warum er mir Dubra so auffallend warm als Vertraute empfohlen hat. Er habe sich ihr anvertraut und erzählt, dass die Pakistani im Krieg – ich grüble, in welchem – seinen Vater ermordet hatten, berichtet Dubra. Deshalb habe er begonnen sie „meinen Vater" zu nennen. Da ist er beim Pakistani Siraj nun bestens aufgehoben, denke ich besorgt.

Zahllose emotionale Linien laufen im Hintergrund unserer „Aus-Allerwelts"truppe, historisch, religiös, kulturell, soziologisch, von denen wir vordergründig Rezipierende uns gar keine Vorstellung machen und nur erstaunt aufblicken, wenn einmal das Räderwerk aufgrund unerklärlicher Übersetzungsfehler stecken bleibt.

Dubra erzählt, Habib habe oft geweint, wenn sie beisammen waren und er unter dem Betrieb in der Teamsite gelitten habe. Sobald man mit Frauen näher bekannt ist, kommt Weinen ins Spiel, es ist zu dumm. Andererseits beweisen ihre Worte die zitierte Spiegelfechterei, denn ich erinnere mich an Habibs große Worte vom letzten gemeinsamen Tag, als er von den 100 Liegestützen erzählte, die er seine Männer hatte machen lassen. Wie viel Unsicherheit und Verzweiflung mag in einem Menschen stecken, wenn er Erlebnisse seines harten Kämpferlebens erzählt? Bin da nicht ich als Milizoffizier, amphibisch Soldat wie Zivilist, oder gerade deshalb, sogar ein Fels mentaler Robustheit in der Brandung psychischer Bedrängnis?

Trotz seiner Bekenntnisse eigener Schwäche habe es auch immer wieder Momente gegeben, in denen Habib Dubra aufs Schlimmste beschimpft habe, was wohl ein noch größeres Zeichen von seelischer Hilflosigkeit sein mag. Das ist aber kein Freibrief, die einzige Vertrauensperson anzugreifen, sage ich zu ihr. Wir sind im Militäreinsatz und nicht auf der Couch des Psychiaters, weshalb ich ihr von einem gemeinsamen Urlaub abrate. Zaghaft wirft sie ein, er würde vielleicht ihre Hilfe benötigen. Nein, wer einen beschimpft, könne kein Urlaubsbegleiter sein, zudem solle sie auch an sich und ihre eigenen Kapazitäten denken, sage ich. Urlaub ist zur Erholung da und nicht zur Therapie. Es mag hart klingen, aber auch ich musste das lernen.

Schließlich sagt sie etwas, das ich sehr gut kenne: Sie komme aus einer Familie, in der alle an das Gute im anderen glaubten und sehr naiv seien. Vermutlich katholisch sozialisiert. Das Böse in der Welt lernte ich erst kennen, als ich die klebrigen Eischalen von meinem Gefieder geschüttelt hatte. Behütetes Aufwachsen bewahrt nicht vor Verwundungen, schiebt sie lediglich hinaus, was sie umso schmerzhafter machen kann.

Da in Awsard die Dienstpläne täglich umgestoßen werden, bin ich überraschend als Fahrer des zweiten Wagens für die morgige legendäre Patrouille Bir Gandous II eingeteilt. Wir sollen um 6 Uhr 10 abfahren, damit wir die asphaltierte Straße noch vor Einbruch der Dunkelheit erreichen. Ich befürchte einen rapiden Alterungsprozess innerhalb eines Tages aufgrund zu erwartender Strapazen. Deshalb gehe ich früh, nach der Willkommensparty für den Honduraner Raoul, schlafen.

Doch da wird mir von drei Seiten ein Strich durch die Rechnung gemacht. Nach zehn im Urwald: Joseph, mein korpulenter Nachbar aus Nigeria, beginnt zu telefonieren. Das klingt, als wäre die Wellblechwand aus Papier, sogar die Gegenstimme kann ich hören. Es ist mir schleierhaft, warum er das um diese Zeit tun muss, wo es doch keinen Zeitunterschied zu seiner Heimat gibt. Ich drehe mich zur Seite, doch vom Fenster her klingt Lärm. Michael, der zivile schwedische LKW-Fahrer mit Bier-Schmerbauch macht Party vor seinem Container, in direkter akustischer Einflugschneise zu meinem Fenster. Er ist von langer einsamer Fahrt durch den sandigen Einheitsbrei zurückgekehrt und hat Erzähldrang. Wie bei jeder guten Party gibt es dazu Musik. Die wetteifert in der Phonzahl mit Michaels Stimme, hat aber meist das Nachsehen gegenüber seinem voluminösen Resonanzkörper. Sobald nämlich jemand in der Partyrunde etwas einwirft, erhöht er die Lautstärke zusätzlich.

Nur nicht nervös werden, denn dann ist es überhaupt aus mit dem Schlaf! Seufzend drehe ich mich zur Wand. Doch dahinter, Blechcontainer an Blechcontainer, hat sich gerade der neue Arzt aus Bangladesh eingerichtet und macht offenbar Inventur nach Übernahme von den Malaysieren. Lade auf, Lade zu. Ich wälze mich verzweifelt im Bett, drehe die Ohrstöpsel so tief in die Gehörgänge, dass sie schon in der Mundhöhle herauskommen müssten, und finde sehr spät erlösenden Schlaf.

## Mittwoch, 24. 11.

Natürlich bin ich einigermaßen unausgeschlafen, grille mir ein Brot, baue auf die Wirkung von Nescafé im fingerförmigen Tütchen und werfe den Wagen an. In Awsard herrscht das bemerkenswerte System, dass jeweils zwei Beobachter für ein bestimmtes Auto verantwortlich sind. Das schafft einerseits erhöhtes Verantwortungsgefühl bei Pflege und Instandhaltung, birgt aber auch die Gefahr unterschiedlicher Standards. Denn die am Sonntag hingebungsvoll ihr Auto reinigen wie in Mitteleuropa, findet man in der dritten Welt kaum.

Ich bin Habibs Erbe in Sachen Auto und teile mir ab sofort mit Dubra die Obsorge über den UN 631. Deshalb wird er auch mein Begleiter für die nächsten Tage. Schön sauber ist zwar anders, aber was soll´s. Neben mir sitzt Ahmed im Wagen, eine erfreuliche Tatsache, weil sofort eine vertraute Atmosphäre im Auto herrscht. Ahmed ist ein durchaus lustiger Geselle, dessen Gemüt sich nach der Terrorisierung durch Fabio erst spät entfalten konnte.

Voran fährt Mohamed, Ahmeds ägyptisches Alter Ego, Kommandant ist der noch im Training befindliche Wang. Er ist ein fröhliches Kerlchen, versteht wenig Englisch, ist aber recht quirlig, lacht gerne und wird aufgrund seiner unschuldigen Bubenhaftigkeit von allen gemocht. Das Gesetz des Handelns hat aber Mohamed in der Hand. Wir brausen nach Süden los, hinein in den Tag, von dem noch keine Spur zu sehen ist. Erst langsam zieht sich ein heller Strich zur Linken den Horizont entlang, größer werdend, Umrisse an der Straße spendierend, schließlich Taghelle gewährend, die auch Tempo 100 auf der öden Asphaltbahn erlaubt.

Nach etwa zwei Stunden ist diese zu Ende. Tichla heißt der aus ein paar Häusern und einer Dorfmoschee bestehende Ort, wo der Zivilisationsbruch zur Naturfahrbahn stattfindet. Ab nun geht es buchstäblich über Stock und Stein, mehr über letzteres, und aufgrund meiner Vorsicht verliere ich mehrmals den Anschluss nach vorne. Bei der nächsten Pause macht sich Ahmed erbötig, das Ruder zu übernehmen. Vermutlich sind die beiden Ägypter darin übereingekommen, um noch rechtzeitig vor Sonnenuntergang das nächste Asphaltband zu erreichen, was mit dem vorsichtigen Großvatertypen im Schlepptau sonst nicht garantiert wäre. Sie haben recht, obwohl es mich ein wenig wurmt, wenn meine Fähigkeiten offensichtlich in Frage gestellt werden, ohne es klar auszusprechen. Fahrerwechsel wäre üblich bei langen Patrouillen, beruhigt mich hingegen Ahmed.

Auf, ab, rechts, links, die Wüste verändert dauernd ihr Aussehen. Von Eintönigkeit keine Spur. Entweder wechselt die karge Vegetation oder die Konsistenz des Untergrundes. Oder beides. Wir erreichen den Berm, der hier nach Süden zu Mauretanien abgrenzt, und arbeiten uns an dem aufgeschütteten Sandwall entlang. Wir passieren ein paar Strongpoints, also kleine Forts der Marokkaner auf dem Wall, und winken freundlich den Posten zu, die artig Haltung annehmen. Die Marokkaner nehmen an UN-Missionen teil, deshalb verhielten sie sich uns gegenüber zuvorkommend, erklärt Ahmed. Wohl, weil sie aus diesem Grund wissen, was für ein zahnloser Haufen wir sind, ergänze ich insgeheim. Jedenfalls kein Vergleich mit der widerborstigen Polisario.

In einer der größeren Units machen wir Halt: Verstreut stecken ein paar Häuschen im Sand. Ein besonders hübsches mit Torbogen und ein wenig Grün davor ist das Haus des Kommandanten. Erstaunlich, mit wie wenig Interesse und Information ich in Awsard auskomme, denn es scheint, als müsste ich nicht mehr irgendwelche Gliederungen büffeln.

Ein schnauzbärtiger Oberst empfängt uns und lädt zum Tee in sein Büro: Luftig, sauber, mit bequemen Fauteuils. Über ein paar Tellern mit diversen Nüssen tauscht man Höflichkeiten aus, der Herr Oberst erzählt noch einen netten Viagrawitz auf arabisch und französisch, dann trennen wir uns in inniger Freundschaft, nachdem wir noch ein Gruppenfoto vor dem Eingang zum Heiligtum gemacht haben.

Als Nächstes haben wir auf unserer Reise eine Radaranlage aufzuspüren, von der uns die Marokkaner die Koordinaten gegeben haben. Einen Track erkenne ich allerdings nicht, wo Ahmed unbekümmert herumkurvt, und ich teile ihm mein Unbehagen mit. So lassen wir es bleiben, erkundigen uns beim nächsten Strongpoint, wo uns zwei Männer, in Badeschlapfen wie die Polisario, zum nächsten Punkt schicken. Von dort wieder zurück. Entweder verarschen sie uns, oder es herrscht absolutes Unwissen vor. Ich lasse alles willig geschehen und versuche meine letzten Wochen zu genießen.

Vor uns ein Zeltlager. Aha, Leben im Felde, denke ich. Während Mohamed mit dem Kommandanten verhandelt, habe ich die ehrenvolle Aufgabe, gemeinsam mit Wang unauffällig Autos und Zelte zu zählen. Auf 21 Zelte komme ich, Wang macht „ho, ho, ho". Dann erfahre ich, dass die Truppe hier auf Abruf stationiert ist, weil sich angeblich am Grenzübergang zu Mauretanien, nahe am Meer, Saharaoui-Familien zu einer Demonstration zusammengerottet hätten.

Darüber zeigen sich Mohamed und Ahmed informiert, Wang und ich haben aber keinen blassen Schimmer. Gestern sei das nach der Helikopterpatrouille im Briefing erzählt worden, heißt es, ich erinnere mich schwach. Zum einen sitze ich in den Briefings meist hinten und kriege kaum etwas mit, zum anderen zeigt sich, wie wichtig Patrouillen-Briefings vor Antritt der Fahrt sind. Undenkbar, dass man in Mijek so wie in Awsard einfach losfährt, und einer hat keine Ahnung, was ihn erwartet.

Nach dem Gedankenaustausch mit dem Kommandanten des Zeltlagers, der für Wang und mich unübersetzt bleibt, bricht die letzte Etappe des Tages an. Wir gewahren einen Bulldozer, der gerade den Berm verstärkt und aufgrund dieser Tätigkeit eine klassische Abkommensverletzung begeht, weshalb er unserer ansichtig umgehend die Arbeit einstellt. Dann sind wir auch schon nahe der Grenze an der schnurgeraden, viele hundert Kilometer langen schnurgeraden Nord-Süd-Straße, auf die wir aus dem Landesinneren stoßen. Eine Mauer ist um die Grenzabfertigung, das sensible Ende der Asphaltpiste, gezogen. Davor ragen links eine Tankstelle und rechts eine stockwerklose Gebäudezeile aus Gemischtwarenladen und zwei Motels aus dem Sand.

Wir müssen über die Grenze und die gestern vom Hubschrauber aus fotografierten drei Zeltstädte aufsuchen, lautet die nächste Aufgabe. Die Anwesenheit von Motels mutet mich beruhigend an. Ein wenig nach Wild-West-Station sieht es aus: Ankerplatz einsam im Sandmeer treibender Zivilisation.

Mit dem Grenzübertritt nach Mauretanien hapert es hingegen, denn dafür benötigen wir Visa. Unseren zwei Ägyptern ist aber von deren Armee für die Dauer des Einsatzes untersagt das Land, in dem sie Dienst tun, zu verlassen, weshalb sie keinerlei Stempel in ihren Pässen haben dürfen. Abgesehen von solch nationalen Eigenheiten hätte sich unser Freund, der COPO in Laayoune, denken können, dass diese Spezialaufgabe möglicherweise zusätzliche Formalitäten erfordert. Aber so ist das bei Minurso: Grimmig planen, doch die einfachsten Dinge nicht berücksichtigen.

Nachdenklich betrachte ich den breiten Sandstreifen zwischen Fahrbahn und Hotels: er ist vom Abfall gesprenkelt, den die Menschen sorglos aus den Händen haben gleiten lassen. Abfalleimer sind kaum anzutreffen. Weit und breit kein Sinn für Ästhetik oder Schönheit, vom Umweltschutzgedanken ganz zu schweigen.

Nach langem Verhandeln haben Mohamed und Ahmed beim zivilen Grenzorgan, einem jungen Mann, der sich später als marokkanischer Brigadier herausstellt, erwirkt, dass wir ohne Stempel ausreisen und wenig später wieder einreisen dürfen. Den Vorschlag von einem der Strongpoints aus ins Mauretanische zu starten, war nicht zuletzt wegen der Minengefahr alsbald verworfen worden. Hinter dem Mauergeviert tut sich eine neue Welt auf: Das Asphaltband endet abrupt, eine vieladrige Buckelpiste beginnt. Über weiß gescheuerte Steine und kleine Hügelkuppen rumpeln und winden sich fragwürdige klapprige PKW, dunkel verglaste Mercedes und mehrachsige Sattelschlepper. Im drei Kilometer langen Niemandsland zwischen den Grenzposten scheint sich keiner der beiden Staaten für die Befestigung der Straße zuständig zu fühlen. Im Reiseführer steht gar etwas von vermintem Gebiet.

Das zwielichtige Publikum, das sich hier niedergelassen hat, stört das wenig. Businessmen sollen es sein. Sie lungern zwischen Autowracks herum, die so aussehen, als seien sie, sich mehrfach überschlagend, von einem zum anderen Grenzübergang gelangt. Ausgebrannte, völlig demolierte Blechruinen liegen in der Gegend herum, an manchen macht sich ein Freiluftmechaniker zu schaffen. Nahe an den

Übergängen erwarten wahre Karossen, zuvor zwischen den Grenzpfählen auf neu getrimmt, vermutlich ebenso zwielichtige Abnehmer. Ein Grüppchen von Businessmen im Saharaoui-Look grüßt huldvoll, als wir vorüberfahren. An einer der Autoansammlungen machen wir Halt. Offenbar eine internationale Werkstätte. Wang und ich zählen die Autos, eine reflexartig gewordene manische Tätigkeit der Minurso-Beobachter: Zählen.

Das zweite Motiv der gestrigen Hubschrauberbeobachtung lässt uns fündig werden: Im Schatten mehrerer Wracks hat eine saharaouische Großfamilie ein großes orangefarbenes Zelt aufgespannt. Wir werden eingeladen, uns zu ihnen auf den Teppich zu setzen. Ein junger Mann führt die Verhandlungen mit Mohamed, die jungen Frauen ziehen ihre bunten Hüllen aus weitem leichtem Tuch bis über die Nase hoch und nehmen darunter lautstark Einfluss aufs Gespräch. Eine ältere Frau regelt Anrufe am Handy.

Sie kämen aus dem Flüchtlingslager im algerischen Tindouf, lautet eine der spärlichen Übersetzungen, die Mohamed Österreich und China angedeihen lässt. Man wolle am südlichen Ende des Berm über Mauretanien in die Westsahara gelangen, um sich dort anzusiedeln, sei aber beim Grenzübertritt erst von Marokko, dann von Mauretanien zurückgewiesen worden. Vor zwei Wochen wären es noch 46 Personen gewesen, gestern hätten hier 25 Menschen ausgeharrt, und heute – ich zähle 15 Köpfe.

Wir machen Fotos, dann tasten wir uns über die Mondlandschaft, buckelaufwärts, buckelabwärts, wie auf einem Moto-Cross-Gelände zur mauretanischen Grenze weiter. Ein bescheidener Betonwürfel ist das Postenhäuschen, über dem grüne Landesfahnen mit Mond und Stern flattern. Davor stolzieren groß gewachsene ebenholzschwarze arrogant blickende Jünglinge in Uniform auf und ab. Unter ihren Augen machen wir eine Kehrtwendung und peilen wieder Marokko an. Mittendrin ein Funkspruch, wir hätten umgehend per Irridium Kontakt mit Laayoune aufzunehmen. Dieser Satellitentelefon-Prügel wird von uns lediglich bei den Qualifikationen zur Gesprächssimulation verwendet, da die Verbindungskosten bei rund fünf Dollar für die Minute liegen.

Mohamed telefoniert ungeniert drauflos. Doch es ist nach 14 Uhr und der COPO noch bei Tisch. Als wir ihn erreichen, will er alles Unwesentliche zum Fall wissen. Nochmals fahren wir ins Niemandsland ein, nehmen Koordinaten und vermessen die drei Kilometer zwischen den Grenzhäuschen. Vorbeifahrende grüßen oder mustern uns. Einer kommt während einer Vermessungspause auf mich zu und spricht mich auf Französisch an. In Marokko werde noch reines Arabisch gesprochen, aber in Mauretanien lebten ausschließlich Berber und Nubier. Er wisse das, er sei Fremdenführer in Mauretanien, sagt er und ruft mir im von Unrat und Autowracks übersäten Staub zwischen den Welten seine Webadresse zu. Täglich kann ich hier die eigenartigsten Erfahrungen auflesen, auf die ich in Mijek monatelang warten müsste.

Warten bestimmt aber auch den weiteren Verlauf der Patrouille. Immer wieder zückt Mohamed die Antenne und kommuniziert mit Laayoune. Der COPO entscheidet, wir sollten am Grenzübergang einen NOP einrichten, einen Night Observation Point, um die Lage unter Beobachtung zu halten. Zwar habe ich einen Schlafsack im Auto, doch der Gedanke an eine Übernachtung ohne Bett fasziniert mich nicht. Gegebenenfalls würden wir morgen von einer anderen Patrouille abgelöst, sagt der COPO. Auch das freut mich wenig, denn ich würde gerne die Tour fertig machen, an deren Ende die Visite des von mir so sehnsüchtig erwarteten Dakhla steht.

Die anderen haben ebenfalls bereits ein begehrliches Auge auf die beiden Hotels geworfen. Das Fleisch in einem unserer drei Cooler könne man dem Koch zur Zubereitung übergeben. Mitunter haben die unkomplizierten arabischen Sitten angenehme Effekte. Die letzten Kilometer hatte es arg nach Zwiebel im Auto gerochen, weil nach allzu unbedachtem Hügel-Hopping der Cooler mit dem Fleisch umgefallen war und sich die Marinade über Äpfel, Orangen und hintere Sitzbank ausgebreitet hatte.

So ziehen wir im ersten Hotel Erkundigungen ein. Insgesamt 100 Dirham mit Gemeinschafts-Dusche und -Klo. Das Nachbarhotel bietet um diesen Preis je ein Zimmer mit Plumpsklo und darüber montierter Dusche an, doch die Mehrheit ist für die billigere Lösung, wenngleich Minurso pro Tag alle Kosten bis 800 Dirham übernimmt.

Ich füge mich, werde aber, als die Inbetriebnahme des Durchlauferhitzers fürs Bad und das Abschließen der Zimmertür mittels herausziehbarer Türklinke als Schlüsselersatz vorgeführt werden, immer skeptischer. Zudem sind die Nassräume nicht nur den werten Gästen des Hotels, sondern auch denen des Restaurants gewidmet, und das ist eine ganze Menge. Dementsprechend sehen die Örtlichkeiten, die zudem nicht verschließbar sind, auch bald aus. Durchaus ein Tiefpunkt meiner marokkanischen Reiseerfahrungen.

Das Tor zum nahen Zollhof wird geschlossen, während der Koch Wind über die Fleischstücke fächelt. Ziemlich viele, wie es scheint. Die Sorge ist unbegründet. Zwei Männer gesellen sich an unseren Tisch, mit denen Mohamed schon vorher eingehend palavert hat, und langen eifrig zu. Einer ist Polizist, der andere Gendarm. Ich würde gerne die Frage nach dem Unterschied aufwerfen, doch bietet sich keine Gelegenheit. Wir verschlingen das Barbecue zwischen gerösteten Broten, das anders als in Mijek endlich nicht angebrannt und hart wie Schuhsohle ist, und langen beim Salat zu. Meine Portion genieße ich mit Wasser, während die Runde beim Essen nicht zu trinken pflegt und mich wegen meiner Gewohnheit aufzieht. So deutlich können Kulturunterschiede sein, dass höchst selbstverständlich Scheinendes in Frage gestellt wird. Jedes Gesundheitsmagazin in unseren Breiten wird nicht müde, Getränke zum Essen zu erwähnen. Zudem würde ich ohne Flüssiges bald keinen Bissen mehr hinunterbringen.

Mein Zimmer liegt als Nächstes zum Schankraum. Böses ahnend hatte ich gefragt, wie lange der Fernseher laufe. Um 22 Uhr werde abgestellt, hatte mich der Wirt beruhigt. Um 23 Uhr schauen ein paar Unentwegte immer noch Fußball. Wieder ist lange nicht an Schlaf zu denken. Während meiner Umdrehungen im Bett, bezüglich dessen bunten Leintuchs ich nicht zu überlegen wage, wann es zuletzt gewaschen wurde, werde ich immer zorniger. Da wäre es auf einem der weichen Sofas in den romantischen Zelten im Hof noch angenehmer als in dieser Behausung, die mich mit Grausen erfüllt.

## Donnerstag, 25. 11.

In der Früh hat sich vor dem Grenzübergang eine hundert Meter lange Doppelspur gebildet. Lieferwagen transportieren Käfige mit geduldig leidenden Hühnern auf dem Dach, ein LKW-Fahrer zapft aus einem Tank unter dem Auflieger Wasser in seine silberne Teekanne. Die zwei Ägypter sind Frühaufsteher, Wang ist es glücklicherweise nicht.

Gegen neun legen wir ab. Der Weg führt uns vor dem Grenzübergang nach rechts, ein paar Kilometer weit aufs Meer zu. Heute fahre wieder ich: man kann das Meer bereits riechen, die Luft wird fühlbar feucht. Dennoch beißen sich unsere Autos durch tiefen Sand einer Hügelkuppe entgegen, drüben wieder hinunter. Ein Militärflieger zieht über uns hinweg, wir umfahren einen militärischen Strongpoint, dann Schnitt: In einer scharfen Linie löst der tiefblaue Atlantik die staubig-graue Wüste ab.

Wir parken die Autos auf einem Plateau, nehmen Badetücher und Fotoapparate und klettern über ein paar Felsen hinunter zu einem unberührten Sandstrand, an den die Wellen anrennen. Ein paar Meter vor uns liegt ein rostiger Fischerkutter schräg im Wasser. Er ist nur mehr Kulisse seiner selbst, innen hohl, ausgeschwemmt. Die See brummt, röhrt, stampft, donnert heran wie ein einfahrender U-Bahn-Zug, rennt gegen das rostige Wrack an, das wie ein in den letzten Windungen des Lebenskampfes verendendes Tier daliegt. Die uns zugewandte Seite hat sich noch etwas vom einstigen Aussehen bewahrt. Die andere ist ihm herausgerissen, als hätte ein hungriger Riese zugebissen, eine offene Muschel, das leere Dahinter einer Kulisse.

Und doch kann das Wrack Assoziationen wecken: Piratengeschichten, Kentern im Sturm, Versenkung vor der Küste, Schmuggel, Seefahrerromantik. Dementsprechend oft zwingt es, den Kameraauslöser zu betätigen. Wang ist hemmungslos. Er schoss rund 400 Bilder, erzählt er mir später in Dakhla. Die Ägypter versuchen sich ins Wasser zu schubsen. Wang und mich überrascht trotz aller Vorsicht eine Welle, sodass ich meine Uniform zum Trocknen auf einen Felsvorsprung hängen muss.

Wir sitzen auf blauen Campingbetten der UN und freuen uns unserer Patrouille. Solche Erlebnisse sind für die Seelenhygiene eines rund um die Uhr eingesetzten Beobachters nicht zu unterschätzen. Ein oder zwei dieser Aufheiterungsausflüge hätten wir in Mijek gebraucht! Vor uns baut sich Woge um Woge auf, wälzt sich auf das müde Wrack zu, zerschellt donnernd daran oder überrollt die Reste seines Decks, schäumt auf den Sandstrand zu und zerperlt da. Konzentriert sammle ich winzige Muscheln in allen Farben.

Die Flut ist unerbittlich, drängt uns an den Felsen zurück, bis uns einige Wellen erreichen und mein Badetuch nach einer jähen Wasserattacke zum Auswringen ist. Recht hat der Vater von Ahmed, der nach dessen Worten zu sagen pflegt: Traue dem Meer nicht. Wir packen unsere Klamotten und machen ein Stockwerk höher auf militärisches Outfit. Dann treten wir die Rückfahrt an. Auch ohne gebadet zu haben bin ich angenehm müde.

Nochmals setzt Mohamed zum Sprung über die Grenze an, was heute einfacher ist, weil man uns schon kennt. Vielleicht auch, weil niemand mehr von den Saharaouis da ist, wie uns ein aus dem Boden gewachsen scheinender Informant gleich hinter dem Gate vertrauensvoll mitteilt. Die Geheimpolizei habe sie vor zwei Stunden abgeholt. Zynisch wie wir zu reagieren gelernt haben, stimmt uns das erleichtert. Nachdem wir auch am mauretanischen Gate niemanden mehr entdecken, dürfte einer Weiterfahrt nach Dakhla nichts mehr im Wege stehen.

Davor sind noch einige Satellitentelefonate mit dem COPO aus dem Zwischenreich von Wracks und Geröll notwendig, um ihn zu überzeugen, dass wir fit für die Weiterfahrt sind und noch ein paar Aufgaben zu erledigen hätten. Mohamed mimt das Schlitzohr ausgezeichnet. Unschlüssige Zauderer lassen sich mit Überzeugungskraft leicht in die gewünschte Richtung dirigieren.

Es habe um zehn Uhr einen Spezial-Hubschrauberflug gegeben, und da wären die Leute noch zu sehen gewesen, wendet das Hauptquartier ein. Vermutlich war den Marokkanern das geballte UN-Interesse an der Großfamilie dann doch zu viel gewesen, und sie hatten sie flugs in ihr Land zurückgeschaufelt. Vielleicht haben wir auch ohne humanitären Auftrag beitragen können, dass sie aus ihrer misslichen Lage als Zwischenstaatler gerettet wurden, wer weiß.

Wir machen uns Gedanken über den Polizisten und den Gendarmen von gestern Abend, die uns beim heutigen Grenzübertritt nicht gesagt haben, dass wir nichts finden würden. Nachher erklären sie, sie wollten, dass wir uns selbst überzeugten. Selbst überzeugt sind wir nun lediglich davon, dass die beiden gestern Abend zwecks Informationsgewinnung auf uns angesetzt waren und nicht aus dem Drang zu sozialer Nähe unsere Mitesser wurden.

„Dakhla 374 KM" steht auf der Verkehrstafel gegenüber den Motels an der Grenze. Auf der endlosen Geraden nach Norden starten wir in den Nachmittag. Rechts neben uns liegt ein Flugfeld wie die Rohbautrasse einer Eisenbahnstrecke. Wenig später biegen wir links ab und erklimmen eine etwas erhöht liegende Einheit, die aussieht wie eine Zauberburg für Kinder, Disneyland auf militärisch.

Freundlich empfängt uns der Kommandant, Wang und ich werden über eine Steinstiege an der Hauswand auf eine überschattete Dachterrasse geleitet, während Ahmed und Mohamed zum Gebet verschwinden. Boshaft vermute ich, sie genießen in erster Linie das Waschen der Füße. Mit dem Chef der Einheit wechsle ich ein paar freundliche Worte auf Französisch, was überraschenderweise nicht schwerfällt. Wenn Leute in dieser Gegend Französisch sprechen, sind sie gut zu verstehen, weil sie langsam artikulieren. Auch mache ich die Erfahrung, dass sie, wenn sie sich auf Arabisch unterhalten, französische Füllworte wie „donc" einstreuen, was recht putzig wirkt.

Ich erfahre, dass die Grenze in erster Linie zur Ausfuhr von Lebensmitteln, Gemüse und Obst, bis nach Senegal genutzt wird. Und dass die Businessmen im Niemandsland Mauretanier oder Immigranten, aber keine Marokkaner sind, aus dem dort umherliegenden Schrott Autos zusammenkleistern und sie nach Mauretanien verkaufen, weil es dort keine Versicherungen gibt. Keinesfalls nach Marokko, versichert der Kommandant. Ich bezweifle alles, was ich hier so höre, doch lerne ich zumindest die offizielle Sprachregelung im Land kennen.

Endlich tapsen vier frisch gereinigte Füße die Stiegen herauf, und wir können die Teezeremonie beginnen. Ein paar Fragen, etwa nach dem Standort des ominösen Radars und dem Flugzeug von heute früh – laut Auskunft hatte dieses das Radar an Bord – dann wird Wang, der eigentlich Kommandant ist, um den Fotoapparat geschickt, was er mit diensteifrigem „Hoho" auch tut, um einen Rohbau in den verwinkelten hinteren Trakten, wo es aussieht wie in einer Mini-Medina, fürs Abkommens-Verletzungs-Album zu knipsen.

Nach weiteren Stunden hinter dem Steuer haben wir einen kleinen Ort erreicht, der in Awsard Dakmar genannt wird, weil ein Hotel sich dort einmal so nannte, tatsächlich aber Lamhairiz heißt. Am Kreisverkehr biegen wir rechts ab, da wir noch das Hauptquartier von Bir Gandouz aufzusuchen haben. Wenn jemand wie wir eine Reise tut, hat er nicht nur viel zu erzählen, sondern auch viel zu fragen. Zuvor noch ein letzter Anruf über Weltallvermittlung beim COPO. Mohamed wendet alle Redekünste eines Versicherungsmaklers auf, was schließlich mit der Genehmigung eines weiteren, vierten Patrouillentages belohnt wird.

Auf einem breiten Asphaltband gleiten wir durch dürre Öde landeinwärts zum letzten Programmpunkt des Tages. Die Strecke hat etwas von der Brünner Straße zwischen Wien und Hollabrunn. Als die zwei Autos eine Hügelkuppe übersetzen, tut sich dahinter im Talkessel Bir Gandouz wie ein militärisches Oasendorf in der kilometerweiten Einöde auf: Wiederum einzeln stehende Unterkünfte, ein paar Militär-LKW in Tarnfarben und auf dem Hügel das Kommandogebäude mit Gärtlein, Antreteplatz und Fahnenmast davor.

Höflich werden wir in ein Kommandantenzimmer gebeten, dann gesellt sich ein schnauzbärtiger, hagerer Oberstleutnant in Schlapfen zu uns, fast wie bei der Polisario. Nur, dass dieser Herr, dem, wie ich scharf beobachtend feststelle, das letzte Glied am linken kleinen Finger fehlt, weitaus eloquenter ist und durch dosierte Gestikulation eine gewisse Eleganz vermittelt.

Während die Unterhaltung auf Arabisch dahinkrächzt und wir aus mittlerweile sattsam bekannten Gläschen Tee schlürfen, überlege ich, wie sich unser Gegenüber intern verhält: Ob er ein freundlicher Kumpel ist oder auch zu Folterungen seiner

Untergebenen fähig ist? Zumindest davon weiß, sie duldet? Nichts soll mich darüber hinwegtäuschen, dass ich mich in einem anderen Kulturkreis aufhalte, dass ich nicht von denselben Voraussetzungen wie in Europa ausgehen darf.

Es ist halb sechs, wackelige Trompetentöne dringen von draußen ans Ohr. Alles, was in Marokko Uniform trägt, steht jetzt stramm. Wir umrunden die Grünidylle, um am Fahnenmast ein Foto zu schießen. Dabei luge ich in die Büroräume der Seitenflügel des Kommandogebäudes: Erbärmliche dunkle Höhlen mit altersschwachen Schreibtischen und abgewetzten Betten, die mehr Zellen als Vorzimmer der Macht sind, syrischen Militärstützpunkten nicht unähnlich.

Wir kehren zurück nach Dakmar, der untergehenden Sonne hinterher. An Marokkos langer Nord-Süd-Straße wächst zwischen nichts und wenig etwas abrupt ein mehrstöckiger Bau in die Höhe, das Hotel Barbas, auch dieses bei uns unter Dakmar firmierend. Ein halbrundes Gebäude, dessen Atrium von Tischen und Palmenbeeten eingenommen wird. Überspannt wird der Halbkreis von einem Netzdach, was dem Ganzen einen etwas düsteren Eindruck verleiht. Der Hoteleigner, ein Mittfünfziger von der Insel Fuerteventura, ist gleich um uns besorgt und läuft mir damit direkt in die Interviewfalle.

Vorerst beziehen wir die Zimmer. Trotz spanischem Chef hat es arabische Macken: Der Druckknopf in der Toilette ist verrostet und lässt sich nicht bewegen. Zigarettenstummel schwimmen im Abfluss. Umgehend erhalte ich ein anderes Zimmer. Das ist wiederum weniger anheimelnd, da ihm der Vorhang am Fenster zum Flur fehlt und ich es deshalb mit meiner Uniformbluse verhängen muss. Dennoch: Gegenüber gestern ist der Sprung in die Zivilisation ein gewaltiger. Doppelt so teuer, doppelt so angenehm.

Zum Abendessen lassen wir Hühner-Tajine kommen, nur Wang nimmt Fisch. Wir sitzen in einem der fensterlosen Teeräume im Erdgeschoß auf Teppichen und Polstern und genießen das auf einem niedrigen Tisch vor uns angerichtete Mahl. Hurtig angetapst gekommene Katzen tun das auch, da wir ihnen einige abgenagte Brocken zuwerfen. Nun liegen Knöchelchen und Gräten zwischen den Teppichen, aber das passt zum Lokalkolorit. Diesmal geht es mir mit dem Schlafen deutlich besser.

## Freitag, 26. 11.

Schon wieder sind die Ägypter putzmunter und drängen zum Aufbruch. Später erfahre ich von Ahmed, warum: Sie wollen in Dakhla noch den Freitags-Gottesdienst um halb eins erreichen. Nachdem ich ausreichend Brot in Marmelade und Olivenöl getaucht habe, helfe ich ihnen bei der Kanisterbetankung vor dem Haus, sehr improvisiert mittels abgeschnittener Trinkflasche als Trichter, dann knöpfe ich mir den Hausherrn zum Interview vor, während unsere beiden Macher aus dem Pharaonenstaat dem örtlichen Polizeiposten einen Besuch abstatten, wo sich die seit gestern verschwundenen Saharaouis mit Kind, Kegel und Landrover aufhalten sollen.

Es folgt eine weitere mühselige Etappe unserer Reise, während der regelmäßige vergleichende Blicke zwischen Kilometerstein und -anzeige auf dem Armaturenbrett die einzige Zerstreuung bieten. Dennoch wechselt auch jetzt das Bild der Umgebung ständig um Nuancen. Erst ziehen Nebel von links über die Sandhügel, dann schimmert dahinter das Meer in jugendlichem Hellblau durch den Dunstschleier. Violette Kräuter beiderseits der Straße vermitteln den Eindruck von Heidelandschaft. Karge durchschotterte Sandebene wechselt mit Buschsteppe.

Plötzlich biegt der erste Wagen ab. Trotz Moscheebesuch will Mohamed uns etwas zeigen. Wir kurven ein paar Kilometer hügelauf, hügelab, bis mit einem Mal eine kleine Bucht mit einer Handvoll Zelte vor uns liegt. Ein hagerer Einheimischer in löchrigem T-Shirt begrüßt uns und führt durch das Reich, das er verwaltet: Blitzsauber ist es, in den Zelten stehen meist drei niedrige Betten mit dicken Matratzen und Decken. Solarpaneele liefern Strom fürs Küchenzelt und die Duschen, jeweils unter weißen Planen.

Mitunter mache die Patrouille hier Station, an der Außenstelle „Puerto Rico“ eines feinen Hotels in Dakhla, erläutert Mohamed. Für 700 Dirham könne man übernachten. Die UN-Beobachter würden aber jedes Mal dem Camp-Behüter etwas aus ihren Kühltrögen abgeben und könnten dann die Nacht gratis verbringen, nachdem sie ihr Fleisch am Strand gegrillt hätten. Es muss stimmungsvoll sein unter dem Sternendach zwischen Meer und Wüste. Obendrein ohne Komfort vermissen zu müssen.

Wir streben weiter, die ersehnte Tankstelle naht, denn unser Dieselvorrat geht bedenklich zur Neige. Neue Freunde mache ich mir dort nicht, denn zum einen fülle ich den Tankgutschein schlecht leserlich aus, zum anderen verwechsle ich das Örtchen und werde vom Tankwart über der Duschwanne angetroffen, der darob die Hände über dem Kopf zusammenschlägt. Ich empfinde es als halb so wild, denn die Duschwanne strotzt dermaßen vor Schmutz, dass ich sie für den Abtritt gehalten habe.

Schemenhaft taucht bald parallel zur Straße linkerhand hinter einem Meeresband die Halbinsel von Dakhla auf. Doch es sind noch 30 Kilometer bis ans Ziel. Wir scheren links aus, lassen uns von einer Hügelkuppe in ein beeindruckendes Panorama aus feinem Sand zu beiden Seiten und einer darin zart auslaufenden Meeresbucht gleiten, wo sich Kitesurfer mit geblähtem Schirm an langen Schnüren dem Wind anvertrauen.

Entlang der Geraden in die Stadt wird die Bebauung dichter, wenngleich nicht sympathischer. Dakhla, die einstige Poststation Villa Cisneros des Berufspiloten Saint-Exupéry auf seinen Nord-Süd-Flügen über Afrika, die noch immer eine Landebahn im Stadtzentrum aufweist, ist alles andere als ein boomender Fremdenverkehrsort. Vielmehr ein in der Entwicklung stecken gebliebenes Laayoune. Obwohl es von der Lage her das Zeug zum touristischen Geheimtipp hätte. Aber so ist Dakhla vom marokkanischen Militär geprägt.

An der Strandpromenade liegt ein im Erdboden zu versinken scheinendes Best-Western-Hotel. Es ist in die Geländekante gebaut, und wir steigen zur Rezeption hinunter, wo ich sofort das Internet am Fenster in Beschlag nehme. Der Wind vom Meer bläst den Vorhang über Körper und Tastatur, draußen wetteifern Himmel und Wasser um den schöneren Blauton. Die zwei Ägypter sind im Handumdrehen in die Moschee entschwunden.

Die Zimmer haben ein Fenster zu einem freundlichen Lichthof, jene mit Meeresblick sind doppelt so teuer. Ohnedies kostet der großzügige Raum mit breitem Doppelbett 1000 Dirham, Minursianer zahlen nur 300. Selbst diese werden von der Firma rückerstattet.

Man hat uns von der Casa Louis mit ausgezeichneter Paella erzählt, also wird beschlossen sie aufzusuchen. Das ist das Leidige an Gesellschaftsreisen, wie schon Methusalix im Asterix wusste: Nie ist man sein eigener Herr. Ich hätte lieber Couscous auf der Hotelterrasse am Meer eingenommen und hätte mir am Abend im Restaurant ein Fläschchen Wein vergönnt. Aber gut, die Belegschaft will in die Casa Louis. Um 14 Uhr sind wir dort fast die einzigen Gäste, auch ist es anders, als ich erwartet hatte: kein hübscher Garten mit Meeresblick. Die Paella dauert laut Speisekarte 35 Minuten und kostet 70 Dirham pro Person. Tatsächlich wird es einiges nach drei, mehr als eine Stunde Wartezeit Die Paella schmeckt aufgrund fehlender Muscheln etwas fade und kostet 85 pro Person. Das halbe Fläschchen Süßwein kommt gar auf 80.

Mohamed und ich fahren ein paar Häuserblöcke weiter, um den Liason Officer der Marokkaner aufzusuchen. Freundlich weisen uns die Unteroffiziere am Eingang weiter. Mohamed scherzt fröhlich mit ihnen, während ich Milieustudien mache. Denn nach jedem von Mohameds Witzen lachen sie breit, und ich kann ihre Zahnstellung beobachten. Einer hat einen ausgeprägten Dreier links oben, dafür fehlen ihm mehrere dahinter. Je höher der Dienstgrad, desto besser die Zahnstellung. Im marokkanischen Volk hat sich verwirklicht, wovor deutsche Politiker anlässlich drohender Raubtierliberalisierung des Gesundheitswesens warnen: Dass man den sozialen Status bald am Zahnstatus ablesen könnte.

Die Soldaten tragen beige Ausschlaghemden zum grünen Feldanzug und haben eingenähte Gummibänder als Hosenabschluss, was professioneller wirkt als üblich. Zudem steht an den Türen der Büros „Gendarmerie“ angeschrieben. Wir sprechen zuerst bei einem Oberstleutnant in einem weitläufigen Büro vor, der eher wie ein aufgeschlossener Fremdsprachenprofessor denn ein Offizier und schon gar nicht wie ein Araber wirkt. Neben dem Schreibtisch thront ein modischer Flachbildschirm.

Wir sind nicht beim Richtigen und treten den Rückzug zur Hinterseite des Gebäudes an. Dort werden wir vom offenbar zuständigen Verbindungsoffizier, wieder einem Oberstleutnant, empfangen. Ein schlanker 50er, dessen Hautfarbe an Händen und im Gesicht aufgrund einer Pigmenterkrankung sehr hell ist. Die weißen Haare sind nach Art von Julius Caesar gebürstet. Wieder gibt es Tee, während unser Gesprächspartner graziös mit schlanken Händen gestikuliert. Mohamed scheint völlig unbekümmert, dass wir mit der Gendarmerie verhandeln, deshalb frage ich nach. Wir sind Teil der Armee, sagt Caesar mit einem Anflug von Gekränktheit. Er selbst komme von der Infanterie.

Die Gendarmerie ist ein besonderer Armeeteil, wie ich später dem Internet entnehme, aufbauend auf dem französischen System – welchem sonst wohl. Sie ist, wie einst in Österreich, die Polizei auf dem Land und teilweise dem Innenministerium unterstellt, aber auch zu den Streitkräften gehörig. Etwas Besseres jedenfalls, wie man spürt, wenn man auf die Kleinigkeiten achtet: Zahnstellung, Güte der Kugelschreiber, Hosenabschlüsse.

Und weil Mohamed so stolz auf seine Reiseführerfunktion während dieser Dakhla-Patrouille ist, zeigt er mir noch die marokkanische Offiziersmesse: Direkt am Meer gelegen, mit eigenem Strand und Süßwasserpool darinnen, mit diskreter Rezeption, blitzenden Marmorsälen und keinem Stäubchen Schmutz erinnert sie an die spanischen Armeehotels von Las Palmas.

Wir kehren ins Hotel zurück, immerhin geht es auf sechs, und ich spüre die Wirkung des Weins. Deshalb beschließe ich nicht mehr auszugehen und liege stattdessen lesend auf der Terrasse, die aber von Kanalisationsgerüchen umwölkt wird – in Marokko, auch dem besetzten, ist kein Glück perfekt. Ich schaue in das glasklare Wasser unterhalb der Brüstung, das sich in einem Anflug von Ebbe zurückgezogen hat. Obwohl die Nachtruhe anfangs durch laute Nachbarn im Lichthof gefährdet erscheint, erlebe ich dennoch erstmals seit Langem eine mehr als achtstündige erholsame Nacht.

## Samstag, 27. 11.

Da ich früh munter bin, beginne ich um halb acht eine Joggingtour, die ich links vom Hotel in Richtung Industrieviertel einschlage. Keine gute Wahl, denn erst tänzle ich auf schmalem Pfad hinter einer Fischfabrik auf zum Meer hin abfallenden Felsen, die zart, aber nachhaltig von Müll überzogen sind. Plastikflaschen, Fischgerippe, Glasscherben, Kinderschuhe, Verpackungsteile, alles fest in den Boden getreten, eins mit ihm geworden, eine widerliche gesprenkelte Masse, die sich nicht mehr in natürliche Unberührtheit zurückverwandeln lassen wird. Zwischen zwei Fabriken, vor denen gelangweilt Hunde und Personal lungern, vorbei an ölverschmierten Zugfahrzeugen am Straßenrand biege ich hinter die letzten Siedlungshäuser ein, entlang einer für Neubauten bereits aufgeschlossenen, mehrere hundert Meter langen und breiten Fläche, aus der, militärisch angeordnet, die Pfähle für die Elektrizitätsversorgung ragen. Der Boden ist gleichmäßig übersät mit Schmutz. Auf ihm wird die neue Stadt entstehen, ohne dass vorher ein Putzkommando einen Großangriff gestartet hat.

Der Wind weht Brechreiz erweckenden Gestank von fauligem Fisch daher. Verschwitzt kehre ich zurück, mein rechtes Knie schmerzt beleidigt und ich wechsle in die Badehose. Von der Hotelterrasse hangle ich mich über Steine zum Wasser und schwimme vor dem Hotel eine halbe Stunde auf und ab. Es ist herrlich entspannend, ich spüre weder das lädierte Knie noch das neuerdings quälende Ziehen im linken Arm. Lediglich auf die bröckelnde Betonverkleidung unter der Hotelterrasse darf man nicht sehen oder an die vermüllten Felsen ein paar hundert Meter weiter denken. Neuerlich frage ich mich, warum Menschen keinen Bezug zur Schönheit der Natur haben, kein Sensorium für die Zerstörung ihrer Umgebung. Es geht ganzen Völkerschaften ab. Auf unserer Patrouille sammle ich heimlich die bei den Stopps von Ahmed und Mohamed weggeworfenen Plastikverpackungen oder Joghurtbecher-Deckel auf.

Nach absolviertem Viertel-Ironman mache ich mich ans Frühstück. Zum wiederholten Mal war ich zu optimistisch. Trotz 120 Dirham laut Karte finden sich keine warmen Gerichte am Buffet. So räume ich denn alles andere, was sich finden lässt ab, setze mich an die Reling und lasse die Sonne auf Tisch und Bauch scheinen. Die zwei Ägypter sitzen im Innenraum, wegen des Panoramas unverständlich, aber unser ob seiner Tollpatschigkeit liebenswerter Chinese leistet mir Gesellschaft. Da ich mir die Innenstadt ansehen möchte, lasse ich ihn aber nach Kurzem alleine.

Ich hatte schon vermutet, dass es ein Unterfangen wird, das ich mir sparen kann, denn Dakhla ähnelt von der Philosophie her Johannesburg: Außen hui, innen pfui. Ärmliche Steinhütten reihen sich in staubigen verschmutzten Gassen aneinander, von ehemals spanischer Prägung ist auch mit viel Phantasie nichts zu merken. So kehre ich bald wieder ins Hotel zurück und packe für die Weiterfahrt.

Unsere zwei Araber sind in die marokkanische Offiziersmesse essen gegangen und kehren, wie vermutet, spät zurück, sodass wir erst gegen 15 Uhr abreisen. Vorne fährt diesmal Wang, nicht gerade ein Könner seines Fachs: Er ist nicht nur langsam, es zieht ihn auch zur Straßenmitte. Während ich mich trotz Morgensport völlig fit fühle, dürfte Wang auf der kurvenreichen Straße heimwärts ermüden. Nachdem er aufgrund Abkommens von der Fahrbahn kurz in einer Staubwolke verschwunden ist, tauschen er und Mohamed die Plätze.

Freudig und kein bisschen neidisch werden wir in Awsard empfangen. Der Stabschef war in unserer Abwesenheit da und voll des Lobes für die Arbeit unserer Patrouille: ein neuerlicher Beweis, dass die oben keine Ahnung von der Basis haben. Teamsite-Chef Amir winkt mir mit einem Kuvert, meinem Evaluationsreport. Unterschreiben und zurücksenden. Wieder bleibt das Herz kurz stehen. Haben sie noch immer nicht genug, muss weiter auf den unschuldigen Wurm, als den ich mich sehe, eingetreten werden?

Im Bau lese ich den Report und bin neuerlich fassungslos: Über den grünen Klee werde ich gelobt, habe eine überdurchschnittliche Beurteilung. Was mag da in der bösen Regie an der Missionsspitze schiefgelaufen sein? Oder ist der Stabschef tatsächlich so unwissend über die Vorgänge? Welch tollen Job ich doch gemacht hätte, heißt es in einem der Stehsätze, die nach Copy - and - Paste riechen. Dabei weiß der Mann vermutlich gar nicht mehr, wie ich überhaupt aussehe.

Auch diesmal ist kaum an Schlaf zu denken, weil Michael wiederum Party macht. Wenigstens verspricht der nächste Tag mir nicht das Äußerste abzuverlangen.

## Sonntag, 28. 11.

Der Tag beginnt höchst ungewöhnlich, denn zwölf von uns finden sich zusammen, um das Secret Valley zu bereisen. Da offiziell Maintenance-Tag ist, und sich deshalb jeder in seiner Reihenhöhle verkriecht, bevor er sich am Hochdruckreiniger zu schaffen macht, ist dies eine willkommene Abwechslung. Ich weiß nichts von unserem Ziel, außer dass es sich um eine Naturschönheit handeln soll. Die Namensgebung mag auf Minurso zurückgehen. Egal, jeder Name wurde einmal von jemandem verpasst und verschmolz später mit dem bezeichneten Objekt.

Eigenartig, dass Militärs, wenn sie derartige gemeinschaftliche Unternehmungen auf die Beine stellen, dies gar so militärisch tun. Und dass jeder ein wenig den Kommandanten durchblitzen lässt. Da ich bei solchen unterbewussten Wettbewerben nie mitspiele, bin ich froh, mich in einem Fond verkriechen zu können und das Weitere abwarten zu dürfen.

Erst fremdle ich noch. Kein Wunder, der mundfaule Russe Alexander ist Fahrer, neben ihm sitzt Dubra, die mit unentwegten Ausrufen von der Sorte „Oh, how wonderful, great!" tatsächlich schwer auf Dauer zu ertragen ist und mit ihrer Kamera Nonstop-Rundumfilmchen dreht. Der honduranische Haudegen José neben mir wiederum hält still.

Nach etwa 25 Kilometern biegen wir links auf einen Wüstenpfad ein. Hoffentlich treiben sich hier keine Minen herum. Immerhin sind wir das dritte Fahrzeug im Konvoi, das gibt etwas Sicherheit. Sandor, der schon früher einmal hier gedient hat, kennt zudem die Strecke. Rechts und links steigen Berge auf. Nach ein paar Holperern sind wir da: Ein Talkessel mit einzelnen gemauerten Hütten, Unterkünften für Hirten, von dem ein baumbestandener, mit feinem Sand ausgefüllter Einschnitt zwischen Felsen wegführt.

Alles sagt „Ah“ und „Oh“ und freut sich ob der unberührten Natur. Zimmernachbar Joseph gibt seiner Freude durch lautes Rufen Ausdruck, sodass sich das Echo angesichts des Nigerianers beinahe überschlägt. Dann stapfen wir los, begleitet von Bäumen mit Dornen, deren rotes Harz wie Blut auf die Steine darunter tropft. Archaischen Opferstellen gleich erscheinen die von den herabwallenden Baumkronen fast verborgenen bekleckssten Brocken. Zwischen ihnen windet sich behände eine zarte Schlange, gerade einen Meter lang, durchs Gelände, von uns mit neugierigem Schaudern beobachtet. Der Weg, eigentlich ein Nach-Regen-Flussbett, erhöht sein Gefälle. Wir kommen an drei weiß gekalkten Gräbern vorbei, angeblich von drei Soldaten. Die arabische Aufschrift erzählt etwas von 1957. Wer in diesem Hinterland gegen wen gekämpft haben mag?

Wenige Meter weiter hat sich in einer Felsenpfanne Wasser gesammelt. Haptisch, wie die Kollegen nun einmal sind, stecken sie die Pfoten ins Nass, als ob sich Wasser hier anders anfühlen könnte als anderswo. Nach den 20 Minuten Fußmarsch zwischen immer enger bis auf Klamm-Abstand zusammenrückenden Felswänden ist man noch nicht müde. Ein Stück höher liegt ein etwas größeres Wasserloch. Ein drittes lässt sich nicht umgehen. Die Köpfe recken sich: Die meisten wollen den Felsen links erklimmen und von dort oben forschen, ob hinter dem dritten nicht noch weitere Wasserlöcher der Entdeckung harren.

Nach dem gestrigen Lauf macht mir das Knie zu schaffen, außerdem denke ich daran, wie schlecht ich den Abstieg bewältigen würde und trete gemeinsam mit dem pfauchenden, weil viel zu schweren und viel zu nikotinhältigen Loic den Rückmarsch an. Am ersten Wasserloch keucht er mir zu, dass er meine Situation gut nachvollziehen kann, auch er sei in seiner Armee verleumdet worden. Wenn man einmal so etwas am Bein hat, bekommt man es nicht mehr los, darin sind wir uns einig.

Ich setze meinen heimlichen Plan um, kenntnisreich dank unzähliger Bergwanderungen in den heimischen Alpen, und gehe die linke Felswand dort an, wo sie am Zusammenfluss zweier Täler eine Nase bildet und sanfter zu besteigen ist, den schnaufenden Loic im Schlepptau. Alsbald haben wir über den Umweg die Höhe und die atemlosen Kollegen der Direttissima erreicht. Während sie sich zum Nasenabstieg anschicken, treibt es mich über den Nasenrücken voran. Das Wetter ist milde gestimmt, und ein gewaltiges Panorama aus scharfkantigem dunklem Fels und weichen Bachbetten dazwischen, die wie zu Schwemmsand erstarrt scheinen, breitet sich vor mir aus.

Zwar hatte Sandor gesagt, es ginge irgendwann nicht weiter, doch das glaube ich nicht, und es stimmt auch nicht. Man könnte hier genüsslich noch einige Zeit dahinwandern und in einem großen Bogen über das andere Tal zurückkehren. Doch ich unterlasse es, zum einen, weil man ja doch nicht so genau weiß, wo die Kämpfer von einst überall ihre Minen abgelegt haben. Zum anderen sagt mir die Erfahrung, dass es sich just zum Schluss spießen kann, und dann müssen alle warten, bis ich dahergekeucht komme. Man soll zufrieden mit dem sein, dessen man teilhaftig wurde. Und das war überraschenderweise mehr als genug.

Im Tal treffen wir hoch zufrieden alle zusammen und schmieden Pläne fürs nächste Mal. Dann wolle man Cooler mitnehmen und hier oben Picknick machen. Gut gelaunt geht es heimwärts zu, und ich notiere geistig, dass solch gemeinsame Erlebnisse wichtig für die Seelenhygiene in einer Teamsite sind. Danach verkriecht man sich wieder im Containerzimmer und lebt für sich. Die Abwechslung schafft den inneren Ausgleich, weshalb es mich auch nicht weiter verwundert, dass ich hier noch keinerlei Streit erlebt habe.

Am Nachmittag nehme ich mir das zugewiesene Vehikel vor, es ist der Minibus. Ich bin nie über dieses Ding informiert worden, aber zum Auskehren des Innenraums sehe ich mich befähigt. Mehr kann ich ohnedies nicht tun, da der Motor im Fahrgastraum eingehaust ist und ich nicht einmal einen Ölmessstab finde. Auch waschen sollte ich nicht, da wir zu wenig Wasser im Tank haben. Gut, sage ich, morgen. Ohne Chef-Amt werde ich wie alle anderen. Wenngleich mit Spuren von schlechtem Gewissen.

Ich widme mich gemeinsam mit Sandor dem Zusammenbau eines Bürosessels für mein Heim. Um 18 Uhr treten wir zur Verabschiedung des stellvertretenden Kommandanten, eines schlanken, gut aussehenden Nigerianers an, dessen Namen zu merken ich mir erst gar nicht die Mühe gemacht habe. Ein Ritual, das jenem aus Mijek gleicht. Wir haben kaum etwas miteinander zu tun gehabt, aber er sagt beim Händeschütteln, als ich an die Reihe komme: „You are a good man." Eine Floskel mangels anderer Lebewohl-Sätze, oder spricht er damit verklausuliert aus, was man mir an der Nasenspitze ansieht und jeder hier insgeheim denkt: „Eine arme Sau, dieser abgehalfterte Kommandant von jenseits des Berm"?

Um neun ist Party für ihn und den Neuen, einen jungen Brasilianer mit Namen Cleber. Nun ist mir dieser hübsche weiche Akzent im Englischen schon vertraut, mit dem sich die Amazonasanrainer als solche zu erkennen geben, und ich werde in Zukunft aufhorchen und mich erinnern, wenn ich ihm neuerlich begegne.

## Montag 29. 11.

Nachtpatrouille steht auf dem Programm, bedrohlich und abenteuerlich zugleich. Tagsüber widme ich mich den eigenen Angelegenheiten. So rufe ich die Frau Conduct Officer in Laayoune an und frage sie nach meinem Fall. Der werde von ihr gerade, nach einigen Tagen Abwesenheit, eifrig behandelt, lässt sie mich wissen, allerdings auch: Eigentlich sei das Verfahren korrekt abgewickelt worden, vielleicht nicht sehr geschickt, aber im Prinzip wäre nichts zu kritisieren. Ich bin verblüfft, hatte mich aber auf eine solche Botschaft eingestellt. Jedenfalls lädt sie mich zum Gespräch nach Laayoune ein, wir vereinbaren den Freitag vor meinem Urlaubsantritt.

Ich will der Dame nicht unterstellen, dass sie in irgendeinem Auftrag die Augen gleich Justitia, allerdings vor den Fakten, verschließt, aber ich frage mich doch, wie sie sich all die Ungereimtheiten, etwa die glorreiche Bewertung und gleichzeitige Verurteilung meiner Arbeit erklärt.

Nachbar Joseph ist Patrouillenkommandant. Um 19 Uhr 20 sollen wir abfahren. So habe ich es gerne, wieder einmal schlingen müssen beim Essen. Davor watschelt er neuerlich daher: er habe übersehen, dass heute um acht Real Madrid gegen Barcelona spielt, besser 19 Uhr 10. Ich präpariere das Auto nach den Ratschlägen wohlmeinender Kollegen, verdrücke rasch das Abendessen, bevor der dickliche Joseph ein Briefing gibt: Die Asphaltstraße Richtung Tichla, dort Halt für eine halbe Stunde und zurück. Zehn Minuten Pause reichen auch, wirft der Malaysier Hyriato ein, dessen Namen ich mir nie merke, weil mir stets Hirohito einfällt. Dabei sieht er eher aus wie der einstige Diktator von Panama, genannt „die Ananas". Er ist vor dem Kommandanten und mir der Dienstälteste im Lager und wird mit uns gemeinsam im Jänner abreisen. Wie sich aus seiner Aussage schließen lässt, gehört er zu den weniger Leistungsorientierten in unserer Gemeinschaft.

Wir starten in die Nacht. Assoziationen zum Vorleben in Mijek kommen nicht auf, eher zu spätabendlichen Autofahrten auf Überlandstraßen meiner Heimat. Hinten folgen Raoul und Hyriato, also wieder die Vier – Kontinente – im Jeep. Dank des Hochdruckstrahlers sind zwar die Autos auf den ersten Blick sauber, aber da sie nicht trocken gewischt werden, dickt sich auf den Wagen ein Tropfenfilm ein, der nicht wegzukriegen ist. Die Scheinwerfergläser sind milchig blind, das Fernlicht ist besseres Standlicht.

So bin ich vorerst vorsichtig unterwegs, dann aber schon im Blindflug mit 80 Sachen. Fast am Ende unserer Fahrt taucht ein Kontrollposten auf. Die Herren lassen das über die Straße gespannte Seil sinken und salutieren artig. Ein paar hundert Meter weiter ist unser wichtiger Umkehrpunkt, und wir machen Pause.

Wären nicht die beleuchteten Fahrzeuge, ich könnte endlich den Sternenhimmel über der Wüste beobachten. Nervös zucken unzählige Lichter am Firmament, deren Konstellation mir fremd und neu erscheint. Ein kurzer Schwatz, dann sitzen wir wieder auf und reiten heimwärts. Der Dutyofficer gibt währenddessen über Funk verlässlich die Fußballergebnisse durch.

Daheim brauche ich mich nicht ums Auftanken scheren, wie weiland skrupulös in Mijek. Das mache ich morgen. Und auch da nicht, es zahlt sich nicht aus anlässlich einer neuerlichen Expedition. Das hat schon etwas Großartiges an sich, von aller Verantwortung für Größeres entbunden zu sein und im Pfuhl des Laissez-Aller zu plantschen.

Ein weiteres Mal feiert Michael Party und macht Musik dazu. Diesmal ist auch Sandor mit von der Partie und erreicht an Ausdrucksstärke Michaels Volumen. Rastlos wälze ich mich hin und her. Offenbar so wie Nachbar Joseph, der in seiner Verzweiflung nach elf zu telefonieren beginnt. Es reicht, meine Ersatzhandlung lautet Klobesuch. Auf dem Weg treffe ich Sandor, der an meinem niedergeschlagenen Ausdruck wohl sofort den Grund abliest und sich umgehend für den Lärm entschuldigt. „Du solltest umziehen", rät er mir. „Michael macht täglich Party. Du kannst ihn nicht ändern, er hat eine laute Stimme. Er ist seit 15 Jahren hier."

Insgeheim lasse ich die Argumente nicht gelten. Nach 15 Jahren muss man keine Rücksicht mehr nehmen? Ein Ziviler kann sich alles erlauben, ohne daran zu denken, dass die anderen vielleicht am nächsten Tag zeitig raus müssen? Ich wälze mich verzweifelt im Bett herum und trete dem Umzugsgedanken näher. Zumal beim Einnicken, fast als hätten sie darauf gewartet, die Hunde anschlagen.

## Dienstag, 30. 11.

So spät wie möglich stehe ich auf und stärke mich mit einem Minifrühstück. Dann begehe ich den Fehler, trotz noch immer leicht schmerzendem Knie, die Asphaltstraße entlang laufen zu gehen. Da ich in der Eintönigkeit des Trabens ungestört Zeit zum Fassen tiefschürfender Gedanken habe, steht für mich bei meiner Rückkehr ins Camp fest, dass ich das Zimmer wechseln werde. Wang zeigt mir seine zwei noch vorhandenen Räume zur Auswahl. Aus einem zieht gerade Francis, der schwarze Hüne von der Autowerkstatt, in die Nachbarkoje. Das Zimmer sieht so aus, dass es jeder Asylant zurückweisen würde.

Wir steuern ein anderes Zimmer an der Hinterseite an: da ist einer ausgezogen ohne auch nur im Geringsten sauber zu machen. Es liegt fast am Ende des Camps, bedeutet lange Wege, was aber in meiner bewegungsarmen Situation nur gut ist. Zudem bietet sich als Gegenüber der grün verhüllte gepresste Erdwall der Teamsite-Begrenzung und darüber hinweg der Blick auf das Dörfchen Awsard ein paar hundert Meter entfernt an. Hier gefällt es mir, auch wenn der gravierendste Nachteil der brüchige, schwingende und knarrende Boden unter dem Linoleumbelag ist.

Ab sofort fühle ich mich wie Altvater Nil: Rechts Ägypter, links Ägypter. Ahmed wohnt auf der einen, Mohamed auf der anderen Seite. Glücklicherweise gehen heute beide auf Urlaub, das verspricht mir eineinhalb geruhsame Wochen. Leider unterhalten sie sich vor ihrer Abreise quer durch mein Zimmer. Wenn sie das im neuen Jahr auch tun, werde ich es abstellen müssen.

Nun beginnt das, weshalb ich einen Umzug, den mittlerweile fünften bei Minurso, nicht mag: Das Putzen der neuen Unterkunft, der Transfer meiner Habe. Wo ich mich doch soeben so gut eingelebt habe in meinem Eckzimmer! Es finden sich willige Helfer. Cleber schleppt die Metallschränke mit mir hin und her, Sandor unterstützt mich mit den Metallboxen. Die Schreibtischladen tausche ich aus, da wird gar nicht lange umgeräumt. Wie der Arm einer Waage neige ich mich umso mehr dem neuen Nest zu, je mehr vom anderen dort seinen Platz gefunden hat. Nach drei Stunden habe ich am Nachmittag das Zimmer soweit fertig und genehmige mir den täglichen Kaffee. Müde bin ich, und das Knie spüre ich ganz furchtbar. Sogar in der Nacht stört es mich beim Umdrehen.

Der Flieger hat heute die eine Ungarin mitgenommen, eine andere gebracht: Zsuzsana Gerebenics, von der mir Dubra bereits Böses berichtet hat. Die beiden vertragen sich nicht, Stutenbissigkeit, wir kennen das. Zsuzsana ist um die 30, raucht und trinkt angeblich und könne auch laut werden, so Dubra. Sie soll ihr vorgeworfen haben, ihr irgendeinen der Männer hier wegzunehmen. Wie beim Schulausflug. Mitunter ist es schlimm, wenn Frauen mit dabei sind. Der ohnehin schon Züge eines Trauerspiels tragende Einsatz bei Minurso degeneriert vollends zum Kindergarten. Nun bin ich auf die verruchte Neue gespannt. Und werde enttäuscht: Untersetzt und wie die meisten Soldatinnen stark um die Hüften, für mich nicht attraktiv, weil zu behaart. Zudem registriere ich im Briefing, dass sie eine ziemlich überspannte Person ist, die stets unecht über eine ganze Oktav kichert, wo es nichts zu lachen gibt. Eine Person, die mir bald schwer auf die Nerven gehen könnte. Aber ich habe meinen Stundenfresser im Kopf, das stimmt mich mild und altersweise.

Die Eigenschaften Zsuzsanas dürften zumindest Bajwa nicht stören, den Pakistani, den sie sich offenbar geangelt hat, und der ebenfalls heute vom Urlaub zurückgekehrt ist. Diesem Volk gegenüber bin ich bekanntlich neuerdings höchst distanziert eingestellt, und auch dieser Schnauzbart pflegt die ausufernde Höflichkeit mit „Sir“ hin und „Sir“ her. Aber dem Pusztamädel drückt er damit wohl das Auge ein. Und mehr.

Abends stehen wir wieder, nach hinuntergeschlungenem Nachtmahl, kurz nach 7 zur Ausfahrt bereit. Diesmal folgen der Chef Amir und Neo-Awsarder Cleber dem Erfolgsduo von gestern, Joseph und mir. Nun kann er meinetwegen zur Geisterstunde telefonieren und mit den Türen dreschen, denke ich, während wir Awsard diesmal in die andere Richtung verlassen. Heute ist schon nach 35 Kilometern Schluss.

Wir stehen neben den Autos und halten etwa eine halbe Stunde Tratsch, was als Rundumbeobachtung abgeheftet wird. Endlich am Ende der Welt geruhsam Schlaf finden, freue ich mich. Doch schräg gegenüber rumort Francis im Container. So etwas habe ich befürchtet. Als ich mich um halb elf der nächtlichen Rast ergeben möchte, dringen eindeutige Klänge an meine Ohrpfropfen. Es scheint, als würden Zsuzsana und Bajwa lautstark die Wiedersehensfreude genießen. Oder sieht sich Francis einen Porno an? Es lässt sich nicht beurteilen. Die Klänge kommen sehr professionell und im Crescendo einer Choreografie folgend. Sollte Bajwa tatsächlich ein so toller Hecht sein? Über diesen Spekulationen schlafe ich ein.

## Mittwoch, 1. 12.

Ich habe frei, betanke das Auto und versuche es zu waschen. Allerdings kommt aus dem Hochdruckreiniger nur ein dünner Strahl, dafür sprüht es an der Verbindungsstelle zum Schlauchanschluss ins Leere. Ich gebe bald auf, diese Mission ist eine einzige Depression. Von drei Pissoiren sind zwei außer Funktion. Von den drei Computern im Internetraum haucht auch der letzte verbliebene gerade seine Funktion aus. Seit einigen Tagen weiche ich auf die Computer der Amtsträger im Camp aus, doch das ist kein Zustand. Klopapier teile ich, seit gestern Ahmeds

Nachfolger als Hygieneoffizier, nur auf Verlangen zu. Verhältnisse wie im alten Kommunismus herrschen hier. Müllsäcke gibt es seit meiner Ankunft nicht, das scheint sich auch auf längere Zeit nicht zu ändern.

Unseren Chef Amir dürfte das alles nicht kümmern, er entfaltet keinerlei Aktivitäten. Es scheint ihn aber auch niemand verantwortlich zu machen. Alle wursteln irgendwie dahin. Es wäre für mich undenkbar, müsste ich noch mehrere Monate in diesem Laden verbringen.

Allerdings könnte ich mich hinten hineinbeißen, denke ich zurück, wie sehr ich meiner Meute hinterher war, um das Camp in Schuss zu halten. Und dann kommt so ein Gebirgsfundamentalist auf Ego-Trip aus der Kaschmirregion und behauptet, ich hätte Misswirtschaft betrieben. Es ist zum Wändehochklettern.

Ärgerlich ist, dass Michael offenbar keine Partys mehr feiert. So liege ich in der ungewohnten Stille am Ende des Camps und finde lange keinen Schlaf. Doch wenn auch der Boden dieser Hütte in Vorbereitung auf meinen von Schiffsreisen dominierten Urlaub schaukelt – ich habe zumindest eine funktionierende Klimaanlage, die ich schon deshalb benötige, weil zwischen 9 und 19 Uhr die Sonne in mein Zimmer heizt.

## Donnerstag, 2. 12.

Früh beginne ich mein Tagewerk, denn ich bin wieder Bravo-Duty. Alle hassen diesen den ganzen Tag verkleisternden Job, mir macht er nichts aus, weil ich stundenlang am Duty-Computer sitzen kann. Erstmals nach Langem schaue ich ins hauseigene Mailsystem, das mir in den letzten Monaten viel Lebenszeit geraubt hat. Und da entdecke ich eine Mail der Frau Conduct Officer vom Montag, in der sie das schreibt, was sie mir schon am Telefon angedeutet hat: Dass eigentlich ohnedies alles in Ordnung sei.

Auch Wens hat mir nach langem Schweigen per Mail mitgeteilt, ich solle doch froh und zufrieden sein, alle Anschuldigungen seien widerlegt und die Schuldigen bestraft worden. Und ich selbst hätte die Versetzung beantragt. Es gebe gar keinen abschließenden Report. Hä? Und wahrscheinlich gibt es auch keinen Domagoj und Split nur im Märchenland, schreibe ich erbost zurück. Was ist denn das für eine Untersuchung, wenn an deren Ende kein Bericht steht?

Auch der Frau Ordnungsoffizier schreibe ich: Dass ich nicht gegen die Anschuldigungen, sondern gegen Siraj´s Urteil protestiere, der mir Unprofessionalität, schlechte Führung und der Teamsite eine gespannte Stimmung vorgeworfen hatte. Und wie das zusammenpasst, mit der hymnischen Beurteilung durch den Stabschef. Aber was will man von jemandem erwarten, der darauf nicht eingeht und lediglich zurückschreibt: „Fein, wir sehen uns morgen Freitag" – obwohl ich deutlich vermerkt hatte, dass ich erst nächste Woche auf Urlaub gehe. Zudem hatte ich ersucht, mir eine private Mail zu schicken, da im Lotus-System ganz Awsard wühlen könne. Natürlich hat es der Duty Officer vom Montag, Hyriato, gelesen. Aber mich nicht davon informiert, obwohl es an mich adressiert war. Ich frage mich, von Vögeln welcher Beschaffenheit ich hier umgeben bin.

Zwei Tage später ist Feuerbekämpfungstraining. In Mijek wurde stets etwas in Brand gesetzt und dann unter Demonstration der richtigen Handhabe gelöscht. Hier wirft der Russe Alexander einen Feuerstummel in den Sand und beginnt dann mit dem Schlauch drauflos zu sprühen. Fünf Minuten spritzt er wie der Gärtner im Türkenschanzpark, auf und ab, völlig falsch und ohne Erläuterung, und wir applaudieren nachher auch noch anerkennend. In was für einer Welt lebe ich hier? Bin ich zum abgehobenen Perfektionisten geworden oder muss ich nach meiner Rückkehr erst wieder in den simpelsten Lebensfragen resozialisiert werden?

Mitten am Vormittag trudelt eine Patrouille aus Mijek zum Fahrzeugcheck ein. Es ist ein eigenartig wehmütiges Gefühl, das mich befällt, als sich die vier – Mario, der Mongole Chattar, ein Salvadorianer und Meldad – aus den Autos schälen. Sie scheinen sich über das Wiedersehen zu freuen, und wir tauschen rege unsere Erfahrungen aus. Mario steckt mir ein Geschenk zu, das er in seinem verspätet aus Italien eingelangten Koffer für mich verwahrt hatte: Ein eleganter Schreibkalender für 2011 mit dezenter italienischer Flagge drauf, eine hübsche Idee. Dazu ein Brieflein, das mich fast noch mehr freut, in dem er schreibt, dass ich mich nicht kränken solle, ich hätte einen sehr guten Job gemacht, und alle Kameraden in Mijek würden dies zu schätzen wissen und auch nicht vergessen. Wenn auch ein wenig italienischer Überschwang dabei sein mag, tröstet es mich doch ungemein und gibt mir lange vermisstes Selbstvertrauen zurück.

Eine kafkaeske Situation, sagt Mario: Mir erginge es wie im Roman „Der Prozess". Und dann unterhalten wir uns über die nächsten Staatsopernaufführungen und seinen geplanten Urlaub in Österreich. Und dass ich ihn 2012 in Turin besuchen möchte. Wir sind zwei Exoten in dieser Mission, die unter dem Entzug von Kultur leiden und einander deshalb davon zustecken, um wieder weitermachen zu können. Mario, ein rarer Offizier, ein rarer Italiener.

Gleich nach dem Essen reisen die alten Freunde wieder ab, und ich winke ihnen ein wenig traurig nach. Immer mehr spüre ich, dass ich Siraj diese wohl aufgeräumte Teamsite, ihre patenten Kerle nicht vergönne. Zu gerne hätte ich dieses halbwegs geordnete Haus jemandem übergeben, mit dem ich mich verstehe, für den ich mich gefreut hätte, dass er mit diesen Leuten weitermachen kann.

Am Nachmittag widme ich mich der Hotelsuche für den La Palma-Aufenthalt. Nicht einfach, aber da ich während der Weihnachtstage dort sein werde, neige ich dazu, mir ein Geschenk zu machen und um 50 Euro für die Nacht angenehm zu wohnen. Vielleicht befällt mich totale Einsamkeit, dann soll ich wenigstens nicht in einen düsteren Lichthof blicken müssen.

Die Mijek-Partie hat den kürzlich dorthin versetzten Mohamed Alla dagelassen, der für zwei Wochen Escort Officer in Dakhla wird. Er hat das hinten an meinen Container grenzende Zimmer erhalten. Als ich am Abend beim Einschlafen bin, schlagen die Hunde an. Und als ich gegen Mitternacht das zweite Mal ins Träumeland rutschen will, beginnt Alla nebenan zu telefonieren. Und Michael feiert noch immer keine neuen Partys.

## Freitag, 3. 12.

Wieder ein freier Tag, doch wegen meines lädierten Knies laufe ich nicht. 3 mal 14 Liegestütze müssen reichen. Den ganzen Tag über hämmere ich in den Computer. Nur zu den Mahlzeiten und zum Briefing komme ich mit den anderen zusammen. Wie im Kloster. Oder im Knast.

## Samstag, 4. 12.

Um 8 Uhr breche ich zur ersten stinknormalen Patrouille auf. Awsard II nennt sie sich und ist die kürzeste im Portfolio des Hauses. Man könnte tatsächlich meinen, ich werde geschont. Der von mir und vielen anderen wegen seiner quirligen Lausbubenart ins Herz geschlossene Wang ist Kommandant. Mit ihm fährt vorne der wortkarge Alexander, ich bin zweiter Fahrer und habe den nicht weniger auf seinem Mundwerk sitzenden russischen Landsmann Roman neben mir. Wir tuckern drauflos und verfahren uns erst einmal wenige hundert Meter vom Camp entfernt. Fängt ja gut an. Noch dazu, wo hier alles voll Minen sein soll.

Besorgt fahre ich in der Spur des ersten Wagens, und nachdem wir uns einmal hierhin, dann dahin gewendet haben und ich die Sonnenblende einmal hierhin, dann dahin gerichtet habe, scheinen wir auf Schienen zu sein. Wie ein Berliner U-Bahnzug: Die Fahrspur ist in der Erde eingegraben, das Auto lenkt gleichsam von alleine, und nebenan begleiten uns alle paar Meter wegweisende Steinmännchen wie Maststümpfe einer Stromleitung. So klappern wir eine Unit nach der anderen entlang des Berm ab, ein rundes Dutzend.

Immer wieder dieselbe Prozedur. Die wilde Jagd hält in einer Staubwolke, Handschuhe aus, Kappe auf, und schon schreitet einer zwischen den Erdwällen des marokkanischen Forts auf uns zu, während sich neugierige Blicke aus den gekalkten Hütten im Hintergrund auf uns richten. Der Chef des militärischen Erlebnislosdorfes nimmt Haltung an, salutiert und schnurrt seinen Auftrag herunter. Auf Polisario-Seite müssten noch einmal 20 Jahre vergehen, und dann wird man noch immer nicht diese Zackigkeit erleben können. Zudem sind die Kommandanten meist Oberleutnante von gepflegtem Aussehen und ausgesucht höflichen Manieren. Sie sprechen ganz gut Englisch, manche lieber Französisch, was der Begegnung zusätzlich Eleganz verleiht.

Ich mische mich nur dosiert als Dolmetscher ein, immerhin dauert die Begegnung meist kaum länger als eine Minute. Wang überreicht einen Zettel mit unseren Namen, dann muss der andere auf einer Liste, die ihm ebenfalls Wang gibt, seinen Namen und, wenn er gut aufgelegt ist, die Stärke seiner Einheit eintragen. „Pas de changements", heißt es meist, und das war es auch schon. Ich bin skeptisch, was die stets hochgepriesene Kontrolltätigkeit der UN betrifft. Hier ersetzt Gutglauben ebenso die Überprüfung wie auf der Polisario-Seite. Lediglich fällt es uns hier leichter, weil die Herren so freundlich sind. Und Freunde lügen einen doch nicht an.

Zum Mittagessen sind wir zurück, nachher wasche ich das Auto mit dem Hochdruckreiniger, doch weder Bürste noch Chemikalie machen Windschutzscheibe oder Scheinwerfergläser durchsichtiger. Am Nachmittag mache ich mich endlich an die chronikale Erfassung der Sommermonate. Erst drückt es mächtig auf die Stimmung. Noch einmal erlebe ich die erste Zeit als Kommandant, meine noch hochgesteckten Ziele und die Zuversicht, etwas Gutes schaffen zu können, trotz Fabio und allerlei Widerwärtigkeiten. Doch als ich nach dem Briefing an den

Schreibtisch zurückkehre, spüre ich die heilsame Wirkung meines Tuns: Nicht die Beruhigung, endlich Angestautes abzuarbeiten, sondern die Beschäftigung in Form von Bewältigung. Ich schreibe mir etwas von der Seele im Sinn von Abstand gewinnen, was mir die Möglichkeit tiefen Durchatmens gibt. Entsprechend flott geht es mir von der Hand. Ich würde lediglich mehr Zeit brauchen. Bis zur Rückkehr nach Österreich werde ich damit nicht fertig werden.

Am Abend wird Willkommensparty für den frisch hierher rotierten Khaled aus Jemen gefeiert. Das dürfte jener Typ sein, der abends immer mit Al Haj telefonieren wollte und sich nie mit Namen, sondern immer nur mit dem von mir so innig gehassten „Hello my friend, how are you" gemeldet hatte. Ich bin gespannt, welche Macken dieser Mann hat. Am Anfang hat er schon einmal gemeint, ich käme aus Australien. Die Party ist eine der lähmendsten, die ich an dieser ohnedies zur Lähmung neigenden Stätte erlebt habe. Neo-G5 und Vater von fünf Töchtern Raoul hat dem Computer ein paar Videoclips eingegeben und versucht uns durch Aufruf und konsequente Wiederholung der Namen zum Tanzen zu bewegen. Doch niemand tut ihm den Gefallen, dem armen Tropf. Träge sitzen alle da, langen nach Nüssen und Chips oder laden Cola nach und lassen sich vom Zeitablauf wie auf einer trägen Welle treiben.

Bei gutem Wind türme ich. Und stelle im stillen Kabäuschen fest, dass es vor ein paar Tagen wohl doch nicht Zsuzsana war, denn wieder stöhnt es, allerdings fast unhörbar. Unsere feurige Ungarin ist aber derzeit auf Patrouille in Dakhla, und so laut wird sie wohl doch nicht ihren Lustgewinn verkünden, dass es bis hierher dringt. Es muss Francis sein, der alte Bock.

## Sonntag, 5. 12.

Ganztags Journaldienst, ich kann also in Ruhe meinen letzten Urlaub so weit wie möglich planen und Mails schreiben. Mittags kommt neuerlich eine Patrouille aus Mijek. Diesmal sind es Maxim, der mich herzlich umarmt, und Marat, der zur Begrüßung gleich sagt, wie sehr er mich vermisst. Beide aber sind alsbald in den Tiefen der russischen Freundschaft des Pilotenheims verschwunden. Und dann ist noch Evelio gekommen und Amara. Der sitzt bei mir im Office, und wir tauschen uns über alte Zeiten aus. In ein paar Tagen wird Amara nach Smara versetzt.

Er sagt, dass es unter Fabio sehr schwer gewesen sei und dieser nun auch in Oum Dreyga Schwierigkeiten mache. Und dass Domagoj nicht ganz richtig im Kopf sei.

Warum mich Amara dann aber nicht mehr unterstützt habe, frage ich mich. Heute ist er ein angenehmer Gesprächspartner, er erzählt, dass er soeben in seiner Heimat gewesen sei, es in den ersten Tagen nach der Wahl noch Auseinandersetzungen mit Toten gegeben habe, nun aber alles ruhig wäre, nachdem der Präsident bestätigt worden sei. Er wäre nur hingefahren, weil sein alter Vater im Heimatdorf immer wieder nach ihm gefragt habe. Vor mir tauchen romantische Afrikabilder auf, die aber spätestens in diesem Einsatz Kratzer bekommen haben.

## Montag, 6. 12.

Wieder ein Ruhetag, so lobe ich es mir. Ich mache die Wäsche und bügle. Dann rufe ich mittels der Endlos-Telefonnummer über UN-Leitung die Berlinale zwecks Akkreditierung und t-mobile wegen meines Tarifs an. Unübersehbar: Ich gehe in die Endrunde und strecke einen Arm aus, um bereits etwas von der Zeit danach zu spüren.

Vieles hätte ich mir erspart, würde ich so agieren wie Awsard-Kommandant Amir: Bei Partys sitzt er auf seinem Plätzchen, dreht am schütteren Schnurrbart und ist einfach nur anwesend. Doch fallen mir auf Schritt und Tritt Dinge auf, um die ich mich als Lagerchef kümmern würde, weil sie mich nervös machen: Dass nun auch der letzte Computer im Internetraum ausgefallen ist, dass wir noch immer keinen Nachschub an Waschmitteln haben. Meine Mijekianer hätten mich bereits wegen Untätigkeit gelyncht.

In einem unserer raren Gespräche gesteht Amir, dass er im Amt schon ermüdet sei. Genau was ich auch vor einem Monat fühlte, als ich, in des Wortsinns mehrfacher Bedeutung, resignierte. Es reicht, und es ist die Quadratur des Kreises als kleiner Kommandant an der Front die Unzulänglichkeit einer Mission wie ein Stoßdämpfer auffangen zu wollen, um es die eigenen Leute nicht spüren zu lassen.

Nach dem Briefing stellt sich heraus, dass unser neuer Jemenit nicht nach Laayoune fliegt. Somit wird er flugs als einziger Arabisch-Sprecher für die morgige 320-Kilometer-Patrouille eingezogen, und ich werde als ATO eingeteilt. Ich hatte mir schon Gedanken wegen der bevorstehenden Anstrengung gemacht. Nun blicke ich auf eine Woche ohne eine einzige Patrouille. Insgesamt habe ich in den bisher drei Wochen an lediglich vier Ausfahrten teilgenommen. Glück muss man haben. Damit war ich bisher ohnedies nicht gesegnet.

Vor dem Abendessen treffe ich Loic, und unser Blick fällt in das leere Kuppelzelt gegenüber, wo sich gerade eine Katze rhythmisch an der Hinterseite einer anderen zu schaffen macht. Sie produzieren Nachwuchs, stelle ich fest, und Loic nickt gottergeben. Auch Familienplanung findet hier nicht statt.

Wie jeden Abend kostet es mich Überwindung, durch den Waschraum zu gehen: Unzählige Insekten sind dem Licht als letztem Ziel ihres Lebens entgegengetaumelt und bedecken nun den Boden. Fliegende Heuschrecken sind im Pissoir ersoffen, dicke Falter flattern um meine Ohren. Würde man dafür sorgen, dass die Türe stets geschlossen wird, gäbe es die Probleme nicht. Aber ich sehe mich nur auf Durchreise, um mir ein Soft Landing in der Heimat zu ermöglichen. In Mijek hätte ich wahrscheinlich bis zum letzten Tag gearbeitet.

## Dienstag, 7. 12.

Morgens begegne ich Wang, der gestern seine Qualifikation bestanden hat und fröhlich hampelt. Mit dem Arzt besteigt er den Hausberg hinter dem Camp. Zwei Stunden später, als ich mit dem ATO-Pick-up vor dem Tor den Hubschrauber erwarte, sind sie wieder zurück. Erst hatte ich sie noch als zwei Strichmännchen auf der Bergspitze wahrgenommen. Dann in der Fallrinne eines temporären Baches zwischen glattbäuchigen Felsen, umtänzelt von zwei weißen Hunden. Wie in Mijek freut die Tiere jede Abwechslung, an der sie teilnehmen können, da sind sie wie mein alter Kollege Choe: Beim Vergnügen kennen sie keine Promillegrenze – die Hunde am Berghang, Choe an der Bar. Ich nehme mir den Ausflug für Januar vor.

Der Helikopter bringt Yaw vom bestandenen Lenkertest aus Laayoune auf Durchreise nach Mijek, aber auch meinen mongolischen Hotelzimmerkameraden der ersten Stunde Irka und Maxim, meinen ersten Zimmernachbarn in Mijek. Es geht mir wie bei großen Familientreffen: So sehr ich mich über das Wiedersehen mit Einzelnen freue, so schlagartig ermüdet plötzlich geballtes Auftreten. Froh, mich nach dem Essen wieder zurückziehen zu können, gebe ich mich deshalb im frisch aufgewaschenen Zimmer einer Marathon-Schreibarbeit meiner Einsatzmemoiren hin – zumal es draußen noch einmal Sommer mit Mitte 30 Grad geworden ist. Mangels ausreichenden Personals fällt zudem das Briefing aus.

Es ist Selbstdisziplin, warum ich mich der Umwelt verweigere: Ich könnte die einmalige Gelegenheit dieses Jahres nützen und Kontakte pflegen, könnte die Umgebung erkunden oder einfach draußen in die Luft schauen. Doch die Erinnerungen sollen so rasch wie möglich, am Ort des Geschehens, geschrieben werden. Ich komme gut voran, die Lücken füllen sich.

## Mittwoch, 8. 12.

Neuerlich ein freier Tag, den ich zu Betrachtungen und Arbeit nutzen kann. Ich beantworte Mails, was viel Zeit frisst, und telefoniere mit der Heimat. Am Nachmittag mache ich mir wie üblich Kaffee und registriere die lange nicht mehr gesäuberte Griffzone am Kühlschrank, die Grauschleier in den Tassen und denke an die Krabbeltierchen, die immer wieder unter den Pommes Frites oder zwischen Frühstückskäse und serbischer Streichschokolade dahineilen.

Der Malaysier Amir ist sich in dem Jahr treu geblieben, er isst mit der Hand und spricht nach wie vor äußerst undeutlich, was manche ermutigen mag Befehle nicht zu befolgen. Amir dürften die Zustände in Awsard nicht stören. Solange er seinen Computer am Laufen hat, kümmern ihn die Sorgen der Arbeitsameisen im nicht mehr funktionsfähigen Internetraum wenig. Interessiert versuche ich in seine Denkweise zu schlüpfen. Hätte es in diesem Fall nicht Aufbegehren der Belegschaft von Mijek gegeben? Vielleicht nicht, wären die Anforderungen wie hier auf geringem Niveau gewesen: Selbst Amir kennt sich in grundsätzlichen Fragen überraschend schlecht aus. So mancher, der hier zur Qualifikation antritt und nachher als besonders wissend gelobt wird, hat schwere Defizite. Dass der jemenitische Zugang, von ähnlichem Qualitätszuschnitt wie Al Haj, nicht weiter auffällt, spricht für sich. Man schert sich nur in geringem Ausmaß ums Ganze, aber der Betrieb funktioniert trotzdem. Immer mehr komme ich zur Ansicht, Mijek war ein Schmuckkästchen dank preußischer Führung, die es schon vor mir gab: Talal, Rohaizad, Francesco, Flores – sie waren Garanten und Aufpasser einer vorgegebenen Ordnung.

Nach dem Mittagessen raunt mir unser Freizeitoffizier Sandor mit trauriger Miene zu, dass es am 31. Dezember keine Flüge im Luftraum über Minurso-Land gebe. Hatte ich mir ohnedies gedacht, aber was soll ich nun tun? Früher zurückkommen, schlägt Sandor schüchtern vor. Bestimmt nicht, protestiere ich empört. Die tun so, als ob der 31. Dezember zum ersten Mal in der Missionsgeschichte ausbricht. Wenn sie es bei Genehmigung des Urlaubs nicht geschnallt haben, ist das ihre Schuld und nicht meine, weshalb ich nicht mit Kürzung meines Urlaubs bestraft werden dürfe.

Wo ich doch eine gültige Urlaubsgenehmigung habe. Kommt nicht in Frage, teile ich Sandor mit. Flugticket und Hotelnächte sind bereits gebucht, da würden hohe Mehrkosten für mich entstehen, poltere ich. Sandor, dem das Ganze peinlich sein dürfte, murmelt kleinlaut, er würde an meiner Stelle genauso entscheiden.

Mal sehen, was Amir macht, denn mit ihm trete ich übermorgen gleichzeitig den letzten Urlaub an und kehre mit ihm zurück. Ich beschließe, bei diesem Thema vorerst auf Tauchstation zu gehen. Nach dem Nachtmahl trete ich meinen ersten Alpha-Dienst an. Zuvor verteile ich noch das gestern wie Manna vom Himmel gefallene Klopapier und ernte so unterwürfigen Dank von der Belegschaft, dass es schon unangenehm wird. „Sag nicht immer Sir zu mir", rüge ich Major José aus Honduras. „Jawohl, Sir." Nichts zu machen. Den Vogel an Devotheit schießt Bajwa ab: Das sei einfach seine Form der Höflichkeit, sagt er, der Major und künftige Kommandantenstellvertreter. Was mir mit meiner aktuellen Pakistan-Erfahrung sagt, dass ich bei diesem Knaben besonders auf der Hut sein muss.

Nach Reinigung des Büros pendle ich mich dort langsam auf Nachtruhe ein. Schwer möglich, ganz wie ich gefürchtet habe: Nebenan telefoniert José mit daheim, und dank seiner klaren Aussprache kann ich nicht nur das wiederholte „Mi Amor" verstehen. So mache ich mich daran, wie der Nachtwächter mit dem Schlüsselbund zu rasseln. Erst ist der benachbarte Bürocontainer rechts dran. Folgsam schlüpft Joseph zur Türe hinaus. Warum telefoniert er denn heute nicht in seiner Unterkunft? Dann betrete ich den linken Container. José sitzt da, mit den Beinen auf dem Tisch, ein Döschen Bier neben sich. Sieht nicht so aus, als würde er sein Interkontinentalgespräch in absehbarer Zeit beenden wollen. Muss er aber, die malaysische Ananas daneben trollt sich auch schon. Endlich habe ich sie alle hinausexpediert und verschließe sorgsam die Türen.

## Donnerstag, 9. 12.

Um acht werde ich abgelöst, aber ich verkneife mir schweren Herzens auch diesmal einen Lauf, denn das Knie schmerzt weiterhin. So mache ich ein paar Übungen, räume meine „Wohnung" auf und packe für morgen. Mittags nehme ich vor dem Essen den ATO-Einsatz für den zurückkehrenden Hubschrauber wahr und setze mich um zwei wieder hinter den Duty-Computer. Oft werde ich das vermutlich nicht mehr tun.

Sandor informiert mich, dass die UN am letzten Tag des Jahres keine Flüge durchführen und ich deshalb möglicherweise schon früher vom letzten Urlaub zurückkommen müsste. Dadurch würde ich aber drei Urlaubstage verlieren. Ohnedies verliere ich schon einen, weil es donnerstags keine Flüge von den Kanaren nach Laayoune gibt. Kommt also nicht in Frage, ich habe bereits die Flugtickets und die Hotels gebucht. Auch Kommandant Amir, der zeitgleich mit mir seinen letzten Urlaub nimmt, steht vor diesem Problem.

Ich werde bewegungslos wie eine Eidechse verharren und hoffen, dass man auf mich vergisst. Sonst können sie mich vergessen, und ich muss es wie Kollege Rudolf Bac machen: Rückkehr nach eigenem Gutdünken. Zu allem Missgeschick dieses Tages fällt auch noch die Verschraubung des Zuckerstreuers in meinen Nachmittagskaffee, weil wieder so ein Würstchen nicht ans Fixieren gedacht hat.

Um fünf, nach dem mich zunehmend langweilenden Briefing, ist es auch mit diesem Job zu Ende, und ich werde vom Jemeniten Khaled abgelöst. So schlicht im Gemüt wie sein Landsmann Al Haj in Mijek, weiß er mich allerdings dummerweise an meine letzte Pflicht in der Duty-Funktion zu erinnern, das Trash Burning, das ich großzügig vergessen wollte. Nun beginnt es zu dunkeln, und ich befinde mich im Gewissenskonflikt. Das Pflichtgefühl siegt, und ich werfe den Pritschenwagen an. Aber ich habe keine Ahnung, was, wie und wohin. Amir sitzt gelangweilt auf der Betreuerbank und sieht dem täglichen Handballspiel zu. Was ich ihm hoch anrechne: Er springt auf und bietet seine Begleitung an. Und so laden zwei Teamsite-Commander im letzten Schein der Sonne drei Müllcontainer auf, die auf der Ladefläche bald munterer tanzen als die Säcke in Mijek, wie ich dem Blick in den Rückspiegel entnehme. Das eine oder andere verlieren wir unterwegs, aber damit sind wir im Einklang mit dem marokkanischen Hausbrauch.

Wir biegen hinaus auf die Straße, rotgolden geht die Sonne über der Wüste unter. Dann zweigen wir links ins Gelände ab, holterdipolter, alleine hätte ich die Stelle des Brandopferaltars nie gefunden. Amir hat vorsorglich zwei Flaschen mit Diesel gefüllt, wir heben die Tonnen von der Ladefläche und kippen sie auf den verrottenden, verkohlten Mist. Amir entzündet den Haufen, und wir kehren mit den rumpelnden Tonnen an Bord zurück. Zwei Teamsite-Commander bei niederer Handarbeit.

Über eine eventuell vorverlegte Rückkehr aus dem Urlaub verliere ich kein Wort. Jede Minute ist diesbezüglich eine gewonnene. Die letzte Nacht vor dem letzten Urlaub, dem letzten CTO, bricht an. CTO, das wichtigste Kürzel dieser Mission.

Wenn ich zurückkehre, werden es noch überschaubare drei Arbeitswochen sein. Zeit, dass die Sache ein Ende hat.

## Freitag, 10. 12.

Unnötigerweise starten wir früh am Morgen. Die Sonne geht erst hinter dem Hausberg auf, Nebelbänke schmeicheln um den Fels, der neben der Teamsite in den Himmel ragt, die Hunde werfen beachtenswert große Schatten. Während ich mit meinem Gepäck langsam den Hubschrauber ansteuere, fühle ich mich gar nicht urlaubsreif. Noch eine Woche mehr hier würde mir nichts ausmachen. Awsard ist doch ein hübscher Flecken, zumal, wenn man ohne permanente Verantwortung für eine Teamsite da leben kann. Ein Zustand, den ich seit dem 19. November sehr genieße.

In Oum Dreyga haben wir stundenlangen Aufenthalt. Ich verkrieche mich im Clubraum und lese mich in den Reiseführern fest. Nur zum Mittagessen komme ich heraus und begegne erwartungsgemäß Fabio, der sich mit finsterer Miene gerade noch einen Gruß abringt. Dann trabt Dmitry herein, völlig anders: „Hey Stefan, dangerous guy“, ruft er, was aus seinem Mund Hochachtung bedeutet. Nach der Mahlzeit lädt er mich auf ein Bier in sein mit Fotos leicht geschürzter, vermutlich russischer Mädchen tapeziertes Zimmerchen ein. Und wieder: Unterschiedliche Erlebniswelten haben uns auf Distanz zueinander gebracht. Die Gesprächspausen stimmen mich sentimental. Noch einmal gehe ich ins Lesezimmer, dann bringt mich Dmitry zur Antonow, vielleicht ein später Beweis seiner Zuneigung. Amir sitzt vor mir im Flieger, in Laayoune verlieren sich seine Spuren.

Im Bus rumple ich zum Hauptquartier, wechsle die Kleidung, lasse die Uniform bei Alfred, der mir Kaffee und Kekschen aufwartet, und schleiche mich vorsichtig in die Personalabteilung. Die Mannschaft ist neu und ahnungslos. Hotel Lakouara, frage ich knapp. Jaja, bestätigt frohgemut der ghanesische G1. Auch unterkunftsmäßig bin ich nun auf normales Beobachterniveau zurückgefallen. Ich händige dem Kollegen die von mir kürzlich noch verfassten, weil dringend benötigten Bewertungen für Amara und Diallo aus: so etwas hat offenbar Priorität. Ohne diesen Mist könnten sie hier nicht Bürokratie spielen. Was soll´s, Hauptsache das Thema meines Rückkehrdatums wurde nicht angesprochen, ein weiterer Schritt zum gesicherten Urlaub.

Der Kaktus vor dem Waschraum treibt aus, sollte er tatsächlich zu Weihnachten Blüten treiben? Woher wissen Pflanzen eigentlich, wann Weihnachten gefeiert wird?

Wie vereinbart klopfe ich an die Tür des Büros von Mrs. Carmen, zuständig für die zivile interne Kontrolle rechtlicher Entscheidungen. Sie wirkt sympathisch und mir wohlgesinnt, erzählt aber nichts Neues: Der Fall ist durch, da kann man, außer sich an New York zu wenden, nichts mehr machen. Sie werde dort nach der richtigen Stelle für das Rechtsmittel fragen, verspricht sie mir.

Ich bin auch ein Pechvogel: Die ganze Sache sei im Hauptquartier im Eilverfahren über die Bühne gebracht worden, just in jenen Tagen, als sie eine Woche lang nicht im Haus war und hätte eingreifen können, sagt sie. Ganz koscher ist es wohl nicht gelaufen, aber rechtlich nicht mehr neu aufzurollen. Auch wenn sie die Kompetenzüberschreitung im Siraj-Urteil bestätigt, der nur den Rassismusvorwurf zu prüfen gehabt hätte, nicht aber die Frage der Teamsite-Führung.

Verwundert reagiert sie, weil ich die ersten schriftlichen Informationen erst aus ihrer Hand erhalten habe und auch bis dato offiziell über keine Unterlagen zu meinem Fall verfüge. Jedenfalls weiß sie jetzt, dass ich den Instanzenzug nach New York einschlagen werde, und ich verlasse sie recht frohgemut.

Moreno läuft mir über den Weg und erzählt mir, dass der soldatische Nachschub aus seiner Heimat einen Abend mit Fabio verbracht hätte und alle danach nur mehr „Fuck" zu sagen gewusst hätten, weil sich Fabio nur beklagt habe. So sammle ich eine Bestätigung nach der anderen für meine Sicht der Dinge ein – aber was hilft es mir?

Ich stelle mich mit dem Gepäck an den Straßenrand und warte auf ein Taxi zum Lakouara. Allerdings bin ich nicht im Lakouara untergebracht, sondern im Sahara Line, wird mir dort mitgeteilt. Auch ein Träumer, dieser Ghanese. Aus Österreich, oder, fragt der Rezeptionist. Dabei hatte ich nicht einmal noch meinen Namen genannt und stand in Zivilkleidern vor ihm. Gutes Gedächtnis. Oder guter Geheimdienst. Oder beides. Im Sahara Line verdeckt der Spiegel den Rasierstecker zur Hälfte, die Brause lässt sich nur teilweise umschalten, eine Badezimmerlampe und die Nachttischlampe geben kein Licht, und das Bild über dem Bett hängt schief. Ich werde froh sein, wenn ich diese schlecht funktionierende Welt hinter mir lassen kann.

Erst raste ich erst einmal. Zu lange, denn die Suche nach einem Friseur zieht sich. Als ich einen gefunden habe, darf ich ein paar Minuten zusehen, wie ein Fettnacken mit einem Messerchen einen scharf abgezirkelten Haaransatz erhält, dann bin ich dran. Immer wieder erstaunt mich die Fingerfertigkeit der Felldompteure gegen Ende der Sitzung: Ein Scharnierchen am Klappmesser wird zurückgeschoben, eine neue Klinge sorgfältig eingelegt und mit einer Flüssigkeit besprüht, dann das Messer über der Flamme eines Feuerzeugs erhitzt, dass es nur so lodert. Anschließend wischt es mein Barbier mit einem Tuch ab, das mit einer anderen unbekannten Flüssigkeit getränkt ist. Arabisches Desinfizieren bedeutet das wohl. Auf höchster Ebene bin ich jetzt reisefertig.

Für 20 Uhr 40 habe ich mit Wens im Almazira ein konspiratives Treffen ausgemacht. Gut zwei Dutzend Mails sind seit meiner Versetzung zwischen ihm in Laayoune und mir an der Front hin und her gegangen. Ich verschwinde an einem Tisch im Patio hinter einem Palmwedel und beginne mit einem fünfgängigen Nachtmahl. Wieder erkenne ich, dass eine Funktion im Hauptquartier nichts für mich wäre: dreimal am Tag Buffet – ich würde bald als Kugel daherrollen.

Nach dem vierten Gang trifft Wens ein. Sein Redefluss wird in bestimmten Momenten und bei bestimmten Worten durch Stottern gehemmt. So will ihm etwa unser scheinheiliger Freund Mubashir nie einwandfrei über die Lippen kommen und wird stets zu einem „Mu-Mu-Mubashir“. Meinem untertänigen Dank für die geduldigen Korrekturen der zahlreichen Beschwerdeentwürfe an den SRSG und an New York hält er entgegen, dass er im Büro praktisch nichts zu tun habe. Seinen Chef sehe er kaum, nicht einmal Guten Morgen würde dieser ihm wünschen. Sehr wohl aber ihm, dem Franzosen, sein Französisch ausbessern. Eigenartiger Vogel dieser Chinese. In seinem Zimmer wäre es den ganzen Tag mucksmäuschenstill, nur wenn er räuspere und spucke, wisse Wens, der mächtigste Militär der Mission ist anwesend.

In einer stillen Minute habe er meinen traurigen Akt gefunden und flugs alle Papiere eingescannt, murmelt er mir über den Tellerrand hinweg zu. Er bietet mir an, die Dokumente auf meinen Stick zu überspielen, und so jage ich nach dem Essen die belebte Verbindungsstraße zwischen den beiden städtischen Hauptadern zu meinem Hotel und ebenso zurück, auch wenn mich der Gedanke gar nicht recht begeistert zu lesen, was meine Kollegen ausgesagt haben.

Das Ambiente ist ekelig: Mülltonnen sind umgefallen, durch den Mist stolzieren Saharaoui-Frauen hoheitsvoll in Stöckelsandalen. Junge Männer sitzen am sandigen Straßenrand und glotzen auf ihre Handys. Andere stehen alleine und starren ins Gewimmel, Männer sitzen in offenen Cafés beim Tee. Mädchen laufen kichernd Arm in Arm auf und ab. Die Szenen spielen sich auf einem unebenen Laufband ab, das betoniert, schief, sandig, mit Stufen, Kacheln oder Löchern im Boden versehen ist. Deshalb geht man besser auf der Straße, wo die Autos in Schlangenlinien ihren Weg suchen.

Wens ist noch unter der Dusche, als ich im Almazira an seine Zimmertür klopfe. Und dann sitzen wir noch lange in seinem Zimmer und belabern den Dauerbrenner „Aufstieg und Fall von Mijek". Vermutlich ist es uns ein Bedürfnis, den Stau eigener Gedanken zu dem Thema gemeinsam abzubauen. Seit Wochen modellieren wir meinen Beschwerdebrief an die UN. Stets mahnt mich der treue Freund: „Fakten, Fakten, Fakten, Stefan!" Keine Hypothesen, keine Unterstellungen, beschwört mich der Jurist in Uniform immer wieder.

Auch wenn er aussieht wie der hübsche Animateur im Club Med und beim Militär ein Seiteneinsteiger nach dem Studium der Rechtswissenschaften ist: Wens ist ein knallharter Militär. Zurücktreten gibt es in seiner Armee nicht, signalisiert er mir, dem resignierten resigniert Habenden. Weit nach Mitternacht komme ich erst ins Bett. Die zwei Europäer hatten sich doch viel zu erzählen.

## Samstag, 11. 12.

Die letzte Hürde ist das Frühstück im vierten Stock des Hotels. Nur wenige sind da, die meisten Offiziere schon im Büro, aber ausgerechnet der ghanesische G1 lädt sich Weißbrot auf den Teller. Ich verdrücke mich rasch, finde klaglos ein Taxi und checke am Flughafen ein. Gerettet, nun werde ich wie geplant aus dem Urlaub zurückkehren, und niemand mehr kann mir etwas anhaben.

## Mittwoch, 29. 12.

Wir kommen fast eine Stunde verspätet an, flugs wie immer sind alle beim Zoll, ich hinterdrein. Dort schickt sich der Beamte an, mein Gepäck zu durchwühlen, was mich zunehmend verdrießlich stimmt. Als er nach Minurso fragt, entspannt sich die Situation blitzartig: Höchst freundlich ist er mit einem Mal, hilft mir sogar beim Schließen des Koffers.

Dann das bekannte Prozedere vor dem Gebäude: Kein Taxi weit und breit, stattdessen muss ich Angebote der Glücksritter abwehren, die meinen, ich sei neu hier. Nein, beharre ich hochmütig, Petit Taxi, für fünf Dirham. Es käme nichts mehr, versucht der andere zu bluffen. Dann warte ich so lange, bis eines kommt, sage ich eigensinnig. Endlich erscheint eines, das mich zum Lakouara befördert. Wieder bin ich hier nicht untergebracht, was ich als deutlichen Beweis für schlechtes Gewissen der Unternehmensführung deute: Dem geschassten Kommandanten möchte man seine letzten Tage bei Minurso möglichst gemütlich gestalten. Ihr werdet euch noch wundern, denke ich grimmig.

Zumindest stellt man mir im Lakouara noch eiligst etwas zu essen zusammen, was mich gütig stimmt. Ein weiteres Taxi bringt mich ins Almazira, wo im Zimmer eine dicke Spinne vom Vorhang fällt und im Bad ein dicker schwarzer Käfer über die Fliesen läuft. Das sollten alle Lakouara-Kritiker einmal sehen, dazu den versifften Teppichboden, den halb heruntergerissenen Vorhang, die undichte Dusche. Als ich das Klo als einzig passablen Ort definiere und die Augen nach oben richte, blicke ich auf vom Drahtraster an der Decke baumelnde Staubfäden. Im Kühlschrank stehen zwei Wasserflaschen vom Vorgänger. Sie befinden sich noch bei meiner Abreise dort. Auf dem Spiegelschrank im Vorraum prangen Fingerabdrücke und Schlieren einer abgeronnenen Flüssigkeit. Dafür verlangt man hier 1000 Dirham, umgerechnet 100 Euro, pro Nacht.

Im Hauptquartier überreiche ich Alfred drei Dosen original-kanarischen Mojo-Aufstrich für seine treuen Dienste und statte den Personalisten einen Besuch ab. Aus dem Augenwinkel hatte ich schon in Erfahrung gebracht, dass ich für heute auf der Flugliste stand, aber im Büro ist man entspannt und gratuliert mir zu den bis Dienstag gewonnenen Tagen. Nochmals muss ich aber die Evaluierungen von Amara und Diallo abfassen, weil sich der neue Stabschef nicht Mohamed, sondern MD schreibt. Das muss man wissen. Dürfte offenbar ebenso ein Korinthenkacker sein wie sein Vorgänger, wenn derartiges für ihn kriegsentscheidend ist.

Der nach wie vor amtierende Personalchef, der dürre Malaysier, begrüßt mich überschwänglich, und ich denke an die Bemerkung von Wens, dass er mir eine besonders saftige Warnung hatte geben wollen. Leider – für mich ist in dieser Mission nichts mehr jungfräulich rein, alles erscheint mit Verschlagenheit, schlechten Erfahrungen und Verbitterung verbunden. Begegne ich freundlichen Menschen, wie sie die UN-Benimmregeln ohnedies vorsehen, denke ich gleich, wie enttäuschend sie sich im Fall des Falles verhalten würden. Nichts zu machen, ich bin geschädigt und gehöre nach Hause. Die Personalisten nehmen mich im Auto bis zum Hotel mit. Prioritär ist jetzt Schuhkauf, was sich als nicht einfach gestaltet. Einschlägige Läden scheinen in den Eingeweiden Laayounes verschluckt zu sein, alles Mögliche kann man erstehen, aber mit Schuhen sieht es düster aus. Man offeriert zwar ordinär verarbeite Fußummantelungen in staubigem Matt oder spitz zulaufende Rinnsaldampfer für maghrebinische Schmalspurdandys, aber nichts Elegantes. In einem kleinen Laden passt just meine Größe nicht. So sehr sich der Händler anstrengt mir ein braunes statt einem schwarzen Exemplar aufzuschwatzen, ich mag nicht und steuere nach kurzem Streunen durch den bescheidenen Suk bedauernd das Al Wasir, das für Minurso entlegenste Hotel der Stadt, an.

Die Teller tragen noch vertrocknete Speisereste voriger Atzungen. Noch immer ist kein Flaschenöffner vorhanden, doch kommt die Kellnerin mit einem Suppenlöffel zu Hilfe und legt diesen wieder zurück zu seinen unbenützten Artgenossen, nachdem sie mit ihm in der Faust erfolgreich den Kronenkork weggehebelt hat. Sie haben es einfach nicht drauf, und ich habe keine Lust mehr das alles noch lange mitzumachen.

Beim Essen treffe ich Jurica, der sich eine Lederjacke schneidern lassen möchte. Ich spüre, dass die Stimmung getrübt ist, obwohl ich ihn bitte, dass, was immer Domagoj gesagt haben mag, unser Verhältnis nicht beeinträchtigen dürfe. In Juricas Verhalten und darin, wie er über die Sache spricht, meine ich zu erkennen, dass er Domagoj glaubt. Vatergefühle oder Beschützerinstinkt für einen Landsmann, Emotionen, die er an anderen Nationen dieser Mission kritisiert? Es ist jammerschade und macht mich traurig und wütend zugleich.

## Donnerstag, 30. 12.

Kaum ist die Sonne aufgegangen, probiere ich meinen ersten Lauf in Laayoune. Erst trabe ich etwas verschämt wegen meiner nackigen Knie Richtung Flughafen und denke, dass mich jeder ihretwegen anstarrt, doch ist es wohl wegen des Sports im Allgemeinen. In arabischen Landen ist gute Beinmuskulatur von Vorteil. In einem fort muss ich wadenhoch vom Gehsteig hinunter oder hinauf springen, Barrierefreiheit existiert als Vokabel vermutlich gar nicht. Schiefe Autobusse und hoch beladene Lastwagen ziehen mit gemächlichem Brummen an mir vorbei. Rechts geht es zu unserem Logistikareal, dann folgt der Supermarkt, wo wir einmal für Mijek eingekauft haben, dann ein Hotel, dessen Publikum mich interessieren würde. Schräg hinter mir rumort es schon einige Zeit, der UN-Flieger startet zu seiner Nordrunde.

Von unbebautem Niemandsland, derzeit eine wilde oder legale Mülldeponie, zieht linker Hand Nebel auf. Es stinkt nach süßer Scheiße, ein paar Hunde streunen über die Abfallhügel auf der Suche nach Verwertbarem. Der Gestank bleibt, haftet bestialisch. An einem Meilenstein mache ich kehrt und bin nach langen Minuten froh, nicht mehr dem zweifelhaften Aroma ausgesetzt zu sein, das so viele unerquickliche Assoziationen vermittelt.

Der erste Frühstücksgast, der mir im Hotel begegnet und mich scheinheilig überfreundlich begrüßt, ist Siraj. Ich fertige ihn kühl ab und lasse mich weit entfernt von seinen Zugriffsmöglichkeiten nieder. Im Hauptquartier stöbere ich in den Mails. Um eins nehme ich den Bus zum Hotel und setze mich im Atrium in den Halbschatten einer Palme. Gegenüber hockt wiederum Siraj mit einem Landsmann im Vollschatten. Dort gehört er hin.

Am Nachmittag beginne ich im Hauptquartier mit dem Abarbeiten meiner Auscheckerliste und spreche bei der dicken Irakerin in der Reiseabteilung vor, der ein übler Ruf faulen Verschleppens von Anliegen vorauseilt. Ich klopfe, und als ich öffne, hebt sie verlegen den zur Seite gefallenen Kopf. Verschlafen nimmt sie mein Anliegen entgegen, aber aus einem Heimflug über Las Palmas wird nichts. Unser Travel Agent dort sei in Konkurs gegangen, also müsse ich über Casablanca reisen. Sie will mich ins Atlas-Hotel am Flughafen stopfen. Nur das nicht, warnt mich später Alfred, das sei wie das Almazira. Also werde ich wohl mit dem Zug in die Stadt fahren und dort im Ibis nächtigen. Das behagt der Dame, die womöglich schwarzgeschäftliche Kontakte zum Atlas-Hotel unterhält, gar nicht, aber sie kann nichts gegen meine Entscheidung unternehmen.

So bereitet mich Madame auf Iberia und Madrid als Umsteigepunkt vor, was mir wenig ausmacht, auch wenn es an Bord nichts zu Futtern gibt. Kein Wunder, dass das billiger ist als die zur Auswahl stehenden Air France und Lufthansa. Montag solle ich mir die Tickets abholen, ruft sie mir nach, die beim Namen Schwechat glasige Augen bekommen hat, denn sie wohne in Simmering, wenn sie in Wien sei, hatte sie geflötet. Darauf hatte mich schon Alfred knurrend hingewiesen: Sie könne kein Wort deutsch, werde aber demnächst die österreichische Staatsbürgerschaft erhalten. Und er, der sie vor zehn Jahren abgelegt und nur die kanadische behalten hatte, müsse nun um einen neuerlichen Erwerb ringen. Seine Eltern seien nach dem Krieg nach Kanada ausgewandert, erzählt er. Ich hoffe, es war ein anderer Grund als der Boden, der nach Ende der Naziherrschaft in Österreich zu heiß geworden sein könnte.

Neuerlich drehe ich eine Runde zwecks Schuhkaufs und werde in einer Art Warenhaus zwischen den beiden großen Hotels fündig: schwarze Schlüpfer, halbwegs hübsch, 250 Dirham, da kann nichts verhakt sein. Weil ich schon in der Gegend bin, gehe ich ins Hotel Sahara Line essen. Dort steht eine UN-Party bevor, ich löffle rasch und verkrümle mich.

## Freitag, 31. 12.

Weil ich den Bus ins Hauptquartier nehmen will, bin ich heute früher dran. Trotzdem ist auch diesmal wieder Siraj im Frühstücksraum. Nicht nur das, er setzt sich auch noch zu mir an den Tisch. Vielleicht mag er dich, sagt Jurica. So sind die alle, sagt Alfred. Siraj fragt mich ein paar Dinge, die ihn offenbar interessieren, etwa wie lange ich noch in der Mission bin, ich antworte nur knapp und häufe mir keinen Teller mehr voll. Siraj als Appetitzügler. So schnell ich kann, mache ich mich auf den Weg. Ein Gutes hatte die Begegnung: Ich bin jetzt bereit zum Absenden des Beschwerdeschreibens nach New York. Zuvor arbeite ich noch im Hauptquartier und fahre mit dem Bus zum Essen ins Hotel Lakouara zurück, das bisher nur Frühstück serviert hatte.

Am Nachmittag mache ich ernst mit meiner letztinstanzlichen Beschwerde: Eineinhalb Stunden nehmen die paar Korrekturen in Anspruch, dann bin ich mit meinem ellenlangen Werk einverstanden und mache den folgenschweren Tastendruck auf „Send". Vermutlich gar nicht folgenschwer, weil sich niemand damit befassen wird. Einer wird vom anderen vermuten, er sei damit beschäftigt. Zudem sind Feiertage, und so wird mein Anliegen dazwischen durchfallen. Trotzdem fühle ich mich erleichtert, zufrieden, als hätte ich ein Kapitel abgeschlossen. Die langwierige Mühe der letzten Wochen war notwendig, jetzt liegt alles weit zurück und nach dem Gang durch den Instanzenzug in New York, säuberlich getrennt von meinem zweiten Leben in Awsard.

Alfred wird nach eigenen Angaben einer Gegenveranstaltung zur offiziellen Silvesterfeier beiwohnen und dafür eventuell ins Hauptquartier kommen, ich nehme mir vor nirgends hinzugehen. Auch am Abend steuere ich das Lakouara an. Schon bin ich Stammgast dort. Ein kleiner dünner Kellner-Jüngling schließt mich ins Herz, weil ich Spanisch spreche. Da er es als Fremdsprache in Andalusien gelernt hat, ist er gut zu verstehen. Schon schmiedet er Pläne für meine Auscheck-Zeit: Wir könnten einen Tag in die Dünen am Meer fahren, am Abend den Saharaoui-Shop besuchen. Aber wo das Saharaoui-Museum ist, kann er nicht eruieren.

Auf dem Rückweg ins Hotel komme ich an einem Unfall vorbei, dem ersten, den ich in Marokko sehe: Ein Mercedes hat, ohne große Schäden davonzutragen, ein Kleintaxi zur Seite geschoben, das ziemlich ramponiert daliegt. Die Polizei leitet den Verkehr um, vermisst, Öl rinnt aus. Mehr ist nicht mehr auszumachen.

Vor dem Hotel warten Herren in Anzügen, eine erwartungsvoll erregte Stimmung umfängt die Wanzenburg, im Atrium eilen dienstbare Geister zwischen noch ungeöffneten Metallschüsseln hin und her. Ich bin zufrieden an dem Auftrieb nicht teilnehmen zu müssen. Lediglich in der Bar sind die Herren heute etwas länger lustig als sonst, da es aber ein gleichmäßiger Murmelpegel ist, kann ich um Mitternacht beruhigt einschlafen.

## Samstag, 1. 1. 2011

Das Angenehme an muslimischen Staaten ist, dass sie den Jahresbeginn offenbar ohne Feuerwerk und Besäufnis feiern. Jene Stunden, in denen unsere aufgeklärte und hoch stehende Kultur um Lichtjahre in Epochen zurückfällt, in denen man durch Trommeln an die eigene Brust kommunizierte. Ich überlege für die Zukunft, Kurzurlaube, wirklich nur Kurzurlaube über Neujahr, im arabischen Raum.

Als ich zum Frühstück ins Lakouara strebe, wate ich nicht durch Konfetti, zerbrochene Flaschen und abgebrannte Raketenbasen, sondern nur durch den üblichen Unrat – wie angenehm. Den Vormittag verbringe ich mit der Recherche des Saharaoui-Museums. Etwa ein Dutzend Menschen spreche ich an, die Hälfte weiß nicht Bescheid, die andere schickt mich im Kreis. Ich gebe auf und gehe ins Lakouara mittagessen.

Am Nachmittag bitte ich den Sir hinter dem Tresen vom Hotel Almazira, einen feinen Herren mit Schnurrbart, der mir stets ein paar Brocken Deutsch entgegenwirft, weil er einmal in Tirol auf Urlaub war, das Tor zum Pool aufzuschließen. Gesundheit fürs neue Jahr wünsche ich ihm auf Französisch, und er entgegnet mit einer Beschwörung des Friedens für alle. Klar, darum sind wir hier, er braucht nur Siraj zu fragen.

Es tut wohl, in der Sonne zu liegen, doch ist das Wasser so kalt, dass ich es bereits nach drei Runden wieder verlasse. Die Trinker an der Bar haben den Pool ebenfalls entdeckt. Sie liegt benachbart, eine düstere Höhle im Hintergrund des Hotels, deren Ambiente etwas Verbotenes, Verruchtes vermittelt, weil es mit in diesen Breiten offiziell verpöntem, inoffiziell aber begehrtem Alkohol zu tun hat. Ein Sportlicher, der aus der Bar gekommen ist, springt ins Wasser und verlangt dann in rüdem Ton, ich möge mit meiner Liege wegrücken, denn er wolle duschen. Alkohol hilft die wahren Gesichter zu erkennen.

Auf sonderbare Weise bin ich entrückt, seit ich im Buch über die schwarzen Schafe der Habsburger lese, zu dessen Lektüre mich Alfred gedrängt hat. Erst war ich nicht sonderlich interessiert, schon eingedenk meiner 20 Bücher im Wüstenschrank. Dann aber hat es mich in einen Strudel gerissen, der alle Ingredienzien enthält, die meine Heimat ausmachen. Plötzlich fühle ich mich bei den Wurzeln und nicht im fernen Marokko. Zudem erhält mein geschichtliches Wissen Querverbindungen und neue Andockstellen. Anderes Licht fällt auf bekannte Begebenheiten und Persönlichkeiten.

Traurig, mich niemandem darüber mitteilen zu können, sinne ich über die Habsburger, die recht schräge Vögel waren, nicht direkt böse, aber auch nicht gutmütig, das schon gar nicht, Menschen, die für „die gute alte Zeit“ verantwortlich waren. Alfred hat recht, man braucht deshalb kein Linker zu sein: All die heute bewunderte historische Pracht ist auf dem vom Arbeiten gekrümmten Rücken des Volks zustande gekommen. Sozial waren sie nicht, die Herrscher Österreichs, aber vielleicht sozialer als andere Herrscherhäuser jener Zeit.

Abends trete ich den Weg bergab zum Lakouara an, dem geplanten Abendessen mit Jurica. Selbst der Force Commander sitzt heute hier zu Tisch. Der wird bald Augen machen. Oder auch nicht. Ich sollte nicht zu hoffnungsfroh sein, die Sache ist für mich gelaufen. Negativ obendrein.

## Sonntag, 2. 1.

Den Lauf empfinde ich diesmal als angenehm, weil auch hier Sonntagsruhe herrscht: Kein Berufsverkehr, keine Menschen auf den Straßen, die dort nicht zu sein haben, kein Nebel mit Unratgeruch. Da wird man eins mit sich und der Welt. Wieder beehre ich dreimal am Tag das Lakouara. Ich mag diesen von Saharaouis geführten Familienbetrieb mehr als die anonymen marokkanischen Nehmer-Schuppen, die laut Alfred für jeden von uns pro Mahlzeit 15 Euro kassieren. Das macht das Lakouara zwar auch, bietet aber herzliche Atmosphäre, statt Hauptquartiersmafia lediglich Honduras-Mafia sowie sauberes Geschirr. Das versuche ich Alfred näherzubringen, und wir vereinbaren uns für den Abend, doch dann hat er wegen bevorstehenden Wetterumschwungs Kopfweh, und tags darauf muss er noch etwas erledigen. Mit einem Wort: Er will nicht.

In der Kirche im Talgrund sitzen um 11 Uhr außer dem argentinischen Kollegen aus der Minurso-Zentrale nur ein paar Schwarze, es ist ein intimer Gottesdienst. Danach blättere ich im Park davor im Magazin der spanischen Binter-Air. Nach dem Essen spaziere ich ins Hauptquartier, wo ich mich erstmals stark genug fühle, die von Wens konspirativ gescannten Aussagen der Kollegen anlässlich der Einvernahme in meinem Fall zu lesen.

Es ist halb so schlimm. Aber eben auch nur halb so gut. Eine späte Schule fürs Leben wandert vor mir über den Bildschirm. Am meisten bin ich von Meldad enttäuscht, von dem Siraj das Gefasel einer gespannten Stimmung übernommen haben dürfte, und der offenbar ohne mit der Wimper zu zucken Domagoj, Maxim und mir zu gleichen Teilen Schuld daran gibt. Am meisten freut mich die Aussage des treuen Marat, der unübersehbar zu mir hielt, auch wenn wir uns nur kurze Zeit kannten. Und die anderen? Eigenartig, dass Domagoj durchwegs auf Nachsicht stößt. Außer Wens bezeichnet ihn niemand als krank oder verrückt, höchstens als laut und ungeschickt in der Äußerung seiner Meinung. Da frage ich mich, ob ich mich nicht in etwas verrannt habe und ob man die Dinge unter Kollegen anders sieht als aus einsamer Kommandantenperspektive.

Ich komme ins Grübeln, wenn gemeinsam Erlebtes völlig anders interpretiert wird: Nichts soll man für gewiss halten und nichts für so, wie es die eigene Überzeugung nahelegt. Dass ich im Vergleich mit dem Vorgänger Talal nicht unbedingt besser abschneide, kränkt mich obendrein und gibt mir eine traurige Lehre auf den Weg mit: Je weniger man sich engagiert, je weniger Probleme man sich selbst und damit anderen macht, umso beliebter ist man. Hätte mich nicht so viel Verantwortungsbewusstsein getrieben und ich mich nicht darum geschert, was mit UN-Geld passiert, so wie es aktuell in Awsard geschieht, ich wäre heute noch Chef in Mijek.

Dass Al Haj und Azhar nach ihrer unerlaubten Ausfahrt wenig schmeichelhaft gegen mich aussagen, hatte ich erwartet. Und das Beharren von Taruzi, er wolle im

Offiziersspeisesaal essen, obwohl ihm überhaupt keine Mahlzeiten bei uns zustehen, richtet sich von selbst. Wäre nur jemand in dieser Mission, der die Verfassung SOP nicht wie einen Gral hütet, sondern auch sinngemäß interpretiert!

Amaras Statement hat mich weniger als Wens getroffen. So ist er eben, unser afrikanischer Besserwisser, bei dem Wort und Tat nur selten übereinstimmen. Ich entnehme seiner Aussage keine Hinterhältigkeit. Sein Landsmann Diallo hingegen, der mir immer versichert hatte, dass er den besten Teamsite-Commander habe, den er sich wünschen könne, wiederholt derartige Aussagen in der Einvernahme nicht. Mubashir ist ganz eindeutig His Masters Voice und liefert die benötigte Munition, um mich im Abschlussbericht abschießen zu können. Er ist zusammen mit seinem Landsmann und Vernehmer die mieseste Figur in diesem Trauerspiel.

Wenn Al Haj sich laut Vernehmungsprotokoll über meine Bemerkung erregt, ich würde niemandem trauen, dann liefern diese Dokumente die beste Begründung dafür: Große Sprüche bei den Partys über die Offiziersfamilie und die internationale Freundschaft, aber wenn es darauf ankommt, verhalten sich alle diplomatisch, vorsichtig und distanziert. Wäre es nicht anmaßend, würde ich die Improperien der katholischen Liturgie zitieren: „Mein Volk, was habe ich dir getan?“

Übel ist wie erwartet der Anklagebrief Domagojs. Während des Lesens weiß ich nicht, wie meine Gefühle demnächst ausbrechen werden: Wird mir schlecht, werde ich zornig oder bleibt es bei ungläubigem Kopfschütteln? Wenn der Mann das alles glaubt, was er da schreibt, braucht er tatsächlich einen Arzt. Wenngleich das eine oder andere im Ansatz überlegenswert ist und mich nachdenklich macht. Vor allem zeigt sich, wie vorsichtig man in einer Führungsfunktion jedes Wort auf die Waagschale legen muss, zumal in einer Fremdsprache, die alle Feinheiten der Differenzierung und der von mir gerne gepflegten Ironie nicht so eindeutig wie nötig transportiert. So etwa ist hängen geblieben, dass ich unsere Kartoffel schälenden Polisario-Arbeiter ihrer heldenhaften Vergangenheit im Freiheitskampf gegenübergestellt habe, was nicht gut angekommen sein dürfte. Insofern kann ich froh sein, dass ich vom Rassismus überhaupt freigesprochen wurde.

Domagoj hat inzwischen eine scharfe Rüge von der Missionsführung für sein Schreiben an den Kommandanten erhalten: Zum einen habe er den Dienstweg nicht eingehalten, zum anderen unbegründete Anschuldigungen erhoben. In seiner aktuellen Teamsite soll er sich seit der Versetzung abkapseln und zumeist wie ein eingesperrter Tiger im Camp auf und ab gehen. Später kehrt er vom Urlaub in der Heimat erst gar nicht zurück, weshalb ihn Minurso schließlich repatriiert.

Aufgrund der Dokumente könnte man tatsächlich zu einem differenzierten Urteil über meine Teamsite-Führung kommen. Der Abschlussbericht von Siraj ist dennoch eine Frechheit: Von „totalem Missmanagement" schreibt er. Da würde ich schon gerne ein paar Anhaltspunkte für diese Beurteilung kennen. Seine Empfehlung, man solle künftig bei der Auswahl von Teamsite-Kommandanten mehr auf deren beruflichen Hintergrund schauen, zielt eindeutig auf meine Reservistenfunktion, was mich schmerzhaft trifft. Gerade durch vernünftiges Führen des Haufens wollte ich beweisen, dass ich auch als Militär, wenngleich mit anderem Chef-Verständnis, erfolgreich sein kann. Offenbar wird aber weltweit nur eine einzige öde Denkschule kapiert, somit war es die ganze Mühe nicht wert.

Etwas umdüstert widme ich mich meiner Missionschronik, tratsche mit Alfred, den es selbst am Feiertag ins Büro treibt, wo er an neuen kleinen Computern herumhämmert, und trabe abends zum Essen. Der verlängerte Aufenthalt in Laayoune gefällt mir, Langeweile kommt nicht auf. So wie andere hier Urlaube zu verbringen und in dieser Zeit ausschließlich am Computer zu kleben, kann ich mir aber nicht vorstellen.

## Montag, 3. 1.

Da ich keine Termine habe, spaziere ich nach dem Frühstück ins Hauptquartier und befrage dabei meine Hassliebe zur gegenwärtigen Wahlheimat: Immer unerträglicher finde ich den Schmutz, die fehlende Stadt- und Verkehrsplanung, die Missachtung der Fußgänger, die sich darin äußert, dass Verkehrsschilder und Lampenmasten mitten in den Gehsteig gerammt sind oder sich dort unangekündigt Löcher im Beton auftun, Läden ihre Waren bis zur Fahrbahn ausbreiten oder man auf schrägen Ebenen entlangtorkelt.

Gestern Abend lag unweit des Lakouara eine tote schwarze Katze auf dem Gehsteig. Nichts deutete auf Verletzungen hin, lediglich der Bauchfleck mit den vier weggestreckten Pfoten wirkte unnatürlich. Fliegen sammelten sich um ihre Schnauze, die sie sonst mit energischen Bewegungen vertrieben hätte. Nun lässt es der unbewegliche Körper mit sich geschehen, ein Bild der Armseligkeit, der Kapitulation vor dem Schwächeren. Heute früh lag sie an derselben Stelle, auch morgen wird sie da liegen.

Die halbe Stunde Fußmarsch ist aber ausgesprochen unterhaltsam, weil sie auf Schritt und Tritt wie im Film eine kleinteilige Gesellschaft vorführt, deren Leben sich zu einem erheblichen Teil auf der Straße abspielt: Das morsche Gerüst an einer Mauer, auf dem Arbeiter entlangsteigen, die Apotheke mit altmodischem Mobiliar, der Gemischtwarenladen, der wie eine kühle Höhle der Ewigkeit wirkt. Einkaufende Frauen treibt keine Eile, sie streben in aller Behäbigkeit oft paarweise ihrem Ziel entgegen. Da ist der Polizist auf der Kreuzung, der habituell pfeift, aber niemand schert sich darum, er am allerwenigsten. Da sind die Schulmädchen, die mit ihren dünnen weißen Arbeitsjacken wie Arzthelferinnen aussehen.

Männer sitzen in Cafés, abends davor, in mattem künstlichem Licht, durch ihre Präsenz der Kargheit der Umgebung Opulenz verleihend. LKW mit langen Aufliegern, deren Ladung auf der Bordwand unter einer riesigen Plane verzurrt ist, gurgeln über die staubigen Fahrbahnen. Lieferanten schieben auf Bierrodeln Gaskartuschen vor sich her. Taxis halten mitten auf der Straße, Soldaten sind auf langsamen, knatternden Mopeds unterwegs.

Überhaupt die Soldaten: Die am tiefsten gelegene Straße von Laayoune ist eine Militärstraße, an der sich eine Kaserne an die andere reiht. Brot oder Aktentaschen unter den Arm geklemmt streben die Uniformierten kreuz und quer durch diesen ärarischen Korridor, in Hellgrün oder Dunkelgrün, mit breiten Gürteln und verdrückten Kappen. Ab und zu rollt auch ein Armee-Lastwagen vorbei, mit ein paar Soldaten auf der Plattform, technische Relikte ebenso wie nagelneue Renault-Transporter.

Schließlich die Wasserwagen: Geduckt-gedrungene Bedford-Tanker, deren Fahrer, den Kopf mit einem schwarzen Tuch umwickelt, geduldig hinter einem hohen Lenkrad sitzen, während die alte Kiste in bescheidenem Tempo einen Berg emporröhrt, seitlich dichte blaue Abgaswolken ausstoßend.

Nur das Mittagessen unterbricht meinen Schreibdrang am Computer. Da heute UN-Feiertag ist, was ich nicht wusste, herrscht Ruhe in der gesamten Anlage. Mit Glück kann ich meine MSA, den monatlichen UN-Lohn, ergattern. Nur die dicke Reisetante ist entgegen ihrer Versprechung natürlich nicht da. Am Abend lädt mich Pressemann Enrico auf ein Bier ein. Er braucht ein Ventil, als Italiener gleich mehrere Ventile. Auch er ist frustriert, nicht so schwermütig wie Alfred, eher in einer leichten, geschmeidigen Art, die vermuten lässt, dass im nächsten Moment der Ärger schon wieder vergessen ist. Enrico leidet unter dem Chef: Diese Mission hat ein gravierendes Führungsproblem.

## Dienstag, 4. 1.

Um halb sieben ist im Almazira das Frühstück immer noch nicht aufgebaut, das Service lässt nach. Ich schaffe noch Kaffee, Orangensaft und Gebäck. Und den UN-Flughafenbus. Die Antonow ist voll, sie hat ja auch nur 18 Plätze, auch Amir ist an Bord. Die Herren ergehen sich in heimlicher Betrachtung der blutjungen, dünnen, hübschen Stewardess, der ein Anflug von Arroganz anhaftet. Dmitry, dem ich gestern noch im PX zwölf Bierchen gekauft hatte, sei in Laayoune, sagt man mir in Oum Dreyga. Wenig später sitzen wir im Hubschrauber nach Awsard, auch zwei Neue, Eric und Olivier aus Frankreich. Warm ist es, als wir aussteigen. Sonst scheint sich nicht viel getan zu haben.

Viele sind auf Urlaub, eine Patrouille befindet sich in Laayoune, eine andere ist auf dem Weg nach Dakhla mit kaputtem Fahrzeug in Dakmar gestrandet. Sie hat die damalige Zusammensetzung aus Ahmed, Mohamed und Wang. Statt mir ist Zsuzsana dabei. So wirkt die Teamsite ausgestorben, und ich beginne mit der Hausarbeit: Waschen, Bügeln, Zimmerreinigung – alles wohl zum letzten Mal hier.

## Mittwoch, 5. 1.

Mein erster und letzter Helo-Recce in dieser Teamsite. Amir ist Kommandant und muss sich beim Briefing selbst erst orientieren. Ein bedauernswerter Auftritt. Der Kapitän aus Nepal ist neu bei Minurso, weshalb mir ein wenig unwohl ist, als er den Bergen gar so nahe kommt und die Maschine an den Strongpoints für die Fotoaufnahmen herumreißt, dass ich meine, sie schmiert ab. Die Flüge sind ohnehin abwechslungsreicher als jene in Mijek, wo mitunter das einzig Bemerkenswerte während so einer Patrouille ein Kamel ist. Die Militärstützpunkte lassen sich zudem recht bequem mit der Digitalkamera einfangen.

Die Kamele stehen wie Steckfiguren im Sand, kleine Halbbögen, deren Ergänzung zum Kreis der eigene Schatten bildet. Die schwarzen Berge wirken wie verkohlt, als hätte eine riesige Putzfrau zusammengekehrt und an die aufgetürmten Haufen Feuer gelegt.

Wieder am Boden halte ich einen Plausch mit den beiden Franzosen, weil sie mir leid tun, da sich niemand um sie kümmert. Amir hat ein dickes Fell und denkt nicht im Entferntesten daran, sich als Servicestelle des Compounds zu verstehen. Morgen bin ich erstmals Patrouillenkommandant, was mir etwas im Magen liegt.

Ich bereite die notwendigen Papiere dafür vor, beginne aber auch meine Alukisten für den Heimflug zu packen. Unweigerlich – es geht dem Ende zu.

## Donnerstag, 6. 1.

Wohl ist mir nicht recht bei der Abfahrt, weil ich ziemlich uninformiert in diese vermutlich einfachste aller Awsard-Patrouillen gehe. Mein Fahrer ist der kleine Bobo aus Guinea, der ähnlich gelbliche Augen hat wie Amara. Es dürfte eher mit der Herkunft als mit der Gesundheit zu tun haben. Bobo ist neu und erstmals erster Fahrer. Zweiter Lenker ist Major Olivier aus Bordeaux, auf seiner ersten Ausfahrt überhaupt. Zweiter in Charge und jener, auf dem, ohne dass er es ahnt, die ganze Verantwortung eigentlich liegt, ist der pyknische Joseph aus Ghana, der erst vor ein paar Wochen qualifiziert wurde. Somit ist da ein ziemliches Blitzerkommando unterwegs.

Wir absolvieren es aber nicht so übel. Bobo und ich nehmen zwar manchmal die falsche Option an einer Weggabelung, kehren aber jeweils bald um und versuchen es erneut. Wir tasten uns erst an den Steinmännchen entlang, dann geht es am Berm dahin: alle fünf Kilometer ein Strongpoint, also eine kompaniestarke Festung. An die zehn Vorsprachen absolviere ich brav auf Französisch. „Frag ihn, was diese Panzerspur bedeutet", wirft mir Joseph zu, als ich mich an einem der Stützpunkte verabschieden will. Gut beobachtet, denn ein Kettenabdruck im Sand zieht sich in den Compound. Das sei ein Caterpillar zum Sandschaufeln, sagt der junge Mann und lädt uns zur Besichtigung in seine Festung. Tatsächlich brummt da ein gelbes Gerät, das an einem Sandhügel auf und ab fährt.

Weil wir nun schon einmal da sind, werden wir in ein bunkerartiges Souterrainlokal gebeten: Nicht übel, die betonierte Unterkunft vom Chef des Hauses. Zwei gekalkte Sitzbänke aus Stein, wie aus dem Boden modelliert, dazwischen ein Tisch, auf dem ein kleiner Computer steht. Das Fußende der Kommandantenbank, die wohl auch das Bett darstellt, ziert ein Flachbildschirm.

Wir scharen uns um den Tisch, Nüsse und Kekse, schwarzer Kaffee und Tee werden aufgetragen. Einzig Joseph kann der auf Französisch geführten Unterhaltung nicht folgen, erhält sie aber bruchstückhaft übersetzt. Ab höherer Schule wird in Marokko auf Französisch unterrichtet, erzählt uns der junge Leutnant, der aus Meknes stammt und Berber ist. Eine nette Unterhaltung im kühlen, aber gemütlichen Bunker, dann ziehen wir weiter.

Entlang des Berm funktioniert die Informationskette: Bei den nächsten Strongpoints werden wir schon am Eingang von den Kommandanten erwartet. Sie salutieren zackig und schnurren eine Meldung darüber ab, wer sie sind und wen sie hier kommandieren. Passiert man die Wachen, reißen sie auf schneidiges Kommando ihr Gewehr hoch und stehen stramm, dass man nur so schaut.

Der letzte heikle Punkt ist eine lockere Ansammlung dreier Kompanien, die wir umkreisen und dabei Fahrzeuge und Bewaffnung zählen. Ich habe mich mangels Interesse immer schon schwer getan Kriegsgerät auseinanderzuhalten, hier bin ich nicht einmal eingeschult. Nun soll ich mit einem Auge die säuberlich nebeneinander aufgereihten Jeeps, die aus Österreich stammenden Kürassier-Panzer sowie andere dubiose Fortbewegungsmittel zählen und Bobos Lenkrad-Manipulationen im anderen Auge behalten, damit er nicht irrtümlich ins Kaserneninnere abzweigt oder sich zu weit davon entfernt.

Wie erwartet hat Joseph anders gezählt als ich. Am Nachmittag brüte ich beim Verfassen des Reports über einer möglichst ausgewogenen Synthese beider Beobachtungen. Hoffentlich fahre ich nicht gewaltig ein, wenn etwa herauskäme, dass ich Artilleriefahrzeuge in einer Infanterieeinheit angegeben habe. Keine Ahnung, welche Waffengattungen wir heute mit unseren zwei weißen Sputniks umrundet haben.

Am 18. 1. werde ich die Teamsite verlassen, habe ich beim srilankischen Personalisten in Laayoune in Erfahrung gebracht. Am liebsten würde ich es mir schriftlich geben lassen. Nach dem Abendessen bieten die beiden Hunde ein abstoßendes Bild: Sie stehen mitten im Camp abwechselnd vor einem pelzigen toten Tier, ein Bein darauf gestellt, damit es nicht davonrutscht, und reißen ihm mit den Zähnen Teile aus seinem Leib. Der jeweils andere zermalmt unterdessen Knochen, dass es nur so kracht. Das Fell des Opfers ist grau-weiß gestreift, deshalb schließe ich augenblicklich auf eine unserer Katzen. Allerdings erinnert der Kadaver mehr an ein platt gewalztes Pelzcape mit Kopf, aus dem zwei winzige Schneidezähne heraus ragen. Zeichen letzter Verzweiflung? Vielleicht ein Kaninchen. Die Hunde vertilgen das Tier von hinten nach vorne mit Haut und vor allem Haar, was mich darüber sinnen lässt, wann ihnen wohl heute Nacht schlecht werden mag.

Um 21 Uhr trete ich den Alpha-Dienst an und löse Ahmed ab. Aufgrund meines baldigen Ausscheidens hat sich eine gewisse Nachsichtigkeit des Alters meiner bemächtigt, und ich bin nicht mehr so leicht zu ärgern, wie es in Mijek der Fall gewesen wäre. Ich wundere mich lediglich darüber, warum sich im ohnedies ungepflegten Dutyroom zwar in einer Ecke eine Klobürste findet, aber keine Fliegenklatsche, wie es sie noch vor meinem Urlaub hier gab. Im Ablution Room wiederum fungiert ein Klobesenhalter als Seifenschüssel, und jedes Mal, wenn ich dort nach der Seife lange, hoffe ich insgeheim, dass er nicht früher einmal seine ursprüngliche Funktion ausgeübt hat.

Wiederum habe ich die Sorgen mit den Nachbarbüros, als ich möglichst früh, also um 11 Uhr, schlafen gehen möchte. Die beiden Vertreter der Schwellenländer China und Brasilien, Wang und Cleber, beschäftigen sich so vorbildlich still an den Computern, dass ich sie weiter gewähren lasse. Khaled auf der anderen Seite hängt hingegen schon seit einer Stunde am dritten Telefonat und führt es so lautstark, als wäre der Jeme dem Jemen auf Rufweite entfernt. Noch dazu nervt mich diese kehlige, klanglose Sprache seit geraumer Zeit gehörig.

Unsere Jemeniten sind schwer erträglich, auf eine Art überheblich und unbekümmert, dass es irgendwann provokant wird. Ich bedeute Khaled, dass ich schlafen gehen möchte, er bedeutet mir, dass ich die Fahne einholen solle – was Ahmed vor mir verabsäumt hat, dessen Aufgabe es gewesen wäre. Ich hole grollend das blaue Tuch vom Mast und deute ihm erneut, er möge das Telefonieren einstellen. Zumal er den ganzen Nachmittag Zeit dazu gehabt hätte. Das behagt wiederum ihm nicht, schließlich gehorcht er aber. Halb zwölf ist es, nun finde ich plötzlich keinen Schlaf. Und als ich ihn finde, finden mich die Mücken. Tags darauf sage ich Joseph, dem planenden G3, dass ich für die restlichen zehn Tage keinen Alphadienst mehr machen will. Zumal ihn die anderen ohnedies so schätzen.

## Freitag, 7. 1.

Fast hätte ich den Wecker verschlafen. Kalt ist es draußen, als ich mürrisch die Torflügel öffne und fixiere. Dabei trachte ich mir die eilig angeschossen kommenden Hunde eingedenk ekeliger Erinnerungen vom Leib zu halten. Es macht den Eindruck, als hätten sich die Katzen seit gestern verkrochen, vornehmlich unter dem Freizeitzelt der Russen. Insbesondere jenes besonders trächtige schwarz-weiße Exemplar, eine Matrone auf vier Pfoten, die sich nur so dahinwälzt. Ob die Russen wissen, dass sie sich über einer Gebärmaschinenhalle aufhalten?

Major Barwa ist mein Alter Ego im Dutysessel. Nach einem kurzen Frühstück bin ich ATO für den ersten Start des Hubschraubers. Ahmed gesteht mir in seiner beabsichtigt oder unbeabsichtigt komisch stotternden Art, dass er ebenfalls Probleme mit dem neuen nepalesischen Piloten hat, der offenbar abrupte Manöver von der zerklüfteten Bergwelt seiner Heimat gewohnt ist. „Ich muss mich übergeben, wenn sie so weiterfliegen, habe ich ihm gesagt", erzählt mir Ahmed, und seine Ohren laufen noch spitzer zu als sonst.

Während der Hubschrauber Kurs auf Oum Dreyga nimmt, mache ich einen Lauf. Zwar ist es zwischen neun und zehn noch kühl, die Sonne wärmt aber kräftig. Den Hunden leiste ich unterwegs in Abwesenheit Abbitte, als ich an einer Stelle vorbeikomme, wo ich am Fahrbahnrand Fellumrisse feststelle. Das Tier war also eingeschleppt, eine Art Trockenfisch, denn ich erinnere mich kein Blut gesehen zu haben. „Habe ich ja gleich gewusst", sagt rügend Zsuzsana. „So etwas machen die Hunde nicht – unsere Katzen fressen."

Ich komme gerade rechtzeitig zurück, um den heimkehrenden Hubschrauber in Empfang zu nehmen, und ihn um halb eins neuerlich zu verabschieden, als er nach Aguanit fliegt. Am Nachmittag hänge ich ermattet die restlichen zweieinhalb Stunden im Dutysessel: Ich vermute, dass einer unserer Entwicklungslandbewohner die Türe offen und die Klimaanlage eingeschaltet gelassen hat. Sie gibt nun nach ein paar Kühlungsversuchen regelmäßig den Geist auf. Und ich schwitze bei 33 Grad im Office. Es ist wie im Sommer in Mijek.

Nach Langem gibt es heute erstmals wieder ein Briefing mit an die 20 Teilnehmern. Und auch unsere beiden französischen Neuzugänge können sich endlich über die gebotene Aufmerksamkeit freuen. Und wieder gibt mir der Jemenit Khaled Anlass zum Ärger. Gestern Vormittag hatte ich Olivier, dessen Zimmer nicht einmal über einen Kasten verfügt, angeboten, in Kürze mein Zimmer zu übernehmen. Am Abend eröffnet mir Khaled, er werde dies tun. Meinen Einwand, ich hätte bereits darüber verfügt, überhört er und kündigt an, er werde, weil zum Zeitpunkt meiner Abreise auf Urlaub, seine Sachen schon einmal im Raum von Nachbar Ahmed stapeln.

Deshalb mache ich mit Olivier aus, dass er am Tag meiner Abreise alle Mobilien aus meiner Residenz erhält. Viel wird Khaled dann nicht mehr vorfinden – ein Bett und einen windschiefen Holzspind, der aufgrund seiner Morschheit an der Basis fast schon auseinanderfällt. Nicht nur die Moslems, auch die Europäer können zusammenhalten. Vielleicht braucht er gar nicht mehr Interieur, er telefoniert ohnedies zumeist.

Nach dem Briefing habe ich für diese Woche noch eine ungustiöse Hürde zu nehmen, die der Müllverbrennung. Nach neuester Bestimmung rückt man zu zweit aus, mit dem Alpha-Tierchen des nächsten Tages. Das finde ich schon mal gut. Für mich bedeutet das heute Zsuzsana, die zwar viel dummes Zeug schwätzt, aber wenn ich „Köszönöm szépen" sage, antwortet sie stets mit „Donkä schän". Mit zwei Metalltonnen voll Küchenabfällen holpern wir vor Sonnenuntergang hinaus zur Grube, die mit allerlei versengtem Material übersät ist, und leeren unseren Mist dazu. Sie schüttet eine Flasche Diesel über den frischen Abfall und versucht lange die Ladung mit ihrem Feuerzeug in Brand zu setzen. Wir sind uns einig, dass diese Art der Müllbeseitigung in unseren Heimatländern als haarsträubend empfunden würde. Zum Abendessen gibt es diesmal auch Milchreis. Ich bin selig, denn gerade heute dachte ich, ab und zu etwas Süßes zu den Mahlzeiten wäre nicht schlecht. Für die Zeit seiner Essenseinnahme muss ich danach Barwa im Duty-Office ablösen, aber der pakistanische Kavalier will auf die telefonierende Zsuzsana warten. Die sitzt auf den Stufen vor dem Büro und spricht ungerührt noch geschlagene 25 Minuten, während der saure Kavalier auf und ab geht. Mir ist es egal, ich lese mit dem Rücken zur Tür in einer Opernzeitschrift. Schließlich ist es Barwa zu dumm, und er geht alleine essen. Das hätte ich an seiner Stelle sofort gemacht. Auf Frauen warten bedeutet ausnahmslos Zeit zu verlieren.

## Samstag, 8. 1.

Mit einem Frühstück aus Kaffee und Röstbrot mit Goudakäse aus Bad Bramstedt im Bauch mache ich mich auf zum Lauf. Da ich besonders schlau sein will und es in der Früh ziemlich windig war, nehme ich diesmal die Route Richtung Tischla, damit mich der Gegenwind zu Beginn erwischt und nicht in der matten zweiten Halbzeit. Doch das Schicksal ist noch schlauer: Erst schirmt der Berg vor zu starken Böen, dann macht die Straße einen Bogen und führt zudem bergab, sodass ich es auf dem Rückweg erst recht schwer habe.

Freie Tage verleiten zum Mittagsschlaf, und sei er auch noch so kurz. Daran schließt die übliche Kaffeepause. Das Briefing fällt aus, dafür gibt es am Abend Barbecue. Die Neuigkeit wird informell weiterverbreitet – wann und wo ist ungewiss –, sodass ich fast zu spät zum Abendessen komme, das eben heute Barbecue heißt und sich lediglich durch die verbrannten Bouletten vom Üblichen unterscheidet.

Zubereitet wird es vom künftigen Teamsite Commander von Awsard, dem paraguayischen Oberstleutnant Romero, der gerade frisch vom Urlaub gekommen ist.

Nach meiner Absetzung wurde eine Bestimmung ausgegeben, wonach nur mehr Oberstleutnante Teamsite Commander sein dürfen. Als ob der Dienstgrad eine Garantie für irgendetwas wäre. Die Österreicher werden wenigstens in Zukunft nicht mehr Gefahr laufen, dieses undankbare Amt umgehängt zu bekommen. Denn Österreich besetzt immer nur zwei Major-Posten, welchen Dienstgrad die Leute daheim auch tragen mögen.

Für die Bestimmung des künftigen Teamsite Commanders mussten wir dieser Tage die in Frage kommenden Kandidaten in mehrfacher Hinsicht benoten. Romero benotete ich nicht, da ich ihn nicht kenne, und ich kann mir auch nicht vorstellen, dass er bei den anderen der große Favorit war. Da hat eben wieder einmal der oberste Chinese seinen Kandidaten durchgesetzt. Weil er künftig nur Oberstleutnante in dieser Position haben will, war die Entscheidung von vorneherein klar, und uns war unter dem Deckmäntelchen der Demokratie nur Arbeit gemacht worden. Romero dürfte jedoch ein passabler Bursche sein, aber nicht nur deshalb, weil er meine Spanischkenntnisse gelobt hat.

Vor der abendlichen Party bin ich auf das Fadeste vorbereitet. Doch unsere beiden neuen Franzosen geben dem Ganzen eine so heitere Note, als es für sie gemäß Initiationsritus-Drehbuch ans Tanzen geht, dass alle begeistert sind. Unter ihren Perücken schneiden sie Grimassen, und plötzlich macht auch Bobo mit und offenbart sich ebenfalls als temporärer Clown.

Olivier und Eric haben mir erzählt, wie gewissenhaft sie in Frankreich auf die Mission vorbereitet wurden. Man hat ihnen eingebläut, dass sie sich einzufügen und keinesfalls arrogant aufzuführen hätten. Sie haben ihre Lektion vorzüglich gelernt, lassen sich auch beim vermeintlichen Fototermin von hinten mit Wasser überschütten, was Teil dieser Wüsten-Gautschfeier ist. Dann sitzen wir wieder im Clubraum, diesmal gibt es auch Torte und Whisky und Bacardi, aber letzterer schmeckt mir weder mit Fanta noch mit Cola, weder mit Ananas-Kompott noch alleine. Wir hören und sehen zum x-ten Mal die trällernde kleine Französin, die bei uns durch „Voyage, voyage“ bekannt geworden ist. Künftig werde ich stets an die Wüste denken, wenn ich sie höre. So wie ich bei „You are in the Army now“ und „Flying Home“ an meinen Golan-Einsatz vor sechs Jahren denke. Ich habe reichlich getankt, nach Mitternacht treibt es mich vor die Tür. Um halb sechs krabbelt nebenan Ahmed aus dem Bett, es wird also nur eine kurze Nacht.

## Sonntag, 9. 1.

Aus dem vorgesehenen zweiten freien Tag wird nichts. Da Romero nun auch amtlich als neuer Kommandant feststeht, habe ich seine Einteilung in der sogenannten „Tischla1-Patrouille" zu übernehmen. Ich bin zweiter Lenker, die angenehmste Arbeit bei einer solchen Fahrt.

Meine Beifahrerin ist Zsuzsana, und ich muss an meine Mutter denken, die erzählt hatte, dass auf der Entbindungsstation neben ihr eine Exilungarin lag, die ständig mit so monotonem Akzent erzählte, dass sie regelmäßig einschlief. Ähnlich geht es mir, als wir die ersten paar dutzend Kilometer auf der monotonen Asphaltstraße mit Tempo 95 dahinschnurren.

Abwechslung kommt in unsere Truppe, als wir an der ersten Station vom Kommandanten nicht nur auf Tee, sondern sogar auf ein Frühstück eingeladen werden. Wieder ist es ein halbdunkles, kühles, gemauertes Zimmer mit weißen Sitzbänken zu beiden Seiten eines Tisches. Kaffee und Tee lässt der Gastgeber auffahren, dazu Kekse, warmes Brot und Olivenöl sowie ein Gemisch aus Sesam und Honig, das man löffelweise zu sich nimmt und nach Gewürz-Suk riecht.

Patrouillenkommandant Khaled verlangt im Brustton des Chefs nach Kaffee, doch dann sitzt er ratlos neben mir, gießt zögernd heißes Wasser ins Glas und betrachtet so skeptisch die Büchse mit Löskaffee, dass ich fürchte, er werde das heiße Wasser nun dort hineinschütten. „And how to fix it", fragt er schließlich unsicher. Der marokkanische Offizier füllt dem Glaubensbruder Löskaffee ins Glas. Ich empfinde es als besonderen Moment, Zeuge einer Szene zu werden, in der ein Offizier nicht weiß, wie man Löskaffee zubereitet. Gut, ich hatte auch einmal solches Granulat durch die Filtermaschine gejagt und mich gewundert, warum kein Kaffeesatz hängen geblieben war. Damals war ich aber nicht einmal halb so alt wie heute. Selbst Joseph, der pummelige erste Fahrer, ist ziemlich fassungslos: „Hast du das noch nie gemacht", fragt er Khaled. „Nein, das macht meine Frau." „Und früher?" „Meine Mom." Ab jetzt haben wir den armen Jemeniten auf der Schaufel.

Bei ihm wechseln Unsicherheit und Überheblichkeit. Gestern sollte er mir eine Unterschrift auf meinem Laufzettel geben und sagte, das Datum könne ich selbst eintragen. Als er es dann doch tat, merkte ich, warum er sich so pampig anstellte: Er hat Probleme mit dem Schreiben von Zahlen. Heute in der Früh fragte er mich, was LV AA und LV UA bedeuten. Ich zuckte mit den Schultern und vermutete „Light vehicle armed/unarmed", was sich später als richtig herausstellte. Das fragte aber der amtierende G2, der für die marokkanische Seite zuständige Außenminister unseres Awsard-Dorfes, zu dessen täglichem Werkzeug diese Abkürzungen gehören.

Hier sei er das erste Mal mit Wüste in Kontakt gekommen, erzählt der Wüstensohn während dieses zweiten Frühstücks. Freimütig gibt er zu, in seiner Heimat noch nie die Hauptstadt Sanaa verlassen zu haben. Es interessiere ihn auch nicht. Dabei hat Sanaa wohl nicht einmal die Ausdehnung des alten Westberlin, und unser Khaled ist auch nicht Immanuel Kant, der Zeit seines Lebens nicht aus Königsberg hinausgekommen ist. Allerdings schule er den militärischen Nachwuchs, was wir uns alle schwer vorstellen können, doch wir schweigen. Viel Nepotismus und Korruption würden daheim mitspielten, berichtet Khaled, oft genüge ein Anruf, und ein Kandidat bekäme einen Posten, speziell bei der Polizei. Er selbst habe nur fünf Tage pro Woche zwischen acht und zwölf Uhr Dienst, verrät er stolz, worauf Zsuzsana leicht empört mit ihrem Dienstplan kontert, der ihr nur drei bis vier Stunden Schlaf täglich gönne. Welten prallen in diesem gastlichen Bunkerloch aufeinander.

Leicht verspätet setzen wir die Fahrt fort und klappern einige Strongppoints ab, wobei Khaled stets, wenn wir von stellvertretenden Stützpunkt-Chefs empfangen werden, fragt, ob der Kommandant auf CTO sei. Vergeblich versuche ich ihm begreiflich zu machen, dass es sich bei diesem Kürzel um einen UN-eigenen Fachterminus handelt, den unser Gegenüber vermutlich kennt, aber nicht automatisch kennen muss. Der Kommandant mag auf Leave oder Urlaub sein, aber sicher nicht auf CTO („Compensatory Time Off“ für die entgangenen Wochenenden).

Die Buchstabenkombination geht mir ohnedies schon schrecklich auf die Nerven an Bord unseres Narrenschiffs: die einfach Gestrickten unter unserer Hundertschaft haben nichts anderes im Hirn hat als CTO und MSA (den UN-Lohn) und plappern dauernd davon. Handaufhalten als erste Tugend des modernen Fremdenlegionärs. An vorderster Front stehen, wenn es um die Bonifikationen geht, abwesend sein, wenn die damit korrespondierende Pflicht ruft.

An einem weiteren Strongpoint empfängt uns ein freundlicher, groß gewachsener drahtiger Offizier, der uns zum dritten Frühstück in seine Bunkerresidenz bittet. Gleicher Speiseplan, Khaled wählt diesmal Tee. Der Offizier ist 62 Jahre alt und einer jener geistig offenen Menschen, die mein Herz im Sturm erobern. Bei ihm hört sich Arabisch nicht eselsbockig und gewöhnlich, sondern wie eine Sprache an, eine, die sogar Melodie entwickeln kann. Er wechselt zwischen Arabisch und Französisch, damit neben Khaled auch ich zum Übersetzen komme, was dem Informationsfluss tatsächlich nützt, weil Khaled irgendwann sagt, er könne aufgrund der Kompliziertheit nicht übersetzen, aber auf Nachbohren zugibt, er habe den Inhalt vergessen. Kein Wunder, es ist schon nach zwölf, im Jemen wäre er jetzt schon zu Hause, und die Gattin würde ihm Löskaffee vorsetzen.

Im Gespräch erfahre ich erstmals, was es mit Seguía el Hamra und Rio de Oro auf sich hat: Ersteres heißt so viel wie rotes Flüsschen. Es bezeichnet jenes, das sich durch Laayoune zieht und wird so genannt, weil nach den schweren Regenfällen im September das Gerinne so viel Erde mitführt, dass sich das Wasser rot färbt. Der Goldfluss hingegen mündet bei Dakhla ins Meer und bezeichnet den Reichtum der dort vorkommenden und offenbar sehr wertvollen Tintenfische. Die Namen beider Gewässer finden sich im Namen der Polisario und definieren das Gebiet der Westsahara.

Der Kommandant hat an der Decke seines Zimmers eine Klimaanlage aus einem Autoventilator gebastelt, ist also nicht nur interessiert, sondern auch geschickt. Aber mit 62 möchte ich nicht als Hauptmann auf einem sandigen Wüstenstützpunkt mit ein paar dutzend marokkanischen Schlurfis versauern. Wir fahren entlang der Steinmännchen weiter. An der Asphaltstraße machen wir Station, um unsere Lunchpakete zu mampfen und sind um zwei daheim.

Am Abend setzt sich Barwa zu mir und klagt mir sein Leid, weil die Teamsite derzeit nur über vier Stück Seife verfügt und notorisch zu wenig Juice hat. Kürzlich wäre eine Inspektion aus Laayoune da gewesen, berichtet er wortreich, und er habe den Besuchern die Daumenschrauben angesetzt. Doch wieder sei nichts passiert. Für ihn ist massiv Korruption im Spiel. Wir setzen uns vors Zelt. Ich würde ihm gerne zustimmen und in sein Klagelied einfallen, doch die Vorsicht gebietet mir, mich bedeckt zu halten.

Warum offenbart er mir das alles so freimütig, frage ich mich. Ist die pakistanische Seilschaft am Werk, um mir eine letzte Falle zu stellen? Auch stört mich, dass er mich weiterhin mit „Sir" anspricht und sich nach dem Gespräch entschuldigt mir Zeit geraubt zu haben. Ungezwungener Umgang miteinander sieht anders aus. Geschähe dies auch völlig absichtslos und würden seine devoten Manieren auf die britische Kolonialherrschaft zurückzuführen sein: mein Geist ist vergiftet, was Pakistan betrifft, dank Siraj, Mubashir und den Erfahrungen von Alfred. Deshalb ist es Zeit, der Mission ein für allemal den Rücken zu kehren und diesen Lebensabschnitt abzuschließen.

## Montag, 10. 1.

Auf dem Rückweg meiner Joggingrunde habe ich den Wind gegen mich. Ich versuche mir die Bilder von Vielfalt in der Kargheit angesichts des nahenden Abschieds einzuprägen. Für die Maintenance suche ich mir die Campreinigung aus und frage mich beim hundertfachen Hinunterbücken nach Zigarettenstummeln, Reißwolfpapierstreifen, Verpackungsfolie und Orangenschalen, warum ich gerade diese Tätigkeit wähle. Vermutlich geht mir der tägliche Anblick des ausgestreuten Mülls dermaßen auf die Nerven.

Am Nachmittag schlummere ich fast ein Stündchen vor der Kaffeepause und einer Reihe von Anrufen in Laayoune, in denen ich ein möglichst reibungsloses Auschecken vorbereite. Dennoch werde ich den Verdacht nicht los, dass ich es mir hätte sparen können. Wenn die Typen nicht da sind, sind sie nicht da, und ich werde mir die Füße in den Bauch warten.

Um 17 Uhr 30 tritt die buntscheckige Truppe zur Verabschiedung von Major Hyrianto an, der heim nach Malaysia fliegt. Die Ananas war absolut keiner, der das Arbeiten erfunden hat. Dafür stets gut gelaunt. Was hier vielleicht sogar wichtiger ist. Das mag ich auch an den Schwarzen: Dass sie so herzerfrischend offen und herzlich lachen können.

Mit Ahmed tausche ich Adressen aus. Schon früher habe ich gelernt, dass dies – solange es nicht geschäftliche Hintergründe hat – der Tat gewordener Ausdruck des Satzes ist: „Ich bin dir gut, du interessierst mich zumindest einen Fingerbreit mehr als die anderen." Denn besuchen werden wir uns kaum, und auch dieser Kontakt wird abgerissen sein, sobald ich der Mission den zürnenden Rücken gekehrt habe.

Abends steigt für Hyrianto eine Abschiedsparty. Wieder singt Alizee im engen Kostümchen „J´en ai marre", „Ich habe genug" – wie passend. Es gibt Kuchen, und diesmal sagt jeder etwas zum Abschied. Hyrianto erhält eine Fotocollage, die ihn mit ausgebreiteten Armen vor dem Meer zeigt oder Austern schlürfend, etwas, was mir bisher entgangen ist, in der Wüste und bei Stützpunktfeiern. Plötzlich weht mich etwas wie Wehmut an. Ein Jahr ist doch eine lange Zeit, die sich dick in die Biografie prägt. Es waren saftige Lektionen fürs Leben. Wie oft werde ich diese Schulbank noch drücken müssen, bei gleichzeitig immer geringer werdendem Lebensguthaben?

Mit dem lässig-drahtigen Benjamin aus Ghana übe ich mich im Dartspiel, das ich lange nicht mehr praktiziert habe, wie die Ergebnisse bezeugen. Draußen weinen die Katzen in monotonen Chorälen den Mond an wie sehnsüchtige Kinder.

## Dienstag, 11. 1.

Um acht Uhr startet unsere Patrouille, um einer Minenvernichtung beizuwohnen. Ich bin mächtig gespannt, denn das fehlt mir noch in meiner Erlebnissammlung. Kommandant ist Benjamin, ich bin erster Fahrer, mir folgt Eric mit Ahmed als Zweitem im Kommando. Anfangs gibt es Turbulenzen wegen der Autos, zudem sind einige von ihnen deutlich über dem Limit für die nächste Inspektion. Ich betrachte das Ganze distanziert-amüsiert, in Mijek hätte es schon wieder an meinen Nerven gesägt. Heute weiß ich, dass es nicht zu ändern ist und sich auch nicht ändern wird. Außerdem bin ich nicht letztverantwortlich, außerdem hebe ich in genau einer Woche ab. Also leiste ich mir den Luxus des Zuschauers.

Erst fahren wir in die Militärstadt, die mit ihren niedrigen, weiß gekalkten Bauten und Staubstraßen dazwischen wie ein burgenländisches Bauerndorf nach dem Krieg aussieht. Zudem wackelt eine Henne mit ihren Jungen durchs Geschehen, das vielmehr ein Stillleben ist. Den Verbindungsoffizier finden wir nach längerem Suchen nicht, doch wird uns beschieden, dass die Sprengtruppe schon abgefahren sei.

Also legen auch wir ab, rund 50 Kilometer Richtung Dakhla, dann links ab, die Steinmännchen entlang. Alsbald ist Schluss, wir befinden uns in einer Sackgasse mit einer Menge Umkehrschleifen und ein paar Kratern dazwischen. „Wir sind 500 Meter entfernt", sagt Benjamin. Aber: Keine Chance, da kein Weg. Zurück auf die Asphaltstraße und ein Stück weiter. Wieder eine Abzweigung. Wir folgen einer nicht mehr ganz jungen Fahrspur. Benjamin ist zuversichtlich. Nachdem wir einen Brunnen passiert haben, ist es aus mit der Eindeutigkeit, die Fahrspur nur mehr verschwommen wahrnehmbar und mir nicht recht geheuer.

Benjamin insistiert in der Richtung, wenngleich ich merke, wie unsicher er in seinen Entscheidungen ist. Das macht mich am meisten nervös. Ich deute auf ein rostiges Ding vor uns in der Spur. Als wir darüber hinweg sind, halten wir, ich steige aus und gehe zurück. Mit dem Finger deute ich auf den Kranz der Flügelstabilisatoren einer Granate und kündige Benjamins Widerspruch nicht duldend an, dass wir zurückschieben werden. Auch er ist jetzt dieser Meinung und spricht von verminten Gelände. Ahmed will Ähnliches gesehen haben, es dürfte sich entweder um ein Übungsgelände oder einen ehemaligen Kampfschauplatz handeln. Jedenfalls liegt mir wieder einmal zu viel Metall in der Gegend herum.

Beim Brunnen halten wir. Er ist stillgelegt, die Kameltränke voll Sand, in seinem Schatten liegen ein paar bleiche Kamelknochen, und auch zwei Patronen im rostigen Gurtglied finde ich. Wir warten 20 Minuten, während derer uns kalter Wind in die Gebeine fährt, dann sind wir uns einig: Die Koordinaten können nicht stimmen. Im Umkreis von einem Kilometer tut sich nichts. Wir werfen die Motoren an und kehren ins Camp zurück. Eric will es mittags wummern gehört haben. Angeblich hätten die Marokkaner bis elf Uhr auf uns gewartet und dann allein ihr Zerstörungswerk begonnen.

Nach dem Essen packe ich die beiden Alukisten und stelle erleichtert fest, dass sich zumindest all meine Habe darin unterbringen lässt. Um wie viel sie zu schwer sein mögen, wird sich erst herausstellen. Sandor ist aus dem Urlaub gekommen und stimmt meinem Vorschlag zur morgigen Bergbesteigung umgehend zu. Auch ihm ist dieser Gedanke schon gekommen. Doch es ist nicht nur das Bergwandern, das Grün von Wiesen und Wäldern, das mir inzwischen unsäglich abgeht, nicht nur die Kultur, die mir fehlt. Ich freue mich unbändig auf den ersten „Tatort" im Fernsehen daheim.

Ich trage einen Knochen vom Backhuhn vor die Tür. Sofort sind alle Katzen, auch die scheuen, wie untertags die Fliegen um meine Beine. Nur die Hunde vermag ich nicht zu entdecken. Mit dem Hühnerknochen in der Hand und einem Rudel Katzen hinter mir wie der Rattenfänger von Hameln, finde ich dann doch unsere Mijek-Midi-Hündin und pfeife ihr. Vielleicht ist es eine instinktive Abbitte, die ich dem armen Ding gegenüber leisten möchte, das ich morgen vor genau fünf Monaten verstoßen habe. Die junge Dame schnappt sich den Knochen sofort und jagt damit ins Katzenrevier, um ihn dort heißhungrig vor mehreren neidischen Knopfaugenpaaren im respektvollen Halbrund um sich zu zerknacken. Tiere können ganz schön gemein sein.

## Mittwoch, 12. 1.

Man soll nichts für besondere Anlässe bunkern: Alfreds ungarische Salami hat wie ich durch den Mijek-Sommer geschwitzt und ist im November abgelaufen, riecht aber noch appetitlich, als ich sie angestrengt entzweisäble. Nun bekommen die zwei Hunde den Schatz, auch wenn es mir in der Seele weh tut. Ein Pfiff, schon sind beide wie der Blitz da und gebärden sich höchst aufgeregt. Die Ex-Mijek-Hündin schnappt sich ihren Teil und ist flugs damit verschwunden, die Spitzohrhündin hat ihr Problem mit dem Brocken, schleckt daran herum, schnappt ihn und sucht verzweifelt, wie ich in der Küche, nach einem passenden Schneidewerkzeug. Dann verschwindet sie mit der Kostbarkeit, denn weitergeben möchte sie die Beute offenbar nicht.

Um neun Uhr treffe ich mich zwecks Bergbesteigung mit Sandor vor dem Dutyroom, nicht ahnend, worauf ich mich einlasse. Erst spazieren wir in Begleitung der Spitzohrhündin 100 Meter eben auf den Hügel zu, bevor der Anstieg beginnt. Die Felswand wird bald zu glattem Stein. Langsam, sehr langsam steigt ein mulmiges Gefühl in mir auf, je höher ich kraxle. „Keine Sorge, deine Militärschuhe geben dir Halt", ermuntert mich Sandor, als er sieht, wie gebückt ich über den grauen Mammut-Buckel tappe und schon die Hände zu Hilfe nehme. Er bietet mir seinen Stock an, ich lehne ab, bin aber froh, dass er mir die Kamera abnimmt.

Alsbald erkenne ich: Egal wie, ich muss weiter bergauf, Umkehren wird unmöglich. Hinter kleinen Vorsprüngen mache ich Halt, luge ängstlich über die Schulter talwärts und schwindle. Wie Häuschen einer Modellbauanlage sind die weißen Container der Teamsite sehr nahe, aber auch sehr weit unter uns ins graubraune Gelände gesprenkelt. Glücklicherweise bin ich noch halbwegs trittsicher. Sandor hat meine prekäre Situation erkannt und gibt beruhigende Ratschläge: Entweder den glatten Fels überqueren oder hinter einem großen Brocken vorbeisteigen. Ich entscheide mich für Letzteres.

Dann die Direttissima. Sandor geht aufrecht vor mir, während ich wie ein Extrembergsteiger in der Wand hänge und verzweifelt nach Griffmulden suche. Zurückschauen versage ich mir in diesem Stadium. Die paar Meter höher muss ich schaffen. Der weitere Aufstieg ist alternativlos, sehe ich davon ab, hier in alle Ewigkeit hängenzubleiben. Zu allem Überfluss pendelt die leichtfüßige Hündin zwischen uns hin und her, wirft mir immer wieder den Wedelschweif ins konzentrierte Gesicht oder schleckt mit der Zunge über mein Ohr. Ich lasse es abwehrunfähig über mich ergehen und komme von dem verzweifelten Gedanken nicht los, wie dumm es wäre, mir nicht einmal eine Woche vor dem Abschied aus der Wüste jetzt den Hals zu brechen. Hatte ich mich in diesem Jahr in akuter Gefahr gesehen, dann war das eine Handvoll Male in unbekanntem Gebiet – und jetzt. Nicht auszudenken, wenn einer der Felsbrocken, an denen ich mich absichere, ausbricht.

Schließlich habe ich den Anstieg bewältigt, weniger sicht- als spürbar am plötzlichen Windstoß, der mich attackiert. Ich bin auf dem Sattel angelangt. Noch eine kleine, etwas ausgestellte Schleife, dann haben wir das weiße Häuschen des Funkübersetzers erreicht. Kaum hinter einem Felsen, der einen etwas erhöhten Rand zum Bergabsturz hin bildet, und ich fühle mich wieder besser. Zwar steht fest, dass wir den Abstieg durch die sandige Rinne nehmen, doch kann ich nicht recht entspannen. Wir schießen Fotos in alle Richtungen: Zur Militärstadt, ins Camp, in das protzig vorbereitete Erweiterungsgebiet des Dorfes Awsard, wo angeblich niemand hinziehen möchte. Sandor erzählt mir, dass ein großes dreistöckiges Gebäude dort einem Hirten gehöre, der abends dahin zum Schlafen zurückkehrt, während seine Herde im Hof des Hauses übernachtet.

Ein paar Kollegen haben sich übermütig mit blauer UN-Farbe im Fels verewigt, 2003 etwa ein Kenianer. Solch überschäumender Stolz ist mir fremd, ich bin ausschließlich froh den Aufstieg überlebt zu haben. Nun der Abstieg. Wir erreichen den Sattel zwischen den beiden Gipfeln problemlos, von dem nach beiden Seiten die Regenabflussrinnen in steinig-sandigen Falten talwärts laufen. Habe ich anfangs auf Sandors Geheiß vornehmlich die Zehen zum Klettern eingesetzt, ramme ich nun die Fersen in den Sand und watschle breitbeinig, gleichsam Stiegen steigend, zu Tal. Herrlich, keinerlei Angstgefühl, ich gleite weich abwärts und in die heile Welt der Teamsite zurück. Vor mir schlägt Sandor mit dem Stock in die Büsche, um etwaige Schlangen zu vertreiben. Amir erzählt mir später, dass die Direttissima vermint sei, aber es ist alles gut gegangen auf dieser von mir arg unterschätzten Expedition: Keine Minen, keine Schlangen, kein Absturz.

Mittags ruft mich mein Nachfolger aus dem fernen Österreich an, um sich nach den Gepflogenheiten dieses Einsatzes zu erkundigen und was er daheimlassen kann. Genauso hatte ich es vor einem Jahr gehalten, und es fällt mir wieder ein, als wäre es erst vor ein paar Tagen gewesen. Die Zeit ist ein Faktor von brutaler Härte.

Irgendetwas versetzt mich nach dem Briefing in Hochstimmung: Ist es Sandors Schokolade in buntem Christbaumpapier, das „Outstanding“, das mir Amir in meiner Beurteilung vermacht hat, die Streichung von der morgigen Dutyliste, mein Vorankommen im täglichen Chronikschreiben, die unversehrte Wiedergeburt nach der bedrohlichen Bergtour, das baldige Ende meiner Mission, die endgültig geschaffte Beschriftung der Aluboxen, oder alles zusammen? Letzteres wahrscheinlich. Ich biete Olivier an, ihn zum Trash Area zu begleiten, wobei ich vom Open-Air-Krematorium für tote Materie weniger angewidert bin als er.

Zudem melde ich mich freiwillig als Patrouillenmitglied für die morgige Beobachtung einer Minenzerstörung, was umstandslos akzeptiert wird. Dabei kommt mir in den Sinn, wie wenig ich mich in dieser Teamsite eingebracht habe, doch das mag mit meiner traumatischen Mijek-Vergangenheit zu tun haben. Erst seit der Rückkehr vom letzten CTO empfinde ich Awsard tatsächlich als Heimat, sehe ich mich nicht mehr lediglich als Gast, sondern als vollwertiges Mitglied. Vielleicht auch, weil es inzwischen Neuzugänge nach mir gab. Ich bin zufrieden. Auch wenn es mich wurmt, dass ich seitens New York nicht einmal ignoriert werde und keine Antwort auf meine Berufung erhalte.

### Donnerstag, 13. 1.

Knapp nach halb neun ziehen wir los, weil für halb zehn die Sprengung angesetzt ist. Spät genug, Patrouillenkommandant Barwa hat offenbar verschlafen. Er fährt mit Benjamin voran, ich lenke mit Bobo an meiner Seite hinterdrein. Nach ein paar hundert Metern merke ich, dass sich auf dem Armaturenbrett keine Zeiger bewegen. Zurück zum Wagentausch und neuerlicher Anlauf.

Das Carlog piept bei jeder Beschleunigung wie verrückt, aber Bobo trifft keine Anstalten es zu unterdrücken, wie es sich normalerweise für den Beifahrer gehört. Also habe ich dauernd die rechte Hand auf dem Gerät in der Mittelkonsole und drücke nach jedem Laut einen Knopf, wie bei der Totmanneinrichtung einer Lokomotive. Bobo starrt unentwegt auf das GPS und knipst dort herum, sodass es auch von da fröhlich piept. Aber ich kann mich ihm nicht widmen, sonst kommen wir vom Weg ab. Einmal war ich schon aus der Spur geraten, als er mich etwas gefragt hatte. Den Funkverkehr wickelt er aufgrund vorbereiteter handgeschriebener Zettel ab und irrt sich dennoch permanent, der Arme.

Wir kommen beim vereinbarten Strongpoint am Berm an, aber von der Zerstörungsmannschaft ist weit und breit nichts zu sehen. Also werden wir vom jungen Kommandanten in sein Büro zu Tee und Nüssen gebeten. Durch einen inzwischen vertrauten wind- und schusssicheren Zick-Zack-Eingang gelangen wir in ein düster-kühles Kämmerchen.

Es dauert nicht lange, und die anderen sind da: Sprengmeister und Sanitäter in zweien dieser unsympathischen amerikanischen Hummer-Fahrzeuge, die hier als „Atlas“ geführt werden, und ein ältliches Rettungsauto. Wir folgen ihnen ein Stück am Berm entlang, dann halten wir und gehen etwa hundert Meter an den Wall heran. Zwischen im Boden steckenden Trinkwasserflaschen liegen zehn harmlos wirkende Panzerminen, altmetallisch, erdverschmiert, die in Kürze in die Luft gejagt werden.

Wir beziehen in unseren Autos Stellung und warten. Der Sprengmeister rollt Kabel aus, geht da hin, geht dort hin, es dauert. Dann ein wuchtiger Knall, der unser Auto zum Schaukeln bringt. Ein schmutzigbrauner Rauchpilz steigt auf. Wir traben nach vorne und sehen einen unscheinbaren Krater, in dem lediglich ein paar Erdklumpen liegen. Keine Spur von Metall.

Nächster Durchgang. Wir essen unsere Mittagsbrote, ich lese in einer Theaterzeitschrift und freue mich auf baldige Kulturgenüsse daheim. Ein zweites Mal wummert es. Dieselbe Prozedur. Eigentlich sollten die Soldaten, seit es einen Sprengmeister nach einer Massendetonation zerrissen hat, weil eine Mine sich mit der Selbstzerstörung Zeit gelassen hatte, die Sprengkörper ausschließlich einzeln zur Explosion bringen. Aber weil wir es sind und wir es aus unerfindlichen Gründen mit unseren eigentlichen Aufgaben immer eilig haben, wird ab sofort im Fünferpack gesprengt.

Wir wechseln den Standort. Diesmal sind 19 Minen vorbereitet, doch schenken wir dem Geschehen fast keine Beachtung mehr. Bobo fotografiert die Krater gewissenhaft. Die letzte Sprengung verschläft er: 120 Sprengkapseln in einer halb im Boden eingegrabenen Plastikflasche. Auch das macht ziemlichen Krach, so als ob eine Granate detoniert wäre.

Barwa erzählt mir, dass sein Vater seelenruhig den Splint zurück in eine Granate stecken könne, was er sich nicht traue. Und er erzählt mir während der langen Wartezeiten zwischen den Minenvernichtungen – der Gute ist ein ziemlicher Schwätzer – von seinem Land und dem Unheil, das ihm Al Kaida bringe: Dass das keine Menschen seien, die im Namen der Religion handelten, wenn sie Beter in einer Moschee töteten. Deshalb sei Toleranz nötig, speziell aus dem Westen, um gemeinsam gegen die Plage vorzugehen. Später überlege ich, dass diese immer wieder geforderte Toleranz auch vom Islam kommen müsste: In Ägypten gegenüber den Kopten, in der Türkei und Saudi-Arabien gegenüber allen Christen, selbst in Barwas eigenen Land mit seinem sonderbaren Blasphemie-Gesetz.

Nach Ende der Arbeiten lädt uns der Leitende, ein schnauzbärtiger Major, zum Mittagessen ins Hauptquartier des Abschnitts ein. Fragende Blicke in unserer Viererrunde, aber da ich bald ausscheide und sich mir solche Gelegenheiten nicht mehr bieten werden, gebe ich mit vorsichtiger Zustimmung den Ausschlag zur Annahme der Einladung. Also folgen wir wieder den beiden Atlas-Hummern. In einem Wüstendorf, das sich von zivilen Ansiedlungen in der Gegend nur dadurch unterscheidet, dass es militärischen Zwecken dient und ausschließlich von Männern bewohnt ist, machen wir halt und steuern einem breiten gemauerten Bau zu. Der Vorraum zum Büro des Stabschefs, des Herrn Major. Wir nehmen auf Sofas an einem runden Tisch Platz. Ein Höherer, ebenfalls mit Schnauzbart, betritt den Raum und schaltet den Fernseher ein, Substitut beim Ausbruch von Sprachlosigkeit. Und so glotzen wir alle gebannt, was CNN Aufmerksamkeit heischend an Flutbildern aus Brisbane ins Zimmer schüttert, um zu wohligem Schaudern anzuregen.

Die Tür öffnet sich, ein Subalterner, auch er mit Schnauzbart, stapft heran, entledigt sich vor dem Teppich geschickt seiner Badeschlapfen, legt Bestecke, Teller und Servietten auf, schlüpft wieder umständlich in seine Schuhe, verschwindet hinter den Kulissen und taucht alsbald mit einer dampfenden Schüssel auf, später mit einem Korb, voll mit Rundbrot-Stückchen. Davon reißen wir Brocken ab und tauchen sie in das Fett am Rand der breiten Schüssel – biblische Bilder. Aufgetürmt liegen darauf handliche Teile vom Lamm, halb Fleisch, halb Fett, das schon beim Hinsehen zerfällt. Eine Köstlichkeit, wie ich sie im ganzen bisherigen Jahr noch nicht erlebt habe.

Langsam bin ich satt, das Sandwich war mir eigentlich schon Mittagessen genug. Der Subalterne erscheint, nachdem mittels improvisiert am Nebentischchen montiertem Klingelknopf nach ihm geläutet wurde. Schuhe aus, Tajine-Schüssel weg, Schuhe an, schlurf-schlurf, da ist er schon wieder, mit einer dampfenden Schüssel voll Couscous, Rindfleisch, gelben Rüben und Karotten. Ich lange mit dem Brot als zangenartigem Besteck sparsam zu. Hoffentlich kommt nicht mehr.

Verstohlen mustere ich die beiden Kommandanten. Unter jeder der zwei Uniformwesten spannt sich ein rundliches Bäuchlein. Trotz herrlich fettem Lammfleisch möchte ich nicht so enden. Der Schnauzbart kommt nochmals, Schuhe aus, Schüssel weg, Schuhe an. Und da ist er wieder mit einer Schüssel Mandarinen und Äpfel. Ich genehmige mir zwei Mandarinen, der Oberkommandant reicht uns von ihm geschnittene Apfelspalten, die aus seinen Händen ein wenig parfümiert schmecken. Ich denke an den Abtritt mit Waschgelegenheit und bin wenig erbaut.

Wir lassen die Mahlzeit noch eine Weile setzen, dann nicken wir uns in stillem Einvernehmen zu, in die Zielgerade zum Aufbruch einzuschwenken. Die Unterhaltung hatte sich ohnedies einigermaßen geschleppt. Brav stehen die Herren vor ihrem militärischen Stolz und salutieren, bis wir davongefahren sind. Das gibt es bei der Polisario nicht. Da pinkelt uns höchstens einer hinterdrein. Kein Wunder, dass Minurso einseitig korrumpiert ist.

Wieder zurück erlebe ich erstmals in dieser Teamsite eine Auseinandersetzung: Barwa rügt im Briefing Ahmed vor allen anderen, weil er in Zivil zum B-Journaldienst erschienen sei, was diesen erzürnt und er seinerseits Barwa angreift. Es artet in einem lautstarken Wortwechsel aus, den die benachbart Sitzenden mit Beruhigung der Streithähne erfolglos zu schlichten versuchen. Moslem gegen Moslem, auch da können Fetzen fliegen, trotz permanent zur Schau getragener Frömmigkeit und Bruder hin, Bruder her. Prompt versichert mir Ahmed am Abend, da beide Muslime seien, wäre die Auseinandersetzung eigentlich schon wieder bereinigt. Was ist darunter zu verstehen? Andernfalls wären sie tätlich geworden? Gruppenbewusstsein wie bei den Freimaurern?

Wir nehmen zur Abschiedsparade für Amir Aufstellung, der sich sein letztes Briefing wohl anders vorgestellt hat, dem es aber möglicherweise auch egal ist. Er hat nicht eingegriffen und unmittelbar danach seine nicht darauf eingehenden Abschiedsworte gesprochen. Ich stehe bei der Parade am Anfang der Linie, denn ich bin der nächste, dem dieses Ritual zuteilwerden wird.

Landsmann Roland Ulreich ist da, gemeinsam mit seinem kleinen Chef Tim, und erfolgreich hauchen sie den Computern wieder Leben ein. Dann stiefeln sie auf den Berg, die Umsetzer-Station zu kontrollieren. Ich nehme an, dass sie sich die Sandrinne hinaufarbeiten werden, doch nein: Auch sie steigen die glatte Steilfläche empor, völlig aufrecht gehend.

Als sie wieder da sind, lade ich sie förmlich zur Party ein, aber wie das mit UN-Beamten ist, sie nicken zwar freundlich, doch das Leben der Militärs interessiert sie keinen Deut. Ihr ziviler Job, und sei er noch so sehr darin begründet, die Uniformierten zu unterstützen, ist für sie der Nabel der Welt und bestimmt seine Wichtigkeit aus sich heraus. Roland ist ein typischer UN-Mann, hat viel gesehen und erlebt, mag das Risiko, bleibt aber an der Oberfläche. Scheint mir nach unserer wenig tiefgehenden Bekanntschaft jedenfalls so.

Ein letztes Mal wasche ich Wäsche, dann gibt es Essen zu Ehren von Amir und um halb neun Party, wie zu erwarten ohne die zivilen UN-Freunde. Auch keiner der marokkanischen Arbeiter nimmt daran teil. In Mijek saßen die Polisario-Arbeiter räumlich getrennt, im Sommer bei Feiern im Barbecue Area nicht einmal das. Trotzdem wurde mir die Trennung der zwei Gruppen zum Vorwurf gemacht. Wiederum: Verkehrte Welt. Immer wieder kommen mir solche Vergleiche, machen bitter und traurig. Besonders ärgerlich ist, dass Unrecht ungeahndet bleibt und sich Siraj, umgeben von Weihrauchschwaden der Selbstgefälligkeit, weiter in seiner usurpierten Funktion sonnen darf. Und auch noch an die Korrektheit seines Tuns glaubt. Wieder singt Alizee, wir tanzen ein wenig, dann schleiche ich mich davon.

## Freitag, 14. 1.

Gestern hatte ich die Kisten reisefertig gemacht, die Anschriften prangen darauf, nun dürfte nichts mehr passieren, außer dass sie zu schwer sind. Wang ist ATO und müht sich redlich bis verzweifelt, die schweren Trümmer auf den Pick-up und in den Flieger zu bekommen. Die verbliebene Habe meines Zimmers kann ich jetzt innerhalb von fünf Minuten fluchtbereit machen. Ein letztes Mal jogge ich Richtung Dakhla, freue mich über die Unbeschwertheit und merke erst bei der Rückkehr, dass Rückenwind unmerklich angeschoben hat.

Bevor die große Kommandoübergabe im Camp stattfindet, schreibe ich am Computer den Patrouillenplan für unsere Ausfahrt am Nachmittag. Auch diese Arbeit wirkt viel dilettantischer als in Mijek, das mir immer mehr als Minursos Preußen erscheint.

Um elf Uhr wird der kindergesichtige Missionschef mittels Hubschrauber in Awsard abgesetzt, und ich ziehe eine finstere Miene auf. Der ghanaische Personalist steckt uns handgebogene Büroklammern an. Boshaft merke ich an nun zu wissen, was man so im Hauptquartier den ganzen Tag über macht. Auf diese Haken hängt der ForceC ommander wie auf Christbäume die Medaillen der Mission. „Ach, Stefan", sagt der Generalmajor zur Begrüßung fröhlich, „wie geht's?" „Ca va", knurre ich nach kurzem Überlegen. „Ach ja", gibt er gleichbleibend gut gelaunt zurück, „tout marche bien."

Während der Kommandoübergabe denke ich wehmütig an jene zwischen Talal und mir zurück, die wir eingehend geprobt hatten. Das hier gerät einigermaßen unkoordiniert, aber es stört unseren Oberchinesen nicht. Er sagt, dass Amir hier ein Jahr ohne Vorkommnisse zugebracht habe, was zeige, dass er gut gearbeitet habe. So lauten die Erfolgskriterien von Herrn Zhao. Nicht auffallen, alles ohne Widerstand laufen lassen. Das hätte ich früher wissen müssen, dass diese Mission belogen werden will, um des lieben Friedens willen. Amir und Romero halten kurze Ansprachen.

Fürs Mittagessen haben sich die Köche frische Schürzen umgebunden und weiße Mützen aufgesetzt, die ich noch nie an ihnen gesehen habe. Wie üblich lauern vor der Tür die Katzen im Halbrund, legen die Hunde ihre Schnauzen erwartungsvoll auf den Betonstreifen. Die Ex-Mijek-Hündin wird deutlich träger, je tiefer der Bauch zu Boden hängt. Zehn Monate alt, also wahrlich noch minderjährig, und schon werdende Mutter. Ihre Kinder werden Onkel und Tanten in Mijek haben, die nur wenig älter sind als sie. Und die Stammmutter, jenseits des Berm, wird demnächst Oma, ohne die Enkel je zu sehen.

Die zweite Hündin, nicht nur aufgrund ihrer großen spitzen Ohren, die mich an Ahmed erinnern, von geringerer Attraktivität als das Hundemädchen, hat sich der Paarung widersetzt. Kinder, mag sie sich gedacht haben, Stillen und Aufpassen, das tue ich mir erst gar nicht an. Auch die schwarz-weiße Katze, die sich so matronenhaft fortbewegt, wird demnächst Junge haben. In Hinsicht auf tierische Überpopulation kommen schwierige Zeiten auf Romero zu.

Noch sitzt er aber frohgemut mit Amir und dem Chinesen an der Spitze der Tafel und speist. Auf großen Platten stehen uns heute Huhn, Beef-Streifen, Tintenfisch, Reis und Salat zur Auswahl – eigentlich wie immer. Danach wird Reis mit Zimt, ohne Milch kaum genießbar, serviert. Als ich mich über ihn hermachen will, setzt sich der Force Commander zu mir. Wie es denn so geht und wann ich abreise. Ich antworte knapp und ohne ihn anzusehen. Domagoj sei repatriiert, erzählt er mir als nunmehr Dritter, nachdem dieser seit Jahreswechsel nicht von seinem Urlaub zurückgekehrt sei. Das kümmert mich wenig, sage ich, mir geht es um den Rufmord durch Siraj. Und ich deute seinen Alleingang bei meiner Beurteilung an. Aber wenn doch der andere unterschrieben habe und auch unsere Rechtsexpertin sage, dass es abgeschlossen sei, wendet der General ein. Er ist offenbar unterrichtet von meinem zweiten Schritt.

Ich solle nicht mehr daran denken, ermuntert er mich. Würde ihm so passen. Ich bin mit meinen Gedanken bereits daheim, beruhige ich ihn. Am besten wäre es, dieses Jahr komplett zu vergessen. So etwas wie das Manöver von Siraj hätte ich noch nie in meinem Leben erlebt. Man müsse auch bedenken, wie schwierig es hier sei, entgegnet Zhao. In einer nationalen Organisation sei es anders. Aber das hier wäre eine internationale. Auch in einer internationalen Organisation müssen bestimmte Regeln eingehalten werden, gebe ich zurück. All seine Versuche, mich freundlich zu stimmen und das Gespräch jovial an der Oberfläche zu beenden, vereitle ich. Er tut leutselig, aber ich bleibe düster, erhebe mich beim Händeschütteln nur halb und widme mich umgehend wieder dem trockenen Milchreis.

Um Viertel vor eins werden alle Beobachter im Clubraum zusammengetrommelt, auch unsere Neuzugänge, ein aus Bir Lalouh rotierter breitschultriger Ghanaer und eine zierliche Dame aus der Mongolei. Amir nimmt nicht mehr daran teil. Um die junge Dame kümmern sich alle radschlagend im Nu, ein lächerliches Bild. Derartiges war mir stets zuwider. Es würde mich die Zeit interessieren, sobald Zsuzsana wieder zurück ist. Denn das Persönchen hier ist die mit Abstand attraktivere Frau. Ob dann die berühmte Stutenbissigkeit einsetzt? Schade, dass ich nicht mehr da sein werde.

In der Sitzung mit dem Force Commander kommen die üblichen Fragen hoch: Kürzung überlanger Patrouillen, warum Doppelbelegung im Hotel Lakouara? Doch der General weiß auf alles eine Antwort, warum es so und nicht anders ist. Es wird sich auch diesmal nichts ändern, es läuft lediglich ein kleiner Volkskongress ab, bei dem der Höchste akklamiert wird, aber weder Vorschläge aufgegriffen noch Entscheidungen getroffen werden. Vielmehr gefällt sich der FC jedes Mal mehr in der Rolle des alten Haudegens, der, wenn Fragen zur Verbesserung des Wohlbefindens aufkommen, erzählt, wie es war, als er 1991 erstmals als Militärbeobachter hier ankam. Als es keine Zeltstadt und nichts gab, kein GPS und keinen Track und es im Sommer noch viel heißer wurde als heute. Ach, was war er doch für ein Kerl, der das alles überstanden hat!

Gegen 14 Uhr halte ich das Briefing für unsere Ausfahrt. Mein Fahrer ist Cleber, und ich erzähle ihm auf der langweiligen Asphaltstraße und dem nicht wesentlich spannenderen Stück im Trainingsareal der marokkanischen Militärs von Awsard von meiner bewegten Vergangenheit in dieser Mission. Hinten zuckelt Sandor drein und hat seine liebe Not mit dem Dauer-Navigierer Bobo, dem offenbar auch zwei Wochen vor seiner Qualifikation noch Elementares fehlt.

Das Trainingsareal ist unübersichtlich, viele Fahrspuren schneiden einander, und wir kehren um, als eine Steinreihe über unserem Weg liegt. Wir fragen eine Truppe in der Nähe – angeblich ist alles gefahrlos. Zwei OPs besuchen wir, beide bestehend aus einfachen Wohnhäuschen und einem bunkerartigen Beobachtungsmausoleum daneben. Der Kommandant am zweiten Posten lädt uns zum Tee ein, und so sitzen wir alsbald in einer Küche auf umgedrehten Kisten und drehen die Gläser in der Hand, während wir uns über Sprachen, das Französische im Besonderen, unterhalten. Das Häuschen wird abgerissen, werden wir informiert. Draußen hämmert einer gerade das Klo aus seiner Verankerung.

Wir verabschieden uns und fahren heim. Immerhin viereinhalb Stunden waren wir unterwegs, was auf der Karte wie ein Hüpfer aussah. Bobo war beim Arzt, der Gelbsucht an ihm festgestellt haben will. Der Bedauernswerte flüchtet sich möglicherweise aus Sorge um einen negativen Ausgang seiner Prüfung in die Krankheit und wird vorerst in seinem Zimmer unter Quarantäne gehalten. Soll die gelbe Iris der Guineer doch keine Allgemeinerscheinung sein? Bei Amara sah es gefährlicher aus als jetzt bei Bobo. Wer weiß, was der Bangladeschi da konstatiert hat.

Abends um elf kommen meine beiden Nachbarn heim, gehen erst einmal duschen, dann wird gebetet. Nicht Frommsein geht mir auf den Nerv, sondern, dass sie es am nächsten Tag um sechs Uhr wieder tun und ich nicht ausreichend Schlaf finde. Nach ihrem Abmarsch schaffe ich durch intensive Autosuggestion doch noch eine weitere Stunde Aufenthalt im Träumeland. Wenigstens fahren sie für drei Tage große Patrouille nach Dakhla, zum dritten Mal, seit ich hier bin, stets gemeinsam. Normalerweise würden mich durch unfaire Mauschelei zustande gekommene Tatsachen stören, aber meine Tage hier sind gezählt. Nur mehr eine Nacht mit unruhiger ägyptischer Nachbarschaft.

## Samstag, 15. 1.

Es ist kalt draußen. Bobo wird mittels Casevac ausgeflogen, in einer Antonov von Oum Dreyga nach Laayoune nur für ihn allein. Eine unserer Patrouillen geht einer Beschuldigung der Marokkaner auf den Grund, die drei Polisario-Panzer in der Pufferzone gesehen haben wollen. Sandor und ich grübeln, wo die Polisario Panzer versteckt haben könnte. Wer weiß, welche Armee, von den Mauretaniern angefangen, hinter dem Berm aufmarschiert.

Ich arbeite Mails durch und komme mit jedem neuen Tag, an dem ich keine Nachricht aus New York erhalte, mehr zur Ansicht, dass man dort andere Sorgen hat, als meine Gekränktheit zu kurieren. „Diebstähle, Schlägereien – was glaubst denn du, wie es in anderen Missionen zugeht", hatte mir gestern Roland gesagt, als ich ihm davon erzählte. So gesehen sollte ich tatsächlich ein abschließendes Kreuz über die UN und diesen Einsatz machen. Zumal einer Wüste ihre Ereignislosigkeit inhärent ist, während das Leben atemlos über Europa hinwegzieht.

Mein Bericht in der Nachmittagssitzung über unsere gestrige Ausfahrt gerät, dank mehrmonatiger Routine anderswo, zum Erfolg, und ich ernte dankbares Gelächter, als ich die Ausführungen mit den Worten beginne: „Willkommen bei meinem ersten und letzten Patrouillen-Debriefing in Awsard." Interessiert beobachte ich nachher Romero, der bereits versucht, erste Wegmarken zu setzen. Den Clubraum will er in die Mess Hall verlegen – keine gute Idee. Den Dutyraum nach hinten verlängern – sehr gute Idee. Dass auch sonst einiges in die Wege geleitet und in geordnete Bahnen gelenkt werden muss, steht nicht nur für mich außer Zweifel. Ungeschickt stellt sich Romero fürs erste nicht an. Ich glaube, er wird ein guter Kommandant, den ich als Auslaufmodell mit zweifelhafter Missionsbiografie aber nur sehr entfernt interessiere.

Nichtsdestotrotz wird er es schwer haben. Denn das Lenken in geordnete Bahnen bedeutet auch Bequemlichkeitsverlust für die Mannschaft. Und Barwa, der Schattenkaiser von Awsard, wird sich daran gewöhnen müssen, einen starken Chef zu haben. Es war ein nicht nur sprechender, sondern fast schreiender Moment im Briefing, als Barwa nach dem Abfragen der einzelnen Funktionsträger gleichsam pro forma Romero das Wort erteilte und wie gewohnt gleich an den Nächsten weitergeben wollte, dieser aber nun anhob mit seinen diversen Punkten. Vieles wird anders werden, vermutlich auch sauberer. Das würde mich denn doch interessieren, aber nur als Mäuslein. Für jede Verlängerung wäre ich zu müde, zu ausgelaugt.

## Sonntag, 16. 1.

Um 7 Uhr 30 brechen wir zu meiner letzten und längsten Patrouille in dieser Teamsite auf, abgesehen von der Dakhla-Reise. Tischla 6 nennt sie sich, und so wie bei der ersten Awsard-Ausfahrt bin ich Fahrer, diesmal im ersten Auto. Sandor ist Kommandant, der liebe Wang zweiter im Kommando, Sena, der Neuzugang aus Ghana, zweiter Fahrer.

Ich streife die Fahrerhandschuhe über, klemme mir den Anorak gegen Kreuzschmerzen in den Rücken, und los geht es. Erst einmal zwei Stunden auf asphaltierter Straße, dann kurvenreich durch den Sand. An die 380 Kilometer machen wir heute. Wir halten in einer Garnison und werden zum Tee gebeten. Wieder ein hübsches Verlies, in dem der Fernseher läuft. Ein marokkanisches Programm, dessen Nachrichtensendung sich im Halbstundenrhythmus wiederholt. Was würden wir bei unseren Patrouillen ohne Fernsehen machen? Uns permanent anschweigen. Schleppend läuft die Unterhaltung mit dem soignierten Herrn, weil ich ihn schlecht verstehe. So knabbern wir Nüsse, beißen in etwas Ähnliches wie Baklava, nur trockener, und löffeln ein Sesam-Honig-Gemisch.

Später nähern wir uns dem Berm und klappern einige Strongpoints ab. An einem werden wir nochmals zum Tee eingeladen, doch Sena lehnt ab, und so entschuldigen wir uns alle. Schade, stattdessen kauen wir, nachdem wir am Kompanieeingang einer ausgestorben wirkenden militärischen Streusiedlung vergeblich gewartet hatten, an unseren Hühnerleberstullen. Es ist Sonntag, da werden wir, wenn überhaupt, von den Herrschaften lediglich in Zivil empfangen.

An einer einsamen Düne fülle ich eine Erinnerungsflasche mit Sand voll. Die Wüste wechselt permanent ihr Gesicht, denke ich während dieses symbolträchtigen Moments. Meist ist die unterschiedliche Körnigkeit des Sandes dafür verantwortlich. Wir durchpflügen nahezu lautlos schneeweißes Pulver, dann übersetzen wir schmale pechschwarze Kiesrippen, holpern über steindurchsetztes Gelände. Es gibt aber auch Bewuchs, Büsche, Gräser. Ich erinnere mich an Stellen im Mijek-Revier, wo der Boden von Wolfsmilchgewächsen oder grünen Stängeln überzogen war, an denen Koloquinten hingen, giftige Kürbispflanzen, die hohl im Wind über den Boden rollten.

Einmal verfahren wir uns, weil Sandor und ich uns dauernd etwas zu erzählen haben und die Route aus dem Blick verlieren. Auf der Rückreise machen wir in einem verlassenen Dorf Halt: Eigentümliche Rundbauten, wie große Bienenkörbe, stehen auf einem weiten Platz, nach oben spitz zulaufende Rundlinge, gefertigt aus billigen Ziegeln aus Lehm, Stroh und Wasser. Zivil, militärisch, alt oder nicht, wir wissen es nicht.

Am nächsten Tag frage ich Mustafa, den rundlichen Koch, und er sagt, dass es sich um Militärbauten aus dem Jahr 1907 handle. Ein Jahr jünger als das Wiener Haus, in dem ich wohne, das aber bedeutend besser in Schuss ist. Am Spätnachmittag kommen wir in der Teamsite an, zu spät für den von Sandor angepeilten nochmaligen Besuch des Secret Valley. Ohnedies habe ich genügend zu tun, etwa packen und E-Mails bearbeiten. Ich gehe früh schlafen, um eine letzte ruhige Nacht auszukosten, bevor die beiden unruhigen Ägypter einreiten.

## Montag, 17. 1.

Ein leichtes Frühstück, weil ich noch einmal laufen möchte. Beim Überfliegen der Mails erreicht mich die Nachricht, dass wir um 9 Uhr 30 ins Secret Valley aufbrechen, was mich gar nicht freut. Aber ich mache mit und ziehe wegen des Winds die lange Hose an. Wir sind nur sechs, und trotzdem geht es erst gegen 10 Uhr los. Vielleicht heißt es sogar Sacred Valley, mutmaßt Barwa. Das würde mir eher einleuchten, denn secret erscheint mir das Ganze nicht gar so sehr. Barwa hält eine Erklärung unterirdischer Speisung der Wasserbecken bereit, denn nie wären sie ausgetrocknet. Und er übersetzt die Inschrift am Grab der drei marokkanischen Kämpfer, die 1957 gegen die Spanier gefallen sind. Das hier wird gepflegt und zur Wallfahrtsstätte, die Polisario-Gräber nahe der Teamsite hingegen sind dem Verfall preisgegeben.

Ich erinnere mich an eine Geschichte, die ich in den ersten Tagen in der Westsahara gehört hatte: Über einen Minurso-Offizier aus dem arabischen Raum, den die Polisario nach langem Bitten zu kaum bekannten Höhlen mit viele Jahrhunderte alten Zeichnungen geführt hatte und der sich dort kaltblütig mit eigenem Gekritzel verewigte. Der Mann wurde allerdings von den UN umgehend in seine Heimat zurückgeschickt.

Wieder versuchen die anderen, auf direktem Weg an der linken Seitenwand des Wasserlaufs die Höhe zu gewinnen, ich mache wie gewohnt kehrt und strebe an der Stirnseite die Familienabfahrt bergauf, die mir nur auf einem kurzen Stück leichte Höhenangst einjagt. Diesmal gehe ich oben auf dem Plateau bis zum Ende und genieße die absolute Stille mit Blick über die Hügel vor mir, eine Situation, wie sie an dieser Stelle vermutlich seit Jahrtausenden unverändert ist. Dann steige ich im großen Bogen durch das sandige Nachbartal ab, entdecke aber auf dem Weg eine leere Cola-Flasche zwischen den Steinen. Also auch hier bin ich nicht der Erste. Von wegen Secret Valley.

Unweit der Gräber, wo die beiden Täler zusammenkommen, warten die anderen schon etwas besorgt auf mich. Immerhin bin ich keiner Schlange begegnet. Erst dieser Tage fand sich eine im Camp, nicht einmal einen Meter lang, ein paar Türen weiter am Weg vor meinem Container. Nachdem wir sie fotografiert hatten, erschlug sie Barwa und verbrannte sie am anderen Ende der Teamsite. Möglicherweise war es jene, die vor ein paar Monaten das russische Crew-Mitglied in den Arm gebissen hat, den der Mann wohl sein ganzes Leben nicht mehr so wie vorher wird verwenden können.

Das Briefing fällt aus, weshalb ich Clebers seit Tagen verschobenes Training wieder nicht erlebe. Hätten wir es in Mijek auch so locker gehandhabt, wäre es ein leichteres Leben gewesen. Wir versammeln uns um 17 Uhr 30 mit barettiertem Kopf zur Abschiedsparade für mich. Zwar führe ich meinen Appellschritt recht militärisch, aber mal mit dem rechten, mal mit dem linken Fuß zuerst, aus. Vermutlich stößt sich niemand daran. Oder doch? Wenn ich wüsste, was sie wirklich denkt, sie wirklich bewegt, diese eigenartig inhomogene Schar, die in ihrer Undurchsichtigkeit so übersichtlich wie eine glatt polierte Platte, ein Schild erscheint, ein Schutzschild.

Ich umarme jeden herzlich, bis auf die junge Mongolin, denn das verbietet sich, aller Gleichberechtigung zum Trotz. In diesem Moment scheint es mir, als meinten sie es ehrlich herzlich. Der neue Kommandant Romero gibt ein gutes Beispiel dafür ab: Freundlich ist er einem zugeneigt, doch trifft ihn ein wichtiger erscheinender Reiz, schwenkt er sofort entschuldigungslos zu ihm hin. Amir lässt in einem unserer letzten Gespräche durchblicken, dass er meine Versetzung mit großer Sorge im Hinblick auf eventuell drohendes Ungemach für die Teamsite verfolgt habe, nun aber sehr erleichtert über meine geräuschlos absolvierte Dienstzeit in Awsard sei. Erst jetzt scheint er überzeugt zu sein, dass ich kein Bösewicht bin, von dem man als Kommandant fürchten müsse, er bringe Unruhe in die Belegschaft.

Nach der Parade bittet Romero uns um Hilfe beim Übersiedeln des Briefing-Rooms in den früheren Clubraum. Eine gute Gelegenheit für die meisten sich unter Ausrede des einen auf den anderen zu verdünnen. Wieder einmal bin ich unter den wenigen, die sich hilfreich, wenngleich nicht beseelt, bereitstellen. Eine Wandtafel schleppe ich publikumswirksam von einem Container zum anderen, dann vertschüsse auch ich mich. Am letzten Abend im Feld sind bei mir Pflichtgefühl und Hilfsbereitschaft stark limitiert.

## Dienstag, 18.1., ff.

Wieder kommt mir die junge australische Minurso-Beobachterin in den Sinn, deren prominent gestelltes Foto ich auf der Ehrentafel von Awsard entdeckt hatte: Sie war vor vielen Jahren bei einem Hubschrauberabsturz nahe der Teamsite ums Leben gekommen. Ihr kurzes Leben hat mich immer nachdenklich gestimmt und mir gesagt, dass es doch kein Kinderspiel ist, was wir hier betreiben, so sinnentleert es mitunter scheinen mag.

Zuletzt ist es ein verhältnismäßig unsentimentaler Abschied von jener Teamsite, die mir für zwei Monate zur Heimat geworden war. Eigentlich bin ich jetzt recht zufrieden mit der anfangs so gefürchteten Versetzung, denn ich habe dadurch viel Neues erlebt und vor allem nach einem Dreivierteljahr voll Stress und Aufregung zu Ruhe finden können. Eine kleine Hürde hält der heutige Flug noch bereit: Der Hubschrauber macht in Mijek Station, es ist ja Dienstag.

Während wir uns in die Höhe schrauben, geht unten das Leben weiter, kein Gedanke von dort begleitet mich, jeder lebt für sich allein, aus den Augen, aus dem Sinn. Leere Sprüche, und doch sind sie alle wahr. Noch einmal kreuze ich den Berm, lande noch einmal auf der Polisario-Seite, womit ich nicht mehr gerechnet hatte. Vor dem Tor zum Camp Mijek knie ich nieder und schaufle auch Sand von dieser Seite der Konfliktregion in ein Säckchen.

Kein Hund begrüßt mich stürmisch, von der Belegschaft kenne ich viele nicht. Die spärlich gewordenen alten Mitstreiter sind auf Patrouille oder im Urlaub. Auch Siraj ist glücklicherweise nicht da, er halte sich zumeist aus gesundheitlichen Gründen in Laayoune auf, wird mir erzählt. Das macht das Bild weiter stimmig: Erst reißt er sich die Teamsite mittels Intrige unter den Nagel, dann kümmert er sich nicht mehr darum. Hauptsache, er ist Kommandant, um daheim Oberst werden zu können. Aber er hat Mijek umgehend mit seiner Handschrift versehen: Als Erstes habe er im Konferenzraum die Sessel im Kreis aufstellen lassen. Das wollte ich auch sofort nach Amtsantritt machen, habe es aber aus Sorge vor falsch verstandener Basisdemokratie bis zuletzt unterlassen. Kurz ist die Visite in dem mir fremd gewordenen Mijek, wir müssen weiter. Bobo ist übrigens mangels diagnostizierter Gelbsucht auf dem Weg in der Gegenrichtung, zurück nach Awsard.

In Laayoune beziehe ich diesmal tatsächlich das dem einfachen Beobachter zustehende Hotel Lakouara. Das ist diesmal gar nicht so schlecht, weil ich einen Mitbewohner im Zimmer zugeteilt bekomme: die Ablöse aus Österreich, Major Walter

Gesslbauer, von Beruf Zivilist in Heeresdiensten als Computer-Guru in der Wiener Zentrale. Endlich kann ich wieder Deutsch sprechen, endlich flüssig in der Muttersprache jemandem mein Herz ausschütten. Gleichwohl mache ich es dosiert, denn ich empfinde es als unfair, ihn, der voll unverbrauchter Energie und Aufbruchstimmung sein Jahr in der Mission beginnt, mit den ranzigen Intrigengeschichten des erschöpften und ausgelaugten Heimkehrers zu belasten. Vor einem Jahr habe ich mir mit ebenso distanziertem Unverständnis die erzürnten Erzählungen meines Vorgängers über allerlei ihm unbekömmliche Begebenheiten angehört.

Die kommende Handvoll Tage bis zum Heimflug am Wochenende ist dem Rennen um Unterschriften auf meinem Laufzettel gewidmet. Wie gewohnt treffe ich einige Personen nicht an, mache leere Meter und vertrödle Zeit, weil es für Zu- und Abgänge in dieser Mission, obwohl sie sich fast täglich ereignen, keinen festgelegten Ablauf gibt.

Die Zwangspausen, die sich auch für Walter ergeben, nutzen wir etwa, um gemeinsam das Saharaoui-Museum zu suchen. Schließlich lässt es sich doch finden, ein niedriger Bau in der Oberstadt mit allerlei Gegenständen zur Kultur des Volkes: Tracht, Geräte des täglichen Gebrauchs, Schmuck. Unweit stoßen wir auf einen Konzert- und Theatersaal und wohnen einer Harfendarbietung bei, wo Walter nicht nur kulturelles Interesse bekundet, sondern sich auch wendig in Französisch zu verständigen weiß. Er erscheint mir generell tatendurstiger und unbekümmerter, als ich es vor einem Jahr in meinen ersten Tagen war. Walter wird seinen Weg durch Minurso machen und sich nicht unterbuttern lassen, das ist spürbar.

Zum Schluss stehen die Verabschiedungen an. Bei mancher Bürotür bin ich froh, sie hinter mir endgültig zu schließen. Alfred, den treuen Tröster und verlässlichen Freund in stürmischen und windstillen Zeiten, werde ich in Wien wieder treffen. Seine stoische Gelassenheit und die nicht unbeträchtliche UN-Entlohnung werden ihn bis zur Pensionierung illusionslos durch seinen Dienst bei den Vereinten Nationen tragen. Moreno aus Brasilien werde ich wohl nicht wiedersehen, aber immer in guter Erinnerung behalten.

Und schließlich Wens. Er drängt mich zu einer Verabschiedung beim Force Commander, obwohl ich mich sträube, diesem Gesicht noch einmal zu begegnen. „Du kannst ihm alles sagen, was dich ärgert, aber du musst dabei freundlich bleiben“, schärft er mir ein. „Lächle, lächle, so läuft das in Asien.“ Irgendwann hat er mich so weit und macht für mich einen Termin beim General aus. „Lächeln“, zischt er mir im Vorraum der Macht zu, bevor ich in die kühle dämmrige Stube des höchsten Minurso-Militärs gelassen werde.

Der General lächelt freundlich, und auch ich lächle permanent wie befohlen, dass ich nach einer Weile meine, die Mundwinkel seien an den Ohren angeheftet. Nochmals komme ich, in diesmal schmeichelnden Tönen, auf das mir angetane Unrecht zu sprechen, doch der General ist kritikresistent, wie schon seit vielen Monaten aus diversen Meetings gewohnt. Wir erheben uns. Verbindlich informiere ich Generalmajor Zhao in einem Ton darüber, dass ich in die Instanz gegangen bin und eine Beschwerde nach New York geschickt habe, als würde ich ihm mitteilen, wie gerne ich chinesische Speisen mit Stäbchen esse.

Wir schütteln einander zum Abschied die Hände. „Sie werden bald sehr berühmt sein, weil ich ein Buch über meinen Einsatz bei Minurso schreiben werde", sage ich lächelnd zu ihm wie ein Kompliment zu seinem adretten Büro. „Und wir werden nie wieder akzeptieren, dass ein Journalist bei uns Beobachter wird", antwortet er lächelnd in der Art eines warmherzigen Reisewunsches. So also werden Götzzitate in chinesischer Manier ausgetauscht. Allein ein solches Ritual zu erleben hat den Abschiedsbesuch reizvoll gemacht. Mehr aber nicht.

Als es hier endgültig für mich nichts mehr zu tun gibt, erwarte ich den Abflug der königlich marokkanischen Maschine Richtung Casablanca. Es ist ein Abschied von einer einjährigen Mission in UN-Diensten, der mir leicht gemacht wurde, aber letztlich trotzdem schwerfällt.

Es tut mir leid, den Kontakt zu einigen meiner Kameraden verloren zu haben, insbesondere den Lateinamerikanern, Flores und Rodas etwa. Dmitry hat mir versprochen, wenn ich nach Moskau käme, würde er mich an allen Türstehern vorbei in die angesagten Diskotheken lotsen. Mario wollte ich in Turin besuchen, doch erhielt ich auf meine Mail keine Antwort. Jurica treffe ich später bei einem Zwischenstopp in Zagreb, mit Maxim und Sandor tausche ich in den folgenden Jahren Weihnachtswünsche aus. Wens korrigiert meine französischen Mails liebenswürdig-hilfreich, und ich nehme mir fest vor, ihn einmal in Lille aufzusuchen.

Wenige Kleinigkeiten nach meiner Rückkehr sind erwähnenswert: Ich habe bis heute keine Antwort von den UN in New York erhalten, auch nicht auf zweimalige Nachfrage. Allerdings wurde Generalmajor Zhao, der sich bereits auf eine weitere Amtsperiode eingestellt hatte, in den ersten Monaten des neuen Jahres so plötzlich von seinem Posten enthoben und nach Hause geschickt, dass der Job an der Spitze von Minurso einige Zeit vakant war. Möglicherweise haben auch Beschwerdebriefe des rechtslastigen französischen Obersts zur Abberufung geführt, der sich schon lange Grün und Blau über die Missionsführung geärgert hatte. Vielleicht waren es andere Gründe, die wir alle nicht kennen.

Auch das Österreichische Bundesheer zeigte keinerlei Anteilnahme. Dort hat oberste Priorität, dass die drei von der Armee ausgefassten Aluboxen wieder unbeschädigt eintreffen und der entsandte Beobachtungsoffizier nicht mit den Beinen voran heimkehrt, weil so etwas nur Scherereien verursacht. Wie penibel war man in Graz auf der pünktlichen Zusendung des monatlichen Berichts aus der Westsahara herumgeritten! War er einmal abgeschickt, landete er vermutlich ohnedies im elektronischen Papierkorb, jedenfalls hat nie jemand darüber mit mir kommuniziert. Selbst als ich darin den Rassismusvorwurf gegen mich, die Untersuchungskommission und die nachfolgende Versetzung meldete, blieben die Heeresbeamten in Graz auf Tauchstation. So emsig sie nichtssagende Berichte einforderten, so funkstill blieben sie, als einer ihrer Leute in der Klemme steckte.

Das Leben in einer Teamsite von Minurso ist die Welt in einer Nussschale: Mit all ihren kulturellen Unterschieden, religiösen Vorbehalten, gesellschaftlichen Barrieren und Missverständnissen, zwischenmenschlichen Konflikten. Ein von ständigem Scheitern heimgesuchtes Multikulti-Projekt, zusätzlich bedroht durch ein Zusammenleben unter Extrembedingungen, das nur halbwegs funktionieren kann, wenn alle, wirklich alle Beteiligten besonders guten Willens sind.

Nach den paar Tagen in Laayoune, die auch der Akklimatisierung an die Zivilisation dienen, setzt das Flugzeug im winterkargen Österreich auf. Eine neue Seite im Lebensbuch wird aufgeschlagen. Nein, es wird das gewohnte Leben weitergeschrieben. Das zusammenhanglos dazwischengeschobene Jahr in einer anderen Welt lagert sich ohne Verbindung zur Gegenwart in der Erinnerung ab, wie ein Traum nach einer langen Nacht des Schlafs.

## Historie:

Das Gebiet der Westsahara an der Atlantikküste südlich von Marokko umfasst eine Fläche von 266.000 km$^2$ und ist damit mehr als dreimal so groß wie Österreich. Seine Hauptstadt ist Laayoune (El Aaiún). Im Jahr 1884 begann Spanien das Gebiet zu kolonisieren. Noch unter dem Franco-Regime zog es sich zurück und überließ die Westsahara Marokko und Mauretanien. Marokko unterstrich mit einem „Grünen Marsch" Hunderttausender Marokkaner in die Westsahara am 6. 11. 1975 seine Ansprüche. Die Küste gilt als fischreich, Ende der 1950er Jahre waren zudem große Phosphatlager entdeckt worden.

Die 1973 gegründete Volksbefreiungsfront Polisario nahm den Kampf gegen Mauretanien und Marokko auf. Sechs Jahre später schloss Mauretanien einen Friedensvertrag mit der 1976 von der Polisario ausgerufenen, international teilweise anerkannten Demokratischen Arabischen Republik Sahara.

Im Zuge der Kämpfe errichtete Marokko ab 1982 einen bis zu 2700 Kilometer langen verminten Sandwall, der das marokkanisch besetzte Territorium im Westen vom Polisario-Gebiet im Osten trennt. 1991 unterzeichneten beide Seiten einen Waffenstillstandsvertrag, die UN beschlossen gleichzeitig die Einsetzung einer Westsahara-Mission mit dem Ziel eine Volksabstimmung vorzubereiten. Diese konnte bis jetzt nicht durchgeführt werden, weil sich die Konfliktparteien nicht auf einen Durchführungsmodus einigen konnten. Völkerrechtlich gilt die Westsahara als letztes nicht entkolonialisiertes Gebiet der Erde.

Die 1991 geschaffene UN-Mission Minurso umfasst derzeit 245 Militärpersonen aus 34 Staaten sowie etwa ebenso viel ziviles Personal. Sie sind im Hauptquartier in Laayoune sowie in neun Außenstellen, so genannten Teamsites eingesetzt: vier auf marokkanisch besetztem Gebiet, fünf auf Polisario-Gebiet. Das UN-Budget für Minurso liegt bei 53 Millionen Dollar pro Jahr.

## Abkürzungen:

**COPO** – Chief Operations Officer

**CTO** – Compulsory Time Off (von den UN gewährter Urlaub)

**DARS** – Demokratische Arabische Republik Sahara

**FRENTE POLISARIO** – Frente Popular para la Liberación de Saguía el Hamra y de Río de Oro (Volksfront zur Befreiung der Westsahara)

**FC** – Force Commander (militärischer Kommandant der UN-Mission)

**MINURSO** – Mission des Nations Unies pour l'organisation d'un référendum au Sahara occidental (UN-Mission zur Organisation einer Volksabstimmung in der Westsahara)

**SRSG** – Special Representative of the Secretary General (der zivile Missionsleiter)

**LO** – Liaison Officer (Verbindungsoffizier)

**DUTY-OFFICER** – Journal-Offizier

**MSA** – UN-Monatslohn

**ATO** – Air Terminal Officer

**OP** – Observation Point

**POP** – Permanent Observation Point

## Die Kameraden in Mijek:

Talal (Vorgänger als Teamsite-Commander, Jordanien)

Tumur (sein Stellvertreter, Mongolei)

Rohaizad (Malaysia)

Zhang (China)

Maxim 1 (Russland)

Attila (Ungarn)

Wael (Ägypten)

Osama (Ägypten)

Mario (El Salvador)

Nasir (Bangladesch)

Flores (Honduras)

Amara 1 (Guinea)

Rodas (Honduras)

Jurica (Kroatien)

Choe (Südkorea)

Fabio (Brasilien)

Dmitry (Russland)

Amara 2 (Guinea)

Ahmed (Ägypten)

Mosaad (Ägypten)

Al Haj (Jemen)

Robert (Frankreich)

Moreno (Brasilien)

Ismael (Ägypten)

Diallo (Guinea)

Domagoj (Kroatien)

Azhar (Malaysia)

Wens (Frankreich)

Mario (Italien)

Vick (Pakistan)

Meldad (Ghana)

Mubashir (Pakistan)

Marat (Russland)

Maxim 2 (Russland)

Mohamed (Ägypten)

Evelio (Honduras)

Habib (Bangladesch)

Yaw (Ghana)

Siraj (Nachfolger als Teamsite-Commander, Pakistan)

## Polisario-Arbeiter in Mijek:

Sidi

Hamed

Mohamed

Ibrahim,

Taruzi (Liaison-Officer)

## Österreichische Kollegen:

Bernhard (Vorgänger)

Walter (Nachfolger)

Rudolf (zweiter Österreicher parallel)

Alfred (UN-Zivilbediensteter in Laayoune)

Roland (UN-Zivilbediensteter in Laayoune)

## Die Kameraden in Awsard:

Amir (Teamsite-Commander, Malaysia)

Dubravka (Kroatien)

Wang (China)

Sandor (Ungarn)

Joseph (Nigeria)

Mohamed (Ägypten)

Alexander (Russland)

José (Honduras)

Loic (Frankreich)

Hyriato (Malaysia)

Raoul (Honduras)

Cleber (Brasilien)

Zsuzsana (Ungarn)

Bajwa (Pakistan)

Roman (Russland)

Khaled (Jemen)

Olivier (Frankreich)

Bobo (Guinea)

Romero (Paraguay)

Eric (Frankreich)

Benjamin (Ghana)